Axel Petermann
Claus Cornelius Fischer

DIE DIAGRAMME DES TODES

True-Crime-Thriller

Besuchen Sie uns im Internet:
www.knaur.de

Originalausgabe Oktober 2019
© 2019 Knaur Verlag
Ein Imprint der Verlagsgruppe
Droemer Knaur GmbH & Co. KG, München
Alle Rechte vorbehalten. Das Werk darf – auch teilweise – nur mit
Genehmigung des Verlags wiedergegeben werden.
Covergestaltung: ZERO Werbeagentur, München
Coverabbildung: © PixxWerk®, München
unter Verwendung von Motiven von shutterstock.com
Satz: Adobe InDesign im Verlag
Druck und Bindung: CPI books GmbH, Leck
ISBN 978-3-426-52468-8

2 4 5 3 1

If you took all the girls I knew
When I was single
And brought them all together for one night
I know they'd never match my sweet imagination …

– Paul Simon, *Kodachrome*

Ihr könnt mir alles nehmen: meine Familie,
meine Freunde, alles, was ich besitze –
nicht aber meine Fantasien.

– Jeffrey Dahmer (Serienmörder, 1960–1994)

Die in diesem Buch geschilderten Ereignisse haben sich in den 90er-Jahren des vergangenen Jahrhunderts in Bremen und Umgebung ereignet. Die Identität des Täters und die Namen der Opfer wurden ebenso verändert wie die meisten Schauplätze, um die Unschuldigen zu schützen und die Ruhe der Toten nicht zu stören. Dialoge und andere Äußerungen sind sinngemäß wiedergegeben. Nicht verändert wurden das Grauen der Morde und die eisige Kälte des Bösen.

Ihr

Mir passiert ja nichts. Das denkt ihr alle. Ihr zieht eure schönen Schuhe an und nehmt die Handtasche und natürlich den Mantel, vielleicht ist es kalt draußen. Dann verlasst ihr die Wohnung und denkt, mir passiert schon nichts. Es ist ja gar nicht kalt, denkt ihr. Ihr habt keine Angst. Ihr begegnet mir, aber ihr achtet nicht auf mich. Ihr wisst nicht, was den anderen passiert ist.

Denen vor euch.

Niemand weiß es wirklich. Nur ich. Ihr hört nie auf zu sterben, in meinen Zeichnungen. Die Diagramme helfen mir, mich zu erinnern, bis die Erinnerungen nicht mehr stark genug sind. Dann gehe ich wieder auf die Suche, bis aus den »ihr« ein »du« wird. Wenn ich vor dir stehe und die Lust auf neue Erinnerungen zu mir zurückkehrt.

Du siehst mich, und auf einmal hast du Angst. Aber jetzt ist es zu spät. Jetzt habe ich das Messer schon in der Hand. Siehst du es? Ein außergewöhnliches Instrument, nützlich in vielerlei Hinsicht. Es ist ohne Fehl, und doch wirft es nie den ersten Stein. Es wandert in manch finsterem Tal, aber glaubst du, es kennt Furcht? Es braucht keine Batterie, nicht Wind noch Sonnenenergie. Und vor allem ist es taub für Heulen und Zähneknirschen. Ja, jetzt siehst du es. Gut, dass du einen Mantel angezogen hast, denn plötzlich wird dir kalt.

Plötzlich wird dir entsetzlich kalt.

Du denkst, ich will dich töten. Aber das will ich gar nicht. Keine von euch. Ich will nicht einmal, dass du frierst. Komm, wir gehen in deine Wohnung. Da will ich mit dir leben, in deiner Wohnung. Ich will meine Träume mit dir teilen – immer wieder, mit jedem Schnitt ein bisschen mehr. Und langsam, weil du sonst zu früh sterben musst. Erst ganz am Ende wirst du tot sein.

Aber vorher …

Ich beobachte dich. Ich sehe nachts durch dein Fenster. Ich folge dir auf der Straße. In die Tiefgarage. In den Fahrstuhl. Ich kann einfach nicht anders. Wenn es wieder so weit ist, muss ich nicht einmal an deiner Tür klingeln. Ich muss nicht warten, bis du öffnest. Denn dann habe ich aufgehört, dir zu folgen.

Dann gehe ich schon vor dir.
Ich gehe einfach in deine Wohnung. Ich gehe hinein, wenn du nicht da
bist, und ich bin da, wenn du nach Hause kommst. Ich bin da, um
meine Träume mit dir zu teilen.

Robert Melzer, Mein Leben

1

Sabine

Bis zu diesem Tag, einem Freitag im Mai, war Sabine ein glücklicher Mensch gewesen, und sie dachte, das würde immer so bleiben. Solange sie denken konnte, hatte das Glück sie begleitet, und es war sogar gewachsen, jeden Tag ein bisschen, wie eine Perle in einer Muschel, auf die von morgens bis abends die Sonne schien. Ihr Vater sagte, eine Perlmuschel lebt im Wasser, tief unten, das Sonnenlicht erreicht sie kaum, aber das war Sabine egal. Glück war einfach Glück, selbst auf dem Meeresboden; die Schalen der Muschel tarnten und schützten es. Dabei wusste sie, dass es nicht viele Menschen gab, die so eine Perle in sich trugen und dazu noch von ihrem Vater eine Wohnung geschenkt bekamen, so wie sie zum fünfundzwanzigsten Geburtstag vor vier Wochen. Eine Muschel für die Muschel, hatte er gesagt, ganz dicht am Wasser.

An diesem Mittwoch fuhr Sabine gegen 0:30 Uhr in ihrem gelben Morris Mini Cooper in die Tiefgarage der umgebauten Lagerhalle am Alten Hafen, in der sich ihre neue Wohnung befand. Sie hatte keine Angst vor schlecht beleuchteten Tiefgaragen oder dunklen Kellern oder einsamen Straßen nach Einbruch der Nacht, einfach, weil sie vor gar nichts Angst hatte. Nicht einmal der Umstand, dass bisher erst ein Drittel der großen Studios und Apartments mit Blick auf die Hafenanlagen bewohnt war, flößte ihr Furcht ein. Im Gegenteil, sie genoss die Ruhe. Sie war gern allein, so wie jetzt, als sie den Mini auf ihren Parkplatz mit der Nummer 9 steuerte.

Neun war ihre Glückszahl, obwohl es sich ja eigentlich um eine Ziffer handelte. Sie schaltete die Scheinwerfer aus, und die mit reflektierender gelber Farbe an die Betonwand gemalte Nummer erlosch. Die laute Musik aus dem Radio des Cabrios hallte in dem fast leeren Parkdeck, Prince mit *When doves cry*. Sabine blieb noch ein paar Sekunden hinter dem Steuer sitzen, bis der Song aufhörte. Dann schaltete sie auch das Radio aus.

Die Stille wurde jetzt nur noch unterbrochen vom Summen der blassen Leuchtstoffröhren an der Garagendecke. Eine der Röhren flackerte unregelmäßig, obwohl sie eigentlich noch neu sein mussten. Aus einem Rohr an der Wand neben der Zufahrtsrampe tropfte Wasser. Die meisten anderen Parkplätze waren leer bis auf sechs oder sieben Wagen – ein Jaguar, zwei Porsche, ein BMW Cabrio und noch zwei, deren Marke Sabine nicht kannte.

Sie griff nach der Mappe auf dem Beifahrersitz. Plötzlich spürte sie ein Kribbeln zwischen den Schulterblättern. Ein Schauer lief ihr über den Rücken, wie manchmal, wenn sie im Freibad ganz oben auf dem Sprungturm stand und hinunter auf das blaue funkelnde Viereck des Schwimmbeckens schaute. Ihre erste eigene Ausstellung als Künstlerin in einer wirklich angesehenen Galerie war ein Erfolg!

Sie stieg aus und nahm die Mappe mit den neuen Zeichnungen vom Beifahrersitz. Der Galerist, in dessen Räumen die Ausstellung stattfand, hatte sie gebeten, für einen reichen Sammler exklusiv eine Handvoll kleiner Tuschskizzen vom verlassenen Hafengelände anzufertigen. Der Sammler hatte angeregt, die Skizzen noch mit Farbkreide oder vielleicht sogar Watercolor zu Pop-Art-Motiven aufzublasen, als Kontrast zum Schwarz und Weiß der Entwürfe. Aber sie hatte eine bessere Idee, nicht so retro, kein kopierter Warhol oder Lichtenstein.

Sie ging zur Rampe, um das Garagentor zu schließen. Die Zufahrt wurde von zwei Lampen beleuchtet, die an alte Schiffslaternen erinnerten. Der Himmel war klar und tiefblau, voller Sterne. Eine schlaflose Silbermöwe mit schneeweißen Flügeln schwebte lautlos unter dem Mond dahin wie ihr eigener Geist, dem Wasser entgegen. Was man von da oben alles sehen konnte, und wie weit weg es war: der Hafen, die rostigen Skelette der letzten Kräne, der Fluss, die Kais und die Lagerhallen.

Die ganze Welt lag unter einem, auch die neue Wohnanlage, die hier am Wasser gebaut wurde, Legohäuser, weiße Betonquader mit bodentiefen Fenstern, modern und sauber, wie Sabine es gernhatte – sauber und übersichtlich, alles andere auf Möwendistanz, der ganze Rest. Hier hört dich keiner schreien, hatte Regine, ihre beste

Freundin, bei ihrem ersten Besuch gesagt. Und Sabine hatte gelacht, weil sie nie schrie, wäre ja noch schöner.

Sie zog an der Kette, die das Rolltor in Gang setzte, wartete aber nicht, bis es sich schloss. Stattdessen wandte sie sich ab und ging zur Eisentür, die zum Treppenhaus führte. Als sie an einem der Stützpfeiler vorbeikam, bemerkte sie einen nassen Fleck über dem reflektierenden Leitstreifen und darunter die glitzernden Scherben einer zerbrochenen Wodkaflasche.

Die Kellertür war unverschlossen. Sie zog sie auf, hielt sie mit der linken Schulter offen und tastete mit der rechten Hand nach dem Lichtschalter an der Wand dahinter. Sie hörte ein Klicken, aber sonst geschah nichts. Bis zum Fahrstuhl waren es nur ein paar Schritte, die sie im Dunkeln zurücklegte. Sie drückte auf den Rufknopf. Der Knopf leuchtete auf, und mit einem fernen Ruck setzte sich die Liftkabine in Bewegung. Ein leises Surren ertönte, als der Lift langsam abwärtsglitt.

Sie lauschte. Hinter der Tür zu den Kellerräumen am anderen Ende des kahlen Gangs vernahm sie ein dumpfes Scheppern, leise und nur kurz. Als kippte etwas gegen eine Wand. Darauf folgte ein Scharren, näher und weniger gedämpft. Es war nicht mehr hinter der Tür, es war die Tür selbst. Sie öffnete sich einen Spalt und blieb so, fiel nicht wieder zu.

Sabine konnte nicht sehen, was sich hinter dem Spalt befand. Sie glaubte, jemand atmen zu hören, *rsch, rsch, rsch*. Aber dann dachte sie, dass es sich vielleicht um das Geräusch einer Waschmaschine handelte, deren Trommel sich langsam drehte. Obwohl es dafür eigentlich zu spät war, fast Viertel vor eins.

Die Tür bewegte sich einen Zentimeter, schwang weiter auf, noch weiter, dann wieder zurück, bevor Sabine dahinter etwas erkennen konnte. »Ist da jemand?«, fragte sie. Mit der Mappe unter dem linken Arm ging sie auf die Tür zu, gerade als der Lift im Kellergeschoss hielt. Durch das kleine Fenster in der Fahrstuhltür fiel ein Lichtkeil in den Gang. Das Surren erstarb. Sabine blieb stehen, kramte ihre Schlüssel aus der Tasche und kehrte um.

Ein erstickter Laut drang aus der Waschküche, lang gezogen, wie ein mechanisch verzerrtes Stöhnen. Es kam ihr vor, als hörte sie ihren Namen irgendwo in diesem Röcheln. Sie erstarrte. »Ist da jemand?«

Rsch, rsch, rsch. Nein, das war keine Waschmaschine, keine Wäsche, die sich in Seifenlauge drehte. Es waren Atemzüge, die nicht wie Atem klangen. Sabine starrte auf den schwarzen Spalt, der jetzt breiter wurde, nicht langsam wie bisher, sondern schnell, mit einem Ruck. Eine Gestalt tauchte auf, schien aus dem Spalt zu schnellen. Kein Mensch. Ein Wesen aus einem Science-Fiction-Film, schwarz, mit einem Insektenkopf.

Reglos starrte Sabine die Gestalt an. Ein Jux, dachte sie, jemand spielt dir einen Streich. Gleich fängt die Person an zu lachen, und dann musst du auch lachen. »Sabi…«, sagte die Gestalt. Es klang fast wie die Stimme eines Menschen, versetzt mit dem mechanischen Röcheln, und als sie näher kam und in das Licht des Fahrstuhls geriet, erkannte Sabine, dass es kein Science-Fiction-Wesen war, kein Alien mit einem Insektenkopf, sondern ein Mensch mit einer Maske und einer großen Ledertasche in der linken Hand.

»Sabine …«, sagte die Stimme noch einmal, ganz deutlich. Es war eine Männerstimme, und der Mann war jetzt so nah, dass sie ihn riechen konnte, Schweiß und Wodka und dazu Kunststoff, das Material der Gasmaske, die er trug, den schwarzen Gummianzug. Dicht vor ihr blieb er stehen, starrte sie nur an durch die Plexiglasaugen der Maske.

Rsch. Rsch. Rsch.

Renn, sagte eine Stimme in ihr, eine Stimme, die sie noch nie in ihrem Leben vernommen hatte. Renn weg, das ist kein Jux! Aber sie konnte sich nicht bewegen. Wie in einem Albtraum stand sie da, als wäre sie gelähmt. Sie presste die Mappe mit den Zeichnungen an den Oberkörper.

»Wer sind Sie?« Sie merkte, dass ihre Stimme zitterte. Wie früher, fuhr es ihr durch den Kopf, als ich klein war, wenn ich etwas angestellt hatte. Papa kam und – »Woher wissen Sie meinen Namen?« Reden, dachte sie, einfach weiterreden, so wie du früher immer geredet hast, wenn Papa mit dir böse war. Plötzlich erkannte sie, dass sie gar nicht immer glücklich und furchtlos gewesen war. »Was wollen Sie von mir?«

»Halt den Mund.« *Rsch, rsch.* »Nicht reden. Wir gehen in deine Wohnung.« Der Mann griff hinter sich, seine rechte Hand verschwand, und als sie wieder zum Vorschein kam, schimmerte etwas darin, glitt durch das Licht aus dem Fahrstuhl. Ein Messer, mit einer langen, schimmernden Klinge. Sabine erstarrte. Das Blut schien aus ihrem Herzen zu stürzen, mit einem kalten Ruck. »Ich wollte oben auf dich warten«, sagte die mechanische Stimme, »aber du hast ein neues Schloss, ich bin nicht reingekommen.«

Renn!

Sie ließ die Mappe fallen, versetzte dem Mann einen Stoß und rannte zu der Stahltür hinter sich. Sie hatte sie fast erreicht, als er ihren Arm zu fassen bekam und sie gegen die Wand schleuderte. Ihr Kopf prallte gegen den Beton. Sie verspürte einen heftigen Schmerz, hinter der Stirn und in den Zähnen.

»Das war dumm«, sagte der Mann mit seiner verzerrten Stimme. »Mach das nicht!« Er bückte sich zu seiner Tasche, die jetzt dicht beim Fahrstuhl auf dem Boden lag. Der Reißverschluss war halb offen. Aus dem Bauch der Tasche quoll etwas hervor, das aussah wie ein Trainingsanzug, daneben lagen ein Paar Handschellen und eine Art Schwert. »Das ist für oben in deiner Wohnung«, sagte er.

Sabine stieß sich von der Wand ab, warf sich gegen den Mann. Er taumelte zurück. Sie stürzte zum Fahrstuhl, in die offene Kabine. Im Spiegel an der Kabinenwand sah sie ihr Gesicht, aber sie erkannte sich nicht, sah nur eine Frau mit angstverzerrten Zügen. Sah, wie die Frau hektisch die Knöpfe drückte, nicht einen, alle. Dann wurde der Kopf der Frau zurückgerissen, an den Haaren, so heftig, dass ihr Genick knackte. Ein Blitz schoss ihr bis unter die Schädeldecke. Die Gasmaske mit dem stumpfen Rüssel tauchte über ihrer Schulter auf, *rsch, rsch, rsch* im Spiegel, jetzt schnell und keuchend, dicht an ihrem Ohr.

Sie versetzte dem Mann einen Tritt mit der Ferse, aber er schrie nicht einmal. Sie versuchte, sich loszureißen. Sie packte den Rüssel der Gasmaske und zerrte daran, zog und zerrte mit aller Kraft. Plötzlich gab es einen Ruck, und etwas riss an der Maske, und dann hielt sie den Rüssel in der Hand. Der Mann stieß einen Laut aus, ein Knurren. Jetzt sah sie sein Gesicht, gerötet und verschwitzt und irgendwie flach, ohne Konturen. Im nächsten Moment presste er ihr die Klinge gegen die Kehle. Sie sah die Klinge im Spiegel, und sie sah ihren Hals, und sie spürte den scharfen Schnitt, bevor sie auch das Blut sah, alles in dem von ihrem Atem beschlagenen Spiegel: die Faust mit dem Messer, ihren Hals und sein Gesicht, das sie kannte.

»Du?«, rief sie. »Warum tust du das?!«

Er antwortete nicht, schüttelte nur den Kopf, unwillig.

»Warum?«

»Damit du«, er keuchte, »damit du mich spürst.« Er presste die Klinge noch fester gegen ihre Kehle. »Ich will – du sollst wissen, dass ich da bin.«

»Du tust mir weh!«

Seine Augen begegneten ihrem Blick im Spiegel, hielten ihn fest. »Muss es ja«, stieß er hervor, »muss ja wehtun.« Abrupt drückte er sein formloses Gesicht an ihren Nacken, als wollte er nicht, dass sie ihn weiter ansah, während er sie das erste Mal schnitt. Es war ja nur ein kleiner Schnitt, der erste.

First cut is the deepest.

Sie dachte an die Möwen.

2

Robert,
ein halbes Jahr vorher

Robert stand am Fenster und sah Mariona aus dem Haus gehen, und wie jedes Mal fragte er sich, ob sie wiederkommen würde. Sie ging schnell, mit diesem entschlossenen Gang, den sie immer hatte, wenn sie nichts wie weg wollte. Sie drehte sich nicht um, das tat sie schon lange nicht mehr. Ganz am Anfang war sie manchmal stehen geblieben oder hatte einen kurzen Blick zurückgeworfen. Ich sollte sie nicht einfach so gehen lassen, dachte er. Ich sollte irgendetwas sagen. Du gehst jetzt nicht einfach weg!, so was. Oder einfach die Tür abschließen und den Schlüssel in die Tasche stecken.

Aber dann knallte sie ihm wieder eine oder trat nach ihm. Sie wusste, dass sie alles mit ihm machen konnte, weil sie stark war, wild. Er tat, was sie wollte; sie brauchte bloß mit dem Finger zu schnippen. Sie konnte ihm wehtun. Sie war nicht sehr intelligent, nicht so intelligent wie er, aber gerissen genug, um seine Schwäche zu spüren. Manchmal sah sie ihn an, und ihr Blick drang ihm direkt ins Herz. Bis sich da ein richtig taubes Gefühl ausbreitete, wo sie ihn verletzt hatte. Sie hatte ihm schon lange keinen Kuss mehr gegeben, wie früher. Oder gesagt, bis heute Abend dann, Robby.

Sie ging jetzt schneller, wie erleichtert, als sie auf die Bushaltestelle zuschritt. Ihr halblanges Haar wippte, eine Woge in Blond, die Hüften in den engen Jeans schwangen hin und her. Fast konnte er die Absätze ihrer Cowboystiefel auf dem Asphalt klappern hören. Die Fransen an den Ärmeln ihrer Wildlederjacke flatterten, als sie auf ihre Swatch schaute, die sie mit dem Zifferblatt nach unten trug.

Wenn ich nicht bald Geld auftreibe, wird sie irgendwann nicht mehr wiederkommen, dachte er. Oder wenn sie erfährt, dass ich gar nicht beim Arbeitsamt war. Dann wird sie auch nicht mehr wiederkommen. Dann bleibt sie einfach bei einem ihrer Typen und schickt jemand, der ihre Sachen abholt. Ich will nicht wieder allein sein. Ich muss unbedingt an Geld kommen, egal wie.

Zuerst fielen ihm Papa und Mama ein, wie immer. Aber von denen konnte er nichts mehr erwarten, da war er erst vor zwei Wochen gewesen. Papa hatte ihm einen Fünfziger gegeben und gesagt, das war das letzte Mal. Ich will erst dein Semesterzeugnis sehen oder was ihr da heutzutage habt. Seine Mutter hatte danebengestanden und genickt. Dein Vater hat ganz recht, du erzählst nie etwas, dafür haben wir dich nicht aufs Gymnasium geschickt und bis zum Abitur durchgefüttert. Papa hätte ihm bestimmt mehr gegeben, wenn sie nicht da gewesen wäre. Aber sie hatte die Hand auf dem Portemonnaie, und seit einigen Jahren ging sie nachts auch nicht mehr aus. Wahrscheinlich brauchten sie ihr ganzes Geld für Alkohol, Papa jedenfalls.

Es hatte noch nicht wieder angefangen zu schneien. Die Straßen waren trocken, nur ein Rest von Raureif lag auf dem Asphalt. Er konnte etwas rumfahren und gucken, erst mal nur so. Um diese Zeit gingen die Leute zur Arbeit. Ihn interessierten nur die Frauen – Sekretärinnen, Verkäuferinnen, Studentinnen. Er fuhr durch die Straßen und sah, wo sie wohnten, in welchen Häusern. Sie kamen heraus und gingen zur Arbeit, und abends kamen sie wieder, kehrten allein heim. Er konnte sie beobachten. Sehen, ob sie allein blieben, allein lebten.

Er ging ins Schlafzimmer und zog sich fertig an, sonst sah ihn noch jemand in Unterhose und Unterhemd am Fenster stehen wie so einen arbeitslosen Alki. Er fand es wichtig, dass man auf sich achtete. Das Schlafzimmer war klein – die ganze Wohnung war klein, billig und wirklich winzig – und dunkel, weil sie die Jalousie nie hochzogen. Mariona schmiss ihre Sachen immer irgendwohin, aufs Bett oder auf den Stuhl vor der Heizung oder unten in den Schrank. Das Bett war rund, wie ein Schlauchboot, weil Mariona gesagt hatte, ich zieh nur zu dir, wenn du ein Wasserbett anschaffst, so eins wie in *Miami Vice*.

Er hatte sein Konto bis zum Anschlag überzogen, und in den ersten Wochen war sie richtig nett gewesen, hatte alles mit ihm gemacht, was er wollte. Wie die Mädchen in den Anzeigen hinten in der Zeitung. Es war die schönste Zeit in ihrer Beziehung gewesen, ein paar Wochen lang. Rings um das Bett war ein Leuchtschlauch drapiert, sodass es fast wie eine Kultstätte aus einem alten Science-Fiction-Film wirkte, *Barbarella* oder so. Jetzt roch das Zimmer muffig, ungelüftet, und es war kalt.

Neben dem Schrank stand sein alter Reisekoffer, daneben lag Marionas Rucksack, immer halb gepackt, damit sie sofort weg-konnte. In seinem Koffer war nichts, nur alter Krimskrams, das japanische Schwert und das Bild der heiligen Rosa. Das Schwert ge-hörte eigentlich im Wohnzimmer an die Wand, über dem Sofa, aber Mariona hatte gesagt, dass sie es da nicht haben wollte und auch nicht im Flur oder im Schlafzimmer. Deswegen lag es jetzt bei Rosa im Koffer, was irgendwie auch passte, weil die ja eine Märty-rerin gewesen war und den Tod durch das Schwert gefunden hatte. Die Bilder von Märtyrerinnen und Märtyrern, gefoltert, aus vielen Wunden blutend, hatten Robert schon im Religionsunterricht er-regt. Die geschundenen Körper und das Blut. Da hatte er zum ers-ten Mal diese Unruhe verspürt, das Quecksilber in seinen Adern.

Er zog sich an, Jeans und das rot-schwarz karierte Hemd von gestern, das noch nach Zigarettenrauch roch. Die Stiefel standen im Flur, und da hing auch der Schimanski-Parka mit den Schlüs-seln für den Renault 4 in der Tasche. Der R4 sprang erst nach dem dritten Versuch an. Danach lief der Motor rund, nur der Tank war fast leer. Die Frontscheibe war dreckig. Robert ließ die Wischblätter einmal hin und her schaben, aber die Düse für das Wasser war wohl verstopft. Die Heizung funktionierte auch nicht. Er fuhr bis zur Ampel, wo er warten musste. Er sah zu, wie die Leute vor ihm über die Straße gingen, blass, noch nicht ganz wach, aber doch zielstre-big, jeder für sich, die Gesichter versiegelt von der Kälte.

Die Kinder mit den Schulranzen interessierten ihn nicht, die Männer mit den Aktentaschen auch nicht. Nur die Frauen. Sie gin-gen meistens schneller als die Männer, und fast immer trugen sie etwas: Handtaschen, Rucksäcke, Einkaufstüten. Sie waren auch bunter, ihre Kleidung, die geschminkten Gesichter. Er versuchte zu erraten, was sie für eine Arbeit hatten, womit sie den ganzen Tag über beschäftigt waren. Friseuse war immer das Erste, was ihm ein-fiel, weil Mariona in einem Friseursalon arbeitete. Dann kam Ver-käuferin im Supermarkt, danach Kellnerin, schließlich Angestellte bei der Post oder einer Bank; keine Barfrauen oder Nutten, die schliefen noch.

Es war ein grauer, verhangener Morgen, und alle Autos hatten ihre Scheinwerfer eingeschaltet. Als die Ampel auf Grün sprang, bog Robert nach rechts ab. Eine Zeit lang fuhr er neben einer Straßenbahn her. Die Fenster waren erleuchtet, aber beschlagen, sodass er die Leute darin nicht sehen konnte. Hinter der nächsten Kreuzung gab es einen von diesen neuen Mobilfunkläden, die jetzt überall aus dem Boden schossen. Dann kam eine Filiale der Sparkasse, das neonrote S über dem Eingang wirkte wie eine gezackte Schnittwunde in der schmutzigen Luft.

Mariona hatte ihr Gehaltskonto bei der Sparkasse. Als Robert an sie dachte, kriegte er wieder Angst, dass sie ihn verlassen könnte. Ohne einen richtigen Baum mit Lametta und Goldkugeln und Geschenke für meine Eltern wird das ein Scheißweihnachten, hatte sie gestern Abend gesagt – ein richtig beschissenes Fest, und das ist deine Schuld! Ich bin verrückt nach ihr, dachte er. Der Gedanke war so intensiv, dass er die Worte sehen konnte, aus denen er geformt war: *Ich bin verrückt nach ihr.* Und dann dachte er: Ich wünschte, ich wäre mutig genug, eine Bank zu überfallen. Aber das bin ich nicht.

Eine Frau in einem schwarzen Mantel stand am Geldautomaten und holte gerade ihre EC-Karte aus der Geldbörse. Ihre Handtasche hing offen in der rechten Armbeuge. Sie schob die Karte in den Schlitz und tippte ihre Geheimzahl ein. Robert konnte nicht sehen, wie viel Geld aus dem Automaten kam. Sie steckte es ein und wandte sich in die Gegenrichtung, verschwand aus seinem Rückspiegel. Er fand sowieso, dass sie nicht dem entsprach, was er sich vorstellte.

Er verspürte eine Unruhe in sich aufsteigen, ein vertrautes Flimmern, als wäre sein Blut plötzlich dünnflüssiger. Heißer. Er fuhr weiter, und nach einer halben Stunde, in der er fünf mögliche Kandidatinnen erspäht hatte, bekam er Hunger. Er beschloss, umzukehren und zu frühstücken. Sein Platz gleich vor dem Haus war noch frei. Er parkte ein, und als er den Zündschlüssel abzog, konnte er seinen gefrorenen Atem von der Innenseite der Frontscheibe kratzen.

Etwas Geld hatte er noch, nicht viel, aber für ein paar Flaschen Bier reichte es, vielleicht sogar für einen halben Liter Wodka. Im Erdgeschoss war ein Edeka, der Eingang lag aber um die Ecke. Um diese Zeit herrschte da noch nicht viel Betrieb, nur ein paar alte Leute mit Einkaufswagen und ein halbes Dutzend Schüler mit dunkler Haut. Aus verborgenen Lautsprechern rieselte Weihnachtsmusik, *Jingle Bells*, dabei waren es noch drei Wochen bis Heiligabend.

Bei den Spirituosen nahm Robert eine Flasche Moskovskaja aus dem Regal und legte sie in den Korb zu den Bierflaschen aus der Getränkeabteilung. Dann fiel ihm ein, dass er noch etwas zum Üben mitnehmen könnte, damit er sich nicht so unvorbereitet fühlte, wenn es so weit war. Irgendwas, das außen fest und innen weich war, eine Melone vielleicht oder ein Laib Brot. Nur um zu gucken, wie sich das anfühlte, wie viel Kraft man brauchte. Graubrot mit einer richtigen Kruste oder ein rohes Huhn – Fleisch und Haut, wo man reinstechen konnte. Er ging zu den Kühltruhen und legte noch ein tiefgefrorenes Huhn in den Korb. Wenn er es in einem Suppenteller auf die Heizung stellte, war es aufgetaut, bevor er sich am Nachmittag auf den Weg machte. Er konnte einen Film in den Videorekorder schieben und sich mit dem Wodka in Stimmung bringen, während das Huhn auf der Heizung lag und taute.

Als er an der Kasse stand, war das kitzelnde, flirrende Gefühl in seinem Bauch so stark, dass es sich anfühlte, als wäre es lebendig. Als lebte etwas in ihm und drehte sich langsam, wie eine Spirale, und dabei wurde es größer und größer. Mit dem Spiralgefühl im Bauch stieg er in den Fahrstuhl nach oben in den zweiten Stock. Es hörte nicht auf, als er die Wohnung betrat, und auch nicht, während er das belegte Brötchen aß, das er unten in der Wurstabteilung gekauft hatte. Er zog die *Morgenpost* aus dem Zeitungsstapel im Flur und setzte sich an den Küchentisch. Der Stuhl knarrte unter seinem Gewicht, denn er wog mehr als die meisten Menschen, weil er so groß war. Groß und schwer, aber schwach. Er würde nie so stark sein wie Mariona; jemand, der mit einem einzigen Blick dafür sorgen konnte, dass einem das Blut aus dem Herz stürzte.

Er schlug die hinteren Seiten der Zeitung auf, da, wo die ganzen

Anzeigen waren, von Monique oder Vanessa, Michelle, Natalie, Vera und vielen anderen, manche mit Bild, obwohl man nie wusste, wie sie dann wirklich aussahen. Unter den Namen stand meistens, was sie anboten, und manchmal auch, von wann bis wann sie arbeiteten und die Telefonnummer, unter der man sie erreichen konnte.

Gisela, 19, rote Haare, will dich verwöhnen, dein Traum wird wahr, auch anal –

Mit dem Kugelschreiber malte er einen Kreis um den Namen und dann um die Telefonnummer. Er konzentrierte sich auf Nummern, die mit 32 anfingen. Das war in der Nähe des Bahnhofs, wo er sich auskannte und mit dem Wagen hinfahren konnte. Außerdem war es weit genug entfernt, sodass er wohl niemand begegnete, der ihn kannte.

Stefanie, 24, rassige Brünette mit Supertitten, wartet auf dich, um dich zu verwöhnen! GV, Natursekt, Französisch –

Auch hier malte er einen Kreis um die Telefonnummer.

Sofia, 21, Blond von Kopf bis Fuss, Lust ohne Grenzen, alles ist erlaubt, was dir gefällt, auch Paare. 15 bis 24 Uhr, Anrufbeantworter oder live –

Es war noch zu früh; selbst wenn sie schon arbeiteten, hatten sie noch nicht genug verdient. Die ganze Mühe musste sich schließlich lohnen, und wenn sie kein Geld in der Wohnung hatten, konnte er es gleich lassen, egal, was er sich sonst noch vorstellte. Er kreiste auch Sofias Telefonnummer ein.

Er hatte schon früher bei Nutten angerufen, deswegen wusste er, dass manchmal nur ein Anrufbeantworter am anderen Ende war: Hallo, du hast Monique erreicht. Aber manchmal gingen sie auch gleich selbst an den Apparat. Monique, sagten sie dann, oder Tanja oder Vanessa – egal, es war ja sowieso nicht ihr richtiger Name –, hallo, was kann ich für dich tun?

Es waren mindestens dreißig oder vierzig kleine Anzeigen, die ganze Seite war voll damit. Ich warte bis zum Nachmittag, dachte er. Oder ich rufe jetzt schon an und verabrede mich für später, sonst sind sie vielleicht ausgebucht, wenn ich so weit bin. Auf alle Fälle musste er sich vorher anmelden, damit sie auch da war, wenn er vor der Tür stand und klingelte. Er überlegte, kreiste noch eine Telefonnummer ein. Er hasste es, Entscheidungen treffen zu müssen, dies oder das, falsch oder richtig.

Er drückte den Knopf oben am Kugelschreiber, raus, rein, raus, rein. Er legte den Kuli auf die Zeitung, schob ihn weiter, von dem Papier auf das blau-weiß karierte Wachstuch, mit dem der Tisch bedeckt war. Er entdeckte einen kleinen Tintenfleck am linken Daumen und eine gerötete Stelle neben dem Nagelbett. Die Haut war rissig; es tat weh, wenn man daran knabberte, aber es musste sein. Manchmal war es gut, wenn etwas wehtat. Er blätterte ein paar Seiten weiter, bis zu den Kinoanzeigen. Er sah sich gern Plakate an, auf denen Frauen gefoltert wurden, *Hexen, bis aufs Blut gequält*, solche Filme. Die Frauen knieten halb nackt und mit Ketten gefesselt in einer Zelle oder im Wüstensand, den Kopf verzweifelt nach hinten geworfen, ein Messer an der nackten Kehle. So wie auf dem Plakat in seinem alten Kinderzimmer.

Er stellte sich vor, er wäre es, der ihnen das Messer an die Kehle hielt. Er stellte sich ihre Angst vor, wie sie ihm ausgeliefert waren und alles tun mussten, was er wollte. Er stieß den Stuhl zurück, lief durch die Wohnung, von der Küche ins Wohnzimmer und von dort ins Schlafzimmer. Das Telefon stand im Flur auf einer dunkelgrünen Ikea-Kommode. Er blieb davor stehen und starrte es an, als könnte es die Entscheidung für ihn treffen, Monique oder Sofia. Oder Stefanie. Plötzlich klingelte es. Er zuckte zusammen und nahm den Hörer ab. »Hallo?«

»Ist die Mariona da?«, fragte eine Männerstimme, Straßenlärm im Hintergrund.

»Nein.«

»Wann kann ich sie denn erreichen?«

»Weiß ich nicht. Irgendwann.«

»Sie sind der Student, was?«

»Welcher Student?«

»Sie hat gesagt, sie wohnt mit einem Studenten zusammen.«

»Nein. Ich bin ihr – sie ist meine Freundin.«

Der Mann schwieg.

»Soll ich ihr etwas ausrichten?«, fragte Robert. »Ich kann ihr sagen, dass Sie angerufen haben, wenn Sie mir Ihren Namen –«

»Sie hat nicht erzählt, dass sie einen Freund hat«, sagte der Mann.

Robert spürte, wie sich sein Magen verkrampfte. Es geht also wieder los, dachte er. »Kennen Sie sie aus dem Ali Baba?«

»Sagen Sie ihr, dass der Richy angerufen hat, ja?«

»Okay, ja«, meinte Robert, aber da klickte es schon; der Mann hatte aufgelegt. Robert stand da, Hörer in der Hand, und sein Gesicht brannte. Er merkte, dass ihm die Knie zitterten. Er stellte sich den Anrufer vor: breite Schultern, nackenlange Haare, vielleicht noch ein Schnauzbart und eine Baseballkappe, Schirm nach hinten gedreht. Im Ali Baba, Marionas Stammpinte, wimmelte es von solchen Typen. Sie machte mit jedem von denen rum, sogar wenn er dabei war, nur um ihn ihre Macht spüren zu lassen. Außer wenn sie was von ihm wollte. Wenn er ihr was spendieren sollte, dann war sie anders; dann gab sie sich ein bisschen Mühe.

Sie sagte nicht, ich wohne bei meinem Freund. Sie sagte, ich wohne mit einem Studenten zusammen. Auf einmal verspürte er eine unkontrollierte Wut, die durch seine Brust fegte und ihm in den Kopf schoss wie eine Stoßwelle.

Er ging in die Küche und holte den Wodka aus dem Kühlschrank. Die Flasche fühlte sich kalt an, aber als er sie an den Mund setzte, war der Wodka immer noch zu warm. Er warf ein paar Eiswürfel in ein Wasserglas und füllte es dann mit Moskovskaja auf. Nach einem weiteren Schluck nahm er die Zeitung mit zum Telefon. Monique. Er wählte die Nummer, die unter dem Namen stand, und merkte, wie sein Herz schneller schlug.

Am anderen Ende erklang das Freizeichen, einmal, zweimal, dreimal. Niemand da, dachte er enttäuscht. Beim vierten Klingeln wurde abgehoben, und eine helle Stimme – fast so hell wie die eines Kindes – sagte: »Hallo, hier ist Monique.«

Er räusperte sich. »Ja, hallo, ich – ich rufe wegen Ihrer Anzeige an, in der Zeitung.«

»Und was kann ich für dich tun?« Sie klang wie eine Katze, als würde sie schnurren. Er konnte sie atmen hören, und als sie weiterredete, lispelte sie sogar ein bisschen, als wäre sie genauso aufgeregt wie er. »Möchtest du mich besuchen kommen?«

»Ja.«

»Meine Adresse steht in der Anzeige. Wann willst du denn kommen? Jetzt gleich?«

»Nein, jetzt noch nicht. Später. Heute Nachmittag.«

»Warte, ich schau mal schnell in meinen Terminkalender.« Ein Rascheln am anderen Ende, erst nah, dann weiter weg, dann wieder nah. »Wäre dir 16 Uhr recht? Oder 17?«

»17 Uhr«, sagte er. Dann hatte er noch genug Zeit, um in die richtige Stimmung zu kommen.

»Verrätst du mir noch, wie du heißt?«

»Robert.« Wie Robert De Niro, der Typ aus *Taxi Driver*.

»Hast du besondere Vorlieben, Robert?«

»Vorlieben? Ich weiß nicht …«

»Magst du es zärtlich oder etwas härter? Willst du, dass ich es dir mit der Hand mache oder mit dem Mund, oder willst du ihn mir so richtig reinstecken?«

»Ich weiß nicht, zärtlich vielleicht.«

»Ist eine Frage des Preises«, sagte sie. »Am besten kommst du erst mal her, und dann finden wir heraus, wie du es gern magst. 17 Uhr. Du musst bei Wilhelm klingeln.«

»Gut. Also, bis dann, ja?«

»Ja, bis dann, Robert.« Sie lachte leise und legte auf, und da dachte er, das Lachen wird dir noch vergehen. Er sah die Worte so deutlich vor sich, wie er *Ich bin verrückt nach ihr* gesehen hatte. Er guckte auf seine Uhr. Noch nicht mal ganz zwölf. Er ging zurück in die Küche und sah nach dem Huhn auf der Heizung. Es war noch halb gefroren. Er holte ein Messer aus der Schublade mit dem Besteck, aber vorher brauchte er noch einen Wodka.

3

Wilhelm, Wilhelm, Wilhelm …« Er zog den rechten Handschuh aus und rieb mit dem Daumenballen über die von der Kälte beschlagenen Klingelschilder, bis er die Namen lesen konnte. Da – Wilhelm, dritter Stock. Er holte tief Luft und klingelte. Ein paar Sekunden später knisterte die Gegensprechanlage. »Ja?«

»Robert«, sagte er.

Der Türöffner schnarrte. Robert drückte gegen den kalten Kugelgriff und betrat das Treppenhaus. Fast im selben Moment ging das Licht an. Er zog auch den zweiten Handschuh aus und stopfte beide in die linke Parkatasche zu den Autoschlüsseln, denn in der rechten steckte das Messer. Er hatte es in Zeitungspapier gewickelt, damit die Klinge nicht durch den Stoff der Jacke drang.

Es gab einen Fahrstuhl, doch Robert nahm lieber die Treppe. Die Wände des Treppenhauses waren in milchigem Gelb gestrichen, die Stufen schwarz gekachelt. Sie führten nach oben und nach unten, in den Keller oder zu einer Tiefgarage. Vielleicht gab es auch noch eine Hintertür, überlegte Robert, einen möglichen Fluchtweg über den Hof. Einige Stockwerke über ihm wurde eine Tür geöffnet. Er hatte sich nicht überlegt, wie sie wohl aussehen würde, das Gesicht, die Haarfarbe oder was sie anhatte. Er hatte zwei Flaschen Bier und fast die ganze Flasche Wodka getrunken, und jetzt schlug sein Herz nicht mal halb so schnell wie heute Vormittag, als sie telefoniert hatten. Er spürte es überhaupt nicht, fast als hätte er gar keins; als wäre es irgendwo in seinem Parka versteckt statt in seiner Brust.

Monique stand im Türrahmen. Er blinzelte die Kälte weg, die alles etwas unscharf machte. Er sah nur eine Silhouette: ein schlanker Körper – schwarzer BH mit rotem Spitzenbesatz, schwarzer Slip, dazu noch schwarze Strapse –, die Arme verschränkt, eine Hüfte an den Türrahmen gelehnt. Dahinter der Korridor, von schwachem Licht erfüllt. Es war nicht mal violett wie in manchen Filmen, wenn da einer zu einer Nutte ging. »Ich bin Monique«, sagte sie. »Du bist pünktlich. Ich mag es, wenn Männer pünktlich sind.«

Sie hatte blondes Haar, kurz und glatt wie Schnittlauch. Ihr Gesicht war nicht besonders hübsch, schmale blaue Augen, der Mund glänzte wie mit rotem Lack bemalt. Ihr Hals war schlank. Die Brüste wirkten selbst in den schwarzen Körbchen nicht sehr groß. Von dem BH hing noch eine Art Leibchen aus schwarzer Seide bis zum Bauchnabel runter, damit man nicht alles auf einmal sehen konnte. Sie trug High Heels, und als sie vor ihm durch den Flur ging, klackten ihre Absätze auf dem dunklen Linoleumboden. Mit einer kleinen Geste aus dem linken Handgelenk deutete sie auf eine in die Wand gedübelte Garderobe. »Du kannst deine Jacke da an den Haken hängen. Und zieh bitte die Schuhe aus.«

Das Zimmer am Ende des Flurs hatte keine Tür, nur einen Vorhang aus bemalten Holzperlen. Monique teilte ihn mit einer Hand. Robert sah eine graue Couch mit einem Haufen bunter Seidenkissen, einen runden Glastisch und eine niedrige Kommode, auf der ein weißer Philips-Fernseher stand. In der Kommode bewahrt sie bestimmt das Geld auf, dachte er, in einer der Schubladen. Vielleicht auch in der Kochnische, in der Brotdose oder in einer leeren Teekanne.

Aus dem Raum drang leise Musik, Gitarre und Synthesizer, wie in einem Hotelfahrstuhl. An der Decke hing eine große weiße Kreppkugel, in der eine 40-Watt-Birne brannte, höchstens 45 Watt, vielleicht weniger. In einer Ecke stand ein Gummibaum in einer Hydrokultur. Ein weißer Flokatiteppich bildete eine flauschige Brücke von der Couch zu dem großen französischen Bett neben dem Fenster. Auf dem Bett lag eine pinkfarbene Tagesdecke. Die Lamellen der Jalousie waren halb geschlossen.

»Soll ich das Licht ausmachen?«, fragte Monique.

»Weiß nicht«, sagte Robert. Er zog seine Schuhe nicht aus und behielt auch den Parka an. »Meinetwegen.«

»Weißt du denn schon, wie du es haben möchtest?«

»Kommt auf den Preis an«, sagte er, damit sie keinen Verdacht schöpfte. »Was kostet eine einfache Nummer?«

»Mit Reinstecken oder nur mit der Hand?«

»Mit Reinstecken.«

»Achtzig ganz ausgezogen. Mit Körperküssen –«

»Okay«, sagte er. »Darf ich mal kurz ins Bad?«

Sie deutete auf eine angelehnte Tür neben der Garderobe. »Aber ohne Schuhe«, sagte sie noch einmal.

»Alles klar«, sagte er. Er bückte sich und fummelte ein bisschen an den klammen Schnürsenkeln herum, dann ging er ins Bad, ohne die Schuhe auszuziehen. Er schloss die Tür hinter sich und blieb einen Moment einfach so stehen und betrachtete sich im Spiegel über dem Waschbecken. Er war blass, nur auf seinen Wangen lag ein roter Schimmer, wie bei einem Clown im Zirkus. Sein Haar glänzte nass, dunkelbraune Strähnen, die ihm in die Stirn hingen. Er war betrunken, aber er fühlte sich nicht so.

Er wartete auf das flimmernde Quecksilbergefühl in seinem Blut, das Kitzeln in seiner Brust. Warum werde ich nicht wütend?, dachte er. Wie sie wohl wirklich heißt? Vielleicht Monika. Es tut mir leid, Monika. Ich weiß nicht, wie ich sonst an Geld kommen soll. Ich habe noch nie jemand getötet, nicht mal zugeschlagen habe ich, auch nicht in der Schule oder sonst wo. Nur Mariona habe ich mal eine verpasst, weil sie nicht aufgehört hat, mich zu triezen, als ich schlafen wollte. Danach habe ich mich geschämt. Ob ich mich nachher auch schämen werde?

Ich kann immer noch zurück, dachte er. Ich kann rausgehen und sagen, dass ich kein Geld habe oder dass sie doch nicht mein Typ ist, ich steh nicht so auf blond. Er stellte sich vor, wie sie sich dann aufregte, wie sie wütend wurde und auf ihn losging, mit diesem Keifen, das die Stimmen der Frauen in solchen Momenten kriegten, dann verpiss dich doch, du Versager, du Memme, du armseliger Wichser, du elendiger –

Genau wie Mariona im Ali Baba, wenn sie zu viel getrunken hatte und sie ihn einfach loswerden wollte, weil sie auf einen von den anderen Gästen scharf war.

Er griff in die rechte Parkatasche, holte das in Zeitungspapier gewickelte Fleischmesser heraus und packte es aus. Solinger Stahl, 1a-Qualität. Die Klinge schimmerte, das Papier ließ er einfach fallen. Das Messer lag gut in der Hand, der Griff war aus schwarzem

Plastik, mit Vertiefungen für die Finger. Damit hatte er zu Hause geübt – die Klinge in das aufgetaute Huhn gerammt, durch die gelbliche Haut ins Fleisch darunter und sogar durch die Knochen –, um auf das Gefühl vorbereitet zu sein. Da! Besser als ein Brotlaib, hatte er gedacht. Da, da! Das Huhn war feucht und immer noch ein bisschen kalt gewesen, und es hatte fast gar nicht geblutet. Da und da und da! Anschließend hatte er das Messer abgespült und das Huhn in den Kühlschrank gelegt, weil er am Abend bestimmt hungrig sein würde.

Er blickte nicht noch einmal in den Spiegel. Ich gehe jetzt einfach raus und mache es, dachte er. Das war der letzte Gedanke, an den er sich später erinnerte, danach war alles weg. Er umklammerte den Griff des Messers so fest, dass es fast wehtat, und verließ das Bad.

»Ich bin hier!«, rief Monique.

4

Larsen

Es war eins von den Häusern, in denen ein Mensch sterben und sehr lange tot auf dem Boden liegen konnte, ohne dass irgendjemand sich über den ununterbrochen laufenden Fernseher in der Nachbarwohnung oder den überquellenden Briefkasten im Eingangsbereich wunderte. In diesen Häusern konnte ein Mensch ermordet werden und dabei verzweifelt um sein Leben kämpfen, und erst wenn der Geruch im Treppenhaus so intensiv wurde, dass keinem der anderen Mieter mehr eine natürliche Ursache dafür einfiel, kam jemand auf die Idee, die Polizei zu rufen.

Es gab so viele von diesen Häusern in der Stadt, dass Hauptkommissar Kiefer Larsen ihre Fassade schon vor sich sah, wenn nur sein Telefon klingelte und jemand eine ermordete Prostituierte meldete. Er sah die Fassade und das Treppenhaus und die Tür der Wohnung, und als er bei dem Haus eintraf, sah er auch die Namen auf den Klingelschildern und erkannte sie wieder: Sarah Herbst und Rosy Sommer, Tanja Tulpe, Monique Wilhelm. Sie nannten sich Modelle, und keine arbeitete unter ihrem richtigen Namen. Stattdessen bevorzugten sie Jahreszeiten, Blumen oder Farben, manchmal auch Männernamen, in den Anzeigen und an den Türen.

Der Kriminaldauerdienst hatte Larsen vor einer halben Stunde angerufen, und jetzt stieg er langsam die Treppe zum dritten Stock hinauf und erkannte sogar den Geruch, der all diesen Häusern zu eigen war. Seine Gummisohlen quietschten auf den von den Abdrücken zahlloser nasser Schuhe übersäten Stufen. Er überlegte, ob die des Täters dabei waren oder ob der Mörder den Lift benutzt hatte. Ich wäre gelaufen, dachte er, vorher und nachher. Die Beleuchtung im Treppenhaus war schwach, und bei einer zufälligen Begegnung reichte es, den Kopf zu senken, um sein Gesicht zu verbergen. Im Fahrstuhl mit seinem hellen Licht prägten sich selbst Kleinigkeiten schnell ein. Larsen entdeckte keine Blutspuren an den Wänden oder auf den Stufen, aber damit hatte er auch nicht gerechnet.

Im dritten Stock saß ein Mann auf dem Treppenabsatz. Er trug schmutzige Sneakers, Jeans und eine gefütterte Lederjacke. Zu seinen Füßen hatten sich zwei kleine Wasserlachen gebildet. Er hatte den Kopf in beide Hände gestützt, die Handballen verbargen das halbe Gesicht. Das braune Haar fiel ihm in feuchten Strähnen über die Finger. Als er Larsen kommen hörte, blickte er auf. Auch seine Augen schimmerten feucht. »Eines Tages musste es so kommen«, sagte er mit erstickter Stimme. »Ich habe immer gewusst, dass es eines Tages so kommen würde. Aber sie hat mir ja nicht geglaubt.«

»Larsen, Kripo«, stellte er sich vor. »Sind Sie mit der Toten verwandt?«

»Monika ist meine Frau.« Er rieb sich die Augen mit den Daumenballen. »Ich bin ihr Mann. Armin Wilhelms … Sie liegt da drin. Sie ist … sie sieht schrecklich aus … man muss sie doch zudecken! Wir haben mit dem Abendessen auf sie gewartet, aber sie ist nicht gekommen. Tommy hat sie dann angerufen, weil sie schon lange zu Hause sein wollte. Tommy kriegt es schnell mit der Angst. Sie ist nicht ans Telefon gegangen, und ihr Anrufbeantworter war auch nicht eingeschaltet.«

»Tommy ist Ihr Sohn?«, fragte Larsen.

»Ja. Er ist – er ist erst sieben. Seine Schwester … Er hat noch eine Schwester – Friederike –, die ist vier. Wie sollen sie denn jetzt – ohne ihre Mutter – ohne Monika … Warum wird sie denn nicht zugedeckt?«

»Gehen Sie nicht weg«, sagte Larsen. »Ich bin gleich wieder bei Ihnen. Ich sorge dafür, dass sie zugedeckt wird.«

Ein Beamter der Schutzpolizei stand neben der offenen Tür zu Monique Wilhelms Apartment. Er tippte mit zwei Fingern einen Gruß an den Schirm der Uniformkappe und trat zur Seite, um Larsen in den erleuchteten Flur des Apartments zu lassen. »Behalten Sie den Mann im Auge«, sagte Larsen leise und holte Notizblock und Stift aus der Innentasche seines Dufflecoats. »Bringen Sie ihm ein Glas Wasser. Ich will nachher noch mit ihm reden.«

An der Wohnungstür bemerkte er dunkelrote Flecken neben

dem Knauf. Er warf einen Blick auf die Innenseite und entdeckte auch dort rote Kontaktspuren, wahrscheinlich Blut von der Hand des Täters. Nichts an den Wänden, nichts auf dem Boden. An der Garderobe rechter Hand hing eine schwarze, nietenbesetzte Lederjacke, deren Taschen nach außen gekehrt waren und ebenfalls Blutspuren aufwiesen. Darunter lag eine offene Damenhandtasche; der Inhalt war verstreut wie die Spielsachen eines unordentlichen Kindes. Aus dem Raum am Ende des Flurs drangen Stimmen von mehreren Männern und einer Frau. Die Frau war Mareike Jung. Eine der Männerstimmen gehörte Torsten Lenz, Olaf Sundermann eine andere, die übrigen erkannte Larsen nicht.

Warum sind sie nicht still?, dachte er. Am liebsten wäre er jetzt allein gewesen, nur er und die Leiche des Opfers, in absoluter Stille, umgeben von Schweigen. Sie war da und wartete auf ihn, genau wie der Mörder, dem er nie mehr so nahkommen würde wie in diesem Moment am Tatort. Mit dem Block in der Hand betrat er das Zimmer am Ende des Flurs, und die Gespräche verstummten. Die Perlenstränge des Vorhangs klirrten noch einige Sekunden gegeneinander.

Die Lamellenjalousie war heruntergelassen. Die Lampe an der Decke brannte nicht, nur die Stehlampe neben dem Bett spendete schummriges Licht. Es war ein Prostituierten-Studio wie aus dem Katalog eines Einrichtungshauses – *Wohnen & Arbeiten im Rotlichtviertel* – mit einer Kochnische, einem WC und einer Duschkabine. Alles diente einem Zweck, nichts war Luxus. Allerdings hätte man bei den Abbildungen im Katalog wahrscheinlich auf das Blut verzichtet, ebenso auf die junge Frau, die tot auf dem weißen Flokati vor dem großen Bett (2 x 2 Meter, pinkfarbener Überwurf) lag.

Das Blut war überall. Ein großer Fleck auf dem Teppich. Eine Lache auf dem Linoleumboden. Spritzer auf dem Bettgestell, dem Tisch, dem Fernseher. Blutspuren fanden sich auch auf dem Glastisch, der Sitzfläche der Couch und der geweißelten Wand dahinter. Blutige Kontaktspuren – wischartig – vermutlich von Händen oder blutigen Textilien, notierte Larsen. Auffällige Tropfenbildung. Durch Stiche bedingte Abschleuderspuren (bis zur Decke) von blutiger Tatwaffe. Schwach blutige Schleifspur auf Teppich führt von Couch zum circa zwei Meter entfernten Körper der Toten.

Sie muss sich verzweifelt gewehrt haben, dachte er.

Die Spurensicherung hatte bereits mit der Arbeit begonnen und kleine Tafeln mit Ziffern und Zahlen in konzentrischen Kreisen um die Leiche aufgestellt. Der Körper der Frau war etwas verdreht, sie lag halb auf dem Rücken, halb auf der Seite. Die Beine waren angezogen, beide Arme vor dem Körper verschränkt. Etwa einen Meter siebzig groß, schätzte Larsen, Gewicht um die sechzig Kilo. Schlank, sportliche Figur. Blonde, kurze Haare. Der Kopf war zur Seite gekippt. Der Mund stand offen. Die Lippen waren blutverkrustet, ein Schneidezahn war abgebrochen. Die Blutlache auf dem Boden, in der Monika Wilhelms lag, war groß, fast einen halben Meter auf einen halben Meter, und an den Rändern bereits eingetrocknet. Der weiße Hirtenteppich unter ihrem Körper hatte viel davon aufgesogen, aber nicht alles.

»Der Täter hat wahllos auf sie eingestochen, wie ein Irrer«, sagte Sundermann leise. »Brust, Bauch, Hals, Arme, Hände – und dann der Kopf … sehen Sie sich den Kopf an …«

Der schwarze BH des Opfers war zwischen den Körbchen durchtrennt worden, doch der Stoff klebte an ihren blutverkrusteten Brüsten. Das halb zerfetzte Seidenleibchen wies mehrere Einstiche auf. Die Strapse waren noch immer straff gespannt. Den Slip hatte der Täter bis zu den Knien heruntergezogen. Auf dem Slip und den ebenfalls schwarzen Strümpfen darunter konnte man strahlenförmig angeordnete Blutstropfen sehen.

Multiple Schnitte und Stiche im Bauch- und Brustbereich, notierte Larsen und dachte, mindestens fünfundzwanzig, außerdem aktive und passive Abwehrverletzungen an beiden Händen mit zahlreichen Stichen in der Hohlhand. Offenbar hatte das Opfer versucht, dem Täter in die Klinge zu greifen, um den Angriff abzuwehren. Dazu sieben Stiche im rechten Oberarm und der rechten Schulter. Auf dem linken Arm deutlich erkennbare Blutantragungen. Linke Brust und Herzregion mit circa zehn Stichverletzungen, darunter Wunden mit schwalbenschwanzförmiger Ausbildung. Tatwaffe fehlt. Vermutlich einschneidiges Messer. Knapp über dem

Bauchnabel horizontale Schnittverletzungen (drei, die längste circa 40 cm, alle kaum unterblutet). In gleicher Höhe am Rücken ebenfalls oberflächlicher, bogenförmiger Schnitt, fast genauso lang.

Der Kopf war beinahe abgetrennt worden. Tiefe, weit klaffende Schnitte führten an der Vorderseite des Halses von Ohr zu Ohr und reichten offensichtlich bis zur Wirbelsäule. Unterhalb der Kehle gab es weitere strichförmige Verletzungen, als hätte der Täter sie dort nur versuchsweise ritzen wollen.

»Das Schlimmste ist, dass ihr Mann sie so gefunden hat«, sagte Mareike.

Für ein paar Sekunden sah Larsen alles mit den Augen von jemandem, dem die Tote etwas bedeutete, der sie vielleicht sogar geliebt hatte – das Apartment, die Spuren des Kampfes, den leblosen Körper. Das Schlachtfeld, auf dem der Täter ein Leben beendet hatte. Er prägte sich jedes Detail ein, um sich später, wenn er auf den Tatortfotos damit konfrontiert wurde, besser daran erinnern zu können, was es bei ihm ausgelöst hatte, in dem Moment, als er die Anwesenheit des Mörders noch spürte. Er prägte es sich ein, und zur Sicherheit notierte er alles noch einmal in Stichpunkten auf seinem Block:

Rote Tulpen in umgefallener Blumenvase auf der runden Glasplatte des Couchtischs; vom Wasser aus der Vase aufgeweichte Illustrierte *Stern*, *Hörzu;* Messingständer mit zu drei Vierteln heruntergebrannter Kerze; Gläser auf der Kommode; Flaschen mit Selters, Rotkäppchen-Sekt und Smirnoff-Wodka, teilweise angebrochen; darüber an der Wand ein halbes Dutzend Gerten und Peitschen.

Er notierte, dass die Schubladen der Kommode aufgezogen waren und dass auf dem Boden davor eine leere Geldkassette lag, umgeben von Papieren, auf denen Blut klebte. Er hielt fest, dass die Schiebetüren des Kleiderschranks geöffnet waren; dass die Kleider, wahllos herausgerissen, davor einen kleinen Haufen bildeten. Er registrierte, dass der Fernseher ausgeschaltet war, im Radio aber leise Musik lief. Er notierte sogar den eingeschalteten Sender – Hansawelle von Radio Bremen. Über der Sessellehne liegt ein Hausmantel aus schwarzer Seide, schrieb er, sorgfältig abgelegt, nicht hingeworfen.

Auf dem rechten Arm der Toten befand sich ein Dildo, ebenfalls mit blutigen Griffspuren. Auch das schrieb er auf. Und er schrieb auf, dass neben ihr ein Tastentelefon (cremefarben) mit zerschnittener Schnur stand. Der Hörer steckte fast bis zur Hälfte in der Vagina von Monika Wilhelms.

Das Schlimmste ist, dass ihr Mann sie so gefunden hat.

Larsen legte Block und Stift auf die Kommode und beugte sich über den Körper, um seine Temperatur zu prüfen. Die Haut fühlte sich schon kalt an. Er drehte den Körper, bis er die Leichenflecke erreichen konnte, die sich mittlerweile an der Unterseite gebildet hatten. Mit dem Daumen drückte er auf das verfärbte Gewebe. Unter dem Druck wurde es blassweiß, doch als er losließ, nahm die Haut rasch wieder das dunkelviolette Rot der Flecken an. Danach versuchte er, Hände und Beine der Leiche zu bewegen. Die Totenstarre hatte sich schon im ganzen Körper ausgebildet.

Sechs bis acht Stunden, dachte er, maximal neun. Zeitpunkt des Todes also spätestens – er konsultierte seine Armbanduhr – 17 Uhr. Bevor er seinen Block zuklappte, schrieb er noch: Neben Bett weiße Wollsöckchen und braune Mokassins, kein Blut. Wohnung weitgehend durchsucht. Nirgendwo Geld, nur die leere Kassette.

»Wo sind ihre Schuhe?«, fragte er und sah zu Mareike auf. »Glaubst du, sie hat ihre Freier barfuß empfangen? So wie sie sonst angezogen war?«

Mareike sah sich um. An der Wand neben dem Perlenvorhang standen mehrere Paare – Stilettos, High Heels, Stiefel mit verschieden hohen Stulpen, aus Leder oder Lackleder, rot, schwarz, einige mit Metallnoppen –, alle in Reih und Glied. »Vielleicht hatte sie keine Zeit mehr, die passenden Schuhe anzuziehen.«

»Oder er hat sie ihr ausgezogen und mitgenommen«, warf Lenz ein. »Als Souvenir oder eine Art Trophäe.«

Vom Treppenhaus drang Lärm herein, ein Mann schrie etwas, das sich wie »Das ist doch Scheiße!« anhörte. Ein anderer redete beruhigend auf ihn ein. Kurz herrschte Stille, dann fing der erste wieder an. Es klang wie das Bellen eines Hundes. Larsen sagte: »Das ist ihr Mann, ich rede mit ihm. Deckt sie zu.« Ohne ein weiteres Wort verließ er den Raum und ging ins Treppenhaus, wo Armin

Wilhelms völlig außer sich auf und ab ging. »Entschuldigen Sie, dass Sie warten mussten, Herr Wilhelms.«

Wilhelms bewegte sich mit großen Schritten auf ihn zu. Sein Gesicht war gerötet und verquollen. In der Hand hielt er ein leeres Wasserglas, das er Larsen vorwurfsvoll entgegenstreckte. »Ich darf nicht rein zu Monika, und nach Hause, wo meine Kinder warten, darf ich auch nicht! Seit einer Stunde werde ich hier festgehalten und –«

»Sie dürfen sofort gehen«, sagte Larsen. »Es tut mir leid, was mit Ihrer Frau passiert ist, und ich bin genauso erschüttert wie Sie über das, was ich da drinnen gesehen habe.« Der Täter hat uns in gewisser Weise zu Verwandten gemacht, dachte er. Durch den Mord an der Frau hat er ein Band zwischen diesem Mann und mir geknüpft, zwischen uns dreien, das erst zerreißt, wenn ich ihn gefasst habe. »Können Sie mir sagen, ob heute etwas anders war als sonst? Als Monika zur Arbeit gegangen ist, kam sie Ihnen da verändert vor? Oder hat sie etwas gesagt, zum Beispiel einen besonderen Kunden erwähnt, auf den sie sich freute oder der ihr unangenehm war?«

»Nein. Sie war wie immer.«

»Sie hatte auch keinen zusätzlichen Termin – einen außerhalb ihrer normalen Tätigkeit?«

»Was denn für einen Termin?«

»Arzt. Gesundheitsamt. Anwalt. Zuhälter. So was in der Art?«

»Monika hatte keinen Zuhälter.« Er versuchte, Haltung anzunehmen, Würde auszustrahlen. »Sie war schließlich Dolmetscherin, oder?«

Larsen nickte. »Hat sie irgendwann in letzter Zeit mal etwas erwähnt, dass sie verfolgt worden wäre – jemand, der ihr auf der Straße nachgegangen ist oder sie telefonisch belästigt hat?«

»Nein. Das hätte sie mir gesagt.«

»Gut, dann können Sie jetzt gehen. Entschuldigen Sie bitte, dass wir Sie aufgehalten haben. Es kann sein, dass wir noch weitere Fragen an Sie haben, deswegen möchten wir Sie bitten, sich zu unserer Verfügung zu halten.«

»Wann können wir die Monika – also, die Kinder und ich –«

»Sie erhalten von uns Bescheid.«

Wilhelms sah sich um, als wüsste er nicht, was er mit dem leeren Wasserglas machen sollte. »Ja, also … dann …«

Larsen nahm ihm das Glas aus der Hand und reichte es dem Kollegen von der Schutzpolizei. »Sollen wir Sie nach Hause bringen?«, fragte er.

»Nee, lassen Sie mal … Ich schaff das schon.« Wilhelms schüttelte den Kopf, als glaube er selbst nicht, was er eben gesagt hatte. Dann ging er langsam die Treppe hinunter, sehr aufrecht, Stufe für Stufe, ohne sich am Geländer festzuhalten.

Als Larsen wenig später das Haus verließ und die Berbenstraße entlangging, dachte er nicht mehr an den Ehemann. Er dachte über den Täter nach und darüber, dass er es nicht nur auf das Geld abgesehen hatte. Der zerschnittene Büstenhalter, der in die Scheide gerammte Telefonhörer, die Art und Menge der Stiche und Schnitte besagten, dass der Mörder etwas ausdrücken wollte. Er wollte sich durch die Tat selbst verwirklichen.

Ich muss herausfinden, worauf es ihm ankam, dachte Larsen; was ihm wichtig war. Zu jedem Schloss gibt es einen Schlüssel, und den werde ich finden, weil er ja irgendwo sein muss. Und wenn ich den Schlüssel habe, ist es nur noch eine Zeitfrage, bis ich auch weiß, wer das Schloss entworfen hat. Bloß einen Zeitvorsprung, sagte er in Gedanken zu dem Täter, mehr hast du in diesem Augenblick nicht. Aber die Zeit ist auf meiner Seite, das wirst du noch merken. Die Zeit arbeitet immer für mich.

5

Robert

Es war nicht so gewesen, wie er es sich vorgestellt hatte. Nichts davon. Er versuchte, sich an alles zu erinnern, immer wieder, aber er hatte Mühe, die Einzelheiten in die richtige Reihenfolge zu bringen – was genau geschehen war von dem Moment an, als er aus dem Bad gekommen war.

Es klappte einfach nicht.

Es war nicht wie in einem Film, wo ein Bild auf das andere folgte. Er ließ sich auch nicht mittendrin anhalten oder langsamer abspielen, damit er das Bild genauer betrachten konnte. Der große Bogen fehlte, und nicht nur das, auch manche Einzelheiten, bestimmte Augenblicke. Sie waren manchmal da – und im nächsten Moment verschwunden. Dann wieder fiel ihm ein Detail ein, aber er wusste nicht mehr, an welche Stelle es gehörte.

Er versuchte, all die verschiedenen Einzelheiten zu einem Film zusammenzusetzen, den er sich so ansehen konnte, wie er eigentlich sein sollte. Wie ein Cutter im Schneideraum einer Filmproduktion, der auch nur die Bilder hatte und keine Gefühle. Die Gefühle fehlten ihm am meisten: die Lust, der Rausch, die Erfüllung.

Sie fehlten, weil er sie nicht verspürt hatte. Er hatte erwartet, dass es sich so anfühlen würde wie in seiner Fantasie, wenn er sich auf das Wasserbett legte und spürte, wie sein Schwanz steif wurde. Wenn er sich ausmalte, wie er auf eine Frau einstach und sie winselte, bevor er wieder zustach. Und ein Bild führte zum nächsten, und dann wuchs seine Erregung mit jedem Stich, jedem Schrei. Aber in Moniques Apartment war alles viel zu schnell passiert; es war vorbei gewesen, bevor er es genießen konnte.

Er hatte sofort zugestochen, durch das schwarze Leibchen und dann durch die Haut und die Muskeln. Als die Klinge des Messers in den Bauch der Frau gedrungen war, hatte er ganz deutlich den kurzen Ruck gespürt, den Widerstand der Muskulatur. Der Griff war ihm fast aus der Hand gerutscht, weil er in Gedanken schon beim Blut gewesen war. Er hatte sich mehr auf das Blut konzentriert als auf das Bauchfell und deswegen das Messer nicht fest genug gehalten.

Bloß dass zuerst gar kein Blut gekommen war. Die Klinge steckte im Bauch der Frau fest, und er hatte daran gezogen und das Messer wieder herausgerissen, und auch da kam noch kein Blut.

Es lag an dem Stoff, dachte er. Der schwarze Stoff sog das Blut auf. Das Leibchen wurde nass, es hinderte das Blut daran, aus der Wunde zu schießen, wie er es erwartet hatte. Nur die Klinge war ein bisschen rot verschmiert, als hätte er sich mit dem Messer ein Marmeladenbrot bereitet. Er konnte sich an das Geräusch erinnern, das Reißen der Seide, das Durchtrennen der Haut und den stumpfen Laut, mit dem die Klinge dann unterhalb der Rippen stecken geblieben war. Aber vielleicht verwechselte er das mit dem überraschten Keuchen der Frau, das fast wie ein Rülpsen klang oder ein unterdrücktes Husten. Er war überrascht gewesen, dass sie nicht schrie, nicht beim ersten Zustechen.

Genau genommen hat sie gar nicht richtig geschrien, dachte er; nicht so, wie die Frauen in den Filmen immer schreien. Erst bei den nächsten Stichen, als das Blut gekommen war. Vielleicht war es der Anblick des Blutes gewesen, das aus ihren Wunden schoss, sobald er das Messer wieder herausgezogen hatte. Die Erkenntnis, dass es ihr Blut war, das auf seine Hand spritzte.

Er spürte noch, wie warm es sich angefühlt hatte auf seiner Haut, an der empfindsamen Stelle unter dem Handgelenk. Das musste er sich merken, damit er sich daran erinnern konnte, wenn er sich selbst befriedigte – wie überrascht sie beide gewesen waren, wie sie sich einen Moment lang in die Augen gesehen hatten, fast reglos.

Und er hatte das Geld. Es lag auf dem Küchentisch, nicht ganz 2000 Mark in Zwanzigern, Fünfzigern und Hundertern, die er in einer billigen Metallkassette in der obersten Schublade der Fernsehkommode gefunden hatte. Auf der Suche danach war er ein paarmal über die tote Monique gestiegen, weil sie ihm dauernd im Weg lag. Das war vorher gewesen, bevor er es ihr mit dem Telefonhörer besorgt hatte. Na, gefällt dir das, ja? Wie sie dagelegen hatte mit ihrem fast ganz abgeschnittenen Kopf, als wollte sie ihn nicht ansehen.

Aber er hatte das Geld, und wenn Mariona das nächste Mal zu meckern anfing, konnte er es ihr einfach so hinblättern, hier, wie viel brauchst du, fünfzig, hundert, tausend? Ich könnte es ihr auch ins Gesicht schmeißen. Na, gefällt dir das jetzt?!

Er sah auf die Uhr. Mitternacht vorbei. Er war überhaupt nicht müde. Er betrachtete das Geld und stellte sich Marionas Gesicht vor. Zum ersten Mal war er froh gewesen, dass er sie nicht zu Hause antraf, als er die Wohnungstür aufgesperrt hatte. In Moniques Badezimmer hatte er sich nur flüchtig die Hände gewaschen, ohne nachzuschauen, ob noch irgendwo sonst Blut an ihm klebte. An Handschuhe hatte er auch nicht gedacht; wahrscheinlich waren seine Fingerabdrücke jetzt überall in dem Apartment.

Bestimmt hätte Mariona gemerkt, dass er verändert war. Er hatte schließlich noch nie jemand getötet. Sie hätte nicht gewusst, was genau anders an ihm war, aber gemerkt hätte sie es. Vielleicht hätte sie Angst vor ihm gehabt. Oder ihn bewundert. Er hätte es ihr gern erzählt: Du glaubst nicht, was ich heute getan habe. Er hätte gern gesehen, wie ihr Blick sich veränderte, während er redete.

Als er noch immatrikuliert gewesen war, hatte er in der Stabi in einem Buch einen Satz entdeckt, den er einfach nicht vergessen konnte: *Ich hätte lieber Blut an den Händen als Wasser wie Pilatus.* Daran dachte er jetzt. Ich hatte Blut an den Händen. Ich habe es zu schnell abgewaschen.

Er stand am Küchentisch und überlegte, was er tun musste, damit er länger etwas davon hatte. Die Erinnerung festhalten, daran, was er getan hatte und wie es gewesen war. Was er dabei empfunden hatte. Oder was er eigentlich hätte empfinden müssen und was stattdessen gewesen war. Wie in der Schule, dachte er, wenn sie einen Aufsatz schreiben mussten: *Mein schönstes Ferienerlebnis.* Oder in Physik, wenn sie herausfinden sollten, bei wie viel Grad Wasser kochte. Wie die Temperatur stieg oder was sie daran hinderte, noch höher zu steigen, bis zum Siedepunkt.

Aufschreiben oder messen oder berechnen, dachte er, eine Fieberkurve zeichnen. Eine Skala. Festhalten, was passiert war und was er dabei verspürt hatte, an welchen Stellen es gut gewesen war und an welchen nicht. Was noch fehlte. Das musste er sofort machen, solange die Eindrücke noch frisch waren.

Er stopfte das Geld nicht wieder ins Kuvert, weil auf dem braunen Papier ein paar rostrote Flecken waren, und wenn Mariona die entdeckte, stellte sie bestimmt blöde Fragen. Die Scheine hatten nichts abgekriegt. Er zerriss das Kuvert in kleine Fetzen, die er in den Müll warf. Das Geld legte er Mariona unters Kopfkissen. Das Wasserbett schaukelte, als er sich auf ihre Seite setzte, wo alles nach ihr roch, die Decke und das Laken. Der Geruch erregte ihn. Auf Mariona war er immer noch scharf, daran hatte sich seit dem allerersten Mal nichts geändert. Sie war erst neunzehn, sieben Jahre jünger als er, und am Anfang hatte sie es wirklich gern gemacht. Er musste nicht mal dafür bezahlen, das war das Beste gewesen.

Der Anruf von heute Morgen fiel ihm ein, dieser Richy, der nach ihr gefragt hatte. Ob sie es jetzt gerade mit dem trieb? Oder saß sie nur im Ali Baba und ließ sich von ein paar Typen freihalten und kam nach der Sperrstunde nach Hause? Bei dem Gedanken, sie könnte gar nicht mehr kommen, hatte er das Gefühl, als fiele etwas Schweres durch seine Brust in den Magen, wo es liegen blieb.

Die Wohnung musste mal gelüftet werden, weil er vergessen hatte, die Bierflaschen wegzustellen, und ein bisschen roch es auch noch nach dem aufgetauten Huhn. Er hatte aber keinen Hunger. Er holte lieber den Block mit dem gelblichen Karopapier, der sich bei seinen Sachen vom letzten Semester Theologie befand. Die Bücher, Skripten und Notizen hatte er unten in der grünen Ikea-Kommode verstaut. Auf dem Küchentisch lag immer noch die Zeitung mit den Fickanzeigen. Er räumte ihn frei und schaltete das große Licht an. Dann legte er den Block auf das Wachstuch, und daneben legte er einen Kuli und ein Lineal, die auch bei den Unisachen gewesen waren. Er setzte sich auf den Stuhl, auf dem er immer saß.

Als Erstes malte er einen zierlichen Frauenkörper auf den gelben Block, nur die Umrisse: Kopf, Titten, Unterleib und dazwischen die Taille, kein Gesicht. Darunter zog er mit dem Lineal eine gerade Linie, fast von einem Ende des Blatts zum anderen. Das war die x-Achse, die den zeitlichen Ablauf darstellte. Am linken Ende der

Linie setzte er das Lineal erneut an und malte eine zweite Linie, die von oben nach unten verlief und mit der ersten einen rechteckigen Winkel bildete. Das war die y-Achse, die zeigte, bis zu welchem Grad die Tat seine Fantasien erfüllt hatte. Nach einer kurzen Pause unterteilte er beide Linien mit kleinen Strichen in Millimeterabständen. Dann versah er jeden Strich mit einer Ziffer – 1, 2, 3, 4, 5 –, aus der später Zahlen wurden, aufsteigend von null bis hundert. Die senkrechte Linie sah jetzt aus wie die Skala von einem Thermometer.

An der Spitze des rechten Winkels, da, wo die beiden Linien sich trafen, befand sich der Punkt null. Der erste Millimeterstrich dahinter bezeichnete den Moment, in dem er dem Opfer seine Absichten enthüllte; in dem er das Messer zog oder ihr den ersten Schlag mit der Faust oder einem Gegenstand versetzte. Alles, was vor der Null geschah, die Kontaktaufnahme, die Fahrt zum Opfer, das Klingeln, das Gerede, all das fand keinen Eingang ins Diagramm.

Über die höchste Zahl des Thermometers (100) schrieb er ein Wort: *Lust.* Ans rechte Ende der horizontalen Linie (ebenfalls 100) schrieb er: *Zeit.* Ganz oben auf dem Blatt notierte er den Namen der Person, um die es bei diesem Diagramm ging: *Monique.* Die blonde Monique, die in der Tür gestanden hatte, total auf sexy getrimmt, eine Hüfte am Türrahmen, ein Lächeln auf den roten Lippen. Du bist Robert? Ihr Tod begann erst mit Millimeterstrich eins auf der Zeit-Linie. Unter diesen Strich schrieb Robert mit winzig kleinen Buchstaben: *Überraschung.*

Er sah auf und lauschte. Draußen unter dem Fenster schlugen Autotüren zu, jemand lachte. Eine Hupe ertönte. Angespannt wartete Robert auf weitere Geräusche. Schritte, die im Treppenhaus näher kamen. Einen Schlüssel, der ins Schloss geschoben wurde. Doch alles blieb still, und eine Sekunde lang wusste er nicht, ob er sich erleichtert oder bedrückt fühlte. Was hatte es zu bedeuten, dass Mariona immer noch nicht nach Hause gekommen war? Bestimmt war sie im Ali Baba und redete schlecht über ihn.

Ich könnte jetzt hingehen und sagen, du kommst sofort mit nach Hause. Bloß dass sie ihn dann nur auslachen würde, vor allen anderen Gästen, wie sie es schon mal getan hatte. Einmal hatte sie ihm sogar eine Ohrfeige verpasst. Sie hatte ihm echt eine geknallt und geschrien, lass mich in Ruhe, du Memme, verzieh dich! Aber wenn ich mich davon nicht beeindrucken lasse? Wenn ich sage: Du kommst jetzt sofort mit nach Hause, sonst bring ich dich um!? Du wärst heute nicht die Erste! Oder: Komm jetzt mit, ich habe eben eine Frau gekillt, wie findest du das? Ob sie es dann mit der Angst kriegte?

Er schüttelte den Kopf und konzentrierte sich wieder auf sein Diagramm. Als Nächstes schrieb er das Wort *Angst*, gleich hinter *Überraschung*. Das war eindeutig ein Gefühl, das nicht auf derselben Erregungstemperatur stehen konnte wie *Überraschung*, allerdings hatte es sich auch nicht um Entsetzen oder Grauen gehandelt. Er malte einen kleinen Kringel über das Wort *Angst*, ungefähr 5 Grad hoch. Es war ja nur ein kurzes Aufflackern gewesen.

Er war aus dem Bad gekommen, mit dem Messer in der Hand, aber da hatte sie ihn noch nicht gesehen, nur die Tür gehört. »Ich bin hier!« Er war die paar Schritte durch den Korridor ins Studio gegangen, und da hatte sie auf der Couch gesessen, die Beine übereinandergeschlagen, und zuerst hatte sie nur gesehen, dass er noch immer angezogen war und auch die Schuhe nicht abgelegt hatte. »Du sollst doch nicht –« Dann, im nächsten Moment, war ihr das Messer aufgefallen.

Angst.

Bevor sie schreien konnte, war er schon bei ihr gewesen und hatte zugestochen.

Er schrieb das Wort *Kampf* rechts neben *Angst* und zeichnete den Kringel wieder etwas höher, diesmal bei 10 Grad. Er betrachtete die beiden Worte und fand, dass die kleinen Kringel darüber nicht richtig waren. Sie passten nicht zu der Bedeutung dieser wissenschaftlichen Darstellung. Er verwandelte die Kringel in winzige Messer – winzig, aber tödlich, dachte er, indem er mit dem Kuli eine spitze Klinge oben und einen rundlichen Griff unten an die Kringel hängte. Die Messer trafen es viel besser, sie waren ein gutes Symbol. Das erste schwebte jetzt über dem Anfang der Zeit-Linie, unten links auf dem Blatt, wo auch das Thermometer begann.

Bei der Messeranzeige *Kampf* war die Lusttemperatur jetzt mit etwa 10 Grad angegeben, während auf der Zeitebene noch nicht einmal fünf Millimeterstriche nach rechts vergangen waren. Er merkte, dass sich seine Zungenspitze beim Zeichnen zwischen die Lippen geschoben hatte, aber er war ja allein; niemand hatte es bemerkt.

Monique wehrte sich. Sie sprang auf, schneller, als er erwartet hatte, und versuchte wegzulaufen. Aber er kriegte ihren Arm zu fassen und riss sie herum, und dann stach er einfach zu. Die Klinge drang durch das Leibchen und nach einem kurzen Widerstand auch in die Brust, gleich unterhalb der Titten. Er hatte Glück, und die Klinge stieß nicht gegen eine Rippe oder so was, und Monique erstarrte regelrecht und sah ihn wieder an, und ihre Lippen formten ein O. Sie schien zu seufzen. Er zog die Klinge heraus und schlug ihr mit der Faust ins Gesicht, ein paarmal schnell hintereinander, und dann schleuderte er sie zurück auf die Couch.

Jetzt hätte er sich auf sie stürzen und sie würgen können – er schrieb *Würgen* ein paar Millimeterstriche neben *Kampf*. Das war ein wichtiger Teil seiner Fantasien, aber bei Monique war er nicht dazu gekommen, denn plötzlich –

– hatte sie ihn mit ihren High Heels getreten, mit beiden Füßen, gegen die Knie und in die Leisten. Deswegen hatte er das Telefon genommen, das auf dem Couchtisch stand, und es ihr immer wieder ins Gesicht und auf den Kopf geschlagen, vor allem ins Gesicht, bis sie überall mit Blut bedeckt war und sich nicht mehr wehrte. Dann hatte er wieder auf sie eingestochen, in den Bauch, in die Brust, in die Arme. Als sie sich nicht mehr groß rührte, hatte er sie bei den Haaren gepackt, von der Couch gezerrt und auf den Boden fallen lassen und über den Boden zum Bett gezerrt und –

Er schrieb: *Stiche in Bauch, Stiche in Brust* und *Stiche in Gesicht.* Jetzt war er schon bei 33 auf der Zeit-Linie, aber erst bei 24 Grad, weil ihn bisher nichts von dem, was er getan hatte, wirklich erregen konnte; alles geschah automatisch, nicht bewusst, ohne Genuss. Er überlegte kurz, bevor er die einzelnen Stufen nummerierte: *1) vor Angst, 2) vor Kampf, 3) vor Würgen* bis *6) vor Stiche ins Gesicht.* Und nach weiterem Überlegen setzte er noch kleine Häkchen hinter alle erledigten Punkte, außer hinter *Würgen*, weil er dazu nicht gekommen war. Ah, *7) Schläge auf Kopf und ins Gesicht*, die hatte er vergessen.

Da er schon mal dabei war, hielt er unter der horizontalen Linie auch gleich die restlichen Schritte bis zur vollkommenen Erfüllung seiner Fantasie fest, den Punkt, an dem das Ende dieser Linie und der 100-Grad-Wert der Erregungsskala erreicht wäre: *8) Ausziehen, 9) Quälen mit Messer und/oder Gegenständen, 10) Macht & Angst, 11) Kehle durchschneiden, 12) Überprüfen von Tod, 13) Wohnung durchsuchen.* Er betrachtete die Aufzählung und ergänzte: *Überprüfen von Tod durch Stich ins Auge/Fuß.*

Genau genommen gehörten *Überprüfen von Tod* und *Wohnung durchsuchen* nicht in dieses Diagramm, weil sie auf die Erfüllung, auf den Höhepunkt folgten, wenn die Lust schon wieder abebbte. Er strich sie durch und kehrte zu *Ausziehen* zurück. Das winzige Messer, das die Erregungstemperatur dieser Phase angab, zeigte 34 Grad.

Sie lag mit angezogenen Beinen wie ein Fötus auf dem weißen Flokati vor dem Bett und rührte sich nicht mehr oder nur noch ganz schwach. Er stach sie ein paarmal mit dem Messer in die Fußsohlen, um zu prüfen, ob sie tot war. Er stach ihr auch noch in die Arme und ins Gesicht, damit sie viele blutende Wunden hatte wie eine Märtyrerin.

Das gehörte zur Phase *Quälen mit Messer und anderen Gegenständen*. Allerdings erregte ihn das längst nicht so wie in seiner Fantasie, wenn er es sich ausgemalt hatte. Vielleicht weil sie nicht mehr am Leben gewesen war und er seine Macht über sie nicht richtig genießen konnte.

Sie hatte noch immer den BH und das Höschen an, nur das schwarze Leibchen war zerrissen. Er zerschnitt den BH in der Mitte zwischen den beiden Körbchen.

Dass der zerschlitzte BH sein Markenzeichen werden könnte, war ihm da noch gar nicht eingefallen, erst jetzt kam er darauf. Dann hatte er ihr das Höschen bis zu den Knien runtergezogen, um ihre Möse anzugucken. Selbst da war er noch nicht geil geworden, nicht so, wie ihn der Anblick von Marionas Möse geil machte.

Wo die sich wohl gerade rumtrieb? Es war gleich eins, und sie hatte noch nicht mal angerufen. Vielleicht war sie schon mit diesem Richy nach Hause gegangen und übernachtete bei ihm. So was brachte sie ganz easy, wenn ihr danach war. Wie es ihm dabei ging, war ihr scheißegal. Manchmal hätte er ihr am liebsten auch einfach das Höschen runtergerissen und ihr so einen Dildo in die Scheide gerammt, wie er das bei Monique vorgehabt hatte, egal, ob sie da unten feucht war oder ob es ihr wehtat. Wo habe ich den eigentlich hergehabt? Er war plötzlich in seiner Hand gewesen, der Griff ganz rutschig und fast so blutig wie das Messer. Dann war ihm die Idee mit dem Telefonhörer gekommen.

Der Apparat lag auf dem Boden neben dem Couchtisch, da, wo er ihn fallen gelassen hatte. Er schnitt den Hörer ab und versuchte, ihn da unten reinzuzwängen, und dabei dachte er, wer vom Telefon lebt, wird durch das Telefon umkommen. Bloß dass sie ja schon tot war.

Ob sie die Leiche inzwischen gefunden hatten? Vielleicht war die Polizei in diesem Moment gerade in ihrem Apartment und suchte nach Spuren, Fingerabdrücken, Kleiderfetzen, Haaren, die Monique ihm ausgerissen hatte. Und wenn niemand sie fand? Er überlegte, ob er selbst die Polizei anrufen sollte. Hallo, ich möchte eine tote Nutte melden, Berbenstraße 19, dritter Stock. Wer ich bin? Ich? Reden Sie mit mir? So wie Robert De Niro in *Taxi Driver*. Ich bin niemand. Nur jemand, der Frauen umbringt und ihren BH zerschneidet. Ich rufe wieder an.

Vielleicht tue ich das wirklich, dachte er, irgendwann mal. Er merkte, dass seine rechte Hand inzwischen ganz verkrampft war, so fest hielt er den Kugelschreiber. Sein Mund war trocken, und die Augen brannten. Die Zeichnung schien zu verschwimmen, die kleinen Messer tanzten im Licht der Küchenlampe. Ich könnte noch ein Bier trinken, dachte er, damit ich schlafen kann. Sein Blick wanderte über den Block und blieb an der Spitze des Winkels hängen, bei der Null. Von dort war es noch eine große Entfernung bis zu dem Punkt ganz oben am äußersten Ende der unsichtbaren Diagonale, an dem eins der kleinen Messer eines Tages den Grad maximaler Erregung am Ende einer langen Zeit maximaler Befriedigung anzeigen würde.

Jetzt sah es noch so aus: Bei 5 Grad befand sich das erste der winzig kleinen Messer rechts von der Null, genau über *Angst*. Ein paar Millimeter weiter, etwas höher, bei knapp 10 Grad, das zweite Messer über *Kampf*. Ein winziges Messer folgte dem vorangegangenen, einige höher, andere tiefer, wie die Noten einer Partitur. Er konnte durch sie hindurchsehen, genauso wie durch den Block und den Tisch darunter. Jedes Mal, wenn er das tat, war er in der Wohnung von Monique, und die Messerklinge schimmerte und blinkte, rot von Blut. Und es war kein totes Huhn, in das sie sich bohrte, es war lebendiges Fleisch, Haut und Fleisch.

Da war sie endlich, die Erregung, die er heute Nachmittag nicht gespürt hatte. Die kleinen Messer sahen aus, als würden sie tanzen, auf und nieder hüpfen wie diese Wasserfontänen vor den großen Hotels in Las Vegas, die hochschossen und wieder in sich zusammenfielen. So hatte er es sich vorgestellt, die Erfüllung seiner Fantasien, als etwas, das in ihm aufspritzte und wieder abebbte, rauf und runter, und immer noch etwas höher. Sein Blut schäumte, sein Puls raste, und die Messer tanzten, angestrahlt bei Nacht, wie so ein Brunnen im bunt glitzernden Showbiz-Las-Vegas.

Nur dass es so nicht gewesen war. Nichts von alledem hatte er gespürt, nur Wut und Panik. Er hatte nicht mal seine Hose aufgekriegt, um es dieser Monique noch richtig zu besorgen. In seiner Fantasie wehrten die Frauen sich nie. Sie schrien, aber sie traten nicht und schlugen auch nicht zurück. Sie kämpften nicht um ihr Leben, sodass man sie töten musste, bevor man sie quälen konnte. Dabei hatte er Monique nicht einmal umbringen wollen. Wenn er nicht dringend Geld gebraucht hätte, wäre sie noch am Leben. Und sie hätte ihre Schuhe noch.

Die Plastiktüte mit den roten High Heels hatte er ganz vergessen. Sie lag auf der Anrichte. Er brauchte noch ein gutes Versteck, wo Mariona sie nicht finden konnte, bis er ihr die Schuhe irgendwann hinstellte und sagte, hier, für dich, probier die doch mal an! Bei der Vorstellung, wie sie in diesen Schuhen, die er Monique ausgezogen hatte, vor ihm auf und ab stolzierte, wurde ihm der Mund trocken.

Auf einmal begann alles, was geschehen war, irreal zu werden. Als wäre es auch nur eine von seinen Vorstellungen, die er schon

mit dreizehn in der Schule gehabt hatte, von dem Mädchen zwei
Pulte weiter und wie sie schrie. Er betrachtete die tanzenden Messer und dachte an Las Vegas. Irgendwann fahre ich dahin, dachte er,
eines Tages fahre ich hin und lasse mich davor fotografieren, vor so
einem Brunnen bei Nacht, wenn alles von innen leuchtet, und vielleicht kommt sogar Robert De Niro vorbei, und wir sind zusammen auf dem Foto.

Mal sehen, was Mariona dann sagt.

6

Larsen

Das Fenster von Kristins Arbeitszimmer war noch erleuchtet, als Larsen kurz vor halb eins nach Hause kam. Der Schnee, den ein eisiger Ostwind in der letzten Woche gebracht hatte, war schon wieder fast geschmolzen, nur in der Einfahrt lagen noch einige schmutzige Reste. Der Apfelbaum vor der Küche breitete seine kahlen Äste über den völlig verwilderten Garten. Die Hecke müsste längst mal wieder geschnitten werden, dachte Larsen, als er aus dem Taxi stieg.

Er blieb noch einen Moment in der Kälte stehen und betrachtete das kleine Haus, in dem Kristin und er seit drei Jahren lebten. Es lag an einer schmalen, von Kastanien gesäumten Straße, in der nur wenige Autos parkten, und auf der anderen Seite verlief der Fluss. In der kalten Luft tränten Larsen die Augen. Für einen Moment kam ihm der Anblick fremd vor, als wäre in seiner Abwesenheit eine winzige Veränderung eingetreten, eine leichte Unschärfe in den vertrauten Konturen. Der Kontrast zu der Wohnung, in der er gerade gewesen war, hätte größer nicht sein können.

Er ging durch den Garten zur Hintertür. Auch hier gab es noch ein paar Schneehäufchen, die sich bleich vom Schwarz des ungejäteten Wildwuchses rings um den Apfelbaum abzeichneten, den vor einem Jahr ein Blitz gespalten hatte. Das alles hier muss beschützt werden, dachte er – das Haus, der Garten, aber vor allem Kristin. Das ganze unverdiente Glück. Er öffnete die Hintertür, die zur Küche führte, und roch noch das Abendessen, von dem ihn der Anruf des Kommissars vom Dienst weggerufen hatte: eins der extravaganten Curry-Gerichte aus Kristins unlängst eingeläuteter indischer Phase.

Aus dem oberen Stockwerk drang leise Musik herunter. Als Larsen die Tür hinter sich schloss, wurde die Musik kurz lauter, und dann hörte er Schritte auf der Treppe, und Kristin erschien im Flur. Sie lächelte, offenbar erfreut, dass sie ihn heute Nacht noch einmal zu Gesicht bekam. »War's schlimm?«, fragte sie, und er dachte noch einmal, das alles muss beschützt werden.

»Eine junge Frau«, sagte er. »Eine Prostituierte, erstochen in ihrem Studio. Die Einzelheiten erspare ich dir lieber.«

»Kanntest du sie?«

Er schüttelte den Kopf, nahm ein gespültes Glas von der Anrichte und ging zum Kühlschrank, um den Rest Weißwein, der vom Essen übrig geblieben war, zu trinken. »Möchtest du auch einen Schluck?«

»Aber ja.« Im Licht des offenen Kühlschranks schimmerten ihre Augen blau wie ein Gebirgsbach an einem sehr klaren Tag, und als sie sich mit beiden Händen das Haar in den Nacken strich, schimmerte auch das Haar, als trüge sie mit der Bewegung den blonden Glanz erst auf. »Ich bin mit meiner Arbeit für heute fertig.«

»Was übersetzt du gerade?«

»Einen Frauenroman aus Italien. Nichts für dich. *Angelique* für die gehobenen Stände, die im Feuilleton der *Zeit* nach Lektüretipps suchen.« Wieder lächelte sie, und wenn er nicht alles andere an ihr schon geliebt hätte, wäre allein dieses Lächeln seine ganze Liebe wert gewesen.

»Was ist ein Feuilleton?«, fragte er. Zum Dank bekam er einen Kuss, der ihn den Geruch nach Blut und Tod vergessen ließ. Er sagte: »Ich muss mir noch ein paar Notizen machen, dann komme ich ins Bett.«

»Komm, wenn du so weit bist. Hauptsache, du gehst nicht noch mal weg.«

»Wohin sollte ich schon gehen?«, meinte er und schloss die Kühlschranktür, sodass sie fast im Dunkeln standen.

»Ich weiß, was du denkst. Gerade wenn so etwas passiert ist wie heute Abend.«

Larsen sagte nichts. Ich fahre nur kurz bei ihrem Haus vorbei und sehe nach, ob alles in Ordnung ist, dachte er.

»Sie ist nicht dein Kind. Sie hat Eltern.« Kristins Stimme war leise, aber als sie seine Hand ergriff, war der Druck ihrer Finger fest.

»Ich weiß, dass sie Eltern hat«, sagte er. »Alle Kinder haben Eltern. Trotzdem werden sie manchmal ermordet, misshandelt, vergewaltigt, ausgesetzt. Manchmal sind es sogar die Eltern, die das tun. Oder wegsehen, wenn es geschieht. Ich war selbst ein Vater, und mein Kind ist tot.«

Aber dich trifft daran keine Schuld, das weißt du, sagten ihre Augen. Er konnte den Blick sogar im Dunkeln sehen. »Du kannst dir nicht vorstellen, wie das arme Ding zugerichtet war. Wozu Menschen fähig sind.«

»›Es gibt kein Verbrechen, das begangen zu haben ich mir nicht selbst vorstellen könnte.‹« Sie ließ seine Hand los. »Das hat Stendhal gesagt.« Sie trank einen Schluck und stellte das Glas dann ab. »Gute Nacht.«

»Stendhal, hm? Was habe ich doch für eine gebildete Frau.«

»Noch sind wir nicht verheiratet.«

»Einmal reicht mir auch«, brummte er. Sie verzog keine Miene, nur ein angedeutetes Lächeln, als wüsste sie etwas, das sich ihm noch nicht erschloss. Sie verließ die Küche, kehrte dann aber noch einmal um, als sie hörte, dass er sich noch ein zweites Glas einschenkte. »Weißt du, ich hoffe, es bleibt bei diesem einen Mord. Ich will nicht wieder zusehen müssen, wie du deinen Koffer packst.«

»Das hoffe ich auch«, sagte er. Er nahm das Glas mit ins Wohnzimmer, wo er sich an seinen Schreibtisch setzte und seine Notizen durchging. Der Tisch stand in der Mitte zwischen Kamin und Bücherregal. Wenn Larsen nicht auf seine Arbeitspapiere blickte, konnte er durch ein kleines Fenster den Apfelbaum, die Holzbank und die Buchsbaumhecke am Ende des Gartens sehen. Das Walnussregal rechts von ihm beherbergte hauptsächlich die Romane, die Kristin übersetzt hatte – die meisten aus dem Italienischen –, und Biografien, vor allem von Politikern wie Winston Churchill oder Charles de Gaulle, außerdem einige Standardwerke der Kriminalistik. Es befand sich nur ein Roman darunter – Truman Capotes *Kaltblütig* –, und selbst der war, genau genommen, ein Sachbuch.

Neben dem Bücherregal und der Fernsehkonsole auf der anderen Seite des Schreibtisches bot der Raum noch eine Couch, zwei Sessel, einen Beistelltisch und mehrere Pflanzen in Töpfen aus Ton, Keramik und Metall, alles gemütlich, nichts davon originell. Vor einem Jahr war ein Reporter eines Magazins da gewesen, um für einen Bericht über Larsen zu recherchieren, der damals – gerade aus Amerika zurückgekommen – angefangen hatte, die vom FBI entwickelten Methoden des Profiling in seiner Arbeit anzuwenden.

Das kleine Haus, das Hauptkommissar Kiefer Larsen mit seiner Lebensgefährtin bewohnt, wird wohl nie als Fotostrecke in Schöner Wohnen *oder im Inhaltsverzeichnis des* Architectural Digest *erscheinen*, hatte der junge Mann später in seinem Artikel geschrieben. *Die Decken sind zu niedrig, die Bodendielen uneben, die Fenster lassen nicht genug Licht ein, und in keinem der Zimmer findet sich auch nur ein einziges Designerstück.*

Mit wesentlich mehr Respekt hatte der Journalist Larsens mokkabraunes Ford Mustang T5 Cabrio zur Kenntnis genommen, das jetzt im Winter unter einer schweren Kunststoffplane in der Zufahrt stand, damals jedoch – gewaschen, poliert und bereit für sommerliche Spritztouren – das Lebensgefühl einer Playboy-Werbung anzudeuten schien.

Nun saß Larsen an seinem Schreibtisch und ging seine Notizen durch, Satz für Satz, bis er zu den letzten Beobachtungen kurz vor dem Verlassen von Monika Wilhelms' Studio kam.

Auf Fußboden hinter Wohnungstür leerer Einkaufskorb und ausgeschüttete Damenhandtasche, hatte er auf seinen Block gekritzelt. *Portemonnaie geöffnet, aber leer. Daneben Fotos von zwei kleinen Kindern (Tommy und Friederike), Notizbuch, ein Kuli, zwei Rezepte, eins für ein Antidepressivum und eins für ein Mittel gegen Scheidenpilz, gefaltete Bewirtungsbelege, ein paar Kupfer- und Silbermünzen in D-Mark plus ein paar holländische Gulden. Außerdem Hautcreme, Lippenstift, ein Schlüsselbund mit sechs Schlüsseln, Präservative (einzeln verpackt, ungeöffnet) sowie ein buntes, auf Pappe gezogenes Heiligenbild, schon ziemlich abgegriffen (Hildegard von Bingen? Teresa von Ávila? In jedem Fall eine Frau).*

Was bedeutete dieses Heiligenbild für die Tote?

Larsen überlegte. Handelte es sich um einen Schlüssel zu ihrer Persönlichkeit? Oder zu der ihres Mörders? Solange das Kärtchen nicht untersucht worden war, konnte es keiner der beiden Personen zuverlässig zugeordnet werden.

Warum musste diese junge Frau sterben?, fragte sich Larsen. Prostituierte liefen aufgrund ihrer Tätigkeit stets Gefahr, Opfer einer Gewalttat zu werden. Sie öffneten fremden Männern die Tür und ließen sie in ihr Apartment. Sie standen bei Nacht am Straßenstrich und bedienten ihre Kunden im Auto oder im Wohnwagen, allein, ohne Zeugen. Sie hatten niemand, der diese fremden Männer zuerst einmal nach versteckten Waffen abtastete. Sie mussten ihnen vertrauen, und häufiger als andere Frauen wurden sie bedroht, beraubt, geschlagen, vergewaltigt oder ermordet.

Doch was hatte Monique und ihren Mörder an diesem frühen Dezemberabend in der Berbenstraße 19 zusammengeführt – Zufall oder Planung? Hatte er vorher angerufen, oder war er überraschend vor ihrer Tür aufgetaucht? Hatte er da schon vorgehabt, sie zu töten, oder war die Situation eskaliert? Handelte es sich um jemand, der zum ersten Mal bei einer Prostituierten war, oder hatte er schon Erfahrung als Freier und wusste, wie man sich verhalten musste, um keinen Verdacht zu erregen? Was bedeutete der Telefonhörer, der zerschnittene BH?

Eine Signatur? Vielleicht eine Botschaft?

Passt auf, das ist erst der Anfang.

Hoffentlich nicht.

Mit dem Betreten eines Tatorts, dem ersten Kontakt mit einem fremden, ausgelöschten Leben, eröffnete sich für Larsen jedes Mal eine neue Welt. Er verließ sein vertrautes Territorium und begann eine Expedition ins Ungewisse, auf der ihn Rätsel, Hindernisse und menschliche Abgründe erwarteten. In Gedanken betrat er diesen Tatort immer wieder, rief sich die Atmosphäre in Erinnerung, die Gefühle, die er spontan gehabt hatte. Er betrat ihn und verharrte dort so lange wie möglich, dann verließ er ihn wieder. Er ging noch einmal die Treppe hinunter. Er überlegte, in welcher Verfassung der Mörder wenige Stunden zuvor beim Verlassen des Studios wohl gewesen sein mochte.

Die Wohnung war offensichtlich in hektischer Eile durchwühlt worden, wahrscheinlich auf der Suche nach Geld, das der Täter dann mitgenommen hatte. Aber auf das Geld allein war es ihm nicht angekommen, dazu hatte er sich zu intensiv mit dem Opfer beschäftigt. Die Tatwaffe musste er ebenfalls mitgenommen haben. Hatte er sonst noch etwas mitgehen lassen – ein Souvenir, eine Trophäe? Die fehlenden Schuhe?

Vielleicht, dachte Larsen, hat der Mörder die Tat zunächst kaltblütig geplant und ausgeführt, doch dann ist etwas mit ihm passiert, und er hat die Kontrolle über sich verloren. Er ist in Wut geraten, vielleicht in Panik. Als er sich im Bad die Hände gewaschen hat, da hat sich ein Teil von ihm wieder in den Griff gekriegt. Trotzdem hat er Blutspuren im Korridor hinterlassen, bevor er die Wohnung verlassen hat. Er hat die Treppe genommen, nicht den Fahrstuhl, dafür war der besonnene Teil in ihm verantwortlich. Oder war ihm in diesem Moment schon entfallen, was er getan hatte?

Zu der Zeit, zu der er die Tür hinter sich ins Schloss gezogen hat, kamen viele Menschen von der Arbeit nach Hause. Was hat er getan, um unbemerkt zu bleiben? Meistens fällt man gerade dann auf, wenn man versucht, sich besonders unauffällig zu benehmen. Allerdings war es schon nach Anbruch der Dunkelheit gewesen. Wohnte er in der Nähe? Wie war er an den Tatort gelangt – mit Bus, Straßenbahn oder dem eigenen Wagen?

Larsen warf einen Blick auf seine Armbanduhr. Kurz nach eins. Er war gleichzeitig müde und hellwach. Wenn er jetzt zu Bett ging, konnte er nicht schlafen, das wusste er. »Ich geh noch mal weg!«, rief er, l'art pour l'art, denn wenn Kristin schlief, hörte sie nichts und niemand. Mit etwas Glück wachte sie auch nicht auf, bevor er wieder zurück war, sodass es ihm erspart blieb, Reue vorzutäuschen, die er nicht wirklich empfand. Er wählte die Telefonnummer der Taxizentrale und bestellte einen Wagen. Er stieg in seine Stiefel, zog den daunengefütterten Dufflecoat an, den er aus Amerika mitgebracht hatte, und verließ das Haus. Das Taxi kam ihm entgegen, bevor er das Ende der Straße erreicht hatte. »Zum Hauptbahnhof.«

Am Bahnhof stieg er aus und ging zu Fuß zur Berbenstraße. Es war Freitagnacht, die Luft kalt, aber nicht eisig. Die meisten Kneipen hatten schon geschlossen, trotzdem waren die Straßen immer noch belebt: Betrunkene auf der Suche nach einem letzten Bier, Junkies auf der Jagd nach dem nächsten Druck, Bundeswehrsoldaten auf Ausgang, Obdachlose und Prostituierte. Ihre Augen flackerten wie Irrlichter oder glitzerten starr und kalt, als wären sie aus Glas. Die Scheinwerfer der Autos fegten den feuchten Asphalt mit schimmerndem Glanz.

Larsen ging weder schnell noch langsam. Er passte sich dem Tempo der anderen an, blieb jedoch auf der Hut, bereit, schnell zu reagieren. Ein Junkie konnte abrupt stehen bleiben, ein Betrunkener plötzlich die Balance verlieren, eine Prostituierte unvermittelt ein haltendes Auto ansteuern. Die meisten Gesichter, in die er blickte, waren an die Nacht gewöhnt. Manche wirkten suchend, andere verloren, wieder andere, als wäre ihnen beides längst egal, das Suchen wie das Verlorengehen.

Rund um den Bahnhof wimmelte es inzwischen von billigen Kneipen, Spielhallen, Import-Export-Läden, Wettbüros, Sexshops und Schnellimbissen – Anlaufstellen zur schnellen Befriedigung sämtlicher Bedürfnisse, Magneten für das Strandgut der Dunkelheit. Zuhälter und Prostituierte, Drogenhändler und Süchtige, Diebe und Stricher, alle Spielarten der Beschaffungskriminalität hatten das Gesicht des Viertels schleichend verändert, bis die alteingesessenen Bewohner es nicht mehr wiedererkannten und nach und nach weggezogen waren.

Larsen ging nicht davon aus, dass Moniques Mörder hier noch irgendwo unterwegs war. Aber vor ein paar Stunden hatte er in einem der Autos gesessen oder war ein Gesicht in der Menge gewesen, ein weiterer Passant, beide Hände in den Jackentaschen vergraben, die Tatwaffe dicht am Körper versteckt. Aus welcher Richtung war er gekommen, in welche gelaufen?

Auf der Höhe des Zarewitsch entdeckte Larsen die rote Senta, die in einem räudigen Kaninchenfellmantel an einer Straßenlaterne lehnte und sich mit zitternden Fingern eine Zigarette anzuzünden versuchte. Ihre knochigen Beine – rote Netzstrümpfe, Stiefel aus rotem Lackleder, Schürfwunden an beiden Knien – unter dem offenen Mantel zitterten fast noch mehr als ihre Hände. Immer wieder schoss eine Stichflamme aus dem Bic-Feuerzeug, und jedes Mal brachte sie ihr Gesicht gerade noch in Sicherheit. Larsen trat zu ihr, ergriff ihre Hand und führte sie an die Zigarette, bis der Tabak brannte. Nach einem gierigen Zug warf Senta die langen, rot gefärbten Haare zurück und wandte ihm den Kopf zu. »Larsen«, sagte sie. »Immer da, wenn man dich braucht.« Ihre Stimme klang so müde und erschöpft, wie ihre Augen blickten.

»Du solltest für heute Schluss machen, Senta«, sagte Larsen. »Es ist zu kalt.«

Sie schüttelte den Kopf. »Geht nicht. Hab noch nicht genug angeschafft.« Wie zufällig rutschten die Schöße ihres Mantels ein gutes Stück auseinander und ließen ein weit ausgeschnittenes rosa T-Shirt sehen, das den bleichen Ansatz zu früh erschlaffter Brüste preisgab. »Wie wär's, Larsen – dreißig für 'nen Quickie?«

»Ich lebe in einer glücklichen Beziehung, das weißt du doch.«

»Glückliche Beziehung …« Senta zuckte mit den zitternden Schultern. »Hätte ja inzwischen vorbei sein können. Geht manchmal ganz fix.«

Larsen blickte zum Zarewitsch hinüber, dann zur Nummer 19 ein paar Häuser weiter. »Wie lange stehst du schon hier?«

»Heute? Noch nicht lange. Hab nichts gesehen oder gehört.«

»Wovon?«

»Der armen Kleinen, die dahinten abgestochen worden ist.«

»Woher weißt du davon?«

»Jetzt mach aber mal 'n Punkt, Larsen.«

»Vielleicht hat jemand anderer was gesehen, hör dich mal um, ja? Und sieh zu, dass du am Leben bleibst.«

»Tu ich doch die ganze Zeit.« Sie lachte. »Und du sieh zu, dass du diesmal mehr Glück hast als vor drei Jahren bei dem armen Luder da oben. Wie hieß sie noch?«

»Dörthe.«

»Genau, Dörthe. Mann, habt ihr da versagt!« Sie lachte wieder. Das Lachen ging in einen Hustenanfall über, den Larsen noch im Ohr hatte, als er die Berbenstraße 19 erreichte. Er blickte an der Fassade hinauf zum Fenster von Moniques Apartment. Es war dunkel. Fast alle anderen Fenster waren auch dunkel. Er trat einen Schritt zurück und sah die Straße hinauf und hinunter. Wieder blieb sein Blick am Zarewitsch hängen. Über dem schäbigen russischen Restaurant war vor einigen Jahren eine junge Frau ermordet worden, ebenfalls eine Prostituierte, und er hatte bei der Aufklärung des Mordes versagt. Es gab kein anderes Wort dafür. Trotz intensiver, langer Ermittlungen hatten er und seine Kollegen den Täter nicht fassen können. Dörthes Tod war bis heute ungesühnt geblieben.

Diesmal passiert mir das nicht, dachte er, nicht noch einmal. Ich laufe jetzt los und höre nicht auf zu laufen, bis ich mein Ziel erreicht habe. Denn darum ging es bei seiner Arbeit – durchhalten, immer weiterlaufen wie ein Marathonsportler, bis alles wehtat und man manchmal nicht mehr wusste, warum, außer dass jemand vor einem losgelaufen war, den man einholen musste, weil er sonst vielleicht wieder mordete, wenn man aufgab. Um ganz sicherzugehen, wiederholte er halblaut: »Ich laufe jetzt los. Nein, ich renne, und du rennst auch, Mörder von Monique, ich weiß. Noch hast du einen Vorsprung, aber ich werde dich einholen. Es dauert vielleicht eine Weile, und wir werden beide ziemlich außer Atem sein, aber ich werde nicht aufgeben, und ich werde dich stellen, bevor du die Ziellinie erreichst. Ich werde dich stellen.«

7

Schon als Larsen eine halbe Stunde später die letzten Stufen zum dritten Stock des Präsidiums hinaufstieg, nahm er den Geruch von Zigarettenrauch und Kaffee wahr. Der Geruch wurde stärker, während er den spärlich beleuchteten Korridor entlangging. Dann sah er, dass die Tür zu seinem Büro nur angelehnt war. Schließlich hörte er die Stimmen, und bei ihrem Klang musste er unwillkürlich lächeln. Es war ein angespanntes Lächeln, so angespannt wie die Stimmen in seinem Büro – kein Ausdruck von Fröhlichkeit, sondern der Ausdruck eines geteilten Gefühls: Jagdfieber.

In den ersten Stunden einer Mordermittlung – wenn jeder noch unter dem Eindruck des Tatorts stand und der Anblick der Leiche vor dem geistigen Auge sich über alles legte, was man anschaute – hing dieses Jagdfieber in der Luft wie das Knistern von Elektrizität kurz vor der Entladung. In diesen ersten Stunden – egal, ob am Tag oder in der Nacht – hoffte man noch, den Fall schnell aufklären zu können, den Täter zu überführen und zu fassen, bevor seine Spur kalt wurde. In diesen Stunden wollte jeder dabei sein, wollte den vielleicht entscheidenden Hinweis finden, das Beweisstück, das den Durchbruch brachte. In diesen Stunden konnte keiner schlafen.

Plötzlich fiel Larsen wieder der Artikel in dem Hochglanz-Magazin ein.

Ich wusste, was mich erwarten würde: Büroräume mit abgewetzten Möbeln, die den Geruch von Schweiß und Nikotin verströmten. Wände, die an Altbaubadezimmer erinnern, beklebt mit verblichenen Fahndungsplakaten nach längst gefassten Verbrechern. In der Luft die Ausdünstung von Angst, Lügen und Schuldgefühlen, der Gestank des Verbrechens. Hier werden Nonnen zu Huren, Lämmer zu Wölfen – unter dem ständigen Kommen und Gehen von Kriminalbeamten und Polizisten in Uniform und Zivil, dem Schreibmaschinengeklapper der Protokollführer und den scharfen, nichts als die Wahrheit suchenden Blicken der Männer und Frauen in den grünen Uniformen, den abgetragenen Anzügen oder schlichten Kostümen.

Dieser Text war Mist gewesen, glatt, aber Mist, dachte Larsen. Und trotzdem: Bin ich so eitel, dass ich mir ganze Passagen aus so einem Artikel gemerkt habe? Er beschloss, sich künftig mehr im Hintergrund zu halten, keine Porträts in Zeitschriften oder im Fernsehen, nur das für die Arbeit Nötige. Er betrat sein Büro, das wie schon der Gang nur spärlich beleuchtet war.

Doch stattdessen öffnet sich am Ende des langen Gangs mit den hohen, stuckverzierten Decken im dritten Stock des 1903 im Stil der deutschen Renaissance erbauten Präsidiums ein mit fein gewebten Orientteppichen ausgelegter Raum. Auch die übrige Einrichtung des Büros von Hauptkommissar Kiefer Larsen erhebt dank einiger wohlgesetzter Akzente den Anspruch auf eine persönliche Note, darunter ein Barockschreibtisch aus dem 18. Jahrhundert mit Flohmarktkrat-

zern an den Flanken, bunte Filmplakate an den Wänden und eine Jugendstilvase voller gelber Tulpen auf dem Fensterbrett.

Das zumindest stimmte, auch wenn gerade alles in dem überhitzten Büro in einem grauen Nebel aus Tabakrauch versank. »Morgen, Leute, schön, dass ihr schon da seid«, sagte Larsen.

»Wir waren gar nicht erst weg«, antwortete Mareike Jung. Sie war blasser als sonst, ihre Augen hatten rote Ränder. »Wir sind vom Tatort gleich hierhergefahren, um alles für die Mordkommission vorzubereiten. Wir sind doch wieder dabei, oder?«

Larsen nickte. »Torsten, Olaf und du.«

»Hatten wir nicht vor einiger Zeit schon mal einen Mord an einer Prostituierten in der Bahnhofsgegend?«, fragte Oberkommissar Lenz. »Der Täter ist damals nie gefasst worden, oder?«

»Damals nicht und in der Zwischenzeit auch nicht«, sagte Larsen, ging zum Fenster und öffnete es. Die Tulpen stellte er auf den Boden.

»Was für ein Mord war das denn?«, fragte Mareike.

Larsen blieb noch einen Moment am offenen Fenster stehen, genoss die kalte Nachtluft. »Ihr Name war Dörthe Janowitz«, erzählte er. »Siebenundzwanzig Jahre alt, brünett, Deutschpolin. Eine Prostituierte, die in einem Apartment über dem Zarewitsch in der Berbenstraße arbeitete. Da haben wir sie auch gefunden, nackt, erwürgt, der Körper grün und blau geschlagen und mit Stichwunden übersät. Der Täter hatte ihre Beine gespreizt – sie lag auf dem Rücken auf der von Messerstichen zerfetzten Matratze. Gesicht und Unterleib waren mit allen gebrauchten Präservativen bedeckt, die er in der Wohnung finden konnte. Ein paar hatte er ihr sogar in den Mund gesteckt.«

»Wozu denn das?«, wollte Sundermann wissen.

»Verachtung und Abscheu«, erklärte Larsen. »Abgrundtiefer Hass auf Prostituierte. Die Botschaft war eindeutig: Schaut her, was für eine miese Nutte, was für eine Schlampe diese Frau war. Macht für Geld die Beine breit, auf diesem Bett durfte jeder ran, der sie bezahlt! Jetzt hat sie gekriegt, was sie wirklich verdient hat!«

»Meinst du, es könnte derselbe gewesen sein wie der, den wir jetzt suchen?«, hakte Lenz nach.

Larsen schloss das Fenster wieder und stellte die Tulpen zurück an ihren Platz, bevor er antwortete. »Beide Tatorte liegen nur fünfzig Meter voneinander entfernt, beide Opfer waren Prostituierte, beide Male erfolgte die Tötung mit einem Messer durch einen Angriff auf den Hals. Allerdings überrascht diese Tötungsweise bei derartigen Morden nicht, sie ist einfach zu naheliegend. Gemeinsam ist beiden Fällen noch, dass die Tatumstände eine versteckte Botschaft des Täters über seine Bedürfnisse enthalten – und damit über sein Motiv. Aber diese Botschaften sind nicht identisch. Sie sind nicht einmal ähnlich. Der Mörder von Dörthe wollte sein Opfer erniedrigen und als Prostituierte brandmarken. Im Fall von Monika Wilhelms hatte der Täter wahrscheinlich zunächst nur vor, sie zu töten, aber als er einmal angefangen hatte, wollte er auch seine Fantasie ausleben.«

Mareike beugte sich vor. »Woraus schließen Sie das?«

Larsen nahm sich die letzte saubere Tasse und schüttete den restlichen Kaffee aus der Kaffeemaschine hinein. »Das Opfer muss sich heftig gewehrt haben, daran lässt die Art der Verletzungen durch Schnitte und Stiche an den Händen und Armen keinen Zweifel. Mit den Stichen sollte zunächst der Widerstandswille des Opfers gebrochen werden. Darüber hinaus gibt es aber noch weit mehr Stiche in den Oberkörper, die seinen absoluten Tötungswillen und seinen Hass ausdrücken.«

Der Kaffee war lauwarm und schmeckte bitter. Larsen trank ihn trotzdem, während er weiterredete. »Als er dieses Ziel erreicht hatte, hätte der Täter aufhören können, denn sein Opfer lebte nicht mehr. Stattdessen hat er dem Opfer – und das lässt auf zwei unterschiedliche Motivationen schließen – weitere Schnitte zugefügt, vor allem in der Halsgegend. Das habt ihr ja gesehen – schaut euch den Hals an, hat Olaf gesagt. Der Täter hat versucht, ihn zu durchtrennen, dem Opfer den Kopf abzuschneiden, was ja gar nicht so leicht ist, wenn man nicht ein Skalpell oder ein anderes sehr scharfes Messer benutzt. So ein Messer führt man aber nicht unbedingt mit sich, nicht einmal wenn man vorhat, einen Mord zu begehen. Daraus kann man schließen, dass die Enthauptung des Opfers Teil einer Fantasie ist. Gleichzeitig stellt sie aber auch eine Depersonifizierung dar – die Tote wird entmenschlicht. Dieser Vorgang muss für den Täter eine besondere Bedeutung und Wichtigkeit haben.«

»Was für einer kranken Fantasie will man denn auf so eine Weise Ausdruck verleihen?«, fragte Sundermann.

»Darüber muss ich noch nachdenken«, antwortete Larsen. »Im Augenblick konstatiere ich die Fakten. Zunächst ist der Täter eher zögerlich vorgegangen: Er hat den Hals mit oberflächlichen Schnitten nur verletzt, fast probeweise, als wäre er vor den tieferen Wunden noch zurückgescheut. Als müsste er sich dazu erst überwinden.«

»So wie ein Lebensmüder manchmal?«, warf Mareike ein. »Der sich auch erst mal vorsichtig die Haut am Handgelenk aufritzt, bevor er beim Anblick des Blutes entweder den Mut verliert oder sich entscheidet, seinen Suizid durchzuziehen?«

»Richtig. So einer Vorgehensweise begegnet man allerdings immer wieder auch bei Angriffen auf den Hals eines Opfers – eine Art Zurückscheuen. Und dann der Wunsch, den Kopf vom Körper zu trennen: Irgendwo tief drinnen ist den Tätern selbst in so einem Moment bewusst, dass im Schädel das Gehirn sitzt. Das Organ, in dem der Verstand zu Hause ist, vielleicht sogar die Seele. Der Kopf hat bei solchen Fällen eine hohe Symbolkraft.«

»Und was ist mit den langen Schnittverletzungen am Bauch und am Rücken?«, wollte Sundermann wissen. Larsen sah, dass Lenz den Jungen beobachtete, so wie er vorher Mareike beobachtet hatte: Sie stellten die Fragen, aus deren Antworten er etwas lernen konnte, ohne sie selbst gestellt zu haben.

»Die Schnittverletzungen haben eine andere Bedeutung«, erklärte Larsen. »Er hat sie dem Opfer erst nach ihrem Tod zugefügt. Das bedeutet, er hat sich nach dem Mord noch die Zeit genommen, seine Tat seinen Fantasien anzunähern, und das, obwohl dadurch die Gefahr einer Entdeckung stieg.«

»Woher wissen Sie, dass er sie nicht noch gefoltert hat, bevor sie gestorben ist?«

»Die Wunden waren nicht unterblutet. Daran kann man klar erkennen, dass sie in dieser Phase ihres Martyriums schon tot war. Sagt mal, müsst ihr eigentlich so viel rauchen?«

Larsens Augen tränten, das Licht der Schreibtischlampe hatte einen Strahlenkranz. Plötzlich fiel ihm auf, welches Wort er gewählt hatte: Martyrium. Es dauerte drei Sekunden, bis sein Gehirn die Verbindung zu dem Heiligenbild auf dem Boden von Monique Wilhelms Apartment hergestellt hatte. Er wusste noch nicht, ob das etwas zu bedeuten hatte oder nicht. Er setzte sich an den Schreibtisch, zog die oberste Schublade auf und holte einen Block heraus, um die beiden Einfälle zu notieren: Votivbild, Martyrium.

»Der Täter hatte es also in erster Linie gar nicht auf ihr Geld und andere Wertsachen abgesehen?«, fragte Mareike.

»Ursprünglich vielleicht schon, doch dann hat er eine Gelegenheit gesehen, seine geheimen Lüste auszuleben, wenigstens zum Teil, indem er ihren noch warmen Körper verletzt und missbraucht hat.«

»Obwohl sie schon tot war?«

»Für ihn hat sie noch gelebt. In seiner Fantasie war sie nicht tot. Die Vorstellungskraft solcher Menschen ist groß, man kann sie fast mit der eines Künstlers vergleichen, der in seinem Kopf eine ganze Sinfonie erschafft und hört. Wahrscheinlich hat er buchstäblich gespürt, wie sie litt, hat sich ihre Schmerzen ausgemalt und sich daran ergötzt.«

»Eine typische Reaktion für einen Sadisten«, warf Lenz ein.

Mareike lehnte sich zurück. »Da ist mir eine Mozart-Sinfonie lieber. Und der Telefonhörer?«

»Eine Ersatzhandlung.« Larsen überlegte, was für eine Heilige das Bild zeigen mochte. »Der Täter war unfähig, in dieser Situation ein normales sexuelles Verhalten an den Tag zu legen.«

Sundermann feixte. »Normales sexuelles Verhalten bei einer noch warmen Toten? Wie sieht das denn so aus?«

»Ihr wisst, was ich meine. Vermutlich dient der vaginal eingeführte Telefonhörer als Ersatz für den physisch nicht ausgeführten Geschlechtsverkehr. Es kann allerdings auch sein, dass der Täter damit zum Ausdruck bringen wollte: Das ist eine Nutte, die sich und ihren Körper am Telefon verkauft.«

»Das wäre dann eine Ähnlichkeit zum Zarewitsch-Fall«, sagte Lenz. »Die Präservative im Mund des Opfers.«

Larsen nickte geistesabwesend. »Die Parallelen existieren, aber die Personifizierung ist eine völlig andere.«

Damals habe ich versagt, dachte er wieder. Ich habe Dörthes Mörder nicht gefasst. Ich habe mich bemüht, aber ohne Ergebnis.

Es gab immer Fälle, die ihn nicht losließen, aus Gründen, die manchmal mit dem Fall zu tun hatten, manchmal mit ihm selbst. Einmal, vor gut einem Jahr, hatte er nicht verhindern können, dass eine junge Frau getötet wurde, obwohl er wusste, dass zwei Männer ihren Tod planten. Er kannte sogar die Mörder. Er war einfach nicht schnell genug gewesen. Aber es war ihm gelungen, die Täter zu überführen und ins Gefängnis zu bringen. Das Versagen wog nicht so schwer, wenn er letztlich für Gerechtigkeit gesorgt hatte, zumindest in seinen eigenen Augen. Wenn am Ende der Strecke auch die Angehörigen der Opfer ihren Frieden fanden; wenn sie das Gefühl verspürten, dass sie dieses Kapitel in ihrem Leben endlich schließen konnten.

Er wusste, was es hieß, einen Verlust zu erleiden, für den kein Trost existierte – nur Schuld ohne Schuldige und Vorwürfe, die niemand galten außer einem selbst. Man lief und lief, aber es gab kein Ziel, und der einzige Gegner, den man einzuholen versuchte, war die Zeit, die sich nicht zurückdrehen ließ.

Ellie.

Das kleine Mädchen, das auf dem Fensterbrett über dem Wasser stand und brannte.

Das Mädchen, das sprang, weil er ihm versprochen hatte, ich fange dich, hab keine Angst, ich fange dich.

Das Mädchen, das sprang und nicht verbrannte, sondern ertrank. Seine Tochter.

»Meinst du, dass es sich um eine persönlich motivierte Tat handelt?«, wollte Lenz wissen. »Der eifersüchtige Ehemann, der ihren Beruf nicht mehr ertragen konnte? Ein Kunde, der sich in Monique verliebt hat? Jemand, auf den wir von selbst kommen und der sich durch sein Verhalten verrät?«

Die Frage rief Larsen zurück in die Gegenwart, bevor der Schmerz ihn richtig packen konnte. Eine persönlich motivierte Tat bedeutete, dass man meistens schnell einen Verdächtigen hatte und den Fall ohne langwierige Ermittlungen abschließen konnte. Aber hier sah alles nach einem Fremden aus, der vielleicht noch nicht einmal eine verwertbare Spur hinterlassen hatte. »Wir müssen den Bericht der Spurensicherung abwarten. Vielleicht helfen uns die Fingerabdrücke, Haare, Hautschuppen oder die Analyse der Blutflecken weiter.«

Vielleicht, dachte er. Das Wort, das am Anfang häufiger als jedes andere fiel: *vielleicht, vielleicht ...*

»Kann es sein, dass ihr Mann gar nicht wusste, was sie beruflich macht?«, überlegte Mareike. »Hat er wirklich geglaubt, sie wäre Dolmetscherin?«

Lenz schüttelte nachsichtig den Kopf. »So nennen sie sich nur uns gegenüber – Dolmetscherinnen, weil sie es einem auf Französisch, Griechisch, Italienisch oder Englisch machen. Was Moniques Mann wusste oder nicht wusste, erfahren wir, indem wir ihn vorladen und befragen.«

»Also, auf alle Fälle«, Larsen war wieder ganz bei der Sache, »müssen wir uns jeden einzelnen Aspekt im Leben des Opfers vornehmen. Warum ist gerade Monique sein Opfer geworden? Hat sich die Tat speziell gegen sie gerichtet, oder ist sie nur zufällig getötet worden, weil sie den Mörder in ihr Apartment gelassen hat? Hat es der Täter auf Frauen oder nur – in Anführungszeichen – auf Prostituierte abgesehen?«

Noch einmal werde ich nicht versagen, und ich werde auch nicht zulassen, dass mein Team versagt. Er überlegte, wem er bei den anstehenden Ermittlungen welche Aufgabe zuteilen sollte. Mit Mareike Jung, seit einem halben Jahr Kriminalobermeisterin, arbeitete er am besten zusammen, deswegen hatte er sie im Dienst gern in seiner Nähe; sie ergänzten sich gut. Sie stellte die richtigen Fragen und dachte die Antworten von sich aus in die Richtung weiter, in der man dann die nächsten Hinweise finden konnte. Sie lachte gern, schoss besser als jeder andere im Dezernat und besaß die Kondition einer Triathlonmeisterin. Die PR-Abteilung hatte sogar einmal erwogen, sie für eine Image-Kampagne zu verwenden: Mittelgroß, kräftig, hätte sie mit ihren graublauen Augen und den kornblonden Haaren, denen sie alle paar Wochen einen neuen Schnitt verpassen ließ – zurzeit ein Igel, mit roten Spitzen –, jederzeit für ein Farbposter Modell stehen können. Motto: Bei der Kripo Bremen geht der Punk ab!

Kriminaloberkommissar Torsten Lenz wiederum war das genaue Gegenteil von ihr: asketisch, drahtig, brünett mit ersten grauen Strähnen, braune Augen und kupferbraune Surferhaut. Zu ehrgeizig, um geduldig zu sein, und zu intelligent, um unnötige Risiken einzugehen. Die Sucht nach immer stärkeren Adrenalinstößen, die manche Polizisten im Einsatz zu einer Gefahr machten, hatte er durch Aikido, Kendo und Karate ersetzt, Alkohol durch Grünen Tee und Mitleid oder Anteilnahme durch die Kälte der reinen Vernunft. Wenn er so bleibt, wird er über den Stellvertreter nie rauskommen, dachte Larsen, allerdings der beste zweite Mann, den man sich nur vorstellen kann.

Olaf Sundermann wiederum, mit achtundzwanzig Kriminaloberkommissar, war gut auf der Straße, und wenn es irgendwo eine Fährte gab, der man folgen musste, dann fand er sie mit Sicherheit. Ebenso fand er schnell einen Draht zu Zeugen, sie redeten mit ihm, ganz egal, aus welchem Milieu sie kamen, welche soziale Stellung sie einnahmen. Er war dünn wie ein Schilfrohr, hatte jede Menge Sommersprossen und rote Haare, die er sich höchstens mal mit der Hand zurechtstrich. Seine grünen Augen waren so klar und rein wie die eines Kindes; fast unvorstellbar, dass sie einem Polizisten gehörten. Wenn ich ihm ein Geräusch zuteilen müsste, wäre es das Quietschen von Turnschuhsohlen, dachte Larsen, immer in Bewegung, stets kurz davor, loszusprinten. Selbst wenn er reglos dastand, schien ihn ein Flimmern zu umgeben wie eine Zeichentrickfigur. So eine Art Roadrunner, dachte Larsen.

Lenz lebte von seiner Frau getrennt, war aber noch nicht geschieden. Mareike war nicht verheiratet und hatte sich gerade von ihrem Freund getrennt. Über Olaf Sundermanns Privatleben gab es nur Gerüchte, keine gesicherten Erkenntnisse; in seiner Freizeit sah man ihn manchmal in Begleitung von Männern seines Alters, nie mit einer Frau. Alles in allem ein Team, mit dem die Chancen gut standen, vor dem Mörder am Ziel zu sein, dachte Larsen. Er sagte: »Torsten, ich möchte, dass du in diesem Fall wieder der Hauptsachbearbeiter bist. Im Fall Daniel Becker hast du hervorragende Arbeit geleistet, und deine Aussagen vor Gericht haben mit ihrer Präzision nicht nur mich beeindruckt. Ich schlage vor, du gehst jetzt nach Hause und haust dich noch kurz aufs Ohr, bevor am Morgen die Spurensicherung weitermacht.«

Beim Hauptsachbearbeiter liefen alle Fäden zusammen: Jede neue Information ging über seinen Schreibtisch. Er schrieb den Bericht über den Tatortbefund, assistierte bei der Vernehmung des Beschuldigten und führte die Ermittlungsakte, die später bei der Gerichtsverhandlung zur Grundlage der Anklage wurde. Wenn der Leiter der MK der Trainer war, wurde der Sachbearbeiter für die Dauer der Ermittlungen zum Mannschaftskapitän, vor allem ab dem Moment, in dem Larsen sich ganz auf die Fallanalyse konzentrierte.

»Gut.« Lenz stand auf und drückte seine Zigarette im überquellenden Aschenbecher auf Larsens Schreibtisch aus. »Wann treffen wir uns wieder?«, fragte er.

»So früh wie möglich.«

Mareike sah ihm kurz nach, als er das Büro verließ, dann rieb sie sich die Augen. Für einen Moment zeigte sich unter ihren Fingern ein Netz winziger Falten, wo vorher keine gewesen waren. »Ihr solltet auch nach Hause gehen«, sagte Larsen. »Heute Nacht können wir hier nichts mehr ausrichten.«

Unwillig schüttelte Sundermann den Kopf, fast wie ein Süchtiger, dem man den allerletzten Kick verweigerte. »Sollten wir nicht kurz noch die nächsten Maßnahmen durchgehen? Damit wir morgen keine Zeit verlieren?«

»Wollt ihr das wirklich jetzt besprechen?«

»Ja«, sagten Mareike und Sundermann fast gleichzeitig.

»Also gut. Als Erstes müssen wir überprüfen, ob Monika Wilhelms schon mal irgendwie auffällig geworden ist. Ob wir was über sie im System haben.«

»Habe ich schon gemacht«, sagte Mareike. »Sie selbst ist nur wegen einiger Bagatellsachen aktenkundig – eine Anzeige wegen einer Trunkenheitsfahrt mit einer Blutalkoholkonzentration von 1,54 Promille und eine weitere Anzeige eines – wahrscheinlich enttäuschten – Freiers, der behauptete, sie hätte ihm Geld gestohlen, was aber ergebnislos im Sand verlief.«

»Sie selbst?«, griff Larsen ihre Formulierung auf.

»Die Kollegen von der Sitte sind anscheinend mal dem Verdacht nachgegangen, Armin Wilhelms könnte als Moniques Zuhälter agieren, doch dieser Verdacht ließ sich nicht erhärten. Allerdings war Wilhelms Gegenstand eines Verfahrens wegen häuslicher Gewalt im Zusammenhang mit Drogenmissbrauch. Ein anderes wegen Betrugs ist noch anhängig.«

Larsen runzelte die Stirn. Das stand auch in dem Artikel, schoss es ihm durch den Kopf: *Hauptkommissar Kiefer Larsen runzelt die Stirn.* »Er muss gleich am Morgen hier befragt werden. Vielleicht weiß er mehr über ihren Kundenkreis. Außerdem müssen wir sein Alibi für die Tatzeit überprüfen, sobald wir den genauen Todeszeitpunkt kennen. Mareike, du checkst die Verbindungsdaten von Monique Wilhelms Telefon. Mit wem hat sie wann und wie oft telefoniert, vor allem am Tattag. Zeichnet sich irgendwo eine Abweichung ab, tritt ein Muster zutage? Wenn der Täter vorher einen Termin ausgemacht hat, wird er wahrscheinlich einen Münzfernsprecher benutzt haben, aber trotzdem: Wir brauchen alle Telefonnummern und die Besitzer der aufgeführten Anschlüsse. Wie sieht es mit Terminkalendern oder Notizbüchern aus, gibt es Aufzeichnungen über ihre Kunden – Namen, sexuelle Präferenzen, kam in letzter Zeit jemand neu dazu, du weißt schon …«

»Was noch?«, fragte Sundermann.

»Die Mülltonnen des Hauses und der Nachbaranwesen – sorgt dafür, dass sie durchsucht werden, bevor die Müllabfuhr sie leert: Tatwaffe, Handschuhe, blutige Kleidungsstücke, gebrauchte Kondome, alles, was mit unserem Fall im Zusammenhang stehen könnte. Sind die Mieter der Nachbarwohnungen schon befragt worden?«

»Soweit sie da waren und um die Zeit noch die Türen geöffnet haben, was bei den meisten nicht der Fall war. Die, von denen wir erste Aussagen aufnehmen konnten, hatten kaum Kontakt zu Frau Wilhelms. Ein paar kannten sie vom Sehen, näher wohl keiner. Zwei oder drei wirkten bei der Befragung eindeutig alkoholisiert.«

Larsen nickte und dachte, *Hauptkommissar Larsen nickt.* »Olaf, die anderen, die wir noch nicht angetroffen haben, nimmst du dir vor. Auch die restlichen Mädchen im Haus; vielleicht hatte sie doch ein paar Freundinnen unter ihren Kolleginnen. Danach setzt du dich mit deinen Quellen im Milieu in Verbindung und klapperst die Kneipen in der Umgebung ab.«

»Worauf soll ich achten?«

»Dass du nüchtern bleibst, jedenfalls so lange wie möglich. Eine Currywurst mit Pommes bei Kiefert ist drin auf Spesen, alles andere bezahlst du vom überpauschalen Bewegungsgeld. Frag die Bedienungen, Barkeeper und Stammgäste nach Männern, die sie dort noch nie gesehen haben. Oder ob ihnen jemand aufgefallen ist, weil er besonders ruhig war oder besonders laut oder weil er wissen wollte, wo hier die Nuttenhäuser sind. Vielleicht hat er aber auch schweigend vor sich hin gestarrt oder hastig getrunken oder sich sonst irgendwie komisch benommen.«

Vielleicht, vielleicht, vielleicht.

»Zapf deine Kontakte an«, fuhr Larsen fort, »auch unter den Mädchen, vielleicht ist ihnen ein Freier mit besonderen Wünschen oder Vorlieben begegnet, ein Kunde, der ihnen unheimlich war. Die haben ein Gespür für so was. Vielleicht ist es in letzter Zeit zu Übergriffen gekommen, körperlich, sexuell, so was macht dann schnell die Runde.«

Vielleicht, vielleicht, vielleicht.

Larsen stand auf, leerte den Aschenbecher in den Papierkorb und stellte ihn neben die Kaffeemaschine, die er ausschaltete. »Jetzt geht ihr jedenfalls nach Hause«, sagte er, plötzlich müde. »Ich will die Arbeit der Mordkommission morgen nicht mit einem unausgeschlafenen Team beginnen.«

»Und Sie?«

»Ich gehe auch gleich.«

Doch als er allein war, holte er das zusammenklappbare Feldbett aus dem Aktenschrank, das er ganz unten darin verstaut hatte. Er war müde genug, um schnell einschlafen zu können; wenn er jetzt erst noch nach Hause fuhr, würde er dort hellwach ankommen und gar keinen Schlaf mehr finden. Er zog nur seine Schuhe aus und legte sich auf die Pritsche. Durch das Fenster über ihm fiel der Schein der Straßenlampen ins dunkle Zimmer. Die Motive der Filmposter an den Wänden waren jetzt nur noch undeutlich zu erkennen.

Schon seit einiger Zeit hatte er vorgehabt, die Plakate mal wieder auszuwechseln, obwohl er jedes davon für ein kleines Vermögen ersteigert hatte. Sie hingen hinter seinem Schreibtisch, neben der Tür und über dem Aktenschrank. Wie es sich für echte Western aus Hollywoods Glanzzeit gehörte, waren die Farben von der Sonne ausgebleicht, und das Glas in den schlichten Rahmen verschwand unter einer dicken Staubschicht. Im Gegensatz zu seinen Vorgesetzten fand Larsen, dass sie im Kommissariat für Gewaltverbrechen durchaus nicht fehl am Platz waren.

Der stählerne Blick von John Wayne, das schiefe Lächeln von Gary Cooper oder der heilige Zorn im Gesicht von James Stewart, dazu einige Tassen starken Kaffee, mehr brauchte er nicht, um durchzuhalten, wenn er bei einem Fall an einen toten Punkt gelangte und die Zweifel kamen. Natürlich gab es auch den in jedem Büro unvermeidlichen Abreißkalender mit monatlich wechselnden Ansichten – in diesem Jahr *The Monument Valley* –, außerdem drei unbequeme Holzstühle vor dem Schreibtisch und einen dreibeinigen Garderobenständer in der Ecke, an dem Larsen fast jeden Morgen um acht Uhr seinen Mantel aufhängte.

The Wild Bunch, dachte er – ich nehme *High Noon* ab und hänge *The Wild Bunch* dafür auf. *Butch Cassidy and Sundance Kid* kommt an die Stelle von *Rio Grande*, und vielleicht hat *Johnny Guitar* auch lange genug in meinem Rücken gehangen.

Gelbe Tulpen, dachte er danach – bis die anderen da sind, kann ich in der Früh schnell nach Hause fahren, mich rasieren und duschen und auf dem Rückweg frische Blumen holen.

Dann – kurz vor dem Einschlafen – dachte er noch, dass es vielleicht auch an der Zeit war, wieder einmal die Kaffeesorte zu wechseln.

Aber in Wirklichkeit dachte er die ganze Zeit an Monika Wilhelms und ihren Mörder, sogar als er schon eingeschlafen war.

8

Wer tut so was?

Das war die Frage, die fast alle Angehörigen eines Mordopfers als Erstes stellten. Sie nannten den Namen des Opfers, meistens mit einem Fragezeichen dahinter, und als Nächstes fragten sie: Wer tut denn so was? Manche erkundigten sich noch nach dem Warum, aber nicht viele. Auch Armin Wilhelms nicht.

»Wer tut so was denn?«, fragte er, und seine Stimme war fast tonlos, als hätte er über Nacht drei Viertel seiner Stimmbänder verloren. Der Mund blieb noch einige Sekunden lang offen, bevor er ihn zu einem schmalen Strich zusammenpresste. Seine Lippen waren trocken und fast farblos; das ganze Gesicht war blass, bis auf die geröteten Augen. Er zitterte kaum merklich, aber nicht, weil er getrunken hatte. Es war ein Zittern, das in dem Moment eingesetzt hatte, als ihm klar geworden war, dass seine Füße keinen festen Boden mehr verspürten, der ihm noch Halt geben konnte. »Sie hat doch niemand was getan. Sie war ein guter Mensch. Wer tut so was nur?«

»Das versuchen wir herauszufinden«, sagte Larsen, »und dazu brauchen wir Ihre Hilfe.« Er saß Armin Wilhelms genau gegenüber, auf der anderen Seite des Tisches in der Mitte des hell erleuchteten, schallisolierten Vernehmungsraums. Auf der Tischplatte zwischen ihnen stand ein Kassettenrekorder, der in Abständen leise quietschte.

»Ja … ja, natürlich.« Wilhelms nickte mehrmals hintereinander. Er hatte sich sorgfältig rasiert, die Haare mit Wasser gekämmt. »Ich bin sofort von der Schule hergekommen. Ich sage Ihnen alles, was Sie wissen wollen.« Seine Hände zitterten nicht, aber sein Kinn und der Nacken vibrierten unablässig. Die Hände lagen auf der Tischplatte, die Finger ineinander verhakt.

»Gut.« Larsen nickte ebenfalls. »Wissen Ihre Kinder schon, was mit ihrer Mutter passiert ist?«

»Nein … Ich habe ihnen nur gesagt, dass es ihr nicht gut geht.

Dass sie spät nach Hause gekommen ist und noch schläft. Das ist schon früher manchmal passiert. Ich weiß nicht … ich weiß nicht, wie ich es ihnen sagen soll.« Armin Wilhelms drehte den Kopf hin und her, langsam, wie ein mechanisches Spielzeug. »Wir haben ihnen nie erklärt … Sie sind doch noch zu jung.«

Larsen beobachtete ihn, hörte genau hin, suchte nach einem falschen Zungenschlag und fand keinen. »Möchten Sie vielleicht ein Glas Wasser?«

»Wasser? Nein … doch … Ja, bitte.«

Larsen stand auf und ging zu einem Sideboard neben der Tür, auf dem mehrere Gläser und eine Mineralwasserflasche bereitgestellt waren. »Erzählen Sie mir von Ihrer Frau«, sagte er. Er schraubte eine der Flaschen auf und füllte ein Glas mit dem lauwarmen Wasser, das nicht sprudelte. Auch dabei sah er den nackten Körper von Monique auf dem Boden ihres Apartments, die gespreizten Beine, den Telefonhörer in ihrer Vagina. Die wie manisch zugefügten Stichwunden im ganzen Oberkörper. Die klaffende Kehle, den fast bis auf die Nackenwirbel durchtrennten Hals. Das dunkle Blut, den starren Blick in den toten Augen. Er sah sie so, wie ihr Mann sie gefunden hatte. »Wie lange arbeitete sie schon als Prostituierte?«

»Dolmetscherin«, verbesserte Wilhelms ihn heiser. »Sie war Dolmetscherin.«

»Gut«, sagte Larsen. »Dolmetscherin.«

»Fünf Jahre. Nicht ganz. Viereinhalb.«

Larsen stellte das Glas vor Wilhelms auf den Tisch. »Und davor?«

»Davor war sie Altenpflegerin. Sie hat auch Hausbesuche gemacht. Und eine Zeit lang Telefonsex, wenn Tommy und Friederike aus dem Haus waren. Sie hatte so Inserate in den *St. Pauli Nachrichten* und im *Weser Report*, im hinteren Teil.«

»Immer unter demselben Namen? Monique?«

»Nein, nicht immer.« Wilhelms schob das Glas mit Daumen und Zeigefinger von sich weg, dann zog er es wieder heran. »Manchmal hieß sie Yvonne oder Michelle. Oder Gabi.«

»Was hat sie ihren Kindern erzählt? Haben die nicht manchmal gefragt, was die Mama macht, wenn sie nicht zu Hause ist?«

»Doch, klar. Kaufmännische Angestellte, haben wir gesagt. Sekretärin bei einer Möbelspedition, mit großen Lastwagen. Was eine Dolmetscherin macht, verstehen sie ja noch nicht.«

»Sie hatten einen Schlüssel für das Apartment, in dem Ihre Frau gearbeitet hat?«, fragte Larsen.

»Ja. Für alle Fälle.« Seine Stimme wurde noch leiser, als wäre ihm jählings klar geworden, dass einer dieser Fälle jetzt eingetreten war. Der schlimmste.

»Wann kam Ihre Frau normalerweise abends nach Hause?«

»Um halb sieben … sieben … so um den Dreh.«

»Immer?«

»Ja, wegen der Kinder. Sie wollte sie noch sehen, bevor sie ins Bett mussten.«

»Sie hatte keine Kunden, die sich noch später mit ihr treffen wollten?«

Wilhelms betrachtete das Glas wie etwas, das bestellt zu haben er sich nicht erinnern konnte. »Manchmal. Aber nicht oft. Sehr selten. Und sie rief dann immer vorher an.«

»Was waren das für Kunden, deretwegen sie später nach Hause kam?«

»Besondere. Also, die etwas Besonderes wollten – Extras, die Monique für mehr Geld anbot.«

Larsen nickte aufmunternd. »Zum Beispiel?«

Jetzt griff Wilhelms nach dem Glas und trank. »Na ja, Bondage eben oder SM, aber nicht die harten Sachen, eher soft, ja? Englische Erziehung, mit der Reitgerte.«

»Kam sie mit ihren Kunden gut zurecht? Hat sie mal was erzählt, dass einer etwas wollte, wozu sie nicht bereit war? Ist jemand gewalttätig geworden? Gab es vielleicht einen Freier, vor dem sie Angst hatte?«

»Nein … nein … Sie konnte sehr – sehr energisch werden, wenn ihr jemand dumm kam. Sie war ja auch bei Rollenspielen immer die Dominante.«

Larsen setzte sich wieder. »Und Sie? Kennen Sie sich in der Szene aus?«

»Ich – in der Szene? Sie glauben doch nicht, ich wäre ihr Zuhälter gewesen oder so was?«

»Ich glaube schon lange nur noch das, was ich beweisen kann. Wie war Ihr Verhältnis zueinander?«

»Gut. Wie bei den meisten, nehme ich an.«

»Sie kümmern sich um die Kinder, wenn Ihre Frau arbeitet? Gehen Sie sonst irgendeiner Tätigkeit nach?«

»Ich mache alles, was so anfällt. Gelegenheitsjobs, nichts Besonderes. Aber ich lebe nicht von Monikas Einkommen, falls Sie das denken.«

»Im Moment denke ich auch nichts. Ich stelle Fragen, damit ich später denken kann, wenn ich die Antworten habe.« Larsen warf einen Blick auf seine Armbanduhr. Es war kurz nach halb elf, und er hoffte, dass die anderen bald mit den ersten Ergebnissen kamen – Lenz, der sich mit der Spurensicherung am Tatort aufhielt, Olaf, der die Berbenstraße und den Breitenweg abklapperte, und Mareike, die sich bei den Bewohnern von Haus 19 umhörte. »Hatte Ihre Frau Freundinnen unter den anderen Prostituierten? Eine Kollegin, die sie besonders mochte? Der sie vielleicht etwas anvertraut hätte, das für unsere Ermittlungen von Bedeutung sein könnte?«

»Ich weiß nicht. Sie hat nie jemand erwähnt. Aber sie hat sowieso nicht viel erzählt. Ich wollte es auch nicht wissen.«

»Und es hat Ihnen wirklich nichts ausgemacht, die Art, wie sie ihr Geld verdient hat?«

Wilhelms griff wieder nach dem Glas, und diesmal trank er es ganz aus. »Es wäre mir schon lieber gewesen, wenn sie etwas anderes gemacht hätte. Aber mit den ganzen Jugos und den anderen billigen Arbeitskräften, die jetzt alle vom Balkan hierherkommen …«

Larsen stand wieder auf. »Das war's schon, Herr Wilhelms. Wenn Ihnen noch etwas einfällt –«

»Warum musste sie sterben?«, rief Moniques Mann plötzlich. »Sie hat doch niemand etwas getan. Warum hat der Mörder gerade sie getötet?«

»Das fragen wir uns auch«, sagte Larsen. »Und wenn wir das wissen, haben wir den Täter.« Wieder sah er die tote Frau vor sich, ihr verwüstetes Apartment, die Blutspuren an den Wänden und Möbeln. Er sah den Flur und den Inhalt ihrer Handtasche, verstreut auf dem Boden. »War Ihre Frau gläubig?«, fragte er.

»Gläubig – wie meinen Sie das?«

»Wir haben ein Votivbild im Flur ihres Apartments gefunden.«

»Was für ein Bild?«

»Die Darstellung einer Heiligen, auf so einem kleinen bunten Bild, wie sie manchmal in Gebetbüchern stecken. Wissen Sie, ob Ihre Frau so ein Bild in ihrer Handtasche hatte?«

»Ein Bild von einer Heiligen? Nein, was soll – sollte – sie denn damit anfangen?«

Was fängt man mit dem Bild einer Heiligen an?, dachte Larsen. Dann dachte er: Wenn es dem Opfer nicht gehört hat, dann vielleicht dem Täter. Vielleicht ist es ihm aus der Tasche gefallen. Oder er hat es dort hingelegt, im Flur, auf den Boden. Wollte er damit etwas zum Ausdruck bringen, uns einen Hinweis geben? Wer trägt so ein Bild mit sich herum? Laut sagte er: »Danke, Herr Wilhelms. Wir melden uns bei Ihnen, sobald es etwas Neues gibt. Und noch einmal mein Beileid. Ich schicke jemand, der Sie nach Haus bringt. Morgen müssen Sie im Lauf des Tages vorbeikommen, um Ihre Aussage zu unterschreiben.«

Er verließ den Vernehmungsraum und ging in sein Büro. Auf seinem Schreibtisch lag ein Zettel mit einer Nachricht von Mareike, aber keine von Olaf oder Lenz. Mareike hatte hinterlassen, dass sie um elf noch einmal anrufen würde. Höchste Zeit, dass wir Mobiltelefone kriegen, dachte Larsen; den Antrag hatte er als Leiter der Abteilung für Gewaltverbrechen schon vor sechs Wochen eingereicht. Er holte das in einer durchsichtigen Plastiktüte der Spurensicherung verwahrte Votivbild aus der obersten Schreibtischschublade, legte es vor sich hin und betrachtete es.

War das die erste Spur im Mordfall Monika Wilhelms? Wer war die schlanke, alterslose Frau, die in kitschigen, bonbonbunten Farben auf dem kleinen, abgegriffenen Bild prangte, verhüllt von einem fließenden Gewand und mit einem Strahlenkranz um den Kopf?

Das Telefon neben seinem klobigen PC-Bildschirm klingelte. Es war Punkt elf; Larsen meldete sich. »Wir haben vielleicht einen

Zeugen, der den Täter beim Verlassen des Hauses gesehen hat«, sprudelte Mareike hervor. »Ein Mieter, der gerade von der Arbeit gekommen ist, als ein Mann die Treppe hinuntergelaufen kam.«

»Kann er ihn beschreiben?«

»Nicht so richtig. Sie sind sich auf einem Absatz im zweiten Stock begegnet, aber der Mann hat den Kopf zur Seite gedreht, sodass der Mieter sein Gesicht nicht erkennen konnte. Es gibt nur eine allgemeine Beschreibung: sehr groß, Parka, Pudelmütze, vielleicht ein Kinnbart. Der Mieter konnte noch hören, wie der Mann aus dem Haus gelaufen ist, aber mehr nicht.«

»Wir brauchen trotzdem eine schriftliche Zeugenaussage«, erklärte Larsen, »und eine Phantomzeichnung. Vielleicht ist der Mann auch anderen Leuten aufgefallen, vor allem, wenn er sehr groß war. Danke, Mareike. Schau mal, ob du noch andere Prostituierte in einer der Wohnungen antriffst. Vielleicht war der Mann früher schon mal bei einer von denen. Komm zurück, sobald du mit dem Haus durch bist.«

»Hilft uns das weiter?«

»Vielleicht«, sagte Larsen und legte auf.

Vielleicht, vielleicht, vielleicht.

Er verstaute das Heiligenbild wieder in der Schublade. Sein Blick wanderte von dem Plakat der *Glorreichen Sieben* neben dem Fenster zum Wandkalender, *The Monument Valley*. Er dachte daran, wie er vor gut zwei Jahren mit seinem Freund Steve Meyers vom FBI in Quantico einen Ausflug mitten hinein in diese dramatische, aus tausend Western bekannte Landschaft unternommen hatte.

Mit eigenen Augen hatten sie die mächtigen Felsen gesehen, die ausgedörrte Erde, das Flirren des Lichts, das die Umrisse des roten Gesteins unter dem milchig blauen Himmel verwischte. Plötzlich war er wieder ein kleiner Junge gewesen, zehn Jahre alt, der in der dritten Reihe im Gloria Palast saß und mit wild klopfendem Herzen darauf wartete, dass die schweren purpurnen Samtvorhänge auseinanderschwangen und sich die in der Sonne leuchtende Weite des Westens vor ihm öffnete.

Einige Sekunden lang hatte er fest damit gerechnet, dass gleich von allen Seiten Cowboys, Indianer oder Soldaten der US-Kavallerie auf Pferden mit glänzendem Fell ins Bild galoppieren würden, begleitet von mitreißender Musik, trommelnden Hufen, klirrendem Zaumzeug, dem Blitzen frisch geölter Peacemaker in den Lederholstern. Und siehe da – in Kiefer Larsens Brust schlug noch immer ein Herz, das so weit wurde wie die endlose Prärie, um all den Mut und die Gefahr, die wilden Kämpfe und manchmal bitteren Siege fassen zu können. Denn schon mit neun Jahren hatte er eines gelernt: Das Böse existierte nur aus einem Grund: um vom Guten besiegt zu werden, nur deshalb.

Vielleicht.

9

Robert

In den letzten Tagen vor Weihnachten, nachdem sie das Geld unter dem Kopfkissen entdeckt hatte, war Mariona wieder so wie früher; wie ganz am Anfang, als sie sich gerade erst kennengelernt hatten. Sie umarmte Robert stürmisch und küsste ihn, wenn auch nicht auf den Mund. Küsse auf den Mund mochte sie nicht. Sie warf sich auf das Wasserbett, das unter ihr schmatzte und gluckerte, und zählte die Scheine. »Das sind ja fast 2000 Mark!«, rief sie aufgeregt. »Los, komm, wir gehen gleich in die City zum Einkaufen! Und danach ins Ali Baba … Junge, wenn die das sehen, so viel Kohle mitten im Monat. Jetzt wird Weihnachten doch noch schön! Kriegst du jedes Mal so viel?«

»Nicht ganz.« Er druckste etwas herum. »Da war noch ein Zuschlag dabei, wegen der Verzögerung bei der Bearbeitung.«

»Wie viel kriegst du denn?«

»So um die 1200, jeden Ersten.«

»Stark!« Ihr ganzes Gesicht war gerötet und leuchtete, als hätte sie Fieber. Ihre Körpertemperatur war wirklich etwas höher, und mit der Wärme, die sie ausstrahlte, steckte sie ihn sofort an. Wie Bonnie und Clyde, dachte er, als hätten sie gerade eine Bank überfallen. Sie roch sogar anders, wieder wie eine Frau. Am liebsten hätte er sofort mit ihr geschlafen, aber er wusste, dass sie erst einkaufen musste, sonst dachte sie die ganze Zeit nur daran. Sie hatte schon ihre Stiefel an.

Sie schmiss die Kohle mit vollen Händen raus: neue Schuhe, Parfüm, eine Handtasche, Weihnachtsgeschenke für ihre Eltern und Freundinnen, Wodka und Pralinen, alles Zeug, das kein Mensch brauchte. Die Schuhe hättest du dir auch sparen können, dachte er, ich hab doch die High Heels für dich. Aber der Glanz auf ihrem Gesicht, die rosigen Flecken auf ihren Wangen waren alles wert. Und wie sie sich bei ihm einhakte und ihn anlachte!

Das war am ersten Abend gewesen, einen Tag nachdem er das

Geld gefunden hatte. So betrachtete er seinen plötzlichen Reichtum – als etwas, das er gefunden hatte. Es stand in keinem Zusammenhang mit der toten Nutte beim Bahnhof, über die in der *Bild,* in der *Morgenpost* oder bei Radio Bremen berichtet wurde. Der Täter, las er, einfach nur der Täter – kein Verdächtiger, keine verwertbaren Spuren, keine Zeugenaussagen. Es war wie im Film, ein Täter konnte jeder sein. Die Polizei tappte im Dunkeln, nichts brachte ihn mit der toten Frau in Verbindung, vielleicht war er ja wirklich nie da gewesen.

Und das Geld verschwand auch ohne Mariona schnell; er hatte Schulden, die er bezahlen musste, ein paar geliehene Zwanziger hier, ein paar da, doch das läpperte sich. Das Geld war das letzte Band zu dem Ort, an dem er es gefunden hatte, und es löste sich immer mehr auf, einfach so. Es reichte gerade lang genug, dass Mariona dreimal mit ihm schlief, das erste Mal richtig leidenschaftlich.

Dann war Weihnachten, und Heiligabend ging sie nachmittags zu ihrer Großmutter, sodass auch er zu seinen Eltern fahren musste, obwohl er eigentlich nicht wollte. Sie hatten noch keine Ahnung, dass er sein Studium geschmissen hatte. Sein Vater war Religionslehrer, stand *sooo* mit Gott, dem Vater, dem Sohn und dem Heiligen Geist, jedenfalls tat er immer so. Und seine Mutter – wenn sie erfuhr, dass es aus war mit »Unser Sohn, der ja Akademiker ist –«. Er konnte sie schon hören, die alte Leier: Dafür haben wir uns dein Abitur nicht vom Mund abgespart, Robert, nicht dafür!

Papa und Mama. Wir. Warum hatten die überhaupt geheiratet? Sie hätten nie zusammenkommen dürfen. Aus seinem Vater hätte echt was werden können, er war klug und belesen. Mama konnte ihm nicht mal ansatzweise das Wasser reichen, vielleicht hatte sie deswegen irgendwann beschlossen, ihn fertigzumachen. Jetzt hatte er sich in einen anonymen Alki verwandelt, und sie genoss ihren Triumph.

Vielleicht finde ich bald wieder etwas Geld, dachte Robert. Weiter dachte er erst mal nicht. In den Zeitungen war die tote Prostituierte aus der Berbenstraße immer weiter nach hinten gerutscht und schließlich ganz verschwunden. Mariona glaubte, dass er jetzt jeden Monat Geld vom Amt kriegte, nur dass er sich bisher noch nicht mal arbeitslos gemeldet hatte. Er fragte sich, ob das überhaupt ging, so mir nichts, dir nichts vom fünften Semester direkt zur Stütze. Und überhaupt, er wollte das sowieso nicht, Arbeitslosengeld, sich alle naselang rechtfertigen, überwacht werden und so, das musste echt nicht sein.

Ein paarmal konnte er Mariona was von Verzögerungen bei der Auszahlung erzählen, aber in null Komma nichts musste er ein paar Scheine auf den Tisch legen, sonst wurde sie misstrauisch. Dann klingelte wieder das Telefon, und irgendein Richy war dran. Bist du der Student, mit dem sie zusammenwohnt?

Aber jetzt war erst mal Heiligabend. Um kurz nach vier zog er sich um: ein frisches Hemd, hellblau, gebügelte Jeans, Schnürschuhe und ein hellbraunes Rupfensakko; die Parkajacke, die er auch angehabt hatte, als er bei Monique gewesen war, nahm er noch einmal sorgfältig in Augenschein, weil seine Mutter immer ganz genau hinschaute, nicht so wie Mariona, der alles egal war. Das Material war nicht supersauber, wies aber keine Blutflecken auf. Er schaute in alle Taschen, falls sie wie früher die Jacke durchsuchte, wenn sie in der Diele an der Garderobe hing.

Sein Talisman war verschwunden.

Rosa.

Er trug das Bild immer bei sich, seit er es aus dem Buch geschnitten hatte; es beschützte ihn.

Aber jetzt war es weg.

Fast panisch durchsuchte er die Taschen ein ums andere Mal, immer mit demselben Ergebnis. Er musste das Bild verloren haben. Aber wo? Wann? Es war klein, dünn und besaß kein Gewicht, nur Papier und die Pappe, auf die er es geklebt hatte. Natürlich hatte er gedacht, es stecke an seinem Platz, wo es sich immer befand. Vielleicht war es aus der Tasche gerutscht, als er etwas herausgezogen hatte. Das Material klebte manchmal etwas. Bestimmt lag es irgendwo in der Wohnung. Aber jetzt hatte er keine Zeit, es zu suchen, er war schon spät dran.

Um fünf stand er bei seinen Eltern auf der Matte, und um halb sechs wollte er schon wieder weg. Die Bescherung war eine einzige Enttäuschung. Er hatte insgeheim mit etwas Geld in einem Kuvert gerechnet, einem Fünfziger vielleicht, aber stattdessen kriegte er einen Pelikan-Füller, weil seine Mutter wohl meinte, dass er seine Doktorarbeit lieber von Hand mit Tinte auf Papier schrieb oder so. Danach saßen sie am festlich gedeckten Tisch, und sein Vater wollte wieder mal wissen, wie er mit der Uni vorankam, wie das heute so lief mit dem Theologiestudium: Altes Testament, Neues Testament, Offenbarung des Johannes, die Heiligen, die apokryphen Schriften, Buch 7, Vers 23, er war in seinem Element.

Seine Mutter sagte nicht viel, das hatte sie nie, auch nicht, als sie noch mit den ganzen Männern unterwegs war. Der Vater war der Dozent, solange Robert sich erinnern konnte. Seine Mutter sagte höchstens mal: »In deinem alten Zimmer sind immer noch Sachen von dir. Wann holst du die denn ab?«

Bis vor einem Jahr hatte er noch zu Hause gewohnt, bis er Mariona begegnet war, im Ali Baba. Es war noch früh gewesen, Spätnachmittag höchstens. Sie hatte allein an der Bar gesessen, und er war zu einem der Tische gegangen, weil er sich erst mal Mut antrinken musste. Wenn er nüchtern war, konnte er nicht gut mit Leuten reden. Sie hatte ein paarmal zu ihm rübergeschaut. Er war ja jemand, der auffiel, weil er so groß und kräftig war und dabei so ein sanftes Gesicht hatte, ein richtiges Babyface. Er hatte damals auch noch keine Erfahrung mit Mädchen, außer dass er ein paarmal bei Nutten gewesen war. Sie kam ihm dagegen ziemlich erfahren vor.

»Deine Mutter hat dir eine Frage gestellt«, sagte sein Vater, jetzt schon etwas angetrunken. »Wegen deiner Sachen.«

»Ja, bald. Ich hole sie bald ab.« Robert blickte verstohlen auf seine Uhr, damit es nicht so aussah, als könnte er es gar nicht erwarten, wieder abzuhauen. Sie hatten sich um zehn im Ali Baba verabredet, aber Mariona wollte anrufen, falls sie es schon vorher nicht mehr aushielt. Es war erst kurz vor halb sieben. Auf dem Plattenspieler im Wohnzimmer drehte sich Orgelmusik mit Chorbegleitung, *Weihnachten in Salzburg* oder so was Ähnliches.

Als sie sich kennengelernt hatten, war Mariona Arzthelferin gewesen, aber dann hatte sie beschlossen, umzusatteln und zu einem Friseursalon zu wechseln, wo sie mehr verdiente. Die Arbeit gefiel ihr auch besser, weil sie gern mit Menschen redete, meistens Themen, bei denen er nicht mitreden konnte, Filmstars oder Schlagersänger oder Mode. Sie lebte bei ihrer Großmutter; wo ihre Eltern waren, wusste angeblich niemand. Nach sechs Wochen hatten sie das erste Mal miteinander geschlafen, in seinem Zimmer, heimlich. Es war super gewesen, aber wahrscheinlich vor allem deshalb, weil Mariona dauernd seinen Namen sagte, was die Nutten nicht taten. *Robert, Robert, Robert, oh, Robert.* Nach ein paar Mal hatte sie dann den Vorschlag gemacht, komm, lass uns zusammenziehen, dann stört uns niemand.

Viertel vor sieben.

Seine Mutter sagte: »Ich hole jetzt mal den Nachtisch, und dann machen wir es uns gemütlich und gucken noch ein bisschen den Baum an. Dein Vater hat sich solche Mühe gegeben.« So was hätte sie früher nie gesagt, aber jetzt war sie ja auch nicht mehr schön; jetzt gab es niemand mehr, der ihr nachlief. Es schien, als hätte die Zeit für seinen Vater gearbeitet. Bloß dass die Zeit zu spät kam, wie immer.

Der Baum war nicht mehr so groß wie früher, und er hatte auch keine richtigen Kerzen, die alles in Brand stecken konnten, aber immer noch tonnenweise Lametta, bunte Kugeln und Glitzerketten. Er stand auf einer Kiste, die mit Geschenkpapier abgedeckt war, gleich neben dem Fernseher und der Krippe mit der Heiligen Familie. Im Fernsehen lief *Wenn die anderen feiern,* und Robert dachte an Mariona, die ja gerade feierte, und er sah wieder auf die Uhr.

Gerade mal sieben.

Das Telefon klingelte nicht.

Seine Mutter stellte ein Tablett mit drei Gläsern Likör auf den Couchtisch.

Was ist, wenn Mariona nicht anruft und nachher auch nicht im Ali Baba ist? Wenn sie weder da noch in ihrer Wohnung auftaucht?

Er saß neben seiner Mutter auf dem Sofa, weil sein Vater immer den Sessel belegte. Ihre Nähe war ihm unangenehm, aber weil Heiligabend war, spielte er mit. Sie stießen mit dem Likör an, und sein Vater sagte: »Fröhliche Weihnachten!« Robert starrte auf den Baum in seinem elektrischen Glanz, und da traf es ihn wie ein Schlag: Ich bin ein Mörder. Es ist Weihnachten, und ich höre Kirchenlieder und schaue die Krippe an, dabei habe ich einen Menschen umgebracht. Wenn Mariona nicht kommt, ist das die Strafe. Ich habe es für sie getan, trotzdem ist das dann die Strafe.

Er sprang auf und sagte: »Ich muss gehen.«

»Aber jetzt doch noch nicht«, sagte seine Mutter. Sie leckte ihre vom Likör klebrigen Finger ab und schaute weiter auf den Fernseher. Nur sein Vater stand auf, um ihn zur Tür zu bringen. »Vergiss nicht, zur Messe zu gehen, mein Junge«, sagte er etwas undeutlich.

Draußen war es kalt, der kälteste Abend in diesem Winter, hatten sie im Radio gesagt. Aber der R4 sprang sofort an, die Straßen waren auch nicht glatt, und Robert brauchte zum Ali Baba nicht länger als zehn Minuten. Als er dort ankam, hatte der Laden noch nicht mal auf.

Er blieb im Wagen sitzen und wartete. Ihm war etwas schlecht von dem süßen Likör, vielleicht auch, weil er Angst hatte, dass Mariona nicht kommen würde. Das Geld reichte nicht mehr lange, so viel stand fest. Die Scheiben beschlugen, und er konnte seinen Atem sehen. Er fragte sich, ob Nutten auch an Weihnachten arbeiteten. Wenn er jetzt zum Bahnhof fuhr und bei einer von denen klingelte, ob die wohl da war und aufmachte? Aber er hatte ja sowieso kein Messer dabei.

Er schlief ein und wäre beinahe im Auto erfroren, wenn nicht auf einmal jemand gegen das Seitenfenster gehämmert hätte. Das war Otto, der Wirt, mit einer roten Mütze, wie sie die Weihnachtsmänner in amerikanischen Filmen trugen. »Mensch, was machst du denn hier draußen, du frierst dir ja 'n Arsch ab!« Robert stieg aus und folgte Otto ins Ali Baba, wo er sofort ein Jever und einen doppelten Wodka kippte, um den pappigen Likörgeschmack aus dem Mund zu kriegen. »Kommt Richy heute Abend auch?«, fragte er so ganz nebenbei.

»Richy? Kenne ich nicht«, meinte Otto.

Auf den Tischen lagen bunte Flyer, Werbung für die große Silvesterparty im Ali Baba, mit Gratissekt und Feuerwerk.

»Die Mariona ist manchmal mit ihm zusammen hier, also, dem Richy.«

»Ach, der …« Otto schien auf einmal nicht mehr zu wissen, ob er diesen Richy nun kennen sollte oder nicht. »Nee, der kommt an so 'nem Abend nicht, der is' über Weihnachten bestimmt beim Skifahren oder auf'n Malediven.«

Robert sah sich um. Die meisten anderen Gäste kannte er nicht und wollte sie auch nicht kennen – ein paar langhaarige Studenten, einer mit seiner Brillenschlangen-Öko-Freundin, zwei Typen in schwarzem Motorradleder, eine Blondine mittleren Alters in einem dunkelroten Samtkleid. Sie säen nicht, sie ernten nicht, und Gott der Herr ernährt sie doch. Gerade ging die Tür auf, und rein kam Rolex-Gero, der einen Gebrauchtwagenpark und einen Münzwaschsalon gleich um die Ecke führte. Um den musste Gott sich nicht kümmern.

Und ich?, dachte Robert. Ich wollte doch wie Paulus sein, ich wollte Briefe an die Korinther und die Epheser schreiben, aber nicht nur an die. Ich wollte an Gott glauben, sein Werk tun, seine Botschaft verkünden, den Menschen helfen, wie Jesus in Ben Hur, wenn er die Leprakranken heilt und Ben Hur zu trinken gibt. Einen Moment lang sah er alles mit umwerfender Klarheit, wie das Leben war und dass es keinen Ausweg gab, aber das war nur ein paar Sekunden lang, nicht länger als ein Blitzschlag. Drei Wodka und zwei Jever später war er hacke, allerdings nicht so weggetreten, dass er Mariona nicht mehr erkannt hätte, als sie um elf eintrudelte. So begrüßte sie ihn nämlich: »Erkennst du mich überhaupt noch, so besoffen, wie du bist?«

Man merkte sofort, dass sich ihr Heiligabend auch nicht viel besser abgespielt hatte als seiner. Sie kippte ziemlich schnell ein paar Wodka, bevor sie zu Bier überging, alles auf seine Rechnung natürlich. Der Rest von Weihnachten war dann eigentlich schon gelaufen, jedenfalls was Sex oder auch nur Zärtlichkeiten anging. Irgendwann schreibe ich das alles mal auf, dachte er, genauso wie ich es erlebt habe. Wie einen Film. Vielleicht bezahlt mir mal jemand viel Geld dafür. Wenn sie mich geschnappt haben. Vielleicht wird daraus eine Serie in der *Bild* oder sogar ein Film.

Viele von den Sachen, die ihm passierten, sah er jetzt schon als Film in seinem Kopf, und er konnte jede Szene genau beschreiben.

Nur das, was vor oder nach diesen Filmen gelaufen war, fiel ihm nicht so recht wieder ein. Wenn ihn jemand danach gefragt hätte, wäre er vorübergehend total ins Schwimmen geraten. Und Gefühle, die fehlten auch völlig. Er sah die Bilder und hörte den Ton, aber er fühlte nicht das Geringste.

10

Zwischen Weihnachten und Neujahr hatte Mariona frei. Erst am 30. Dezember und den halben 31. musste sie wieder arbeiten, weil sich da alle, die nicht beim Skifahren oder auf den Malediven waren, die Haare machen lassen wollten. Als sie am Nachmittag nach Hause kam, war sie erst mal fertig. Sie wollte aber unbedingt zu der Silvesterparty im Ali Baba, wo ein Gedeck schon fünfzig Mark kostete. »Mal gucken, wer alles da ist«, sagte sie. »Vielleicht ist der Richy schon zurück.«

Sie zog sich richtig geil an, ein hautenges Kleid aus roter Seide, schulterfrei und so kurz, dass man ihren Slip sehen konnte, wenn sie es unten nicht dauernd straff zog. Dazu schwarze Lackstiefel und eine Korallenkette, kein BH. Bevor sie losfuhren, tranken sie noch die Wodkaflasche aus dem Eisfach leer, damit sie lockerer wurden. Im Ali Baba gab es dann ein großes Hallo, weil jeder wusste, dass meistens was geboten war, wenn Mariona kam. Erleichtert stellte Robert fest, dass dieser Richy nicht da zu sein schien; jedenfalls warf sie sich keinem der Typen an den Hals.

Die Tische waren alle schon besetzt, nur an der Bar gab es noch Plätze. Als sie sich auf die Hocker schwangen, rutschte Marionas Kleid sofort ziemlich weit hoch, was sie gar nicht zu merken schien. »Dein Kleid«, sagte Robert. Sie zuckte nur mit den Schultern. »Schlag wenigstens die Beine übereinander«, sagte er. Sie gab ein verächtliches *Pfff!* von sich, mehr nicht. Er hatte den Eindruck, dass er gerade den ersten Filmschnipsel erlebte, ohne zu ahnen, wovon die nächsten Szenen handeln sollten.

Es wurde immer voller in der Kneipe, die Musik dröhnte laut. Otto drehte nach und nach das Licht weiter runter. An der Decke hingen Luftballons, auf den Tischen ringelten sich bunte Papiergirlanden. Konfetti bedeckte den Boden. Mariona trank erst Bier, dann Wodka, dann Sekt. Sie lachte schrill, wenn einer der anderen Männer ihr etwas erzählte, was Robert meistens nicht verstand, weil es so laut war. Er wollte sie auch zum Lachen bringen und sie dann küssen. Einmal sagte er irgendwas, das ihm witzig vorkam, während er es ihr ins Ohr brüllte, aber sie sah ihn nicht mal an, und sie lachte auch nicht. Als er trotzdem versuchte, sie zu küssen, drehte sie den Kopf weg. Er konnte noch hören, wie sie *bäääh!* machte.

Sie ging auf die Toilette. In der Zeit, als sie weg war, betrachtete er das Durcheinander an den Tischen. Es kam ihm vor wie eine Vorstellung im Zirkus, grell und lärmend. Er beneidete die anderen Männer und Frauen, obwohl sie unecht wirkten, wie schlechte Komparsen. Mitternacht rückte immer näher, aber Mariona kam nicht zurück. Als die Tabletts mit den Champagnergläsern aufgefahren wurden und nur noch ein paar Minuten bis zur vollen Stunde fehlten, ging Robert sie suchen.

Sie stand im Hinterzimmer beim Spielautomaten, auf einem Bein. Er sah nur das linke Bein und das rote Kleid, das ihr fast bis zur Hüfte hochgerutscht war. Dann sah er eine Hand auf ihrer rechten Hinterbacke und das andere Bein zwischen den Schenkeln von jemand, von dem er im Halbdunkel vor der Toilette nichts erkennen konnte, außer dass er ihr das Haar zerwühlte. »Mariona, gleich ist Mitternacht, komm, das neue Jahr fängt an!«, rief er.

Sie drehte sich nicht mal um, knutschte einfach weiter. Hinter der Tür zum Schankraum begann der Silvester-Countdown. *»Zehn … neun … acht … sieben …«*

»Mariona …«

Sie reagierte immer noch nicht. Er griff nach ihrem Arm, und da fuhr sie herum und knallte ihm eine, mit dem Handrücken mitten auf den Mund. »Zieh Leine!«

Tränen schossen ihm in die Augen, und seine Lippen fühlten sich an, als würden sie bluten. Jetzt konnte er den Mann sehen, den Mariona geküsst hatte. Er war groß und dünn, mit irgendwie unfertigen Gesichtszügen und einem kleinen Kinn. »Ist das der Student aus deiner Wohnung?«, fragte der Mann.

»Kümmer dich nicht um ihn, Richy.«

Das also war Richy! Er sah eigentlich ganz harmlos aus, gar nicht wie jemand, der einem anderen Mann die Frau ausspannte. Aber bestimmt hatte er Kohle; er durfte Mariona ja sogar auf den Mund küssen.

»… *sechs … fünf … vier …*«

»Komm!« Sie ergriff Richys Hand und zog ihn an Robert vorbei in den Schankraum. »… *drei … zwei …*« Ehe die Tür sich langsam schloss, sah er durch den Spalt, wie sie Richy wieder innig und lang küsste, als Otto in sein Mikro brüllte: »*Prost Neujahr!*«

Plötzlich wurde Robert schlecht, und er hatte ein Gefühl, als ob er sich gleich übergeben müsste. Warum macht sie das?!, dachte er. Ich liebe sie doch! Hitze schoss ihm in den Kopf, so schnell, dass ihm schwindlig wurde. Er stieß die Tür auf und drängte sich durch die anderen Gäste, die sich alle umarmten und küssten und mit ihren Gläsern anstießen. Er rempelte jemand an, doch das war ihm egal. Auch als er selbst von einem Mann angerempelt wurde, war ihm das egal.

»Mariona, du, ich wünsch dir ein frohes neues Jahr! Hey, lass uns nach Hause –«

»Ich komme nicht mit«, schrie sie gegen den Lärm an. »Ich übernachte heute bei Richy.«

»Wenn du das tust, brauchst du überhaupt nicht mehr nach Hause zu kommen!« Er wusste nicht, warum er das sagte, wo er sie doch liebte, aber jetzt war es raus: Er hatte es gesagt. Und weil jetzt sowieso alles egal war, knallte er noch die Wohnungsschlüssel auf den Tresen, dazu alle Scheine, die er in der Tasche hatte, über hundert Mark. »Dann macht es doch gleich in unserer Wohnung!«

»Meinetwegen, wenn du es so willst – da!« Mariona zerrte sich den Verlobungsring vom Finger und warf ihn auf den Boden, direkt vor seine Füße. Ihm war noch immer schwindlig. Benommen stürmte er aus dem Ali Baba und taumelte raus in die Dunkelheit, weg von dem ganzen Silvestertrubel.

Es war eine klirrend kalte Nacht, die Luft schien sein Gesicht blitzschnell mit Eis zu überziehen. Er hatte echt einen sitzen, trotzdem fand er den R4 sofort. Mit zitternden Fingern sperrte er die Tür auf und ließ sich in den Fahrersitz fallen. Seine Augen brannten. Ich heule doch nicht!, dachte er. Ich hole das Schwert aus dem Koffer und bringe sie um, das tu ich. Da drin, vor allen Leuten. Ich schlage erst Mariona den Kopf ab und dann diesem Richy, genau wie in *Die sieben Samurai*.

Er versuchte, den Zündschlüssel ins Schloss zu schieben. Beim dritten Anlauf gelang es ihm, und er startete den Wagen. Erst als er fuhr, fiel ihm ein, dass er ja gar nicht in die Wohnung und an seinen Koffer konnte. Aber umkehren ging auch nicht, nie im Leben. Er fuhr bis zur nächsten Kreuzung und dann einfach weiter geradeaus. Auf den Straßen waren viele Menschen unterwegs, vor allem Pärchen und Familien mit Kindern. An den Ecken standen Leute, die Raketen zündeten. Auf den Gesichtern der Kinder spiegelte sich der Zauber des Feuerwerks. Alle hatten gute Laune. Am Himmel zischten Flammenstreifen kreuz und quer durcheinander. Vor einer Telefonzelle warfen ein paar Jugendliche sich gegenseitig Knallfrösche vor die Füße.

Robert fuhr rechts ran, und als die Jugendlichen weiterzogen, stieg er aus und betrat die Zelle. Er hatte noch etwas Kleingeld in der Tasche. Vielleicht gab es ja eine Nutte, die an Silvester arbeitete. Erst als er fünfzig Pfennig in den Münzfernsprecher geworfen hatte, merkte er, dass der Hörer fehlte; bloß das Kabel baumelte neben dem Apparat. Der Anblick erinnerte ihn an Monique. Er stieg wieder in den R4 und fuhr in Richtung Bahnhof.

Ich nehme einfach ein Messer, das da rumliegt, dachte er, in der Küche oder so. Es muss doch Männer geben, die an so einem Abend geil werden, und dann muss doch jemand da sein, der es ihnen macht, selbst wenn sie besoffen sind wie ich. Wenn ich eine Nutte wäre, würde ich in so einer Nacht arbeiten und einen Feiertagstarif verlangen. Ich würde an nichts Böses denken, nicht in so einer Nacht, und jedem die Tür aufmachen, der klingelt.

11

Larsen

Kiefer Larsen nahm zwei Frauen mit ins neue Jahr, doch nur eine davon war noch am Leben. Kurz vor Mitternacht ging er mit Kristin in den Garten, wo sie – warm angezogen und mit einer Flasche Sekt und zwei Gläsern in den Händen – in den klaren Winterhimmel hinaufschauten. Er füllte die beiden Gläser mit dem Sekt, stellte die Flasche auf den gefrorenen Boden und betrachtete Kristins Gesicht im Schein der bunten Funkenschauer über ihren Köpfen. Es wäre noch schöner, wenn es schneien würde, dachte er.

Er betrachtete seine Frau, wann immer er konnte, denn wenn er sie nicht anblickte, sah er die andere. Sah den halb abgeschnittenen Kopf und das heruntergezogene Höschen und den Telefonhörer und das viele Blut überall.

In den letzten Tagen vor Heiligabend und in der Woche zwischen Weihnachten und Silvester hatten er und sein Team jeden möglichen Zeugen befragt, jeden Beweis gesichert und jeden Hinweis überprüft. Sie waren allen Spuren nachgegangen und immer wieder in einer Sackgasse gelandet. Die Nachbarn hatten nichts gesehen oder gehört. Die anderen Prostituierten im Haus oder auf der Straße konnten keine sachdienlichen Aussagen machen. Den Kellnern, Türstehern und Taxifahrern, die zur Tatzeit in der Gegend gearbeitet hatten, war nichts aufgefallen.

Die Phantomzeichnung, die nach der Beschreibung des einzigen Zeugen angefertigt worden war, litt darunter, dass die Begegnung im Halbdunkel des Treppenhauses stattgefunden hatte. Sie zeigte einen groß gewachsenen Mann Anfang dreißig mit Pudelmütze und ausgeprägtem Kinn, wie er einem nicht nur in Bremen in jedem Viertel und zu jeder Tages- und Nachtzeit auf Schritt und Tritt begegnen konnte. Trotzdem hatte Lenz die Zeichnung vervielfältigen lassen und bei allen Befragungen vorgelegt. Niemand konnte sich erinnern, dem Mann am Tatabend über den Weg gelaufen zu sein oder ihn dabei beobachtet zu haben, wie er Moniques Apartment betreten oder verlassen hatte.

Schon am Morgen nach dem zweiten Weihnachtsfeiertag hatte Larsen die Vernehmung aller Freier angeordnet, deren Namen in ihrem Terminkalender aufgeführt waren. Die meisten waren dort allerdings nur unter einem Pseudonym oder mit ihren sexuellen Vorlieben vertreten – 15 Uhr 30 Goldener Schauer-Gerd, 16 Uhr 15 Hottehü-Mario, 17 Uhr Lackstiefel-Werner.

Es war Mareike Jung gelungen, einige von ihnen anhand der Verbindungsdaten von Monika Wilhelms' Telefonanschluss ausfindig zu machen. Manche hatte Olaf Sundermann mithilfe von anderen Prostituierten identifiziert, bei denen sie ebenfalls Kunden waren. Viele waren über die Feiertage verreist, ein paar schon länger; ihr Reiseantritt lag somit vor dem Tag des Mordes. Andere hatten offenbar von Telefonzellen aus angerufen oder waren Geschäftsreisende, die Monique nur besuchten, wenn sie sich in der Stadt aufhielten.

Mareike und Olaf verbrachten Stunden am Telefon. Sie sprachen auf Anrufbeantworter, redeten mit Sekretärinnen oder warteten darauf, dass überhaupt jemand den Hörer abnahm. Sie ließen sich auf Rückrufe vertrösten, verheimlichten misstrauischen Ehefrauen den wahren Grund ihres Anrufs, plauderten mit naseweisen Kindern oder ließen sich von Firmenzentralen mit Nebenanschlüssen verbinden, wo dann wieder niemand abnahm. Die Freier, die tatsächlich selbst an den Apparat gingen, wurden über den Grund der Anrufe ins Bild gesetzt und zur Einvernahme ins Präsidium geladen.

Sie leisteten wenig Widerstand, denn die meisten waren verheiratet und daran interessiert, dass ihre Besuche in der Berbenstraße 19 geheim blieben. Bitte, sagen Sie meiner Frau nichts, war fast immer der erste Satz, den die Anrufer zu hören bekamen. Oder: Können wir das nicht bei Ihnen im Büro erledigen? Es wäre mir lieber, wenn Sie nicht zu uns nach Hause kämen.

Larsen und Lenz führten die mündliche Befragung durch. Die Aussagen wurden protokolliert und in Spurenakten schriftlich festgehalten. Anschließend wurden von jedem Freier und jeder anderen Kontaktperson Fingerabdrücke und DNA-Proben gesichert, um sie mit den am Tatort gefundenen Spuren vergleichen zu können.

»Jeder Freier hat uns etwas anderes über Monique und ihre Art im Umgang mit ihren Kunden geschildert«, hatte Larsen Kristin am Silvesternachmittag erzählt. »Aber am Ende stand bei allen der gleiche Satz: Meine Frau muss davon doch nichts erfahren, oder?«

»Aber ich möchte gern etwas mehr darüber erfahren«, sagte Kristin.

»Ich erzähle dir alles, was du wissen musst.«

»Alles, was ich *deiner* Meinung nach wissen muss«, korrigierte Kristin ihn. »Seit dem Mord sehe ich dich nur noch ganz früh am Morgen oder ganz spät in der Nacht, und wenn ich dich nach den Ermittlungen frage, kriegst du die Zähne nicht auseinander.«

»Warum machen wir nicht eine Flasche Sekt auf und fangen schon mal an zu feiern?«, schlug Larsen vor. »Es wird doch gleich dunkel.«

»Du kannst ein Glas Wein haben«, meinte Kristin. »Aber der Sekt wird erst um Mitternacht aufgemacht.«

Jetzt war es Mitternacht, und sie standen im Garten, und als die Glocken zu läuten begannen, stießen sie mit dem Sekt auf das neue Jahr an. Larsen küsste Kristin auf die kalten Lippen und sagte: »Ich liebe dich, und daran wird sich auch in den kommenden zwölf Monaten nichts ändern.«

»Ich liebe dich auch«, erwiderte Kristin, »aber ich glaube, einiges muss sich im neuen Jahr durchaus ändern.«

»Was denn?«, erkundigte sich Larsen.

»Ich will, dass du mich ernst nimmst«, antwortete sie.

»Aber ich nehme dich doch ernst«, protestierte er. »Es gibt niemand, den ich so ernst nehme wie dich.«

»… und der noch am Leben ist«, ergänzte sie, die Augen wieder auf das Feuerwerk am Himmel gerichtet. »Du willst mich beschützen, das verstehe ich, und es freut mich auch. Aber du fragst mich nicht, ob ich auch beschützt werden will. Das ist Fürsorge, aber kein ›Ernstnehmen‹. Ich sehe, wie etwas anfängt, dich zu belasten, und ich weiß nicht, was es ist, wie sehr es dir zusetzt. Ich weiß nur, worauf es am Ende hinausläuft. Und ich will nicht wieder erst vor

Gericht alles erfahren – warum du deinen Koffer gepackt hast und ausgezogen bist.«

»So weit wird es diesmal nicht kommen. Wir werden ihn kriegen.«

»Hoffentlich. Deswegen will ich wissen, was mit dieser Frau passiert ist.«

Larsen blickte gleichfalls nach oben, wo gerade eine Rakete knatternd ein Rad aus goldenen und violetten Funkenschweifen schlug. »Hast du die gesehen? Das war aber eine schöne, was?!«

»Und ob das noch anderen Frauen passieren wird«, beharrte Kristin.

»Das willst du wirklich wissen, jetzt, hier, heute Abend – während alle anderen feiern?«

»Doch, damit ich auch was zu feiern habe – dass du mich nicht weiter ausschließt.«

Aus den Augenwinkeln sah er, dass sie ihn jetzt anblickte, und er blickte sie ebenfalls an. »Wenn ich dich ausschließe, dann nur, um zu verhindern, dass du eines Tages mich ausschließt.«

»Ich dachte, du hättest mehr Vertrauen«, sagte sie. »Ich bin nicht Hanna.«

»Wir haben noch nicht so viel verloren wie sie.«

Sie trat einen Schritt auf ihn zu, umarmte ihn und legte ihren Kopf an seine Brust. »Nein«, sagte sie leise zwischen zwei zerplatzenden Feuerwerkskörpern, »noch nicht.«

Er hielt sie fest und spürte auf einmal die Kälte der Nachtluft. Sie ahnt etwas, dachte er. Sie ahnt das, was ich auch ahne: dass es bald einen weiteren Mord geben wird; dass es nicht bei dieser einen Toten bleiben wird. »Lass uns hineingehen«, sagte er und hielt ihre Taille umfangen, während sie nebeneinander zur Küchentür gingen. »Ich möchte dir was zeigen.«

In der Küche stellten sie ihre Gläser und die Flasche ab und hängten die Jacken an die Garderobenhaken. Er holte das Heiligenbild, das er vor einigen Tagen mit nach Hause genommen hatte, aus der obersten Schreibtischschublade. »Das hier haben wir im Apartment der jungen Prostituierten gefunden, und wir wissen nicht, ob es ihr oder dem Mörder gehört hat. Hast du eine Vorstellung, wen es darstellen könnte?«

Kristin nahm das Bild, knipste die Schreibtischlampe an und hielt es in den Lichtkegel. Nach ein paar Sekunden sagte sie: »Ich muss mal kurz nach oben, was nachschauen.« Sie stieg die Treppe hinauf, und er hörte sie in ihrem Arbeitszimmer zum Regal gehen, dann hörte er nichts mehr, und einige Zeit später hörte er sie wieder herunterkommen. Sie hatte die Hände in die Hosentaschen gesteckt. »Ich dachte, ich hätte ein Buch, in dem ich dein Bild finden könnte, aber ich habe mich geirrt. Bist du sicher, dass es sich um eine Heilige handelt?«

»Nein, aber was soll es denn sonst zeigen? Von Seligen gibt es doch keine Votivbilder, oder?«

Sie zuckte mit den Schultern und betrachtete das auf Pappe geklebte Bild erneut. »Es fühlt sich seltsam an«, meinte sie. »Gar nicht so wie die meisten dieser abgegriffenen Bildchen für alte Betschwestern. Sieht aus, als wäre es aus einem Buch ausgeschnitten worden – einem Kunstband mit aufwendig gedruckten Bilddarstellungen. Vielleicht ist es gar kein religiöses Motiv, sondern wir haben es mit einer Fürstin zu tun oder dergleichen.«

»Vielleicht eine griechische Liebesgöttin«, murmelte er. »Tja, wer weiß.«

Draußen ließ das Knattern und Krachen des Feuerwerks allmählich nach. Nur noch vereinzelt zischten und pfiffen Raketen durch die Nacht.

»So oder so, wenn es doch eine Heilige darstellt, dann hat sie bestimmt ein grausames Ende genommen«, sagte Kristin. »Die meisten wurden ermordet und hingerichtet, weil sie in den Augen ihrer Umwelt etwas Böses getan oder verkörpert haben.«

»Eine Heilige, die ermordet oder hingerichtet wurde … Aber das war Monique Wilhelm ja gerade nicht – eine Heilige.«

»Wurde sie denn gefoltert?«

»Ich weiß nicht, ob man es Foltern nennen kann. Aber der Täter hat ihr Brust, Arme und Gesicht zerschnitten, bevor er ihr fast den Kopf abgetrennt hat.«

»Dann wurde sie also gefoltert.« Kristin legte das Bild auf den Couchtisch. »Das hast du mir bisher verschwiegen.«

Larsen hielt ihrem Blick stand. »Ja.« Es gab immer etwas, das er

Kristin verschwieg, bei fast allen Fällen. Er wollte nicht, dass sich die Bilder in ihr verhakten und sie nicht mehr losließen. Dass sie nachts aus dem Schlaf aufschreckte, weil sie Besuch von den Toten erhielt. Sie verdiente, dass er sie vor ihnen beschützte, selbst wenn er dafür in eine Pension ziehen musste wie bei seinem letzten Mordfall vor einem Jahr, als zwei eiskalte junge Männer drei Morde begangen und eine junge Frau verbrannt hatten, die ihn noch jetzt manchmal aus dem Schlaf schrecken ließ, weil sie durch seine Träume ging, in Flammen gehüllt wie einst seine Tochter.

»Es ist schon ungewöhnlich, dass eine Prostituierte so ein Heiligenbild mit sich rumschleppt«, meinte Kristin nach kurzem Überlegen. »Glaubst du, der Täter hat es bei ihr verloren? Oder hat er es absichtlich hinterlassen?«

»Vielleicht ist es ihm auch aus der Tasche gefallen. Falls er es absichtlich hinterlassen hat, stellt sich die Frage, warum. Ob er uns damit etwas sagen wollte – und wenn ja, was.«

Die Ahnung von vorhin kehrte zurück, doch jetzt war es mehr als nur eine Ahnung. Mörder, die eine Signatur hinterließen, beschränkten sich meistens nicht auf eine Tat. Und dass auf dem Bild eine Heilige zu sehen war, was bedeutete das?

Kristin legte das Bild auf den Couchtisch, wo es im Licht der Stehlampe glänzte. »Was auch immer in den nächsten Wochen passiert, du musst dich nicht mit ein paar frischen Hemden in deine Höhle zurückziehen, um mich zu schonen.« Sie verharrte einen Augenblick neben der Couch, und in diesen Sekunden versah die Lampe ihren Kopf mit einem hellen Schein, der sie selbst wie eine Heilige erstrahlen ließ. Die heilige Kristin, dachte er. »Es ist schlimmer, als wenn du da bist«, ergänzte sie, »weil ich mich dann so allein fühle.«

»Du bist nie allein, auch nicht, wenn ich weg bin«, sagte er, ohne aufzustehen.

Sie biss sich auf die Unterlippe, als schrecke sie innerlich vor dem weiteren Verlauf des Gesprächs zurück. »Ich muss dich jetzt etwas fragen«, ihre Stimme war weicher als sonst, »und ich glaube, heute ist genau der richtige Tag dafür. Du darfst mich bloß nicht falsch verstehen.«

Er sah sie an und wusste auf einmal, was sie fragen wollte. Er nickte. Sie hatte ihn genau beobachtet, und jetzt lächelte sie. »Du weißt, was ich dich fragen will?«

»Ob ich mir vorstellen kann, noch ein Kind zu bekommen. Noch mal Vater zu werden. Ein Kind mit dir zu kriegen.«

»Ja.« Sie presste das Buch an sich, als wäre es schon ein kleines Wesen aus Fleisch und Blut, das ihrer Liebe bedurfte. »Kannst du?« Als er nicht sofort antwortete, redete sie weiter: »Es muss ja kein eigenes Kind sein, nicht um jeden Preis. Der Tod deiner Tochter war furchtbar, und dass deine Ehe danach gescheitert ist, war auch furchtbar. Aber wir könnten eins adoptieren oder zur Pflege aufnehmen. Es gibt so viele Kinder auf der Welt, die ohne die Liebe einer Mutter oder eines Vaters aufwachsen müssen.«

Ich weiß, dachte er, denn manche von diesen Kindern ohne Eltern wurden später zu Menschen, die in seine Zuständigkeit bei der Kripo fielen, einige als Opfer, andere als Täter. Oder zu jemand wie Torsten Lenz, der auch als Pflegekind aufgewachsen war. Aber Larsen war sich nicht sicher, ob die Behörden jemandem ein Kind zur Pflege anvertrauen würden, dessen eigene kleine Tochter den Tod gefunden hatte, weil sich niemand in der Nähe befand, als es – in Flammen gehüllt – auf dem Fensterbrett einer brennenden Wohnung drei Stockwerke über dem Wasser stand. »Vielleicht – das ist alles, was ich in diesem Augenblick sagen kann.«

»›Vielleicht‹ reicht mir. Gehen wir schlafen?«

»Ja.« Larsen stand auf und knipste die Lampen aus. Als er hinter Kristin die Treppe erklomm, hatte er das Gefühl, dass hinter ihm noch jemand die Stufen hinaufstieg, aber er wusste nicht recht, ob es sich immer noch um die tote Monique handelte oder um jemand, der viel unschuldiger und kleiner war.

12

Romy

Romy hatte nicht vorgehabt, an Silvester zu arbeiten. Sie hörte die Böller und die Kirchenglocken und dachte, wenn jetzt das Telefon klingelt und Sami anruft, ist alles wieder gut. Dann sage ich, dass es mir leidtut, aber nur, wenn er es zuerst sagt. Er muss sagen, Schatz, es tut mir total leid, dass ich mich so scheiße benommen habe. Es tut mir richtig leid, wo du doch die Einzige bist, die ich wirklich liebe. Die Einzige. Sei mir nicht mehr böse, Romy-Schatz, ich komme gleich vorbei und hole dich ab.

Wenn er das sagt, und wenn er mir noch verspricht, dass er die Daniela nie mehr wiedersehen will – wirklich nie mehr! –, dann sage ich, na gut, meinetwegen, komm und hol mich ab, ich spring nur noch schnell unter die Dusche. Sie drückte die Zigarette aus und dachte, bestimmt ruft er gleich an, es ist ja Silvester und Neujahr, da will doch niemand allein sein, und die Daniela ist schließlich verheiratet, das Miststück, die ist heute Nacht ganz sicher zu Haus.

Das Telefon stand auf dem quadratischen weißen Couchtisch gleich neben dem Aschenbecher; sie brauchte bloß die Hand auszustrecken. Sie sah es die ganze Zeit schon an. Vor zwanzig Minuten hatte es mal geklingelt, weil jemand wissen wollte, was sie für eine halbe Stunde nahm und ob sie es auch ohne Kondom machte. Den ganzen Abend war das Geschäft flau gewesen, zwei Kunden, um neun und halb elf, ein Jugo und einer von der Bundeswehr, aber seitdem nichts mehr.

Sie betrachtete sich in dem großen Spiegel an der Wand neben der Tür und dachte, so sieht man aus, wenn man Silvester allein ist. Man sitzt in einem Morgenrock aus schwarzem Satin (made in Taiwan) auf einer weißen Kunstledercouch und kriegt eine Gänsehaut auf den Titten, weil man spürt, das bin ich ja gar nicht, das ist jemand ganz anderer, mit den ganzen brennenden Kerzen auf dem Tisch.

Sie stand auf, ging um den Tisch herum und trat dicht an den Spiegel. Sie ließ den Morgenrock von den Schultern gleiten – nur bis zur Taille – und hob ihre Brüste mit beiden Händen etwas an. Was will der Sami denn bloß, dachte sie; was hat die Daniela, das ich nicht habe? Die Freier rasten total aus, wenn sie mich sehen, die können gar nicht genug von mir kriegen. Der Jugo vorhin, der hätte doch beinah geheult vor Glück. Das bin ich, die Romy, und die andere Romy, die aus dem Kino, vor der muss ich mich bestimmt nicht verstecken.

Auf der Straße unter dem Fenster erklang Gelächter. Kinder kreischten, und von irgendwoher drang Partylärm durch die Wände. Bei ihr lief auch das Radio, allerdings nicht so laut – James Last mit *Silvester-a-go-go* oder so was, ohne Pause.

Sami, warum rufst du nicht an? Ruf doch an und sag, dass du gleich vorbeikommst. Dann sage ich auch keine blöden Sachen mehr. Ich sage einfach, dass ich dich liebe, ja?!

Das Telefon klingelte.

Romy riss den Hörer fast von der Gabel. »Ja?!«

Nichts. Nur Störgeräusche und heftiges Atmen. Sie zog den Morgenrock wieder über die Schultern und hielt die Revers mit einer Hand zusammen.

»Hallo?! Wer ist da? Sami?!«

Keine Antwort, nur das schnelle Atmen.

Sie schaltete um, gab ihrer Stimme ein anderes Timbre. »Du hast die richtige Nummer gewählt – hier spricht die Romy. Möchtest du vielleicht vorbeikommen, Süßer? Wir werden zusammen bestimmt viel Spaß haben.«

Ein Rascheln, dann ein Klicken, und die Leitung war tot.

Romy hielt den Hörer noch ein paar Sekunden in der Hand, dann legte sie auf und merkte plötzlich, dass ihre Wangen nass waren. Ihre Mundwinkel schmeckten salzig. Das war's, dachte sie, mir reicht's, ich geh nach Hause. Ich zieh mich an und verschwinde von hier. Duschen kann ich auch zu Hause. Dabei nickte sie mehrmals, wie zur Bekräftigung.

Sie warf den Morgenrock auf das frisch bezogene französische Bett und ging zu dem schmalen Schrank, in dem sich ihre Unterwäsche und ihre Kleidung befanden. Sie fuhr in Slip und BH, zog die Strumpfhose an, dann die dunkelblaue Bluse und die engen Jeans, die ihren Hintern so gut zur Geltung brachten. Danach ging sie ins Bad, um sich zu kämmen und das Nutten-Make-up abzuwischen. Ihr war, als fiele eine Last von ihr ab, eine Schicht nach der anderen. Jetzt bloß noch schnell rein in die restlichen Klamotten, den violetten Nikki, die dicken Winterstiefel, die gefütterte Windjacke samt dem Wollschal. Handtasche und Handschuhe – echt Nappaleder. Fertig. Kerzen aus. Licht aus. Schlüssel abziehen und raus. Hörte das Radio leise spielen, doch das war ihr egal.

Der Mann stand direkt vor der Tür. Er sah sie nicht an, sondern blickte ins Treppenhaus, als hätte er eben erst an einer anderen Tür geklingelt, die sich jetzt gerade öffnete. Doch die anderen Türen auf dem Gang blieben geschlossen, nur ihre stand offen. Der Mann wandte sich ihr zu, und sie dachte, dass er komisch aussah, groß und irgendwie täppisch mit seinem geröteten Gesicht und der Pudelmütze, die er fast bis zu den Augen heruntergezogen hatte. Mehr konnte sie nicht erkennen, denn auf einmal ging das Minutenlicht aus, und sie standen beide im Dunkeln.

»Willst du gerade gehen?«, fragte der Mann. Seine Stimme war viel heller, als sie erwartet hatte, fast wie die einer Frau. »Ja«, sagte sie und trat auf den Flur, um die Tür zuzuziehen.

Er drückte auf den Knopf für das Licht. »Kann ich bei dir vielleicht was zu trinken kriegen?« Seine Augen waren verschwommen und schon etwas glasig. Er wirkte unentschlossen, schwankend. Er trug eine olivgrüne Parkajacke wie Schimanski im *Tatort,* darunter aber ein schickes Jackett und ein weißes Hemd mit Krawatte. »Nur einen Schluck Wasser, bitte.« Er lächelte, kein Grinsen, ein richtiges Lächeln. »Wir könnten aufs neue Jahr anstoßen.«

Sie zögerte, aber nicht, weil sie Angst hatte. »Und dann?«

»Können wir kurz reingehen?«

»Kommt drauf an, ob du noch was anderes willst. Ist Silvester, oder? Verstehst du doch.«

»Ja. Klar«, sagte er und nickte. »Ich glaube schon. Wenn ich dich jetzt so ansehe … Was verlangst du denn für 'ne normale Nummer?« Er trat auf sie zu, und sie machte kehrt und ging zurück in die Wohnung. Das geschieht Sami recht, dachte sie; wenn er jetzt anruft, sage ich, sorry, mein Lieber, hab gerade 'nen Kunden, ja? Sie knipste das Licht an und dachte noch einmal, geschieht ihm ganz recht.

Zuerst spürte sie nur den Luftzug, der kam von der Tür, vom Zumachen, da traf sie etwas auf den Hinterkopf, ganz plötzlich. Sie taumelte vorwärts. Die Schlüssel flogen ihr aus der Hand, klirrten auf den Linoleumboden. Sie hörte, wie die Tür zuknallte. Der nächste Schlag war noch härter, diesmal auf den Nacken.

Nicht, dachte sie, nicht heute, nicht jetzt! Sie stolperte und streckte die Arme aus, um sich abzustützen. Die Handtasche fiel ihr vor die Füße. Ihre Zähne schienen zu zerspringen. Summender Strom flackerte blendend hell durch ihren Schädel. Die Luft flimmerte. Der Mann schwang eine Sektflasche, eine von den leeren Flaschen auf dem Boden neben der Tür, die sie eigentlich zu den Mülltonnen im Hof hatte bringen wollen, schon seit Tagen. Damit schlug er sie, bis das Glas splitterte, und als sie die Arme hochriss, packte er sie. Mit beiden Händen hielt er ihren Oberkörper fest.

Sie versuchte zu schreien, brachte aber bloß ein Krächzen heraus. Ihr Brustkorb zog sich zusammen. Der Raum kippte, verwischte sich vor ihren Augen, abwechselnd überhell, dann dunkel. Der Kopf des Mannes presste sich gegen ihren Nacken, sein Mund war neben ihrem Ohr. Er roch nach Bier und Sekt. Er keuchte erregt, dann sagte er etwas, das sie nicht verstand. Es klang wie quälen! Ja, das war es – quälen! »Ich werde dich quälen!«, sagte er zwischen seinen hechelnden Atemstößen.

Sie trat nach ihm, mit dem Stiefelabsatz auf seinen Fuß. Er schrie und ließ sie los. Sie trat ihn noch einmal, jetzt gegen das Knie, und rannte weg, wie ein kopfloses Huhn, komisch, das fiel ihr ein, wie ein kopfloses Huhn, und dann sah sie das Küchenmesser, neben der Spüle, damit hatte sie sich vorhin ein Stück Kuchen abgeschnitten, der Teller mit den Krümeln stand noch da. Sie stürzte zur Anrichte und griff nach dem Messer. Sie erwischte es am Griff und fuhr herum, die Hand mit der schimmernden Klinge vorgestreckt. Der Mann wirkte überrascht, als hätte er damit zuallerletzt gerechnet. Sein Mund stand etwas offen. Langsam zog er erst den einen Arm, dann den anderen aus dem Parka und ließ ihn achtlos zu Boden fallen. Als Nächstes streifte er die Pudelmütze vom Kopf, ließ sie ebenfalls fallen. Sein Haar war schweißverklebt.

»Geh weg!«, rief sie. »Ich schreie!«

Er ließ wieder das sanfte Lächeln sehen, das kein Grinsen war. »Ja«, sagte er mit seiner hellen Stimme. »Das gefällt mir.« Das Lächeln schien auf seinen feuchten Lippen zu glitzern.

Im Radio spielte noch immer James Last, immer nur ein halbes Lied, bevor das nächste kam, Schunkelmusik zum Mitklatschen.

»Wie heißt du? Ich heiße Romy.« Sie hatte mal gehört, dass man versuchen sollte, einen persönlichen Kontakt herzustellen, wenn man angegriffen wurde; so zu tun, als mochte man seinen Angreifer. »Wie die im Kino, in den französischen Filmen.«

Er sagte nichts, schüttelte nur unwillig den Kopf. Nicht reden, sagten seine geröteten Augen! Er trat einen Schritt auf sie zu, dann noch einen, die Wohnung war so klein, eigentlich war es gar keine richtige Wohnung, nur ein Apartment, ein Arbeitsplatz, praktisch nur ein großes Bett zum Ficken, warum kommt Sami denn nicht und holt mich ab? Sie wedelte mit dem Messer hin und her, mit dem Rücken zur Spüle, alles kam ihr so unwirklich vor, als spielte sie eine Szene in einem Film. Hinter ihr blieb kein Platz zum Ausweichen, und dann war der Mann da und packte ihre Hand mit dem Messer, griff einfach danach, obwohl die Klinge ihn schnitt. Er hielt ihre Hand mit dem Messer fest, und mit der anderen Hand schlug er ihr ins Gesicht.

Er hörte nicht auf. Er drückte ihre Finger so fest, dass sie das Messer losließ. Er schlug ihr immer wieder gegen den Kopf. Auf die Arme. Auf die Brüste. In den Bauch. Schlug und schlug und hörte nicht auf. Dann stach er sie mit dem Messer, dahin, wo ihr Herz sein musste. Sie spürte den Stich gar nicht. Sie brach in die Knie, und das tat weh, in den Knien tat es weher als in der Brust, im Herz.

»Wie gefällt dir das?«, fragte er. »Was sagst du jetzt, willst du immer noch mit Richy abhauen? Willst du bei ihm übernachten, ja?«

Mit jedem Wort stach er zu, auch als sie schon auf dem Boden lag, auf dem Rücken. Sie lag da und spürte nichts, nur ein Pochen im ganzen Körper und ein flimmerndes, kaltes Brennen in der

Brust, rund um ihr Herz. Er stand über sie gebeugt und stach zu, und sie dachte, wer ist Richy, ich muss mich tot stellen, vielleicht hört er dann auf, ich kenne doch gar keinen Richy, wenn ich mich tot stelle, hört er vielleicht –

Unvermittelt ließ er von ihr ab und fing an, in der Wohnung hin und her zu gehen, als müsste er nachdenken. Als sagte er zu sich: Ich darf nichts vergessen. Diesmal muss ich alles richtig machen. Er riss die Schranktüren auf, zog alle Schubladen heraus und durchwühlte sie, warf den Inhalt auf den Boden. Seine Hände waren ganz blutig, überall, wo er hinfasste, blieben rote Abdrücke zurück. Dabei gab er merkwürdig unzufrieden klingende Laute von sich.

Er sucht Geld, dachte sie, oder Schmuck. Sie wollte sagen: Im Schrank über der Anrichte, da bewahre ich das Geld auf, aber sie brachte keinen Laut heraus, nur ein leises Pfeifen, das direkt aus der Lunge zu kommen schien. Lauter Löcher in der Lunge, dachte sie, ganz bestimmt. Unter der Spüle, da, wo der Mülleimer stand, hatte Sami einen Werkzeugkasten hingestellt, für alle Fälle, nachdem er mit der Einrichtung des Apartments fertig gewesen war. Der Mann klappte ihn auf und holte einen Hammer heraus. Wog ihn in der Hand, auf und ab, auf und ab. Legte ihn auf die Anrichte.

Er beugte sich über sie und stach ihr noch einmal mit dem Messer in die Brust, kurz nur, wie zur Probe, wie man Kuchen ansticht, beim Backen. Sie spürte nichts, keinen Schmerz. Auch das schien ihn zu enttäuschen. Er legte das Messer neben sie auf den Boden, neben ihren Kopf. Dann richtete er sich wieder auf und ging ins Bad. Er machte die Tür nicht zu. Sie hörte ihn pinkeln, ohne dass er die Tür zumachte oder die Klobrille hochklappte.

Das Messer.

Ich könnte es nehmen und ihn damit erstechen, wenn er zurückkommt.

Sie streckte die Hand aus, aber sie bewegte sich nicht. Die Hand rührte sich nicht, obwohl sie es vor sich sah: wie sie den Griff packte, aufstand und den Mann von hinten angriff, um ihn zu töten. Ja, ich muss ihn töten, sonst tötet er mich.

Als er zurückkam, hatte er keine Hose mehr an. Es sah aus, als wäre er untenrum ganz nackt, aber das konnte sie nicht mehr genau erkennen. Sie sah jetzt alles unscharf und nicht mehr sehr hell, fast flackernd, mit einem dunklen Rand um ihr Gesichtsfeld. Ich sterbe, dachte sie. Mein ganzes Leben fließt aus mir raus.

Der Mann beugte sich wieder über sie. Er hatte einen roten Fleck auf der Stirn, das war wohl ihr Blut, sah irgendwie lustig aus. »Ich bin der Robert«, sagte er. »Ich kann mit dir machen, was ich will.« Er nahm das Messer und stach ihr damit in den Bauch, nicht sehr tief, nur tief genug, um ihre Jeans aufzuschlitzen, damit er sie ihr von den Hüften ziehen konnte. Will auch meine Muschi sehen, klar.

Sie schloss die Augen, weil sie jetzt auf einmal sehr müde war.

»Guck mich an«, sagte er, mit diesem lächerlichen roten Fleck auf der Stirn. »Jetzt sagst du nicht mehr, verpiss dich, oder? Du Drecksfotze!« Er riss ihr auch den Slip runter, bis sie da unten genauso nackt war wie er. Lass mich schlafen, bitte. Er befummelte sie da unten, *keuch, keuch, hechel, hechel,* und sie spürte nichts. Rein gar nichts.

»Na, wie gefällt dir das?«, fragte er, und jetzt grinste er. »Wie gefällt dir das, du Miststück?! Scheißnutte, du –!«

Ich bin doch schon tot. Ich spüre nichts. Aber klar, es gefällt mir. Wenn es dir gefällt, gefällt es mir auch. Wenn Sami doch nur angerufen hätte.

Er stand auf, ging zur Anrichte und nahm den Hammer. Er kam zurück. Er kniete sich neben sie und betrachtete sie, als wollte er berechnen, wie groß der Kraftaufwand war. Dann hob er den Hammer und holte weit aus, und sie machte schnell die Augen zu.

Ach, Sami, ich –

13

Larsen

Die Nachricht, dass eine weitere Prostituierte ermordet aufgefunden worden war, erreichte Larsen am Abend des Neujahrstages. Er rief ein Taxi und brauchte eine Viertelstunde bis zu dem siebenstöckigen Wohnhaus in der Innenstadt, in dem Romy Jäger ihre Freier empfangen hatte. Der neue Tatort lag kaum mehr als hundert Meter von dem Apartmenthaus entfernt, in dem Monika Wilhelms getötet worden war. Blaulicht flackerte über die mit Nässeflecken bedeckte Fassade des Gebäudes und spiegelte sich in den Fenstern der Gewerbebetriebe im Erdgeschoss. Einsatzfahrzeuge verstopften die schmale Straße: Notarzt, Feuerwehr, Streifenwagen und ein Sattelschlepper, der einen im Halteverbot geparkten Mercedes auf seine Ladefläche hievte. Aus den offenen Fenstern in den oberen Stockwerken beugten sich neugierige Mieter, einige schon im Schlafanzug oder Bademantel. Auch auf den Gehwegen hinter den Absperrungen warteten Passanten darauf, das Opfer zu sehen, selbst wenn es nur im Sarg herausgetragen wurde.

Larsen kannte die Straße, die auf halber Strecke zwischen dem Präsidium und dem Hauptbahnhof verlief. Er kannte auch das Haus, das außer den Namensschildern noch Nummern neben den Klingelknöpfen aufwies. Er kannte sogar einige der Mieter, deren jugoslawische, osteuropäische oder arabische Namen eine stets ähnlich klingende Geschichte von Hoffnung und verschlungenen Wegen bis zur bitteren Enttäuschung erzählten, dokumentiert auf einer winzigen Leinwand aus vier niedrigen Wänden in einer schäbigen Mietskaserne mit überhöhten Quadratmeterpreisen.

Er war nicht zum ersten Mal in diesem Haus, in dem einige von Prostitution lebten, andere von Zuhälterei oder Drogenhandel und wieder andere gar nicht lebten, sondern nur warteten. Dennoch scannte sein Blick gewohnheitsmäßig die Straße, die Nachbarhäuser und den Eingang mit neuer Genauigkeit, als hätte er sie nie zuvor gesehen, denn jetzt gehörten sie zum Umfeld eines Tatorts. Er registrierte die Filiale der Pacific Bank im Erdgeschoss links vom Eingang und daneben das Bella Capri, ein italienisches Restaurant, heute geschlossen, mit schmutzigen Fenstern und nikotinvergilbten Gardinen. Rechts vom Eingang befanden sich ein Schnellimbiss, der Hongkong Palace, und eine Diskothek, deren DANCING aus blauen Leuchtbuchstaben sich nur mit Mühe gegen die überall zuckenden Lichter ringsum behaupten konnte.

Vor dem Eingang selbst lagen die unerlässlichen abgebrannten Böller, Knallfrösche und Silvesterraketen zwischen den mindestens genauso unerlässlichen leeren Sekt- und Schnapsflaschen. In der Halle hinter der Schwingtür fand sich das ebenso unerlässliche Müllensemble aus überquellenden Briefkästen, vollgestopften Papierkörben, kalten Kippen und zu Gepäckträgern umfunktionierten Kinderwagen. Und da es sich um einen Tatort handelte, tummelten sich schließlich auch die unerlässlichen Streifenpolizisten im Eingangsbereich und vor dem Gebäude. Es gab darüber hinaus allerdings noch – vor der Tür von Wohnung 3 im zweiten Stock – den weit weniger unerlässlichen Sami M, den Larsen auch schon kannte. »'n Abend, Sami«, sagte Larsen. »Was machst du denn hier? Kennst du die Tote?«

Sami M nickte. »Kann man so sagen.«

»Kann man auch sagen, dass du sie gut kanntest?«

»Auch das kann man sagen.«

»War sie eins von deinen Mädchen?«

»Für was hältst du mich, Larsen? Für 'nen Loddel? Die Romy war nich' eins von meinen Mädchen. Sie war *mein* Mädchen, verstehste?!«

»Und du hast sie gefunden?«

»Exakt.« Wieder nickte Sami M. Larsen kam es vor, als erlebe er ein Déjà-vu, bloß dass es keines war – es handelte sich tatsächlich um eine fast identische Wiederholung der Tatumstände im Fall Monika Wilhelms. Er stellte fest, dass Sami M unter der Solariumsbräune so blass war, dass seine Haut im fahlen Licht des Gangs beinahe grau wirkte. Das machte der Schock, selbst bei einem wie ihm.

Larsen trat innerlich einen Schritt zurück, um jetzt auch den Zuhälter zu betrachten, als sähe er ihn zum ersten Mal, obwohl gegen

Sami M bereits ein Dutzend Ermittlungsverfahren liefen: Raub, Erpressung, versuchte Vergewaltigung, Körperverletzung, Widerstand gegen Polizeibeamte, Drogenmissbrauch, Trunkenheitsfahrten – eine wilde Tour de Force kreuz und quer durchs Strafgesetzbuch. Im Knast hatte er auch schon gesessen, davon erzählten eine tätowierte Träne unter dem rechten Auge und drei Punkte auf dem rechten Handrücken.

Sami M war gut eins fünfundachtzig groß und besaß die Statur eines Bodybuilders, der schon vor einiger Zeit mit dem regelmäßigen Training aufgehört hatte, seine Steroide aber weiter nahm. Er trug einen Overall aus burgunderroter Fallschirmseide mit goldenen Streifen an den Hosenbeinen. Die Oberarme waren immer noch stark wie Stahltrossen. Das raspelkurz geschnittene blondierte Haar reflektierte das Licht der Neonleisten an der Decke fast so blendend wie die goldene Rolex mit Strassapplikationen am rechten Handgelenk und der goldene Luden-Ring mit dem übergroßen S am linken Ringfinger. Eine schwere Panzergoldkette, an der ein daumengroßer, mit Brillantsplittern besetzter Goldpenis baumelte, rundete seine Erscheinung stilsicher ab.

»Das da drin, Larsen«, Sami Ms Stimme klang belegt, ein Ächzen schlich sich zwischen die Worte, »das, was du gleich da sehen wirst, das ist schlimm, das ist wirklich total übel! Du kennst mich, ich bin kein Weichei, aber so was wie das da drin, da wird selbst mir –«

»Wenn sie dein Mädchen war, Sami, und in Anbetracht der Tatsache, dass wir Neujahr haben«, sagte Larsen, »wo warst du dann, als es passierte? Warum warst du nicht bei ihr?«

Sami M seufzte. »Wollte ich ja, aber wir hatten Stress, die Romy und ich, wegen nichts, verstehste. Da isse abgehauen und hat gesagt, wenn du Silvester auch noch mit der Daniela rumziehen willst, dann geh ich eben anschaffen, es gibt genug einsame Kerle an so 'nem Abend. Und da isse auf und –«

»Das war eine rhetorische Frage, Sami«, fiel Larsen ihm ins Wort. »Weißt du, was eine rhetorische Frage ist?« Er hatte plötzlich keine Geduld mehr mit dem Zuhälter. »Hat schon jemand deine Aussage aufgenommen?«

»Bis jetzt nich'. Da drin hamse nur gesagt, dass ich hier warten soll, bis jemand von deinen Leuten kommt. Is' aber noch keiner aufgetaucht.«

»Gleich, Sami, gleich.« Larsen trat an ihm vorbei über die Schwelle der offen stehenden Wohnungstür, und schon im Flur dahinter empfing ihn der unverkennbare Geruch eines gewaltsamen Todes, allerdings intensiver, als es im Apartment von Monique Wilhelm der Fall gewesen war. Automatisch holte er Notizblock und Kugelschreiber aus den Taschen seines Dufflecoats. Schritt für Schritt schloss er in sich die Türen, hinter denen Mitgefühl, Anteilnahme oder Trauer wohnten; nur die Ehrfurcht blieb, die jede Begegnung mit dem Tod unweigerlich auslöste. Stattdessen öffnete er die streifenlos sauber gehaltenen Fenster mit professioneller Distanz, sachlicher Neugier und emotionsloser Genauigkeit, wie der Journalist es damals etwas wortreich beschrieben hatte: Er wurde wieder zum »Kartografen eines Gewaltverbrechens«. Geht weg, sagte der Kartograf innerlich zu den in Romy Jägers Wohnung anwesenden Kollegen, geht weg und lasst mich mit ihr allein.

Mit ihr und dem Mörder.

»Guten Abend, Larsen«, begrüßte ihn der leitende Kommissar vom KDD, als Larsen den Raum betrat, in dem die Tote lag. »Ach ja, und ein frohes neues Jahr.«

»Danke, ebenfalls.« Larsen stellte fest, dass außer ihm noch niemand von seiner Mannschaft anwesend war, weder Mareike noch Olaf; Torsten Lenz fehlte entschuldigt, trotz des Mordes an Monique, er hatte sich bis einschließlich 6. Januar zum Skifahren abgemeldet. Aber wo steckten die anderen? Wir brauchen jetzt dringend alle Mobiltelefone, dachte Larsen; es geht einfach nicht mehr ohne. »Von wem seid ihr informiert worden?«

»Von ihrem Freund, Sami M«, antwortete der Kollege vom Kriminaldauerdienst.

»Er hat sie gefunden?«

»Ja. Sie hat nicht auf seine Anrufe reagiert und ist auch nicht in der gemeinsamen Wohnung aufgetaucht. Er hatte einen Schlüssel zum Studio hier. Er ist nachgucken gefahren und hat sie so gefunden.«

»Sagt er.«

»Sagt er«, bestätigte der Kollege. »Kann natürlich auch sein, dass er selbst sie so zugerichtet hat. Das fällt jetzt nicht mehr in unser Ressort.«

»Wie kommst du darauf, dass er es selbst getan haben könnte?«

»Er ist ihr gegenüber schon einmal gewalttätig geworden. Die Anzeige liegt noch gar nicht so lange zurück.«

»Sah sie danach genauso aus wie jetzt?«

Der Kollege schwieg. Schließlich sagte er fast tonlos »Nein«, nur das eine Wort, weil darin alles enthalten war, was auch Larsen beim Anblick von Romy Jägers Zustand durch den Kopf ging: Wie kann es sein, dass überhaupt ein Mensch nach der Begegnung mit einem anderen Menschen so aussieht? Als wäre ein wildes Tier im Blutrausch über die junge Frau hergefallen. Und das will Kristin von mir hören, das soll ich ihr beschreiben?

Er seufzte. »Seid ihr hier fertig?«

Der Kommissar vom KDD nickte, aber die Leute von der Spurensicherung nickten nicht und machten auch keinerlei Anstalten, ihre Kameras, Lupen, Pinzetten, Pinsel und Klebestreifen wieder in ihre klobigen Taschen zu packen.

»Kann ich mal kurz die Polaroid haben?«, bat Larsen einen der Techniker, der ihm sofort den Apparat reichte. Larsen machte eine Aufnahme von der Leiche und wartete, bis die Kamera das Bild auswarf. Anschließend fotografierte er die Leiche und ihr Umfeld noch einmal aus etwas größerer Distanz. Er legte die Polas auf das Fensterbrett, gab dem Techniker den Apparat zurück und sagte: »Wie wär's, wenn ihr mal eine Zigarettenpause einlegen würdet, damit die Tote und ich ein paar Minuten für uns haben?«

Die Techniker tauschten kurze Blicke, die alles zeigten, nur keine Begeisterung über die Unterbrechung ihrer Arbeit. Aber sie leisteten seiner Anregung trotzdem Folge, denn sie wussten, dass Larsen dem konzentrierten Studium eines Tatortes enorme Bedeutung beimaß, dass er mit der Leiche und den Spuren eine Weile allein sein musste.

Zum ersten Mal sah sich Larsen jetzt richtig um. Hier hat sie also gelebt und gearbeitet, dachte er, und hier ist sie gestorben: auf kaum

20 Quadratmetern, spartanisch ausgestattet mit einem französischen Bett, das allein schon mehr als vier Quadratmeter einnahm, einem weißen Kunstledersofa, einem weißen Couchtisch und einem Ikea-Regal, Modell Billy, ebenfalls weiß. Auf dem Bett lagen eine große Decke, ein Kopfkissen und zwei weitere Kissen, rot, in Herzform. Jedes der Kissen war von Messerstichen durchlöchert, Federn quollen aus den Rissen wie flaumige Eingeweide. Auf dem Boden vor dem Bett lag ein Morgenmantel aus schwarzem Satin, ebenfalls von Messerstichen zerfetzt.

Gegenüber dem Bett befand sich ein Einbauschrank, dessen Türen weit offen standen. Die Sachen, die in den Fächern gelegen hatten, waren herausgerissen und lagen überall verstreut herum – Pullover, Handtücher, Bettwäsche, Blusen, T-Shirts, Jeans, Unterwäsche. Larsens Blick wanderte zu der schmalen Küchenzeile neben dem Schrank. Die Klappe unter der Spüle stand ebenfalls offen und ermöglichte einen Blick auf einen nicht ganz vollen Mülleimer und einen umgekippten Werkzeugkasten.

Larsen schaltete das Licht in dem kleinen Badezimmer ein, das nur über eine Dusche verfügte. Der weiße Toilettendeckel war blutverschmiert, das Waschbecken und der Wasserhahn ebenso. Auch ein in die Duschkabine geworfenes Handtuch wies Blutflecken auf, Déjà-vu und doch kein Déjà-vu.

Die Fundsituation war anders als bei Monika Wilhelms: Die Leiche lag inmitten von gut zwanzig ausgebrannten Teelichtern, die um sie herum aufgebaut waren wie um das Zentrum eines Tableaus. Wie ein Heiligenschein, dachte Larsen. Außerhalb der kreisförmig arrangierten Teelichter stand ein Aschenbecher inmitten von leeren Sektflaschen, eine davon ohne Hals; der lag abgebrochen ein paar Schritte entfernt, neben einem blutverschmierten Hammer.

»Wie war das noch mal mit normalem sexuellem Verhalten im Umgang mit einer Leiche …?«, sagte Mareike hinter Larsen.

»Du musst mir gegenüber nicht die Abgebrühte spielen«, sagte er. »Warum kommst du erst jetzt?«

»Verzeihung, Chef«, Mareike klang merkwürdig aufgekratzt. »ich habe mir das Neujahrskonzert der Wiener Philharmoniker angesehen, und das Telefon war leise gestellt. Als die Streife geklingelt hat, musste ich mich erst anziehen.«

»Und wo steckt Olaf?«

»Bin ich meines Kollegen Hüter? Dafür haben wir doch den KDD, damit anständige Beamte auch mal abschalten können.«

Larsen drehte sich um, und als er ihr Gesicht sah, fand er darauf die Bestätigung dafür, dass sie so redete, um nicht schreien oder weinen zu müssen, weil der Anblick ihr das Herz abschnürte. »Da draußen steht ihr Freund«, sagte er. »Er heißt Sami M – genau gesagt, Samuel Massmann –, und ich möchte, dass du jetzt seine Aussage aufnimmst, bevor er Gelegenheit hat, auf Distanz zu gehen.«

»Auf Distanz zu was?«

»Zu allem, was das hier in ihm ausgelöst haben könnte.«

»Denken Sie, er könnte der Täter sein?«

Larsen runzelte die Stirn. »An Feiertagen – Weihnachten, Silvester, meinetwegen auch an Mohammeds Geburtstag oder Chanukka – drehen viele Leute durch, vor allem wenn sie eine kurze Lunte haben so wie unser guter Sami M da draußen. Vielleicht waren sie verschiedener Meinung darüber, wie man den Abend gestaltet.«

»Aber das glauben Sie doch nicht wirklich, oder?«

»Nein.«

Mareike nickte und verließ den Raum, ohne noch einmal zur Leiche hinübergeschaut zu haben.

Larsen schätzte die Tote auf etwa achtundzwanzig Jahre. Er musste sich auf seine Schätzung verlassen, denn von dem Körper war kaum etwas übrig, das eine genauere Festlegung zuließ. Nichts als zerfetzte Haut, gesplitterte Zähne, zermalmte Knochen, blutiges Fleisch, kaum durch die Kleidung verhüllt. Überhaupt das Blut –

Mareike kehrte zurück. Hinter Larsen blieb sie stehen und stöhnte oder seufzte. »Wie halten Sie das bloß aus, Chef?«, fragte sie mit erstickter Stimme. »Wie können Sie so neben ihr kauern und sie ansehen?«

Das Blut war bis zur Decke gespritzt. Es hatte sich auf die Klappe unter der Spüle, die Front des Kühlschranks und die Wand neben der Küchenzeile verteilt. Es war auf den Boden aus gelbem Linoleum gespritzt und fast bis zur Wohnungstür. Es gab Bluttropfen, die wie Sonnenstrahlen aussahen, und andere, die wie vom Pinsel eines Malers geschleudert wirkten. Das Blut hatte einen See um den Körper der Toten gebildet und sich zu einer an den Rändern bereits getrockneten Lache unter ihrem Kopf gesammelt.

»Hast du die Aussage von Sami M?«, fragte Larsen, der neben dem Körper der Toten in die Hocke gegangen war.

»Ja.«

»Das Wichtigste in Stichworten, bitte.«

»Jetzt? Hier?«

»Hast du's eilig?«

»Nein.« Mareike holte tief Luft. »Also gut – hier sind Ihre … Stichworte: Sami M und seine Romy waren ein Herz und eine Seele bis Silvester, als sie sich mittags darüber in die Wolle gekriegt haben, wie sie den Abend verbringen wollten. Romy möchte tanzen gehen, in einer Disco hier in Bremen. Sami will lieber nach Hamburg fahren, um dort mit Kumpels in einer Pinte auf der Reeperbahn zu feiern, im Wilden Mann – übrigens dieselbe Kneipe, in der er und seine liebe Romy sich kennengelernt haben, bevor sie ihm dann nach Bremen gefolgt ist. Allerdings gehört zu den Kumpels, mit denen er ins neue Jahr reinfeiern will, auch eine gewisse Daniela, die Romy ein ziemlicher Dorn im Auge ist, weil sie angeblich hinter Sami her ist und die Hände nicht bei sich behalten kann, wenn sie in seiner Nähe ist. Sami will trotzdem nach Hamburg, was dazu führt, dass Romy erklärt, dann ginge sie an diesem Abend eben anschaffen, es gebe an Silvester schließlich genug einsame Männer.«

»Und das hat er zugelassen?«

Mareike zuckte mit den Schultern. »Sie ist 'ne erwachsene Frau. Und sie arbeitet angeblich auf eigene Rechnung, ohne Loddel, ganz regulär von montags bis freitags, 10 bis 18 Uhr, manchmal auch am Wochenende, wenn jemand übertariflich was drauflegt oder ein Stammkunde nur dann Zeit hat. Hauptsächlich Stammkunden ohne ausgefallene Wünsche, manchmal aber auch Laufkundschaft. Er hat ihr die Anzeigen in den *St. Pauli Nachrichten* bezahlt. Hier, die hat er mir überlassen. Hat er selbst verfasst – verfasst und bezahlt, wie er nicht müde wurde zu betonen.«

Sie reichte ihm eine zerknitterte Zeitungsanzeige, die von verschmierter Druckerschwärze fast unleserlich geworden war. Er stand auf und hielt sie ins Licht der Deckenlampe: ROMY, 23, BLOND, SCHLANK, NIVEAUVOLL. KÖRBCHENGRÖSSE 90C, VOLLER APFEL-PO. MACH MIT MIR, WAS DU WILLST.

»Den letzten Satz hat der Täter wohl etwas zu wörtlich genommen«, sagte Larsen. »Wie alt ist die Anzeige?«

»Keine Ahnung.«

»Die Tote hier ist nämlich schon seit ein paar Jahren keine dreiundzwanzig mehr. Und diese Anzeige hatte Sami ausgerechnet jetzt bei sich?«

»Nicht nur jetzt: Gucken Sie sich doch mal an, wie abgegriffen die aussieht. Er ist offenbar mordsmäßig stolz auf seine Romy – Daniela hin oder her.« Sie steckte die Anzeige wieder ein und konsultierte erneut ihren Notizblock. »Na, jedenfalls – Sami fährt also tatsächlich nach Hamburg und vergnügt sich mit ein paar Luden und ihren Mädchen, darunter auch besagte Daniela, auf der Reeperbahn, von elf Uhr bis um vier in der Früh. Danach nimmt Daniela ihn mit zu sich nach Hause, wo sie Koks von silbernen Tellern schnupfen und im Bett Weltrekorde aufstellen.«

Sie konsultierte erneut ihren Notizblock, schlug das oberste Blatt zurück. »Am Nachmittag des Neujahrstages – also heute – brettert er in seinem roten Ferrari heim nach Bremen und übt dabei fleißig Ausreden, weil er denkt, Romy erwarte ihn schon wütend in der gemeinsamen Wohnung. Da ist sie allerdings nicht. Sie war auch zwischenzeitlich nicht da, wie ihm gewisse Anzeichen verraten, die nur Liebende zu lesen wissen. Er denkt, dass Romy immer noch eingeschnappt ist und schmollend in ihrem Studio sitzt. Eine Zeit lang ist er erleichtert, dass er keine Erklärungen für die letzte Nacht abgeben muss, aber mit der Zeit wird er doch unruhig. Er ruft im Studio an. Da geht bloß der AB dran. Schließlich nimmt er seinen Zweitschlüssel, steigt wieder in seinen Ferrari und fährt hierher, um nachzuschauen, was Sache ist – et voilà …«

In der Wohnungstür erschienen zwei Bestatter mit einer Trage. Schweigend warteten sie darauf, die Leiche abtransportieren zu können.

»Et voilà«, wiederholte Larsen nachdenklich. »Glaubst du, er sagt die Wahrheit?«

»Mir kommt er glaubwürdig vor.«

»Für die Ermittlungen ist es nämlich wichtig zu wissen, ob Romy ermordet wurde, weil genau sie sterben sollte. Oder ob sie ein zufälliges Opfer war.«

»Genau wie bei Monique Wilhelm.«

Larsen nickte. »Richtig.«

»Also, wenn es bei der Tötung direkt um sie ging, dann würde ich Sami M als Täter nicht ausschließen«, meinte Mareike. »Laut seiner Aussage hatte sie auch nie Ärger mit gewalttätigen oder psychopathischen Freiern. Sie war – ich zitiere – ›eine echt coole Nutte, der niemand was vormachen konnte‹. Allerdings war sie wohl, wie die meisten ihrer Kolleginnen hier in der Gegend, etwas in Sorge wegen des Mordes an Monique Wilhelm. Wenn es da einer speziell auf Nutten abgesehen hatte –«

»Nenn sie bitte nicht Nutten.« Larsen klappte seinen Notizblock zu. »Nun gut, wenn du Sami nicht als Täter ausschließen kannst, müssen wir also auch sein Alibi überprüfen. Jetzt geh wieder nach Hause, vielleicht spielen deine Wiener Philharmoniker ja noch.«

Einer der Bestatter räusperte sich, sagte jedoch nichts; Warten gehörte zum Geschäft.

»Sie können den Leichnam jetzt mitnehmen«, sagte Larsen, denn alles, was ihm an Romy in ihrem gegenwärtigen Zustand wichtig erschien, hatte er bereits auf seinem Block festgehalten. »Ich habe ja die Fotos der Spurensicherung, für alle Fälle.«

»Und die Obduktion, darauf fahren Sie ja auch voll ab«, meinte Mareike. Die Techniker kehrten zurück, um ihre Arbeit wiederaufzunehmen, bevor sie dann – viel später – die Wohnung versiegeln würden. Larsen sah ihnen einen Moment zu. »Mareike, du begleitest die Bestatter zur Rechtsmedizin, damit die Leiche ordnungsgemäß eingeliefert wird. Die anderen sollen hier auch Schluss machen, heute Abend sind sowieso alle früh schlafen gegangen. Wir sehen uns dann morgen um zehn im Büro. Gute Nacht.«

»Ist keine und wird auch keine mehr werden«, meinte Mareike. Sie ging die ersten Stufen der Treppe hinunter, dann blieb sie stehen und drehte sich noch einmal um. »Es sind höchstens hundert Meter zwischen diesem Haus und der Berbenstraße 19«, sagte sie.

»Ich weiß.«

»Zwei Prostituierte im Abstand von nicht einmal vier Wochen, beide auf widerwärtige Weise missbraucht, vor oder nach ihrem Tod. Glauben Sie, es war derselbe Täter?«

»Ich glaube gar nichts«, antwortete Larsen. »Aber ich stelle mir diese Frage auch.« Die ganze Zeit war etwas am Rande seines Bewusstseins aufgetaucht und wieder verschwunden, etwas, das sich erst nach und nach zu einem Gedanken entwickelt hatte, eigentlich mehr ein Bild in Gedankenform. Das Bild zeigte eine Frau, wahrscheinlich eine Heilige, und es hatte in der Wohnung des ersten Opfers auf dem Boden im Flur gelegen.

Es gibt hier kein Votivbild, dachte Larsen erleichtert. Also hat diese Heilige wohl doch Monika Wilhelms gehört. Es handelte sich offenbar nicht um die Signatur eines Serientäters; er musste vorerst keinen weiteren Gedanken darauf verschwenden.

14

Als Larsen kurz nach Mitternacht heimkam, hatte Kristin das Feuer im Kamin neu entfacht, und der Wohnraum war erfüllt vom Geruch der glosenden Birkenholzscheite. Sie saß über einen wuchtigen Folianten gebeugt auf der Couch und sah kaum auf. »Steve hat angerufen, um uns ein Happy New Year zu wünschen«, sagte sie. Das Licht der Stehlampe verwandelte ihr Haar in sanftes Gold, das sich über ihrem zarten Nacken teilte. »Ich soll dir etwas ausrichten, als Motto fürs neue Jahr: ›Drei Dinge können nicht lange verborgen bleiben – die Sonne, der Mond und die Wahrheit.‹«

»Ist das ein Zitat?«

»Ja, von Buddha.«

Ah, Buddha, dachte Larsen; Steve arbeitet an der Lösung meines Rätsels. »Will er, dass ich zurückrufe?«

»Hat er nicht gesagt. Da drüben ist es jetzt – keine Ahnung, wie spät es jetzt dort ist. Sind die früher oder später dran als wir? Ist da noch Neujahr?«

Larsen ging zu dem Teewagen neben der Couch und schenkte sich einen Whiskey ein, dankbar für die Ablenkung: Steve Meyers, der amerikanische Freund, wie er ihn bei sich nannte, leitete die Behavioral Analysis Unit beim FBI in Quantico. Sie hatten sich im vorletzten Jahr kennengelernt, als Larsen vor den Erinnerungen an seine längst gescheiterte Ehe zu einem Sabbatical in die Staaten geflüchtet war. Steve teilte mit Larsen die Liebe zu alten Wildwestfilmen und zur wilden Landschaft des Monument Valley.

Er stammte aus Pennsylvania, wo es vor Nachfahren deutscher Einwanderer nur so wimmelte. Sein Vater war Amerikaner, ein erfolgloser Folksänger, seine Hippie-Mutter eine Deutsche, die es auf ihrem ersten US-Trip mit ihrem bunt bemalten VW-Bus ins Flower-Power-San-Francisco der 60er-Jahre verschlagen hatte. Er hatte eine deutsche Frau, Karen, besaß ein geerbtes Haus in Santa Fe an der Grenze zu Mexiko, und verfügte über die unschätzbare Gabe, jeden Aspekt des Lebens mit Humor, aber ohne Ironie zu betrachten.

»Was liest du denn da?«, fragte Larsen.

»*Geschichte der sakralen italienischen Malerei.*« Jetzt sah Kristin kurz auf, ein Lächeln in den strahlend blauen Augen. »Du, ich habe hier vielleicht was über dein Votivbild gefunden. Die Heilige aus der Wohnung der ermordeten Prostituierten.«

Der ersten ermordeten Prostituierten, präzisierte Larsen bei sich. Seltsam, dachte er, gerade als ich glaubte, das Bild hätte keine Bedeutung für die Fälle. Er setzte sich neben Kristin und nahm einen Schluck von dem irischen Whiskey, den er ohne Eis und Wasser trank.

»Du riechst nach Tod«, sagte sie.

»Wenn du willst, beschreibe ich dir, was ich gerade gesehen

habe«, sagte Larsen. »Ich habe Fotos gemacht, damit du mir glaubst, dass ich die Wahrheit erzähle.«

»Ich weiß, dass du mich nicht belügen würdest. Ich weiß nur nicht, ob ich das ausgerechnet jetzt hören möchte.«

Larsen nickte. »Du kannst es dir aussuchen. Ich nicht. Ich kann aber auch nach oben gehen, meine Sachen ausziehen und mir unter der Dusche den Geruch vom Leib waschen.«

Sie klappte das Buch zu und legte es mit beiden Händen auf den Couchtisch. »Nein. Ist es wieder eine Prostituierte?«

»Ja.«

»Kannst du mir die Fotos zeigen?«

»Sie sind in meinem Mantel. Ich müsste erst aufstehen und sie holen gehen.«

Darauf sagte sie nichts, sah ihn nur weiter an. Seufzend stand er auf und ging in die Diele, wo der Dufflecoat hing. »Bist du sicher, dass du das wirklich sehen willst? Mit italienischer Malerei haben die nämlich keinerlei Ähnlichkeit.«

»Hast du eine Ahnung, was die Italiener früher alles gemalt haben«, erwiderte sie, aber als er ihr die Polaroids reichte und sie einen Blick darauf warf, wurde sie blass. Sie öffnete den Mund und schloss ihn wieder, ohne einen Ton hervorzubringen. Ihre Hände, in denen sie die beiden Fotos hielt, zitterten leicht. Endlich legte sie zuerst das eine zu dem Buch auf dem Couchtisch, dann, nach einigen weiteren Sekunden, das zweite. »Erzähl mir, was passiert ist«, verlangte sie.

»Sie ist ermordet worden.«

»Wie?«

»Ich bin noch dabei, es zu rekonstruieren.«

»Erzähl mir, was ich auf den Fotos nicht sehen kann.«

»Es beginnt mit etwas, das du nicht sehen kannst, aber sofort riechst«, sagte er. »Den Geruch, der dich gerade an mir gestört hat, nimmst du als Erstes wahr, und je nachdem, wie lange es gedauert hat, bis die Leiche entdeckt worden ist, kommt er dir in unterschiedlicher Intensität entgegen, ein Geruch nach Verwesung, nach Fäkalien oder trockenem Urin und schließlich, wenn du nah genug bist, leicht metallisch, der nach Blut. In Filmen reiben die Darsteller sich immer eine Minzpaste oder so was unter die Nase, um das nicht riechen zu müssen. In Wirklichkeit tut das kaum einer von uns.«

Er hielt kurz inne, um die Wirkung seiner Worte auf Kristin zu beobachten, doch ihr Gesicht blieb unbewegt. »Dann siehst du den Tatort, du nimmst alles wahr, registrierst die Details aber genauer erst später, weil die Leiche alles dominiert. Sie zieht deine Blicke und Sinne an wie ein Magnet die Eisenspäne. Polaroids wie diese sind ja von ziemlich schlechter Qualität und lassen ganz und gar nicht erkennen, was so ein Anblick auslöst.«

Kristin betrachtete wieder die beiden Fotos und sagte noch einmal: »Beschreib mir, was man hier nicht sieht.«

»Romy Jäger lag auf dem Rücken in der Nähe der Spüle ihrer Küchenzeile«, sagte Larsen. »Auf den Keramikfliesen hatte sich um ihren Kopf eine Blutlache gebildet, die bereits halb eingetrocknet war, sodass sie an den Rändern aussah wie der Schlick eines Sees, nachdem das Wasser verdunstet ist. Sie trug Jeans, die – zusammen mit einem weißen Slip – bis zu den Knien heruntergezogen waren. Der Slip war genauso wie die Hose blutig und eingenässt, innen und außen. An den Füßen hatte sie Winterstiefel. Außerdem hatte sie eine dunkelblaue Bluse und dazu noch einen violetten Nikki an, beide über die Brüste bis fast zum Hals hochgeschoben. Der BH darunter war vorne mit einem Messer zerschnitten worden, die Körbchen nach rechts und links zur Seite gerutscht. Außerdem trug sie noch eine beige Windjacke mit einem braunen Kaninchenfellkragen, was bedeutet, dass sie gerade weggehen wollte, als sie auf ihren Mörder traf – keine Prostituierte empfängt einen Freier in so einem Aufzug.«

Er unterbrach sich, in der Hoffnung, dass sie vielleicht genug hatte und nicht noch mehr hören wollte. Doch sie sah ihn nur an, sagte wortlos, weiter! »Ihre Handtasche lag zu ihren Füßen«, fuhr er fort, »der Inhalt war ausgeschüttet. Willst du auch wissen, woraus er bestand?«

»Ich will alles wissen.«

Larsen begann aufzuzählen: »Ein kleiner Parfümzerstäuber – Youth Dew von Estée Lauder, kein billiges Parfüm –, eine fast volle Packung Slim-Zigaretten der Marke Eve, ein Lippenstift, ein kleiner Schminkspiegel, eine Packung Kondome, ein gelbes Cricket-Feuerzeug, eine Packung Tempos und ein paar Markstücke. Kein Portemonnaie, keine Brieftasche, kein Adress- oder Notizbuch.«

Er sah, dass Kristins Augen ausgerechnet bei dieser kurzen Aufzählung von Alltagsgegenständen feucht wurden, als nähme das Leben der getöteten Frau erst jetzt Gestalt an. Sie wollte es so, dachte er bekümmert, fuhr aber fort: »Neben der Schulter der Toten lagen die Scherben einer zersprungenen Flasche Rotkäppchen-Sekt und ein Hammer, bestimmt 250 Gramm schwer, Stiel und Schlagfläche waren blutig.«

»Ist sie auch –«

»– gefoltert und missbraucht worden wie Monika Wilhelms? Ja. Man kann das auf den Polas wegen des schlechten Lichts nicht klar erkennen, aber der Täter hat sie noch übler zugerichtet als Monique, sofern es wirklich derselbe war. Er hat ihr eine Sektflasche auf den Kopf gehauen, mit den Fäusten immer wieder auf sie eingedroschen und ihr dabei zahlreiche Platzwunden im Gesicht, am Oberkörper und an den Armen zugefügt. Er hat ihr mehrere Zähne ausgeschlagen, die Nase gebrochen und mit dem Hammer den Schädel eingeschlagen. Er hat sie gewürgt und versucht, ihr die Brustwarzen abzuschneiden, aber offenbar war die Messerklinge zu stumpf, denn er hatte keinen Erfolg. Danach hat er mit dem Messer sicher ein Dutzend Mal auf ihren Thorax eingestochen, vor allem in der Herzgegend. Zuletzt hat er ihr das Messer in die Scheide gestoßen und dort stecken lassen, als wollte er sie pfählen.« Wie mit dem Telefonhörer bei Monique, dachte er und ergänzte: »Das habe ich nicht fotografiert.«

Kristin wischte sich mit den Daumenballen die Feuchtigkeit aus den Augen. »Bei was … wie lange …«, sie suchte nach den richtigen Worten, »bei welcher dieser – dieser Aktionen hat das Mädchen noch gelebt? Was davon hat sie mitbekommen? Ab wann – ab welchem Punkt war sie schon tot?«

Larsen seufzte. »Schwer zu sagen, außer dass es in jedem Fall zu viel war. Der Verlauf der Blutspritzer auf der Tür unter der Spüle zeigt, dass sie auf die Schläge ins Gesicht nicht mehr reagiert hat. Der Täter hat neben ihr gekniet und immer wieder zugeschlagen, und sie hat sich nicht bewegt. Ihre Handflächen wiesen dagegen mehrere tiefe Schnittwunden auf, der rechte Daumen war fast abgetrennt. Das lässt erkennen, dass sie um ihr Leben gekämpft und dabei sogar nach der Messerklinge gegriffen hat, um die Stiche in ihren Brustkorb abzuwehren. Ich glaube, jetzt hast du genug gehört, alles Weitere –«

Störrisch schüttelte Kristin den Kopf. »Wenn sie fertig zum Weggehen angezogen war, hat er – der Täter –, hat er vor der Tür gelauert? Hat sie ihn in die Wohnung gelassen? Hat er vorher angerufen und einen Termin ausgemacht und sich vielleicht verspätet? Oder war er pünktlich, und sie wollte sofort mit ihm weggehen?«

Gute Fragen, dachte Larsen; sehr gute Fragen. »Ich denke, es handelt sich um ein zufälliges Zusammentreffen. Es war ja Silvester, vermutlich so gegen Mitternacht. Irgendwie ist der Täter in das anonym wirkende Wohnhaus gelangt, wusste wohl, dass dort Huren wohnen, hat wahrscheinlich den erstbesten Klingelknopf gedrückt, vielleicht sogar den von Romy Jäger selbst. Nachdem sie die Tür geöffnet hatte, muss sie ihn in die Wohnung gelassen haben, wo er sie sofort mit einer leeren Sektflasche attackiert hat. Es handelte sich dabei um eine Waffe der Gelegenheit, wie wir das in der fallanalytischen Bewertung nennen, er war also wahrscheinlich vorher unbewaffnet. Auf dem Boden neben dem Eingang standen mehrere Flaschen, die Romy offenbar demnächst im Müll entsorgen wollte. Mit dieser Zufallswaffe hat er Romy dann bis zur Küchenzeile im hinteren Teil der Wohnung getrieben, wo wir sie ja vor der Spüle gefunden haben. Als die Flasche zu Bruch ging, schlug der Täter mit den Fäusten weiter auf Kopf und Oberkörper seines Opfers ein, bis ihm ein Messer in die Hände geriet. Anfangs konnte Romy noch auf die Angriffe reagieren, aber dann ist sie wohl zu Boden gestürzt und hatte nicht mehr die Kraft, weiter Widerstand zu leisten.«

Er schwieg, wieder in der Hoffnung, sie könnte genug gehört haben. Warum ruft Steve nicht noch einmal an?, dachte er; bei dem ist doch noch Tag. Doch das Telefon blieb stumm, genau wie Kristin; sie sah ihn nur auffordernd an.

»Dann hat der Täter sich neben sie gekniet«, fuhr er also fort, »und angefangen, sie zu würgen. Vielleicht ist sie daran gestorben – hoffentlich … Vielleicht hat sie aber auch noch weitergelebt – hat sogar die Stiche mit dem stumpfen Messer in die Brust gespürt und gesehen, wie er mit dem Hammer aus dem Werkzeugkasten unter der Spüle auf sie losgegangen ist. Die Hammerschläge auf den Schädel hat sie dann aber nicht mehr gespürt.«

»Aber woher kommen die vielen Teelichter auf dem Boden?«, wollte seine Frau wissen. »Was haben die zu bedeuten?«

»Nachdem der Täter sicher war, dass Romy nicht mehr lebte, ist er zur Phase der Fantasien übergegangen. Vorher ging es ihm ums Töten – oder, wenn man bedenkt, dass er sie gewürgt, auf sie eingeprügelt und ein Dutzend Mal zugestochen hat – um eine von sinnloser Wut und Hass gesteuerte Übertötung, den schieren Overkill. Vielleicht ist er auch in so eine Raserei geraten, weil sie sich gewehrt hat – oder ihn an jemand erinnerte. Dann, als sie tot vor ihm lag, wechselte er von der Pflicht zur Kür und konnte endlich –«

»Das ist zynisch«, warf Kristin ein.

»Nein, die Worte klingen nur so. Ich versuche, mich in seinen Kopf zu versetzen, das muss ich, wenn ich ihn kriegen will. Ich muss rekonstruieren, was er getan hat und warum er es getan hat. Was für Fantasien ihn schon vorher erfüllt und begleitet haben, wie er sie jetzt auszuleben versucht. Ich gebe dir ein Beispiel: Ein Mann nimmt einen Plüschhasen und legt ihn zu der Toten. Warum tut er das? Ist es die Perversion einer Sexualpraktik zwischen zwei einvernehmlich handelnden Partnern? Benutzt er beim Masturbieren ein Stofftier? Warum steigert er sich mehr und mehr in diese ausufernde Gewalt? Weshalb versucht er in unserem Fall, Romy mit dem Küchenmesser die Brustwarzen abzuschneiden oder die Kehle aufzuschlitzen? Und dann der Coup de Grâce, das Messer, das er ihr in die Vagina rammt ... Und dabei hat er einen Kranz brennender Teelichter um sich und sein Opfer arrangiert, als wäre es ein Ritual, eine Opferhandlung, eine Aufbahrung. Oder eine Art Heiligenschein.«

Larsen verstummte, er hatte beschlossen, dass es genug war. Es reichte, dass er die Fälle in seinem Kopf mit nach Hause brachte; dass er sie in Form von Akten und anderen Unterlagen bei sich trug, wenn er über die Schwelle trat.

»Es geht ihm um Machtausübung, oder?«, hakte Kristin jetzt nach. »Dem Täter ... Um Kontrolle und Bestrafung für ein Unrecht, das ihm widerfahren ist oder das erlitten zu haben er sich einbildet.«

Das stimmt, dachte Larsen, genau darum geht es im Grunde: um männliche Machtausübung und die Bestrafung von Frauen. Weil sie Frauen waren, ihn schlecht behandelten oder weil sie sich als Frauen verkauften? So oder so, das stand im Vordergrund. Die Begleitumstände der Tat – das Durchwühlen des Schrankes und der Handtasche, die umgeworfenen Möbel, die zerschlitzte Bettwäsche – waren auf ein anderes, profaneres Motiv zurückzuführen: Er suchte eine Beute, Geld, Schmuck, irgendwas.

Und wieder – Larsen dachte das Wort »wieder« jetzt schon fast selbstverständlich – schien es ihm egal zu sein, ob er kriminaltechnisch verwertbare Spuren zurückließ. Wie auch bei Monika Wilhelms benutzte der Täter die Toilette, wusch sich die Hände und trocknete sie mit einem Handtuch ab. Es war ihm nicht wichtig, ob er selbst dabei Blut verlor, das ihn irgendwann überführen könnte. Die beiden Tatwaffen ließ er zurück, das Messer und den Hammer. Sie gehörten ihm nicht, konnten nicht zu ihm führen. Dass sich daran vielleicht seine Fingerabdrücke oder Hautspuren befanden, schien ihn ebenfalls nicht weiter zu stören.

Kristin nahm noch einmal die beiden Polaroidfotos zur Hand und betrachtete sie. »Glaubst du, dass du schlafen kannst?«, fragte Larsen besorgt.

Sie deutete ein Schulterzucken an. »Wenn du es kannst, kann ich es auch. Oder ich werde es lernen. Das Jahr hat ja erst angefangen.« Sie stand auf und hielt ihm ihre Hand hin. »Ich möchte nur nicht, dass heute Nacht Raubtiere um unser Bett schleichen.«

Er stand ebenfalls auf und ergriff die angebotene Hand. »Keine Sorge, ich werde gründlich duschen. Wie immer.« Als sie das obere Stockwerk erreicht hatten, blieb Kristin stehen und umarmte ihn. »Danke, dass du mir das zugetraut hast«, sagte sie leise.

15

Es hatte den ganzen Morgen geschneit, aber als Larsen losfuhr, waren die Fahrbahnen schon geräumt, und der Schnee türmte sich in grauen Haufen am Straßenrand. Die meisten Läden hatten Weihnachten längst zu den Akten gelegt, nur an einigen Litfaßsäulen klebten noch durchnässte Plakate mit schmutzigen goldenen Sternen oder Nikoläusen in roten Kutten. Einige wünschten weiterhin Frieden und Freude und guten Willen unter den Menschen, während an den dreckbespritzten Schaufenstern der Geschäfte schon lockende Rabattangebote für die restliche Winterware prangten. Warum nicht mal Frieden, Freude und guten Willen deutlich runtersetzen, dachte Larsen, und dafür die von Kindern und Frauen in Indien oder Thailand billig hergestellten Klamotten so teuer verkaufen, dass jeder ein erträgliches Leben führen konnte, ohne an der eigenen Hände Arbeit langsam sterben zu müssen?

Wenigstens war jetzt die Zeit der Weihnachtslieder vom Band vorbei – die endlosen Wiederholungen von *Driving home for Christmas*, von *Do they know it's Christmas* oder *Last Christmas I gave you my heart*. Keine bunten Lichterketten mehr über den Fahrbahnen, keine Rentier-Glöckchen und auch kein Sodbrennen von klebrigem Glühwein aus Pappbechern.

Er steuerte den VW der Fahrbereitschaft am Bahnhof vorbei über den Breitenweg in Richtung Steintor. Die ziegelrote Fassade der Bahnhofshalle mit der großen Uhr über dem Haupteingang schien das diesige Nachmittagslicht zu sammeln. Der Schnee auf den Kupferdächern war mit Krähen gesprenkelt, die mit schräg geneigten Köpfen den Bahnhofsplatz im Auge behielten und nach Futter oder möglichen Gefahren Ausschau hielten.

Ein paar Minuten später bog Larsen zur Autobahn Hamburg ab. Er fuhr zu schnell. Er schaltete zu abrupt. Er war wütend, ohne genau zu wissen, warum. Nein, er wusste es sehr wohl. Weil wir keine Fortschritte machen – deshalb!, dachte er. Weil keiner von uns richtig in Form ist, nicht einmal ich. Weil jeden Tag wieder jemand sterben kann, eine Frau, eine Prostituierte, und ich nicht weiß, wie ich das verhindern soll. Weil unter uns ein Mörder ist, dessen Spur ich noch nicht aufnehmen konnte, da ich sein Motiv nicht kenne. Was ihn antreibt. Wozu er Menschen tötet, welchen Fantasien er folgt. Weil die Welt ist, wie sie ist. Weil die Zivilisation das ist, was sie immer war: ein Provisorium.

Aber vor allem: weil er die Wut des Täters spürte, seinen Hass oder Selbsthass, das ganze negative Spektrum an Gefühlen, das er sich aneignen musste, wenn er ihn verstehen wollte. Weil er ihn verstehen musste, wenn er wollte, dass diese Morde aufhörten, bevor daraus eine Serie wurde. Bevor die Taten die ganze Stadt verstrahlten wie eine Nuklearexplosion, bevor der Fallout alles und jeden verseuchte, einschließlich seines Zuhauses. Es machte ihn wütend, dass er sich wieder einmal auf dem Weg zur multiplen Persönlichkeit befand.

Die Düsternis des Nachmittags legte sich ihm wie grauer Smog aufs Gemüt. Sobald er auf der Autobahn fuhr, trat er das Gaspedal ganz durch. Rechts und links erstreckten sich verschneite Felder, die einem flämischen Gemälde aus dem 18. Jahrhundert entlehnt schienen, komplett mit einem schneebedeckten Gehöft hier und da. Um diese Zeit war der Verkehr Richtung Hamburg noch nicht sehr stark, ein dünner Fluss, in dem er nur ein kleiner Fisch war. Als er zwei Drittel der Strecke zurückgelegt hatte, erreichte er die Ausfahrt, die er immer nahm, wenn er Ellie besuchen fuhr.

Danach ging es auf einer Landstraße weiter, aus der wiederum nach der nächsten Abzweigung eine Dorfstraße wurde, allerdings nicht sofort. Zuerst kam noch eine Brücke und gleich dahinter ein weiteres Stück Landstraße, dann führte die Dorfstraße einen Hügel hinauf, und auf diesem Hügel lag schließlich der Friedhof. Er gehörte zu einer Kirche, die man bei gutem Wetter schon von Weitem erblickte. Heute war es nebelig; man konnte kaum bis zur nächsten Windung der Straße sehen.

The long and winding road, dachte Larsen. Als der schlanke Turm und das massive Mauerwerk des Kirchenschiffs aus dem Nebel auftauchten, musste er aufpassen, denn der Rest der Fahrbahn versank

fast im Schnee. Der Schnee war weiß und sauber, wie Ellies Seele
ihr ganzes Leben lang. Er parkte den Wagen unter den kahlen Bu-
chen am Eingang, wo er ihn immer abstellte. Die niedrigen Stein-
mauern des Friedhofs hüteten kaum mehr als zweihundert Gräber,
zwischen denen ein schmaler Pfad von einem schmiedeeisernen
Tor zu einem kleinen Geräteschuppen führte. Das Tor war unverschlossen, ließ sich aber nur mit Mühe öffnen. Die Scharniere
kreischten und krächzten fast so laut wie der Krähenschwarm, der
bei Larsens Eintreten von den Ästen der Weide neben dem Schup-
pen aufstob.

Wie alles ringsumher waren auch die Gräber vom Schnee verhüllt, der sich in dicken Schichten auf den Steinen und Kreuzen
türmte. Die letzte Ruhestätte seiner Tochter lag gleich links hinter
dem Tor, und an klaren Tagen konnte man von dort in die Ebene
hinuntersehen, bis zum Fluss und weiter. Außer Larsen befand sich
niemand auf dem Friedhof – wie meistens, wenn er Ellie besuchte.
Alle anderen hier waren schon viel länger tot – oder »richtig tot«,
wie Hanna immer gesagt hatte, wenn sie wieder mal glaubte, dass
ihre Tochter noch lebte, irgendwo in einer verborgenen Welt, in der
wahrscheinlich auch Elvis und der kleine Prinz heimlich unterge-
taucht waren.

Aber Ellie war aus dem Fenster gesprungen, weil sie geglaubt hatte, ihr Vater würde sie auffangen. Und er hatte sie ja auch aufgefan-
gen, er hatte sie bloß nicht festhalten können, und sie war gefallen
und dann im nachtschwarzen Wasser des Hafenbeckens unterge-
gangen. Eine halbe Stunde später hatten sie die kleine, blasse, noch
nasse Leiche ihrer ertrunkenen Tochter gesehen. Sie hatten auch
die Brandspuren auf Ellies Haut gesehen, das Gesicht wie eine halb
geöffnete Knospe. Er hatte es genauso wenig glauben können wie
Hanna; es war ihm unmöglich erschienen, für alle Zeiten unmöglich. Doch irgendwann war ihr Tod möglich geworden, dann wahrscheinlich und schließlich eine Tatsache.

Seine Tochter war tot. Sie war tot, und das war der einzige Grund,
weshalb er gerade seine Ermittlungen im Stich ließ – um ihr Grab
zu besuchen. Denn heute war der Tag, an dem sie damals den Tod
gefunden hatte und jedes Jahr aufs Neue fand. Er stapfte durch den

knirschenden Schnee zu dem schlichten Grabstein, der gerade so weit aus dem verwehten Weiß ragte, dass man ihren Namen lesen konnte: ELISABETH JOSEPHINE LARSEN. Schon die Jahreszahlen darunter verschwanden im Schnee.

Hallo, Engelchen, sagte Larsen in Gedanken, mehr nicht. Sie sah ihn ja von da, wo sie war, und wenn sie ihn sehen konnte, dann wusste sie natürlich auch, was er dachte. Wenn sie es nicht wusste und ihn nicht sah, dann war sie nirgendwo, und er brauchte auch in Gedanken nicht mit ihr zu reden. Er konnte sie jedenfalls sehen, in bewegten Bildern, in Farbe und mit Ton, nicht da, wo sie jetzt vielleicht war, sondern in seinem Leben, von ihrer Geburt an. Je länger er sie betrachtete, desto ruhiger wurde er. Er merkte, wie seine Wut sich legte. Mit den Händen in den Taschen des Dufflecoats stand er am Fußende des kleinen Grabes und öffnete erst eine Faust, dann die andere.

Hier oben war der Wind schneidend kalt, doch die Kälte machte ihm nichts aus. Der Wind kam in Böen, und manche davon waren so heftig, dass sie sogar die eingerosteten Glocken im Kirchturm in Schwingung versetzten. Zarte Töne wehten über die verschneite Ebene.

Sein Nokia in der rechten Brusttasche des Dufflecoats vibrierte, und Larsen langte mit klammen Fingern hinein, um es herauszuholen. »Ja, Larsen«, meldete er sich.

»Bist du da?«, fragte eine Frauenstimme.

»Ja.«

»Wie geht es ihr?«

»Sie ist immer noch tot. Ich stehe an ihrem Grab.«

»Vielleicht ist es leer«, sagte Hanna. »Deswegen bin ich heute nicht gekommen. Ich will zu Hause sein, wenn sie es sich anders überlegt und zurückkommt.«

Er sagte nichts. Ein Schauer lief ihm den Rücken hinunter. Auf einmal spürte er doch, wie kalt der Wind war.

»Glaubst du nicht, dass ich recht haben könnte?«, fragte die ferne Stimme seiner Ex-Frau. »Manchmal kommt es mir vor, als wäre sie eins der Mädchen auf der Straße. Manche sehen ihr so ähnlich, und sie schauen mich an, als wollten sie mir etwas sagen. Ich nehme mir immer vor, sie zu fragen, aber dann habe ich Angst vor dem, was sie mir sagen könnten. Was Ellie mir vielleicht sagen würde.«

»Sie würde dir sagen, dass du ihr fehlst, da, wo sie jetzt ist.«

Jetzt zitterte Larsen vor Kälte. »Sie hat dich geliebt.«

»Warum kommt sie dann nicht zurück?«

Larsen schwieg wieder. Der Wind hatte den Nebel fast ganz weggeweht, dafür färbte sich der Himmel schon dunkel; wie Blei und Schiefer sank er auf den Horizont.

»Weißt du, ich habe wieder diese Gedanken«, sagte Hanna. »Ich liege nachts wach, und die Gedanken sind überall in meinem Kopf.«

»Was für Gedanken?«

»Düstere.« Hanna lachte, aber es war kein fröhliches Lachen. »Schwarze pelzige mit langen Schwänzen und spitzen Zähnen.«

»Du musst deine Medikamente nehmen«, sagte Larsen. »Oder wieder in Therapie gehen.«

»Wird sie dann zurückkommen?« Die Mutlosigkeit und der Schmerz in Hannas Stimme trieben Larsen die Tränen in die Augen, aber vielleicht war es auch nur der Wind. »Ich muss Schluss machen«, sagte er. »Es wird dunkel, und ich fahre nicht gern bei Dunkelheit.«

Hanna schwieg einen Moment, und er dachte schon, sie hätte aufgelegt. »Ich habe von der toten Frau gelesen, in der Zeitung heute Morgen«, sagte sie dann unvermittelt. »Du musst sie beschützen. Warum beschützt du die Frauen nicht?«

»Ich versuche –« Er hielt inne, denn das Klicken im Telefon verriet ihm, dass sie die Verbindung unterbrochen hatte. Ich versuche es ja, beendete er den Satz in Gedanken, dann steckte er sein Handy zurück in die Tasche. Er blinzelte und wischte sich mit dem Handrücken die Tränen von den Wangen. Dann warf er einen letzten Blick auf den Grabstein.

Elisabeth Josephine Larsen, ich will versuchen, jetzt besser auf die Frauen aufzupassen, kleine wie dich oder große wie Kristin – auf alle Frauen. Aber nicht nur auf die, auf alle Menschen, soweit mir das möglich ist. Jetzt rede ich doch mit dir. Das war deine Mutter eben, auf die versuche ich auch aufzupassen, aus der Entfernung zumindest. Und dann Mellie, erinnerst du dich noch an die kleine

Mellie, die ungefähr in deinem Alter ist? Eigentlich heißt sie Melanie, und ich habe das Gefühl, dass ich auf sie besonders achtgeben muss. Keine Ahnung, warum. Ich halte dich auf dem Laufenden. Also dann, bis zum nächsten Mal, Engelchen, okay?

Auf der Rückfahrt schämte er sich dafür, dass er seiner Tochter wahrscheinlich zu viel versprochen hatte, als wäre sie tatsächlich noch ein Kind, dem man manchmal etwas versprach, woran man selbst nicht recht glaubte, einfach, weil man dachte, das gehöre sich so, es wäre nur eine Notlüge. Er war auf einmal ganz sicher, dass es ein weiteres Opfer geben würde. Die Fantasien des Mörders waren gefräßig wie das Feuer, das Ellie getötet hatte: Je mehr Nahrung sie bekamen, desto mehr verlangten sie.

16

Die Obduktion von Romy Jäger fand am frühen Nachmittag des 3. Januar statt. Bevor Larsen in die Rechtsmedizin fuhr, studierte er die inzwischen auf seinem PC eingegangenen Fotos der Spurensicherung, ohne dass er etwas darauf entdeckt hätte, das ihm nicht schon selbst am Tatort aufgefallen war. Trotzdem druckte er sie aus und legte sie in seine Aktenmappe.

Das Gebäude – eine zweistöckige, schlossähnliche Villa mit zwei Seitentrakten und einem quadratischen Lichthof – lag hinter einer anderthalb Meter hohen Steinmauer, die von einer immergrünen Buchsbaumhecke noch überragt wurde. Selbst aus den vor dem Tor des Rechtsmedizinischen Instituts vorbeirollenden Straßenbahnen konnte man die roten Schindeln der Dachschrägen nur sehen, wenn man stand. Auf der weiß gestrichenen Mauer hatten Sprayer mit bunten Comic-Zeichnungen und verschnörkelten Tags ihre Reviere markiert.

Der Gerichtsarzt war Dr. Malte Berling, der von Staatsanwälten und Strafverteidigern wegen seiner spröden Genauigkeit gefürchtet wurde und den Larsen aus genau diesem Grund schätzte. Mit seiner Körpergröße von fast zwei Metern überragte er seine Mitmenschen stets um mindestens einen halben Kopf. Wie um seine Größe nicht noch zu betonen, trug er seine von erstem Grau melierten Haare so kurz, dass man sie kaum noch als solche erkennen konnte. Ein winziger Brillant im rechten Ohrläppchen reflektierte das Licht der Deckenlampen mit kleinen Blitzen, wenn er sich über den Sektionstisch beugte. Sonst schimmerte, blitzte oder funkelte nichts an ihm, außer sein Verstand, denn der Ehering am linken Ringfinger lag bereits unter dem Plastik der weißen OP-Handschuhe verborgen.

»Sie kommen zu spät«, tadelte er Larsen, und wie immer war er im Recht, denn die Straßenbahn hatte wegen eines Verkehrsunfalls fast zehn Minuten zwischen zwei Ampeln gestanden, ohne die Fahrgäste aussteigen zu lassen. »Ich musste schon ohne Sie anfangen. Aber der Fall ähnelt ja stark dem von Anfang Dezember, bei unserer letzten Begegnung.«

Romy Jäger lag im weiß gefliesten Sektionssaal nackt auf dem Obduktionstisch aus makellosem Edelstahl; der Geruch des Todes, der von ihr ausging, war inzwischen noch intensiver geworden. Sie lag auf dem Rücken, die Augen geschlossen, Arme und Beine gerade ausgestreckt. Ihre Lippen waren geschlossen, allerdings noch immer geschwollen. Die Haare schienen am Kopf zu kleben; das Blond war stumpf geworden. Die Haut der Toten wirkte wächsern, als wäre sie künstlich. Die ineinander übergehenden Platzwunden auf der Stirn ließen sich noch immer deutlich erkennen, obwohl das getrocknete Blut inzwischen abgewaschen worden war. Die Hautabschürfungen hatten ein bräunlich gelbes Aussehen angenommen. Auch das bei ihrem Auffinden stark unterblutete Brillenhämatom hatte die Farbe verändert.

Die Brust der Toten klaffte rot im grellen Licht der OP-Lampe, denn der Obduzent hatte Romy Jäger bereits mit dem klassischen T-Schnitt geöffnet, um die inneren Organe zu untersuchen. Der Schnitt verlief bogenförmig unterhalb des Halses von Schlüsselbein zu Schlüsselbein, und ein zweiter führte senkrecht vom Kehlkopf bis zum Schamansatz. »Ihr Kollege von der Spurensicherung ist schon wieder weg«, erklärte Berling, das Skalpell noch in der Hand. »Ein junger Mann, scheint neu zu sein. Raddatz heißt er, kennen Sie den?«

»Flüchtig.« Larsen war ihm unten im Treppenhaus begegnet, beide Hände voll mit den Papiertüten, in denen sich die Kleidung der Toten zur weiteren Untersuchung auf Epitelien und Körperflüssigkeiten des Täters befunden hatte. Raddatz war nicht stehen geblieben. Er hatte nur mit blassem Gesicht einen kurzen Gruß gemurmelt, den Larsen ebenso knapp erwiderte, um den Jungen nicht in Verlegenheit zu bringen. Er konnte sich noch gut daran erinnern, wie es ihm selbst bei seinen ersten Obduktionen ergangen war: Es dauerte lange, bis man sich an das Geräusch der oszillierenden medizinischen Gussäge beim Öffnen des Schädels, den Anblick von Blut, den Geruch nach Ammoniak und Zersetzung und das leise Klatschen gewöhnte, mit dem die frisch entnommenen Organe in den Titanschalen neben dem aufgeschnittenen Körper landeten.

»Flüchtig trifft es ziemlich genau«, meinte Berling. »Er war ziemlich schnell wieder weg. Hätte sich beinahe übergeben, als er meiner Patientin die Schamhaare abnehmen musste. Kopfhaar und Fingernagelspitzen gingen noch, aber als er dann weiter nach unten kam … Hat nur seinen Fotografen dagelassen, um die Obduktion zu dokumentieren. Tja, die jungen Leute sind heute alle ziemlich zartbesaitet, was?«

Er trennte die Hautweichteile und Muskelstränge mit einem Messer vom Brustkorb und klappte sie zur Seite. Danach griff er zu einer Rippenschere, um sich im Knorpelbereich des Brustkorbs der Toten von unten nach oben vorzuarbeiten, bevor er die inneren Organe entnahm. Das Knacken der Knochenflächen unter den Schnitten der Stahlschere erinnerte Larsen an das Tranchieren des Truthahns bei der Thanksgiving-Feier im Haus von Steve Meyers vor fast zwei Jahren. Der Fotograf der Spurensicherung drückte auf den Auslöser seiner Kamera, tat sonst jedoch nichts, was die Aufmerksamkeit auf ihn gelenkt hätte.

»Die Leber ist ja in einem erschütternden Zustand«, erklärte Berling. »Da fehlt nicht mehr viel zu einer ausgewachsenen Zirrhose. Na ja, mit dem Wachstum ist jetzt natürlich Schluss. Mal sehen, was wir alles im Magen finden.«

Die Brüste der Toten glitten zur Seite. Beide waren mit fein zirkulierten Schnittmustern verletzt, wo der Täter versucht hatte, ihr die Brustwarzen abzuschneiden, den Vorgang aber nicht beendet hatte. Beim Anblick der dicht nebeneinanderliegenden Verletzungen dachte Larsen unwillkürlich an eine Nähmaschine, die mit mechanischer Unerbittlichkeit ihre Nadel ins Gewebe rattert. Auch die Herzregion war mit mindestens zwanzig solcher Einstiche beinahe perforiert. »Am Kopf habe ich nichts gemacht, der war schon so«, sagte Doktor Berling, und Larsen überlegte, ob diese Bemerkung komisch gemeint war oder nicht.

Also gut, der Kopf: Das knöcherne Schädeldach war unter den Hammerschlägen geborsten; auf den Fotos vom Tatort konnte man noch die ausgetretene Hirnmasse gelblich in den Haaren kleben sehen, die inzwischen herausgewaschen worden war. Der Hals war über dem Kehlkopf mit drei langen Schnitten verletzt worden; der letzte Schnitt von fast 25 Zentimetern Länge führte von einem Ohransatz zum anderen.

»Zwei Schneidezähne fehlen«, zählte der Arzt auf, »drei Backenzähne sind unter den offenbar mit großer Wucht ausgeführten Schlägen gesplittert. Die Nase ist frakturiert, ebenso der linke Wangenknochen und die rechte Schläfe. Das Gleiche trifft auf die unteren zwei Rippen der linken Thoraxhälfte zu. Der Täter hat sie aber nicht nur geschlagen, sondern auch gewürgt – hier, rechts und links vom Kehlkopf, sieht man außer den typischen Würgehämatomen noch die Hautdefekte, die entstanden sind, als er die Frau frontal angegriffen und ihr dabei die Nägel beider Daumen in den Hals gedrückt hat.«

Larsen nickte; er war in der Neujahrsnacht beim Anblick der Leiche zu derselben Erkenntnis gelangt.

Vorsichtig trennte Berling den Magen von Speiseröhre und Darm, hob ihn aus der Bauchhöhle und öffnete ihn mit einem präzisen Schnitt, um seinen Inhalt zu überprüfen. Anschließend wandte er sich Herz, Nieren und Leber zu, bevor er schließlich die

Lungenflügel einer genauen Prüfung unterzog. Endlich sagte er: »Ich setze mal zu einer ersten Zusammenfassung an: Wir haben hier die Leiche einer Frau von neunundzwanzig Jahren, schlanker Körperbau, Größe 168 Zentimeter, Gewicht 58,5 Kilo. Todeszeichen vorhanden: Blasse rote Totenflecken an abhängigen Körperpartien – Rücken, Gesäß –, Totenstarre vollständig gelöst, was darauf schließen lässt, dass der Exitus mehr als zwanzig Stunden zurückliegt. Laut Ermittlerbericht wurde die Frau auf dem Rücken liegend gefunden, offenbar das Opfer von intensiven Schlageinwirkungen auf den Kopf, multiplen Thorax-Stichverletzungen und einem bis zum Griff im Damm steckenden Brotmesser. Jede dieser Verletzungen hätte für sich zum Tod geführt. Allerdings sind einige erst postmortal entstanden, darunter die Schnitte am Hals und den Mamillen sowie vor allem die Stiche in die Genitalien. Offenbar hat der Täter sich besonders intensiv mit dem Hals beschäftigt und dann versucht, sie mit dem Messer gewissermaßen zu pfählen.«

Die Sonne, der Mond und ein Verbrechen, dachte Larsen.

Gepfählt. Gekreuzigt.

Das Heiligenbild. Ein religiöses Motiv?

»Wie der Mörder von Monika Wilhelms«, sagte Larsen, »die junge Prostituierte, die Sie vor drei Wochen hier hatten. Da war es ein Telefonhörer, wissen Sie noch? Und bei Romy Jäger musste ich fast an eine Kreuzigung denken – die Arme waren vom Körper abgewinkelt, die Beine gespreizt. Nur dass in den Händen und Füßen keine Nägel steckten …«

»Glauben Sie, es war derselbe Täter?«

»Ich versuche immer noch, an gar nichts zu glauben.«

Berling schmunzelte. »So oder so: Bevor es starb, hat das Opfer sich heftig gewehrt, wie die Stichverletzungen an Oberarmen und Hohlhand zeigen«, fuhr er fort. »Im Körper selbst liegen weitere Stichverletzungen derselben Waffe mit einer Tiefe von bis zu 18,5 Zentimetern vor, was von großem Kraftaufwand und entsprechender Wut zeugt. Nimmt man dann noch die Würgemale am Hals und die wuchtigen Schläge mit einem schweren, hammerähnlichen Gegenstand dazu …«

Dann handelt es sich um eine klassische Übertötung, dachte Larsen; jede der verschiedenen Angriffsformen hätte für sich schon zum Tod geführt. Was personifiziert der Mörder mit diesen Tatumständen? Welche blutige Fantasie führt das Raubtier zu seiner Beute?

17

Robert

Mariona schläft. Die beiden Worte sahen merkwürdig aus auf dem Papier des kleinen Notizbuches, das Robert sich im Zeitschriftenladen gekauft hatte, zusammen mit der *Bild* und dem *Weser Kurier*. Die Buchstaben wirkten krakelig, als hätte ein Kind sie geschrieben. *Mariona schläft.* Robert wusste gar nicht genau, was diese Worte bedeuten sollten, außer dass sie der Wahrheit entsprachen: Mariona lag im Schlafzimmer auf dem *Miami Vice*-Wasserbett und schlief.

Sie war am 2. Januar wiedergekommen, spätnachmittags, kurz bevor es dunkel wurde. Als er den Schlüssel im Türschloss gehört hatte, konnte er gerade noch den Karoblock wegräumen, auch das Lineal und die farbigen Stifte, nur den Kugelschreiber nicht. Sofort war ihm aufgefallen, dass sie den Verlobungsring wieder trug, auch wenn sie sonst kein Wort über den Silvesterabend verlor. Ohne zu fragen, wie er in die Wohnung gekommen war, hatte sie seine Schlüssel auf den Küchentisch gelegt und verkündet: »Ich bin müde. Ich geh gleich ins Bett.«

Kein Kuss, kein »Hey, du, tut mir leid, ja?«, kein »Frohes neues Jahr, Schatz!« Nur das Klacken der Schlüssel auf der Tischplatte und ein unterdrücktes Gähnen, bevor sie die Schlafzimmertür hinter sich zugezogen hatte. Kein Wort über Richy und ihren Streit. Er hatte ihr nachgesehen, auf die geschlossene Tür gestarrt und in Gedanken ihre ungestellten Fragen beantwortet.

Wie ich in die Wohnung gekommen bin? Der Hausmeister hat mir aufgesperrt. Ach, und ich habe wieder eine Frau ermordet, wie gefällt dir das?

Oder: Ich habe über die Feiertage gearbeitet, hier, 870 Mark, während du mit diesem Scheißrichy gevögelt hast.

Mehr hatte Romy nicht in ihrem Apartment gehabt. Es war der Aufmacher im Lokalteil der *Bild* gewesen, und auch alle anderen Zeitungen hatten darüber berichtet: *Grausamer Raubmord in der*

Silvesternacht. Das Notizbuch hatte Robert gekauft, weil er darüber nachdachte, eine Art Tagebuch zu führen, ein Journal für die Nachwelt. *Wieder Prostituierte im Bahnhofsviertel getötet.* Er wusste, dass man seine Fingerabdrücke gefunden hatte. Er sah sich noch im Bad der toten Nutte stehen, wie er sich danach die Hände wusch und dabei sein Spiegelbild anschaute. Mitten auf der Stirn hatte er einen großen roten Fleck, wie die Frauen in Dokumentarfilmen über Indien. Das sah so komisch aus, dass er lachen musste.

Die Polizei ermittelt in alle Richtungen.

Wenn sie in alle Richtungen ermitteln, haben sie keine Spur, dachte er – außer den Fingerabdrücken, denselben wie bei der ersten Nutte, Monique. Bloß dass die ihnen nichts nützen, weil sie nicht wissen, wem sie gehören. Immerhin war es diesmal besser gewesen als beim ersten Mal. Sobald ihm klar geworden war, worauf es hinauslief, hatte er stärker darauf geachtet, seine Fantasien nicht zu vergessen. Er hatte sich richtig hineingesteigert, und als sie angefangen hatte, sich zu wehren, als sie um ihr Leben gekämpft hatte, da war es richtig gut geworden, bis zu dem Moment, in dem er ihr das Brotmesser reingerammt hat, na, wie gefällt dir das?!

Sechzig Prozent, mindestens.

Am liebsten wäre er gleich anschließend nach Hause gefahren, um sich einen runterzuholen, aber er hatte ja keinen Schlüssel gehabt. Stattdessen war er ziellos in der Gegend herumgefahren, in der Silvesternacht, und keiner von all den Menschen auf den Straßen hatte gewusst, dass er ein Mörder war. Er war langsam gefahren, um der Polizei nicht aufzufallen, und beim Fahren hatte er die Leute beobachtet, vor allem die Frauen, und dabei hatte er gedacht, jede von euch, jede von euch kann mein Opfer werden, wenn ich es will. Ihr fühlt euch sicher, aber das seid ihr nicht.

Sie waren ahnungslos. Sie warfen ihre Knallfrösche, um die bösen Geister zu vertreiben, und der böseste Geist fuhr an ihnen vorbei und erspähte sie wie ein Raubtier, du oder du oder du, alles, was sich bewegt, kann meine Beute werden.

Als er endlich nach Hause fahren konnte, als es spät genug am Neujahrsmorgen gewesen war, um beim Hausmeister zu klingeln, hatte er sofort angefangen, eine Zeichnung anzufertigen. Er hatte

Papier, Lineal und Stifte geholt und sich im Parka an den Küchentisch gesetzt, solange alles noch frisch gewesen war, die Bilder, die Gefühle, die Sekunden der rasch verglühenden Ekstase. Aber dann hatte er nur dagesessen, ohne einen Strich zu ziehen, eine Zahl zu notieren oder eins der kleinen Messer zu malen. Je genauer er sich zu erinnern versuchte, desto mehr Möglichkeiten schien es zu geben, wie es gewesen war oder wie es hätte sein müssen, aber dann doch nicht gewesen war. Zu schnell, dachte er, es war wieder zu schnell gegangen.

Mariona schläft.

Sie lag im Schlafzimmer und schlief, und er wusste nicht, ob er sich freuen sollte, dass sie wieder da war. Sie liebt mich nicht, dachte er. Sie war zurückgekommen, und sie war fast wieder wie vorher gewesen. Und ich liebe sie vielleicht auch nicht. Das könnte ich aufschreiben und gucken, wie es auf dem Papier aussieht. Ich könnte auch in ihr Zimmer gehen und nachsehen, ob sie auf dem Bett liegt oder an der Decke schwebt wie in diesem Film, *Der Exorzist*.

Er lauschte. Manchmal schnarchte sie leise, das konnte er dann durch die Tür und die dünnen Wände hören. Oder das Wasserbett schmatzte und gluckerte, wenn sie sich bewegte. Er hörte – nichts. Er breitete die *Bild* auf dem Küchentisch aus und schlug den Lokalteil auf. Da war ein Foto von Romy, wie sie wirklich aussah, und eins, das sie in erotischer Unterwäsche zeigte, beide nur schwarzweiß. Er stand auf und holte ein Küchenmesser aus der Schublade neben der Spüle. Er hielt es auf das Foto, die scharfe Seite der Klinge an Romys Hals. Sofort merkte er, dass er geil wurde.

Sie hatte dagelegen, halb nackt und blutend und tot, und da war ihm die Idee mit den Teelichtern gekommen. Eine Frau, umgeben von einer Art Heiligenschein. Er hatte sich ausgezogen und zu ihr gelegt, seinen Unterleib an ihrem gerieben, im Licht der brennenden Dochte.

Nichts.

Ich hätte sie erst danach töten dürfen.

Er sah es wieder vor sich, spürte sie, ihren noch warmen Körper, seine vergebliche Lust. Jetzt hätte er gekonnt. Er dachte daran, sich im Bad einzuschließen und dort zu befriedigen. Stattdessen holte er den Karoblock aus dem Versteck oben auf dem Hängeschrank mit dem Geschirr, wo er auch das Lineal und die Buntstifte hingelegt hatte. Er musste die Erregung nutzen, weil er sich dann besser erinnerte. An die Einzelheiten, die er beim nächsten Mal verbessern musste.

Beim nächsten Mal.

Die Worte waren aus dem Nichts gekommen, wie von selbst. Er hatte sie gar nicht denken wollen. Bei der Vorstellung, dass es ein nächstes Mal geben könnte, ja sogar ein übernächstes Mal und noch eins danach, usque ad finem, schoss ihm die Röte ins Gesicht.

Die Idee mit den Teelichtern war gut gewesen, auch die mit dem Messer unten drin, zwischen ihren Beinen. Aber dann war ihm eine noch bessere Idee gekommen, die mit dem verlorenen Bild. Wie in der Bibel: Abraham zeugte Jakob, Jakob zeugte Isaak, und Isaak zeugte … Eine Idee zeugte die nächste, und die nächste Idee zeugte die übernächste, und am Ende hatte er die mit dem verlorenen Bild gehabt. Er hatte plötzlich gemerkt, dass er es brauchte, wenn das, was er tat, nicht profan sein durfte; wenn es eine sakrale Bedeutung bekommen sollte.

Ich muss ein Zeichen hinterlassen.

Sein Zeichen, dessen Bedeutung nur er kannte.

Crescens und Julianus. Und dann Nemesius. Und Primitivus. Und Justinus. Die unschuldig geopferten Söhne. Und –

Er betrachtete den rechten Winkel aus y-Achse und x-Achse, die er schon vor einer Stunde mit dem Lineal gezogen hatte. Die Millimeterstriche hatte er auch bereits eingezeichnet, ebenso das Wort *Lust*. Das andere – *Zeit* – fehlte noch, da war er durch Marionas Rückkehr unterbrochen worden. Jetzt musste er die einzelnen Stadien eintragen und nummerieren, dann die Position der winzigen Messer bestimmen.

Er schloss die Augen, bis er wieder vor dem Haus stand und klingelte, einfach auf irgendeinen der vielen Klingelknöpfe drückte. Er zitterte vor Kälte. Seine Nase lief. Seine Füße waren wie aus Eis. Der Türöffner schnarrte, ohne dass jemand gefragt hatte, wer da war oder was er wollte: Silvester, jeder war willkommen. Er nahm nicht den Fahrstuhl, sondern wieder die Treppe, genau wie bei Monique, bloß im Dunkeln.

Er verfehlte zwei Stufen, weil er so betrunken war. Im zweiten Stock drückte er auf den Lichtschalter und guckte nach den Schildern an den Türen. Sie hatten keine Namen über den Klingeln, sondern Nummern. Er klingelte bei Nummer 3, aber niemand öffnete. Er ging weiter und wollte es gerade bei Nummer 4 versuchen, als die Tür aufgemacht wurde und eine Frau in den Flur trat.

Er war so überrascht, dass er erst gar nicht wusste, was er sagen sollte. Im selben Moment erlosch das Minutenlicht wieder, und ein paar Sekunden lang konnte er nichts sehen. Er konnte die Frau nur atmen hören, das Rascheln, wenn sie sich bewegte. Er roch ihr Parfüm, süßlich und etwas fruchtig, dazu – ganz schwach – ein Geruch nach Muschi. »Willst du gerade gehen?«, fragte er.

»Ja«, antwortete sie schnell und wollte die Tür hinter sich zuziehen. Rasch drückte er auf den Knopf für das Licht, damit sie keine Angst kriegte.

»Kann ich bei dir vielleicht was zu trinken kriegen?« Mehr fiel ihm nicht ein, und als sie nicht sofort antwortete, dachte er schon, die Sache wäre gelaufen. »Nur einen Schluck Wasser, bitte. Wir könnten aufs neue Jahr anstoßen.«

Sie zögerte, schien unschlüssig.

»Können wir kurz reingehen?«

Da sagte sie: »Kommt drauf an, ob du noch was anderes willst. Ist Silvester, oder? Verstehst du doch.« Ihre Stimme klang auf einmal wie die von Mariona, wenn sie ihn um Geld anbettelte.

Er merkte, dass er leicht schwankte. »Ja, klar. Wenn ich dich jetzt so ansehe …« Wenn sie mich reinlässt, töte ich sie, dachte er; es ist ihre Entscheidung. Er hatte Mühe, sie richtig zu sehen. Sie drehte ihm den Rücken zu, ging zurück in ihre Wohnung und machte Licht. Er folgte ihr. Auf dem Boden hinter der Schwelle standen mehrere leere Flaschen, Cola und Sekt. Er nahm eine davon und schlug sie der Frau auf den Hinterkopf. Sie schrie, vor Überraschung und weil es bestimmt wehgetan hatte. Er stieß sie vorwärts, weiter in den Flur der Wohnung. Er schlug gleich noch einmal zu, dann drückte er die Tür mit der Schulter ins Schloss. Er wusste noch nicht, was er als Nächstes tun sollte, deswegen packte er die Frau von hinten und hielt sie mit beiden Armen fest.

Plötzlich roch sie nach Angst. Sie trat nach ihm, wehrte sich, aber er war zu betrunken, um geil zu werden. Trotzdem, trotzdem, als sie erkannte, dass sie gerade überfallen wurde, dass sie vielleicht sterben musste, schoss sein Erregungspegel auf gut 15 Grad, und das war erst der Anfang! Hastig malte er eines von den winzigen Messern, das erste, auf der Höhe von Millimeterstrich 15 vertikal und 5 horizontal, über dem Wort *Angst*.

Ein Laut hinter der Schlafzimmertür riss Robert abrupt aus der Erinnerung. Er lauschte angespannt, bereit, den Block und die Stifte samt Lineal verschwinden zu lassen. Der Laut wiederholte sich nicht. Mariona schlief weiter. Unwillig presste er die Lippen zusammen und versuchte, in die Silvesternacht zurückzukehren, in die Wohnung der Nutte, die plötzlich Mariona gewesen war. Die Mariona, die ihn in der Disco geschlagen hatte, nicht die, die nebenan auf dem Wasserbett schlief. Deswegen hatte er wieder die ganze Wut gespürt, die er auf einmal nicht mehr unter Kontrolle halten konnte.

Romy, das war ihr Name gewesen. So hatte sie versucht, ihn abzulenken, mit ihm zu reden, ich heiße Romy, wie die im Kino, in den französischen Filmen. Und er hatte nur gedacht: Ich will dir wehtun, ich will, dass du Schmerzen erleidest. Er hatte sie geschlagen und gestochen und sich an ihrem toten Körper gerieben –

Oder war das gar nicht bei ihr gewesen, hatte er das bei der Ersten gemacht, bei Monique? Er dachte an die Lust, die es ihm bereitet hatte, sich an dem noch warmen Körper zu reiben, und dann dachte er, dass er die beiden Frauen nicht durcheinanderbringen durfte, nur weil er sie beide umgebracht hatte. Dafür waren die Diagramme da, sie halfen ihm, sich genau zu erinnern, denn er hatte Angst, dass er irgendwann nicht mehr wusste, was wahr gewesen war und was er sich nur vorgestellt hatte. In seiner Fantasie war er viel weiter als in der Wirklichkeit.

Beim nächsten Mal stecke ich ein Foto aus der Wohnung ein, dachte er, als Souvenir. Ich muss sie nur gut verstecken, damit Mariona sie nicht findet. Oder ich nehme eine Kamera mit und fotografiere die Frau, wenn ich mit ihr fertig bin. Dann brauche ich nicht auf die Fotos in den Zeitungen zu warten. Das ist dann wie so ein Foto von den Jägern in Afrika, die mit einem Fuß auf einem toten Löwen stehen. Die Worte *beim nächsten Mal* gingen ihm jetzt ganz selbstverständlich durch den Kopf; er stolperte nicht mehr darüber.

Er wünschte nur, er müsste vorher nicht so viel trinken. Der Alkohol führte dazu, dass er vergaß, was er sich alles vorgenommen hatte, und teilweise sogar, was wirklich passiert war. Als wäre er kurz mal weg gewesen zwischendurch – wie eine Figur in einer Fernsehserie, die am Anfang einer Folge auftrat, dann verschwand und erst viel später wieder auftauchte, im Mittelteil der Folge oder irgendwann in der nächsten, deren Anfang sie verpasst haben musste.

Bei Romy gab es wegen dem ganzen Wodka richtige weiße Stellen – flackernde, pochend weiße Stellen. Eben hatte er die Nutte noch verdroschen, dann hatte er im Bad gestanden und gepinkelt, und irgendwann hatte er neben ihr gekniet und ihr mit dem Hammer den Schädel zertrümmert. Sie lag da und bewegte sich nur noch ganz langsam wie ein Insekt, das man schon halb zertreten hat. Und als er den Hammer hob, sah sie ihn an und war mal ganz nah und gleich darauf weit weg, nah und weg, nah und weg.

Manchmal gab es sogar mehrere Romys vor ihm, als schaute er auf einen zerbrochenen Spiegel, der in jeder Scherbe einen Teil von ihrem Gesicht zeigte. Er hatte den Hammer niedersausen lassen, immer wieder, und ganz am Ende war es wie in einer Disco gewesen, wenn das Licht zu flackern begann und die Bewegungen in erstarrte Momente zerfielen, als fehlten einige Bilder bei einem Film. Die im Dunkeln gebliebenen Sekunden musste man sich dazudenken; die verlorenen Schnipsel von einem Mord.

Teelichter-Momente. Erhellend.

Jetzt saß er in der Küche und rekonstruierte den Rest: Sein Hemd war voller Blut gewesen, die Hose auch, sogar die Schuhe hatten was abgekriegt. Die Schuhe waren kein Problem gewesen, und über das Hemd hatte er die Schimanski-Jacke gezogen. Die Hose hatte er im Waschbecken von Romys Bad ausgewaschen und danach mit dem Föhn notdürftig getrocknet. Alles war zwar nicht rausgegangen, aber der Rest hätte auch was anderes sein können als Blut, das ging dann schon so.

Die Wut war da schon weg gewesen, von Erleichterung hatte er allerdings nichts gespürt. Am Ende hatte er auf die Uhr geguckt und festgestellt, dass nicht viel mehr als eine halbe Stunde vergangen war, alles in allem. Ich wünsch dir ein schönes neues Jahr, hatte er gedacht, an niemand Besonderen gerichtet. Er war schon aus der Tür gewesen, da fiel ihm ein, dass er der Romy noch gar nichts in die Muschi gesteckt hatte, und er kehrte noch einmal um und nahm das Brotmesser, ihre Beine waren ja noch gespreizt.

Mariona gähnte im Schlaf. Vielleicht sollte er sie aufwecken und ihr zeigen, woran er arbeitete. Hier, das ist ein Koordinatensystem für ermordete Nutten; schau, die x-Achse für den zeitlichen Ablauf und da, die y-Achse für die prozentuale Fantasieumsetzung. Das ist der zweite Mord, Silvester, nachdem du mir den Verlobungsring vor die Füße geschmissen hattest, und das ist der erste, der vor Weihnachten. Guck mal, am Anfang liegen die kleinen Messer auf beiden Achsen nah beieinander, also weit unten. Aber hier, als ich der Romy mit dem Küchenmesser in die Kehle gestochen habe und ihr die Brustwarzen abschneiden wollte, guck mal, was wir da für einen hohen Wert haben, fast 65 Prozent Fantasieerfüllung, was sagst du dazu? Beinahe so viel wie bei Monique und dem Telefonhörer.

Robert betrachtete die tanzenden Messer auf der Skala im Schein der Küchenlampe. Es war nur ein Diagramm, mehr nicht. Niemand konnte damit etwas anfangen außer ihm. Er schrieb *Romy* oben auf das Blatt, dann klappte er den Block zu und legte ihn wieder auf den Schrank. Wenn sie den finden wollte, musste Mariona schon auf einen Stuhl steigen. Sobald sie weg ist, tu ich das Zeug in meinen Koffer, dachte er.

Er schaltete das Licht aus und ging ins Bad, um sich auszuziehen, bevor er ebenfalls zu Bett ging. Mariona mochte es nicht, wenn er das erst im Schlafzimmer machte.

18

Larsen

Die Tür von Romy Jägers Apartment war abgeschlossen und versiegelt. Die Reste von Rußpulver überall auf dem abblätternden Anstrich von Türblatt und Rahmen zeigten, dass die Spurensicherung sich intensiv mit der Suche nach Fingerabdrücken beschäftigt hatte. Die beiden über Türspalt und Schloss geklebten Siegel waren unversehrt.

Larsen öffnete die Tür gerade in dem Moment, als das Minutenlicht im Treppenhaus erlosch. Eine Tür, die geöffnet wird, dachte er; Licht, das erlischt. Ein Leben, das flackert, das ausgeblasen wird. Ein Mann, der sich in einen Schatten verwandelt.

Nach kurzem Zögern trat er über die Schwelle. Er schloss die Tür hinter sich und blieb einen Moment lang im Dunkeln stehen, bis die von der Straße hereinfallende Helligkeit ausreichte, um Wände, Türen und Möbel mit Konturen zu versehen. Dann ging er durch den kurzen Korridor in Romys Arbeitsraum, nicht ganz so leise wie eine Katze, aber genauso sicher. Ohne Licht zu machen, trat er ans Fenster und sah hinunter auf die kaum belebte Straße. Hatte Romy Jäger manchmal hier am Fenster gestanden und hinausgesehen, wenn sie auf einen Kunden wartete? Oder hatte sie hier gestanden und sich gefragt, was passiert war; wann in ihrem Leben sie der Abzweigung gefolgt war, die sie an diesen Ort hier gebracht hatte?

Larsen wandte sich ab, holte den Notizblock aus der Tasche seines Dufflecoats und setzte sich auf die Couch vor der Heizung. Die abgewetzte Aktentasche, die er in der anderen Hand getragen hatte, stellte er auf dem Boden ab. Die Heizung lief nicht, deswegen behielt er den Mantel an. Er schloss die Augen, nur kurz, während er in Gedanken den Silvesterabend zu rekonstruieren versuchte. Den Abend und die Nacht, in der Romy getötet worden war. Es bedurfte keiner großen Anstrengung, sie vor sich auf dem Boden liegen zu sehen, wie er sie gefunden hatte, aber jetzt versuchte er mehr, eine Art Zaubertrick, nämlich im Körper der Toten die lebende Romy zu finden und sie dazu zu bringen, dass sie aufstand und wieder zu leben begann.

Er wollte sie beobachten, sehen, was sie tat, wohin sie ihn führte – vielleicht fand er so den Grund, weshalb sie getötet worden war. Er stellte sich vor, wie es zur Tatzeit in der Wohnung, im Treppenhaus und auf der Straße zugegangen war: das Krachen und Knallen von Feuerwerkskörpern, der flackernde Widerschein bunter Explosionen am Himmel, Lachen und Geschrei unten auf dem Trottoir, laute Musik in einigen der anderen Wohnungen.

Wenn sie geschrien hat, konnte niemand sie hören.

Der metallische Geruch von getrocknetem Blut und Verwesung hatte seit dem Abtransport der Leiche noch zugenommen; er hing überall in der Wohnung – so intensiv, dass Larsen ihn spürte, ohne ihn wirklich zu riechen. Nach ein paar Sekunden suchte und fand er den Lichtschalter der Stehlampe neben der Couch, öffnete die Aktentasche und holte die Tatortfotos heraus, die ihm die Spurensicherung geschickt hatte. Monique Wilhelm und Romy Jäger. Jetzt war es wichtig, das Leiden der Opfer in den Hintergrund zu drängen und sich auf die Sachinformationen zu konzentrieren, die ihm die Bilder und die Spuren des verwaisten Tatorts gaben.

Wer außer dem Opfer war noch hier gewesen? Was hatte diese Person hierhergeführt? Welche Bedürfnisse?

Larsen mochte diesen Moment: die Nähe zum Täter und zu seiner Tat, wenn Einzelheiten, kleine Details sich allmählich zu einem plastischen Abbild des Geschehens formten. Wenn er in Gedanken mit dem Tatort verschmolz, bis alles, was er sah, ihm nach und nach das Rätsel des Geschehenen anvertraute. Er breitete die farbigen Bilder des Todes vor sich auf dem Boden aus, veränderte dann die Reihenfolge, schob einzelne Fotos hin und her. Verglich die Positionen der beiden toten Körper und die Verletzungen.

Dann zog er mit einem Bleistift mehrere waagerechte Striche auf dem obersten Blatt seines Blocks, die er durch weitere Längsstriche in eine Tabelle verwandelte. In die oberste Reihe der linken Spalte schrieb er *Parameter*, in die beiden folgenden die Namen von Monika Wilhelms und Romy Jäger. Für eine erste Einschätzung – sind die Taten von einer Einzelperson, also einem möglichen Serienmörder begangen worden, oder von zwei verschiedenen Tätern, die zufälligerweise in kurzem zeitlichem Abstand Prostituierte in ihren Studios ermordet haben? – benötigte er nur wenige Merkmale. Nach kurzem Überlegen entschied er sich für die Begriffe *Situative Faktoren, Tatvorbereitung, Kontrollaufnahme, Kontrollgewinnung, Tötung, Modus Operandi, Personifizierung, Sexuelle Handlungen* und endlich *Nachtatverhalten*, die er untereinander in die Felder der linken Spalte eintrug.

Zweifelsfrei fest stand: Beide Opfer waren in ihren Apartments der Prostitution nachgegangen. Für den Täter waren sie somit leichte Beute, weil sie ihm vermutlich ohne Zögern die Tür geöffnet hatten. Beide Male hatte er die Frauen überraschend angegriffen: Auf Monique hatte er sofort mit einem eigens mitgebrachten Messer eingestochen, Romy zunächst mit einer vorgefundenen Sektflasche niedergeschlagen (Waffe der Gelegenheit), ehe er auch sie mit zahllosen Messerstichen tötete (Tatwaffe ebenfalls vorgefunden). Beide Opfer hatten sich heftig gewehrt, wie die multiplen Stich- und Schnittverletzungen an ihren Oberarmen und Händen verrieten.

Diese Erkenntnisse trug Larsen in der Tabelle unter dem Namen des jeweiligen Opfers ein. Anschließend legte er den Block zur Seite, hob die Fotos mit den vergrößerten Gesichtern der Toten auf und holte eine Lupe aus der Aktentasche, um sie genau zu betrachten. Danach studierte er auch die Fotos der anderen Verletzungen sowie einzelne Gegenstände, die neben den Toten gelegen hatten, sorgfältig. Auf dem nächsten Blatt des Blocks notierte er:

+heftige Schläge und Stiche ins Gesicht beider Frauen
+multiple Schläge auf den Kopf von Romy Jäger
+Versuch der Enthauptung: Monique klaffende Halswunden, Romy oberflächliche Schnitte
+Würgemale
+Kleidung am Oberkörper zerschnitten bzw. hochgeschoben (Romy)
+BH vorn am Körbchen zerschnitten, Brüste frei
+zahlreiche Herzstiche

Die beiden zerschnittenen Büstenhalter waren auffällig. Larsen nahm noch einmal die Fotos zur Hand und unterzog die Stichverletzungen im Brustbereich der Opfer einer erneuten Untersuchung mit der Lupe. Keiner der Stiche schien die BHs beschädigt zu haben, offenbar hatte der Täter bewusst darauf geachtet, dass sie intakt blieben. Larsen hatte keinen Zweifel daran, dass dieser Umstand dem Mörder wichtig war. Aber er hatte noch mehr getan: Irgendwann während seiner Anwesenheit hatte er die Leichen mit Objekten aus der Wohnung in Zusammenhang gebracht, beinahe gezeichnet – bei Monique den Dildo und das Telefon, bei Romy die Teelichter. Und last but not least war da noch das Heiligenbild dieser Märtyrerin. Falls es dem Täter gehörte – hatte er es bewusst bei Monique zurückgelassen oder verloren? Wenn er es absichtlich in ihrem Studio zurückgelassen hatte, was wollte er dann damit zum Ausdruck bringen? Und warum gab es nichts dergleichen bei Romy Jäger?

Larsen verstaute Lupe und Fotos wieder in der Tasche, hielt Block und Stift aber noch griffbereit. Er überlegte, was dem Täter als Grundlage für seine Entscheidungen gedient haben mochte und was das über seine Fantasieentwicklung aussagte. Waren die Taten von langer Hand geplant worden, oder hatten sie sich spontan ergeben, aus einer unvorhergesehenen Stresssituation, die ihn überfordert haben musste. Er vermutete Letzteres, denn ein Mörder, der seine Taten en detail plante, konnte sich nicht darauf verlassen, dass er alles, was er zur Umsetzung seiner Fantasien benötigte, am Tatort vorfinden würde. Aber, dachte Larsen, die Bereitschaft zu diesen Morden war latent in ihm vorhanden wie die glühende Lava in einem noch tätigen Vulkan, der jederzeit wieder ausbrechen konnte; es bedurfte nur einer weiteren Erschütterung.

19

Am Vormittag des Tages, an dem Larsen den schriftlichen Bericht der Rechtsmedizin erhielt, rief Kristin an und sagte: »Vielleicht kannst du heute etwas früher kommen und mir mit dem Schnee in der Einfahrt helfen. Da sind ein paar dicke Eisbrocken, mit denen werde ich einfach nicht fertig.«

Im selben Moment stieß Olaf Sundermann die Tür zu seinem Büro auf, ohne anzuklopfen, und sagte: »Ich habe gerade einen Anruf von einem der Türsteher im Rasputin gekriegt, der Silvester kurz nach Mitternacht was gesehen hat, das für uns interessant sein könnte.«

Hinter ihm tauchte Mareike auf und sagte: »Die Pressestelle will wissen, ob wir für Radio Bremen kurz unsere Fortschritte bei der Suche nach dem Mörder von Monika Wilhelms und Romy Jäger zusammenfassen können.«

Larsen sagte: »Moment, einer nach dem anderen.« Er hob den Hörer des Telefons und bewegte ihn in der Luft hin und her, um die beiden zum Schweigen zu bringen. Dann wandte er sich wieder an seine Frau. »Ich kann dir noch nicht sagen, wann ich komme. Es hängt davon ab, wie weit wir heute in dem neuen Fall kommen.«

»Okay, gut«, sagte Kristin beiläufig. »Ach, übrigens: Ich glaube, ich habe da was über deine Heilige gefunden.«

»Ich rufe dich zurück.« Larsen legte auf und sah seine beiden Besucher an. »Machen wir denn Fortschritte?«

Jetzt schwiegen beide, Mareike und Sundermann; jeder sah den anderen an. »Ich kümmere mich um die Pressestelle«, sagte Larsen, den Radio Bremen nur interessierte, wenn er Musik hören wollte. »Was ist mit dem Türsteher vom Rasputin?«

»Also, Iwan der Schreckliche ist in der Neujahrsnacht eben mal rausgegangen, um frische Luft zu schnappen, und da hat ihn eine der Prostituierten aus dem Nachbarhaus angesprochen –«

»Heißt der wirklich so?«, unterbrach Mareike Sundermann.

»Nein, eigentlich heißt er Radu und kommt aus Rumänien. Aber im Dienst trägt er eine Jacke mit der Aufschrift Rasputin.«

»Also, was erzählt dein Informant?«, fragte Larsen, jetzt in Gedanken allerdings bei dem Votivbild und der darauf abgebildeten Frau. Nachdem bei Romy Jäger kein solches Bild gefunden worden war, hatte er ihm nur noch einen Platz weiter hinten in der Reihe seiner Überlegungen überlassen. Lediglich als Fallanalytiker sah er darin eine Spur, die vielleicht doch wieder zum selben Täter führen konnte: Die Personifizierungen in der Ausführung beider Morde wiesen, je länger er darüber nachdachte, den Weg in einen Dschungel, auf dessen verschlungenen Pfaden die beiden scheinbar verschiedenen Mörder wieder zu einem wurden.

Der andere Gedanke war, dass es sich offenbar nicht um ein richtiges Votivbild handelte, wie man es in Kirchengebetbüchern fand. Vielmehr wirkte es, als wäre es aus einem Bildband ausgeschnitten worden, wie Kristin sagte, und jemand hatte es dann auf dünne Pappe geklebt und mit Klarsichtfolie überzogen, um es vor Abnutzung zu schützen. Wenn es dem Täter gehört hatte, musste es eine besondere Bedeutung für ihn haben, wie eine Reliquie für einen tiefgläubigen Christen.

»Iwan erzählt, dass ein paar Mädchen ohne Luden ihn gefragt haben, ob er für sie hin und wieder den Bodyguard spielt«, antwortete Sundermann, »Kunden checken, in der Nähe bleiben, während sie mit dem Freier zugange sind, und so weiter, gegen Prozente natürlich. Und die Loddel denken darüber nach, eine Art Bürgerwehr zu gründen – Patrouille fahren nach Anbruch der Dunkelheit, verstärkte Präsenz im Kiez zeigen, eine Notrufzentrale einrichten. Weil die Bullen – also wir – ja wohl nicht in der Lage seien, anständige Steuerzahler zu beschützen.«

»Stimmt ja auch«, sagte Mareike.

»Stimmt nicht«, widersprach Larsen, »oder nur zum Teil. Wir können jedenfalls nicht zulassen, dass die Zuhälter Polizeiaufgaben wahrnehmen, und ich möchte auch nicht, dass die Mädchen sich noch weniger sicher fühlen, als das sowieso schon der Fall ist. Wir müssen mehr Leute einsetzen, oder effizienter, an den Brennpunkten, da, wo der oder die Täter bisher zugeschlagen haben oder wieder zuschlagen könnten. Der Presse werde ich sagen, dass wir eine vielversprechende Spur haben.« Er schwieg kurz und ignorierte die zweifelnden Mienen, die beide sehen ließen, in unterschiedlich starker Ausprägung allerdings. »Hat Radu sonst noch was gesagt? Hat er in der Mordnacht was gesehen, außer Besoffenen, die sich gegenseitig mit Böllern und Knallfröschen beworfen haben?«

»Einen Wagen«, sagte Sundermann.

»Was für einen Wagen?«

»Einen Kleinwagen, der nach Mitternacht mehrmals am Rasputin vorbeigefahren ist – als hielte der Fahrer nach etwas oder jemand Ausschau.«

»Fabrikat? Farbe? Kennzeichen?«

»Ford, Opel, Renault keine Ahnung … Für Typen wie Radu sehen Kleinwagen alle gleich aus. Die können dir jeden Mercedes, Porsche oder BMW bis ins kleinste Radkappendetail beschreiben, aber unter einer bestimmten PS-Zahl gucken sie gar nicht hin. Klein, beige, hellgrau, blassgelb oder gestreift, so was in der Art. Das Kennzeichen war mit Schnee verklebt. Nur dass der Fahrer viel zu groß für so ein kleines Fahrzeug schien, das ist ihm noch aufgefallen. Wie ein Tiger in einem Katzenkäfig.«

Larsen beugte sich vor und griff nach der Mappe mit den abgetippten Zeugenaussagen im Fall Monika Wilhelms neben dem PC auf seinem Schreibtisch. »Hat das nicht auch einer der Zeugen gesagt – dass der Mann, dem er im Treppenhaus begegnet ist, sehr groß war?«

»Ja«, bestätigte Mareike.

Ein Ton, der aus seinem PC drang, sagte Larsen, dass er eine Nachricht bekommen hatte. Er klickte den Mail Account an und sah den Absender der Rechtsmedizin. Er klickte zweimal, um die Post zu öffnen, den Obduktionsbericht von Dr. Berling. »Olaf, nimm dir Iwan den Schrecklichen noch mal vor«, sagte er. »Ich will alles über diesen Kleinwagen und den Fahrer wissen. Und hör dich mal um, ob der sonst noch jemand aufgefallen ist. Mareike, du klapperst die Berbenstraße ab – vielleicht hat da auch jemand einen Kleinwagen mit heller Lackierung gesehen.«

Danach las er Berlings Bericht, der ausführlicher wiederholte, was der Gerichtsarzt schon im Verlauf der Obduktion festgestellt hatte. Mitten in der Lektüre rief die Zentrale an und teilte Larsen mit, dass jemand vom FBI versucht hatte, ihn zu erreichen. Er bedankte sich und wählte die Nummer von Steve Meyers in Quantico. Während er dem Knistern in der transatlantischen Leitung lauschte, musste er unwillkürlich lächeln, weil seine Gedanken zu den Monaten in den USA abschweiften, als seine Freundschaft mit Steve ihren Anfang genommen hatte.

Sie hatten schnell einen Draht zueinander gefunden: Sie dachten ähnlich und hatten denselben Humor. In den Sommerferien hatte Meyers Larsen eingeladen, eine gemeinsame John-Wayne-Gedächtnistour zu unternehmen. Mit dem Wagen waren sie von Virginia nach New Mexico gefahren, inklusive einem Ausflug nach Arizona, zum Monument Valley, mitten hinein in das atemberaubende Cinemascope-Panorama, die Landschaft von *Stagecoach*, *Red River* und *Der schwarze Falke*.

»*Federal Bureau of Investigation, how can I help you?*«, riss ihn eine weibliche Stimme aus seinen Erinnerungen.

»*Hello, I'm Kiefer Larsen, calling from Germany. I would like to speak to Steve – Steve Meyers.*«

»*I'm sorry, Dr. Meyers is not in*«, sagte die Frau nach einigen Sekunden, und dann fragte sie, ob jemand anderer ihm vielleicht weiterhelfen könnte. Doch damit war ihm nicht gedient, deswegen bedankte sich Larsen und legte auf. Er wählte Steves Privatnummer, erreichte allerdings nur den Anrufbeantworter; vielleicht waren die Meyers ja in Aspen beim Skifahren. Larsen hinterließ auf dem Band einen Neujahrsgruß, dann schaltete er seinen Computer aus, stellte das Telefon auf die Zentrale um und verließ sein Büro. Draußen war es bereits dunkel. Die feuchte Kälte fuhr ihm sofort unter den Dufflecoat. Er ging ein paar Schritte, vorbei an den beleuchteten Bremer Stadtmusikanten, und nahm dann die Straßenbahn.

Zu Hause stellte er fest, dass seine tapfere, fleißige Frau allein mit den Schneemassen in der Einfahrt fertiggeworden war. Ein paar Eisbrocken türmten sich wie Riesenkristalle neben dem Garagentor. Larsen ging zur Hintertür, wo in der Küche seine Hausschuhe warteten, und nachdem er Mantel, Schal und Handschuhe abgelegt hatte, fand er Kristin im Wohnzimmer, wo sie im Licht der Stehlampe auf der Couch saß. Auf ihren Knien ruhte ein dickes Buch. »Die Frau auf deinem Bild war eine Heilige und wurde hingerichtet, von Kaiser Hadrian«, sagte sie, ohne sich mit einer Begrüßung aufzuhalten.

»Warum? Wann?«

»Im Jahr 120 nach Christus. Hier ist ein anderes Bild von ihr.« Sie hielt ihm das aufgeschlagene Buch hin. Er nahm es und ging damit zum Schreibtisch mit der starken Lampe. Das Bild nahm fast ein Drittel der Seite ein und zeigte eine schöne, schlanke Frau mit langen dunklen Haaren. Die Frau war umgeben von sieben Jungen verschiedener Größe, alle in schwarzen Gewändern bis auf einen, der vor ihr stand und einen weißen Umhang trug, nicht unähnlich dem eines Messdieners. Sie sah anders aus als auf dem Bild, das Larsen in Moniques Apartment gefunden hatte, aber die Ähnlichkeit war eindeutig. Darunter fand sich eine Beschreibung auf Italienisch, die Larsen nicht verstand. »Kannst du mir das übersetzen?«, bat er.

Er gab Kristin das Buch zurück und setzte sich zu ihr. »Das Bild zeigt die heilige Symphorosa und ihre sieben Söhne«, erklärte sie. »Angeblich – das ist aber alles eher eine Legende – war sie die Witwe eines anderen Heiligen namens Getulius. Von dem hatte sie die sieben Söhne hier. Kaiser Hadrian hatte in Tivoli bei Rom einen Tempel bauen lassen, der dem heidnischen Götzen Herkules geweiht werden sollte, und Symphorosa sollte diesem Götzen das erste Opfer bringen. Sie weigerte sich allerdings, worauf Hadrian erklärte, dass er sie dann selbst opfern werde, und zwar mitsamt ihren Söhnen. Offenbar ein Vorschlag seiner heidnischen Priester. Symphorosa ließ sich davon allerdings nicht einschüchtern, stattdessen dankte sie dem Kaiser für das – ich zitiere – ›große Glück, zusammen mit meinen Söhnen zu Gottes Ruhm und Ehre als Schlachtopfer dargebracht zu werden‹. Daraufhin zerschnitten Hadrians Schergen der jungen Frau das Gesicht, rissen ihr die Haare aus, banden ihr einen großen Stein auf den Bauch und warfen sie in den Fluss. Ich nehme an, damit ist der Tiber gemeint. Die Söhne wurden am nächsten Tag an Pfähle gefesselt und gefoltert, bevor man sie ebenfalls tötete.« Sie sah auf. »Willst du ihre Namen wissen?«

»Was Symphorosa bedeutet, würde mich mehr interessieren.«

»Anscheinend kommt der Name aus dem Griechischen und bedeutet: die Zusammen-Weggerissene.«

»*Die Zusammen-Weggerissene*«, wiederholte Larsen halblaut, nicht ohne Verwunderung. »Woher hast du das Buch?«

»Aus der Bibliothek des Kunsthistorischen Instituts.«

Eine Märtyrerin, der das Gesicht zerschnitten wurde, dachte Larsen; sieben Söhne, an Pfähle gefesselt und gefoltert. Gab es noch weitere weibliche Heilige, die gefoltert und hingerichtet worden waren, vielleicht als Hexen? War der Täter ein religiöser Fanatiker, der es sich zum Ziel gesetzt hatte, getötete Heilige zu rächen? Ging es in erster Linie gar nicht um die Frau, sondern um ihre Peiniger? Wollte er strafen statt rächen? Immer vorausgesetzt, das Bild gehörte überhaupt ihm und nicht Monika Wilhelms, die es aus ganz anderen Gründen besessen und mit sich herumgetragen hatte.

Larsen dachte an Romy Jäger auf dem Obduktionstisch und seine eigenen Worte: gepfählt, gekreuzigt … Bei Monika Wilhelms fehlte allerdings das Kreuzigungsmotiv. Darüber muss ich noch nachdenken, aber nicht jetzt, nicht hier in dem Haus, in dem ich mit Kristin lebe – Kontaminationsgefahr für Herz und Seele. Stattdessen sagte er: »Ach, übrigens – schöne Grüße von Doktor Berling! Er hat vorgeschlagen, wir sollten doch mal einen Campingausflug in seinem neuen Caravan unternehmen, zum Angeln oder so – seine Frau, er, du und ich.«

»Wir waren noch nie mit ihm angeln«, sagte Kristin. »Schon gar nicht im Winter. Will er zum Eisfischen gehen? Wann hast du ihn denn gesehen?«

»Vorgestern, bei der Obduktion von Romy Jäger.« Larsen schmunzelte. »Im Foyer bin ich einem neuen Kollegen von der Spurensicherung begegnet, der da war, um die Kleidung des Opfers abzuholen. Er war ganz grün im Gesicht, wie Kermit, der Frosch. Da ist mir wieder eingefallen, wie ich damals als junger Polizist zum ersten Mal selbst mit der Pathologie zu tun hatte.«

»Davon hast du mir nie erzählt.« Kristin legte das Buch auf den Couchtisch und erhob sich. »Möchtest du ein Glas Wein?«

Er nickte und sah ihr nach, wie sie in die Küche ging, um eine

Flasche Bordeaux und zwei Gläser zu holen. Er wartete, bis sie zurückkam und einschenkte, bevor er zu erzählen begann: »Als kleiner Junge bin ich manchmal mit meiner Mutter in der Straßenbahn an dem Gebäude des Rechtsmedizinischen Instituts vorbeigefahren. Einmal habe ich sie gefragt, warum das Haus so hohe Mauern hat, und darauf hat sie geantwortet: ›Dahinter liegen tote Menschen.‹ Ich hatte damals noch nie einen Toten gesehen, denn bei uns in der Familie war noch keiner gestorben. Trotzdem prägten die Worte sich mir ein, vielleicht weil die Stimme meiner Mutter anders klang als sonst, ehrfürchtiger. Und immer wenn ich danach an dem Areal vorbeifuhr, dachte ich an die *toten Menschen*.«

Er schnupperte am Wein und trank einen Schluck. »Gut«, verkündete er, womit er sowohl den Bordeaux meinte als auch seine Absicht, mit seinem Bericht fortzufahren. »Jahre später, als junger Polizeibeamter, musste ich zum ersten Mal dienstlich in die Leichenhalle, zu den toten Menschen. So wie der Anfänger von der Spurensicherung vorgestern. Ich war noch in der Ausbildung und hatte Nachtdienst im Revier gleich um die Ecke, als das Telefon klingelte und die Kollegen von der Verkehrsbereitschaft anriefen: Ein Mann war bei einem Verkehrsunfall ums Leben gekommen, und ein Angestellter des Beerdigungsinstituts sollte die Leiche im sogenannten Polizeiraum in einem Kühlfach einschließen. Es gab aber bei der uniformierten Polizei bloß einen einzigen Schlüssel für diesen Raum, und deswegen musste immer einer von den diensthabenden Beamten rüber zur Pathologie fahren, um aufzuschließen. Die Wahl des Wachhabenden fiel damals auf mich.«

Larsen trank wieder einen Schluck. »Der ist gut … Jedenfalls: Es war Winter, eine dunkle, regnerische Nacht. In einem Film hätte es wahrscheinlich noch geblitzt und gedonnert, düstere Musik, die Mauern unheilvoll aufragend und davor schon die wartenden Autos – Leichenwagen, Polizeifahrzeuge …«

»Du verlierst nicht zufällig gerade den Faden?«, erkundigte sich Kristin.

»Was? Nein, nein … Ach so, du wartest auf eine Pointe – es gibt keine. Ich musste nur an die Worte meiner Mutter denken: ›Dahinter liegen tote Menschen.‹ Bis dato hatte ich natürlich einige gesehen. Aber ich hatte immer noch Respekt vor dem Tod und fürchtete mich sogar ein bisschen davor, reinzugehen und die Leichenhalle aufzuschließen.« Er lachte leise. »Trotzdem bin ich natürlich tapfer hineinmarschiert – ins Reich der Toten.«

Kristin lachte nicht. Sie sah ihn über den Rand ihres noch fast vollen Weinglases an, und ihr Blick war sphinxenhaft, so unergründlich, wie nur seine Frau ihn ansehen konnte. Bist du je wieder zurückgekehrt?, fragten ihre Augen.

20

Larsen klatschte in die Hände wie ein Familienvater, der seine Kinder zur Ordnung rufen will. »Morgen, Leute, aufwachen! Haben wir inzwischen eine Reaktion auf die Phantomzeichnung?!«

»John Wayne«, murmelte Olaf Sundermann unausgeschlafen. »Der war doch eben noch auf dem Plakat da oben … Was hast du mit unserem Chef gemacht, Big John?«

»Lustig«, sagte Larsen und ging zur Kaffeemaschine, die bereits die zweite Kanne zum Brodeln brachte, denn er war schon kurz nach Tagesanbruch im Büro gewesen, ein leuchtendes Beispiel für sein Team, das – ausgenommen KOK Lenz, der Ende der Woche aus dem Skiurlaub zurückkehren sollte – erst kurz vor zehn im Büro erschienen war. »Wenn ihr wollt, dass ich die Fälle allein löse, müsst ihr auch den Staub meiner Hufe fressen.«

»Hauptkommissar Larsen im Land der wilden Metaphern«, kommentierte Mareike und wölbte die Augenbrauen zu zwei kleinen Bögen, was auch immer die bedeuten sollten. »Sie haben gesagt, zehn, und wir sind da, oder nicht?«

»Ich habe gesagt, *halb* zehn.« Larsen kehrte der Maschine den Rücken zu und strahlte seine Mitarbeiter an. »Damit euch das klar ist: Es gibt vielleicht ein Leben nach dem Tod, vielleicht auch nicht, aber wenn dieser Tod gewaltsam war und es sich um einen Mord handelt, dessen Aufklärung ich leite, gibt es für die Angehörigen meiner Mordkommission weder ein Leben davor noch eins danach, das irgendeinem anderen Zweck dient als der Aufklärung dieses Todes.«

»Außer beim Skifahren.«

»Ich habe Lenz eine Nachricht in seinem Hotel hinterlassen«, erklärte Larsen. »Was ist also mit der Phantomzeichnung?«

»Nichts«, antwortete Mareike. »Niemand hat den Typ gesehen, falls er wirklich so aussieht – keine von Moniques Kolleginnen, auch niemand in den Szenelokalen.«

»Haben die Mädchen überhaupt irgendwas gesehen?«

»Keine von denen, mit denen ich gesprochen habe«, sagte Mareike. »Ich habe nur gespürt, dass sie es langsam mit der Angst zu tun kriegen. Keine will das nächste Opfer sein. Außerdem ist es ja trotzdem möglich, dass es sich bei dem Mann auf dem Bild nur um jemand handelt, der zufällig zur Tatzeit in dem Haus war.«

»Oder dass er nur bei Monique als Täter infrage kommt«, warf Sundermann ein, »während Romy von jemand anderem getötet wurde. Wäre zwar ein wahnsinniger Zufall, aber …«

Larsen nickte. »Möglich ist alles, auch zwei Männer, die kurz nacheinander zwei Prostituierte in ihren Studios ermorden. Wir brauchen den Phantommann trotzdem in jedem Fall als Zeugen. Und wie weit sind wir mit den Telefonverbindungen der Mädchen?«

»Wir sind gerade dabei, Monique Wilhelms Verbindungen zu überprüfen; auf die von Romy Jäger warten wir noch.« Mareike deutete auf den Kalender an der Wand. »Die Feiertage …«

»Wenn ihr die Unterlagen von der Telefongesellschaft habt, kümmert ihr euch erst mal um die Personen, die am Tattag selbst angerufen haben, dann um die aus den Tagen davor, und guckt, ob eine Nummer mehrmals auftaucht. Überprüft vor allem die Anschlüsse, die auf männliche Teilnehmer angemeldet sind.« Larsen überlegte kurz. »Es ist allerdings wahrscheinlich, dass die Anrufe von einer Telefonzelle aus erfolgt sind. Im Fall Romy Jäger handelt es sich vermutlich eher um einen Kunden ohne Voranmeldung, jemand, der voller Wut war und dessen Fantasien verrücktspielten, nachdem ihm der Alkohol zu Kopf gestiegen war.«

Er schenkte sich eine weitere Tasse Kaffee ein und nahm sie mit zu seinem Schreibtisch. »Die DNA-Untersuchungen lassen auch noch auf sich warten«, sagte er missbilligend, denn er brannte darauf zu erfahren, ob die Blutspuren, die am Tatort gesichert worden waren, ausschließlich vom Opfer stammten oder ob sich der Täter mit dem Messer auch selbst verletzt hatte. Von Weihnachten über Silvester und Neujahr bis Heilig-Drei-Könige arbeitete die halbe Welt nur mit angezogener Handbremse. »Ach ja, habt ihr schon das Alibi von Monika Wilhelms' Mann überprüft?«

»Haben wir«, bestätigte Mareike. »Es steht. Er kann's nicht gewesen sein. Das von Sami M nehme ich mir heute und morgen vor, aber mein Gefühl sagt mir, dass wir den auch ausschließen können.«

Larsen widerstand dem Impuls, erneut zu nicken. »Gut«, murmelte er. Dann fiel ihm noch etwas ein: »Der Kleinwagen, den Iwan der Schreckliche vor der Disco gesehen hat, was ist mit dem?«

Sundermann schüttelte nur bedauernd den Kopf. »Auch nichts Neues. Ist nicht wieder aufgetaucht.«

»Und er weiß immer noch nicht, um was für ein Modell es sich handelt? Die Erinnerung ist nicht zurückgekehrt?«

»Na ja, es war Nacht.« Sundermann zuckte mit den Schultern. »Auf der Straße herrschte noch reges Leben, wie es so schön heißt …«

»Das Leben vor dem Tod«, ergänzte Mareike.

Larsen stellte die Tasse eine Spur zu heftig neben dem Telefon ab. »Dann schnapp dir diesen Radu und klappere mit ihm alle Autohändler und Gebrauchtwagenabstellplätze ab, vielleicht erkennt er das Modell irgendwo wieder.«

»Das wird ihn nicht begeistern.«

»Ich sage euch mal, was mich nicht begeistert, zum Beispiel, dass die Luden eine eigene Bürgerwehr auf die Beine stellen wollen, um ihre Mädchen zu schützen, das kann nämlich ziemlich schnell zu Lynchjustiz ausarten.« Larsens Blick schweifte über die Poster an den Wänden. Wieso hatte er eigentlich nirgendwo das Plakat von

The Hanging Tree gekriegt, diesem großartigen Western, in dem der Mob am Ende Gary Cooper an einem Galgenbaum aufknüpfen wollte? »Vor einigen Jahren hatten wir mal so einen Fall, als am Hafenstrich eine junge Prostituierte ermordet wurde. Auch da dachten die Loddel, sie müssten selbst für Recht und Ordnung sorgen – mit dem Ergebnis, dass mehrere junge Männer, die sich im Revier der Toten herumtrieben, im Rahmen des Selbsthilfeprogramms der Szene fast ins Grab geprügelt wurden. Erst als wir den echten Täter fanden und beweisen konnten, dass es sich um eine Beziehungstat handelte, kehrte wieder Ruhe ein. Natürlich können wir nicht verhindern, dass sich so was wiederholt, aber wir dürfen das Gewaltmonopol auch nicht aus der Hand geben. Deswegen habe ich mir überlegt, dass wir den Frauen Schutz anbieten sollten –«

»Haben Sie eine Ahnung, wie viele Frauen in Bremen auf den Strich gehen?«, fragte Mareike.

»Ja, ungefähr 1000«, antwortete Larsen. »Aber die meisten davon interessieren uns hier nicht, weil sie auf der Straße anschaffen oder sowieso komplett illegal unterwegs sind, zum Beispiel im Steinortviertel oder rund ums H-Corner. Monique und Romy sind aber in ihren Studios getötet worden, und mein Gefühl sagt mir, dass der Täter, sollte er weitere Morde planen, bei diesem Vorgehen bleiben wird. Das reduziert die Zahl der möglichen Opfer auf etwa 250, denn genau so viele Apartments sind bei uns als Studios und Modelwohnungen ausgewiesen. Wir müssen nur jeder Frau in ihrem Apartment einen Bewacher an die Seite stellen –«

»Sie wollen auf Ihr Gefühl hin 250 Beamte abstellen, die rund um die Uhr 250 Nutten beim Vögeln zuschauen?«, erkundigte sich Sundermann ungläubig.

»Nicht rund um die Uhr«, widersprach Larsen. »Die meisten arbeiten nur acht Stunden am Tag, genau wie jeder andere Werktätige auch.«

»Und wie viele Freier fertigen die in den acht Stunden so ab? Sechs, acht, zehn? Das macht am Ende vielleicht 2500 Nummern, die unter Polizeischutz stattfinden – am Tag! Selbst wenn wir Kollegen von den anderen Kommissariaten dazunehmen, können wir niemals –«

»Ich rede nicht von Polizisten in allen Apartments«, schnitt Larsen ihm ungeduldig das Wort ab, »oder nicht nur und auch nicht die ganze Zeit. Ich denke eher daran, dass die Prostituierten untereinander in ständigem Kontakt stehen und sich gegenseitig telefonisch informieren, wenn sie Kunden empfangen, die sie noch nicht kennen. Wir kommen erst zum Einsatz, sobald es Anzeichen gibt, dass einer von ihnen Gefahr drohen könnte. Diese Frauen verfügen über einen feinen Instinkt, wenn das fragile Ökosystem des Rotlichtgewerbes gestört ist. Die Seismografen der Angst reagieren da erfahrungsgemäß schnell – wir setzen auf die Schwarmintelligenz.«

»Sie gehen also davon aus, dass noch ein Mord passieren wird«, sagte Mareike, »verübt von demselben Täter und wieder an einer Prostituierten? Dann hätten wir es tatsächlich mit einem Serienmörder zu tun, oder? Gibt es irgendwelche Erkenntnisse, in welchen Abständen solche Täter zuschlagen? Zwischen Monika Wilhelms und Romy Jäger lagen nicht mal vier Wochen. Bedeutet das, in drei Wochen ist es wieder so weit? Das wäre dann Ende Januar, Anfang Februar –«

Larsen stand auf, ging zur Kaffeemaschine und füllte seine Tasse zum fünften Mal nach. »Das hängt davon ab, ob es einen Auslöser gibt und ob der regelmäßig auftritt oder nur sporadisch, zum Beispiel wegen irgendetwas, das mit Silvester zu tun hat. Und ob dieser Auslöser irgendwann wegfällt, der Täter aber trotzdem nicht mehr aufhören kann. Wollt ihr Kaffee?«

»Ich habe aufgehört«, sagte Sundermann. »Kein Kaffee mehr, nur noch Grüner Tee.« Mareike schien die Frage gar nicht gehört zu haben. »Aber was machen wir jetzt?«, fragte sie.

»Wir zerreißen uns«, meinte Larsen fröhlich. »Wir machen beides – stehen bleiben und voranschreiten. Die Kunst des Zen, im Gehen gleichzeitig nach vorn und zurückzuschauen.« Der Kaffee war inzwischen bitter geworden, und er stellte die Tasse nach dem ersten Schluck weg. »In unserem Fall bedeutet Stehenbleiben jedenfalls Warten auf das, was vielleicht geschieht, und Voranschreiten bedeutet Weiterermitteln, um es nach Möglichkeit zu verhindern.« Und vor allem die Fälle zu analysieren, dachte er und ergänzte: »Solange wir keine bahnbrechenden neuen Informationen haben, sehe ich mal im Keller nach, ob meine Kammer noch frei ist.«

Seine Kammer war ein Raum mit nicht mehr als einem großen Tisch, vier Stühlen und einer glatten Wand, die er mit großen Bögen Packpapier bekleben konnte. Kein Telefon, kein Computer, keine Schränke. An der Decke eine Lampe mit einer Milchglaskugel als Schirm, ein vergittertes Oberlicht in der Wand gegenüber der Tür. Hier übertrug er die Beobachtungen, Gedanken und Zeichnungen von seinem Block mit farbigen Filzstiften auf das Packpapier an der Wand, verwandelte sie in Tabellen und Diagramme und ergänzte sie um alle neuen Spuren und Fakten. Ohne Störungen von außen – ein Pappschild mit der entsprechenden Warnung hing an der Tür – rekonstruierte er das Tatgeschehen und untersuchte die bereits gesicherten Spuren auf weitere, noch unsichtbare Hinweise, die Spur hinter der Spur, wie er es nannte.

Jeder Mensch hatte Bedürfnisse, die er bei allem, was er tat, mehr oder weniger intensiv zu realisieren versuchte. Diese Erkenntnis bildete eine der Grundlagen der fallanalytischen Methoden des Profiling, wie Larsen sie an der FBI-Akademie in Quantico unter der sachkundigen Anleitung von Steve Meyers gelernt hatte. Menschen, die zu Mördern wurden, legten es darauf an, ihre manchmal ausgefallenen Bedürfnisse Wirklichkeit werden zu lassen und starken Gefühlen wie Wut, Hass oder unkontrollierbarer Aggression Ausdruck zu verleihen. Auch der Wunsch, einmal Geschehenes rückgängig zu machen oder die Erwiderung spezieller, oft bizarrer Formen der Zuneigung zu suchen, spielte eine Rolle.

Die Art und Weise, wie diese Täter ihr Opfer kontaktierten, wie sie versuchten, es unter ihre Kontrolle zu bringen, es verletzten oder töteten und wie sie schließlich mit dem Leichnam umgingen – diese Art und Weise hinterließ Spuren am Tatort sowie am Opfer selbst. Wenn es Larsen gelang, diese Spuren in eine logische Reihenfolge zu bringen und sich so dem wahren Ablauf des Geschehens zu nähern, ergaben sich daraus Hinweise auf das verborgene Motiv des Täters und damit auf dessen Persönlichkeit, Hinweise, die früher oder später zu seiner Identifizierung führten.

Er stand vor der mehrfarbig beschriebenen Packpapierwand und fragte sich: Übersehe ich etwas? Gibt es jetzt schon etwas, das ich sehen müsste, das mir aber bisher entgangen ist?

Er war gerade dabei, die Tabellen, die er in Romy Jägers Studio auf seinen Block gekritzelt hatte, auf die mit Klebestreifen an der Wand befestigten Packpapierbögen zu übertragen, als jemand an die Tür klopfte. Seinem Bedürfnis, in diesem Raum ungestört zu bleiben, verlieh er mit einem barschen »Nein, nicht jetzt!« Ausdruck, was aber den Jemand draußen nicht davon abhielt, die Tür trotzdem zu öffnen und sich beim Eintreten als Mareike zu entpuppen. »Mir ist da noch eine Idee gekommen, großer Zen-Meister.«

Larsen reagierte nicht, er schrieb weiter: Wesentlicher Aspekt für den Mörder: Opfer, die keinen Verdacht schöpfen, wenn er Kontakt zu ihnen aufnimmt; Huren/Freier-Situation –

»Statt einfach nur abzuwarten, bis der Täter selbst aktiv wird und wir womöglich wieder zu spät kommen«, begann Mareike, »könnten wir da nicht einen Lockvogel einsetzen, auf den er vielleicht anspringt? Eine unserer Beamtinnen, die wir dann überwachen, und wenn er zuschlagen will, sind wir zur Stelle und schnappen ihn.«

Larsen ließ den Filzstift sinken und drehte sich zu ihr um. »Und an wen hast du dabei gedacht?«

»An mich.«

21

Robert

Am 1. Februar kam Mariona abends nach Hause und sagte: »Hier wird sich jetzt einiges ändern.« Robert hatte die roten High Heels von Monique in grünes Seidenpapier gewickelt und in einen Schuhkarton gelegt. Der Karton war alt, sah aber aus wie neu. Die Schuhe sahen auch aus wie neu, sie hatten sogar die richtige Größe, 38 1/2. Den Karton legte er auf Marionas Betthälfte. In den letzten Tagen hatte sie ein paarmal gefragt, wann endlich seine Stütze käme, in dem genervten Ton, den sie immer an sich hatte, wenn sie unzufrieden mit ihm war. Von dem Geld, das er in der Silvesternacht gefunden hatte, war kaum noch was übrig. Heute Morgen war sie gegangen, ohne Auf Wiedersehen zu sagen; seit Silvester hatte sie ihn sowieso nicht mehr rangelassen. Die ganze Woche über war sie nie vor Mitternacht nach Hause gekommen, und wenn er ihr ins Bett gefolgt war, hatte sie getan, als schliefe sie schon.

Wenn sie sich über die Schuhe nicht freute, wusste er nicht mehr, was er machen sollte. Er wusste nur, dass er Mariona nicht verlieren wollte. Sie war alles, was er hatte, und alles, was er jemals haben wollte. Er war noch nie vorher mit jemand so zusammen gewesen, mit einer Frau, die im Bett seinen Namen mehrmals hintereinander gesagt hatte: Robert, Robert, Robert. Er war immer geil auf sie, egal, was sie anhatte oder wie sie gerade aussah. Ein Leben ohne sie konnte er sich gar nicht mehr vorstellen, selbst wenn sie ihn so behandelte wie jetzt.

Doch nun, am Abend des 1. Februar, kam sie also nach Hause und sagte: »Hier wird sich jetzt einiges ändern.« Der Klang ihrer Stimme verhieß nichts Gutes. Sie ging auch nicht sofort ins Schlafzimmer wie sonst immer, sondern setzte sich gleich an den Küchentisch. Sie verschränkte die Arme und sah Robert an, als überlegte sie, wie viel sie ihm auf einen Schlag zumuten konnte. »Worum geht's denn?«, fragte er.

»Um uns«, sagte sie. »Und um Richy.«

»Was ist mit dem?«

»Ich habe mich in ihn verliebt.«

»*Verliebt?*«, wiederholte er wie ein Vollidiot. »Was meinst du denn damit?«

»Damit meine ich«, sie lehnte sich rüber zu ihrer Handtasche auf dem Fensterbrett und kramte darin herum, bis sie ihre Zigaretten gefunden hatte, »dass ich lieber mit ihm schlafe als mit dir. Und dass ich lieber zu ihm gehe als hierher, obwohl er eine echte Kackbude hat. Wie 'n unaufgeräumtes Kinderzimmer.«

Robert merkte, wie seine Augen zu brennen begannen. Er schluckte, weil ihm ein saurer Geschmack in die Kehle stieg. »Ich habe ein Geschenk für dich«, sagte er. Er wusste nicht, warum er das gesagt hatte, in diesem Moment; es war ihm einfach rausgerutscht.

Sie tat, als hätte sie ihn gar nicht gehört. »Ich habe ihm gesagt, er kann jederzeit vorbeikommen«, sagte sie.

»Wer – der Richy? Zu uns?«

»Ja.«

»Wann?«

»Heute Abend. Später.«

»Und dann?«

»Er bringt noch jemand mit. Für dich. Wenn du willst. Oder«, sie grinste, »vielleicht machen wir auch einen flotten Vierer.«

Er stand total auf dem Schlauch. Er verstand einfach nicht, was sie meinte. Er saß ihr gegenüber am Küchentisch, und plötzlich merkte er, dass er sie hasste. Er saß da wie früher in der Schule, als er zwölf gewesen war und alle sich über ihn lustig gemacht hatten, auch die Mädchen. Damals hatte er sich ein Mädchen herausgesucht, das so alt war wie er, zwölf oder dreizehn, und sich vorgestellt, dass er sie entführte und quälte, und sie konnte sich nicht dagegen wehren, und niemand kam ihr zu Hilfe. Das Mädchen war zierlich und blond, und er schleppte sie in einen Graben, fesselte sie und steckte ihr einen Knebel in den Mund, und dann kniff er sie und stach sie mit seinem Taschenmesser, und ihre Augen waren riesig vor Angst, und am Ende tötete er sie, oder vielleicht pinkelte er ihr auch bloß auf den Bauch.

Mariona sagte: »Du kannst auch einfach nur zusehen, wie ich es mit Richy mache.«

Auf dem *Miami Vice*-Wasserbett, auf dem der Schuhkarton steht. »Du meinst Partnertausch oder so was?«, fragte er und hasste sie noch mehr, obwohl er das gar nicht wollte.

Sie nickte. »Wir duschen alle zusammen, und dann machen wir's im –«

»Ich will's aber nur mit dir machen.«

Sie stieß den Rauch aus, mit so einem Zischen, und dabei zuckte sie mit den Schultern, was aber eher so aussah, als wollte sie was abschütteln, ein lästiges Insekt oder so. »Mit dir kann man echt nicht reden.« Dann stand sie auf und ging ins Schlafzimmer, und als Nächstes rief sie: »Was ist das denn?«, allerdings klang ihre Stimme nicht so freudig, wie er gehofft hatte. Er hörte, wie sie die Verpackung aufriss. Er hatte das übrig gebliebene Weihnachtspapier genommen, weil nichts anderes da gewesen war, Rentiere und Schlitten und Glöckchen mit Tannenzweigen. Eine Minute oder so hörte er nichts mehr. Er stellte sich ihr Gesicht vor, wie sie das Seidenpapier zurückschlug und die Schuhe erblickte.

»Was soll ich denn damit?!« Jetzt stand sie wieder in der Tür, die roten High Heels in der rechten Hand. »Hast du echt gedacht, so was gefällt mir? Die kannst du einer von deinen Nutten schenken, wenn du das nächste Mal in 'nen Puff gehst.«

»Aber …«

Sie ließ die Schuhe fallen und ging zum Kühlschrank. »Ist nichts mehr zu trinken da?«, fragte sie. »Wir hatten doch noch 'ne halbe Flasche Wodka. Wo ist 'n der hin?«

»Alle.«

Sie warf die Tür wieder zu. »Wie sieht denn das aus, wenn die anderen kommen? Wir müssen denen doch was anbieten. Wie wär's, wenn du mal eben runtergehst und was vom Edeka holst?«

Jetzt wollte sie auch noch, dass er rausrannte in die Kälte und sein letztes Geld ausgab, damit Richy sich bei ihnen im Wohnzimmer zuschütten konnte, bevor er es mit Mariona auf ihrem Wasserbett trieb. Aber wenn er ihr jetzt widersprach oder sich weigerte, stopfte sie vielleicht einfach den Rest ihrer Sachen in ihren sowieso schon immer halb gepackten Rucksack und marschierte ruck, zuck aus der Wohnung und seinem Leben, das brachte sie absolut fertig. Also warf er seinen Parka über und lief runter zum Edeka, wo sich um diese Zeit natürlich halb Bremen an den Kassen staute. Er kaufte eine Flasche Wodka, eine Flasche Whiskey und sechs Dosen Bier, das musste reichen. Als er zurückkam, hörte er das Gelächter schon durch die Tür, bevor er noch den Schlüssel ins Schloss geschoben hatte.

Am Küchentisch saß Richy, der Typ aus dem Ali Baba, und Mariona hockte auf seinem Schoß. Auf der anderen Seite saß eine Frau, die Robert noch nie gesehen hatte. Sie hatte eine Afrokrause, nur dass die Haare rot waren, und sie trug eine Brille mit runden Gläsern. Kein Lippenstift, keine Wimperntusche, dafür jede Menge Sommersprossen. Ihre Jeans waren unten ausgestellt, als wären seit *Saturday Night Fever* nicht mindestens zehn Jahre vergangen, und auf der Rückseite ihres schilfgrünen Blousons stand tatsächlich BLACK PANTHERS. Mariona sagte »der Student«, als Robert in die Küche trat, und Richy lachte so dämlich, wie man nur lachen konnte. »Und Laufbursche«, ergänzte er.

»Der war gut«, sagte Robert. Er stellte die Tüte mit den Flaschen auf den Tisch. »Selten so gelacht.« Er sah das Mädchen mit der roten Afrokrause an. »Und wer bist du?«

»Gisela«, antwortete sie mit einem ganz netten Lächeln. »Ich habe dich schon mal gesehen.«

»Wieso – arbeitest du in einem Puff?«, fragte Mariona und konnte sich wieder ausschütten vor Lachen. Wenn sie so war, hätte Robert sie am liebsten gepackt und aus der Wohnung geschmissen.

»Nein, im Ali Baba«, sagte Gisela ganz ernsthaft.

Inzwischen hatte Mariona die Flaschen aus der Tüte geholt und auf den Tisch gestellt, dazu vier Wassergläser, von denen zwei am Rand schartig waren. »Für mich bloß ein bisschen«, sagte Gisela und sah dabei Robert an. »Mit Wasser.« Mariona und Richy tranken den Whiskey unverdünnt. Nach den ersten Schlucken sahen sie Robert gar nicht mehr an, Gisela auch nicht. Gerade dass sie sich nicht schon in der Küche auszogen. »Ich mach mal etwas Musik«, sagte Mariona. Sie ging ins Wohnzimmer, wo die Stereoanlage stand. Nach ein paar Minuten dröhnte Modern Talking durch die Wohnung, *You're my heart, you're my soul.* Mariona kam zurück, mit schwingenden Hüften, als wäre sie auf der Tanzfläche des Ali Baba. Sie hielt sich allerdings nicht lange in der Küche auf, sondern packte Richy bei der Hand und zog ihn Richtung Schlafzimmer. In der Tür drehte sie sich um. »Kommt ihr auch?«

»Ich nicht«, sagte Robert.

Gisela sagte gar nichts. Mariona zuckte mit den Schultern, machte »*Pffft!*« und schob die Schlafzimmertür zu. Gisela sah Robert an, dann sah sie wieder weg. Ihre Hände spielten mit ihrem Glas, an dem sie bisher nur genippt hatte. Robert sagte: »Ich mach das mal etwas leiser« – und ging ins Wohnzimmer, um Modern Talking einige Dezibel runterzudrehen. Danach setzte er sich wieder auf seinen Stuhl links von Gisela. Jetzt konnte man Richy und Mariona auf dem Wasserbett hören. Robert nickte in Richtung Schlafzimmer. »Willst du da reingehen? Zugucken?«, fragte er.

Hastig schüttelte Gisela den Kopf. Sie war eigentlich ganz süß, mit ihrer kleinen Nase und den runden blauen Augen, auch die ganzen Sommersprossen störten nicht. Unter dem Blouson trug sie einen schimmernden schwarzen Rollkragenpullover, durch den sich ihre Brüste deutlich abzeichneten. Sie schien keinen BH anzuhaben, was aber nichts nützte, weil er die ganze Zeit daran dachte, was Mariona und Richy nebenan machten. »Ich rutsch mal zu dir rum«, sagte er, weil sie auf der Bank am Fenster saß und neben ihr noch Platz war. »Woher kennst du denn den Richy?«

»Auch aus dem Ali Baba.«

»Bist du seine Freundin?«

»Nein.« Sie schüttelte den Kopf. »Was studierst du denn?«

»Theologie. Aber ich habe aufgehört.«

»Willst du Priester werden?«

»Wollte ich mal. Militärseelsorger.«

»Und jetzt nicht mehr?«

»Nein.«

»Wegen dem Zölibat?«

Darüber hatte er noch gar nicht nachgedacht. »Ja. Auch.«

Sie schwieg einen Moment. Dann fragte sie: »Seid ihr schon lange zusammen – die Mariona und du?«

»Zwei Jahre.«

»Macht ihr«, sie hielt kurz inne, »macht ihr so was oft?« Ihre Lippen blieben einen Spaltbreit geöffnet, als atme sie durch den Mund. Es kam ihm vor, als lehne sie sich in seine Richtung, nur etwas, ohne ihn richtig zu berühren.

»Nein«, sagte er und merkte, dass seine Stimme heiser klang. »Ist das erste Mal heute.«

»Gefällt es dir?«

»Nicht besonders.« Er trank einen Schluck, stellte das Glas ab, und als er seine Hand wieder zurückzog, berührte er wie zufällig ihre linke Brust unter dem Pullover. Er konnte sehen, dass ihre Brustwarze hervortrat. Die Geräusche aus dem Schlafzimmer waren jetzt lauter als Modern Talking. Er hatte das Gefühl, als drehe sich ein Messer in seiner Brust, dicht über dem Magen. Er schob die Hand unter Giselas Pullover und streichelte die Brust, fuhr mit dem Daumen über die Warze. Gisela stöhnte leise, aber dann sagte sie: »*Puh*, deine Hand ist kalt«, da zog er sie zurück. »Gefällt dir das nicht?«, fragte er.

»Ich würde lieber fernsehen«, antwortete sie.

22

Am nächsten Morgen wartete er, bis Mariona die Wohnung verlassen hatte, bevor er zum Telefon ging, um Gina anzurufen. Das Telefonkabel reichte nicht bis in die Küche, aber wenn er die Schlafzimmertür offen ließ, konnte er den Apparat auf den Boden stellen und vom Bett aus telefonieren. Gina hatte er wegen ihres italienischen Namens ausgesucht, außerdem stand in ihrer

Anzeige, dass sie auch SM anbot. Seine Zeichnungen hatten ihm gezeigt, dass er der Erfüllung seiner Fantasien näher kam, wenn er nach einem genauen Plan vorging und nichts mehr dem Zufall überließ.

Mariona war wieder ohne ein Wort weg, als wäre er gar nicht da. Gisela war schon in der Nacht gegangen, nachdem sie im Fernsehen noch einen Film mit Kirk Douglas und einer Riesenkrake angeschaut hatten, *Zwanzigtausend Meilen unter dem Meer.* Er hatte sich dann auf der Couch schlafen gelegt, ohne sich auszuziehen. Als er irgendwann am Morgen aufgewacht war, stand die Tür zum Schlafzimmer einen Spaltbreit offen; kein Richy weit und breit.

Allein in der Wohnung, dachte er, dass es Zeit für den nächsten eigenen Film war. So nannte er die Besuche bei den Frauen aus dem Anzeigenteil der Zeitungen jetzt bei sich – seine »Filme«. Robert Melzer in *Blutiges Silvester,* in den Nebenrollen: Romy als die Nutte und Mariona als die Freundin. Er saß im Schlafzimmer auf dem Boden, mit dem nackten Rücken an das kalte Fußende des Wasserbetts gelehnt, und wählte die Nummer von Gina, seiner Nebendarstellerin in *Bis aufs Blut gefoltert.*

Er hörte ein Klicken in der Leitung, schon nach dem zweiten Klingeln, und eine Frauenstimme sagte: »Hallo, hier ist die Gina. Ich kann leider gerade nicht an den Apparat kommen.« Im Hintergrund lief leise Musik, etwas, das er kannte, *Shine on you crazy diamond.* »Aber wenn du mir sagst, wer du bist und was ich alles Schönes für dich tun kann, rufe ich dich so schnell wie möglich zurück – versprochen! Oder du versuchst es später noch mal. Ich freue mich schon riesig auf dich.«

Hastig legte er auf. In seinem Drehbuch war sie selbst am Telefon gewesen, kein Anrufbeantworter. Er hatte nicht vor, ihr seinen Namen oder seine Nummer zu nennen. Und was war, wenn die Polizei ihre Telefonverbindungen überprüfen ließ? Daran hatte er gar nicht gedacht! Der Anschluss hier lief auf Marionas Namen, nicht auf seinen, aber trotzdem. Er stand auf, ging in die Küche und holte den Wodka aus dem Kühlschrank, dazu ein Glas, kein Eis, kein Wasser. Er trank gern am Morgen, auch wenn es ihm nicht gefiel, dass er dann nur schwer aufhören konnte. Er fragte sich, woran es lag, dass er immer so viel trinken musste, bevor er den Mut aufbrachte, unter Menschen zu gehen, mit ihnen zu reden.

Nach ein paar hastigen Schlucken zog er sich an, nahm eine Handvoll Münzen aus der Schale auf der Kommode und lief hinunter auf die Straße und bis zur Ecke, wo eine Telefonzelle stand. Er warf ein 50-Pfennig-Stück ein und wählte erneut Ginas Nummer. Ich werde so oft anrufen, bis sie selbst drangeht, dachte er.

»Hallo, hier ist die Gina«, wieder Pink Floyd im Hintergrund, »ich kann leider gerade nicht an den Apparat –«

Er wollte schon wieder auflegen, als ein Knacken den Text jäh unterbrach und eine atemlose Stimme »Hallo« rief. »Hallo, Gina, ich bin's selbst. Wer ist denn da?«

»Robert«, rutschte es ihm heraus, den Nachnamen konnte er sich gerade noch verkneifen. Sie verlor keine Zeit, übernahm sofort die Führung: »Hallo, Robert, schön, dass du anrufst. Willst du gleich vorbeikommen, oder wollen wir erst miteinander schnacken, du und ich?« Sie klang jetzt überhaupt nicht mehr atemlos.

»Ich weiß nicht. Erst reden vielleicht. Wenn du Zeit hast.«

»Für dich habe ich immer Zeit, Robert. Ich habe ja schon auf deinen Anruf gewartet.«

Du kennst mich doch gar nicht, dachte er. Der Wodka brannte in seinem Magen. Es war ein schönes Gefühl, ihre Stimme zu hören, und wie warm ihm wurde, sogar hier in der Telefonzelle, und es war noch nicht einmal Mittag. Aber du wirst mich bald kennenlernen.

»Worüber wollen wir uns denn unterhalten, Robert, was magst du denn so? Womit kann Gina dir eine Freude machen?« Bevor er antworten konnte, fuhr sie fort: »Oder soll ich dir sagen, was mir jetzt Spaß machen würde, wenn ich an dich denke?«

»Was denn?«

»Vielleicht dasselbe, was dir Spaß machen würde, wenn du hier wärst. Oder soll ich zu dir kommen? Wo wohnst du denn? Ich mache auch Hausbesuche.«

»Nein«, sagte Robert hastig, »ich komme lieber zu dir«, obwohl es gar nicht das war, was er sagen wollte. Bei Gina lief noch immer Musik im Hintergrund, aber nicht mehr Pink Floyd, sondern ein Gedudel, das plötzlich abbrach, weil der Verkehrsfunk sich meldete: »Nach einem Unfall am Bremer Kreuz ist die Abfahrt Richtung –«

»Wann willst du denn kommen?«, fragte sie.

»Ich weiß nicht – um fünf.« Dann war es schon dunkel. »Oder halb sechs?«

»Das ist aber noch lange«, schnurrte Gina, »was soll ich denn bis dahin die ganze Zeit machen? Wollen wir nicht schon mal jetzt am Telefon mit dem Vorspiel anfangen? Vielleicht willst du mir zuhören, wie ich es mir selbst –«

»Ich will dich fesseln.«

»Ja, das ist bei mir Standard«, sagte Gina. »Du kannst mich fesseln und dir einen runterholen, wenn ich wehrlos bin. Du kannst dich dabei frei machen oder angezogen bleiben, ganz wie du willst. Oder ich fessle dich, wenn du mehr darauf stehst. Manche Kunden wollen lieber selbst gefesselt werden. Du kannst mich auch vergewaltigen – oral, vaginal oder anal. Dann gibt es die Variante –«

»Halt mal – einen Moment …« Er spürte, wie sich das Blut in seinem Körper anders verteilte und ihm etwas schwindlig wurde. Er wechselte den Hörer in die andere Hand, bevor er fragte: »Kannst du mir das genauer beschreiben, also, wie das vor sich geht, wenn ich dich fessle?«

Gina sagte: »Die Standardversion geht so, dass du mich an Händen und Füßen fesselst und die Fesseln in meinem Rücken zusammenbindest. Ich liege dann vor dir auf dem Bauch und bin ganz wehrlos, dir völlig ausgeliefert. Wenn du willst, kannst du dich dann ausziehen und auf mich drauf wichsen, auf meinen Arsch oder meinen Rücken, aber du darfst mich nicht anfassen.«

Sofort sah Robert das Bild vor sich wie eine Szene in einem Film – *seinem Film*: eine kaum bekleidete, gefesselte Frau, die sich aufbäumte, gegen ihre Wehrlosigkeit ankämpfte. Bei der Vorstellung, so hilflos zu sein, völlig ausgeliefert, begann die Luft um ihn zu flimmern. Wie es sich wohl anfühlte, gegen diese Hilflosigkeit anzukämpfen, dachte er – sich dagegen aufzubäumen und trotzdem nicht verhindern zu können, dass man gequält wurde.

Die Perspektive seines Films wechselte, und jetzt lag er da auf dem Bauch, an Händen und Füßen gefesselt, das Gesicht auf die

Couch gepresst, bereit für Schläge. Schläge mit der bloßen Hand, einer Peitsche, einem Tischtennisschläger. Vielleicht drohte er sogar zu ersticken, weil er einen Knebel im Mund hatte, oder jemand setzte sich auf sein Gesicht, sodass er keine Luft mehr bekam. Nur mit Mühe widerstand er der Versuchung, seine Hose aufzuknöpfen und seinen Schwanz herauszuholen –

»Bist du blond oder dunkelhaarig?«

Von der Straße drang Lärm in die Zelle, ein Auto hupte, Leute, die sich unterhielten; einer lachte laut auf. Plötzlich wurde Robert bewusst, dass es heller Tag war, noch nicht einmal Mittag. Zum ersten Mal kam ihm der Gedanke, dass er vielleicht gerade den Boden unter den Füßen verlor, keinen sicheren Halt mehr hatte. Er gehörte nicht mehr zu den Menschen, deren Leben in normalen Bahnen verlief. Niemand hilft mir, dachte er.

»Dunkel«, antwortete Gina. »Aber ich kann auch eine Perücke aufsetzen, dann habe ich –«

»Nein, nein«, unterbrach er sie hastig, »hast du auch Knebel oder Masken? Und Latexanzüge?«

»Knebel, Masken, Poppers, alles, was du willst. Na, wie findest du das – klingt das gut?«

Es klang gut: gefesselt und gleichzeitig auch noch in einer luftdichten Hülle verschlossen, ohne atmen zu können. Als wäre man außerhalb von Zeit und Raum, dem eigenen Leben entzogen, reduziert auf einen Nukleus aus Lust.

Plötzlich war er wieder achtzehn, im Sommer, in der ziellosen Zeit zwischen Schule und Bundeswehr. Er ging fast jeden Tag ins Freibad, immer am frühen Morgen. Er gehörte zu den ersten Schwimmern. Das Wasser war noch kühl und sauber. Er tauchte hinab, bis er fast den zahnpastablauen Boden des Beckens berühren konnte. Dann schwamm er mit kräftigen, weit ausholenden Stößen von Wand zu Wand, ohne aufzusteigen, um Luft zu holen. Anfangs zählte er die Sekunden, aber dann hörte er auf und gab sich dem Gefühl hin, das stärker und stärker wurde, einem Gefühl völliger Klarheit und großer Ruhe. Bald schmerzten seine Muskeln wie Feuer, und die Lunge schien in seiner Brust zu brennen. Aber er schwamm weiter, stieg nicht an die Oberfläche.

Jeder Stoß war mit immer größerer Anstrengung verbunden, obwohl ihm gleichzeitig von Sekunde zu Sekunde leichter zumute wurde. Die Leichtigkeit verwandelte sich in einen dämmrigen Schwindel, der ihn wie ein Strudel umgab. In dem Moment, als er wusste, dass er den Tod fast berühren konnte wie die Beckenwand mit der Fingerspitze, gab etwas in seinem Unterleib nach – und er kam, ergoss sich in seine Badehose, so heftig wie noch nie zuvor. Nach dem Auftauchen, als er auf seinem Badetuch im Gras lag, kehrte er nur langsam wieder in die Wirklichkeit zurück. So mussten sich die Heiligen gefühlt haben, nachdem ihnen klar geworden war, dass sie von nun an zu den Auserwählten Gottes gehörten.

»Ich will dir wehtun.« Robert dachte, das habe ich nicht gesagt. Ich habe es gedacht, aber nicht gesagt. Nur dass Gina auf einmal schwieg und die Stille am anderen Ende der Leitung ihm zu Bewusstsein brachte, dass er es doch gesagt hatte. Rasch fügte er hinzu: »Und ich will, dass du mir wehtust.«

»Ach, so einer bist du …« Ihre Stimme klang nicht wütend, eher neugierig, fast etwas aufgeregt. »Ein ganz böser Junge.«

»Das machst du doch auch. Steht in deiner Anzeige.«

»Klar, Robert, kostet nur ein bisschen mehr. Du sagst mir, was du brauchst, und ich sage dir, wo's langgeht.«

Die Scheiben der Telefonzelle waren inzwischen beschlagen, und die Leute, die draußen vorbeigingen, wirkten wie Schemen. »Kannst du mir schon sagen, was du alles machst?«, fragte er.

»Was soll ich denn machen? Willst du, dass ich dich fessle, dir Handschellen anlege? Willst du, dass ich dir so richtig die Peitsche gebe? Oder willst du, dass ich dir die Eier mit meinen High Heels quetsche, während du dir einen runterholst? Willst du, dass ich dich kneble und dir Nadeln durch die Brustwarzen steche? Oder soll ich dir den Hintern mit glühenden Zigaretten versengen? Willst du Poppers durch eine Gasmaske schnüffeln …«

Er spürte, wie er geil wurde, und schob die Hand unter die Parkajacke, betastete die Schwellung in seiner Jeans. Ich will lernen, was am meisten wehtut und wo. Ich will, dass du mir zeigst, wo's langgeht, damit ich dir und den anderen zeigen kann, was Höllenqualen sind. Ich will dir kochendes Wasser über die Möse schütten.

Ich will dich mit Benzin übergießen und anzünden. Ich will dir die Kehle aufschlitzen und einen Besenstiel in deine Muschi –

»Hör auf!« Ginas Stimme klang scharf wie ein Peitschenschlag in seinem Ohr. »Ich weiß genau, was du gerade machst. Wenn du nicht aufhörst, muss ich dich bestrafen! Ich lege jetzt auf, und du kommst sofort zu mir in den Rosenweg 23! Hast du verstanden? Antworte mir! Hast du mich verstanden?«

»Ja.«

»Gut. Und wage ja nicht, weiter an dir rumzuspielen!« Sie legte auf. Sein Schwanz war hart, und er spürte das Blut darin, spürte, wie es pochte. Er überlegte, ob er das Schwert aus dem Koffer holen sollte, um es zu Gina in den Rosenweg 23 mitzunehmen. Nein, es war zu schwer, zu sperrig. Er wusste ja auch noch gar nicht, ob er sie töten musste. Mit einem Messer konnte man jemand genauso in Angst und Schrecken versetzen. Es war viel praktischer. Außerdem war das Schwert das Einzige, was ihn noch an seinen Großvater erinnerte.

Sein Großvater war wie er gewesen: bereit zu töten. Nicht wie sein Vater, der sich duckte und die andere Wange hinhielt – immer die andere Wange, egal, was ihm widerfuhr.

Er verließ die Telefonzelle und ging wie in Trance zurück in die Wohnung, wo er das Glas mit dem stehen gelassenen Wodka austrank. Er schloss den Koffer mit dem kleinen Schlüssel auf, den er in einer zusammengerollten Socke in der untersten Schublade der Kommode versteckte. Gerade als er den Deckel hochklappte, schrillte die Türklingel.

Er zuckte zusammen, und sein Herz raste auf einmal. Seine Erektion fiel in sich zusammen. In der Hocke verharrte er vor dem offenen Koffer und lauschte. Es klingelte noch einmal. Er richtete sich auf und ging auf Zehenspitzen zur Tür. Er spähte durch das Guckloch, konnte aber nur eine gelbe Windjacke erkennen. »Hallo?!«, rief eine Frauenstimme. »Hier ist die Anja von nebenan. Anja Schmude. Ist jemand zu Hause?«

Robert räusperte sich. »Was gibt's denn?«

»Ich wollte fragen, ob du mir vielleicht helfen kannst. Ich habe mich ausgesperrt.«

»Ja … Moment …« Robert fuhr sich rasch mit den Fingern durchs Haar, bevor er die Tür zum Treppenhaus öffnete. »'tschuldigung, hab noch geschlafen – Nachtschicht«, log er. »Ausgesperrt, was?«

»Ja, totaler Mist. Ich wollte nur schnell runter zum Briefkasten und dann – *peng!*«

»Versteh schon. Mal sehen, was man da machen kann.«

Im Treppenhaus zog es wie Hechtsuppe, arschkalter Wind, aber Anja war jung und sah klasse aus, mit blonden Haaren und blauen Augen, und sie roch frisch, nach Fruchtfleisch, wie ein gerade zerteilter Apfel, Handelsklasse A. Ihre Wohnung lag schräg gegenüber. Die Tür hatte außen einen Metallknopf und innen die Klinke. In der Mitte gab es einen Schlitz für die Post. Anja wohnte noch nicht lange im Haus; deswegen hatte sie auch noch nicht daran gedacht, den Briefschlitz von innen zuzukleben.

Im Treppenhaus stand auf jeder Etage eine Topfpflanze, und hinter der Birkenfeige lag seit Wochen eine Metallspeiche, die jemand aus einem Fahrradreifen gebrochen und an einem Ende zu einem Haken gebogen hatte. »Warte mal«, sagte Robert. Er ging die Speiche holen, und als er zurück war, schob er das Ende mit dem Haken durch den Schlitz, um nach der Türklinke zu tasten. Dazu musste er in die Hocke gehen. Anja beugte sich zu ihm herunter, um alles genau mitzukriegen. Dabei kam ihr Kopf seinem ganz nah, und er kriegte aus nächster Nähe mit, wie gut sie roch. Dass sie so dicht bei ihm war, erregte ihn, weil er ihre Wärme spürte und ihr Atem ihm fast übers Gesicht strich.

Der Haken klirrte leise gegen die Türklinke, aber er rutschte immer wieder ab. Erst nach ein paar vergeblichen Versuchen gelang es ihm, die Klinke zu erwischen und nach unten zu ziehen, sodass er die Tür mit der Schulter aufdrücken konnte. Er wurde sogar etwas rot vor Stolz, weil Anja ihn so bewundernd anguckte und sich vor Dankbarkeit wahrscheinlich fast ins Höschen machte. Beinahe hätte sie ihm noch einen Kuss gegeben, allerdings kam es dazu dann doch nicht.

Der Geruch, der aus ihrer Wohnung drang, war genauso gut und erregend wie sie, nicht so muffig wie der bei ihm drüben. Als sie über die Schwelle trat, berührte sie ihn mit der Hüfte, und er kriegte wieder einen Ständer wie vorhin am Telefon mit Gina, sogar einen noch härteren. »Danke, Robert. So heißt du doch – Robert, oder?«

»Robert, ja, genau«, antwortete er geistreich. Dann war sie in ihrer Wohnung verschwunden, und er ging zurück. Eine Minute oder zwei guckte er noch durch den Spion in der Tür, ob sie noch einmal rauskam – tat sie aber nicht. Er merkte, dass er noch immer den Metallhaken in der Hand hielt. Nach kurzem Überlegen versteckte er ihn hinter der grünen Ikea-Kommode.

Ein paar Tage vergingen, ohne dass er Anja wieder traf. Er erzählte Mariona nichts von der Begegnung, aber er musste dauernd an den erregenden Geruch in der Wohnung schräg gegenüber denken, sogar nachdem er bei Gina gewesen war und ihren Namen oben auf ein frisches Blatt Papier geschrieben hatte. Er merkte, dass er eigentlich viel lieber Anjas Namen über das Diagramm gesetzt hätte – bloß ging das natürlich nicht, weil sie im selben Haus wohnte, sogar gegenüber. Aber er musste ja nicht ewig hierbleiben, war sowieso eine Bruchbude. Bis dahin vergaß sie ja vielleicht wieder mal, ihre Tür abzusperren, wenn sie wegging.

Nachdem er die Ikea-Kommode zurück an ihren Platz geschoben hatte, überlegte er, was er noch erledigen musste, bevor er losfuhr. Der Wodka war alle, und im Kühlschrank gab es auch keinen Nachschub mehr, nur noch eine Flasche Jever. Mariona hatte den R4 genommen. Sie musste irgendwas für den Salon transportieren. Aber er wäre sowieso mit der Straßenbahn gefahren, weil er nicht wollte, dass sich jemand das Kennzeichen merkte; man wusste ja nie. In dem Film mit Gina ging es erst mal nicht um Sex, sondern um seine Schmerzstudien, deswegen holte er sich noch einen runter, bevor er aufbrach.

Er nahm auch ein Fleischmesser mit, um auf alles vorbereitet zu sein. Das Messer hatte er beidseitig geschliffen, bis es scharf genug war, um ein fallendes Blatt in der Luft zweizuteilen. Danach wickelte er es in mehrere Schichten Zeitungspapier und zusätzlich in eine Edeka-Tüte, die er in die Außentasche seiner Parkajacke steckte. Diesmal wollte er sich Zeit nehmen, es konnte also ruhig etwas dauern, wenn er es auspackte. Er wollte sehen, wie Ginas Gesicht sich veränderte, wenn er es herausholte und sie begriff, warum er es mitgebracht hatte. Er wollte, dass sie ihm am eigenen Leib zeigte, wie man jemand richtig wehtun konnte, ohne dass er gleich starb.

Das hatten ihm seine Diagramme nämlich gezeigt: Die Opfer starben zu schnell. Er hatte keine Kontrolle über seine Filme. Die Frauen waren tot, bevor die Handlung ihren Höhepunkt erreichte – den Punkt, an dem das kleine Messer gleich weit von beiden Enden der y- und der x-Achse entfernt war. Wenn er seine Lust nicht mehr steigern konnte, ohne dass er selbst dabei umkam.

Jesus hat Maria Magdalena die Füße gewaschen. Ich schlitze sie auf.

23

Die Sonne ging gerade unter, als er aus der Straßenbahn stieg, und der verharschte Schnee blendete wie frisch ausgerolltes Weißblech. Es schneite nicht mehr, aber die Luft war noch immer sehr kalt. Der Schnee knirschte unter seinen Schritten; er musste aufpassen, dass er auf den vereisten Stellen nicht ausrutschte. Er war zwei Haltestellen vorher ausgestiegen, nur um ganz sicherzugehen. Das Messer in der Außentasche seines Parkas war so leicht, dass er es gar nicht spürte. Es ragte nur der in Zeitungspapier gehüllte Griff ein Stück hervor. Das neue Heiligenbild aus dem Copyshop hatte er sicher in einer der Innentaschen verstaut.

Er hoffte, dass Gina etwas zu trinken in ihrem Studio hatte, Bier oder Sekt, egal, nur genug, damit er seine Hemmungen verlor. Für die Straßenbahnfahrkarten und die Farbkopien war sein letztes Geld draufgegangen. Gut, dass sein Studentenausweis noch gültig war; bloß für Wodka hatte es nicht mehr gereicht.

Komischerweise musste er auch jetzt noch die ganze Zeit an Anja denken, an ihre Nähe und den Geruch ihrer Wohnung. So gut roch es bei den Nutten nie. Er wartete, bis es ganz dunkel war, bevor er in die Straße bog, in der Gina arbeitete. Das Haus sah genauso schäbig aus wie die anderen beiden, in denen er seine Filme gedreht hatte. Er klingelte, und es dauerte nicht mal fünf Sekunden, bis der Türöffner summte. Er schlug die erste Seite des Drehbuchs auf:

Robert steigt langsam die Treppe rauf. Seine Schritte sind das einzige Geräusch weit und breit. Außer ihm ist niemand zu sehen. Das Licht ist schwach. Im vierten Stock steht eine Frau in einer offenen Tür, umrahmt von rötlichem Licht. Auftritt Gina.

Gina ist an die eins achtundsiebzig groß, lange schwarze Haare mit blonden Strähnchen, zu einem straffen Dutt gebunden, dunkelgraue Augen – wie das Fell einer Kartäuserkatze – und blutrot angemalte Lippen. Rote Fingernägel, die Zehennägel auch rot. Ein Minirock aus schwarzem Leder. Hochhackige Schuhe aus schwarzem Leder. Eine Weste aus schwarzem Leder, mit einem Reißverschluss, bis zum Hals geschlossen. Kein Schmuck, keine Ringe. Sie bewegte sich ruckartig, mit eckigen Bewegungen, als wäre sie eine Figur in einem alten Trickfilm.

Sie war ganz anders als am Telefon. Sie sprach von sich in der dritten Person und redete ihn nicht mit seinem Namen an. »Er« sagte sie zu ihm – er. Das half ihm zu denken: Er wird Gina töten. »Er ist niemand«, sagte sie. »Er ist nichts.« Sie hatte eine harte, eiskalte Stimme. Er war sofort erregt, und es hätte nicht viel gefehlt, dass er das Messer sofort herausholte. »Soll ich mich ausziehen?«, fragte er. »Oder machst du das?«

»Er redet nur, wenn Gina es ihm erlaubt«, fuhr sie ihn an. »Zieh deine Schuhe und die Jacke aus. Mach schon, los. Aber vorher gibst du Gina ihr Honorar.«

Damit hatte er nicht gerechnet. »Ich will erst wissen, was ich dafür kriege.« Plötzlich stotterte er wieder, das war ihm schon seit Jahren nicht mehr passiert. Sie stand dicht vor ihm, so dicht, dass er die Flecken in ihrem Gesicht erkennen konnte, kleine schwarze Punkte, die mit einem kräftigen Make-up zugekleistert waren. Auch durch die Farbe auf ihren Lippen zogen sich lauter dünne

Risse. An ihren Wimpern hatte die Tusche winzige Klümpchen gebildet. Sie trug ein süßes, aufdringliches Parfüm, von dem ihm schwindlig wurde. Es war sehr heiß in dem Apartment; die Heizung lief auf Hochtouren.

»Guck dich um, los!«, befahl sie, während sie langsam, fast drohend einen schwarzen Lederhandschuh über die linke Hand streifte, bis er faltenlos saß wie eine zweite Haut. »Aber wenn du Dreck auf dem Boden machst, musst du ihn auflecken!« Dann trat sie beiseite, damit er sich in dem von gedämpftem Licht nur spärlich erhellten Raum umschauen konnte.

An den kardinalrot gestrichenen Wänden waren an Haken Ketten und Handschellen befestigt; Ketten hingen auch von der Decke. Es gab eine mit schwarzem Gummi bezogene Pritsche in der Mitte des Raums, einen hüfthohen Käfig in einer Ecke und ein Andreaskreuz an der hinteren Wand. In einem Regal standen High Heels, noppenbesetzte Stiefel und mehrere Gefäße mit Ölen, Cremes und Pillen, außerdem verschieden große Flacons mit einer klaren Flüssigkeit.

Er hörte ein Geräusch, leise, gedämpft. Keine Musik, mehr ein Keuchen oder Scharren. Er lauschte, doch das Geräusch wiederholte sich nicht.

In einem anderen Fach lagen kleine Zangen, Gummiknebel und verschieden große Peitschen mit Lederschwänzen. Der Boden war bedeckt von schwarzen Gummimatten, auf denen flache Edelstahltöpfe standen, die aussahen wie Fressnäpfe für Hunde oder Bettpfannen in Krankenhäusern. Der Schlitz in einem Kleenex-Karton schien ein weißes Papiertuch hervorzuwürgen. Mehr als alles andere aber zog ein Gegenstand ganz unten im Regal Roberts Aufmerksamkeit auf sich: eine Gasmaske, die aussah wie der Kopf einer übergroßen Ameise mit riesigen Augen und einem dicken, stumpfen Rüssel.

Wie in einem Zeitreise-Film war er auf einen Schlag wieder bei der Bundeswehr, mitten in der Grundausbildung. Seine Einheit hatte an einer ABC-Alarm-Übung teilgenommen, komplett mit Gasmaske und ABC-Vollschutz-Anzug. Mehrere Stunden lang hatte er sich in der luftundurchlässigen Hülle bewegt und nur durch die Maske geatmet, war von allem um ihn herum fast hermetisch abgeriegelt gewesen. Diese Trennung war berauschend gewesen, erregend – ein Kokon der Lust. Danach, gegen Ende seiner Dienstzeit, hatte er dann aber Mariona kennengelernt und die Wirkung der ABC-Maske vergessen. Bis ihm irgendwann ein Pornomagazin in die Hände gefallen war, ein Heft voller bizarrer Fotos, von denen einige nackte Frauen mit genau solchen Masken zeigten. Jetzt sagte er: »Ich möchte gern wissen –«

»Darf ich Gina etwas fragen«, korrigierte sie ihn.

Er räusperte sich. »Darf ich Gina etwas fragen?«

Sie nickte nur knapp, herrisch.

»Ich mache so was zum ersten Mal«, sagte er, weil es stimmte, und auch, weil er Zeit gewinnen wollte. »Ich möchte wissen – ich wüsste gern, was es alles so gibt. Also, was es gibt und was es kostet. Bevor wir anfangen. Verstehst du?«

Für einen Augenblick verlor ihr Gesicht seine Härte und zeigte fast so etwas wie Mitleid, aber nur eine Sekunde. Etwas weniger herrisch ging sie zu einem niedrigen Tisch vor dem Fenster, auf dem eine farbige Hochglanzbroschüre lag, die sie ihm reichte. »Hier, da steht alles drin, mit Fotos, die kannst du dir angucken, und dann reden wir über den Preis.«

Jetzt klang sie fast wie eine normale Frau, eine Freundin, die einem etwas erklärt, siehst du, eigentlich alles ganz einfach, verstehst du? »Kann ich dabei was zu trinken kriegen?«, fragte er.

»Nachher.« Die Strenge kehrte in ihre Stimme zurück. »Wenn er weiß, was er will, und Gina dafür bezahlt hat, dass sie ihm seine Wünsche erfüllt.«

Er blätterte die Broschüre durch, obwohl er wirklich sehr durstig war. Doch statt sich auf die Fotos zu konzentrieren, wanderte sein Blick immer wieder zu der Gasmaske hinüber. Er stellte sich vor, wie er so eine Maske trug, während er Gina quälte, und dabei spürte er das Flimmern von seinen Kniekehlen bis in den Magen hochsteigen. Die Broschüre zeigte Frauen in Latexkleidern, mit Badekappen, mit transparenten Gummitüchern vor Mund und Nase. Sie zeigte Modelle, deren Lippen mit einem Klebeband verschlossen waren, und andere, die wirkten, als würden sie an einem in ihren Mund gedrückten Tischtennisball ersticken. Sie zeigte Mädchen in eng verschnürten Korsetts aus schwarzem Leder, die einen durchsichtigen Plastikbeutel über den Kopf gezogen hatten, bis hinunter zum Hals. Sie zeigte geile Tussen in Plastikregenmänteln, jede mit einer anderen Gasmaske auf dem Gesicht.

»Törnt dich das an?«, fragte Gina. »Hast du deswegen danach gefragt?« Die Frauen atmeten offenbar durch Faltenschläuche, manche waren dabei an OP-Tischen festgeschnallt oder saßen mit gespreizten Beinen auf gynäkologischen Stühlen. Daneben standen andere Frauen, als Krankenschwestern verkleidet, die ihre Sklaven mit Luft aus silbernen Sauerstoffflaschen versorgten.

Robert blätterte zu den Gasmasken zurück. Als würde man von einem Alien gefoltert, dachte Robert. Ich kann sie quälen, aber sie können mir nicht in die Augen sehen. Ja, genau so muss es sein, wenn man Macht über einen anderen hat. Er schloss die Broschüre und hielt sie Gina hin. Seine Hand zitterte leicht. »Hast du auch noch andere Hefte?«, fragte er heiser. »Solche, wo härtere Foltermethoden gezeigt werden?«

Sie sah ihn nur an, dann schlug sie ihm den zweiten Lederhandschuh ins Gesicht, ganz plötzlich und scheinbar wieder zornig.

»Ich wollte doch nur –«

Sie schlug wieder zu, ein scharfer Schlag auf die Lippen. »Darf ich Gina etwas fragen!«

»Darf ich Gina etwas fragen?«, stotterte er.

»Nein.« Sie zog auch den zweiten Handschuh an. »Gina sagt ihm, was er wissen und was er tun muss. Wir fangen mit Atemkontrolle an. Wenn er so eine Maske will, dann ist die dahinten die richtige. Die kann er über den Kopf ziehen und damit seine Atmung steuern, mehr Luft, weniger Luft, gar keine Luft. Er kann auch Poppers auf den Filter träufeln, dann kommt er, als würde er explodieren.«

»Kannst du mich dabei würgen?«

»Darf ich Gina etwas fragen!«

»Darf ich Gina etwas fragen?«

»Ja.«

»Ob du mich dabei würgen kannst?«

»Ja. Aber nicht mit den Händen.«

»Womit dann?«

»Mit einem Lederhalsband.«

»Darf ich Gina noch was fragen?«

Sie nickte.

»Darf ich dich würgen?«

»Nein.«

Da war es wieder, dieses Geräusch, das leise Scharren, das Hecheln. »Was war das?«, entfuhr es ihm.

»Nichts.« Sie ging zur Dielentür und schloss sie.

»Ist noch jemand hier?«

»Nein. Wir sind ganz allein.«

»Was für Schmerzen kannst du mir außerdem noch bereiten?«, fragte Robert, jetzt aufgeregt. »Ich will nicht das Bewusstsein verlieren. Was passiert, wenn ich mich dabei einnässe? Oder wenn ich blute? Kannst du mir Wunden zufügen? Kannst du mich schneiden und stechen? Kannst du dabei eine Gasmaske tragen? Kannst du versuchen, meine Brustwarzen mit dem Messer fast abzuschneiden?«

Gina starrte ihn an, ohne etwas zu sagen, und wirkte auf einmal unsicher. Sie schätzte ihn ab, seine Größe, seine Kraft. Er hatte seinen Parka noch immer nicht ausgezogen, die Schuhe auch nicht. Jetzt hob er eine Hand, um ihre plötzliche Besorgnis zu zerstreuen. Langsam fuhr er aus der Jacke, erst mit dem einen Arm, dann mit dem anderen. Er legte den Parka auf einen dreibeinigen Hocker gleich an der Tür zum Flur, aber so, dass er das Messer schnell erreichen konnte. Inzwischen war ihm ganz schwummerig zumute, seine Knie zitterten, und die Zunge pappte am Gaumen.

»Gib Gina jetzt ihr Honorar.« Sie rieb Daumen und Zeigefinger aneinander, das Leder verursachte ein kaum hörbares Knirschen. »550 Mark, für zwei Stunden.«

»Gut«, sagte er und tat, als suchte er in der rechten Jeanstasche nach dem Geld. Sein Blick fiel auf das weiß lackierte Fensterbrett, wo ein paar Fünfzig- und Hundert-Mark-Scheine lagen, einfach so, ganz offen. Weiter vorn im Raum, links vom Fenster, stand ein Kühlschrank, daneben befand sich eine kleine Kochstelle mit zwei Gasflammen, noch weiter links die Tür zur Toilette. Sie war nur angelehnt. »Bring mir schon mal ein Bier, ja? Oder was du sonst hast, meinetwegen auch Sekt.«

Mein Film: Gina geht mit hart klackenden Absätzen über den Linoleumboden zum Kühlschrank. Ihre Bewegungen sind noch eckiger geworden. Das Leder spannt sich über ihren Hinterbacken. Ihr Nacken ist straff, zwei Sehnen treten hervor. Sie weiß nicht, dass sie gleich sterben wird. Robert nützt den Moment aus. Er geht rasch zum Fensterbrett, schnappt sich ein paar von den Scheinen und steckt sie in die Tasche. Als Gina sich umdreht, ist er schon wieder auf seiner alten Position.

»Hier, deine Kohle«, sagte Robert. Er griff in die Tasche und holte die Scheine heraus, zwei Fünfziger, zwei Hunderter, die er Gina hinhielt.

»Das sind bloß 300«, sagte sie.

»Mehr habe ich gerade nicht bei mir. Wir können doch schon mal anfangen, und danach gehen wir zusammen zum Geldautomaten und holen den Rest …«

Er sah, wie es in ihrem Gesicht zu arbeiten begann. Der Spatz in der Hand, dachte er. Während sie noch überlegte, ging er zu dem Regal mit der Gasmaske und nahm sie in die Hand. Sie war nicht so schwer, wie er sie in Erinnerung hatte. Diese hier bestand aus einer Art Kunstleder oder Gummi, der Schnorchel aus leichtem Metall. Man konnte sie überstreifen wie eine Taucherhaube und im Nacken mit einem Plastikriemen befestigen. Er setzte sie auf, dann zog er sie bis zum Kinn hinunter. Sie roch nach Kunststoff und leicht medizinisch, nach Äther. Er konnte plötzlich seinen Atem hören, leise pfeifende Stöße. Der rote Raum existierte nur noch in dreieckigen Ausschnitten vor den Sichtgläsern. Die Gläser beschlugen. Er – Robert der Folterer – sah sich um, suchte nach Orientierung.

»Leg das weg, das hat Gina dir nicht erlaubt!« Sie schlug die Kühlschranktür zu und kam mit schnellen Schritten auf ihn zu, *klack, klack, klack,* durch den Nebel der beschlagenen Gläser.

Robert lacht, weil er weiß, was jetzt passieren wird. Er ballt die rechte Hand zur Faust und schlägt sie ihr ins Gesicht, so heftig, dass er spürt, wie etwas bricht. Gina stößt einen Schrei aus und stürzt rücklings zu Boden, wo sie auf dem Hintern sitzen bleibt. Sie blutet aus der Nase, aber darauf achtet sie nicht. Sie sitzt da wie gelähmt und starrt ihn nur sprachlos an.

Er streifte die Maske wieder ab. »Entschuldige, Herrin! Soll ich mich jetzt ausziehen?« Gina gab sich einen Ruck; der Spatz in der Hand hatte gewonnen. »Ja, los, dalli, ausziehen!«

Er fuhr aus den Schuhen, der Hose, dem Hemd. Sie sah ihm dabei zu, gleichgültig, fast desinteressiert. Er zog das Unterhemd über den Kopf, jetzt blieben nur noch Slip und Strümpfe. »Alles«, befahl Gina, wieder mit der herrischen Stimme. Als er nackt vor ihr stand, versetzte sie seinen Oberschenkeln einen kleinen Schlag mit der Gerte. »Zieh das an, sofort!«

Sie ging zum Schrank und holte einen schwarzen Latexanzug heraus, den sie ihm hinhielt. Er fuhr hinein, zuerst etwas unbeholfen. Er spürte, wie sein Schwanz lebendig wurde, zwischen den Schenkeln hervorkroch. Sobald er ganz in den Anzug geschlüpft war und sie den Reißverschluss zugezogen hatte, schnürte sie seine Handgelenke und Füße so fest zusammen, dass er sich fast nicht mehr bewegen konnte. Mit winzigen Tippelschritten ging er neben ihr her zu der mit abwaschbarem Gummi bezogenen Pritsche. Dort versetzte sie ihm einen Stoß, dass er vornüberkippte und bäuchlings auf der Liegefläche landete. Danach ging sie zu einem Sessel, setzte sich hinein, schlug die Beine übereinander und zündete sich eine Zigarette an. Er hob den Kopf, drehte das Gesicht zu ihr. »Du machst keinen Mucks, bis ich es dir erlaube!«, sagte sie mit einer Stimme, der jedes Gefühl fremd zu sein schien.

Bewegungsunfähig lag er auf der Pritsche. Er war wehrlos, ihr völlig ausgeliefert. Sie hätte mit ihm machen können, was sie wollte. Hitze stieg in ihm auf, von den Lenden in den Kopf. Er stöhnte.

»Sitzen sie zu straff?«, fragte sie. »Hast du Schmerzen?«

Er schüttelte den Kopf. »Die Maske«, verlangte er, aber sie rauchte erst in Ruhe die Zigarette zu Ende. Dann stand sie auf, nahm die Gasmaske und zog sie ihm über den Kopf. Sofort veränderte sich sein Herzschlag, wurde schneller. Es war wie damals, als er an der ABC-Übung teilgenommen hatte, der muffige Geruch, die schnellen Atemstöße, der erste Schwindel. »Jetzt die Tropfen!«

Sie träufelte eine wasserklare Flüssigkeit aus einem kleinen Medizinfläschchen auf ein Taschentuch, das sie am Luftfilter der Maske anbrachte. Es war ein unbeschreibliches Gefühl: Da lag er auf ihrer Pritsche, an Händen und Füßen gefesselt, in hautengem Latex, und schnüffelte Poppers. Der Kick fuhr ihm sofort in den Unterleib. Er fing an, seinen erigierten Schwanz an der Pritsche zu reiben. Gina stand neben ihm, aber er konnte sie nicht sehen, riechen oder hören. Er spürte nur seinen harten Schwanz, den er immer heftiger in die Pritsche stieß, während der chemische Geruch aus der Maske sein Gehirn ausschaltete, alles betäubte, nur das Lustzentrum nicht. Die Erregung erfüllte ihn bis in die letzte Faser seines Körpers, das letzte Atom seiner unsterblichen Seele.

»Stich mich ab, du Schlampe!«, schrie er, ein unverständliches Gestammel, und dann kam er, bäumte sich auf, ergoss sich in immer wilderen Zuckungen in den Anzug. Danach lag er nur da, leer, auf dem Bauch, wie betäubt.

Gina beugte sich über ihn und löste die Riemen der Gasmaske, der Lederfesseln. »Ich hoffe, du hast abgespritzt«, sagte sie. »Für 300 Mäuse gibt's nämlich nicht mehr.« Sie wollte ihm die Maske vom Kopf ziehen, aber er stieß ihre Hände weg. »Wir sind noch lange nicht fertig«, sagte er und befestigte den Riemen wieder. »Pass auf!«

Er stand auf. Mit glühendem Gesicht unter der Maske ging er zu seinem Parka und zog das in die Zeitungsseiten eingewickelte Messer aus der Tasche. Er spürte seinen Erguss klebrig im Schritt. Gina folgte ihm mit den Augen, sah, wie er – Blatt für Blatt, raschelnd – die Klinge enthüllte. Der beidseitig geschliffene Stahl fing das Licht, blitzte rot.

Gina schüttelte den Kopf. »Was wird das?«, fragte sie. Ihr Rock war fast bis zur Taille hochgerutscht, und Robert konnte sehen, dass sie einen schwarzen Slip trug. Da war die Stelle, der 100-Prozent-Punkt am Ende der beiden Achsen. Er war zuversichtlich, dass er ihn diesmal erreichen konnte.

Er musste nur erst etwas trinken, dringend.

»Hab keine Angst«, sagte er, während er mit dem Messer in der Hand zum Kühlschrank ging, »es ist nur ein Spiel. Wenn du weiter mitspielst, ist es bald vorbei. Ich will, dass du mir alles beibringst, was du weißt.« Seine Stimme klang verzerrt, irgendwie dumpf, aber vielleicht nur für ihn. »Alles, was du über Schmerzen weißt.«

Er öffnete die Kühlschranktür und sah hinein: drei Flaschen Sekt 0,75, zwei Flaschen Cola 0,33, zwei Miniflaschen Jägermeister, eine Dose Ananas, eine Tafel Schokolade, aber kein Bier und auch kein harter Alkohol. Wenn ich der Kühlschrank wäre, würde ich mich jetzt ziemlich wundern, dachte er. Was ist das denn für ein Wesen, das gerade bei mir reinguckt, würde ich mich fragen – das sieht ja aus wie ein Monster in so einem alten amerikanischen Horrorfilm, ein Marsmensch oder so.

Aus dem linken Augenwinkel sah er am äußersten Rand des Sichtglases, wie Gina sich langsam auf die Tür zubewegte. Sie dachte wohl, er sähe das nicht. Aber er sah es sehr wohl. Er ging mit dem Messer zu ihr, packte sie bei den Haaren und riss ihren Kopf zurück, riss ihn so weit zurück, dass er ihr die Klinge an die Kehle setzen konnte. Er musste sich nur ein wenig bücken. Er schüttelte den Kopf und schnalzte tadelnd mit der Zunge. »Wo willst du denn hin?«, fragte er.

»Nirgendwohin«, ihre Stimme klang jetzt gequetscht, ängstlich, überhaupt nicht mehr nach Domina-Manier. »Ich wollte nur –«

Er wusste, was sie wollte. Er ging zur Wohnungstür, sperrte sie ab und zog den Schlüssel. Er ging ins Studio zurück und riss das Telefon aus der Wand. Er ging zum Fenster und zog die Vorhänge zu. Die Wohnung lag auch zu hoch, um aus dem Fenster zu springen, ohne sich den Hals zu brechen. Plötzlich hörte er das Geräusch wieder; es war ein Winseln, dann ein Scharren wie von Krallen. »Hast du einen Hund?«, fragte er.

Sie sah zu ihm auf, als wäre er Gott. Das war er auch. Er war Gott. Er konnte sie töten, und er konnte auch ihren Hund töten. Er hatte die Macht über Leben und Tod. »Hast du einen Hund?«, fragte er noch einmal.

»Ja.«

»Ist er groß?«

»Nein, ganz klein, ein Chihuahua.«

Er ließ das Messer sinken, hielt es aber so, dass sie es weiterhin sehen konnte. Sie war jetzt nicht mehr die harte Gina, die man wegen jedem Scheiß fragen musste, stattdessen zitterten ihre Mundwinkel, und sie hatte Tränen in den Augen, die ihr die Wimperntusche verschmierten. »Wir spielen jetzt Wehtun«, sagte er in die heiße Maske hinein, »und du fängst an. Du darfst mir überall wehtun, aber du darfst nicht vergessen, dass ich dieses Messer habe. Ich will alles spüren, die Peitschen da, und die Nippelzangen, und ich will, dass du mich verbrennst und schneidest, und selbst wenn ich schreie, hörst du nicht auf. Ich weiß, dass du Angst hast – das gehört dazu. Ich habe schon zwei Frauen getötet, einfach so, davon hast du bestimmt in der Zeitung gelesen. Ich wollte das nicht, es ist einfach so über mich gekommen.«

Er hielt inne, weil er merkte, dass er zu viel redete. Sie sah ihn aber nur an und nickte, was ihm auch nicht gefiel, weil er bestimmt merkwürdig aussah und sie innerlich vielleicht über ihn lachte. Er stand auf. »Ich töte jetzt deinen Hund«, sagte er.

»Nein«, sie schluchzte fast, »nicht – bitte! Ich tue, was du willst.«

Er zog sich die Maske vom Kopf und legte sie neben sich auf den Boden. Das Messer legte er dazu. Er schwitzte, sein Haar klebte an den Schläfen. Mit dem Handrücken wischte er sich den Schweiß von der Stirn. Er fühlte sich ausgedörrt, wie benommen. Die Kühlschranktür stand noch immer offen. »Ich komme einfach nicht zu was zum Trinken«, beschwerte er sich. »Bring mir eine von den Sektflaschen.« Gleich wird sie mir wehtun, dachte er, und dann tue ich ihr weh. Er spürte seinen Schwanz wieder steif werden, als er sich vorstellte, wie sie ihn stach und schnitt, wie sie all das tat, ohne eigene Lust zu empfinden, einfach nur, weil sie Angst vor ihm hatte, ganz furchtbare Angst.

Weil er Macht über sie besaß.

Er stand auf, nahm das Messer und ging auf die Tür zu, hinter der die Scheißtöle einfach nicht aufhören wollte zu bellen.

24

Es war so einfach. Sie machten ihm die Tür auf und ließen ihn herein, damit er sie töten konnte. Alle. Es erforderte nicht die geringste Anstrengung, keinerlei Raffinesse. Er rief sie an und sagte, ich komme jetzt zu dir, und sie sagten, ja, komm. Wahrscheinlich hätten sie ihn nicht hereingelassen, wenn er ihnen schon am Telefon gesagt hätte, dass er sie töten wollte. Aber vielleicht auch doch.

Gina sterben zu sehen war supergeil gewesen, über 70 Prozent, fast 75. Mehr konnte er nicht erwarten, solange die Überraschung nicht vollständig war: solange ein gewaltsamer Tod noch zum Berufsrisiko gehörte, ein bisschen wenigstens. Nutten ließen fremde Männer zu sich in die Wohnung, und deshalb mussten sie auch damit rechnen, dass ihnen etwas passierte. Aber die ganzen anderen Frauen, die glaubten, sie wären sicher.

Frauen wie Anja oder Gisela oder sogar Mariona.

Er lag auf dem Wasserbett, das bei jeder Bewegung unter ihm leise schmatzte und gluckerte. Er hatte nichts an außer der Unterhose und einer Socke, die noch halb an seinem linken Fuß hing. Sein Körper war übersät mit blauen Flecken, Schwellungen, kaum verschorften Schnitten und blutig unterlaufenen Wunden. Obwohl schon Mittag war, reichte das Licht im Zimmer kaum aus, um das Foto gut erkennen zu können, das er neben seinen Oberschenkel auf das Laken gelegt hatte: Gina in einem gelben Bikini auf Mallorca. Sie sah fast so aus wie in ihrem Studio, nur dass sie lächelte. Im Hintergrund schillerte das Meer.

Sie war ihm hilflos ausgeliefert gewesen. Sie hatte vor ihm gekniet, mit auf den Rücken gefesselten Händen, nackt bis auf ihren BH und den schwarzen Slip. Er hatte auf ihren Nacken hinuntergeschaut, durch die dreieckigen Glasaugen seiner Gasmaske. Er war unschlüssig gewesen, ob er sie losbinden sollte, um sie auf den Rücken zu drehen, oder nicht. Das war nach einer Stunde gewesen, als er schon viel über Schmerzen gelernt hatte: wie viel Lust sie einem bereiten konnten, wenn man genau wusste, wann man aufhören musste; wie unendlich die Qualen sein konnten, sobald man an ihr Ende nicht mehr glaubte. Dass man sich Zeit lassen musste; dass es nicht schnell gehen durfte, wenn man die Qualen seines Opfers wirklich genießen wollte.

Da war er schon nicht mehr allein in sich gewesen, allein in seiner Haut, allein in seinem Latexanzug. Er war auch in Gina gewesen. Nicht in ihrem Körper – in ihren Schmerzen, ihrer Qual, hatte mit ihr gefühlt und war gleichzeitig berauscht gewesen von den chemischen Dünsten in seiner Gasmaske, dem Quecksilber in seinen Adern. Und dann, irgendwann, ohne es zu merken, hatte er zugestochen und zugestochen und wieder zugestochen, bis es keinen Unterschied mehr gab zwischen der Farbe der Wände und der Nässe auf dem Boden und dem Körper unter ihm. Bis er kaum noch etwas sehen konnte, weil die rote Nässe die Sichtgläser der Maske verschlierte, und jetzt, hier auf dem Bett, stach er neuerlich zu und zu und zu, während er mit einer schmerzenden Hand den Gummizug der Unterhose runterzog und mit der anderen seinen Schwanz –

»Du erbärmlicher Wichser!«

Die Tür zum Schlafzimmer stand plötzlich offen. Im Flur brannte Licht, und Mariona war schon halb im Zimmer. Mariona, die gar nicht da sein durfte, sondern bei der Arbeit sein musste, Waschen und Legen und bis zum nächsten Mal, Frau Gerber. Einen Moment lang war er wie geblendet, während er in seinen Kopf zurückkehrte und sein Schwanz wieder schrumpfte, kalt und klein wurde. »Was machst du denn hier?«

Sie schüttelte den Kopf, tat komplett fassungslos, noch in Schal und Winterjacke. »Ich hab mir freigenommen, wegen meiner Migräne, und du liegst hier mitten am Tag auf dem Bett und holst dir einen runter … Was is 'n das für 'n Foto, deine Wichsvorlage, ist das die Gina von deinem Gekritzel da draußen auf 'm Küchentisch?«

Das Diagramm! Er hatte gerade angefangen, die Zeichnung vom letzten Abend anzulegen, *Gina* stand schon ganz oben auf dem Blatt, als er spürte, wie die Erinnerung ihn geil machte. Er hatte mitten im Zeichnen den Stift hingelegt, und da war er schon im

Schlafzimmer, das Bett noch nicht gemacht, es roch so muffig wie immer, nur der Geruch von ihm und Marionas Duschgel, und er war ja allein, sie kam erst am Abend zurück, und er hatte das Foto, das er aus dem Studio der Nutte mitgenommen –

»Das ist nichts, das brauche ich für eine Bewerbung.« Hastig zog er die Unterhose wieder hoch und schwang die Beine vom Bett. Fast hätte er gestöhnt vor Schmerzen, jeder Muskel tat weh. Das Foto von Gina im Bikini klebte an einem Oberschenkel. »Du willst dich bestimmt hinlegen.«

»Darauf ist mir die Lust erst mal vergangen. Wie siehst du überhaupt aus?! Bist du unter 'nen Schneepflug geraten? Was treibst du eigentlich den ganzen Tag – außer dir einen runterzuholen?«

Ich bringe Frauen um, du blödes Miststück!

Hastig fuhr er in die Hose, das Foto nun in der Hand. Mariona sah ihm ein paar Sekunden lang zu, dann wandte sie sich mit einem verächtlichen Laut ab und ging ins Wohnzimmer, wo sie den CD-Player anstellte. Modern Talking dröhnte aus den Lautsprechern, *Cheri Cheri Lady*. Mariona stand total auf diesen Schrott. »*Cheri Cheri Lady*«. Sie sang laut mit, weil sie wusste, dass ihn das ärgerte. »Geht das ein bisschen leiser?«, rief er. Sie drehte die Lautstärke noch weiter auf. Die Bässe ließen das Geschirr im Hängeschrank über der Anrichte klirren. Robert dachte an die Nachbarn und Anja auf der anderen Seite des Flurs, was die von ihm halten mussten, bei der Musik und dem Lärm. Er merkte, dass er wütend wurde. Er ging ins Wohnzimmer und brüllte: »Nicht so laut!«

Mariona stand noch neben dem Musikschrank. Ohne Robert auch nur anzusehen, drehte sie den Regler nach links und dann nach rechts, links und rechts, links und rechts, leise und laut, leise und laut und jedes Mal ein bisschen lauter. »*Cheri Cheri Lady*«, sang sie, obwohl das gerade im Text gar nicht vorkam, schrill wie ein trotziges Kind, das seine Eltern ärgern will. »*Cheri Cheri Lady!*« Sie ruderte mit den Armen, schwenkte sie wild über ihrem Kopf. Dann kam sie mit weit ausgreifenden Tanzschritten auf ihn zu. »*Brother Louie, Louie, Louie!*«

»Hör auf«, sagte er.

»*Cheri Cheri Louie!*«

Er ging zum Verstärker und drehte die Musik leiser. Mariona schubste ihn zur Seite und drehte sie wieder laut. Er konnte sehen, dass sie sich streiten wollte; er merkte es an dem Funkeln in ihren Augen und den vorgewölbten Lippen. Sie hielt seinem Blick stand und wartete darauf, dass er kniff wie sonst immer. »*Cheri, Cheri, Cheri, Cheri!*« Aber er kniff nicht. Er riss eine der Lautsprecherboxen aus dem Regal, hob sie hoch und schmetterte sie auf den Boden.

Sie hörte abrupt auf zu singen. »Spinnst du?!« Fassungslos starrte sie ihn an. »Sag mal, hast du sie noch alle? Du tickst doch nicht mehr richtig!«

Er verließ den Raum und kehrte in die Küche zurück, wo der Karoblock mit dem angefangenen Diagramm noch auf dem Tisch lag. Er nahm den Block, Lineal und Stifte und verstaute alles in seinem Koffer, legte die Sachen zu dem Schwert und den neuen Fotokopien von Rosa. Die Musik brach ab, und wenig später hörte er, wie die Wohnungstür zuknallte. Er legte sich aufs Bett und dachte, geh du zu deinem Richy, blöde Mistkuh. Dann dachte er an Gina und noch später an Anja von gegenüber. Er wurde müde und schlief ein, obwohl es erst Nachmittag war.

Er träumte von dem Hund, der an den Hinterbeinen von der Schiene des Duschvorhangs in Ginas Bad hing, ohne Kopf. Die Wanne darunter war voller Blut. Der Kopf des Hundes lag im Waschbecken, daneben lagen seine Zunge und eins der Augen. Als er aufwachte, konnte er den Hund noch immer sehen, und er erinnerte sich daran, wie er ihn getötet hatte, erst den Köter und dann Gina. Am Ende, bevor er gegangen war, hatte er noch das Bild der heiligen Symphorosa neben die Leiche gelegt. Darauf konnten die Bullen herumkauen wie so ein Hund auf seinem dämlichen Knochen. Was es bedeutete, würden sie sowieso nie erraten.

Es tat ihm jetzt leid, dass er den Lautsprecher kaputt gemacht hatte. Er ging ins Wohnzimmer, hob ihn auf und stellte ihn an seinen Platz im Regal, nachdem er das abgerissene Verbindungskabel zum Verstärker geflickt hatte. Er wollte nicht, dass Mariona sauer auf ihn war, aber er wollte auch nicht, dass sie einfach zu Richy ging, wann immer es ihr passte. Er schob eine Videokassette in den Rekorder und sah sich *Indiana Jones* und dann noch *Jäger des verlorenen Schatzes* an. Er war gerade an der Stelle, wo Indiana in ein dunkles Verlies mit mindestens hundert Schlangen runterkletterte, als er hörte, wie draußen auf dem Hausflur eine Tür ins Schloss fiel.

Er sprang auf und lief zur Tür, um durch den Spion zu spähen. Er sah noch einen Schatten mit blondem Haar, der vor der Fahrstuhltür wartete – Anja, und sie hatte ihre Wohnung nicht abgeschlossen, sondern nur die Tür zugezogen. Er merkte, wie sein Mund trocken wurde. Sein Herz schlug schneller. Er spürte, dass er einen Ständer bekam, allein bei dem Gedanken an Anjas leere Wohnung, an den Vanilleduft darin. Der Schatten verschwand, die Schiebetür der Liftkabine ging auf und zu, die Kabine ratterte nach unten.

Er wartete ab, dicht an der Tür, überlegte, ob sie wohl wiederkam oder nicht. Es war schon nach neun. Bestimmt ging sie aus und kam erst spät zurück, oder sie übernachtete bei ihrem Freund, wie sonst auch oft. Ihre Wohnung war jetzt leer; er spürte diese Leere wie einen Sog. Er konnte hineingehen und sich darin umsehen, im Leben einer Frau, ohne dass er vorher anrufen oder ein Messer einstecken musste. Wieder spürte er ein Flimmern in den Knien, das langsam in die Oberschenkel stieg. Ein Schauer der Erregung lief ihm über den Rücken. Er wartete noch fünf Minuten, und als Anja nicht zurückkehrte, holte er die Fahrradspeiche hinter der Ikea-Kommode hervor und huschte durch den menschenleeren Flur, überquerte eilig das kurze Stück zur Nachbarwohnung.

Er ging in die Hocke, schob das abgebogene Ende der Speiche durch den Briefschlitz, drehte sie und hakte sie um die Türklinke. Schon aus dem Schlitz drang ihm der Duft entgegen, der ihn so geil machte. Er bewegte sein Ende der Speiche nach oben, allerdings etwas zu schnell. Sie rutschte ab und schrammte an der Türfüllung entlang. Das Geräusch war nicht sehr laut, aber er hielt einen Moment inne, um zu lauschen. Nichts geschah. Niemand trat auf den Flur, um nachzugucken, was da los war.

Erneut drehte er die Speiche, bis der Haken die Klinke berührte. Das silbrige Gefühl zwischen seinen Beinen wurde immer stärker.

Diesmal gab er sich mehr Mühe, zog und drückte vorsichtiger, bis er spürte, wie die Klinke nachgab. Er stieß die Tür mit der Schulter auf und drang in den dunklen Flur dahinter ein. Der Anja-Geruch war jetzt so überwältigend, dass er beinahe die ganze Ladung in seine Unterhose abgeschossen hätte. Benommen stand er in der Finsternis, mit dem Rücken gegen die geschlossene Tür gelehnt. Atmete. Lauschte.

Das Ticken eines Weckers.

Das Summen eines Kühlschranks.

Das Tropfen eines Wasserhahns.

Links das Schlafzimmer, rechts die Küche, das Bad, weiter hinten der Wohnraum. Einbauschränke mit Resopalverkleidung im Flur. Als er sich an die Lichtverhältnisse gewöhnt hatte, drang er tiefer in die kleine Wohnung ein, die genauso geschnitten war wie seine eigene. Seine Filzhausschuhe verursachten kein Geräusch auf dem gekachelten Boden. Leise, nein, lautlos öffnete er alle Türen der Schränke im Flur und sah hinein. Schnupperte an den Kleidern: Jeans, Röcke, Jacken, ein Mantel. Das Pochen in seinem Ständer war kaum noch zu ertragen; er hätte sich am liebsten gleich hier in Anjas Diele befriedigt.

Langsam. Eins nach dem anderen. Er fand das Bad. Knipste das Licht an. Das Bad hatte kein Fenster, nicht mal ein Oberlicht. Er zog die Tür bis auf einen Spalt zu, damit die Helligkeit nicht durch eins der anderen Fenster zu sehen war. Der Raum war klein, es gab nur die Toilette, eine Dusche, einen kleinen Schrank über dem Waschbecken und einen Wäschekorb. Die Lampe war eine Leuchtstoffröhre unten am Schrank. Der Spiegel in der Schranktür war makellos sauber, nicht ein einziger Zahnpastaspritzer zu sehen.

Der Wäschekorb, rund, aus geflochtenen Weidenzweigen mit einem stoffbezogenen Deckel, stand in der Ecke neben der Dusche. Der Tabernakel, dachte Robert, nur ohne das ewige Licht. Er hob den Deckel ab und vergrub die rechte Hand in einem Berg aus Höschen, BHs, Strumpfhosen und Blusen. Er holte eins der Höschen heraus und roch daran. Sogar dieses kleine Stückchen Stoff roch gut, nicht wie getragen, sondern nach Vanille und Zimt.

Er fragte sich, was wohl wäre, wenn Anja wüsste, was er gerade tat. Wenn sie ihn jetzt sehen könnte, wie er in ihre intimsten Geheimnisse eindrang. Bei der Vorstellung wurde ihm schwindlig vor Lust. Er legte das Höschen zurück, schob den Deckel wieder an seinen Platz und knipste das Licht aus. Es war wie eine neue Droge, die er noch nicht kannte; an die er sich erst langsam gewöhnen musste.

Jetzt das Schlafzimmer. Der Heilige Gral. Die Bundeslade. Er trat durch die Schlafzimmertür, die nur angelehnt war. Der berauschende Geruch wurde stärker. Hier konnte er kein Licht machen, zu gefährlich. Beim nächsten Mal brauchte er eine Taschenlampe, das war besser. Aber die bläulich graue Helligkeit, die von der Straße durch das Fenster hereinfiel, reichte aus, dass er am Bett vorbei den Weg zum Schrank fand. Das schmale Einzelbett war ordentlich gemacht, mit einer Tagesdecke verhüllt.

Er überlegte, ob er sich hineinlegen sollte, nackt, um darin zu masturbieren. Nein, noch nicht. Beim nächsten Mal vielleicht, im Bad, vor dem Spiegel. Er öffnete den Schrank. Selbst im Dunkeln konnte er sehen, dass auch hier alles ordentlich war, Höschen lag auf Höschen, BH hing neben BH, Strümpfe und Unterhemden schlossen auf Kante ab; kein Feldwebel beim Bund hätte daran etwas auszusetzen gehabt. Auch hier griff er eins der Höschen, einen BH und presste sie kurz gegen sein Gesicht – kühl, narkotisch, »Sunil macht ihre Wäsche duftig weich« –, dann legte er beides wieder zurück.

Er durchsuchte alle Fächer und alle Schubladen, wobei er darauf achtete, dass keine Unordnung entstand. Anja durfte nicht wissen, dass jemand in ihrer Wohnung gewesen war, dass fremde Hände ihre Wäsche durchwühlt hatten. Er ging zurück in die Diele, wo er stehen blieb. Draußen näherten sich Schritte, erst auf der Treppe, dann im Korridor. Den Fahrstuhl hatte er nicht gehört. Die Schritte klangen anders als die von Anja und auch als die von Mariona. Ohne vor der Tür innezuhalten, entfernten sie sich wieder.

Er atmete erleichtert durch, ohne dass seine Erregung abklang. Woher kam die Intensität dieses Gefühls, das ihn fast erzittern ließ? Was er hier tat, war viel harmloser als das, was er in den Studios von Monique, Romy und Gina getan hatte. Aber es war anders, weil er sich hier auf einmal wünschte, ertappt zu werden – überrascht dabei, wie er in das Sanctum einer Frau eindrang, in ihr Innerstes. Er drang ein, bewegte sich darin hin und her, auf und ab, berührte, was er wollte, und machte damit, was ihm gefiel.

Die Schauer der Angst, die ihm über den Rücken liefen, waren in Wirklichkeit Schauer der Lust, Vorfreude auf den Moment, in dem sie ihn dabei stellte. Einen Fremden, vielleicht sogar nackt. Der Moment, in dem sie erkannte, dass es keine Geheimnisse mehr zwischen ihnen gab, nur noch eins – den Unterschied zwischen Leben und Tod.

Doch dafür war es viel zu früh. Die Entwicklung, die Steigerung der Spannung hätte gefehlt. Es wäre gewesen, als hätte er einen oder mehrere Schritte auf dem Weg zu 100 Prozent am Ende der y- und x-Achse übersprungen. Es gab noch viele kleine Schritte, die am Ende zu dem großen Schritt führten, in dieser und in anderen Wohnungen, bei dieser und bei vielen anderen Frauen. Der große Schritt war der letzte, die Begegnung mit dem Tod und der Ekstase, vereint in diesem einen endlosen Moment, der Ewigkeit.

Bis dahin konnte es passieren, dass er Anja auf dem Flur begegnete, wenn sie vom Einkaufen zurückkam. Oder von ihrem Freund, wo sie es gerade getrieben hatte, während er in ihrem Bad, ihrem Schlafzimmer gewesen war. Er stellte sich vor, wie er ihr die Tür aufhielt, weil sie beide Hände mit Tüten voll hatte, und wie er sie dabei berührte und an ihr roch. Oder im Hauseingang, wie er sich neben ihr zu den Prospekten hinunterbückte, die der Austräger auf den unteren Stufen der Treppe abgelegt hatte.

Hallo, ich bin's, Robert, ich habe dir vor Kurzem deine Tür aufgemacht, erinnerst du dich noch? Ich war seitdem ein paarmal allein in deiner Wohnung und habe auf deine Wäsche gewichst.

Er konnte ihr in die Augen sehen oder auf den Mund und freundlich lächeln, und sie wusste nichts. Wusste nicht, dass er sie an Stellen berührt hatte, die vielleicht nicht mal ihr Freund anfassen durfte. Sie lächelte wahrscheinlich sogar und bedankte sich, bevor sie in der duftenden Wärme ihrer Wohnung verschwand, in die er ihr in Gedanken folgte. In der er sie schon erwartete.

Er drehte sich noch einmal um, speicherte alles in seinem Gedächtnis und verließ die Wohnung, nachdem er die verbogene

Fahrradspeiche wieder an sich genommen hatte. Er huschte über den Gang, in dem das Minutenlicht erlosch, als er gerade die eigene Wohnungstür erreicht hatte. In der Diele rief er: »Mariona?« Der Fernseher war noch immer an, doch ein triumphaler Marsch verkündete das Ende des Films. Er schaltete den Videorekorder aus und danach auch den Fernseher. Auf einmal merkte er, wie erschöpft er war; er hatte nicht einmal mehr Lust, sich selbst zu befriedigen.

Er zog sich aus und ging ins Bett. Er dachte an Anja und ihre Wohnung und den Geruch darin. Er beschloss, in Zukunft nicht nur die Diagramme anzufertigen; er musste auch noch alles aufschreiben, was er sah und dabei empfand – wie sein Namensvetter De Niro in *Taxi Driver*. So wie die Apostel, wie Matthäus, Markus oder Lukas im Neuen Testament, nur ohne Jesus und nicht als Evangelium, mehr als eine Art Apokalypse.

Die Offenbarung des Robert Melzer.

25

Larsen

Die Nachricht kam am 3. Februar: ein weiterer Mord, ein weiteres Opfer, wieder eine Prostituierte. Damit war Larsen klar, dass sie es in der Tat mit einem Serienmörder zu tun hatten. Als sie den Leichnam fanden, war Gina Berthold bereits anderthalb Tage tot, und hätte nicht ihre Freundin Sonja wiederholt versucht, sie telefonisch zu erreichen, wäre die Tote vielleicht noch später entdeckt worden. Aber diese Sonja, ebenfalls Prostituierte, war schließlich zu Ginas Studio gefahren, weil sie sich schnell Sorgen machte, immer umsonst, wie sie sagte, nur diesmal nicht.

»Wissen Sie, Frau Kommissarin«, hatte sie Mareike erklärt, »ich bin ja so 'ne Kümmerin, ich mach mir immer gleich Sorgen, und als ich dann nichts mehr von der Gina gehört hab, ja, da is' mir wieder eingefallen, dass sie ja noch einen Kunden erwartete, als wir an dem Nachmittag telefoniert hatten. So 'n Freak, hatte sie am Telefon gesagt, ein Frischling, der sich in Bondage und Folter einweihen lassen will. Aber die kommen dann manchmal gar nicht. Die holen sich am Telefon einen runter, und das war's dann, wieder was gespart, sagen die sich. Also, jedenfalls bin ich zur Gina und hab geklingelt, und die macht nicht auf, geht immer noch nicht ans Telefon, nichts. Da krieg ich's dann echt mit der Angst. Ich meine, die Gina is' ja nicht so wie ich, das is' 'ne ganz Taffe, die scheißt sich nichts vor 'nem Typ. Tja, nu, dachte ich, rufste trotzdem mal lieber die Bullen. Also, die Polizei, meine ich. Aber die kam ja zu spät, wie immer. Warum tut ihr eigentlich nichts, hm? Warum könnt ihr uns nicht beschützen?«

Die Kollegen vom KDD waren zu Ginas Studio gefahren, und gleich danach hatten sie Larsen informiert. Als er am Tatort eintraf, war alles viel schlimmer gewesen als bei den Fällen eins und zwei, und er hatte gewusst, dass jetzt doch die Phase kam, in der er in seine Pension ziehen musste. Und auch diesmal hatte es ihn nur einen Tag nach dem Auffinden der Leiche wieder in Ginas Studio gezogen, als wäre er in das Magnetfeld einer unwiderstehlichen Macht geraten.

Auch in Ginas Apartment roch es nach Tod, Blut und Verwesung. Der Geruch hing in den Vorhängen, klebte an allem, was aus Leder, Gummi oder Plastik war. Larsen hatte längst aufgehört zu zählen, wie oft er diesem Geruch schon begegnet war, an wie vielen Tatorten er ihn erst wahrgenommen und dann ignoriert hatte, bis er an den Gesichtern seiner Kollegen sah, dass er immer noch den Raum erfüllte. Jetzt, an diesem Spätnachmittag im Februar, sagte er ihm vor allem, dass seine schlimmsten Befürchtungen sich bewahrheitet hatten. Mit dem dritten Opfer stand fest, dass in seiner Stadt tatsächlich ein Serienmörder, der es auf Prostituierte abgesehen hatte, unterwegs war; jemand, der mit unbeschreiblicher Grausamkeit tötete.

Also, die Polizei, ja? Aber die kam ja zu spät, wie immer. Warum tut ihr eigentlich nichts, hm? Warum könnt ihr uns nicht beschützen?

Larsen dachte nicht, *die Polizei,* nicht einmal *wir* dachte er. Er dachte: *ich.* Es ist mir nicht gelungen, zu verhindern, dass Gina Berthold, sechsundzwanzig, in diesem schäbigen SM-Studio tot auf dem Boden aufgefunden wurde, dazu noch ihr Hund im Badezimmer. Ich habe es nicht geschafft, dem Täter auf die Spur zu kommen, bevor er eine weitere junge Frau mit einem Messer zerfleischen konnte. Ich, dachte er, denn soweit es ihn betraf, waren sie beide allein auf dem Feld und rannten – der Mörder und er.

Warum könnt ihr uns nicht beschützen?

Weil wir nicht Gott sind, dachte Larsen. Weil wir nicht alles sehen und überall sein können. Wir sind nicht mal zum Schutzengel geeignet. Der Mörder dagegen handelte wie Gott. Er nahm willkürlich Leben, weil es ihm so gefiel. Weil er es konnte, und weil wir ihn nicht daran hindern, bis jetzt. Wir haben nicht gesehen, wie er in den Holunderweg gefahren ist, eine kleine Seitenstraße im Blumenviertel auf der anderen Weserseite. Wir haben nicht beobachtet, wie er vielleicht einen Kleinwagen ein paar Hausnummern entfernt abgestellt hat oder aus der Straßenbahn gestiegen und zu Fuß zum Tatort gegangen ist, einem heruntergewohnten Mehrfamilienhaus mit Jugendstilmotiven an der Fassade. Wir haben nicht verhindert, dass er bei Berthold geklingelt hat, dass er in dem von leisen abendlichen Geräuschen erfüllten Haus die Treppe hinaufgestiegen ist, in der Tasche ein Messer und ein Bild der heiligen Symphorosa.

Ja, diesmal hatte man wieder ein Bild bei der Leiche gefunden, allerdings von geringfügig anderer Beschaffenheit. *Dünner als das Bild vom ersten Mal,* schrieb Larsen mit dickem blauen Filzstift auf das Packpapier an der Wand, nachdem er wieder in seinen Kellerraum zurückgekehrt war. *Offenbar eine Fotokopie, diesmal aber nur mit Tesafilm beklebt.* Das erste wirkte dagegen wie eine Vorlage, ein Original. Woher stammt es? Aus einem Buch? Kunstgeschichte? Religion? Ursprung suchen!

Daneben notierte er: *Copyshops!*

Das Licht war hier unten nicht besonders gut, und er hatte von oben seine Schreibtischlampe mitgebracht, die nun auf dem Tisch stand und die Wand anstrahlte. Immer wenn er auf die Papierbahn zutrat, warf er einen übergroßen Schatten, mit dem er verschmolz, sobald er das Papier mit dem Stift berührte.

Gehört vielleicht zur Personifizierung des Täters. Schlüssel zum Motiv? Kirche fragen!

Er rief sich das Bild in Erinnerung – die schlanke Frau mit den langen dunklen Haaren, die vor ihr aufgereihten Gestalten unterschiedlicher Größe, klein, wie Messdiener. Das mussten die Söhne sein. Was für eine Rolle spielten sie bei der Geschichte? Er erinnerte sich, dass Kristin ihn gefragt hatte, ob er wissen wolle, wie sie hießen, aber er hatte sich mehr für die Bedeutung des Namens interessiert. Die Zusammen-Weggerissene. Das war ein Fehler, dachte er, nein, kein Fehler – eine Unbedachtheit. Er musste ihre Namen wissen; sie waren ebenfalls Opfer, von ihrer Mutter in den Tod geschickt.

Dann dachte er: Aber vielleicht geht es bei der ganzen Geschichte gar nicht um die Mutter, sondern um die Söhne. Was für eine Frau opfert ihre Söhne für ihren Glauben? Sie hat ihr eigenes Fleisch und Blut in den Tod geschickt, aus Trotz, aus Starrsinn oder Überzeugung. Fremdes Märtyrertum bewirken und mit dem eigenen koppeln, war das Gott wirklich wohlgefällig oder nur eitel?

Er fing an, an der Wand auf und ab zu gehen, begleitet von seinem Schatten. Hin und her wie ein Raubtier im Käfig, wie Rilkes schwarzer Panther, dachte er. Aber auf einmal war sein Verstand wie leer gefegt, keine Frage mehr, keine Vermutung, nur Erinnerung an ein Kind, das auf dem Fenstersims stand, voller Angst und doch auch voller Zuversicht, dass er sie retten würde, weil er ihr Vater war. Für das Leben seiner Tochter hätte er sein Leben und alles andere gegeben, auch jetzt noch.

Was für eine Mutter gibt das Leben von sieben Söhnen hin? Was für ein Gott nimmt dieses Opfer an? Was für ein Mensch legte ein Bild von so einer Frau neben die Leiche einer Prostituierten, die er gerade ermordet hat?

Larsen griff nach seinem Block, der neben der Lampe auf dem ausrangierten Konferenztisch lag, um seine Notizen zurate zu ziehen. Als geübter Kriminalist hatte er in Stichpunkten zunächst den äußeren Tatort – das Umfeld der Leiche – festgehalten, bevor er zum inneren Tatort, der toten Domina selbst, übergegangen war.

Der äußere Tatort: Im Gegensatz zu den Studios von Monique Wilhelm und Romy Jäger ist Ginas Apartment etwas geräumiger – Entree, Küche, Bad mit Dusche, der eigentliche Arbeitsraum. In der Mitte prunkt eine schwarze Pritsche. Die Türen des wuchtigen Schranks stehen offen, die Schubladen sind halb herausgezogen, und die Wände weisen nicht die üblichen Blümchentapeten auf, sondern einen abwaschbaren Anstrich in tiefem Rot, schwarz abgesetzt. Ein Andreaskreuz, ein niedriger Käfig in der Ecke und mehrere Stahlhaken und Ringe reflektieren das schummerige Licht der gedämpften Wandlampen. Auf dem Boden liegen Gerten, eine Lederpeitsche und eine blutverschmierte Gasmaske.

Diese Stichworte reichten aus – er war wieder in Ginas Studio: Die Heizung lief auf Hochtouren, sodass er als Erstes den Wunsch verspürt hatte, das Fenster aufzureißen und sich weit hinauszulehnen. Aber jedwede Temperaturveränderung hätte die Arbeit des Gerichtsmediziners beeinflusst, deswegen war er stattdessen ins Bad gegangen, und da hatte er den toten Chihuahua entdeckt.

Der Hund hing in der Duschkabine. Die Hinterläufe waren mit einer Schnur zusammengebunden; das andere Ende der Schnur führte zur Leiste für den Duschvorhang, war mehrmals darum herumgeschlungen und dann verknotet worden. Das Blut des Hundes war in die Wanne getropft und dort zu rostfarbenen Flecken getrocknet. Der abgetrennte Kopf lag im Waschbecken, die Zähne gefletscht, die Augen immer noch aufgerissen, in den Pupillen das Glutrot des reflektierten Blitzlichts. Das Kopffell war verklebt mit getrocknetem Blut, die Kehle hing heraus wie ein schlaffer Schlauch.

Jetzt im Kellerraum nahm Larsen ein Foto des enthaupteten Kadavers aus seiner Aktenmappe auf dem Tisch und befestigte es mit Heftzwecken an einer Pinnwand aus Kork neben den Packpapierbahnen.

Der Anblick, so scheußlich er war, hatte ihm nicht viel ausgemacht. Was ihm aber sehr wohl etwas ausgemacht hatte, war der Anblick von Gina Berthold – oder von dem, was von ihr übrig geblieben war. Zum ersten Mal seit Langem hatte er einen Würgereiz verspürt – eine heftige Regung im Magen, dann in der Kehle und jähe Hitze, die ihm in den Kopf schoss. Es dauerte einen Moment, bis er sich wieder im Griff hatte; der Block in der Hand half immer.

Jetzt heftete er zwei weitere Fotos an die Pinnwand, die Gina Berthold so zeigten, wie die Ermittler sie vorgefunden hatten. Ihre nackte Leiche ruhte in Seitenlage auf einer schwarzen Gummimatte, die geringfügig gespreizten Beine angezogen wie die eines Embryos. Der Kopf war durch zahlreiche Schnitte in den Hals fast vom Rest des Körpers abgetrennt. Das Gesicht ließ sich unter einer Maske aus verfärbten Schwellungen und Blutergüssen kaum mehr erkennen. Brust, Schenkel und Arme wiesen mehr Stichwunden auf, als Larsen je zuvor an einem menschlichen Körper gesehen hatte. Dort, wo sich keine Schnitte oder Stichverletzungen fanden, deuteten zahlreiche parallel verlaufende Hämatome mit schmalen Aussparungen in der Mitte darauf hin, dass Gina Berthold vor ihrem Tod mit heftigen Schlägen von einer Peitsche misshandelt worden war. Die Hände der Toten waren mit verchromten Handschellen auf den Rücken gefesselt.

Larsen trat einen Schritt zur Seite, damit sein Schatten die Bilder nicht verdunkelte. Was war noch wichtig? Der BH, vormals schwarzer Chiffon, jetzt blutverkrustet, hing der Toten in zwei Teilen um den Oberkörper. Wie bei den beiden vorangegangenen Morden war der Stoff zwischen den Körbchen zerschnitten. Der Steg war absichtlich und nicht zufällig im Rahmen des Tatgeschehens durchtrennt worden, denn auch bei diesem Opfer fehlte eine entsprechende Verletzung zwischen den Brüsten.

Der schwarze Slip war bis zu den Kniekehlen heruntergezogen. In Ginas Vagina stecke ein Besenstiel. Larsen schrieb, diesmal mit rotem Filzstift, in die Spalte mit der Überschrift *Gina Berthold: Kopf fast abgetrennt, in der Mitte zerschnittener BH, Penetration mit Besenstiel* – wie er in der Spalte unter *Monique* in derselben Farbe *Penetration mit Telefonhörer* geschrieben hatte und unter *Romy: Penetration mit Fleischermesser.*

Er sah sich selbst, wie er sich über den Leichnam beugte, um die Körpertemperatur zu messen, so wie sich vielleicht der Mörder ganz zuletzt noch einmal über den Körper gebeugt hatte, um ihn anzuheben und den Gegenstand dort abzulegen, den er, Larsen, anderthalb Tage später gefunden hatte: das Votivbild der heiligen Symphorosa und ihrer Söhne. Er fragte sich, warum beim zweiten Mord kein Bild aufgetaucht war. Ob es dafür einen bestimmten Grund gab? Hatte der Täter einfach keine Gelegenheit gehabt, es neben der Leiche zu deponieren, oder hatte er es nicht bei sich getragen?

Das würde bedeuten, überlegte Larsen, dass zumindest Romy Jägers Tod nicht geplant war, sondern das Ergebnis eines spontanen Entschlusses darstellte. Der Täter hatte Stress. Romy war ein zufälliges Opfer geworden; ihr Tod hatte mit ihrem Beruf zu tun, nicht mit ihr selbst. Wir müssen uns auf das Bild konzentrieren, dachte er einmal mehr: Wo kommt es her, was bedeutet es für den Täter?

Er schaltete die Lampe aus, packte Stifte, Mappe und Block in seine Aktentasche und sperrte den Raum ab, in dem er zum Profiler wurde wie Dr. Jekyll in seinem Labor. Oder war es Mr. Hyde gewesen, der sich verwandelte? Wie auch immer, auf dem Weg hinauf in sein Büro wurde er wieder zum Leiter der Mordkommission – und zum Ehemann, der, oben eingetroffen, als Erstes seine Frau anrief. »Hör mal«, sagte er ohne Einleitung, als sie in ihrem Arbeitszimmer den Hörer abnahm, »kannst du mir schnell sagen, wie die Söhne von dieser Heiligen hießen?«

»Warte mal«, sagte sie, nicht im Mindesten verwundert. Er hörte geschäftige Geräusche, Schritte, Buchseiten wurden umgeblättert, dann nahm Kristin den Hörer wieder auf. »Hast du was zum Schreiben?«

»Ja.«

»Also, hier die Namen … In alphabetischer Reihenfolge: Crescens, Eugenius, Julianus, Justinus, Nemesius, Primitivus, Stacteus. Hast du das?«

»Ja.«

»Kommst du voran?«

»Nein, leider überhaupt nicht. Im Gegenteil. Es ist schon wieder ein Mord passiert, an einer Prostituierten im Blumenviertel.«

Kristin schwieg einen Moment. Dann fragte sie: »So schlimm wie die anderen?«

»Schlimmer. Viel schlimmer.«

Diesmal dehnte sich ihr Schweigen. »Bedeutet das, du lässt mich wieder allein?«

»Ich lasse dich nicht allein. Ich beschütze unser Haus. Und dich.« Er spürte durchs Telefon, wie sich ihre Stacheln aufstellten. »Ich schließe dich auch nicht aus.« Sie sagte nichts, deswegen ergänzte er: »Du wirst es mir mit einem langen, unbeschwerten Leben danken.«

»Es gibt kein unbeschwertes Leben«, entgegnete sie und seufzte. »Möchtest du lieber Hirschragout oder geschmortes Huhn zum Abendessen?«

»Irgendwas, das man leicht warm machen kann, falls ich nicht vorher hier am Bahnhof was esse. Ich weiß noch nicht, wann ich nach Hause komme.«

Er konnte fast wahrnehmen, wie sie sich am anderen Ende der Leitung innerlich einen Ruck gab. »Hauptsache, du fasst diesen Mistkerl bald.«

»Ja«, sagte er und legte auf. Sie schien sich schneller mit der Situation abgefunden zu haben, als er befürchtet hatte. Er betrachtete die Liste der lateinischen Namen, die er hastig auf ein Blatt Papier gekritzelt hatte. Lag in diesen Namen der Schlüssel für die Aufklärung der Fälle? In ihrer Reihenfolge, in den Anfangsbuchstaben, in ihrem Alter, der Art ihres Todes? Quatsch, das war doch kein Hollywood-Thriller wie *Das Schweigen der Lämmer* oder *Roter Drache*, Filme, für die Drehbuchautoren sich besonders raffinierte Handlungen ausdachten, wie sie im wahren Leben praktisch nie vorkamen. Aber was war eigentlich das wahre Leben? Eine Filmhandlung konnte Teil des wahren Lebens werden, indem sie Täter zur Nachahmung inspirierte.

Das Telefon klingelte. Er hob ab und meldete sich. Am anderen Ende war, unangenehm nah, der Polizeipräsident. »Larsen, hier Schlotkötter. Stimmt das, wir haben wieder eine tote Nutte – noch eine? Die dritte?«

»Leider«, bestätigte Larsen.

»Mein lieber Mann, was machen Sie denn die ganze Zeit? Der erste Mord war vor Weihnachten, der zweite an Silvester, und jetzt noch einer? Das ist ja der reinste Amoklauf … Wollen Sie dem Treiben dieses Irren weiter tatenlos zusehen?«

»Eigentlich nicht«, erwiderte Larsen. Aber natürlich handelte es sich um eine rhetorische Frage, denn der PP erwartete keine Antwort. Stattdessen sagte er: »Die Presse wetzt schon die Messer, Larsen. Radio Bremen hat eben zum dritten Mal wegen eines Live-Interviews angefragt, und der Innensenator sitzt mir auch im Nacken. Bis jetzt habe ich meine schützende Hand über Sie und Ihre Abteilung gehalten, aber wenn das so weitergeht –«

»Tut es nicht«, erklärte Larsen. »Tatsächlich haben wir schon mehrere Strategien entwickelt, um dem Täter eine Falle zu stellen.«

»Ach ja?« Die Stimme des PP klang milder, fast erfreut. »Na, das hört sich ja vielversprechend an. Dann mal los, Larsen, immer tüchtig Gas geben. Sie beachten dabei aber doch unser Polizeigesetz, oder?«

»Natürlich«, versicherte Larsen. »Ich halte Sie auf dem Laufenden, wenn Sie wollen, stündlich.«

»Das wird nicht nötig sein«, beschied Schlotkötter ihm eilig. »Ich vertraue Ihnen voll und ganz.« Er unterbrach die Verbindung, und Larsen legte ebenfalls auf. Da die Tür offen stand, brauchte er nicht erst aufzustehen und hinauszugehen, bevor er brüllte: »Mareike, in mein Büro!«

26

Robert

Und Gott sprach: *Wohl dem, der deine jungen Kinder nimmt und zerschmettert sie an dem Stein.*

Das stand in der Bibel. Und das: *Mein ist die Rache, spricht der Herr.* Aber das schrieb Robert noch nicht in seine Kladde. Es fiel ihm nur wieder ein, als er vor der leeren Seite saß und sich durch den Kopf gehen ließ, weshalb er angefangen hatte, Theologie zu studieren. Und warum ihm das Studium dann nicht mehr genügt hatte.

Erst die Barmherzigkeit, die Nächstenliebe Jesu Christi, niedergeschrieben in den Evangelien des Neuen Testaments. Die Theologie seines Vaters, in der es keine Gasmasken gab und keine Peitschen; keine Erleuchtung durch den Blick ins Antlitz des Todes. Aber je länger er sich damit beschäftigt hatte, desto deutlicher war ihm geworden, dass Jesus ihm nicht näherkam. Die Bestätigung dafür, die zutreffenden Worte, hatte er bei Algernon Swinburne gefunden, in einem Gedicht: *Du hast obsiegt, o bleicher Galiläer – Dein Atem hat die Welt grau gefärbt.* In diesem freudlosen Leben einen lebendigen Tod erleiden wie sein Vater an der Seite seiner Mutter, mit Scham bedeckt wie mit einem Fluch – davor graute ihm, wie Swinburne vor dem Atem Christi.

Jesus war Jesus, aber Gott war Gott. Gott wusste, wie es zuging auf der Welt: Er hatte sie schließlich geschaffen. Er hatte die Menschen nach seinem Ebenbild geformt. Er wusste Bescheid über Blut, über Mord und Totschlag. Über Opfer. Er verlangte sie sogar von seinen Schafen. Das stand im Alten Testament, doch davon wollten Roberts Lehrer an der Uni nichts mehr wissen. Die neue Theologie, die alles relativierte: Jemand beging Ehebruch – und wurde nicht exkommuniziert. Deswegen hatte er vor einem Jahr alles hingeschmissen und seitdem nichts mehr auf die Reihe gekriegt, nicht mal das mit Mariona.

Bis vor drei Tagen. Bis zu Gina.

Es war wie damals, als er nach dem Abi an die Uni gekommen war, im ersten Semester Theologie: Er hatte das Gefühl, auf eine höhere Stufe erhoben worden zu sein. Eine Erfahrung, die alle vorherigen Erfahrungen in den Schatten stellte, machte einen neuen Menschen aus ihm. Sobald er das Diagramm mit dem Archivierungsnamen *Gina* beendet hatte, betrachtete er es und dachte, das war das letzte. Er brauchte sie nicht mehr, um festzuhalten, was er geschafft hatte und was sich ihm noch entzog.

Die Begegnung mit Gina war eine Begegnung mit seinem eigenen Selbst gewesen, dem Menschen, der er gewesen war und der ihn zu dem gemacht hatte, in dessen Körper er sich heute befand. Dem Menschen, der andere töten musste, um Erlösung in der Ekstase zu finden wie ein Heiliger. Erst die Ekstase, dann der Tod. Die Hinrichtung, die beides für immer vereinte. Die Kladde hatte er gekauft, um seinen Weg dorthin zu dokumentieren, für die Polizei, für seine Richter. Für die Journalisten. Für die Nachwelt.

Seine Seele war sein einziger Stern, auch das hatte Swinburne geschrieben. Und ich will, dass alle ihn leuchten sehen können, diesen Stern Apollyons, Engel des Abgrunds aus der Offenbarung des Johannes. Man las und las während des Studiums, aber alles blieb, was es war: Worte. Worte, mit denen er aufgewachsen war und die er nun durch seine eigenen Worte ersetzte.

Religion war nur eine Geschichte, die man viel besser erzählen konnte, als dies bisher geschehen war. Theologie war Lüge; Wahrheit fand sich nur in der Dunkelheit, in der allein deine Taten zum Licht führten. Die Welt war ein grauer Leib, den man aufschlitzen musste; sie musste bluten so wie ich. Robert stellte sich vor, wie das Blut davontrieb, in Tropfen, Spritzern, sogar Strömen, hinein in die endlosen Weiten des schwarzen Weltalls: das ganze Rot.

Das schrieb er allerdings genauso wenig auf wie die Sache mit dem Heiligenbild. Wie er es bei seiner ersten Semesterarbeit in einem Buch entdeckt hatte und wie überrascht er gewesen war, weil die Frau darauf aussah wie seine Mutter früher, als junges Mädchen. Davon hatte sein Vater ihm nichts erzählt. Er hatte das Buch gekauft und das Foto ausgeschnitten und auf Pappe geklebt. Danach hatte er es noch mit Plastikfolie überzogen, damit es sich nicht abnutzte, wenn er es in die Tasche steckte. Er hatte es immer bei sich getragen, weil es ihn daran erinnern sollte, wie Frauen waren. Dass man sich vor ihnen in Acht nehmen musste. Dass sie einen jederzeit foltern und opfern konnten, wenn ihnen danach war.

Ich fange mit dem Atem an, schrieb er, *weil ich einmal, als ich noch jünger war, beinahe erstickt wäre. Und weil Gina gesagt hat, dass man Lust und Qual bereiten kann, wenn man den Atem eines Menschen beherrscht, ihn durch Knebeln und Würgen drosselt oder ganz stoppt, bis einen nur noch Millimeter vom Tod trennen.*

Er schrieb: *So ein Bericht muss eine richtige Ordnung haben, deswegen fange ich mit der neuen Erfahrung an, und dann kommen erst die ganzen anderen Punkte und die Nebendarsteller – Mariona und Anja und Gisela und die tote Nutte und wie ich einmal beinahe erwischt worden wäre. Über Monique, Romy und Gina steht ja schon viel in den Zeitungen, und bis das hier jemand liest, wird in den Medien noch viel mehr zusammengeschrieben worden sein, auch über mich, deswegen finden sie hier keine Erwähnung. Ich hänge aber die Diagramme an, damit man sehen kann, wie weit wir zusammengekommen sind, bevor ich sie töten musste.*

Warum ich überhaupt damit angefangen habe? Ich weiß es nicht. Das ist die Wahrheit! Sie fragen sich bestimmt, wie das sein kann – man bringt doch nicht einfach so einen Menschen um, denken Sie. Dazu muss ich sagen, dass Menschen mir nicht sehr viel bedeuten, nicht so viel wie Ihnen wahrscheinlich. Das haben sie noch nie, nicht mal als ich noch ein Kind war. Natürlich habe ich meine Mutter geliebt, und meinen Vater auch. Eine Zeit lang. Aber andere, die nicht vom selben Blut waren, wie es in der Bibel heißt?

Ich hatte eine Mitschülerin – als ich ungefähr zwölf war –, die mich immer so von oben herab angeschaut und lauter schnippische Bemerkungen gemacht hat. Das war der erste fremde Mensch, für den ich irgendwelche Gefühle entwickelt habe: Ich wollte sie schlagen und treten, sie nach der Schule irgendwo in einen Straßengraben zerren oder ins Gebüsch, ihr das Höschen über den Kopf ziehen und draufpinkeln, bis sie weint. Umbringen wollte ich sie allerdings nicht, nur quälen. Seitdem hatte ich diese Fantasie immer wieder, vor allem bei Frauen. Warum, weiß ich nicht; vielleicht wissen Sie es.

Genau genommen wollte ich auch Monique nicht töten. Ich brauchte Geld und dachte, sie könnte welches haben. Mir war klar, dass sie es mir nicht freiwillig geben würde. Bloß, wenn ich jetzt daran denke, fällt mir ein, dass ich ja vorher in der Küche an dem tiefgefrorenen Huhn geübt habe, als hätte ich es doch vorgehabt. Vielleicht wollte ich nur wissen, wie es sich anfühlt, wenn man jemand ein Messer in den Leib rammt. Ich hatte nichts gegen sie, also nichts Persönliches. Es kam einfach über mich – der Wunsch, sie zu töten, und die Lust daran.

Wenn Sie das hier lesen, können Sie Ihre eigenen Schlüsse ziehen, mich interessiert das nicht mehr. Vielleicht sollte ich noch ein Wort zu den Diagrammen sagen: In der Schule habe ich gelernt, dass nichts so genau ist wie die Mathematik mit ihren Zahlen und die Geometrie mit ihren Zeichnungen, ganz anders als Philosophie oder Theologie, wo man keine andere Wahl hat, als zu glauben; wo nichts bewiesen wird, weil es nämlich keine Beweise gibt.

Die Diagramme haben mir Klarheit gebracht und mir geholfen zu verstehen, wer ich bin. Was ich brauche, um Erfüllung in meinem Leben zu finden.

Nach meinem ersten Mord merkte ich dann auf einmal, dass etwas aus mir hervorgebrochen war, etwas, das mich nicht überkam, wenn ich mit Mariona Sex hatte. Etwas, das Mariona auch nicht wissen oder nur ahnen durfte. Um es zu beherrschen, musste ich es steuern, und um es steuern zu können, musste ich es erfassen, mit Zahlen und Linien berechnen. Das Geld, wurde mir klar, war nur ein Vorwand gewesen.

Bei Gina dachte ich schon gar nicht mehr an das Geld. Zu Gina gehören die Fesseln und die Peitschen – diese ganzen Märtyrerutensilien – genauso wie Gasmaske und Latex. In den Stunden, die ich bei ihr – mit ihr! – verbracht habe, wurde ich erleuchtet: Zum ersten Mal begriff ich, wie sich echte Macht anfühlte. Ich gab mich in ihre Hände, und sie hätte ihr Leben retten können, indem sie mich tötete. Aber das tat sie nicht. Weil sie sich mir unterworfen hatte. Klar, ich hatte das Messer, und ich hatte ihr schon einige Verletzungen zugefügt, doch die waren harmlos, nur eine Warnung.

Aber vorher muss ich noch von Anja erzählen. Sie war die Erste von den anderen, von den Mädchen in den Discos und Wohnheimen, den Hochhäusern, den Kellern und Tiefgaragen. Drei Tage, nachdem ich das erste Mal in ihrer Wohnung gewesen war, begegnete ich ihr abends im Erdgeschoss vor dem Lift. Im ersten Moment zuckte ich innerlich zusammen, ein Ruck ging durch meine Brust, so stark war die Angst, sie könnte mir ansehen, dass ich in ihrer Wohnung gewesen war und in ihren Sachen gewühlt hatte. Aber sie lächelte nur, ganz arglos. »Hallo«, sagte sie. Ich sagte auch »Hallo«, und dann, weil sie sich so schick gemacht hatte: »Mal wieder um die Häuser ziehen, die Nacht zum Tag machen, was?« Das sollte weltmännisch klingen, auch wenn es eher unbeholfen rauskam. »Na klar«, sagte sie. »Bis die Tage.«

»Ja, bis die Tage«, erwiderte ich und stieg in den Fahrstuhl. Ich merkte, wie ich bei dem Gedanken, dass sie wohl nicht so bald in ihre Wohnung zurückkehren würde, sofort einen Steifen bekam. Ich hoffte, dass Mariona nicht da war, damit ich nicht lang und breit erklären musste, warum ich gleich wieder wegwollte. So war das nämlich: Wenn sie abhaute, dachte sie nicht mal daran, mir zu sagen, wohin sie ging, aber wenn ich nur einen Schritt vor die Wohnung tat, wollte sie genau wissen, wieso.

Die Wohnung war kalt und leer, und sie roch noch nach den Bratkartoffeln, die ich mir mittags gemacht hatte. Niemand hatte in der Zwischenzeit gelüftet; kein Duft von Parfüm lag in der Luft. Umso besser. Ich holte die Fahrradspeiche aus ihrem Versteck hinter der grünen Kommode und eine Taschenlampe aus der untersten Schublade. Für die Taschenlampe hatte ich extra eine neue Batterie gekauft. Ohne das Minutenlicht zu drücken, huschte ich über den Flur und wartete einen Moment vor Anjas Tür, bis sich mein Herzschlag nicht mehr lauter als alle anderen Geräusche anhörte. Der Fahrstuhl stand still, auch aus den anderen Wohnungen kam kein Laut.

Im Dunkeln schob ich die Speiche durch den Briefschlitz und hakte sie auf der anderen Seite um die Klinke. Inzwischen hatte ich richtig Routine darin, es ging ruck, zuck, dann sprang die Tür auf. Schon über der Schwelle hing Anjas Geruch, man konnte ihn fast berühren wie ein unsichtbares Spinnennetz, das ihr Körper hinterlassen hatte. Ich drang in den Gang dahinter ein, zog die Tür zu und musste mich erst mal an die Wand lehnen, so zittrig waren meine Knie wieder vor Erregung.

Nach ein paar Sekunden lehnte ich die Speiche in die Ecke neben den Lichtschalter, dann knipste ich die Taschenlampe an. Als ich ins Bad ging, spürte ich meine Erektion warm an der Innenseite meines linken Oberschenkels. Das Bedürfnis, meine Hose aufzumachen und meinen Schwanz herauszuholen, war übermächtig. Ich stellte die Taschenlampe mit dem stumpfen Ende auf dem Rand der Badewanne ab, sodass der Lichtkegel nach oben zur Decke wies. Im Spiegel über dem Waschbecken sah mein Gesicht geisterhaft aus, halb beleuchtet und halb im Schatten. Es gab ein Klirren, als die Gürtelschnalle auf den Kachelboden schlug, gleich danach hing die Unterhose um meine Knöchel. Mein Schwanz warf einen riesigen Schatten, und ich brauchte nur wenige Bewegungen meiner Faust, um mich so heftig zuckend zu entladen wie seit Langem nicht mehr. Aber auch nachdem mein Sperma ins Waschbecken gespritzt war, ging die Erektion nicht weg.

Ich zog Schuhe, Hose und Unterhose ganz aus und ließ sie auf dem Badezimmerboden liegen. Mit der Taschenlampe in der einen und dem Ständer in der anderen Hand ging ich in Anjas Schlafzimmer, in dem ihr Geruch noch stärker war als im Rest der Wohnung. Wie beim letzten Mal war das Bett ordentlich gemacht, ganz anders als unseres. Ich knipste die Taschenlampe aus, denn das Bastrollo, das statt eines Vorhangs über dem Fenster hing, war nicht heruntergelassen. Dann nahm ich das Kopfkissen und rieb meine Erektion daran. Beinahe wäre ich ein zweites Mal gekommen, nur von der Berührung der kühlen Baumwolle.

Auf einmal wünschte ich mir, Anja würde plötzlich zurückkommen und mich überraschen. Das Licht würde angehen, und sie würde in der Tür stehen und mich nackt auf ihrem Bett liegend finden. Wie würde sie sich verhalten? Was würde sie tun? Schreien? Sich vor Schreck ins Höschen pinkeln? Mich nur schweigend anstarren, gelähmt vor Angst? Ich setzte mich auf die Matratzenkante. Die Vorstellung, entdeckt zu werden, raubte mir fast die Besinnung vor Lust. Langsam legte ich mich auf den Rücken, die Arme im Nacken verschränkt, und starrte zur Decke hinauf. Allmählich schrumpfte mein Glied, das Blut kehrte in den Kreislauf zurück. Ich war auf einmal sehr müde und wäre am liebsten liegen geblieben, um zu schlafen. Ich fühlte mich ruhig, als müsste ich nie wieder jemand töten.

Nach einigen Minuten wurde mir kalt, und ich stand auf und ging ins Bad zurück, wo ich mich wieder anzog. Ich wischte meinen Erguss nicht weg; er sollte im Waschbecken bleiben. Das nächste Mal nehme ich das Kopfkissen, dachte ich. In der Diele fiel mir ein, dass ich eins von Anjas Höschen mitnehmen könnte, damit ich etwas von ihr hatte, wenn ich wieder geil wurde. Ich holte eins aus ihrem Wäscheschrank und schob es mir in den Hosenbund, bevor ich die Wohnung verließ. Natürlich nahm ich auch Taschenlampe und Fahrradspeiche mit. Der Gang war noch immer dunkel. In unserer Wohnung versteckte ich die Speiche und das Höschen und legte mich ins Bett. Ich schlief sofort ein.

Ich träumte, dass Mariona bei mir im Bett lag und lachte und mir immer wieder kleine Schubser versetzte. Sie hörte damit auch nicht auf, als ich wach wurde und sah, dass die Nachttischlampe auf ihrer Seite des Betts brannte. Mariona lag neben mir, nur mit einem Slip bekleidet. Sie roch nach Bier und Zigarettenrauch. Sie beugte sich über mich und stupste mich weiter mit dem Handballen an. »Schläfst du?«

Ich brummte irgendwas, »Lass das« oder »Lass mich in Ruhe«, so was in der Art. Bloß dass sie überhaupt nicht daran dachte, mich in Ruhe zu lassen. »Du schläfst ja gar nicht«, kicherte sie. Jetzt schnippte sie mit einem Finger gegen mein linkes Ohr, immer wieder, wie ein Kind, das andere nervt, weil ihm langweilig ist. Es tat nicht weh oder so, es war bloß unangenehm. Ich stieß sie mit der Schulter weg, und einige Minuten lang geschah nichts mehr, sodass ich wieder einschlief oder wenigstens gerade so weit war, als sie mich plötzlich schüttelte. »Ich kann nicht schlafen«, sagte sie.

Ich sagte nichts, aber ich merkte, wie ich wütend wurde. Ich lag mit dem Rücken zu ihr. Meine Augen waren zu. Sie beugte sich noch immer über mich; ich konnte ihren Atem riechen, und ihre Haare kitzelten mich am Hals. »Hörst du, ich kann nicht schlafen!«

»Dann geh fernsehen. Lass mich bitte in Ruhe.«

»Ich will nicht fernsehen.« Wieder schnippte ein Fingernagel gegen mein Ohr. »Ich will, dass du dich um mich kümmerst.«

Ich drehte mich um und verpasste ihr eine Backpfeife, so heftig, dass sie zurückgeworfen wurde. Sie war total perplex. Ich hatte sie noch nie geschlagen. Das Wasser schoss ihr in die Augen, aber sie kniff die Lippen zusammen und gab keinen Mucks von sich. Ohne ein Wort drehte sie sich weg und machte das Licht aus. Vorher konnte ich noch sehen, wie die Stelle, wo ich sie getroffen hatte, rot wie eine Tomate wurde.

Danach konnte ich erst mal nicht wieder einschlafen, weil ich mich so schämte. Die Art, wie Mariona reglos neben mir lag, machte mir Angst; ich dachte, dass sie vielleicht gerade überlegte, mich für immer zu verlassen. Doch das tat sie nicht, im Gegenteil. Sie blieb die ganze Nacht ruhig, und am nächsten Morgen schlich sie so leise durch die Wohnung wie eine Katze. Als ich aufgestanden war, beschloss ich, mir auch eine Arbeit zu suchen, irgendwas, damit sie sah, dass ich mich bemühte. Aber vorher holte ich Anjas Höschen aus seinem Versteck in meinem Koffer und streifte es mir über den Schwanz, der sofort hart wurde. Die Haut um meine Eier zog sich zusammen, und kurz bevor ich kam, fühlte sie sich an, wie wenn einem eine Gänsehaut über den Rücken läuft. Danach legte ich das verklebte Höschen in den Koffer zurück, verschloss ihn wieder und schob den Schlüssel in eine zusammengerollte Socke in der untersten Schublade der Ikea-Kommode.

Ich ging noch ein paarmal in Anjas Wohnung auf der anderen Seite des Flurs, wenn sie nicht da war. Aber mit der Zeit wurde es langweilig, weil sie sich mir gegenüber wie immer verhielt, als hätte sie die Spuren meines Eindringens in ihr Bett und dem Waschbecken nie bemerkt oder wenigstens nicht mit mir in Verbindung gebracht.

Einige Tage nach meinem letzten Besuch bei ihr sah ich auf dem Weg zum Arbeitsamt ein Mädchen, das mir bekannt vorkam, ohne dass ich sofort wusste, woher. Dann fiel es mir ein: Gisela, die Studentin mit dem Black-Panther-Sweatshirt. Ich traute mich nicht, zu ihr hinzugehen, weil ich noch nüchtern war. Aber ich folgte ihr mit ein paar Schritten Abstand, um zu sehen, wo sie wohnte. Dabei fiel mir ein, dass ich ihre Brüste angefasst hatte, als sie bei uns gewesen war. Mir gefiel, wie sie ging, irgendwie neutral, als wollte sie nicht, dass man die Frau in ihr sah.

Inzwischen wusste ich, dass ich Frauen in verschiedene Kategorien einteilen musste:

a) die, in die ich eindringen wollte, ohne sie zu berühren;

b) die, denen ich mein Evangelium brachte; und

c) die – die Einzige, der meine Offenbarung vorbehalten war.

Den einen brachte ich nur einen Apfel und häutete mich in ihrem nach Sunil und Deo riechenden Paradies, ohne dass sie etwas davon ahnten (Anja).

Die anderen erweiterten meinen Erfahrungsschatz über das Zusammenwirken von Lust, Gewalt und Zeit (Monique, Romy, Gina).

In der dritten und letzten sollten sich Ekstase, Erlösung und Untergang vereinen. Die Frau, aus der diese dritte Kategorie bestehen würde, hatte ich noch nicht gefunden (???).

Gisela betrat ein Studentenwohnheim in der Nähe der Uni, in dem ich schon einmal einen Kommilitonen besucht hatte. Es war ein riesiges, unpersönliches Gebäude, 550 Plätze, lauter winzige Zimmer – die meisten ohne Dusche, manche sogar ohne Kochnische – auf sechs Stockwerken mit schlecht beleuchteten Gängen. Dazu ein Fernsehraum im Erdgeschoss, eine Automatencafeteria und eine Waschküche im Keller. Im Foyer gab es ein Schwarzes Brett mit allen möglichen Zetteln daran und die Briefkästen, die an Bankschließfächer erinnerten und statt Namen nur Nummern aufwiesen.

Gisela hatte mich bisher nicht bemerkt. Sie öffnete eins der Fächer, das leer zu sein schien, denn sie nahm nichts heraus, sondern ging gleich weiter zum Lift. Ich merkte mir die Nummer – 437 – und folgte ihr nicht weiter. Jetzt wusste ich, welches Zimmer sie hatte, denn die Nummern an den Kästen entsprachen denen der Zimmer.

Sobald sie in den Fahrstuhl gestiegen war, betrat ich ebenfalls die Eingangshalle und las die Zettel, die am Schwarzen Brett hingen. Es war der übliche Quatsch: Studienhelfer boten ihre Dienste an, ein alternatives Reisebüro vermittelte Trips nach Goa, jemand suchte sein verschwundenes Fahrrad, Isomatten und Schlafsäcke warteten in den Regalen einer Tauschbörse. Der Hausmeister wies auf die Reparatur der Schließanlage in der nächsten Woche hin.

Ich schlenderte in den Fernsehraum am Ende des Gangs, in dem schon jetzt, am Nachmittag, ein paar Mädchen und Jungen saßen und irgendwelche Wintersportmeisterschaften verfolgten, statt sich über Bücher und Skripte zu beugen. In ihren Jeans und Jogginghosen, den Sweatshirts, Pullovern oder Parkas sahen sie aus, als säßen sie in einer Vorlesung, etwas aufmerksamer vielleicht, weil sie alle konzentriert nach vorn starrten, wo das TV-Gerät den Prof ersetzte.

Ich setzte mich zu ihnen, auf den freien Stuhl neben einer schlanken Blondine. Sie warf mir einen kurzen Blick zu, nur von der Seite, nicht besonders neugierig. Auf dem Bildschirm flog ein Skispringer mit ausgebreiteten Armen durch dichtes Schneegestöber über eine steil abfallende Aufsprungbahn. Ich neigte mich zu der Blondine und fragte: »Wer ist denn das gerade?«

Ohne mich noch einmal anzusehen, nannte sie mir leise einen Namen, der mir nichts sagte. Trotzdem nickte ich. Etwas später fragte ich: »Bist du neu eingezogen?« Sie schüttelte den Kopf. Nach ein paar Minuten stellte ich mich vor: »Robert.«

»Yvonne«, sagte sie.

»Ich hab dich hier noch nie gesehen«, sagte ich.

Sie zuckte mit den Schultern. »Hier weiß doch niemand, wer der andere ist.«

Ich saß noch ein paar Minuten einfach nur da, so nah bei ihr, dass ich sie riechen konnte. Als der nächste Skispringer auf der Rampe zum Abflug ansetzte, sah ich auf meine Uhr, seufzte und murmelte was davon, dass ich losmüsste, Vorlesung und so, aber sie reagierte nicht mehr. In der Tür blieb ich einen Moment stehen, als wollte ich den nächsten Sprung noch mitnehmen. Man sollte sich an meinen Anblick gewöhnen.

Als ich die Eingangshalle durchquerte, rief jemand meinen Namen. »Robert?« Von einer Sekunde auf die nächste raste mein Herzschlag, und mein Nacken war plötzlich kalt von Schweiß. Ich blieb nicht stehen, drehte mich nicht um, ging einfach weiter. »Robert!«

Warum besaß ich bloß keine Jacke mit Kapuze, keine von diesen Baseballkappen, die immer mehr in Mode kamen? Dann fiel mir ein, dass ich ja nichts zu verbergen hatte. Ich kannte jemand hier im Haus, einen katholischen Kommilitonen, und ich hatte ja auch noch nichts angestellt. Ich blieb stehen und drehte mich um. Gisela kam auf mich zu, jetzt in einer anderen Jacke, Mütze und Schal; sie lächelte sogar. »Wusste ich doch, dass du es bist.«

»Gisela, richtig?« Ich tat überrascht. »Wohnst du hier?«

Sie nickte. »Und du – was tust du hier?«

»Ehm, also, ich wollte mich mal umsehen, wegen Zimmer und so. Du hast es ja mitgekriegt – läuft gerade nicht so gut mit Mariona. Musst du weg?«

»Ja, ich habe einen neuen Job.« Sie zuckte mit den Schultern. »Nichts Besonderes, Nachtschicht in einem Copyshop.«

»Arbeitest du nicht mehr im Ali Baba?«

»Nein, das war mir zu stressig.« Sie warf einen hastigen Blick auf ihre gelbe Swatch. »Ich bin schon spät dran. Hab mir nur schnell was anderes angezogen, ist nicht geheizt in dem Laden.«

Wie oft sie wohl dort ist, dachte ich. Einmal die Woche? Jeden Abend? Ich hätte fragen können, aber das wollte ich nicht. Ich wollte mich überraschen lassen. »Ja, also dann … Ich will dich nicht aufhalten.«

Sie nickte wieder, beide Hände schon in den Manteltaschen vergraben. Ihre Augen waren noch größer, als ich sie in Erinnerung hatte – und noch unschuldiger. Plötzlich war ich ganz aufgeregt bei der Vorstellung, wie ich in ihr Zimmer eindrang und in den Geruch eintauchte, der mir aus ihrem Bett, ihrem Wäschekorb, ihrem Schrank entgegenstieg. »Ja, viel Glück beim Umsehen«, sagte sie. »Wäre ja lustig, wenn du bald auch hier im Haus wohnen würdest.«

Ja, lustig, dachte ich. Dann hätte ich einen Schlüssel für die Haustür und alle anderen Bereiche wie Keller oder Waschküche. Mit ein bisschen Feilen ließe er sich bestimmt so modifizieren, dass er auch für die anderen Zimmer passte. »Okay, ich schau mich dann jetzt mal um«, murmelte ich. »Wir sehen uns!«

»Ja, super. Freu mich drauf.« Sie nickte, stapfte davon und verschwand in der Dunkelheit vor der Tür.

Ich wünschte mir, dass ich jetzt schon den Schlüssel hätte, denn ich konnte meine Erregung kaum noch im Zaum halten. Wie gefährlich leicht es war, erwischt zu werden. Freu dich nicht, dachte ich, während ich ihr nachsah. Wenn wir uns sehen, wirst du mich wahrscheinlich nicht erkennen, Gisela.

Ich werde eine Gasmaske tragen.

27

Larsen

Er hatte die große Reisetasche in der Nacht gepackt und am Morgen gleich mitgenommen, und jetzt stand sie in seinem Büro neben der Tür, und jeder, der sie sah, wusste, was sie zu bedeuten hatte. Am Abend würde er sie in die Pension mitnehmen; die Wirtin kannte ihn schon und rechnete damit, dass er spät kam.

Als er aus dem Haus gegangen war, hatte Kristin ihn bis zum Gartentor begleitet, nur mit einer Strickjacke gegen die kalte Morgenluft gewappnet, aber mit verschränkten Armen. Am Tor hatte sie gefragt: »Weißt du noch, wo wir uns zum ersten Mal geküsst haben?« Die Worte schienen in weißen Dunstwölkchen aus ihrem Mund zu strömen und in der Luft zu zerfließen.

»Natürlich«, hatte er gesagt. »Nach deiner Lesung aus den *Gärten der Finzi Contini* in dieser Buchhandlung, die es nicht mehr gibt, hinter dem Dom. Wir waren erst essen und –«

Sie hatte genickt. »Gut. Ich frage das, weil es im Leben ja immer um Anfang und Ende von irgendwas geht. Und ich möchte nicht, dass es je einen letzten Kuss gibt, einen, nach dem der andere allein weiterleben muss.«

Das lässt sich aber vielleicht nicht verhindern, hatte Larsen gedacht. Laut hatte er gesagt: »Ich ziehe in eine Pension, nicht in den Krieg.«

»Bist du sicher?«, hatte sie gefragt, bevor sie schnell auf ihn zugetreten war, um ihn mit warmen Lippen zu küssen. »Du kannst jederzeit zurückkommen, das weißt du. Und wenn du nachts anrufst, nenn bitte deinen Namen und sag was.« Damit hatte sie sich umgedreht und war ins Haus zurückgegangen, nicht besonders langsam oder schwermütig, sondern mit den Schritten von jemand, der seiner Verantwortung gerecht zu werden versuchte.

Jetzt saß er in seinem Büro am Schreibtisch und versuchte ebenfalls, seiner Verantwortung gerecht zu werden. Ihm gegenüber saßen Mareike und Olaf Sundermann. Der Kriminaloberkommissar hielt ein kleines Gerät dicht an den Mund und sprach leise, fast raunend hinein: »Mittwoch, 9:30 Uhr, Besprechung der Mordkommission im Büro von Hauptkommissar Kiefer Larsen. Anwesend sind Larsen selbst, Kriminaloberkommissarin Mareike Jung und Kriminaloberkommissar Olaf Sundermann. Immer noch abwesend: Oberkommissar Torsten Lenz. Heute werden wir –«

»Olaf, was tust du da?«, fragte Larsen.

Sundermann ließ das rot blinkende Diktiergerät sinken. »Ich habe beschlossen, unsere Arbeit zu dokumentieren, weil ich vielleicht später mal ein Buch über die Jagd nach dem Prostituiertenkiller von Bremen schreiben werde.«

Larsen schüttelte den Kopf. »Überleg dir lieber, ob du in dieser Mordkommission gut aufgehoben bist oder – was das angeht – in der Abteilung für Gewaltdelikte überhaupt. Schalt jetzt das Ding aus, damit wir mit der Besprechung anfangen können.«

»Darum geht's ja«, erwiderte Sundermann. »Ich habe eine Idee, wie wir die Prostituierten schützen können: Wir bringen in jedem Studio eine Kamera an, die den Eingangsbereich überwacht und alles aufzeichnet, und wenn der Mörder klingelt –«

»Ist es zu spät«, fiel Mareike ihm ins Wort. »Selbst wenn die Frauen mitspielen würden, was sie nicht tun werden – und ihre Kunden schon gar nicht. Bevor wir 250 Kameras in 250 Apartments installiert haben, hat der Täter längst wieder zugeschlagen. Inzwischen dürfte ja wohl klar sein, dass es sich tatsächlich um einen Serienmörder handelt, oder?«

»Von den Kosten ganz zu schweigen«, ergänzte Larsen. »Aber danke für deinen Beitrag, Olaf.« Er sah Mareike an. »Ich habe über deinen Vorschlag nachgedacht – mit der falschen Prostituierten als Lockvogel. Ich glaube, das sollten wir versuchen. Aber nicht mit dir.«

Mareike biss sich auf die Lippen; sie konnte ihre Enttäuschung ebenso wenig verbergen wie zuvor Sundermann. »Sondern?«

»Mit jemand von der Sitte. Die haben den richtigen Stallgeruch und kennen sich im Jargon des Milieus aus. Ich dachte an Maria. Wir setzen eine Anzeige in die Zeitungen und einschlägigen Magazine, die so formuliert ist, dass sie dem Mörder ins Auge springt. Wir stel-

len eine Reihe von Reizworten zusammen, die seinem Muster ent-
sprechen, und hoffen, dass sie ihre Wirkung nicht verfehlen.«

»Wie wollen Sie diese *Reizworte* denn finden?«, erkundigte sich
Sundermann.

»Ich erstelle ein Täterprofil. Wenn man aus den Umständen von
Gina Bertholds Tod eines herauslesen kann, dann, dass sein Vorgehen immer sadistischer wird. Seine Hemmschwelle sinkt mit jedem
Mord weiter, und das bedeutet, dass er noch nicht am Ziel ist – der
ultimativen Erfüllung all seiner Fantasien. Wir orientieren uns an
den Anzeigen in den *St. Pauli Nachrichten* und versetzen sie mit
Schlüsselbegriffen aus der SM-Szene, außerdem weisen wir darauf
hin, dass es sich um eine Frau handelt, die neu in Bremen ist.«

Mareike stand abrupt auf, trat ans Fenster und sah hinaus. Ohne
sich umzudrehen, fragte sie: »Was für ein Mensch ist überhaupt zu
so was fähig?«

»Genau diese Frage müssen wir beantworten. Vielleicht gelingt
mir mit dem Täterprofil wenigstens eine Annäherung.«

»Und dann?«

»Dann hoffen wir, dass er unseren Lockvogel anruft und sie eine
Verabredung mit ihm treffen kann.«

»Maria von der Sitte«, sagte Mareike.

»Genau. Wir richten eine Telefonleitung ein und mieten ihr ein
Apartment in der Nähe der anderen Tatorte, und wenn er kommt,
sind wir da.«

»Das ist aber ziemlich gefährlich«, sagte Sundermann. »In Filmen finden die Mörder immer einen Weg, das Observationsteam
zu überrumpeln und den Lockvogel zu töten.«

»Wir sind hier aber nicht in einem Film«, sagte Larsen, obwohl
der Kriminaloberkommissar recht hatte; hundertprozentig sicher
war so ein Undercover-Job nie.

»Ich habe noch eine Idee«, redete Sundermann weiter. »Mein
Vorschlag von vorhin – wir drehen ihn einfach um! Wenn wir die
potenziellen Opfer nicht mit Kameras überwachen können, warum
überwachen wir nicht den Täter mit einer Kamera?«

»Geniale Idee«, kommentierte Mareike. »Ist ja auch viel besser,
als ihn zu verhaften, wenn wir schon mal wissen, wer es ist.«

Larsen hob väterlich eine Hand. »Lass ihn ausreden, Mareike. Im Moment bin ich für jede Idee dankbar.«

»Also, wir könnten doch eine Art Schwarzes Brett für den Mörder einrichten …« Mit leuchtenden Augen erklärte Sundermann seinen Plan. Larsen konnte an Mareikes Mienenspiel sehen, wie ihre Vorbehalte schwanden, und als Sundermann fertig war, sagte sie: »Das ist echt eine Überlegung wert, oder?« Dabei sah sie Larsen an, der zur selben Meinung gelangt war. »Aber ob die Presse da mitspielt?«, fragte sie dann.

»Ich kenne einige Journalisten«, sagte Larsen, »und ein paar von denen schulden mir noch einen Gefallen.« Beinahe hätte er wieder in die Hände geklatscht. »An die Arbeit, Leute.« Er konnte es nicht erwarten, allein zu sein und sich mit dem unbekannten Täter in seinem Gehirn einzuschließen, um ihm Zelle für Zelle, Neuron für Neuron, Synapse für Synapse näherzukommen, bis er alles über ihn wusste, außer seinem Namen und wie er aussah.

Mareike blieb in der Tür stehen und drehte sich um. »Können Sie nicht jetzt schon was sagen – irgendwas? Über den Täter?« Ihre Stimme klang belegt. »Wenn ich an die Leichen denke – die toten Frauen –, wie sie aussahen … Ich liege wach im Bett und kann nicht aufhören, mir die Frage zu stellen: Wer tut so was? Warum auf so bestialische Weise? Vielleicht hilft es, das aus Ihrem Mund zu hören, mit Ihren Begriffen. Vielleicht hilft mir das, es zu begreifen.«

Larsen dachte, das muss sie noch lernen, die Dinge nicht zu nah an sich ranzulassen, die Gefühle einzudämmen. Mitleid und Anteilnahme zu spüren, ohne sich von ihnen bei der Arbeit beeinträchtigen zu lassen. »Mach die Tür zu«, sagte er und ordnete in Gedanken schnell das Thema wie für einen Vortrag an der Polizeiakademie. »Bei allen drei Morden hat der Täter immer wieder auf seine Opfer eingeschlagen und eingestochen. Das spricht von großer Wut und fehlender Impulskontrolle. Zudem hat er bei jedem Mord versucht, den Frauen die Kehle aufzuschneiden, und sein Vorhaben zum Teil auch umgesetzt. Alle Frauen sind mit unterschiedlichen Objekten penetriert worden. Die Gegenstände sind aber nicht maßgeblich, sondern die Wiederholung des Vorgangs ist es. Beim letzten Mord sind seine sadistischen Fantasien stärker hervorgetreten als bei den beiden davor. Zusätzlich sollen wir wissen, dass gezielt Frauen die Opfer sind, der durchtrennte BH ist ein Hinweis an uns: Ich bin ein Mann, der Frauen tötet.«

»Aber was für ein Mann?«

Larsen schlug seinen Block auf, warf einen Blick auf die Notizen, die er sich gestern Abend noch zu Hause gemacht hatte:

1. Mann. Alter zwischen 25 und 35 Jahren.

Nach seiner Erfahrung spezifizierte dieses Alter die Hochrisikogruppe für sexuell motivierte Tötungsdelikte.

2. Sozial eher unauffällig, integriert und angepasst. Er will nicht verraten, dass er eine dunkle Seite in seinem Leben hat, die er vor der Allgemeinheit verbergen muss.

3. Lebt möglicherweise allein. Falls es eine Beziehung zu einer Frau geben sollte, so dürfte diese eher fragil und einseitig sein. Der Täter erfährt keine Anerkennung.

4. Er ist katholisch und verehrt Heilige, oder zumindest diese spezielle Heilige. Ein Indiz dafür sind die am Tatort zurückgelassenen Votivbilder. Das erste Bild hat er wahrscheinlich viele Jahre besessen und wohl stets bei sich getragen. Darauf weist das Bekleben mit der Klarsichtfolie hin; er wollte es vor Abnutzung schützen.

5. Er ist gebildet und hat Zugang zu Kunst oder Kunstbänden. Das in Monique Wilhelms Apartment gefundene Bild stammt höchstwahrscheinlich aus einem solchen Buch mit aufwendig gedrucktem Bildmaterial. Beim zweiten, das in Gina Bertholds Studio gefunden wurde, handelt es sich vermutlich um eine Farbkopie des Bildes aus einem entsprechenden Band.

Larsen überlegte kurz. Bei dem letzten Punkt war er sich nicht sicher gewesen, hatte ihn aber dennoch stehen lassen. Der Mörder musste sich tatsächlich für derartige Kunst interessieren, denn selbst Kristin hatte einige Zeit gebraucht, bis sie die Herkunft des Bildes klären könnte. Für den Moment wollte er Mareike gegenüber aber nur das äußern, was ihm gesichert erschien. »Der Täter spielt mit uns. Er fühlt sich uns überlegen und hält sich für allmächtig. Er gibt uns Hinweise und denkt, wir seien zu dumm, sie zu entschlüsseln. Und er wird weiter morden.«

»Aber wonach sollen wir suchen? Gibt es irgendwelche Hinweise auf sexuelle Präferenzen?«, hakte sie nach.

Larsen sah, dass Sundermann nun hinter Mareike stand. »Das sage ich euch, wenn ich es weiß. Ein Dichter hat mal gesagt: ›Ein Wort, zu früh gesagt, zerstört das Ungesagte.‹ Oder so ähnlich. Wenn ich jetzt etwas sage, wäre das spekulativ und würde die Suche beeinflussen, ihr eine bestimmte Richtung vorgeben, die in die Irre führen könnte, während die richtige Spur übersehen wird – ob ihr es wollt oder nicht.«

»Ach, kommen Sie, Chef, bitte«, bettelte Mareike, »irgendwas, womit ich die Maria vorbereiten kann.«

Wieder ein Blick auf die Notizen. Larsen gab sich einen Ruck. »Seine sexuellen Fantasien dürften sich in erster Linie um SM-Praktiken drehen«, erklärte er. »Sollte es sich um den Anrufer handeln, von dem Ginas Freundin Sonja berichtet hat, zeigte er am Telefon großes Interesse an Bondage und Atemkontrolle. Darauf muss es aber nicht ausschließlich hinauslaufen. In jedem Fall ist er kein Anhänger der einvernehmlichen SM-Subkultur. Der Täter spuckt, grob gesagt, auf die Grenzen, die sich bei vereinbarten Sexpraktiken automatisch zwischen den Partnern ergeben. Halb abgetrennte Brustwarzen oder durchschnittene Kehlen gehören nämlich im Allgemeinen nicht zu diesen Vereinbarungen.«

Larsen klappte den Block zu. »Unser Mann setzt sich also über alle Grenzen hinweg, um seine morbiden Fantasien auszuleben. Das Vorgehen lässt dabei auf eine latente Tatbereitschaft schließen, die in Situationen, in denen er sich überfordert fühlt – vor allem unter Umständen, die er als Kränkung empfindet –, zum Ausbruch kommt. Gewaltdurchbrüche dieser Art entstehen nicht aus dem Nichts, meistens finden sich im Vorfeld Ansätze zur Realisierung dieser Fantasien. Die geistige Beschäftigung damit hat gewissermaßen die innere Betriebstemperatur des Täters nach und nach gesteigert, bis alle Sicherungen durchgebrannt sind. Bei den Opfern handelt es sich um Fremde, zu denen er vorher keine Beziehung unterhalten hat. Das wär's für den Moment.«

»Okay.« Mareike runzelte die Stirn. »Dann nur noch eine Frage: Wenn wir wissen, dass der Täter weiter morden wird, wann wird er nach Ihrer Meinung das nächste Mal zuschlagen? Noch in diesem Monat?«

»Vielleicht. Vielleicht aber auch erst Anfang März. Aber viel später wahrscheinlich nicht. Ach, übrigens, das Votivbild: Lass Kopien davon machen, ein paar von unseren Leuten sollen damit zu den Copyshops gehen, vor allem zu denen in Uninähe oder im Umfeld von Kirchen und Pfarreien. Vielleicht erinnert sich jemand an den Kunden, der das Bild kopiert hat, wahrscheinlich mehrfach. Bei so einer Farbkopie wäre das ja möglich.«

»Habe ich schon in die Wege geleitet, aber bisher ergebnislos. Wissen Sie, wie viele Copyshops es in Bremen gibt?«

»Viele?«

Mareike nickte. Dann blitzte in ihrem Gesicht ein Lächeln auf, die Mundwinkel zuckten. »Ich wusste nicht, dass Sie Dichter zitieren können.«

»Ach, nur ein paar.«

28

Robert

Es gab Tage, an denen Robert dachte, er könnte vielleicht doch irgendwann wie alle anderen sein. Ja, manchmal glaubte er wirklich – kurz nur, ganz kurz –, die Nähe einer Frau ertragen zu können, ohne Angst zu verspüren und ohne die Wut zu empfinden, die sich aus der Angst speiste. Diese maßlose Wut. Die Vorstellung fühlte sich gut an, aber sie wurde nie wirklich deutlich; er wusste nicht, was er dann tun musste oder was die Frau tat, in diesem Moment der Nähe. Die Bilder verschwammen, wurden unscharf, aber nicht so wie in den Filmen mit den Frauen, die er tötete, denn da gab es einen Anfang und Ende, bloß mit ein paar Lücken. Die kurzen Filme, in denen er und die Frauen ein normales Leben führten, hatten dagegen keinen Anfang und kein Ende; es waren eher Momentaufnahmen.

Er wollte, dass die Frauen freundlich waren. Er wollte, dass sie nichts verlangten oder nicht zu viel: Sie hörten zu, wenn er etwas sagte, egal was. Sie ließen ihn ihre Hand halten, und sie wichen nicht zurück, wenn er ihnen nur übers Haar streichen wollte. Sie lächelten, wenn er lächelte. Und wenn er weitergehen wollte, gingen sie mit.

Man musste sie nicht töten.

An den Tagen, an denen Mariona den R4 nicht brauchte, nahm er den Wagen. Während er darauf wartete, dass in Giselas Wohnheim ein Platz frei wurde – im laufenden Semester waren alle Zimmer belegt, aber er stand auf der Warteliste –, fuhr er immer wieder durch die Stadt und hielt die Augen offen. Er bevorzugte den späten Nachmittag und frühen Abend, die Stunden, in denen die meisten Frauen auf den Straßen waren: Frauen, die von der Arbeit kamen; Frauen, die schnell letzte Einkäufe erledigten; Frauen, die zu ihren Verabredungen aufbrachen. Etwas Besseres als den Tod findet ihr überall, dachte er; ihr findet es nur nicht alle.

Mir passiert ja nichts. Das denkt ihr alle. Ihr zieht eure schönen

Schuhe an und nehmt die Handtasche und natürlich den Mantel, vielleicht ist es kalt draußen. Dann verlasst ihr die Wohnung und denkt, mir passiert schon nichts. Es ist ja gar nicht kalt, denkt ihr. Ihr habt keine Angst. Ihr begegnet mir, aber ihr achtet nicht auf mich. Ihr wisst nicht, was den anderen passiert ist.

Denen vor euch.

Er nahm immer wieder andere Strecken, um nicht aufzufallen. Er hielt sich an die vorgeschriebene Geschwindigkeit. Er mied die Gegenden, in denen er schon jemanden getötet hatte. Er war niemals zur selben Zeit am selben Ort, den Rest überließ er dem Zufall.

Je näher das Ende des Winters rückte, desto schmutziger wurde die Stadt: der Brunnen mit den Stadtmusikanten, der Dom, das Rathaus, die Roland-Statue. Gegen halb fünf färbte die Dämmerung den Himmel dunkel, aber an manchen Tagen hingen vereinzelte Wolken in Fetzen wie violette Federn über den Dächern. Am Europahafen entfachte die untergehende Sonne dann einen Flächenbrand hinter den Kränen und Stahlgerippen auf den Kaimauern. Andere Tage endeten mit Nebel, in den die Lichter über den Straßen gebettet waren wie in Watte.

Doch kaum stiegen die Temperaturen um ein paar Grad, da stellten die Restaurants und Cafés Tische und Stühle raus, über denen Heizstrahler für die zusätzlich benötigte Wärme sorgten. Auf den Treppen der öffentlichen Gebäude und den Steinfassungen der Brunnen saßen Leute, die nicht älter waren als er, aßen Sandwiches, tranken Kaffee aus Pappbechern oder hielten einfach nur ihr Gesicht in die Sonne. Jungen mit nacktem Oberkörper, blass wie weißes Hühnerfleisch. Mädchen mit kurzen Röcken, abgeschnittenen Jeans, Rucksäcken, Fotomappen unter dem Arm. Paare, die sich an den Händen hielten. Er fuhr vorbei und sah sie, und ihm entging nichts – als wäre er eine menschliche Kamera, die Hintergrundszenen für seinen nächsten Film einfing.

Keine von ihnen wusste, dass er sie beobachtete, dass er in Gedanken bei ihnen war. Sich vorzustellen versuchte, wie sie von innen aussahen. Was sie in diesem Moment fühlten und sagten. Er schaute in ihre Köpfe hinein. Er las von ihren Lippen. Er sog ihre

Worte und Gedanken auf und dachte, dass sie irgendwann einen Sinn ergeben würden. Sie lebten mit dem Rücken zu ihm und ahnten nicht einmal, dass er mitten unter ihnen wandelte. Niemand schien ihn zu sehen. Aber er wollte gesehen werden, und wenn er unvorstellbare Dinge tun musste, damit er gesehen wurde, dann sollte es eben so sein.

Manchmal redete er in Gedanken mit ihnen. Komm, wir gehen in deine Wohnung, sagte er dann. Da will ich mit dir leben, in deiner Wohnung. Ich will meine Träume mit dir teilen – immer wieder, mit jedem Schnitt ein bisschen mehr. Und langsam, weil du sonst zu früh sterben musst. Erst ganz am Ende wirst du tot sein.

Aber vorher …

Ich beobachte dich. Ich sehe nachts durch dein Fenster. Ich folge dir auf der Straße. In die Tiefgarage. In den Fahrstuhl. Ich kann einfach nicht anders. Wenn es wieder so weit ist, muss ich nicht einmal an deiner Tür klingeln. Ich muss nicht warten, bis du öffnest. Denn dann habe ich aufgehört, dir zu folgen.

Während dieser Zeit des Wartens beschäftigte ihn trotzdem die eine Frage, warum er anders war als sie. Worin der Unterschied bestand. Wie es ihnen gelang, sich zu lieben; sich und andere. Warum Gott angeblich seinen einzigen Sohn einem ebenfalls unvorstellbaren Martyrium ausgesetzt hatte, um sie zu erretten.

Schließlich konnte er es nicht mehr aushalten, noch länger zu warten. An einem Februarnachmittag parkte er den R4 einige Straßen von Giselas Wohnheim entfernt und lungerte davor herum, bis ein Student mit einer Kapuzenjacke herauskam, dem er mit einem knappen Nicken die Tür aus der Hand nahm. Drinnen ging er als Erstes wieder in den Fernsehraum, in dem aber niemand saß. Das Treppenhaus war auch verwaist. Er stieg in den Fahrstuhl und fuhr in den sechsten Stock hinauf. In die Metallwände der Kabine waren Namen und alle möglichen Symbole geritzt, ein Herz, ein Blitz, zwei Kreise, ineinander verschlungen. Mit Filzstift hatte jemand JETZT oder NATALIE unter die Etagenknöpfe geschrieben.

Im sechsten Stock verließ Robert den Fahrstuhl und ging durch den langen, fast kahlen Gang, in dem sich eine Tür neben der anderen befand, bis zum Ende und wieder zurück. Vor jeder Tür lag eine billige Fußmatte. Das Licht der anämischen Lampen alle paar Meter schaffte es kaum bis zum dunkelgrünen Linoleumboden. Plastikschilder neben den Türen enthielten schwarze Kunststoffstreifen, in die eine Nummer und der Name des Bewohners gestanzt waren, bei manchen nur die Initialen. Hinter den meisten Türen herrschte Stille, hier und da drang Musik auf den Gang oder das hartnäckige Klingeln eines Telefons. Die Türen hatten BKS-Schlösser.

Im fünften Stock bot sich Robert dasselbe Bild, nur dass eine der Lampen flackerte und eine andere ganz kaputt war. Er lauschte an jeder Tür, vor allem an denen, deren Bewohner auf dem Kunststoffschild nur mit den Initialen vermerkt waren, denn das waren bestimmt Frauen. Er versuchte, ihren Geruch durch die Ritzen im Türstock wahrzunehmen. Sein Herz schlug schnell, die Schläge pochten bis hinauf in seinen trockenen Mund. Er stellte sich vor, wie er in eins dieser Zimmer eindrang, sich darin bewegte und sich in dem schmalen Bett befriedigte, nur durch eine dünne Wand von den Nachbarzimmern getrennt.

Im vierten Stock war er gerade bis zur Hälfte des Gangs gelangt, als ganz am Ende eine Tür aufging. Ein junger Student trat aus seinem Zimmer. Er war nicht sehr groß und eher dicklich, mit einer Strickmütze auf dem Kopf und einer Leinenumhängetasche über der linken Schulter. Außerdem trug er eine gefütterte Regenjacke zu Jeans und derben Stiefeln. Sein Gesicht war voller Sommersprossen. Als er Robert erblickte, murmelte er einen Gruß und schob sich schnell an ihm vorbei. Dann blieb er jedoch abrupt stehen, drehte sich um und fragte: »Suchst du jemand?«

Robert blieb auch stehen. »Ja, die Yvonne.«

»Auf dieser Etage gibt es keine Yvonne, hier kenne ich alle«, sagte der Student. »Vielleicht weiter oben oder unten. Im dritten Stock wohnen viele Frauen.«

»Danke«, sagte Robert. »Dann gucke ich da mal.« Er machte kehrt und folgte dem Jungen zum Fahrstuhl, ging aber weiter zur Treppe und nahm die Stufen hinunter in den dritten Stock. Er hoffte, dass hier auch jemand aus seinem Zimmer kam und ihn sah, am besten eine der Frauen. Wenn sie ihm gefiel, würde er eine Markierung an ihrem Türrahmen anbringen, einen winzigen, nur für ihn sichtbaren Kratzer; er hatte ein Taschenmesser dabei. Er würde die Türen aller Frauen markieren, die ihm hier gefielen, damit er später keine Zeit mit der Suche verschwenden musste.

Das Blut pochte jetzt nicht nur an seinem Gaumen, sondern auch an den Schläfen und in seinem halb geschwollenen Schwanz. Er kam sich vor wie in einem Traum, in dem alles um ihn herum im Schatten lag, nur dort, wo er ging, war Licht. Die Welt war leise, kein Laut, bis auf seinen Herzschlag und seinen Atem. Er schwebte durch den Gang. An den verschlossenen Türen vorbei. Zurück in den wieder leeren Fahrstuhl, wo er nicht E drückte, sondern – E.

Im Keller öffnete sich ein weiterer Gang, schwach beleuchtet von vergitterten Lampen, die in weiten Abständen an der Decke angebracht waren. Von dem kalten Betonkorridor führten weitere kurze Gänge zu käfigartigen Holzverschlägen auf der einen Seite und grau lackierten Eisentüren auf der anderen. Das Licht reichte kaum bis zu den Verschlägen, aber Robert konnte dennoch das staubige Durcheinander erkennen, das sie enthielten: alte Koffer, Plastiktüten, Gummimatten und Umzugskartons, Fahrradreifen, ausrangierte Radios, Plattenspieler oder Lampen, Rucksäcke, Federballschläger mit eingerissener Bespannung, Schlittschuhe, offene Kisten mit Stapeln von verschnürtem Altpapier. An den meisten Gittertüren hingen Vorhängeschlösser.

Einer der Verschläge in der zweiten Reihe war nur mit einem Bindfaden gesichert. Auf einem Klebestreifen stand die Nummer 343, mit schwarzem Filzstift geschrieben. Auch hier türmte sich hinter den unbehandelten Holzlatten das übliche Sammelsurium: Eine defekte Wäschespinne. Ein geflochtener Weidenkorb, aus dem ein rosafarbener Schal hervorlugte. Ein Damenfahrrad ohne Räder. Ein Kleiderschrank aus Kunststoffplanen. Ein Regal mit Schuhen. Alles Sachen, die nur einer Frau gehören konnten.

Mit einem Klicken gingen die Gitterlampen an der Decke aus. Robert verharrte einen Moment im Halbdunkel. Außer ihm war weit und breit niemand zu sehen. Er lauschte auf die schwachen Geräusche, die gedämpft aus den oberen Stockwerken herunterdrangen. Hinter einer der Türen drehte sich die Trommel einer

Waschmaschine, erst ruckelnd, dann schneller, endlich im Schleudergang. Hier hört dich niemand schreien, dachte Robert. Die Worte kamen wie von selbst; er konnte sie sehen, als hätte er sie schon mit Kugelschreiber in seiner Kladde notiert.

Er holte sein Taschenmesser heraus, klappte die kleine Klinge auf und zerschnitt den Bindfaden, der den Verschlag mit den Schuhen sichern sollte. Vorsichtig, um sich keinen Splitter einzuziehen, öffnete er das Gatter. Es kam ihm vor, als könnte er das Mädchen, dem die Sachen dahinter gehörten, schon spüren, bevor er sie auch nur berührt hatte. Der Verschlag bot gerade genug Platz, dass er ihn betreten und sich darin umsehen konnte. Wenn er sich zwischen den Schrank und das Regal zwängte, war er vom Gang aus fast unsichtbar. Es lag an ihm, ob er gesehen werden wollte oder nicht.

Er nahm einen der Schuhe aus dem obersten Fach des Regals, schwarzgraue Pumps mit schief getretenen Absätzen, und hielt ihn an seine Nase. Der Geruch nach Leder, Klebstoff und altem Schweiß durchfuhr ihn wie knisternder Strom, wie ein schwacher elektrischer Schlag. Er stellte den Schuh zurück und hob den Deckel von dem geflochtenen Korb mit den abgelegten Kleidungsstücken. Mit beiden Händen wühlte er darin, holte ein Teil nach dem anderen heraus: Blusen, einzelne Socken, Schals, Strumpfhosen mit Laufmaschen. Er fragte sich, warum die Frau die Sachen im Keller aufbewahrte, statt sie wegzuwerfen. Er sah ein Bild von ihrem Zimmer vor sich, in dem ein noch größeres Durcheinander herrschte als in ihrem Kellerabteil. Er sah auch die Frau, die in diesem Zimmer lebte; sie war von eher nachlässig gepflegtem Äußeren, das ihrer Umgebung entsprach.

Schließlich entschied er sich für die Nylonhose. Er bildete sich ein, dass sie noch nach ihr roch. Er schob die Hose in seine Jackentasche, dann verließ er den Verschlag und drückte das Gatter zu. Den Bindfaden knotete er nicht wieder zusammen – sie sollte merken, dass jemand an ihren Sachen gewesen war.

Eine weitere Tür führte zur Waschküche. Robert öffnete die Tür und trat über die Schwelle. Ein Geruch nach Waschmittel empfing ihn; warme, feuchte Luft legte sich auf sein Gesicht. An der kahlen Betonwand gegenüber der Tür standen mehrere große Waschmaschinen und Trockner. In einer der Maschinen drehte sich die Trommel mit einem hohen Surren, das sich schnell immer höher schraubte. Auf einem langen Tisch mit einer roten Resopalplatte hatte jemand einen Wäschekorb aus blauem Kunststoff abgestellt. Ein schmaler Durchgang führte zu einem weiteren Raum, in dem die fertige Wäsche an straff gespannten Plastikleinen zum Trocknen aufgehängt werden konnte.

Der Anblick der Schnüre mit dem Draht unter der Plastikschicht und der warme, feuchte Geruch raubten Robert für einen Moment den Atem; es war, als spürte er schon, wie sie ihm ins Fleisch schnitten. Die schwache Helligkeit, die durch die kleinen Oberlichter hereindrang, begann zu flimmern. Auf einmal war auch dieses silbrige Gefühl in den Kniekehlen wieder da, das er lange nicht gespürt hatte.

Er war allein in der Waschküche. Der Schleudergang der Maschine würde nur noch ein paar Minuten dauern. Vielleicht kam danach jemand, um die Wäsche herauszunehmen und aufzuhängen; jemand, der ihn überraschte. Langsam zog er seine Jacke aus, dann das Hemd, dann das Unterhemd. Seine Brustwarzen waren hart und empfindlich. Er legte sich eine Hand über Mund und Nase, presste sie fest gegen die Lippen, gegen das ganze Gesicht, bis er keine Luft mehr bekam, und länger.

Fünfzehn Sekunden. Zwanzig Sekunden.

Mit der freien Hand öffnete er seine Gürtelschnalle, drückte den Bundknopf der Jeans aus seinem Loch.

Dreißig Sekunden. Fünfunddreißig Sekunden.

Das Schleudergeräusch der Waschmaschine veränderte sich, wurde dunkler und dichter, ging dann in ein feines Sirren über. Die Trommel drehte sich langsamer, hörte mit einem Knacken ganz auf, sich zu bewegen.

Vierundvierzig Sekunden.

Er starrte auf die Tür, als könnte er sie allein durch die Kraft seines Willens dazu bringen, sich zu öffnen, und –

Komm, dachte er, komm schon.

Die Tür geht auf, eine Frau kommt rein, sie sagt etwas, schreit auf ihn ein. Du laberst mich an?, sagt er und zückt ein Messer, richtet die Klinge auf ihr Gesicht. Du laberst mich an, ja?

Nichts geschah. Nur seine Lungen schienen zu glühen, zogen sich in seiner Brust zusammen. Mit einem schmerzhaften Keuchen riss er den Mund auf, schnappte nach Luft.

In diesem Moment bemerkte er einen schwachen metallischen Schimmer unter der Maschine, die am Ende der Reihe gleich beim Oberlicht stand. Noch immer heftig atmend, bückte er sich, um den schimmernden Gegenstand genauer in Augenschein zu nehmen. Vielleicht war es ja der Schlüssel zu einem der Zimmer, den jemand unbemerkt verloren hatte. Er schob zwei Finger unter die Maschine und tastete nach dem Gegenstand. Er formte den Zeigefinger zu einem Haken, doch schon bei der Berührung merkte er, dass es kein Schlüssel war, sondern der Kronkorken einer Limonadenflasche. Enttäuscht richtete er sich auf, zog Unterhemd und Hemd an und zurrte den Gürtel zu.

Als er die Waschküche verließ, sah er, dass es draußen auf dem Gang ganz am Ende noch eine dritte Eisentür gab. Die Tür war unverschlossen. Er öffnete sie. Auf der anderen Seite führte eine kurze Treppe zu einer Tiefgarage. Bei ihrem Anblick wusste er, dass er gar keinen Schlüssel brauchte, um in das Gebäude zu gelangen. Er brauchte auch keinen, wenn er in Giselas Zimmer oder in Nummer 343 wollte.

Er musste nur die Gasmaske einpacken, ein Messer mitnehmen und klingeln.

Zu Hause schrieb er einen neuen Absatz in die Kladde: *Ich gehe einfach in deine Wohnung. Ich gehe hinein, wenn du nicht da bist, und ich bin da, wenn du nach Hause kommst. Ich bin da, um meine Träume mit dir zu teilen.*

29

Larsen

Der gerahmte Stich über dem Bett seines kleinen Zimmers im ersten Stock der Pension Splendid unweit der Baumwollbörse zeigte die Kaiserliche Korvette *S. M. S. Elisabeth* bei hohem Seegang. Das Meer war von einem grünlichen Grau, wie verschüttete Tinte. Die Wände des Zimmers waren mit einer wasserfleckigen Tapete verkleidet, die an einigen Stellen Wellen geworfen hatte. Es gab ein kleines Fenster mit hellbraunen Leinenstores und einer gestärkten Gardine. Neben dem Fenster befand sich das altmodische Doppelbett mit einem Gestell aus Messing und einer schweren Tagesdecke, die das Rosenmuster der Tapete aufgriff. Der einzige andere Schmuck des Zimmers bestand in einem Holzkreuz über der mit zerschlissenem moosgrünen Samt bezogenen Couch an der Wand gegenüber dem Bett. Ein nierenförmiger Beistelltisch diente Larsen als Schreibtisch. Das spärlich in den Raum fallende Tageslicht hatte denselben fahlen Ton wie die Tapeten und reichte kaum bis zu dem nur mit Waschbecken, Duschkabine und Toilettenschüssel ausgestatteten Badezimmer.

Jedes Mal, wenn Larsen die Tür des Zimmers öffnete und über die Schwelle trat, dachte er, ich habe schon schlimmer gewohnt, und jedes Mal versuchte er, sich zu erinnern, wann und wo. Er räumte seine Sachen nie in den Schrank, ausgenommen die, die knittern konnten, wenn er sie in seinem Reisekoffer am Fußende des Betts ließ. Auf dem Beistelltisch lag sein Stenoblock, daneben das Handy, das er vor über einem Jahr aus den USA mitgebracht hatte. Jedes Mal, wenn er es ansah, verspürte er den Impuls, Kristin anzurufen, und jedes Mal dachte er, es ist ja vielleicht nicht für lange. In der Pension gab es sonst nichts, das ihn ablenkte, und nichts, worauf er Rücksicht nehmen musste.

Es war schon spät, kurz vor Mitternacht. Kristin saß vielleicht noch oben in ihrem Arbeitszimmer am Schreibtisch und tüftelte an der Übersetzung eines besonders kniffeligen Satzes aus dem Italienischen in ein geschmeidiges Deutsch, das bei ihr oft eleganter als das Original wirkte. Möglicherweise saß sie aber auch im Wohnzimmer auf der Couch, trank ein Glas Rotwein und sah fern. Oder sie wünschte sich einfach nur, er wäre zu Hause, wo er hingehörte, und die Welt – oder wenigstens Bremen – wäre ein Ort, an dem niemand ermordet wurde, niemand seinen Körper für Geld verkaufen musste, niemand nachts im Winter auf der Straße schlief.

Larsen saß auf dem niedrigen Stuhl an dem kleinen Couchtisch und starrte auf die Namen, die er im Büro auf ein Blatt Papier gekritzelt hatte: Crescens, Eugenius, Julianus, Justinus, Nemesius, Primitivus, Stacteus. Söhne der heiligen S. Verbarg sich eine Bedeutung in diesen Namen? Waren sie von Belang für seine Fälle? Ging es um die Namen oder um ihr Schicksal – den Umstand, dass sie als Märtyrer getötet worden waren?

Larsen merkte, wie er müde wurde; er musste nur noch ein Telefongespräch führen. Er suchte die Nummer aus seinem Adressbuch heraus, wählte und wartete darauf, dass am anderen Ende der Leitung abgehoben wurde. Nach dem dritten Freizeichen meldete sich eine Frau, deren dunkle Stimme so frisch klang, als hätte sie gerade ihren ersten Morgenkaffee getrunken. »Schuster.«

»Elena, Kiefer hier.«

»Welche Kiefer?«

»Kiefer Larsen. Von der Kripo.«

»War nur'n Witz, Kiefer. Ich kenne doch deine Stimme. Wir sollten aufhören, uns nachts um diese Zeit anzurufen. Weiß deine Frau, dass du mit mir telefonierst? Müssen wir leise sein?«

»Ich bin nicht zu Hause.«

»Hat sie dich endlich vor die Tür gesetzt?«

»Noch nicht. Aber ich arbeite daran.«

»Was kann ich für dich tun, Kiefer? Es geht um die ermordeten Mädchen, oder?«

»Weißt du schon, dass es ein drittes Opfer gibt?«

»Kiefer, ich leite einen Selbsthilfeverein für Prostituierte. Ich höre die Buschtrommeln, bevor sie geschlagen werden. Ihr macht keine großen Fortschritte, oder?«

»Deswegen rufe ich an. Gina Berthold hatte sich auf SM spezialisiert. Wir glauben, dass der Täter seine Interessen in diese Richtung weiterverfolgen wird. Kannst du mir sagen, was das für Männer sind, die zu einer Domina gehen? Wie redet man mit ihnen? Gibt es bestimmte Codes, die man verstehen oder benutzen muss? Du hast dir doch früher in deiner aktiven Zeit sicher ein Bild machen können.«

Elena schwieg einen Moment. Er konnte hören, wie sie sich eine Zigarette anzündete. »Das ist gar nicht so einfach zu beantworten. Den Kunden schlechthin gibt es da nicht. Der größte Irrtum ist wohl zu denken, dass seine Neigung dahin geht, sich zu unterwerfen, erniedrigt zu werden, weil er eine Domina aufsucht. Eigentlich ist es eher umgekehrt: Er ist nicht devot, sondern der Dominante, weil er die Regeln des Rollenspiels vorgibt, die von der Domina eingehalten werden müssen. Annäherungsweise würde ich sagen, er ist so um die fünfzig, intelligent und kreativ.«

Sie überlegte kurz. »Er verfügt über ein überdurchschnittliches Einkommen, denn er kann es sich leisten, seine Fantasien spontan zu verwirklichen, ohne lange darauf sparen zu müssen. Die meisten sind ledig. Die, die es nicht sind, verheimlichen ihre Neigung im Allgemeinen vor ihren Frauen und leben sie im Verborgenen aus. Die Regeln, die er vorgibt, gelten auch für ihn – es ist mehr als unwahrscheinlich, dass er sie bricht oder ohne gegenseitiges Einvernehmen Grenzen überschreitet. Eher arbeitet er in Gedanken seine Fantasien immer weiter aus, bis sie vielleicht irgendwann ein Stadium maximaler Erfüllung erreicht haben. Oder bis er keinen Partner mehr findet, der ihm freiwillig in den Dornenwald folgt.« Eine weitere kurze Pause. »Hast du vor, dem Mörder eine Falle zu stellen?«

»Darüber kann ich jetzt noch nichts sagen«, antwortete Larsen. »Noch eine andere Frage: Glaubst du, dass deine Mädchen bereit wären, sich bei der Arbeit in ihren Apartments von Polizeibeamten bewachen zu lassen? Zu ihrer eigenen Sicherheit?«

Elena stieß ein Lachen aus, das wie ein Hustenanfall klang. »Weißt du, wie viele Huren wir hier haben – allein die Registrierten? Und in den Apartments, die ich an sie vermiete, gibt es ja gar nicht genug Platz für ein Observationsteam. Außerdem müsste man sie erst mal dazu bringen, dass sie ihre Scheu vor euch ablegen.«

»Dabei könntest du uns doch helfen«, schlug Larsen vor. »Wir interessieren uns nur für die Morde, sag ihnen das. Keine Bockschein-Kontrolle, keine Ermittlungen wegen Drogenbesitzes oder verbotener Prostitution im Sperrbezirk; und sobald ein Kunde das Apartment betritt, werden wir unsichtbar.«

»Eigentlich schade, wo ihr doch alle so hübsche Burschen seid.« Ihre Stimme nahm ein erotisches Timbre an. »Gehen wir mal wieder einen trinken, Kiefer? Nur du und ich …«

»Na klar, das steht ganz oben auf meiner Liste. Sobald wir unseren Mörder gefasst haben.«

»Geht ihr davon aus, dass es sich um einen Serienmörder handelt?«

»Nach jetzigem Wissensstand müssen wir das wohl.«

»Ich seh zu, was ich machen kann.« Die nüchterne, klare Elena war wieder da. »Ich will nicht, dass noch eins meiner Mädchen getötet wird. Vielleicht schaffen wir es ja gemeinsam, den Scheißkerl zu stoppen.«

Vielleicht, vielleicht, vielleicht.

»Danke.« Larsen unterbrach die Verbindung, hielt das Handy aber noch in der Hand, als es unerwartet klingelte. Die Nummer auf dem Display sagte ihm nichts. Er meldete sich trotzdem. »Larsen, ja?«

»Hallo, mein Süßer.« Eine andere Stimme, aber wieder die einer Frau, gleichzeitig sinnlich und hart. »Du willst gefesselt vor mir knien und mir die Stiefel lecken?«

»Eigentlich nicht«, sagte Larsen.

»Du willst vor Lust ersticken und die Besinnung verlieren, während du kommst?«

»Wer ist denn da?« Auf einen Schlag war er wieder hellwach; niemand außer den Kollegen und Kristin hatte seine Handynummer. Trotz der Störgeräusche in der Atmosphäre hörte er die Frau am anderen Ende der Verbindung atmen, dann erklang ein leises Lachen. »Guten Abend, Herr Hauptkommissar. Habe ich Sie geweckt?«

»Maria?«

»Erraten. Wie klinge ich? Glaubwürdig?«

»Hat Mareike Jung mit Ihnen gesprochen?«

»Ja. Wollen Sie einen Termin bei mir machen – Studio Ramona, Ramona De Winter?«

»Wo sind Sie? Wer ist noch bei Ihnen?«

»Mareike ist hier, wir arbeiten an der Anzeige und machen die Fotos. Ich bin auf Bondage und Knebeln spezialisiert.«

»Nicht so schnell«, bremste Larsen. »Für so eine Aktion brauche ich die Genehmigung von ganz oben, und die habe ich noch nicht. Außerdem ist es gefährlich, und ich muss –«

»Warum wollen Sie denn die Goldfasanen da mit reinziehen? Die verderben uns doch nur den Spaß mit ihren tausend Wenn und Aber. Weshalb kann das denn nicht unter uns Straßenkötern bleiben, und wenn wir den Scheißkerl auf diese Weise schnappen, kräht sowieso kein Hahn danach, wie wir es geschafft haben. Ich setze mich in mein Studio und warte, bis er anruft, und dann mache ich ihm am Telefon den Mund so wässerig, dass er eine halbe Stunde später bei mir auf der Matte steht –«

»Und Sie umbringt«, ergänzte Larsen nüchtern. »Weiß Gunnar Bescheid?«

»Welcher Gunnar?«

»Gunnar Petersen, Ihr Chef bei der Sitte, schon vergessen?«

»Ach, der … Na ja, er wollte noch mal mit Ihnen darüber reden. Er meint, er hätte es gern zuerst von Ihnen gehört.«

»Kann ich mir vorstellen. Geben Sie mir mal Mareike.«

»Moment …« Im Hörer erklang ein Rascheln, jemand flüsterte. Wieder ein Rascheln. Dann war Mareike dran und sprudelte hervor: »Sie glauben gar nicht, wie Maria im Latexanzug aussieht, mit Stiefeln und Peitsche! Wenn ich ein Mann wäre, würde ich – ich weiß nicht, was ich würde, aber es wäre bestimmt nichts Anständiges. Und ich würde das so lange machen, bis sie mich vor die Tür setzt, weil ich bis auf den letzten Pfennig abgebrannt wäre, und selbst dann würde ich noch versuchen –«

Larsen wusste, wie Maria Rasmus aussah: neunundzwanzig Jahre alt, groß, schlank, blaue Augen und volles kastanienbraunes Haar, das sie hochgesteckt im Stil der 60er-Jahre trug. Ein Gesicht, das der stets großzügig aufgetragenen Schminke nicht bedurft hätte, um Männern den Atem stocken zu lassen. Oder Frauen. Dazu rot lackierte Fingernägel, länger als im Polizeidienst üblich, und Brüste, die durch eng anliegende Pullover genauso betont wurden wie die langen Beine durch die knallengen Lederjeans. Breite Gürtel und hochhackige Lackstiefel komplettierten ihre Erscheinung, die sie seit ihrem Wechsel von den Eigentumsdelikten zur Sitte immer mehr der Szene angepasst hatte, in der sie ermittelte. Als vertrauensbildende Maßnahme, wie sie betonte, rein beruflich.

»Mareike, dass es so was wie einen Dienstweg gibt, hat dir wohl nie jemand verklickert, oder?«, sagte Larsen.

»Doch«, antwortete Mareike, »aber an den halte ich mich erst, wenn es auch einen Dienstweg für Serienmörder gibt.«

»Eine erfreulich unkonventionelle Haltung, die ich nur leider nicht billigen kann.« Auch Larsen war in der Lage, seiner Stimme verschiedene Färbungen zu verleihen, und jetzt schlug er ein scharfes Dur an. »Ich hätte große Lust, dich aus meinem Team zu werfen und dir nahezulegen, deine Versetzung in eine andere Abteilung zu beantragen, willst du das?«

»Nein«, gab Mareike unbeeindruckt zurück. »Aber sollte der Mann, den wir jagen, wirklich Anfang März wieder zuschlagen, bleibt uns verdammt wenig Zeit, um das zu verhindern. Sonst gibt es eine vierte tote Prostituierte. Wollen Sie das?«

Larsen schwieg einen Moment, in dem eine jähe Müdigkeit ihn bis in die Fingerspitzen erfüllte. »Nein. Gute Nacht. Morgen um halb zehn im Büro.« Er besaß kaum noch die nötige Energie, das Handy auszuschalten, dann fiel er aufs Bett, und erst als er gerade einschlief oder schon eingeschlafen war, dachte etwas in ihm: Ich wollte doch noch Kristin anrufen.

Ich sollte sie heiraten und mir ihr noch ein Kind bekommen, wie sie vorgeschlagen hat. Oder eins adoptieren.

Meine blonde, kluge Kristin, die keine großzügig aufgetragene Schminke und rot lackierten Fingernägel braucht, auch keine engen Pullover oder Lacklederstiefel, um mir den Atem stocken zu lassen. Aber ich muss jetzt wirklich schlafen.

Crescens. Eugenius. Justin –

Mitten in der Nacht wachte er auf und dachte: Es ist die Zahl! Es geht nicht um die Namen. Auch um keine geheime Bedeutung, die sich in ihren Anfangsbuchstaben oder so was verbirgt. Es sind weder Anagramme, noch muss man sie in einer bestimmten Reihenfolge lesen, um das Rätsel zu lösen. Es ist ganz einfach die Zahl der Söhne – sieben! Vielleicht hat es etwas mit seiner Familie zu tun; vielleicht mit seinen Eltern, vielleicht mit möglichen Geschwistern.

Es werden noch vier Morde passieren. Wenn wir ihn nicht vorher stoppen, wird er weitermorden, bis es so viele tote Frauen gibt, wie es tote Söhne dieser Heiligen gegeben hat. Ich muss sofort los und die anderen informieren. Er sah auf die Uhr. Es war nicht ganz halb drei. Schlaf weiter, Larsen, sagte Kristin in seinen Gedanken. Natürlich hatte sie recht, wie immer.

30

Robert

Der Tag, an dem Robert wieder eine der Frauen aus der Zeitung anrief, war ein Mittwoch, kurz nach Semesteranfang. Mariona kam jetzt nur noch unregelmäßig nach Hause und sagte auch nicht mehr, wo sie hinging oder wo sie gewesen war. Sie packte lediglich frische Unterwäsche in ihren Rucksack, stopfte die getragene in den Korb für die Schmutzwäsche und war auch schon wieder weg. Wenn er sie ansah, sagte sie: Guck mich nicht an wie so 'n blöder Hund. Wenn sie doch mal für eine Nacht dablieb, gingen sie nie zur selben Zeit ins Bett, sodass der Gedanke an Sex gar nicht erst aufkam. Später – viel später – dachte er, dass vielleicht alles anders gekommen wäre, wenn sie etwas freundlicher zu ihm gewesen wäre; ein Lächeln dann und wann hätte gereicht.

Die ganze Zeit lebte er so sparsam wie möglich, aber als das Geld trotzdem knapp wurde, fiel ihm wieder nichts anderes ein, als den Anzeigenteil der Zeitungen nach Frauen zu durchforsten, die er in ihren Apartments besuchen konnte. Er redete sich ein, dass er es nur tat, weil er nicht wusste, wie er sich auf andere Weise Geld beschaffen sollte, außer seine Eltern darum zu bitten. Das hatte er in der Zwischenzeit ein- oder zweimal getan, aber es war immer an seiner Mutter gescheitert.

Als er die Frau anrief, spürte er unvermittelt, was er vermisst hatte. Dass seine Expeditionen in Anjas Wohnung oder die Kellerräume des Wohnheims kein vollwertiger Ersatz für das andere in ihm gewesen waren. Mariona hatte einen Rest Wodka im Kühlschrank stehen, in ihrer Hälfte, denn offenbar hieß es jetzt meine Hälfte, deine Hälfte. In seiner Hälfte herrschte gähnende Leere. Er trank den Wodka und fand schließlich eine Anzeige, die allen zu berücksichtigenden Kriterien am ehesten entsprach: Studio Bizarr, Sandra. Der Name gefiel ihm, weil er ihn irgendwie verspielt fand, die Kombination aus dem Wort *Bizarr* und dem Namen *Sandra*. Sandra ging selbst an den Apparat, schon nach dem dritten Klingeln. »Hallo?«

Sofort war es, als träte er über eine Schwelle in eine andere Welt, eine dunklere Welt, in der die Luft dünner und die Schwerkraft fast vollständig aufgehoben war. Er hörte sich reden, und sogar seine Stimme klang anders, als würde er gar nicht selbst sprechen. »Ich wollte fragen, was du alles anbietest.«

»Willst du mir nicht erst mal sagen, wie du heißt?«, fragte sie, aber auf eine nette, ganz und gar nicht herrische Weise. Auch ihre Stimme war angenehm. Trotzdem zog er es vor, diesmal einen falschen Namen zu nennen. »Konrad.«

»Hallo, Konrad. Worauf stehst du denn so?«

Ich stehe darauf, mich in die Gewalt von jemand zu begeben, der in Wirklichkeit in meiner Gewalt ist. Das finde ich geil. Ich stehe darauf, Schmerzen zu spüren. Zu fühlen, dass der Tod ganz nah ist, nur einen Atemzug entfernt, und dass er vielleicht noch gar nicht weiß, für wen von uns beiden er sich entscheidet. Das macht mich auch geil.

Ist es wirklich das, was du willst?, schien Sandra zu fragen, obwohl er sie nur atmen hörte. Sie wartete auf seine Antwort, aber er hielt sie hin. Er merkte schon, wie er sich von seinem eigenen Willen trennte, sich der Schwäche ergab, in warme Feuchtigkeit gehüllt. In ihrem Atem an seinem Ohr hörte er seinen eigenen Atem, hörte, wie er um Luft rang, und spürte, wie sein ganzer Körper, seine Nerven, wie alles in ihm sich erst anspannte, um sich dann, auf einer anderen Ebene, völlig zu entspannen.

»Fesseln«, sagte er hastig. »Und Atemkontrolle. Ach ja, und ich trage dabei gern Latex … oder Leder.«

»Ah …« Es klang, als hätte sie gehofft, dass er das sagte, als sei es genau das, worauf auch sie stand. »Mit Knebeln?«

»Lieber mit Maske, also Gasmaske. So eine wie bei der Bundeswehr. Hast du so eine?«

»Ich habe ein tschechisches Modell. Das ist genauso gut. Ich könnte dir was für den Luftfilter geben.«

»Kann ich heute noch vorbeikommen?«

»Lass mal sehen …« Er hörte ein Geräusch, wie wenn in einem Terminkalender geblättert würde, vor und zurück. Dann sagte sie: »Wie wär's um 15:00 Uhr? Dann sind wir ganz allein und haben so viel Zeit, wie wir wollen.« Das war in drei Stunden; Zeit genug, um sich in Stimmung zu bringen. »Okay.« Er legte auf und überprüfte, wie viel Wodka noch in der Flasche war. Zwei Zentimeter, zu wenig.

Wieder zurück in der alten Welt, in der er gerade gar nichts zu suchen hatte. Er begann, unruhig in der Wohnung hin und her zu gehen. Das Ali Baba hatte natürlich noch nicht auf, aber da ließen sie ihn sowieso nicht mehr anschreiben. Im Supermarkt was zu klauen war ihm zu riskant. Dann fiel ihm ein, dass er im Kühlschrank von Anjas Küche bei seiner letzten Expedition eine Flasche Weißwein gesehen hatte. Ob sie noch da war?

Er nahm die Fahrradspeiche und ging über den Flur zu ihrer Wohnung. Ehe er den Haken durch den Briefschlitz schob, klingelte er kurz, nur zur Vorsicht. Das Klingeln schien noch auf der anderen Seite der Tür nachzuhallen, da wurde auch schon geöffnet. Erschrocken starrte Robert auf Anjas Gesicht. Sie lächelte. »Hallo …« Ihr Blick wanderte zu dem Metallstab in seiner Hand. »Hast du dich jetzt selbst ausgesperrt?«

»Nee … die wollte ich … also, bevor ich die jetzt zum Müll bringe, wollte ich … wollte ich fragen, ob du sie vielleicht gebrauchen kannst«, stammelte er. »Falls du dich mal wieder aussperrst oder so.«

»Tja, dann nützt sie mir wohl mehr, wenn du sie hast, oder? Ich meine, wenn ich draußen bin, und die ist hier drin …«

»Ja … klar …« Er nickte, versuchte ein Grinsen. »Sag mal, wo ich schon mal da bin. Du kannst mir wohl nicht zufällig etwas Geld leihen – zwanzig Mark oder so? Du kriegst sie gleich morgen wieder.«

»Klar. Reichen zwanzig? Du kannst auch mehr haben.«

»Nee, zwanzig sind genug.«

Sie ließ die Tür offen, aber er blieb davor stehen, sah ihr nur nach, beobachtete, wie ihr blondes Haar wippte und ihr Becken in der eng sitzenden Jeans bei jedem Schritt hin und her schwang. Ich war in deiner Wohnung, dachte er. Ich habe in deinem Bett gelegen. Ich habe gesehen, was du in deinem Kühlschrank hast. Ich habe in dein Waschbecken gewichst und mir mit deinem Höschen den Schwanz abgewischt.

Sie kam zurück und hielt ihm, noch immer lächelnd, einen

20-Mark-Schein hin. Er berührte kurz ihren Handrücken, als er den Schein nahm. »Danke.«

Eine Viertelstunde später stand er in der Küche vor der Anrichte und öffnete die erste Bierflasche. Er breitete Zeitungspapier aus, um das Messer darin einzuwickeln, das er diesmal mitnehmen wollte. Vielleicht musste er es ja gar nicht gebrauchen. Vielleicht stellte Sandra sich als Kategorie C heraus, obwohl das eigentlich nicht möglich war; Kategorie C arbeitete nicht in einem Studio Bizarr. Wahrscheinlich kam es anders – wahrscheinlich musste er ihr das Messer zeigen und sagen: Was für eine törichte Jungfrau bist du doch, wie dumm von dir, dass du das Öl für deine Lampe verschwendet hast, statt es aufzubewahren, um dem Herrn damit zu leuchten, nicht wahr?

Er holte seinen Stenoblock, das Lineal und die Stifte aus dem Koffer und zog die vertikale Linie links und die horizontale Linie unten über das oberste Blatt. Er unterteilte sie – wie sonst auch – mit Millimeterstrichen, versah die Striche mit Ziffern und schrieb dann *Zeit* und *Lust* neben die entsprechende Linie. Ganz oben, wo der Name der Versuchsperson hingehörte, schrieb er: *Sandra*.

Dabei trank er das Bier und danach das nächste, bevor er die Wodkaflasche aufschraubte. Er hatte kein Eis, aber wenn er das Wasser lang genug laufen ließ, kam es kalt aus dem Hahn. Das erste Glas trank er verdünnt, und dabei stellte er sich vor, wie er in einen hautengen schwarzen Latexanzug fuhr und wie Sandra ihn fesselte, erst die Füße, dann die Hände, und wie er schließlich vor ihr auf einer Pritsche lag, hilflos auf dem Bauch, während sie in einem Sessel saß und eine Zigarette rauchte und sich zu überlegen schien, was sie mit ihm machen würde. Sie hatte ihn in der Hand. Sie konnte ihn so liegen lassen und weggehen. Sie konnte ihn schlagen oder Zigarettenrauch in den Luftfilter der Maske blasen. Er hörte ihre nette, angenehme Stimme, als sie fragte, freundlich wie der verkleidete Wolf im Märchen: Hast du schon abgespritzt?

Er schüttelte den Kopf. Gut, sagte Sandra, die jetzt nur Flüstern und Warten war, gut, und träufelte etwas aus einem kleinen braunen Medizinfläschchen auf ein Stofftaschentuch, das sie gegen den Luftfilter der Gasmaske auf seinem Gesicht presste. Jeder Atemzug, den sie ihm erlaubte, schoss jetzt wie eine chemische Flamme in seinen Unterleib. Er begann, sich an der Pritsche unter ihm zu reiben, erst langsam, dann immer schneller.

Eine halbe Stunde später – als alles vorbei war, rekonstruierte er seine Fantasie immer wieder, Minute für Minute. Dann sah er sich noch einen VHS-Film an. *Es war einmal in Amerika* mit Robert De Niro. Fünfzig Minuten später legte er Block, Lineal und Stifte zurück in den Koffer und holte eins der kopierten Bilder der heiligen Rosa heraus, das er in die Außentasche seiner Parkajacke schob.

Es war ein strahlend schöner Tag, als er das Haus verließ und zu der Straßenbahnhaltestelle ging, die er zehn Minuten später erreichte. Fünfzehn Minuten später traf er im Schifferweg ein und suchte die Hausnummer, die Sandra ihm genannt hatte. Zwölf Minuten später hatte er sie gefunden – ein mehrstöckiges Mietshaus mit schmutzigen Fenstern und teilweise herabgelassenen Außenjalousien. Eine Minute später tastete er nach dem in Zeitungspapier gewickelten Messer in der rechten Jackentasche und drückte den Knopf neben dem rosa Klingelschild mit der Beschriftung STUDIO BIZARR 4. STOCK, ohne die Handschuhe auszuziehen. Eine Minute später hatte Sandra ihm noch nicht geöffnet. Er klingelte wieder. Zwei Minuten später hatte immer noch niemand auf den Türöffner gedrückt. Drei Minuten später klingelte er zum fünften und letzten Mal.

Und plötzlich ertönte das Schnarren des Türöffners. Sofort drückte er die Tür auf und betrat den Hausflur. Es war noch hell, sodass er kein Licht machen musste. Er nahm die Treppe, die erst zum Lift und dann zu den oberen Stockwerken führte. Das Treppenhaus war sauber, aber schmucklos, nicht einmal eine Topfpflanze stand auf den Absätzen. Als er die zweite Etage erreichte, hörte er schnelle Schritte über sich; offenbar eilte jemand die Stufen hinunter. Es waren schwere Schritte wie von jemand, der Stiefel trug. Rasch schlug Robert den Jackenkragen hoch, zog die Wollmütze tiefer ins Gesicht und senkte den Kopf.

Sie trafen sich auf dem Absatz unterhalb der dritten Etage und eilten aneinander vorbei, ohne sich anzusehen. Robert nahm nur eine Silhouette wahr – Mantel, Stiefel, Mütze –, anscheinend ein Mann, der mit abgewandtem Gesicht die Treppe hinunterhastete.

Er sah ihm nicht nach und blickte auch nicht aus dem Fenster, um ihn auf die Straße laufen zu sehen. Im vierten Stock gab es vier Apartments, aber keine der Türen stand offen, auch nicht die mit dem in der Mitte festgeschraubten Schild STUDIO BIZARR.

Robert klingelte erneut und wartete. Wieder geschah nichts. Er klingelte noch einmal. Hinter der Tür blieb alles still. Er klopfte, erst zurückhaltend mit den Knöcheln. Dann hämmerte er mit der ganzen Faust gegen die Türfüllung. Es war inzwischen zehn nach drei, und die Wirkung des Alkohols ließ allmählich nach. Langsam wurde er wütend. Er packte den Türknauf und rüttelte daran. Ein leises Schnappgeräusch erklang, wie bei einem Schloss, das nicht ganz eingerastet war. Die Tür gab nach und ging auf. Er zögerte, bevor er eintrat, allerdings nur kurz. Dann rief er: »Hallo? Sandra?«

Niemand antwortete. Im Flur hinter der Tür brannte Licht, wie in allen Nuttenapartments, ein violetter Punktstrahler. Aus einem Zimmer am anderen Ende drang leise Musik. *Yes, Sir, I can boogie.* Ein komischer Geruch hing in der Luft, nicht nach Duftkerzen wie meistens – Moschus oder Vanille oder heißes Wachs oder so was –, sondern schärfer, nach Schweiß und Urin und Magensäure, so wie die Apartments manchmal rochen, wenn er mit den Nutten fertig war. »Sandra?« Er ging weiter, bog vom Flur ins Studio, aus dem die Musik kam, und da stockte ihm der Atem.

31

Die Frau lag auf dem Rücken, und an der Art, wie sie zur Decke hinaufstarrte, konnte er sehen, dass sie tot war. Sie hatte kaum etwas an, nur rote Lackstiefel und einen Slip aus rotem Nappaleder, keinen BH. Ihr blondes Haar formte einen schimmernden Kranz um den zurückgebogenen Kopf, aber Strähnen davon lagen auch auf dem Boden neben ihrem Körper, mit blutigen Wurzeln, als wären sie ihr ausgerissen worden. Um den Hals war ein Samtband geschlungen und so fest zugezogen worden, dass die Zunge zwischen ihren Lippen heraushing.

Die Musik kam von einem Kassetten-Player: *I can boogie, boogie woogie –*

Robert sah keine offenen Wunden und auch kein Blut, außer an den Haaren. Unter dem Hintern der Nutte hatte sich eine große Pfütze gebildet, in der sich das Licht der gedimmten Deckenstrahler spiegelte. Die Brüste, jung und fest, hatten weiche Nippel. Er verspürte den jähen Impuls, sein Messer herauszuholen und sie abzuschneiden. Sein Herz hämmerte, und als der Impuls nicht mehr so stark war, hatte er stattdessen auf einmal das Bedürfnis, auf die Toilette zu gehen.

So sieht das also aus, dachte er. So ist das, wenn man eine Leiche findet, wo man keine erwartet. Seine Beine zitterten, vor allem die Oberschenkel, und ihm wurde schwindlig. Er musste sich hinsetzen; erst ins Bad und dann hinsetzen. So sieht das aus, wenn die Polizei kommt, wenn sie die Wohnungen betritt und die Frauen findet, mit denen ich meine Filme im Kopfkino gedreht habe.

Er saß auf der Kante des unbenutzten Betts und betrachtete die Leiche, und plötzlich ärgerte es ihn, dass jemand anders die Frau vor ihm umgebracht hatte. Wie sie da lag, hatte ihr Tod etwas Schlampiges, Billiges. Er hatte sich den halben Tag sorgfältig vorbereitet; er hatte genau gewusst, was er mit ihr machen wollte, bevor sie sterben musste. Es war nicht seine Inszenierung, hatte nichts mit seinen Fantasien zu tun. Er hatte die ganze Vorarbeit geleistet, und jetzt war er betrogen, und Sandra auch; jemand hatte sie missbraucht.

Boogie woogie, but I need a certain song –

Er saß da und betrachtete die Leiche, und dann sah er sich in dem kleinen Studio um, das allen anderen, in denen er bisher gewesen war, ähnelte: schummeriges Licht, eine Pritsche, Folterinstrumente aus schimmerndem Stahl. Ein Käfig. Haken, Kreuze, Handschellen. In einem Regal entdeckte er die Gasmaske, auf die er sich gefreut hatte. Neben dem Bett stand ein Piccolo mit zwei Sektflöten, die Gläser halb voll, die Flasche leer. Der Bettvorleger war verrutscht, voller Falten. Eine Peitsche lag wie eine tote Natter auf dem Boden zwischen dem Körper der Toten und der Küchenzeile. Die Polizei wird glauben, ich hätte das getan. Die Vorstellung beschämte ihn. Das kann man nicht so lassen, dachte er mit wachsender Empörung.

Er stand auf und ging in den Flur, weil er nicht mehr wusste, ob er die Tür zum Treppenhaus geschlossen hatte. Sie war zu. Der Mann, der ihm auf der Treppe begegnet war, fiel ihm ein. Ob das der Mörder gewesen war? Dann hatte er ihn gesehen. Er könnte ihn nicht beschreiben, aber er hatte ihn gesehen, seine Schritte gehört. Der Mann hatte schwere Stiefel getragen wie ein Bauarbeiter. Bestimmt hatte er den Türöffner betätigt, damit Robert ins Haus kam und nicht unten an der Tür stehen blieb. Damit er ihn nicht sehen konnte, wenn er herauskam. Er hat nichts gesagt und nach nichts gerochen.

You try me once, you'll beg for more –

Als Robert wieder in dem Raum mit der Leiche war, wusste er, was er tun musste. Er war aus Versehen in den Film von jemand anderem geraten, wie eine schäbige Nebenfigur. Aber es gab doch Filme, in denen aus der Nebenfigur unvermittelt die Hauptfigur wurde, die den ganzen Film an sich riss, ihm ihren Stempel aufdrückte. Oder auch Filme mit zwei Hauptfiguren, die den Handlungsverlauf abwechselnd bestimmten.

If you stay, you can't go wrong –

Er zog seine Jacke aus und legte sie auf das Bett. Dann ging er zu der Küchenzeile, zog die Besteckschublade auf und nahm ein Messer heraus, eins zum Fleischschneiden. Sein eigenes Messer war ihm zu schade. Die Brüste zuerst, dachte er, dann das Ding da unten zwischen den Beinen, zuletzt der Hals. Die Polizei ermittelt in alle Richtungen, dachte er, und alle sind falsch. Hier ist noch eine. Die ganze Leiche ist die falsche Spur. Er kniete sich neben die tote Sandra und zog ihr den Slip herunter. Er roch ihr Parfüm, süß und schwer. Er überlegte, was er da unten reinschieben könnte, damit es nach ihm aussah. Er verspürte nichts, keines von den Gefühlen, die ihn sonst erfüllten; nicht einmal den Stolz eines guten Kopisten. Es sollte nach ihm aussehen, aber es war nicht sein Werk. Es zählte nicht. Es war mechanische Arbeit, die ihn sogar ein wenig anekelte.

Nach den ersten Stichen und Schnitten roch er auch das Blut, dessen Geruch er sonst nie bemerkt hatte. Als er fertig war, wischte er den Griff des Messers ab und warf es aufs Bett. Er zog seine Jacke wieder an und hatte das Bild schon fast aus der Tasche geholt, um es neben die Leiche zu legen, als ihm Zweifel kamen und er es wieder zurückschob.

Sandra war nicht sein Opfer.

Die Empörung darüber, dass die Erfüllung seiner Fantasien von einem Fremden verhindert worden war, kehrte zurück, stärker als zuvor. Er fühlte sich schmutzig und wollte nur weg. Er wusch sich die Hände, kontrollierte seine Kleidung und war schon an der Tür, als ihm einfiel, dass er die andere Sache vergessen hatte, das, weswegen er ja auch gekommen war. Er kehrte um und durchsuchte Schränke und Schubladen, bis er das Geld gefunden hatte, Sandras Tageseinnahmen. Es war nicht viel – nicht für so eine Arbeit, mit so einem Risiko. Er steckte es ein, dann nahm er noch die Gasmaske und ein Paar Handschellen an sich und packte sie in eine Aldi-Tüte, die er unter der Spüle herauszog.

Nach einem letzten Blick verließ er das Apartment, ohne das Licht auszuschalten. Als er die Treppe hinunterlief, genauso schnell wie der Mann in den Stiefeln, war er noch immer wütend und auf seltsame Weise weder in der einen Welt noch in der anderen, sondern irgendwo dazwischen. Was für eine Ungerechtigkeit, ihm die ganze Arbeit zu hinterlassen; was für eine Vergeudung. Wahrscheinlich hatte der Mörder nicht einmal Sandras Honorar bezahlt, bevor er abgehauen war. Als Robert aus dem Haus stürzte, stellte er überrascht fest, dass es noch immer hell war. Die Tage wurden wieder länger, und es war auch nicht mehr so kalt. In diesem Nachmittagslicht fühlte er sich fremd, verloren. Er zitterte, als hätte er einen Kater. Er sah sich um, zur Orientierung, und bemerkte eine Telefonzelle an der Ecke. Er ging auf die Zelle zu, betrat sie und suchte in seiner Hosentasche nach ein paar Groschen. Er hob den Hörer von der Gabel, warf das Geld ein und wählte den Notruf. Als sich am anderen Ende eine Frauenstimme meldete, sagte er: »Ich muss einen Mord zur Anzeige bringen. Am Schifferweg 47 liegt eine tote Frau, eine Prostituierte, im Studio Bizarr im vierten Stock.«

32

Larsen

Larsens Mobiltelefon summte um 16:17 Uhr, und als er es aus der Manteltasche geholt und auf Annehmen gedrückt hatte, sagte Torsten Lenz am anderen Ende der Verbindung: »Gerade hat jemand einen Mord am Schifferweg 47 gemeldet. Angeblich liegt da eine Nutte tot in ihrem Studio. Wo bist du gerade?«

»In der Borromäus-Buchhandlung.« Larsen sprach leise, um die anderen Kunden nicht zu stören. »Hat der Anrufer seinen Namen genannt?«

»Nein.«

»War es ein Mann oder eine Frau?«

»Ein Mann.«

»Konnten wir feststellen, woher der Anruf kam?«

»Den Verkehrsgeräuschen nach aus einer Telefonzelle.«

»Wir treffen uns am Tatort.« Larsen beendete das Gespräch, aber noch ehe er das Handy wieder in die Tasche gesteckt hatte, erlosch der Stromstoß, der ihn bei Torstens ersten Worten durchzuckt hatte. Sekundenlang blieb er wie gelähmt vor dem Regal mit den Bildbänden stehen. Der vierte Mord, dachte er; die vierte Tote, und wir sind so weit wie nach der ersten. Einige Minuten lang stand er so da und sagte sich, dass er nicht in den Schifferweg wollte. Er wollte nicht schon wieder eine Treppe hinaufsteigen, nicht schon wieder eine Leiche finden, nicht schon wieder einen Tatort aufnehmen. Nicht noch einmal dem Geist eines namen- und gesichtslosen Mörders gegenübertreten. Soll doch jemand anderer hingehen, dachte er; Lenz, der ist ja noch ausgeruht von seinem Urlaub und will sowieso ganz nach oben, braun gebrannt und vor Energie nur so strotzend. Ich übertrage ihm die Leitung der Mordkommission und ziehe mich in den Keller zurück, verstecke mich in meinem Zimmer in der Pension. Es war, als hätte sich ein schwarzes Loch um ihn herum aufgetan, eins dieser Löcher im Weltraum, die angeblich alle Materie aufsogen. Er hatte nichts dagegen, ebenfalls darin zu verschwinden.

»Wir können Ihnen den Titel gern bestellen«, sagte eine Stimme hinter ihm. »Vorrätig haben wir ihn leider nicht.«

»Wie bitte?« Larsen drehte sich um, einige Sekunden lang noch im Kampf mit dem Sog des schwarzen Lochs.

Geduldig wiederholte der Buchhändler, dass sie *Heilige und ihre Zeit in der bildenden Kunst* nicht auf Lager hätten, aber bis morgen Mittag bestellen könnten. Er sah genauso aus, wie Larsen sich einen Buchhändler vorgestellt hätte, wäre er nicht schon hin und wieder mit dieser seltenen, vielleicht bald schon aussterbenden Spezies konfrontiert worden: schütteres Haar, blasse Haut, eine Brille mit runden, rahmenlosen Gläsern, ein oft gewaschenes und gebügeltes weißes Baumwollhemd mit feinen roten Streifen und einem schmalen Kragen, dazu die unerlässliche Fliege, burgunderrot, und ein Hahnentritt-Sakko mit Lederbesatz an den Ellbogen, das, wie es sich gehörte, seine besten Tage lang hinter sich hatte. »Ich kann Ihnen allerdings nicht versprechen, dass eine so obskure Heilige wie diese Symphorosa darin aufgeführt ist«, fügte er jetzt hinzu.

»Bestellen Sie es mir bitte trotzdem«, bat Larsen.

»Gern. Wollen Sie es jetzt schon bezahlen?«

»Ja.«

Der Buchhändler nahm die Brille ab, um ihn mit bloßen Augen anzuschauen. »Wir können natürlich gern noch einmal im Verzeichnis der lieferbaren Bücher nachschauen, was es sonst an möglichen Titeln gibt«, schlug er vor. »Oder Sie schauen im Katalog der Stabi nach. Aber in Anbetracht der Tatsache, dass es sich um eine Heilige handelt, über die Sie sich informieren wollen, wäre vielleicht eine Anfrage bei der Kirche erfolgversprechender.«

Larsen nickte, denn das stand ohnehin auf seiner Liste. »Ich schicke morgen jemand vorbei, der das Buch abholt.«

Die Borromäus-Buchhandlung lag nur ein paar Schritte vom Präsidium entfernt, und der Schifferweg verlief – ebenfalls nur wenige Minuten zu Fuß vom Präsidium – parallel zur Berbenstraße. Als Larsen am Rathaus vorbei war, hörte er schon die Sirenen der aus größerer Entfernung anrückenden Einsatzwagen von Rettung, Schutzpolizei und Spurensicherung. Es war noch immer hell, nur hinter dem Dom färbte die tief stehende Sonne die ersten Wolken lachsrosa. Die Räder der Straßenbahnen kreischten in den Kurven, und wie jeden Tag um diese Zeit führten die Radfahrer sich auf, als gehöre ihnen die Stadt.

Lenz ging nur wenige Meter vor Larsen, mit schnellen, weit ausgreifenden Schritten. »Vielleicht kriegen wir jetzt endlich von oben das Okay für den Lockvogeleinsatz«, sagte er, als Larsen ihn einholte. »Und ein besseres Argument gegen die Vorbehalte der Nutten, was den Vor-Ort-Personenschutz in ihren Studios angeht, gibt es auch nicht.«

»Ist es eigentlich so schwer, sie nicht Nutten zu nennen?«, fragte Larsen.

»Ich kümmere mich darum, dass die anderen Kommissariate und Reviere noch ein paar Leute abstellen«, fuhr Lenz fort. »Dass die Fotofalle am Hauptbahnhof funktioniert, glaube ich nämlich nicht.«

»Hast du schon gesagt.«

»Wann bringen die Medien denn endlich die Hinweise auf den Schaukasten? Sollte das nicht längst passiert sein?«

»Spätestens morgen«, sagte Larsen, und dann waren sie im Schifferweg und sahen die Absperrungen und die blauen Blitze ganz am Ende der Fahrbahn. Er tastete nach dem Bild in der Zellophantüte, das in der Innentasche seines Dufflecoats steckte. »Geh du schon mal vor«, sagte er, als sie vor dem Haus eintrafen.

Lenz sah ihn überrascht an. »Bist du sicher?« In seinen Augen konnte Larsen die Frage lesen, dann die Skepsis, schließlich – nur minimal angedeutet – so etwas wie Hoffnung: Er ist dem allem nicht mehr gewachsen, er ist müde, bald kann er nicht mehr so auf die Tube drücken wie bisher, vielleicht lässt er sich frühpensionieren, und wer wird dann wohl Leiter des Kommissariats?

Mach dir keine Hoffnung, dachte Larsen. »Ja.«

»Okay.« Lenz nickte und griff in die Tasche, um seinen Ausweis herauszuziehen.

»Ich komme gleich nach«, sagte Larsen.

33

Robert

Als Robert die Telefonzelle an der Ecke verließ, zitterte er am ganzen Leib. Die frische Luft ließ ihn schwindeln, und bei den ersten Schritten schien der Gehweg unter ihm zu schwanken. Warum habe ich das getan?, dachte er.

Er blinzelte in das nachlassende Licht, das nicht mehr ganz Tag war, aber auch noch nicht Abend. Als er die Hände in die Parkataschen schob, berührte er das in Zeitungspapier gewickelte Messer in der einen und das Bild in der anderen Tasche. Und das Geld – er besaß wieder Geld, selbst wenn es nicht viel war. Außerdem hatte er Durst; sein Mund war wie ausgetrocknet. Die ganze Zeit sah er die tote Sandra vor sich, wie sie da auf dem Boden ihres Studios gelegen hatte. Er sah sie viel deutlicher als die anderen, die er selbst getötet hatte.

Geschieht da gerade etwas mit mir? Etwas, das ich nicht verstehe?

Langsam ging er in die entgegengesetzte Richtung, weg von dem Haus Nummer 47. Einige Meter vor ihm lief eine junge Frau, die er erst wahrnahm, als das Bild der Toten verblasste. Die Frau hatte längeres haselnussbraunes Haar, das bei jedem ihrer schwungvollen Schritte wippte, als würde sie gerade für eine Shampoo-Reklame Werbung machen. Sie trug eine dunkelbraune Lederjacke mit einem Fellkragen wie ein Pilot im Ersten Weltkrieg und einen knielangen beigen Glockenrock, der im Takt mit dem Haar zu schwingen schien. Die Waden ihrer langen schlanken Strumpfhosenbeine verschwanden in Wildlederstiefeln vom selben Farbton wie die Jacke. Unter ihrem linken Arm klemmte eine große, mit einem Band verschnürte Mappe aus blauem Karton, in der Hand hielt sie eine grüne Wildledertasche.

Anfangs war es nur die Gewohnheit, aus der heraus Robert der jungen Frau folgte, erst zu ihrem Wagen, einem dottergelben Morris Mini Cooper, auf dessen Rücksitz sie die Mappe legte, dann zu einem Café am Flussufer. Auf der Terrasse des Cafés standen Tische, an denen aber niemand saß. Hinter der Glasfront schimmerten Kerzen. Die Frau betrat das Café und sah sich suchend um. Ob sie mit jemand verabredet war? Nein, sie hielt nur nach einem freien Platz Ausschau. Das Café war ziemlich voll, doch an einem der runden Bistrotische stand gerade ein Mann auf. Sie ging zu dem Tisch, redete kurz mit dem Mann; er nickte, und sie setzte sich.

Robert spürte auf einmal, dass alles, was bisher geschehen war, heute und in den letzten Wochen, eine neue Bedeutung bekam. Er folgte der Frau in das Café und tat so, als suche er ebenfalls einen Platz. Langsam ging er zwischen den voll besetzten Tischen umher. Er bemerkte einen freien Stuhl gegenüber der jungen Frau, die gerade in die Speisekarte blickte. Er trat an den Tisch und fragte: »Entschuldigung, ist der Platz hier noch frei?«

Sie blickte auf und lächelte. Sie lächelte ihn an. Mit einem Nicken sagte sie: »Ja.« Dann wandte sie sich wieder der Speisekarte zu. Etwas später kam die Bedienung an den Tisch, einen Block in der Hand, und fragte: »Hallo, Sabine, na, was kann ich euch denn Gutes tun?«

»Ich hätte gern einen Kaffee Chantilly«, sagte die junge Frau, die also Sabine hieß. Sie wies nicht darauf hin, dass er nicht zu ihr gehörte, das war ein gutes Zeichen. Jetzt blickte die Bedienung ihn an, und er dachte, dass es bestimmt nicht gut aussah, wenn er ein Bier oder einen Schnaps bestellte. »Haben Sie Kir Royal?«

»Ein Kir, kommt sofort.«

Die Bedienung verschwand, und er bedachte Sabine – bei sich nannte er sie schon Sabine – mit einem Lächeln. Das bemerkte sie aber nicht, weil sie ein in dunkelrote Pappe gebundenes Büchlein aus der Jackentasche geholt hatte und jetzt mit einem Bleistift darin herumkritzelte. Ihre Wangen waren ein wenig gerötet, ein reizender Kontrast zu den blauen Augen, blau wie Kornblumen. Keine Falten auf der Stirn oder um die Augen, wie manche Nutten sie hatten, selbst die noch jungen. Auch nicht die Spuren von anhaltendem Missmut um den Mund, die in den letzten Monaten bei Mariona entstanden waren. Eine kleine Nase, ein Mund mit fein geschwungenen Lippen, aber keine Grübchen in den Wangen, schade.

Er sah weg, auf seine Hände, und stellte fest, dass er noch immer Handschuhe trug. Rasch zog er sie aus. Seine Finger waren schmutzig, unter den Nägeln saßen braune Ränder, und auch die Knöchel waren bräunlich verfärbt. Aber er zitterte nicht mehr, obwohl sein Herz immer noch viel schneller schlug als sonst. Er überlegte, die Handschuhe wieder anzuziehen, damit sie die Färbung nicht sah und sich fragte, was das wohl war. »Kalt hier, oder?«

»Mir nicht«, sagte sie, ohne aufzusehen.

»Ich friere schnell.«

Sie nickte, die zartrote Unterlippe etwas vorgeschoben. Die Bewegungen ihrer Hand mit dem Bleistift waren schnell, ökonomisch; die Bleistiftspitze verursachte ein kratzendes Geräusch auf dem Papier. Er hörte Sirenen, draußen auf der Brücke, und fragte sich, ob das schon die Polizei war, die zu Sandra Küppers fuhr.

Die Polizei ermittelt in alle Richtungen. Gott sieht alles.

Als die Bedienung die Getränke brachte, seinen Kir und ihren Kaffee mit Schlagsahne, blickte Sabine kurz auf, und er konnte sehen, dass sie die Seiten des Büchleins mit Zeichnungen bedeckte. »Zeichnen Sie?«, fragte er. »Sind Sie Künstlerin?«

Sie runzelte die Stirn. »Nein, nein, ich fange erst an. Ach, Künstlerin – ein großes Wort. Wann ist man ein Künstler?«

»Darf ich – darf ich mal sehen?«

Sie zierte sich nicht. Kein »Das ist doch nichts« oder »Aber nicht lachen«, sondern nur ein kurzes Zögern, ein prüfender Blick in sein Gesicht, dann zeigte sie ihm das aufgeschlagene Skizzenbuch, dessen Seiten mit kühnen Bleistiftstrichen bedeckt waren: Zeichnungen, die aus dicken und dünnen Balken zu bestehen schienen, unterbrochen von Schrägen und Winkeln, einige dunkel, fast schwarz, andere heller, grau, dazwischen freie weiße Flecken und ein Kreis aus Stacheln. Er beugte sich vor, versuchte, die Skizze – es schien ein einziges Motiv zu sein, das sich über beide Seiten entfaltete – zu erkennen. Zu verstehen, was sie bedeutete. Sie hatte Mitleid, ließ ihn aber noch etwas zappeln. Trank schnell einen Schluck von ihrem Kaffee. »Der Europahafen«, erklärte sie, wieder lächelnd. Etwas Schlagsahne an ihrer Oberlippe. »Der stillgelegte. Wo jetzt die neuen Häuser gebaut worden sind.«

»Stimmt, jetzt sehe ich es auch.«

»Die vertikalen schwarzen Striche sind die Kräne«, führte sie aus, »mit den schrägen Auslegern, und die horizontalen Linien stellen die Schienen dar, darunter sind die Kais und das Wasser, das Graue ganz unten. Das ist natürlich alles nur angedeutet, nicht realistisch oder naturalistisch. Stilisiert.« Ihre Augen leuchteten jetzt. »Ich habe dabei an Kirchenfenster gedacht. Wenn ich es auf Leinwand übertrage, wird es nämlich farbig.«

»Das ist toll«, sagte er, denn wenn man sich Mühe gab, konnte man wirklich die verlassene Hafenanlage erkennen. Er dachte: vertikale und horizontale Linien. Lust. Zeit.

Sie leckte sich die Schlagsahne von der Oberlippe. »Kennen Sie Rouault?«, fragte sie. »Georges Rouault, den französischen Maler?«

»Ja. Wegen der Kirchenfenster, nicht?«

Ein eifriges Nicken. »Wenn Sie genau hinsehen, erkennen Sie vielleicht noch ein Motiv. Es ist ein bisschen versteckt, aber sobald Sie die Balken und die Idee des Kirchenfensters kombinieren, fällt Ihnen dann vielleicht etwas auf?«

»Ich heiße Robert. Du kannst ruhig Du sagen.«

»Sabine.« Ihre Augen hingen an seinem Gesicht. »Na, nichts? Das Erhabene und das Profane?«

Er schüttelte den Kopf. »Tut mir leid – ich bin wohl zu dumm. Obwohl ich Theologie studiere –«

»Du willst Priester werden?« Es schien, als öffne sich ihr Gesicht noch weiter; als zöge sie tief in ihrem Inneren eine Jalousie hoch, weil von ihm keine Gefahr ausging. »Aber dann musst du einfach darauf kommen. Ich helfe dir, denk an das Neue Testament –«

Das Erhabene und das Profane, so könnte Mariona nie reden. Ein bitterer Geschmack lag plötzlich auf seiner Zunge, eine leere, nutzlose Frau, mit der ich zusammen bin, nicht mal mehr gut fürs Bett, und er trank rasch einen Schluck Kir. »Kreuze«, rief er, »ein Kreuz – die Kreuzigung!«

»Und Jesus«, bestätigte sie eifrig, »sein gesenkter Kopf mit der Dornenkrone … die nutzlosen, rostigen Kräne … die Kreuze … auf dem Kalvarienberg – die beiden Räuber rechts und links sind noch nicht aufgehängt …«

»Dismas und Gesmas.«

»Genau. Der Galerist wollte so was wie neue Pop-Art, Hockney, Warhol, aber das war mir dann doch zu wenig. Ich kriege nämlich bald eine eigene Ausstellung, in ein paar Wochen – meine erste!«

»Darf ich noch mal sehen?« Er nahm ihr das Skizzenbuch aus der Hand. Berührte ihren Daumen. Jetzt musste er sich nicht mehr anstrengen, um die Kreuze und die Dornen zu erkennen. Eine Welle von Lust stieg in ihm auf, so überraschend, dass er fast das Buch fallen gelassen hätte. Er hielt den Atem an. Diese Lust war anders als die, für die er Sandra beinahe getötet hätte. Sie war auch nichts, das man in einem Diagramm festhalten oder mit Ziffern und Zahlen erfassen konnte.

Er wollte aufspringen und weglaufen. Sein Gesicht wurde heiß, bestimmt war er rot geworden. Er reichte Sabine das Büchlein zurück. Er wollte sie fragen, ob sie ihn zu ihrer Ausstellung einladen würde, doch das hätte bedeutet, ihr seine Adresse geben zu müssen. Stattdessen fragte er: »Bist du auch hier an der Uni?«

»War ich, bis vor Kurzem. Aber dann habe ich gemerkt, dass mir das nichts bringt. Ist irgendwie nicht, was ich gesucht habe. Jetzt versuche ich das hier, und ich glaube, die Entscheidung war richtig.« Sie hielt kurz inne und sah ihm in die Augen. »Vielleicht so ähnlich wie deine Entscheidung, dein Leben Gott zu weihen.«

Er tat, als wüsste er, was sie meinte. Er nickte bedächtig und hätte beinahe das Heiligenbild aus der Jackentasche geholt, um es ihr zu zeigen. Die Zusammen-Weggerissene. »Ich würde gern mehr von deinen Arbeiten sehen«, sagte er.

Sie riss ein Blatt hinten aus dem Notizbuch und kritzelte etwas darauf. »Das ist die Adresse meiner Galerie. Die Ausstellungseröffnung ist im Mai. Komm doch einfach hin, das ist am einfachsten. Ich bin gerade erst umgezogen«, sie tippte mit dem Fingernagel auf das Büchlein, »deswegen herrscht bei mir noch das totale Chaos. Das kann ich niemand zumuten.«

Mir schon, dachte er; mir kannst du es zumuten. Aber du musst mir nicht sagen, wo du wohnst – ich finde dich schon. Du hast mit dem Finger auf dein Skizzenbuch getippt, wolltest du mir einen Hinweis geben? Vielleicht auf den Europahafen, den du gemalt hast; wo die neuen Häuser gebaut worden sind, teuer und exklusiv, mit unschuldigen weißen Wänden?

Es war wie ein Zeichen, ein Menetekel. Die Blutschrift an der Wand.

34

Larsen

Zuerst dachte Larsen: Er hat einen Fehler gemacht, endlich! Als er sah, dass die Techniker der Spurensicherung Sandra Küppers' Hände in Papiertüten verpackten, weil sie Hautpartikel mit Blutanhaftungen unter den Fingernägeln entdeckt hatte, dachte er: Diesmal hast du endlich einen Fehler gemacht, jetzt kriegen wir dich! Es spielte keine Rolle, dass er mit der DNA des Täters allein nicht sehr weit kommen würde, solange diese DNA nicht schon irgendwann erfasst und gespeichert worden war. Es reichte, dass der Mörder einen Fehler gemacht hatte, denn auf den ersten Fehler folgte meistens ein zweiter und dann ein dritter und vierter, bis all diese Fehler die Ermittler zu einem Namen, einem Gesicht und einem Ort führten – dem Ort, an dem sie den Täter fanden und festnehmen konnten.

Es war wie ein Adrenalinstoß, der nicht abklang, sondern immer wieder in den Blutkreislauf zurückzukehren schien, um gleich darauf erneut ausgestoßen zu werden. Außer der DNA in den Hautfetzen fanden sich auf dem Boden Haare, zudem jede Menge verschiedene Fingerabdrücke auf Türrahmen und Türklinken und an den Wänden Blutspuren, die jedoch ausschließlich dem Opfer zuzuordnen waren. Gewohnheitsmäßig hatte Larsen den äußeren Tatort zuerst in Augenschein genommen und festgestellt, dass er nur geringfügige Abweichungen von den letzten drei Tatorten aufwies; doch je näher er der Leiche gekommen war, desto weniger stimmte dieser Mord mit den anderen Fällen überein.

Am auffälligsten war das Samtband um den Hals der Leiche, der deutlich erkennbare Kratzer aufwies, als hätte sie versucht, es sich im Todeskampf abzureißen. Oder ihr Mörder hatte sie gekratzt, weil sie ihn verzweifelt abwehrte, während sie starb. Zudem ließen die Male auf eher kleine Hände des Täters schließen. Auch die mit Fetzen der Kopfhaut ausgerissenen Haare hatte es bei den anderen drei Fällen nicht gegeben. Und obwohl der Täter auch diesem Opfer die Kehle aufgeschlitzt hatte, war er dabei fast zaghaft vorgegangen, weniger entschieden, als wäre ihm zum ersten Mal die Ungeheuerlichkeit dieses Vorgangs bewusst geworden. Kaum Blut.

Vor allem aber fehlten die Anzeichen rasender Wut. Das Muster der Messerstiche und Schnitte im Bauch, an den Armen und Brüsten wirkte wie eine halbherzig ausgeführte Kopie der Verletzungen, die an den Körpern von Monika Wilhelms, Romy Jäger und Gina Berthold zurückgeblieben waren. Mit der Erfüllung der sexuellen Fantasien eines Sadisten hatte das nichts mehr zu tun. Der Slip war zwar bis zu den Knien heruntergezogen, die Penetration mit dem geriffelten Knauf einer Lederpeitsche schien jedoch gleichfalls nur vorgenommen worden zu sein, um in ein imaginäres Bild zu passen. Es gab keine Spuren von Faustschlägen, keine Hämatome und keine gebrochenen Rippen, denn die Tote hatte den Angreifer offenbar nicht provoziert.

Die Tote, wiederholte Larsen in Gedanken und versah ihn mit dem Zusatz »bereits« – *die bereits Tote* … Das konnte der entscheidende Punkt sein, und als auch noch die Ergebnisse der Obduktion vorlagen, erhielt er die Bestätigung: Fast alle Verletzungen, ausgenommen die Würgemale, waren Sandra Küppers post mortem zugefügt worden. Sie dienten nicht der Personifizierung des Täters, sondern der Illusion einer solchen. Und last not least: Nirgendwo in dem Apartment hatte sich das Bild der heiligen Symphorosa gefunden.

»Ein Trittbrettfahrer?«, fragte Torsten Lenz, als sie wieder im Präsidium waren.

»Wir haben die meisten Details nicht veröffentlicht«, wandte Larsen ein. »Woher sollte der Täter sie kennen?«

»Vielleicht ein Insider?«, spekulierte Sundermann. »Jemand, der die Leichen gesehen oder die Berichte gelesen hat.«

»Du meinst, einer von uns?«, fragte Mareike und dämpfte unwillkürlich ihre Stimme. »Ein Polizist?«

Sundermann zuckte mit den Schultern. »Oder jemand aus dem Labor, bei der Gerichtsmedizin, von den Sanitätern, den Bestattern …«

»Das mit dem Nachahmungstäter könnte stimmen«, sagte Larsen nach einer kurzen Pause. »Bloß dass der Mörder von Monique, Romy und Gina sich hier selbst nachgeahmt hat. Er hat der Leiche die für seine Taten typischen Verletzungen zugefügt, aber er hat Sandra Küppers nicht umgebracht. Jemand muss ihm zuvorgekommen sein – absichtlich oder durch Zufall. Als er das Studio betreten hat, war sie bereits tot. Da hat er seine Chance erkannt, sich aus der Schusslinie zu nehmen, und um ganz sicherzugehen, hat er alles so arrangiert, dass wir denken sollten, wir hätten es hier mit seinem vierten Mord zu tun. Er ging davon aus, dass wir genug Spuren finden, um uns von nun an auf den zweiten Täter zu konzentrieren. Und damit wir ihm nicht weiter auf die Pelle rücken, hat er uns gleich selbst angerufen und zum Tatort bestellt, vermutlich aus der nächsten Telefonzelle.«

Mareike sagte: »Vielleicht war er auch empört darüber, dass ihm jemand in die Quere gekommen ist. Er wollte sichergehen, dass der Mistkerl, der ihm die Freude verdorben hatte, seine gerechte Strafe erhält.«

»Das heißt, wir suchen jetzt zwei Täter?«, fragte Lenz. »Dann bleibt immer noch die Frage, ob der zweite Mörder sein Verbrechen geplant hat oder ob es sich um eine Zufallstat handelt.«

»Und ob er genauso weitermordet«, warf Mareike ein. »Dann haben wir es nämlich auch gleich noch mit zwei Serienmördern zu tun.«

Sundermann zerstrubbelte sich mit den Handballen die Haare. »Vielleicht kommen die sich irgendwann ins Gehege. Oder bringen sich gegenseitig um.«

»Das reicht«, sagte Larsen und schaltete seinen Computer ein, um nachzusehen, ob das Labor schon einen ersten groben Bericht geliefert hatte. »Wir sind hier nicht bei *Klimbim.*«

Das Telefon auf seinem Schreibtisch klingelte; das blinkende Lämpchen zeigte eine Hausleitung an. »Larsen«, meldete er sich.

»Sie haben grünes Licht«, sagte Schlotkötter, der oberste aller Goldfasane, am anderen Ende der Leitung. »Mieten Sie ein Studio für unseren Lockvogel, schalten Sie die Sex-Anzeigen, installieren Sie die Kamera am Hauptbahnhof, machen Sie, was immer Sie für nötig halten, aber bringen Sie mir den Mörder. Sie können auch noch Männer von den anderen Kommissariaten anfordern, wenn Sie nicht selbst genug für die stationäre Bewachung der Apartments haben. Ich habe eben persönlich im Labor angerufen, um denen ein bisschen Feuer unterm Hintern zu machen. Ich will ab jetzt zweimal täglich über die Fortschritte informiert werden, Larsen!«

»Werden Sie – selbstverständlich«, sagte Larsen und legte auf. Der PP hatte so laut gesprochen, dass er sein Team nicht über den Inhalt des Gesprächs ins Bild setzen musste. »Ihr wisst Bescheid«, sagte er und deutete auf die Tür, »und jetzt raus, an die Arbeit«, dann wandte er sich wieder seinem PC zu. Im selben Moment ertönte ein *Ping!*, und siehe da, er hatte Post vom Labor.

Die in Sandra Küppers' Studio gefundenen Fingerabdrücke gehörten, den Erkenntnissen der Techniker zufolge, nicht nur einer oder zwei Personen, sondern gleich mehreren, die sich irgendwann in den Stunden vor dem Mord dort aufgehalten hatten. Dasselbe galt für die im Bett und auf dem Boden gefundenen Haare. Das Blut dagegen war ausschließlich Sandra Küppers zuzuordnen. Die Techniker hatten auch vom Hals der jungen Frau und dem Samtband Abriebe genommen, doch die Menge der DNA reichte für eine nähere Typisierung nicht aus. Ob der genetische Fingerabdruck der analysierten Haut zu einem der mit Pinsel und Klebefolie aufgenommenen Fingerabdrücke oder den Haaren passte, ließ sich genauso wenig feststellen.

Larsen betrachtete die Polas vom Tatort, die in einer separaten Mappe auf seinem Schreibtisch lagen. Fotos von der Leiche, von dem Hals mit dem Samtband, dem Messer, von der Einrichtung des Studios – Bett, Couch, Tisch, Regale. Es gab weitere Aufnahmen von der fast schon obligatorischen Piccolo-Flasche Rotkäppchen-Sekt, den Gläsern, dem Telefon und einem Notizbuch, das auf seinen Wunsch hin eingetütet worden war. Allerdings war die Seite mit dem Datum des Mordtages herausgerissen worden, und weil es sich um relativ dickes Papier handelte, fanden sich weder auf den Seiten dahinter noch auf denen davor etwaige durchgedrückte Notizen wie Telefonnummern, Namen oder Uhrzeiten. Larsen hatte die Techniker daher gebeten, auch den Müll und den Inhalt der Papier- und Abfallkörbe des Apartments mitzunehmen und zu durchsuchen. Jetzt griff er zum Telefonhörer, um die Spusi anzurufen. Als am anderen Ende abgehoben wurde, fragte er: »Wie weit seid ihr mit dem Zeug aus dem Apartment von Sandra Küppers? Habt ihr den Zettel gefunden?«

»Dir auch einen schönen Abend, Larsen«, sagte der Beamte vom Dienst. »Gut, dass du uns nicht mit unnötigen Präliminarien die Zeit stiehlst. Was war das noch mal für ein Zettel, nach dem du dich so höflich erkundigst?«

»Ein Blatt aus dem Notizbuch der Toten mit dem Datum des Tages, an dem sie ermordet wurde«, erklärte Larsen. »Ich nehme an, sie hat etwas aufgeschrieben, um es nicht zu vergessen, während sie weitertelefonierte. Vielleicht einen Namen oder eine Telefonnummer oder den speziellen Wunsch eines Kunden.«

»Oder etwas, das sie noch einkaufen wollte«, ergänzte der Beamte am anderen Ende.

»Oder das.«

»Und dann hat sie den Zettel herausgerissen und in den Müll geworfen?«

Larsen sagte nichts.

»Also, wir haben den gesamten Hausmüll durchwühlt und auch den Papierkorb im Wohnraum und den Abfallbehälter im Bad. Willst du wissen, was wir gefunden haben?«

»Nur, wenn der Zettel dabei ist.«

»Drei benutzte Kondome, mehrere gebrauchte Q-Tips, eine leere Nivea-Dose, ein paar Wattebäusche mit Schminkresten, Tempos mit Lippenstiftspuren, die benutzte Klinge eines Damenrasierers, eine zusammengedrückte Dose Intimspray –«

»Kommt der Zettel noch?«

»Das war erst der Abfall im Bad. Jetzt begeben wir uns zu dem Müll unter der Spüle –«

»Der Zettel!«

»Ach, du meinst den Zettel aus dem Notizbuch? Mit dem Datum des Tages, an dem wir die Wohnung betreten haben? Der war in der Handtasche des Opfers.«

»Und was stand darauf?«, fragte Larsen, die Stimme getränkt mit der milden Gelassenheit eines, ja, eines Zen-Meisters.

»Nur zwei Worte: Gasmaske Schrägstrich Bundeswehr.«

»Was bedeutet das?«

Der Beamte seufzte. »Ja, was mag das bedeuten … Ich hole mal meine Kristallkugel, Moment.«

»Habt ihr da eine Gasmaske gefunden?«, präzisierte Larsen, der sich nicht erinnern konnte, unter den SM-Utensilien eine gesehen zu haben.

»Nein. Nur einen Verpackungskarton.«

»Ihr habt den Verpackungskarton einer Gasmaske gefunden, aber keine Maske?«

»Exakt. Ein tschechisches Fabrikat. M 10 M. Eigentlich eine in den 60er-Jahren in den USA entwickelte ABC-Schutzmaske vom Typ M 17, die aber inzwischen schon seit einigen Jahren baugleich in der ČSSR hergestellt wird und beim Militär verschiedener osteuropäischer Staaten zum Einsatz kommt.«

»Kann man die im freien Handel käuflich erwerben?«

»Was man so freien Handel nennt: an der polnischen Grenze, in Bundeswehrshops oder im Fachhandel für Sicherheitstechnik.«

»Was bedeutet das?«

»Was bedeutet was?«

»Dass die Verpackung zwar da ist, die Maske selbst aber fehlt.«

»Wir sichern nur die Spuren. Du bist derjenige, der sie deuten muss.«

»So ist es.« Larsen bedankte sich und legte auf. Er überlegte. Die naheliegende Erklärung für das Fehlen der Gasmaske bestand darin, dass jemand sie mitgenommen hatte. Aber hatte der Diebstahl schon früher stattgefunden, oder war einer der beiden Tatverdächtigen der Dieb? Er konsultierte seine Uhr und beschloss, noch schnell Kristin anzurufen, bevor er das Büro verließ. Er hielt den Hörer in der Hand und wählte die ersten Ziffern seines eigenen Anschlusses, als sein Handy summte. Das Display zeigte Olaf Sundermann an. Er legte den Hörer zurück und meldete sich. »Unser Schwarzes Brett für den Killer steht«, sprudelte er hervor. »Der Schaukasten ist installiert, die Kamera auch. Wollen Sie kurz vorbeikommen und sich das Ganze ansehen?«

»Eigentlich muss ich in die andere Richtung.«

»Ist doch nur ein Katzensprung, Chef. Was wollen Sie denn den Journalisten sagen, wenn die fragen?«

»Also gut, ich bin in zehn Minuten da.«

Larsen legte das Handy zurück, griff wieder nach dem Hörer des Telefons und wählte. Es klingelte. In Gedanken konnte er seinen eigenen Apparat hören. Er freute sich auf Kristins Stimme, obwohl sie ihm bestimmt mangelnde Konsequenz vorwerfen würde. Es klingelte weiter, zweimal, dreimal, viermal. Wahrscheinlich schrieb sie noch einen Satz zu Ende. Oder sie war gerade auf der Treppe und trat jetzt erst ins Wohnzimmer. Fünfmal, sechsmal, siebenmal. Hatte sie sich schon schlafen gelegt? Ging sie einfach nicht ans Telefon, um ihm vorzuführen, wie es war, sich nach jemand zu sehnen, der den Kontakt unterbrochen hatte?

Er schaltete die Schreibtischlampe aus, fuhr in seinen Dufflecoat, legte den Schal um und verließ das Büro. Zum Hauptbahnhof war es nicht weit, und weil keine Straßenbahn in Sicht war, ging er zu Fuß. Ein kalter Wind schlug ihm entgegen, besonders auf der Brücke über den Wallgraben. Je näher er dem Bahnhofsvorplatz kam, desto heftiger wurden die Böen. Die Straßen waren leer, und im Geist ging er die Liste der Journalisten durch, die er morgen anrufen wollte, damit sie ihnen halfen, dem Mörder eine Falle zu stellen: der Polizeireporter von der *Bild* stand darauf, der *Weser Kurier*, der *Weser Report* und die *Welt* mit ihrer Regionalausgabe, außerdem Radio Bremen, Bremen TV und das ZDF-Landesstudio.

KOM Sundermann wartete vor dem beleuchteten Fenster, das mehr ein Schaukasten war. Es befand sich in der Fassade eines Gebäudes am Bahnhofsplatz und enthielt Schwarz-Weiß-Fotos von Monika Wilhelms, Romy Jäger und Gina Berthold sowie das Phantombild des Mannes mit der Pudelmütze aus dem Haus in der Berbenstraße. Des Weiteren gab es Informationen über die getöteten Frauen und ein Fahndungsplakat mit einer Beschreibung des möglichen Täters. Gekrönt wurde alles von dem Versprechen auf eine Belohnung von 5000 DM für Hinweise, die zur Ergreifung des Täters führten.

»Wie finden Sie das, Chef?!«, fragte Sundermann stolz. »In der Rückwand ist eine Kamera versteckt, und immer wenn jemand, der als Täter infrage kommen könnte, vor dem Schaukasten stehen bleibt, wird er von mir oder einem anderen Kollegen fotografiert. Dann informieren wir per Funk das MEK, das den Verdächtigen abfängt, kontrolliert und seine Personalien aufnimmt.«

»Wo sind die Leute vom MEK postiert?«, fragte Larsen.

»In einem zivilen Einsatzwagen auf der anderen Straßenseite. Sobald die Medien die Hinweise auf den Schaukasten gebracht haben, können wir loslegen. Vielleicht – wenn wir Glück haben! – wird der Mörder neugierig und will wissen, wie dicht wir ihm auf den Fersen sind. Er kommt hierher, schaut rein und dann – Kuckuck, bitte lächeln!«

»Ja«, sagte Larsen. »Wenn wir Glück haben. Vielleicht.«

Vielleicht, vielleicht, vielleicht.

35

Als Larsen sein Zimmer in der Pension Splendid betrat, lag Kristin in Jeans, Pullover und Socken auf dem schmalen Bett und schlief. Sie hatte sich mit dem Gesicht zur Wand gedreht, und das blonde Haar schien wie schützend über ihren Nacken gebreitet. Überrascht und gerührt setzte Larsen sich leise auf die Bettkante. Er sah Kristin gern beim Schlafen zu. Obwohl sie nicht verletzlich wirkte, verspürte er mehr denn je das Bedürfnis, sie zu beschützen. Woher kommt dieser Hass so vieler Männer auf die Frauen?, dachte er. Nicht auf eine bestimmte Frau oder eine spezielle Gruppe, nein, auf alle Frauen. »Kristin«, sagte er leise. So tief sie auch schlafen mochte, sobald er ihren Namen aussprach, war sie hellwach. »Was ist?«, fragte sie mit noch etwas belegter Stimme.

»Was machst du hier?«, fragte er.

Sie richtete sich auf und zog die Beine an. »Ich hatte keine Lust, allein zu Hause zu sitzen, während du da draußen gegen die Drachen kämpfst. Da habe ich mir gedacht, nur weil du etwas beschließt, heißt das noch lange nicht, dass es tatsächlich auch für mich gelten muss. Et voilà …«

»Ich dachte, du bist gern allein.«

»Bin ich auch. Aber nicht, wenn ich nicht weiß, ob du vielleicht gerade in Gefahr schwebst.«

»Ich bin nicht James Bond.« Larsen stand auf und legte seinen Dufflecoat ab. »Und die Wirtin hat dich einfach so in mein Zimmer gelassen?«

»Die Solidarität der Frauen«, sagte Kristin. »Aber keine Sorge, es wird nicht zur Gewohnheit. Es war nur der Wunsch, dich einmal kurz im Arm zu halten. Apropos im Arm halten: Wo warst du denn gerade?«

»Wir haben eine Falle für den Mörder aufgestellt, und ich habe mir den Käse angeguckt.«

»Eine Frau?«

»Fotos von Frauen. Den toten.«

»Es gibt einfach zu viele davon, nicht?«

»In letzter Zeit – ja.«

»Dann können die lebenden ja froh sein, dass sie dich haben. Ich bin es jedenfalls. Und deswegen lasse ich dich jetzt auch wieder arbeiten.« Sie rutschte vor und schwang die Beine vom Bett, nicht ohne sich dabei kurz an ihn zu lehnen. »Was für ein schöner Luxus, jemand wie dich für sich allein zu haben. Wenn es denn mal klappt.«

»Ich weiß, wenn wir ein Kind hätten, wärst du nicht allein.« Das war ihm rausgerutscht, bevor er überhaupt wusste, dass ihm die Worte auf der Zunge lagen. »Im Augenblick fehlt mir die Ruhe, das kannst du dir ja denken. Aber ich habe nicht vergessen, worüber du an Silvester mit mir reden wolltest.« Er legte ihr den Arm um die Schulter, berührte mit der Hand ihre Wange. »Wenn ich dir nicht begegnet wäre, als meine Ehe mit Hanna am Ende war und ich jede Nacht und jeden Tag von Ellies Geist heimgesucht wurde … Du hast meinem Leben –«

»Sag jetzt nicht, einen Sinn gegeben. Dein Leben hatte die ganze

Zeit einen Sinn.« Sie hielt seine Hand an ihrer Wange. »Denkst du
an die kleine Melanie?«

»Auch.«

»Die hat aber Pflegeeltern, das weißt du. Sie lebt bei denen.«

»Nur, dass die nicht gut für sie sind.«

»Sagst du.«

»Das konnte ich sehen. Und ihre echte Mutter war eine Prostituierte, die ermordet wurde.«

Sie stand auch auf und suchte in seinen Augen nach dem, was er
sah. Er sah ein Mädchen, das während der Schulzeit zu Hause war,
weil seine Pflegemutter sagte: Mellie ist eine kleine Fee. Feen müssen nicht zur Schule. Sie wissen schon alles. Als Larsen die Pflegemutter gefragt hatte, wo er ihren Mann erreichen konnte, war sie
ausgewichen. Ach, ich weiß das gar nicht so genau. Ich habe eine
Nummer – eine Telefonnummer, unter der ich ihn erreichen kann,
aber nur in ganz, ganz dringenden Fällen.

Sie hatte Larsen nicht ins Haus gelassen, sondern in der Tür mit
ihm geredet. Auf einmal hatte Larsen eine Kinderstimme gehört,
die von irgendwo im Haus rief: Mama, was machst du denn so lange an der Tür? Das darfst du doch nicht.

Larsen hatte die Mutter gebeten, das Mädchen kurz zu ihnen zu
rufen. Er sah das Kind jetzt so deutlich, wie er es damals gesehen
hatte, als es in den Sonnenschein auf der Schwelle getreten war. Das
Mädchen war klein und mager und sehr blass. Es trug rotgelbe Rin-
gelsöckchen, hellblaue Kinderjeans und einen Pullover über einem
rosa Hemdchen. Die blonden, mittellangen Haare wurden von einer Spange dicht neben dem Scheitel aus der Stirn gehalten. Nichts
an Melanie war wirklich ungewöhnlich, bis auf den Blick ihrer Augen – sie waren verschiedenfarbig, eins Bernstein, eins Ebenholz
und beide so klar wie Diamanten. Dieser Blick war forschend, un-
verstellt, grenzenlos offen und ohne jede Tücke. Die Kleine trat auf
Larsen zu, sah ihn unverwandt an und fragte: Möchtest du, dass ich
dir ein Küsschen gebe?

Der Anblick ihres Gesichts hatte ihm den Atem verschlagen.
Sein Herz war stehen geblieben, sekundenlang. In diesen Sekunden
geschah nichts in ihm, das wie Leben war. Die Erinnerung spielte

ihm einen schrecklichen Streich: Sie projizierte das Bild seiner toten Tochter auf das blasse Gesicht dieses Kindes. Es war einfach nicht möglich, lag es vielleicht an der Ähnlichkeit der Namen oder daran, dass Melanie nur wenig älter war als Ellie in dem Moment, als die Flammen sie erfasst hatten.

Ich habe dich gefragt, ob du möchtest, dass ich dir ein Küsschen gebe?, hatte das Kind geduldig wiederholt.

Nein, hatte Larsen gesagt und sich einen Moment abgewandt, um die Kleine nicht ansehen zu müssen und damit niemand sein Gesicht sah. Jetzt sah Kristin es. Er sagte: »Wir reden darüber, wenn ich wieder nach Hause komme. Versprochen.«

Er hatte Melanie später noch einmal besucht, um nach ihr zu sehen, und wieder war ihm gewesen, als schwebte sie in einer Gefahr, die er allerdings nicht benennen konnte. Erst als der Mann, der ihre echte Mutter zerstückelt und verbrannt hatte, von der Forensik aus seine Fühler nach ihr auszustrecken schien, hatte diese Gefahr ein Gesicht bekommen. Und seitdem war kaum ein Tag vergangen, an dem Larsen sich nicht daran erinnert hatte, dass dieses kleine Mädchen vielleicht bald seinen Schutz brauchte.

»Du kannst auch dableiben«, sagte er, als Kristin ihren Wollmantel anzog. »Ich bin sicher, die Wirtin schläft schon.«

»Und das solltest du auch«, sagte Kristin mit einem Lächeln auf den Lippen, das sie auch nicht verlor, als sie ihn zum Abschied küsste.

36

Robert

Er schrieb jetzt fast jeden Abend, wenn er nicht unterwegs war oder zu viel getrunken hatte. Er begann mit dem Datum, und manchmal setzte er auch noch die Uhrzeit hinzu. Tagsüber war er in der Uni-Bibliothek gewesen, um Quellen für seine Abschlussarbeit herauszusuchen, denn er hatte beschlossen, weiterzustudieren und sein Examen nachzuholen. Bald lernte er ja Sabine besser kennen, und mit einer Frau wie ihr konnte er nicht von der Stütze leben, selbst wenn er kein richtiger Theologe werden würde.

Die Gasmaske war meine Monstranz, schrieb er diesmal als Erstes. *Bevor ich sie aufsetzte, hielt ich sie in die Höhe und betrachtete sie, um mir auszumalen, wie sie auf jemand wirken musste, vor dem sie plötzlich im Halbdunkel auftauchte. Fast hätte ich bei ihrem Anblick gebetet, aber bald wurde mir klar, dass mein Orgasmus das einzige Gebet war, auf das es ankam.*

Ich war jetzt fast ständig allein in unserer Wohnung, und immer wenn ich geil wurde, zog ich mich nackt aus und stülpte mir die Maske übers Gesicht. Dann nahm ich eine Schnur, mit der ich meine Füße fesselte, bevor ich mir auch die Hände mithilfe der Zähne zusammenzurrte. Dann legte ich mich so verschnürt auf unser Bett oder das Sofa im Wohnzimmer und fing an, meinen Schwanz auf der Unterlage vor und zurück zu reiben, bis es mir kam. Das erregende Gefühl völliger Hilflosigkeit war so stark, dass ich oft schon nach wenigen Minuten ejakulierte.

Manchmal stopfte ich noch ein Tuch oder Watte in den Filter der Maske, um die Luftzufuhr zusätzlich zu drosseln. Dann musste ich richtig kämpfen, um noch atmen zu können, und mir wurde regelmäßig schwarz vor den Augen. Oder ich klebte die Sichtfenster der Maske mit Klebeband zu, um das Gefühl zu haben, im Dunkeln zu ersticken, was dazu führte, dass ich so heftig kam, wie es mir mit einer Frau nie passiert ist. Eine andere Variation war, dass ich mir zusätz-

lich eine Plastiktüte über den Kopf zog. Und manchmal dachte ich dann, wie es wohl wäre, wenn Mariona jetzt plötzlich nach Hause käme und mich so fände, nackt und verschnürt und fast bewusstlos, und wie sie mir so lange zusah, bis ich meinen Orgasmus bekam.

Ich dachte, dass wir dann bestimmt sehr glücklich miteinander sein könnten. Aber sie kam nie, und mit der Zeit ließ der Kick mehr und mehr nach, bis mir klar wurde, dass ich mir jemand anderen suchen musste, der mich überraschte.

Inzwischen war ich in allen Zeitungen – das Monster, die Bestie mit dem Messer, der blutrünstige Killer –, aber ich fühlte mich missverstanden und ungerecht behandelt. Es stimmte, ich hatte drei Frauen getötet. Und trotzdem, obwohl ich mit einem Messer in der Tasche zu ihnen aufgebrochen war, hatte es nicht von vornherein in meiner Absicht gelegen, sie umzubringen. Es war über mich gekommen, ohne dass ich mich dagegen wehren konnte. So wie der Heilige Geist an Pfingsten über die Apostel gekommen war, die danach in Zungen reden konnten. Wie die Erleuchtung über einen Sünder kommt, der von Gott dazu bestimmt ist, ein Heiliger zu werden. Wie Gottes Wille eben über die Auserwählten kommt, nur anders – eher so, als wäre es der Wille des Teufels. Aber es gab einen Unterschied: Die vierte Frau, Sandra, war so stümperhaft getötet worden, dass sich darin weder Gottes Wille noch der des Teufels erkennen ließ.

Aber – und das war die Ungerechtigkeit – mir wurde auch dieser dilettantische Mord zugeschrieben.

Vielleicht handelte es sich auch um Vorsehung. Vielleicht verbarg sich in diesem Umstand eine höhere Absicht, nämlich mir mehr Zeit zu geben, mein Ziel zu erreichen. Die Polizei war mir bisher nicht auf die Spur gekommen, jedenfalls soweit ich wusste, und jetzt musste sie sich erst recht auf den Mörder von Sandra konzentrieren. Diesmal hatte ich selbst Handschuhe getragen, denn ich war die ganze Zeit bei klarem Verstand gewesen, anders als der wahre Täter, der ziemlich kopflos gehandelt haben musste. Er hatte bestimmt jede Menge Spuren hinterlassen, Fingerabdrücke, Haare, sogar – wie mir aufgefallen war – Haut unter den Fingernägeln der Toten.

Mein größter Vorteil war, dass ich eine Zeit lang nicht mehr zu Nutten ging. Ich musste das auch nicht mehr, jedenfalls nicht wegen des

Geldes, weil aus Gründen, die mir niemand erklärte, plötzlich mein Antrag auf Stütze bewilligt wurde. Stattdessen ging ich immer öfter in die Wohnungen von Frauen, die nicht sofort die Tür öffneten, wenn ein Fremder klingelte – Frauen wie Anja, wie Gisela, wie Yvonne.

Ich sah sie auf der Straße und folgte ihnen zu den Häusern, in denen sie lebten. Es waren Häuser, in denen viele Menschen wohnten und die Bewohner anonym blieben: Häuser mit Tiefgaragen, in die man hineinschlüpfen konnte, Häuser am Stadtrand mit großen Kellern – Waschkellern, Heizungskellern, Kellern voller überfüllter Gitterabteile. Große Betonklötze in den Außenbezirken, die alle gleich aussahen mit Rost- und Nässeflecken in der Fassade, mit abblätterndem Verputz, fünfzehn bis zwanzig Stockwerken, winzigen Balkonen, Fahrradständern davor, handtuchbreiten Grünstreifen ringsum.

Sabine wohnte natürlich nicht in so einem Haus, sondern in einer Anlage mit eleganten Luxusapartments. Aber Sabine wollte ich mir bis ganz zum Ende aufsparen. Es konnte ja kein Zufall sein, dass ihr Name mit S begann.

Eine Weile folgte ich einer Frau, die mir vor dem Bahnhof aufgefallen war, weil sie vom Aussehen her Marionas verschwundene Mutter hätte sein können. Ich folgte ihr bestimmt durch die halbe Stadt, denn Zeit hatte ich ja. Sie ging in eine Apotheke, dann in ein Café, danach in eine Parfümerie, in ein Kaufhaus, wo sie sich Unterwäsche anschaute, und schließlich zum Einkaufen in einen Supermarkt. Mit ihrer vollgepackten Einkaufstüte fuhr sie zu guter Letzt ein Stück mit dem Bus zu so einer Betonwabe in Osterholz, und auch dorthin folgte ich ihr – in genügend großem Abstand, damit sie nicht misstrauisch wurde.

Ich trug ebenfalls eine Einkaufstüte, in der sich alles befand, was ich brauchte: eine Flasche Wodka, Kordeln und Schnüre, die Gasmaske und, nur für alle Fälle, ein Messer. Ich nannte das mein Erste-Hilfe-Set. Ich hatte mir auch einen schwarzen Kapuzenpullover gekauft, und weil seit Mittag ein lautloser Nieselregen fiel, erregte es keinen Verdacht, dass ich die Kapuze über den Kopf und tief ins Gesicht gezogen hatte.

Je näher die Frau dem Eingang der grauen Betonwabe kam, desto schneller ging ich, um gleichzeitig mit ihr an der Tür einzutreffen. Sie drückte keinen Klingelknopf, sondern benutzte einen Schlüssel, wie man das tut, wenn niemand sonst zu Hause ist. Sie hielt mir sogar die Tür auf. Unsere Blicke trafen sich, und sie hatte schöne Augen, obwohl sie sonst nicht sehr ansehnlich war.

Ich ging vor zum Fahrstuhl, als wüsste ich genau, wohin ich wollte. Die Frau blieb bei den Briefkästen stehen. Sie öffnete einen in der mittleren Reihe, nahm einen Brief heraus und schloss den Kasten wieder. Als die Kabine kam, stieg ich ein und drücke auf den obersten Knopf für den siebzehnten Stock. Ich hielt die Fahrstuhltür auf. »Wollen Sie mitfahren?«

»Ja, gern.« Sie lief etwas schneller, um mich nicht warten zu lassen. Ihre Wollkappe und der graue Wintermantel waren dunkel vom Regen. In der engen Kabine wichen unsere Blicke einander aus, aber im Schutz meiner Kapuze betrachtete ich ihr Gesicht und wusste, dass sie Angst haben würde, wenn ich später vor ihr stand. Sie hatte den Knopf für die zwölfte Etage gedrückt, und ich brauchte nur wieder runterzufahren, dann konnte ich ihren Namen vom Briefkasten ablesen. Ich senkte den Kopf, damit sie nicht sehen konnte, wie ich schlucken musste, als mein Schwanz in der Hose hart wurde. Ich merkte auch, dass ich schneller atmete, aber das Scheppern des Lifts übertönte das Geräusch meines Atems. Ich überlegte, ob ich sie nach dem Wäschetrockner im Keller fragen sollte, oder nach der Waschmaschine, ob sie wusste, wann sie repariert werden würden. Ich wollte, dass sie an den Keller denken musste, wenn sie in ihrer Wohnung war, so lange, bis sie im Unterbewusstsein den Drang verspürte, irgendetwas dort unten erledigen zu müssen.

Ich fuhr hinauf bis in den Siebzehnten, und dort stieg ich aus und sah mir die Namensschilder an den Türen an. Als ein paar Minuten vergangen waren, stieg ich wieder in den Lift und fuhr nach unten in den Keller. Manchmal waren die Türen, die zu den Räumen mit den Abstellkammern oder Waschmaschinen führten, abgeschlossen, ich hatte aber Glück. Hinter der Tür lag ein halbdunkler Gang, der aussah wie alle halbdunklen Gänge in Hochhauskellern. Ich sah mich um. Da, die Tür zur Waschküche. Da, eine andere Tür zum Abstellkeller. Da, der Zutritt zur Tiefgarage. Da, der Müllraum.

Inzwischen kannte ich jedes Geräusch in diesen Kellern, das Rattern und Gurgeln der Waschmaschinen, das Brummen der Ölheizung und das Knistern der blassen Leuchtstoffröhren an den Wänden und Decken. Aber zum ersten Mal hörte ich es nur gedämpft, denn mein Atem in der Gasmaske war lauter. Mit jedem Schritt verließ ich das Halbdunkel um mich herum, das ich in den runden, etwas schlierigen Ausschnitten der Sichtlöcher sah, und betrat wieder die andere Welt, in der ich fühlte, statt zu sehen.

Die Kälte im Keller spürte ich nicht, auch nicht, als ich anfing, mich auszuziehen. Halb nackt bewegte ich mich durch die schmalen Gänge und warf zuerst einen Blick in den Waschkeller. Es gab zwei Maschinen, die beide arbeiteten, und einen Trockner. Die eine Maschine war auf Mischwäsche eingestellt, die andere auf Buntwäsche. Ich kontrollierte die Restlaufzeit; die mit der Mischwäsche war bald fertig. Auf einem Tisch stand eine Plastikwanne mit Frauensachen – Slips, BHs, Strümpfe, alles weiß, rosé oder apricot –, die noch nicht in der Maschine gewesen waren. Ich vermutete, dass die Besitzerin bald herunterkommen würde, um eine der Maschinen zu leeren und ihre Sachen einzufüllen.

Bestimmt war sie oft hier unten und hatte keine Angst vor dem Keller. Und wenn sie merkte, dass jemand ihre schmutzigen Sachen durchwühlt hatte? Dass eins der getragenen Höschen fehlte? Ich presste es gegen die Atemöffnung der Maske und merkte, wie mir sofort schwindlig wurde. Ich versuchte, mir die Frau vorzustellen, ihren Körper in diesem Höschen. Ich verließ die Waschküche und ging weiter. Schließlich entschied ich mich für die Holzlattenverschläge, in denen die Bewohner ihr Gerümpel aufbewahrten, denn da war es am dunkelsten. Dort wurde ich zu einem Schatten unter Schatten.

Die Verschläge waren nur durch Vorhängeschlösser gesichert. An den Türen klebten, mit Filzstift auf Leukoplast gekritzelt, die Namen der Mieter oder eine Zahl. Ganz am Ende eines Seitengangs gegenüber der Waschküche kauerte ich mich unter einem vergitterten Oberlicht auf den Steinboden und breitete alles aus, was ich benötigte: die Lederriemen, Gummihandschuhe, das Messer, Poppers und den hautengen Latexanzug mit dem Schlitz vorn im Schritt. Ich zog auch den Rest meiner Kleidung aus, alles, sogar die Unterhose. Mein

Atem zischte und fauchte in meinen Ohren. Vorsichtig fuhr ich in den Latexanzug. Ich genoss das Gefühl auf meiner nackten Haut, als ich ihn über den Hüften glatt zog und den Schlitz für meinen Schwanz fand, bevor ich den Plastikreißverschluss am Rücken zuzog. Bei jeder Bewegung glitten Lichtreflexe über das wie poliert glänzende Gummi, das mich fast ganz umschloss.

Danach schnürte ich meine Beine an den Fußgelenken zusammen und kniete mich in den milchigen Fleck fahler Helligkeit, die durch das oben ins Mauerwerk eingelassene Fenster fiel. Wenn jetzt jemand vorbeikam, die Frau von vorhin vielleicht, würde sie einen Moment brauchen, bis sie mich bemerkte. Einen Moment, in dem sie nicht wusste, was für ein Wesen sie da im Zwielicht erblickte, kaum zu erkennen, unheimlich, ein Alien. Und dann?

Bestimmt würde sie erschrecken.

Bestimmt würde sie schreien.

Bestimmt würde sie wegrennen.

Oder würde sie lachen und vielleicht sogar auf mich losgehen? Mich schlagen und treten, während ich hilflos vor ihr kniete, gefesselt, um Atem ringend und kurz davor, meinen Samen zu verspritzen! Ich streifte die gelben Gummihandschuhe über, erst den linken, dann den rechten. Mit dem Rücken an die Mauer gelehnt, begann ich zu masturbieren, das Höschen aus dem Wäschekorb über meinen linken Schenkel gebreitet. Ich hörte nichts außer meinen schnellen Atemstößen und dem Rubbeln meiner Faust, die immer wieder gegen den schwarz glänzenden Oberschenkel klatschte. Als ich mich allmählich dem Höhepunkt näherte, schloss ich die Augen und stellte mir vor, wie plötzlich das Licht anging und –

»Hallo? Ist da jemand? Hallo?!«

Die Leuchtstoffröhren an der Decke flackerten auf. Es dauerte einige Sekunden, bis ich die Stimme hörte und begriff, dass jemand in den Keller gekommen war. Das Licht blendete mich, denn es brach sich in den Sichtgläsern der Maske. Es war wirklich die Frau aus dem Fahrstuhl, jetzt in einem weißen Kittel. Plötzlich stand sie am Ende des Gangs zwischen den Verschlägen und sah in meine Richtung, genau in dem Moment, in dem ich meinen Orgasmus nicht mehr zurückhalten konnte. Sie erstarrte. Ein Karton mit Waschmittel glitt ihr aus der

*Hand und zerplatzte zu ihren Füßen. Sie schrie nicht. Sie stand nur
da und schlug die Hand vor den Mund.*

*Ich packte das Messer, schnitt die Fußfesseln durch und kam tau-
melnd auf die Beine. Ich konnte mich selbst stöhnen hören, nein, es
war mehr ein Röhren, das dumpf im Atemrüssel der Maske nachhall-
te. Dann rannte ich mit dem Messer in der Faust auf die Frau zu.*

Jetzt schrie sie.

An dieser Stelle hörte Robert auf zu schreiben. Er dachte an Sabine,
an ihre Wohnung in dem Luxuswohnkomplex am Europahafen, die
er noch nicht von innen kannte. Was sie wohl gerade machte; ob sie
vor ihrer Staffelei stand und malte, die letzten Bilder für die Vernissage fertigstellte? Er wäre jetzt gern bei ihr, um ihr zuzuschauen,
umgeben vom süßen Geruch der Ölfarben. Er könnte hinter ihr
stehen und ihren Nacken streicheln oder küssen, ja, vielleicht könnte er ihn küssen.

Er legte die Kladde weg und holte den Block und die Buntstifte.
Er klappte das Deckblatt zur Seite. Er zog eine vertikale und eine
horizontale Linie. Darüber schrieb er: *Sabine*.

37

Sabine

Das letzte Bild war schwieriger als alle anderen davor. Nichts schien zu stimmen, weder die Perspektive noch die Proportionen, nicht einmal die Konzeption. Sabine trat von der Staffelei zurück, immer weiter, bis sogar die Farben auf dem Gemälde verschwammen, und dann ging sie wieder ganz nah heran, bis sie nur noch Details sah. Es half nichts. Das elementare Schwarz, das dunkle Rot, das Graugrün, es blieben einfach nur feuchte Farben, die nichts anderes erzählten als sich selbst.

Ich bin eben doch keine Künstlerin, dachte sie, ich kann nicht mal richtig malen. Ich habe ein Atelier mit großen Fensterschrägen, durch die ich auf das Wasser sehen kann und auf die Kräne, die alten Speicher und die paar Lastkähne, die noch an den Kais an- und ablegen. Ich trage ein mit Farbklecksen verziertes weißes Männerhemd mit hochgerollten Ärmeln über einer mit Farbresten bekleckerten Jeans. Ich höre laute Musik, wenn ich arbeite, wie die Künstler in den Filmen – Jackson Pollock, Basquiat, Andy Warhol. Ich habe sogar bald eine richtige Vernissage. Aber wenn ich ehrlich bin, habe ich vor allem Angst. Angst, dass jemand auf meine Bilder zeigt und ruft: Betrügerin! Hochstaplerin!

Sie setzte sich im Schneidersitz auf den Boden, auch der war mit Farbspritzern übersät. Sie starrte das Bild an und dachte, vielleicht fällt mir ein Titel ein, der allem einen Sinn gibt. So was wie dieser Film, *Christus kam nur bis Eboli*, ein Titel, der eine Geschichte erzählt, die vor dem Gemälde beginnt und danach weitergeht, sodass alles auf dem Bild nur wie eine Momentaufnahme wirkt, absichtlich behelfsmäßig. Genau das, was ein Betrüger tun würde, dachte sie mutlos.

Sie sah sich in dem großen Atelier um, das immer noch neu für sie war. An den Wänden lehnten fertige und halb fertige und eben erst angefangene Bilder. Auf einer großen, aufgebockten Arbeitsplatte lagen Skizzenblätter, Radierungen und Kohlezeichnungen, zusammengerollt oder ausgebreitet. In einer Ecke stand ein Regal mit Pinseln, Farbtuben und Lösungsmitteln, in einer anderen stapelten sich Umzugskartons, leere und volle, die sie noch nicht ausgepackt hatte. An die Wände hatte sie Ausstellungsplakate gepinnt – *Picasso in Paris, Goya im Prado, Georges Rouault*. Offene Türen führten vom Korridor zu den anderen Räumen, in denen sie wohnen, schlafen, baden und kochen konnte. All das soll eines Tages dir gehören … Was für eine Versuchung! Bloß dass es ihr ja schon gehörte – ihr Vater hatte ihr den Loft geschenkt. Seit dem Tod ihrer Mutter war sie alles für ihn, und sie hatte alles getan, um ihm seine Frau zu ersetzen, Ilse, die viel zu früh an Krebs gestorben war.

Sabine war jeden Abend zu Hause geblieben, nie ausgegangen, hatte mit ihm gemeinsam gelesen, Musik gehört, Bilder aus glücklicheren Zeiten angeschaut. Für ihn gekocht, gewaschen, geputzt. Zusammen hatten sie lange Spaziergänge und kurze Reisen unternommen, an Orte, an denen er mit Ilse gewesen war: Florenz, Rom, Paris, Siena, Ascona, Kopenhagen. Sie war Zeugin geworden, wie er wieder Freude am Leben gefunden hatte. Dass es keine Jungs in ihrem Leben gegeben hatte – geschenkt! Keine Partys, keine durchtanzten Disconächte, keine Knutschereien im Kino, nur eine vage Sehnsucht nach anderen Berührungen als der Hand ihres Vaters, die ihr sacht über den Kopf strich oder sanft ihre Wange berührte.

Sie stand auf und trat ans Fenster, auf dessen Scheibe Nebel wie schmutzige Watte lag. Der Nebel hing auch zwischen den neuen Hochhäusern, deren erleuchtete Fenster in der Nacht über dem Wasser schimmerten, als wären sie mit Goldplättchen verzierte Frauen auf einem Gemälde von Gustav Klimt. Er trieb in Schwaden an den verlassenen Kränen vorbei und riss nur ab und zu kurz auf, sodass sie die blinkenden Positionslampen eines Flugzeugs dicht unter dem Mond sehen konnte. Wenn die Vernissage vorbei ist, fliege ich auch weg, dachte sie, irgendwohin, wo ich noch nie war, vielleicht Barcelona oder London, mit ganz leichtem Gepäck.

Papa würde sich freuen, wenn ich mit dem Malen aufhöre, dachte sie. Nein, das stimmte nicht: Er wollte, dass sein Seepferdchen glücklich war, und wenn sie als Malerin scheiterte, konnte sie nicht

glücklich werden. Klar, ihm wäre es lieber gewesen, wenn sein Seepferdchen einen netten jungen Mann kennenlernte, aus gutem
Haus, den sie heiratete und mit dem sie Kinder kriegte, diese ganze
spießige Nummer. Vielleicht so einen Mann wie den angehenden
Priester aus dem Café, wie hieß der noch? Robert? Ja, Robert. Papa,
ich heirate einen Priester. Momentan ist er ja keiner, er studiert
noch, wie man ein Diener Gottes wird. Ob er Erfahrung mit der
Versuchung hat?

Ich bin keine Jungfrau mehr.

Ihr Blick kehrte zu ihrem Gemälde zurück, es war das Motiv der
Skizze, die sie Robert gezeigt hatte, nur in Öl. Das Wasser, die Kräne, die Kaimauern, schwarze Balken, unterschiedlich dick, unter-
teilt durch andere schwarze Balken, Kräne, Kreuze und dahinter
das Gesicht mit der Dornenkrone –

Plötzlich sah sie es: Das Gesicht, das war es, was nicht stimmte;
es gehörte nicht auf dieses Bild. Wenn sie das übermalte, das Religiöse rausnahm, dann war es zwar kein postmodernes Spiel mit dem
Motiv Kirchenfenster mehr, aber der Rest bekam mehr Gewicht,
weil das Hochstaplerische wegfiel. Sie lief zu ihrer Musikanlage und
legte eine neue CD ein – Miles Davis, *Sketches of Spain* –, dann griff
sie nach Palette und Pinsel.

An den jungen Mann, den Theologiestudenten aus dem Café,
dachte sie nicht mehr.

38

Larsen

Ein Mann ging vorbei. Er verschwand fast aus dem Blickfeld, dann blieb er stehen, kehrte um und starrte in den Schaukasten. Sein Gesicht verzog sich, nahm einen Ausdruck des Ekels an. Der Mann war klein und musste so um die siebzig sein. Er trug eine Brille. Schließlich ging er weiter und kehrte nicht zurück. »Nein«, sagte Larsen.

Ein junger Mann mit Nickelbrille überquerte die Straße und steuerte zielstrebig auf den Schaukasten zu. Er trug eine Windjacke, einen Rucksack und eine Baseballkappe. Er schien alle Beschreibungen zu lesen, die Bilder genau zu betrachten und zu überlegen, ob er sachdienliche Hinweise geben konnte. Nachdem er weitergegangen war, kehrte er noch einmal kurz zurück, bevor er endgültig verschwand. »Nein«, sagte Larsen.

Eine farbige Frau in einem Kaninchenfellmantel mit einem kleinen Jungen auf dem Arm und einem Kinderwagen blieb in der Mitte vor dem Schaukasten stehen, nahm ihre Sonnenbrille ab und schien Larsen direkt in die Augen zu blicken. Sie bewegte lautlos die Lippen. Dann schüttelte sie den Kopf und ging weiter. Sie kehrte nicht noch einmal zurück.

Ein kräftiger Mann, ungefähr Anfang vierzig, in einem grauen Overall, blickte erst in den Schaukasten, nachdem er sich hastig und verstohlen umgesehen hatte. Er trat dicht an die Scheibe heran und schirmte die Augen mit den Händen ab. Schließlich schüttelte er den Kopf, und seine Mundwinkel zuckten, als er unterdrücke er ein Grinsen. »Der«, sagte Larsen.

Sundermann drückte auf den Auslöser der Kamera, schaltete das FuG 10b an und sagte: »Der Mann in dem grauen Overall.«

Der Mann sah sich noch einmal verstohlen um, dann wechselte er auf die andere Straßenseite. Als er das gegenüberliegende Trottoir erreicht hatte, stiegen aus einem am Rinnstein geparkten beigen VW-Bus zwei Angehörige des Mobilen Einsatzkommandos in

Zivil und sprachen ihn an. Sie stellten sich vor, baten darum, seinen Ausweis sehen zu dürfen, und nahmen seine Personalien auf, die später auf Larsens Schreibtisch landen würden.

Larsen sagte: »Ich geh dann mal wieder. Wahrscheinlich ist der Täter zu clever, um sich hier von uns abfangen zu lassen. Oder er liest keine Zeitung. Komm bitte nachher noch mit den Fotos im Büro vorbei, ja?«

Er verließ die stickige Kammer hinter dem Schaukasten und war froh über die frische Luft, die ihm ins Gesicht schlug, als er aus dem Gebäude trat. Zu Fuß ging er zu dem nicht weit entfernten Haus, in dem sie von Elena Schuster für Maria ein Studio angemietet hatten. In der ersten Anzeige, die heute Morgen im hinteren Teil der Zeitungen erschienen war – NEU! NEU! NEU! –, bot sie als Domina Ramona tabulosen Sex zwischen hart und zart an, bei mir, bei dir, in Leder, Latex oder am Telefon.

Er klingelte, und nach nicht einmal drei Sekunden fragte eine rauchige Frauenstimme: »Ja?«

»Sind Sie Ramona?«, fragte er.

»Ja.«

»Kann ich raufkommen?«

»Hast du auch einen Namen?«

»Jörg.«

»Und du bist sicher, dass du zu mir willst?«

»Sie sind doch die aus der Anzeige, mit dem tabulosen Sex?«

»Da steht aber nur eine Telefonnummer.«

Larsen sagte nichts. Nach drei Sekunden ertönte der Summer. Larsen betrat das Treppenhaus. Er drückte nicht auf den Lichtschalter, aber als er den Fahrstuhl im vierten Stock wieder verließ, brannte es. An einer der Türen bemerkte er eine Postkarte, die ein Paar lasziv geöffnete Frauenlippen zeigte. Er klopfte an die geschlossene Tür, die sofort aufgemacht wurde. Dahinter stand Maria und sagte überrascht: »Sie?« Er sagte: »Das war ziemlich leichtsinnig.«

»Ich bin ja auch ein leichtes Mädchen«, entgegnete sie. Maria sah aus, als hätte sie ihr Leben lang nichts anderes getan, als jede noch so bizarre, schmerzhafte Männerfantasie und alle nur vorstellbaren

Lüste auf jede erdenkliche Weise zu erfüllen, gehüllt in Latex, Leder, Seide – eine vollkommene, einschüchternde Schönheit. »Sie dürfen die Braut jetzt küssen«, sagte sie.

»Bis Karneval ist noch ein bisschen hin«, sagte er, vielleicht eine Spur zu ruppig, als er das mutwillige Funkeln in ihren von Kajal, Lidschatten und Wimperntusche betonten Augen sah. »Wo sind die Männer?«

Maria wies auf die angelehnte Tür zum Bad, ein kurzer Ruck mit dem Kopf. Larsen stieß die Tür ganz auf. Zwei Beamte des MEK saßen nebeneinander auf dem Badewannenrand, jeder mit einem Becher Coffee-to-go zwischen den Füßen. Er zeigte ihnen seinen Ausweis. »Larsen, Kripo. Irgendwelche besonderen Vorkommnisse?«

Sie schüttelten den Kopf. »Nichts«, sagte der eine, der andere bestätigte die Auskunft mit einem Nicken. Larsen verließ das Bad und wandte sich wieder Maria zu. »Merkwürdige Anrufe? Männer, die Ihnen seltsam vorgekommen sind?«

»Männer sind doch immer seltsam.« Sie wandte sich ab und ging mit schwingenden Hüften vor ihm her in den Raum am Ende der Diele. »Nur jemand, der sich unten an der Tür mit falschem Namen gemeldet hat, ein gewisser Jörg.«

»Mein Ausweis hätte auch gefälscht sein können.« Er warf einen Blick in den Raum, dessen Einrichtung neben der eingebauten Küchenzeile nur aus einem Stuhl, einem Feldbett und einem zerkratzten Beistelltisch zusammengestückelt war. Auf der ramponierten Tischplatte stand ein rotes Tastentelefon neben einem abgelegten Ohrring und einem halb mit Wasser gefüllten Pappbecher, in dem ein öliger Teppich aus Zigarettenkippen trieb. »Maria, wir versuchen, einen Serienmörder anzulocken«, sagte Larsen, »so was ist kein Spiel, das muss ich jemand von der Sitte ja wohl nicht erst sagen und –«

Das Klingeln des Telefons schnitt ihm das Wort ab. Maria stemmte die Hände auf die Hüften und wies ihn mit einem Kopfrucken zur Tür. »Kundschaft!« Sie ging zu dem kleinen Tisch, hob den Hörer ab und meldete sich mit rauchiger Stimme. »Ramona … ja … das ist meine Spezialität …«

Larsen runzelte die Stirn, gab sich dann aber einen Ruck und steckte noch einmal seinen Kopf ins Bad. »Der Ausweis hätte gefälscht sein können«, sagte er schroff.

»Wir kennen Sie aus dem Fernsehen«, erwiderte der Ältere.

»Ihr lasst jetzt niemand mehr rein. Wenn jemand hier hochwill, nehmt ihr die Personalien auf und schickt ihn wieder weg, klar?«

»Wie Kloßbrühe.«

»Dann noch eine gute Nacht.« Larsen nahm diesmal nicht den Fahrstuhl, und als er unten auf die Straße trat, dachte er wieder, das wird nicht funktionieren, er ist zu clever. Trotzdem beschloss er, noch eine der Frauen aufzusuchen, die in ihren Studios ihre Freier inzwischen unter dem Schutz seiner Leute empfing. Auch vom Bahnhof zu dem Haus in der Ringstraße hatte er es nicht weit; nach einer knappen Viertelstunde war er da, ohne dass er besonders schnell gegangen wäre.

Es war noch immer kalt, aber man konnte in der Luft schon den Anflug von Frühling riechen. Die Möwen, die sich im Abendlicht vom Wind treiben ließen, schienen mit irgendetwas höchst unzufrieden zu sein, denn ihre Schreie klangen, als tauschten sie Protestnoten aus. Die Passanten auf den Straßen zerfielen wie immer in zwei Gruppen: die einen, die eilig einem Ziel zustrebten, und die anderen, die sich ziellos treiben ließen. Die Autos hatten es alle eilig.

Larsen klingelte bei Viola Kirsch. Niemand öffnete. Er klingelte noch einmal, und auch jetzt drückte keiner auf den Türöffner. Sein Herz flatterte kurz und prallte gegen eine Rippe. Er wusste, dass Viola auf der Liste stand, die zusammengefaltet in der Innentasche seines Dufflecoats steckte. Er holte sie heraus und stellte fest, dass er sie ohne Brille nicht lesen konnte. Er holte auch die Brille heraus, die er in der anderen Innentasche aufbewahrte. Da, Viola Kirsch. Die Beamten, die sie bewachten, hießen Feik und Tanner. Einer der beiden verfügte über ein Mobiltelefon, dessen Nummer neben seinem Namen stand. Larsen zückte sein Handy und wählte die Nummer. Nach dem dritten Klingeln meldete sich Tanner. Er sprach leise und undeutlich, als hielte er sich eine Hand vor den Mund. »Ja?«

»Tanner, hier ist Larsen. Ich stehe unten vor dem Haus und habe gerade geklingelt. Was ist los? Warum macht keiner auf?«

»Die Viola hat gerade einen Kunden«, flüsterte Tanner, »deswegen konnte sie nicht aufmachen. Der Freier weiß nicht, dass wir da sind. Als er zur Tür rein ist, haben wir uns ins Bad verdrückt, um die beiden nicht zu stören. Die gehen so richtig zur Sache. Wollen Sie mal hören?«

»Nein danke.« Larsen nahm die Brille wieder ab und verstaute sie in der Innentasche des Mantels; es war jetzt ganz dunkel geworden. »Ihr habt den Mann also nicht nach Waffen durchsucht?«

»Wollten wir, aber die Viola hat protestiert. Das macht die Stimmung kaputt, hat sie gemeint. Sie schreit, wenn ihr was komisch vorkommt.«

Sie schreit auch, wenn ihr jemand ein Messer in die Brust rammt, dachte Larsen. »Na gut, wenn der Mann gehen will, kontrolliert ihr ihn und nehmt seine Personalien auf. Und sobald ihr abgelöst werdet, macht ihr eine Liste von allen, die da waren, und faxt sie mir ins Büro.« Larsen unterbrach die Verbindung und schlug den Weg zum Präsidium ein. Als er eine Straßenbahn hörte, lief er die letzten Meter zur nächsten Haltestelle, um den Rest der Strecke zu fahren.

Er spürte eine innere Unruhe, wie sie ihn immer erfüllte, wenn er bei der Arbeit an einem Fall nicht weiterkam. Aber in den letzten Tagen war sie stärker geworden – er spürte ganz deutlich, dass der Mann, den er jagte, ihm gerade wieder ein Stück weiter voraus war; der Abstand zwischen ihnen vergrößerte sich. Es war, als bestünde eine unsichtbare Verbindung zwischen ihnen, auf der winzige Bits an Informationen hin- und herflogen, die an Intensität zu- oder abnahmen. Eine von diesen Informationen sagte ihm, dass der Mörder bereits ein neues Opfer ins Visier genommen hatte, während sie noch versuchten, ihn mit den alten in eine Falle zu locken. Er wird wieder töten, und wir können nichts dagegen tun, dachte Larsen. Er holte sein Handy hervor und rief im Büro an. Lenz ging an den Apparat. »Lenz, Apparat Larsen.«

»Torsten, ich komme jetzt ins Büro. Wir müssen noch mal alle Zeugenaussagen und alle Spuren analysieren. Ist Mareike da?«

»Die hat sich vorhin telefonisch gemeldet. Sie war im Erzbischöflichen Ordinariat. Der für sakrale Kunst zuständige Geistliche hat ewig gebraucht, bis er Zeit für sie hatte, und dann konnte er ihr nicht mal was sagen. Schneewittchen und ihre sieben Zwerge auf dem Bild kannte er auch nicht. Er hat ihr geraten, es mal bei der theologischen Fakultät an der Uni zu versuchen. Vielleicht könnten die uns weiterhelfen.«

Vielleicht, vielleicht, vielleicht.

»Außerdem hat eine Staatsanwältin angerufen, Katharina Brenner. Wollte sich wohl auch über unsere Fortschritte ins Bild setzen lassen.«

»Was hast du ihr gesagt?«

»Nichts. Ich bin ja nur ein Wasserträger.« Seine Rolle als Hauptsachbearbeiter schien Lenz nicht mehr mit demselben Stolz zu erfüllen wie am Anfang. »Du sollst sie heute noch zurückrufen, egal, wie spät es wird. Sie hat mir eine Nummer gegeben, unter der du sie erreichen kannst.«

»Die habe ich.«

»Nein, sie hat eine neue, warte mal, hier …« Lenz las eine mehrstellige Mobilnummer vor. »Seit sie die Prozesse gegen die ’Ndrangheta aus der italienischen Region Kalabrien vorbereitet, kriegt sie ständig Drohanrufe, was sie alles mit ihr und ihrer Familie anstellen werden, wenn sie die Beweislage nicht neu bewertet.«

»Schon gut. Ich rufe sie jetzt gleich an. Danach komme ich ins Büro.« Die Straßenbahn rumpelte um die Kurve, und durch das beschlagene Fenster konnte Larsen das Präsidium sehen. An der Haltestelle hinter dem Rathaus stieg er aus, das Handy noch in der Hand. Er lief die breite Treppe zum Haupteingang hinauf, wandte sich aber nicht dem Fahrstuhl nach oben zu, sondern suchte eine Stelle, an der er ungestört telefonieren konnte.

Es war bereits nach Dienstschluss in den Behörden, sodass in den hohen, gewölbeähnlichen Gängen kaum noch Leben herrschte. Die Notbeleuchtung schuf nur alle paar Meter eine Illusion von Helligkeit, und zwischen zwei dieser Oasen setzte Larsen sich auf eine Steinstufe und wählte die Nummer, die Lenz ihm gegeben hatte. Schon nach dem zweiten Freizeichen meldete sich eine Frau mit einem knappen: »Ja?«

Larsen fragte: »Spreche ich mit Staatsanwältin Brenner?«

»Wer ist denn da?«

»Hauptkommissar Larsen, Kripo Bremen. Sie hatten um einen Rückruf gebeten.«

»Ah ja, Herr Larsen. Mein Name ist Katharina Brenner. Ihr Fall – oder sagen wir besser: Ihre Fälle! – sind mir zugeteilt worden. Wie Sie wissen, ist Staatsanwalt Graumann in den Ruhestand versetzt worden, und viele seiner Fälle sind bei mir gelandet.« Die Staatsanwältin hatte eine angenehme Stimme; sie sprach sachlich und doch nicht ohne Wärme. »Ich wollte mich kurz von Ihnen über den Fortgang Ihrer Ermittlungen ins Bild setzen lassen. Wenn Sie jetzt vielleicht einen Augenblick Zeit haben …«

»Es sieht so aus, als hätten wir endlich eine belastbare Spur«, erklärte Larsen, »aber noch nichts, das jetzt schon Ihre Aufmerksamkeit erfordern würde, nicht in diesem Stadium. Ich denke, Sie sind mit der Vorbereitung der gegen die 'Ndrangheta anhängigen Gerichtsverfahren schon mehr als ausgelastet.«

»Könnte man denken, ja«, sagte sie. »Aber ich arbeite aus Sicherheitsgründen gerade nicht von meinem Büro in der Staatsanwaltschaft aus, und es ist erstaunlich, was man so wegschaffen kann, wenn man nicht alle naselang durch klingelnde Telefone gestört wird.«

»Da bin ich ja froh, dass ich Sie nicht auch im Büro angerufen habe, wie ich das längst vorhatte.«

Eine kurze Pause entstand, in der er die Frau am anderen Ende atmen hören konnte. »Ach ja, was wollten Sie mir denn sagen?«

»Tja, also …« Larsen überlegte eine Sekunde oder zwei. »Ich wollte Ihnen eigentlich nur sagen, dass ich Sie sehr mutig finde. Ihr Vorgehen gegen die italienische Mafia – dass Sie das so durchziehen und nicht zurückweichen. Dem Druck nicht nachgeben, sich nicht einschüchtern lassen, obwohl Sie von Justiz und Innensenator ja nicht gerade unterstützt werden.«

Wieder folgte eine kurze Pause, dann sagte die Staatsanwältin: »Wenn ›mutig sein‹ heißt, keine Angst zu haben, dann bin ich ganz und gar nicht mutig. Ich habe nämlich Angst, und ich frage mich die ganze Zeit, ob das alles die Sache wert ist. Ob es nicht tatsächlich vernünftiger wäre, aufzugeben.«

»Das fragt sich wohl ab und zu jeder«, sagte Larsen, »ich auch. Aber Sie sind hier, in Ihrem Büro oder wo auch immer, und bereiten Ihre Anklage vor, und ich bin auch noch dabei. Allerdings bin ich nur ein kleiner, unbedeutender Kriminalbeamter, und in unserer Welt spielt das, was ein kleiner, unbedeutender Kriminalbeamter tut und denkt, nicht die geringste Rolle.«

»Jetzt hören Sie mal zu, Hauptkommissar Larsen«, ein tadelnder Unterton schlich sich in ihre Worte, »gerade Ihnen muss ich ja wohl nicht sagen, mit was für Fällen wir es Tag für Tag zu tun haben: Morde aus Habgier, Eifersucht oder Rache, Ehrenmorde, Kindstötungen, Vergewaltigungen mit Todesfolge, Brandstiftungen mit Todesfolge, Körperverletzungen mit Todesfolge, Gewaltdelikte aller Art, von raffinierten Giftanschlägen bis zum simplen Totschlag. Und jeder, der als Angeklagter vor den Schranken eines Gerichts landet, kann nur bestraft werden, weil ein kleiner unbedeutender Polizist ihn überführt hat, manchmal unter Einsatz seines eigenen Lebens. Er hat nicht gekniffen, und deswegen kann auch ich nicht kneifen.« Sie schwieg einen Moment, bevor sie hinzufügte: »So einfach ist das.«

»So einfach ist das …«, wiederholte Larsen skeptisch. »Wenn meine Frau die Sache genauso gesehen hätte, wären wir vielleicht noch verheiratet, und meine Tochter würde noch leben. Haben Sie Kinder, Frau Staatsanwältin?«

»Nein. Und fragen Sie mich jetzt nicht, warum. Ich möchte nicht darüber sprechen, und es geht Sie auch nichts an.«

»Wissen Sie, obwohl ich Kriminalbeamter bin, freue ich mich durchaus, wenn ich mal keine Fragen stellen muss.«

»Und ich freue mich darauf, Sie demnächst von Angesicht zu Angesicht zu sehen, Hauptkommissar Larsen. Wenn ich etwas ruppig klinge, dann kommt das, weil ich müde bin und längst im Bett sein sollte. Aber ich muss noch die Anklageschrift gegen den Clanchef schreiben, und die sollte besser hieb- und stichfest sein, weil der Padre Angelo mit den teuersten Anwälten der Stadt aufmarschieren wird.«

»Die teuersten sind nicht unbedingt die besten«, sagte Larsen. »Und einige von denen sind so windig, dass das Wetteramt eine

Böen-Warnung rausgeben müsste, sobald sie auch nur einen Fuß vor ihre noblen Sozietäten setzen.«

Die Staatsanwältin lachte leise. »Vielleicht war sie zu jung«, sagte sie dann, wieder ernst.

»Wer?«

»Ihre Frau. Oder Ex-Frau. Zu jung, um mit einem Polizisten verheiratet zu sein.«

»Ja, vielleicht«, gab Larsen zu. »Aber wenn wir nicht jung heiraten, laufen wir Gefahr, überhaupt nicht mehr zu heiraten. Dann treten Alkohol und Affären an die Stelle von echten Gefühlen, weil die meisten von uns das, was Sie gerade gesagt haben, zu vergessen beginnen. Eine Zeit lang – nach dem Tod meiner Tochter – habe ich selbst gedacht, moralische Grundsätze wären nicht mehr wert als die Leitartikel einer Zeitung, die zu lange im Regen gelegen hat.«

»Ja, die Gefahr besteht immer mal wieder. Gute Nacht, Herr Larsen.«

»Gute Nacht, Frau Brenner.«

Larsen hörte, wie die Verbindung unterbrochen wurde, und ließ das Handy sinken, ohne es in die Tasche zu schieben. Wie selten solche Gespräche sind, dachte er. Er stand auf und stellte fest, dass die Bewegung ihm schwerfiel; seine Gelenke schmerzten. Er war doch noch kein alter Mann. Aus Trotz beschloss er, nicht mit dem Lift nach oben zu fahren, gerade als das Gerät in seiner Hand zu vibrieren begann. »Ja?«, meldete er sich schwer atmend auf der Hälfte der Treppe.

»Wir haben einen«, sagte Olaf Sundermann am anderen Ende der Leitung.

»Ihr habt einen was?«

»Einen Verdächtigen. Jemand, auf den die Beschreibung zutrifft. Unser Serienmörder, Chef – der könnte es sein!«

39

Am besten fangen wir noch einmal ganz von vorn an«, erklärte Lenz, und Larsen dachte, wie oft habe ich das schon gehört oder selbst gesagt? Wie oft und zu wie vielen Zeugen oder Verdächtigen? Seit fast drei Stunden saßen sie im Vernehmungsraum 2 und befragten den Verdächtigen, der in diesem Stadium offiziell noch als Zeuge geführt wurde. Die Heizung lief auf Hochtouren. Lenz hatte seinen Pullover ausgezogen, und unter den Achseln seines Hemdes zeichneten sich erste dunkle Flecken ab. »Fangen wir mit deinem Namen an«, sagte er. »Nachname, Vorname, Anschrift, Alter, Familienstand.«

»Habe ich doch schon alles gesagt«, antwortete der Verdächtige mit gelangweilter Miene und betrachtete seine Fingerknöchel, aber die Finger zitterten, als er sich immer wieder die Stirn rieb und über die Oberschenkel strich. Larsen sah die Panik hinter der gespielten Langeweile. Am Anfang der Befragung war es noch keine Panik gewesen, nur eine mühsam hinter einer Aura von Selbstsicherheit verborgene Unruhe, die sich langsam in Angst verwandelt hatte – erst schleichend, dann immer schneller, je öfter jemand in den Raum gekommen war, um Larsen etwas ins Ohr zu flüstern.

Am Karton der Gasmaske waren Fingerabdrücke des Mannes. Sie stimmen mit einigen von denen überein, die wir im Apartment von Sandra Küppers gefunden haben. Oder, etwas später: Die anderen Abdrücke konnten niemand zugeordnet werden, auch nicht dem Opfer. Oder, noch etwas später: Die Fasern an Sandra Küppers' Kleidung sind material- und farbidentisch mit dem Pullover des Zeugen.

Jede dieser Informationen hatte Larsen auf seinen Block geschrieben, das Blatt dann abgerissen und Lenz rübergereicht, und bei jeder dieser wortlosen Transaktionen war aus der Unruhe, die der Zeuge zu verbergen suchte, nach und nach Panik geworden.

Sie hatten fast den ganzen gestrigen Tag darauf verwandt, die

vom MEK aufgenommenen Personalien des Mannes zu überprüfen und Zeugen zu finden, denen sie das Foto des Mannes vorlegen
konnten, um zu erfahren, ob er ihnen im Zusammenhang mit den
Morden an den vier Prostituierten aufgefallen war. Niemand kannte ihn, niemand hatte ihn schon einmal gesehen.

Sie waren zu der von ihm angegebenen Adresse gefahren, einem
Reihenhaus in einem kleinen Ort zwischen Kiel und Bremen. Dort
hatten sie seine Mutter angetroffen, die ihnen gestattet hatte, sich
auch ohne Durchsuchungsbeschluss umzusehen, weil sie keinerlei
Zweifel hegte, dass ihr Sohn unschuldig und so rein wie frisch ge-
fallener Schnee war. Unter dem Einzelbett in seiner Dachkammer
hatten sie eine Gasmaske gefunden und unter der Matratze mehrere auf SM spezialisierte Pornomagazine, außerdem eine VHS-Kas-
sette mit dem Titel *Die Geschichte der O*. Anschließend waren sie zu
der Kaserne gefahren, in der ihr jetzt zum Verdächtigen avancierter
Zeuge seinen Wehrdienst leistete.

»Wir wollen es aber noch einmal hören«, sagte Lenz jetzt. »Nachname, Vorname, Anschrift.«

»Bitte«, ergänzte Larsen.

»Runge. Frank«, sagte der Zeuge.

»Anschrift?«

»Am Bürgerpark 7.«

»Alter?«

»Zweiundzwanzig.«

»Ledig?«

»Ja.«

»Gut. Weiter. Du leistest gerade deinen Wehrdienst ab?«

»Habe ich doch auch schon gesagt.«

Lenz nickte. »Kaserne, Waffengattung, Einheit, Rang – nur der
Vollständigkeit halber.«

»Admiral Scharnhorst Kaserne Flensburg. Fernmeldebataillon.
3. Kompanie. Gefreiter.«

»Geht doch«, sagte Lenz und tippte mit dem Kugelschreiber
mehrmals auf den Block, der vor ihm lag, als übertrüge er die Antworten in Morsecode an ein entferntes Archiv.

»Und, was haben Sie jetzt gewonnen?«, fragte der junge Gefreite.

»Ein bisschen Wahrheit«, sagte Larsen.

Der Gefreite gab ein *Pffft!* von sich, das verächtlich wirken sollte. Geschenkt, Leute! Seine Haut glänzte talgig, wahrscheinlich nicht nur wegen der Hitze im Raum, und nach jeder Antwort presste er die Lippen zu einem blutleeren Strich zusammen. Er ist zu jung, um die Last eines solchen Verbrechens lange tragen zu können, dachte Larsen.

Lenz legte den Stift neben den Block. »Was wolltest du vor dem Schaukasten?«

»Welchem Schaukasten?«

»Der am Haus in der Bahnhofstraße. Du hast davorgestanden und die Bilder angeschaut. Wolltest du wissen, wie dicht wir dir schon auf den Fersen sind?«

»Nö«, ein kurzes Schulterzucken, »ich hab nur so reingeschaut, weil ich gerade in der Gegend war und davon im Radio gehört hatte.«

Er ist es nicht, dachte Larsen. Das war sein erster Gedanke gewesen, als er den Raum betreten und den Verdächtigen am Tisch hatte sitzen sehen, und das Gefühl wurde immer stärker, je länger die Befragung dauerte. Er ist nicht der, den wir wirklich suchen. Schon bei der Betrachtung des Fotos, das Olaf Sundermann hinter dem Schaukasten mit der versteckten Kamera gemacht hatte, waren ihm Zweifel gekommen. Der Schnappschuss zeigte einen jungen Mann – viel zu jung für einen Serienmörder, hatte Larsen gedacht – mit einer Pudelmütze und einer braunen Blousonjacke aus Nappaleder-Imitat, beide Hände in den Taschen vergraben, der nervös blinzelte und seine rechte Wange nach innen sog.

Jetzt, im Licht der Deckenlampe, war sein blasses Gesicht glatt und faltenlos, nur die Augen wirkten gerötet, als hätte er am Vorabend mit ein paar Kameraden bis zum Zapfenstreich gezecht. Aber er war groß und kräftig, und wenn er nicht auf seine Fingerknöchel starrte, zupfte er an den schmutzigen Manschetten seines rot und schwarz karierten Baumwollhemds herum, schob sie zurück, zog sie wieder hervor, alle paar Minuten – *zupf, zupf, zupf*. Er trug einen Schal, der seinen Hals und das Kinn verbarg.

»Können Sie mal den Schal abnehmen?«, bat Larsen.

»Was? Warum?«

»Ich möchte Ihren Hals sehen.«

»Muss ich das? Können Sie das von mir verlangen?«

»Ja, das kann ich.«

»In den Vorschriften nennt sich das ›körperliche Untersuchung eines Verdächtigen‹«, warf Lenz ein.

»Ich kann sogar noch mehr«, fuhr Larsen fort. »Sie ziehen sich ganz aus, und ich hole einen Arzt, der jede auch nur geringfügige Verletzung an Ihrem Körper feststellt, beschreibt und fotografiert. Spätestens dann wird sich zeigen, ob Sie etwas zu verbergen haben – und was.« Er wusste, dass jeder Mensch unter bestimmten Umständen zu jedem Verbrechen fähig war, sogar zu einem Mord. Aber statistisch gesehen, auch das wusste er, gehörte Mord zu den Verbrechen, die am seltensten zu einer Wiederholung führten. Es sei denn, man war ein Serienmörder, und der junge Gefreite war keiner. Jetzt nahm er den Schal ab. Unter dem linken Ohr zogen sich vier lange, kaum verschorfte Kratzer über den Hals bis zum Kinnansatz.

»Ach, sieh mal an! Wo hast du die denn her – die Kratzer?«, fragte Lenz. »Und sag jetzt nicht, von deiner Katze.«

»Nö, von meiner Freundin. Wir haben uns gestritten, und auf einmal hat sie mich gekratzt.«

»Hast du die auch umgebracht?«

»Wen, meine Freundin? Warum sollte ich die denn töten?«

»Keine Ahnung. Warum hast du denn Sandra Küppers getötet?«

Unwillkürlich schoss die linke Hand des Gefreiten hoch zu den Kratzern, als wollte er sichergehen, dass sie noch da waren. »Wer ist Sandra Küppers?«

»Sie war eine junge Prostituierte, die vor zwei Tagen – genau gesagt, am Samstag, dem 3. März, gegen 15:00 Uhr – in ihrem Studio am Schifferweg erwürgt worden ist. Wo warst du am Samstagnachmittag um drei?«

Larsen zuckte innerlich zusammen. Warum verriet Lenz dem Zeugen Ort und Uhrzeit der Tat? Oder hatten sie darüber gesprochen, als er noch nicht dazugestoßen war? Es ärgerte ihn, dass Lenz mit der Vernehmung begonnen hatte, ohne auf ihn zu warten. Offenbar war der Oberkommissar davon überzeugt, in Runge den Täter vor sich zu haben, und wollte ihn im Alleingang zu einem Geständnis bewegen; das machte sich gut in der Akte. »Also?«, hakte er nach. »Wo?«

»Das habe ich Ihnen doch schon gesagt. Zu Hause.«

»Wo? In der Kaserne?«

»Nee, meinem richtigen Zuhause. Bei meiner Mutter.«

»Da warst du? Nicht hier in Bremen, im Schifferweg 47?«

»Den kenne ich gar nicht.« *Zupf, zupf.* »Was soll ich denn da gemacht haben?« Der Blick des Gefreiten wanderte unruhig nach unten, am linken Oberschenkel seiner mit Flecken verzierten Jeanshose vorbei auf den Boden, als tauchte dort immer wieder für Sekundenbruchteile das Bild einer erwürgten Frau auf.

»War sonst noch jemand bei euch zu Hause in dem Kaff bei Kiel am Samstagnachmittag?«, fragte Lenz. »Außer dir?«

»Die anderen.«

»Welche anderen?«

»Meine Freundin und meine Mutter.«

»Alle zusammen im Wohnzimmer? Gemütlich bei Kaffee und Kuchen und *Ein Kessel Buntes* im ZDF?«

Der Gefreite schüttelte den Kopf. »Meine Mutter hat allein ferngesehen. Meine Freundin und ich waren oben in meinem Zimmer.«

»Dort, wo wir die Gasmaske unter dem Bett gefunden haben?«

Der Gefreite schwieg, sein Blick sprang wieder nach links unten auf den Boden. Seine Wangen waren jetzt so hochrot wie die Karos in seinem Holzfällerhemd.

Lenz fragte: »Was habt ihr da oben gemacht?«

»Nichts.«

»Bisschen gefummelt, richtig?«

»Ach so, ja, klar.«

»Du hältst uns wohl für völlig bescheuert?!« Lenz tat so, als geriete er langsam in Rage, reine Routine, hundertfach erprobt, mal erfolgreich, mal nicht. »Die Gasmaske hast du nach dem Mord an Sandra Küppers aus ihrem Studio mitgehen lassen. Das Samtband, mit dem du sie erwürgt hast, stammt wahrscheinlich aus dem Nähkästchen deiner Mutter. Deine Fingerabdrücke sind überall am Tatort, und jeder einzelne davon sagt: Gefreiter Frank Runge, zweiundzwanzig, ist ein irrer Nuttenkiller, ein Serienmörder, ein Psychopath, der junge Frauen abschlachtet und dabei seine perversen Fantasien auslebt!«

Das geht nicht, dachte Larsen, das ist ja schon fast eine Form von Besessenheit. Das Samtband, der Diebstahl der Gasmaske aus dem Studio – er teilt Täterwissen mit jemandem, den wir noch gar nicht als Täter überführt haben.

»Das bin ich nicht!« Das Gesicht des Gefreiten wurde noch röter, als ihm das Blut ins Gesicht schoss. »Ich habe die Frauen nicht ermordet. Ich habe ein Alibi.«

»Dein Alibi interessiert uns nicht«, drehte Lenz weiter auf. »Das zerreiße ich so schnell in der Luft wie eine nasse Zeitung. Die Gasmaske, die wir unter dem Bett gefunden haben, sagt ja wohl alles!«

»Was interessiert Sie denn dann?« Der Gefreite versuchte noch immer, die Panik zu verbergen, aber es gelang ihm immer schlechter. »Warum reiten Sie dauernd auf dieser Gasmaske rum? Ich bin beim Bund! Aber sie gehört mir trotzdem nicht. Die muss ein Kumpel bei mir vergessen haben. Manchmal übernachten Kameraden aus meiner Einheit bei mir, wenn sie Ausgang haben.«

Lenz lehnte sich zurück und verschränkte die Arme im Nacken. Die dunklen Flecken unter seinen Achseln waren größer geworden. »Und die nehmen dann eine Gasmaske mit, für den Fall, dass es plötzlich einen ABC-Angriff gibt, während sie auf dem Straßenstrich mit Ingrid aus Lüneburg über den Preis für einmal Ringelpiez mit Anfassen verhandeln, ja?«

Hilflos suchte Runges Blick Larsens Augen, flog dann aber weiter zu der Stelle an der Wand, wo in anderen Räumen ein Fenster gewesen wäre, bevor Larsen ihn wieder einfing. »Sind Sie katholisch, Gefreiter Runge?«, fragte Larsen.

»Was?«

»Kennen Sie sich mit Heiligen aus?«

»Was für Heiligen?«

»Maria, Joseph, Petrus, Paulus …«, half Lenz dem Gefreiten auf die Sprünge. »Trägst du kleine Bildchen von denen mit dir herum?«

Nein, dachte Larsen, tut er nicht. Ich brauche den Namen Symphorosa gar nicht erst zu erwähnen. Er schrieb *Er ist es nicht* auf einen Zettel, den er Lenz reichte. Lenz las den Zettel, sah Larsen aber nicht an. Stattdessen kritzelte er *Wieso nicht? Ich bin sicher, dass er der Täter ist. Er hat die Frauen getötet* auf die Rückseite des Zettels und gab ihn Larsen zurück.

Runges Blick folgte dem Zettel so gebannt, als handelte es sich um den entscheidenden Ballwechsel auf dem Tennisplatz. Weil es so gut funktionierte, nahm Larsen einen neuen Zettel und schrieb: *Er hat Sandra Küppers getötet, aber die anderen nicht.*

Laut sagte er, nur halb an den Gefreiten gerichtet: »Ich glaube nicht, dass Sie der Serienmörder sind, den wir suchen. Ich will Ihnen helfen. Aber Sie müssen mir auch helfen. Es kann kein Zweifel daran bestehen, dass Sie im Studio von Sandra Küppers waren. Warum erzählen Sie mir nicht einfach, wann und was Sie dort gemacht haben?« Er legte eine Pause ein, bevor er weiterredete: »Und wen Sie da eventuell gesehen haben.«

»Wen ich gesehen habe?«

»War noch jemand außer Ihnen da, Herr Runge?«

Ein Licht schien in den Augen des Gefreiten anzugehen, als erinnerte er sich plötzlich an etwas, das zu einem Ausweg aus seiner Lage führen konnte. Wieder betastete er die Kratzer an seinem Hals und unter dem Kinn, die umso dunkler wurden, je mehr Blut von seinem Herzen in den Kopf gepumpt wurde. Schweiß sammelte sich in seinen Augenbrauen. Seine Wimpern schimmerten im Licht der Deckenlampe, wenn er blinzelte. Fast konnte Larsen die Gedanken hinter seiner Stirn hin und her flitzen sehen wie Mäuse in einem Labyrinth, aus dem sie einen Ausweg suchten.

»Haben Sie einen anderen Mann gesehen?«, fragte Larsen. »Auf dem Weg zu ihr? Oder danach, als Sie wieder gegangen sind? Jemand, der die Tat begangen haben könnte, die wir Ihnen vielleicht fälschlich zur Last legen?«

Aber die kleinen huschenden Wesen im Kopf des Gefreiten suchten den Ausweg weiter an der falschen Stelle. »Ich weiß nicht, wovon Sie reden!«, beharrte er. »Ich kenne keine Sandra Küppers. Ich war – ich war wirklich nicht da!«

»Und du warst auch nicht da, als Monique Wilhelm kurz vor

Weihnachten ermordet wurde«, schaltete Lenz sich wieder ein. »Du warst nicht in ihrem Apartment in der Berbenstraße 19? Und am 31. Dezember, als Romy Jäger ermordet wurde? Am 2. Februar, als Gina Berthold ermordet wurde? Wo warst du denn dann an all diesen Tagen?«

»Ich war in der Kaserne, das können Sie überprüfen!«

»Auch am 31. Dezember? Silvester?«

»Nein, da war ich erst zu Hause und dann mit meiner Freundin zusammen.«

»Wie heißt die Freundin? Name? Adresse, Telefon!«

»Ja … also … ich weiß nicht genau, wie sie heißt … Wir kennen uns noch nicht lang … Sina irgendwas … Wir haben uns erst Weihnachten in der Disco kennengelernt.« Er zuckte mit den Schultern, betastete die Kratzer. »Ist ja nicht mehr so wie zu Ihrer Zeit, wo man sich offiziell vorgestellt hat.«

»War sonst noch jemand dabei, als du sie kennengelernt hast? Jemand, der diese Sina kennen könnte und dessen Namen du zufälligerweise parat hast?«

Der Gefreite entspannte sich kaum merklich; er schien sich wieder etwas sicherer zu fühlen. »’ne Menge Leute waren da, ja, klar. Möglich, dass uns einer von denen gesehen hat. Der kennt dann vielleicht auch ihre Adresse und weiß, wie sie mit Nachnamen heißt.«

»Wo ist die Disco? Hier in Bremen?«

Der Gefreite fuhr sich mit der Zungenspitze über die Lippen. »Ich habe Durst. Kann ich ein Glas Wasser haben?«

Larsen stand auf und ging zu dem Tisch neben der Tür, auf dem mehrere Pappbecher und eine Karaffe mit Wasser standen. Er füllte einen der Pappbecher mit dem Wasser und stellte ihn vor den Zeugen, der inzwischen zum Tatverdächtigen avanciert war, auf den Tisch. »Du machst einen Fehler, mein Junge«, sagte er. »Es sieht für dich vielleicht nicht so aus, aber wir sind die Einzigen, die zwischen dir und einer Anklageerhebung wegen mehrfachen Mordes stehen. Es macht nämlich einen großen Unterschied, ob man nur wegen eines oder wegen mehrerer Morde angeklagt wird. Wenn es sich nicht um Mord, sondern nur um Totschlag handelt, ist der Unterschied sogar noch größer.«

Larsen setzte sich wieder. »Glaub mir, das, was du da unten neben deinem Fuß auf dem Boden siehst, wird nicht wieder einfach
so verschwinden. Im Gegenteil, es wird immer öfter erscheinen, bei
Tag und bei Nacht, sogar wenn du schläfst. Vor allem, wenn du
schläfst. Es wird dir keine Ruhe mehr lassen, bis du dein Gewissen
erleichtert hast. Ein Geständnis wird Sandra Küppers nicht wieder
lebendig machen, aber sie wird dich danach nicht mehr heimsu-
chen. Hat sie noch gelebt, als du gegangen bist, oder war sie da
schon tot? War es nicht einfach eine Verkettung unglücklicher Umstände? Vielleicht, weil du mal wissen wolltest, wie das so ist – Ta-
bus brechen, Grenzen überwinden, jemand würgen und gewürgt
werden. Eben war es noch geiler Sex, und im nächsten Moment lag
sie reglos auf dem Boden, mit dem Band um den Hals ...«

Mechanisch, Schluck für Schluck, trank der Gefreite den Becher
aus, dann schloss er die Augen. Abrupt ließ er das Kinn auf die
Brust sinken. Larsen wartete gespannt, was er für ein Gesicht haben
würde, wenn er wieder aufsah. Würde es immer noch ablehnend
oder trotzig wirken? Oder unsicher, zerrissen, wie die Gesichter aller, die kurz davorstanden, ein Geständnis abzulegen? »Sollen wir
dir jetzt einen Anwalt holen?«, fragte er leise. »Wäre vielleicht ganz
gut, oder? Vorhin wolltest du ja keinen.«

Der Gefreite begann zu weinen; ein leises Fiepsen entrang sich
seiner Brust. »Ich wollte das doch nicht«, flüsterte er. »Ich wollte
doch nur mal gucken, wie das ist, wenn man gefesselt wird ... oder
jemand fesselt ... und dann Sex hat. Weil die Sina ... die Sina hat
gesagt, sie will das mal haben. Die Frau – das Mädchen – die Sandra
hat mir alles gezeigt, auch wie das ist, wenn man keine Luft kriegt ...
oder nicht genug ... Du bist süß, hat sie gesagt ... Und dann sollte
ich das mit dem Band um ihren Hals machen ... und sie hat gesagt:
fester! Immer wieder hat sie gesagt, fester, fester, fester!, und dann
auf einmal hat sie sich an die Brust gefasst und gezuckt und mit den
Händen in der Luft herumgefuchtelt. Sie hat mich gekratzt. Sogar
die Haare hat sie sich ausgerissen. Ich wollte das Band abmachen,
weil ich gesehen hab, dass sie erstickt ... oder dass was mit ihrem
Herz ist. Aber ich hab's nicht geschafft ... ich habe das verdammte
Band nicht abgekriegt! Sie hat mich nur angestarrt, als sie langsam

erstickt ist.« Ein Schluchzen entfuhr ihm. »Mama, hat sie geflüstert – Mama … Und da hat es plötzlich geklingelt.«

»Es hat geklingelt?«, fragte Lenz.

»Ja. Erst einmal … und dann noch mal. Und da habe ich aufgemacht.«

Larsen und Lenz sahen sich an.

»Der nächste Kunde, habe ich gedacht«, fuhr der Gefreite fort. »Wenn der mich hier oben bei der Leiche findet, bin ich geliefert. Deswegen habe ich aufgemacht, weil ich nicht gewusst hätte, wie ich sonst aus dem Haus kommen soll, ohne dass der mich anstarrt. Als unten die Tür gegangen ist, bin ich aus dem Apartment raus und die Treppe runter, weil ich dachte, der nimmt den Lift. Er hat aber auch die Treppe genommen. Und da habe ich ihn gesehen.«

»Kannst du ihn beschreiben?«, fragte Lenz.

»Ja. Er war ziemlich groß, größer als ich, und er hatte eine Wollmütze auf …«

Plötzlich hatte Larsen das Gefühl, dass die Distanz zwischen ihm und dem Mann, den er tatsächlich jagte, wieder schrumpfte. Du hast doch deinen ersten Fehler gemacht, dachte er.

»Zeig ihm das Phantombild«, sagte er zu Lenz. Dann stand er auf und verließ ohne ein weiteres Wort das Vernehmungszimmer, um allein zu sein.

In seinem Kellerraum setzte er sich an den Tisch und stellte sich den Tod von Sandra Küppers vor, in allen Einzelheiten, so wie der Gefreite ihn beschrieben hatte, Sekunde für Sekunde, bis zu ihrem letzten Wort: Mama. Er tat das, um ihn so weit verarbeiten zu können, dass er ihn fürs Erste beiseitelegen konnte. Er wollte ihn nicht vergessen oder verdrängen. Er wollte nur nicht, dass er ihm im Weg stand und seine Gefühle beeinflusste.

Vier junge Menschen, dachte er: Eine Frau, die wissen wollte, wie sich Sex anfühlte, wenn man gefesselt war. Ein Mann, der noch bei seiner Mutter lebte und zu einer Prostituierten ging, um Bondage-Praktiken zu lernen. Eine Prostituierte, deren letztes Wort, bevor sie starb, ihrer Mutter galt. Und ein anderer junger Mann, der ihre Leiche entstellte, weil er glaubte, die Polizei so irreführen zu können.

Erst als er in seinem Zimmer in der Pension Splendid im Bett lag, und da auch erst, als er schon fast eingeschlafen war, stellte sich aus alldem eine Verbindung her, die so einfach war wie ein Kinderreim: Da ist eine Sina mit einem S und eine Sandra mit einem S, und Sadismus beginnt mit einem S und Symphorosa auch. Ein Mensch stirbt und denkt an seine Mutter, und eine Mutter opfert ihre Söhne, die vielleicht im Moment ihres Todes an ihre Mutter denken und sie vielleicht dafür verfluchen, dass sie von ihr zu Märtyrern gemacht werden. All diese Umstände arbeiteten in Larsens Halbschlaf, wie Zellketten arbeiten, sich teilen und vermehren und neue Ketten bilden. Und auf einmal war er hellwach.

Es ging nicht um den Buchstaben S. Es ging nicht um die heilige Symphorosa oder ihre Söhne oder ihre Namen oder ihre Anzahl. Es ging um einen Sohn, der eine Mutter hatte, und was er tat, hatte seinen Ursprung in dem, was sie getan hatte, irgendwann vor langer Zeit vielleicht.

Als sie ihn zum Märtyrer machte.

40

Robert

Immer wenn er an Sabine dachte, fingen seine Augen an zu brennen. Er wachte morgens auf, und erst war alles noch richtig, aber dann fiel sie ihm ein, und er wusste gerade noch, wo er war, aber mehr auch nicht. Nichts, was in ihm vorging, war mehr so, wie er es kannte. Erst dachte er, das würde vorbeigehen. Dieser Zustand. Doch das tat er nicht. Vielleicht brauche ich Hilfe.

Er betrachtete seine Examensarbeit, das, was davon schon fertig war, und den einen Tag fand er die ersten Absätze gut, aber am nächsten Tag nicht mehr. Sie hieß *Die Bedeutung von Märtyrern für den Glauben*. In einer Fassung hatte er »von Märtyrern« durchgestrichen und durch »des Martyriums« ersetzt. Dann hatte er die Passage abgetippt und dabei wieder die ursprüngliche Formulierung gewählt.

Er holte seine Diagramme und das Tagebuch aus dem Koffer und sah sie an: Monique, Romy, Gina. Er versuchte, sich an sie zu erinnern, an die entscheidenden Momente ihrer Begegnung. Aber ihm fielen nicht einmal mehr ihre Gesichter ein, wie sie aussahen. Die Zahlen und Kurven und die kleinen Messer auf den Zeichnungen – es war, als hätten sie keinerlei Bedeutung. Er konnte sich auch an die Empfindungen nicht mehr erinnern, Lust, Angst, Erfüllung, die Worte waren so tot wie die Frauen.

Das war also alles, was von den letzten Monaten in seinem Leben übrig geblieben war: bunte Striche auf Papier. Und Sabine – noch ein leeres Blatt mit ihrem Namen am oberen Rand, nicht mehr. Trotzdem drehten sich alle seine Gedanken um sie. Sie war wie ein Lichtstrahl, der auf ihn fiel. Er empfand eine Leere, die wie ein Schmerz war, ohne zu wissen, dass es sich um Reue handelte. Dieses Gefühl, das in der Bibel die Sünder befällt.

Ich brauche Hilfe. Ich muss mich ändern, sonst kann sie mich nicht lieben. Ich weiß nicht, wie das geht. Jemand muss mir helfen, allein kann ich das nicht.

Er stellte fest, dass er die Worte mitten in seine Arbeit getippt hatte, und riss das Blatt aus der Maschine und zerfetzte es. Er saß zwei Stunden lang am Küchentisch, nur in seinen Shorts, und bewegte sich nicht. Danach holte er den Wodka aus dem Kühlschrank und trank schnell ein Glas, dann noch eins, etwas langsamer. Er musste die gewohnte Ordnung wiederherstellen. Die Zeitung, wo war die Zeitung? Ach, da, die letzte Ausgabe, drei Tage alt. Er schlug sie auf, suchte nach den Anzeigen, eine davon war ihm ins Auge gefallen, als er Ersatz für Sandra gesucht hatte: Studio Ramona – Neu! Neu! Neu! – Ramona erfüllt deine bizarrsten Wünsche – Ich gehe mit dir auf die dunkle Seite – Der Schmerz so stark, die Luft so dünn, und niemand hört dich schreien – SM total – Ein kleines Schwarz-Weiß-Bild zeigte eine stolze, herrische Frau, die ihn herausfordernd ansah. Du wirst dich hilflos vor mir winden, sagte ihr Blick.

Nein, wenn Sabine das wüsste – was würde sie denken? Sie würde ihn verachten, ihn vielleicht sogar anspucken. Oder schlagen und treten. Und musste er sie dann auch schlagen? Musste er sie quälen, damit sie klein beigab? Der Gedanke erregte ihn, aber das sollte er nicht; das durfte er nicht.

Ich brauche Hilfe.

Doktor Mehltau fiel ihm ein, der Therapeut, zu dem ihn seine Mutter geschleift hatte, als er vierzehn oder fünfzehn gewesen war. Er hatte auf einer mit braunem Cordsamt bezogenen Couch gelegen, was ihm total blöd vorgekommen war, weil er den Arzt in seinem braunen Ledersessel am Kopfende der Couch nicht sehen konnte. Er konnte nur seine Stimme hören, leise und doch tief, so wie er sich die Stimme Gottes vorstellte. Einmal hatte er schnell den Kopf gehoben und sich umgedreht, und da hatte er Mehltau dabei überrascht, wie er an einem Kugelschreiber lutschte. Der Arzt hatte dagesessen, die Beine übereinandergeschlagen, beige Cordhose, hellgrauer Rolli, dunkelrote Strickjacke, und den Kugelschreiber im Mund vor- und zurückgeschoben, rein, raus, rein, raus.

Bestimmt stand er im Telefonbuch, falls er noch praktizierte. Man brauchte ihn bloß anzurufen, einen Termin für eine Sitzung auszumachen, und schon lag man auf der Couch, allerdings auf dem Rücken und ohne Fesseln und Latexanzug.

Ich habe drei Frauen abgeschlachtet, Herr Doktor – bin ich deshalb böse?

Wie hast du die Frauen getötet, Robert?

Ich habe sie totgeschlagen. Ich habe sie erstochen. Ich habe sie mit Gegenständen geschändet.

Was hast du dabei empfunden?

Hass. Wut. Lust.

Hattest du schon früher solche Gefühle?

Ja.

Seit wann?

Schon immer.

Und jetzt sind sie stärker geworden?

Ja.

Kannst du mir mehr darüber erzählen?

Ich sehe eine Frau auf der Straße, und wenn sie mir geeignet erscheint, gehe ich ihr nach und stelle mir vor, wie es wäre, sie zu quälen und zu töten und zu verstümmeln wie die Frauen in den Filmen – also, in manchen Filmen.

Diese Vorstellung erregt dich?

Ja.

Stellst du dir vor, sie zu vergewaltigen?

Ja, aber meistens kann ich das dann nicht. Also, wenn es so weit ist. Ich kriege dann keinen hoch. Erst wenn ich wieder zu Hause bin, wenn ich mich daran erinnere, dann werde ich richtig steif.

Du befriedigst dich dann selbst?

Ja.

Fantasien können uns manchmal so real erscheinen, als wären sie tatsächlich passiert. Das ist ganz normal, Robert.

Aber ich erfinde das nicht. Die Frauen, die ich getötet habe, hießen Monique, Romy und Gina, davon müssen Sie doch gelesen haben – die Prostituiertenmorde, in der Zeitung.

Offensichtlich hast du auch davon gelesen, und dann hast du dir das alles in Gedanken ausgemalt, so was passiert immer wieder. Du hast dich mit dem wirklichen Mörder identifiziert und –

Ich kann Ihnen genau beschreiben, wie ich es getan habe!

Natürlich kannst du das, Robert. Aber sprechen wir erst mal über deine Mutter oder, wenn dir das lieber ist, über deine Freundin. Du hast doch eine Freundin?

Ja, aber die fickt mit einem anderen.

Robert stellte sich ihre Unterhaltung vor und dachte: Er glaubt mir nicht. Er weiß nicht, dass ich es wirklich getan habe. Aber wenn er mir doch glaubt, muss er dann nicht die Polizei informieren? Was ist, wenn er sich nicht an die Schweigepflicht hält? Ich könnte ihn anrufen, ihm erzählen, dass ich Hilfe brauche, ohne meinen Namen zu nennen. Verpflichtet ihn sein Eid nicht dazu, mir trotzdem zu helfen?

Oder ich schreibe es auf und schicke es ihm, und dann frage ich ihn nach seiner Meinung dazu. Ich schicke ihm alles, was ich schon in mein Tagebuch geschrieben habe, und lege die Diagramme dazu, und dann frage ich ihn: Können Sie mir helfen, Herr Doktor?

Wird Gott mir vergeben?

Wenn Sie mir nicht helfen, werde ich weitertöten! Ich will das nicht, aber sobald es anfängt, kann ich nichts mehr dagegen tun. Es wird stärker und stärker und –

Keine Sorge, Robert, niemand wird davon erfahren. Wir sollten uns noch diese Woche sehen. Ginge es bei dir am Donnerstag, um 17:30 Uhr? Dann reden wir auch über deine Mutter und darüber, was deine Fantasie-Morde mit deinem Theologiestudium zu tun haben; damit, dass du es abgebrochen hast. Und jetzt betest du zur Buße erst mal zwölf Vaterunser, zwölf Ave-Maria und hinterher noch zehnmal den Schmerzensreichen Rosenkranz.

Robert holte das Telefonbuch und schlug es bei M auf. Da war er schon, Dr. Frederick Mehltau, Privatpraxis für Psychotherapie und Psychoanalyse. Er schrieb die Telefonnummer auf denselben Zettel wie die vom Studio Ramona. Dann legte er das Buch wieder zurück auf seinen Platz neben dem Apparat und überlegte, ob Sabine es gut finden würde, wenn er zuerst zu einem Therapeuten ging statt gleich zu ihr. Warum bist du nicht zu mir gekommen, Robert, du Dummer, ich hätte dir doch auch geholfen.

Gott sieht alles. Überrascht es ihn manchmal?

Wenn ER mit mir sprechen könnte, würde er sagen: Du warst nicht immer so? Oder würde er sagen: Du warst schon immer so, ich habe dich so gemacht?

Robert legte den Karoblock und die Diagramme wieder in den Koffer und nahm die Schreibkladde heraus. Er stellte sich Dr. Mehltau vor, wie er an seinem Kugelschreiber lutschte, rein, raus, rein raus, und alles las, was in dem Heft stand.

Ich fange damit an, wie es war, als ich noch kurze Hosen trug. Als ich ein Kind war. Meine Mutter war sehr streng. Wenn ich einen Fehler machte, wurde ich bestraft. Zum Beispiel, wenn ich krank war oder es mir einfach nur so schlecht ging. Sie redete dann nicht mehr mit mir, manchmal tagelang. Einmal sogar wochenlang, da hat sie mit ihrem Schweigen nicht nur mich bestraft, sondern auch meinen Vater gleich mit. Oder ich bekam nichts zu essen oder zu trinken. Und oft wusste ich auch nicht, wofür ich bestraft wurde, weil ich die Regeln, die bei uns zu Hause herrschten, gar nicht alle kannte. Niemand hatte sie mir richtig erklärt.

Mein Vater konnte nichts dagegen tun, weil meine Mutter ihn auch kleingemacht hatte und immer weiter kleinhielt. Wenn sie mich geschlagen hat, manchmal mit dem Schaft ihrer Stiefel, hat er immer weggeschaut. Er sagte nie etwas, wenn ich bestraft wurde. Er ging dann in die Schule oder in sein Arbeitszimmer. Abends musste ich früh ins Bett, weil da meine Mutter wegging. Es machte mir nichts aus, früh ins Bett zu gehen, weil ich dann nicht sehen musste, wie mein Vater noch kleiner wurde, jedes Mal, wenn die Tür hinter ihr zufiel und draußen jemand lachte.

Als ich in die Schule kam, lernte ich Mädchen kennen, die genauso waren wie meine Mutter. Die wollte ich alle töten. Einmal habe ich aus Draht eine Schlinge gebastelt, die ich ihnen um den Hals legen wollte und dann zuziehen, immer fester. Das habe ich aber nicht getan. Manchmal denke ich, dass man zwar von zu Hause ausziehen kann, weg von seinen Eltern, aber dass man sie trotzdem immer mitnimmt, besonders die Mutter. Einmal, mit neunzehn, war ich in einem Puff, das war mein erster Geschlechtsverkehr. Sogar da musste ich an meine Mutter denken. Die Männer, die sie abends abholten, nannten sie Susi.

Ich war später noch ein paarmal im Puff, wenn ich Geld hatte, aber eigentlich wollte ich nicht dafür bezahlen, auch wenn es sich ganz schön anfühlte. Die 100 oder 200 Mark war es jedenfalls nicht wert, dachte ich hinterher jedes Mal. Manchmal dachte ich sogar, eigentlich müssten die mich bezahlen.

Ich muss noch mal auf die Regeln zu Hause zurückkommen. Die meisten waren unausgesprochen oder nicht genau festgelegt. Ich musste mich reinleben, weil ich nur am Verhalten meiner Mutter merkte, wenn ich wieder gegen eine verstoßen hatte. Manchmal habe ich mir den Verstoß auch nur eingebildet, und dann habe ich mich selbst bestraft, um es mir zu merken. Am besten war es jedenfalls, gar nicht erst aufzufallen. Oder so wenig wie möglich. Und auch nicht zu widersprechen, weil man damit erst recht auffällt.

Ich hatte ja keine Geschwister, die mir mal was abnehmen konnten. Oder mit denen ich spielen konnte. Ich weiß noch, dass Sie mich damals gefragt haben, ob ich denn keine Freunde gehabt hätte. Als Antwort muss ich leider sagen: nein. In der Gegend, in der wir wohnten, spielten die Kinder nicht auf der Straße. Ich wollte aber nicht allein draußen sein, und deswegen habe ich immer am Fenster gesessen und rausgeschaut, ob aus den Nachbarhäusern ein Kind kommt, mit dem ich spielen könnte. Es kam aber nur sehr selten eins raus. Ich habe mir dann einfach ausgemalt, wie wir spielen. Ich habe mir immer sehr viel ausgedacht.

Einmal stellte ich mir vor, wie wir Plastikritter verbrennen, das andere Kind und ich. Und wo wir das am besten machen, damit wir nicht erwischt werden. Wir hatten ja einen Kohleofen mit einer Glasscheibe, und wenn die Flammen dahinter loderten, habe ich immer gern meine Plastikfiguren gegen die Scheibe gedrückt. Das gab dann einen Mordsgestank, als sie geschmolzen sind, und meine Mutter hat wieder nicht mit mir geredet. Da fällt mir ein, dass ich eigentlich als Kind sehr gern Sachen kaputt gemacht habe, auch später dann in der Schule, so mit zwölf.

Ich war deswegen immer ein Außenseiter. Ich habe mich auch nie gemeldet, um nicht aufzufallen. Oder wenn mich ein anderes Kind geärgert hat, dann habe ich mich nicht richtig gewehrt, so mit Worten, meine ich. Ich habe das in mich hineingefressen, und in meiner

Fantasie habe ich mich dann gerächt, indem ich das Kind gequält habe – gefesselt oder so –, bis es geweint und mich um Verzeihung gebeten hat. Ich habe aber nicht aufgehört.

Bevor Sie sich das jetzt fragen: Ja, ich habe mich in Gedanken auch sexuell an ihnen vergangen, vor allem an den Mädchen, obwohl ich noch gar nicht wusste, was Sexualität genau ist. Ich war ja viel zu klein, um was von Geschlechtsorganen oder Sex zu verstehen. Das meiste hatte ich aus Filmen. Ich habe sie gefesselt und in einen Graben neben dem Schulweg gelegt und dann da liegen lassen. Oder sie mussten machen, was ich wollte. Es hat mich damals aber noch nicht erregt. Dass Gewalt mich richtig erregt hat, also sexuell erregt, das kam erst später, so mit siebzehn oder achtzehn. Da habe ich dann auch entsprechende Filme angesehen.

Zu dem Zeitpunkt merkte ich, dass ich Menschen – besonders Frauen – Angst machen kann. Das hat mir gut gefallen. Es ging allerdings immer schnell wieder vorbei.

Wenn ich mir das jetzt alles noch einmal vorstelle, dann habe ich mir manchmal das Unrecht wohl auch nur eingebildet, also das, was die anderen Kinder mir angetan hatten. Ich war immer schnell beleidigt und wollte mit niemand mehr etwas zu tun haben, der sich mir gegenüber falsch benommen hatte. Das war meine ganze Kindheit über so. Später habe ich angefangen, immer etwas zu trinken, bevor ich unter Menschen gegangen bin, das war so eine Art Schutz, eine Mauer, hinter der ich mich verstecken konnte.

Vor ein paar Jahren hatte ich dann meine erste richtige Freundin, also eine, mit der ich nicht nur rumgefummelt habe, sondern mit der ich auch schlafen durfte. Es hat aber nicht lange gehalten, weil ich ziemlich ungeschickt war und auch nicht immer einen hochgekriegt habe, aus Angst, was falsch zu machen. Sie hat mich dann wegen einem anderen verlassen. Danach lief eine Zeit lang gar nichts, bis ich die Mariona kennenlernte. Das war dann eine richtige Traumfrau, mit der alles möglich war, jedenfalls am Anfang – Kuscheln, Küssen, Sex in allen Variationen. Damals hatte sie auch noch nichts gegen Schweiß und das ganze andere Klebrige beim Sex.

Inzwischen ist das eher wie ein Albtraum, diese ganze Beziehung mit Mariona, als hätte ich gar keinen eigenen Willen mehr. Ich habe nur noch Angst, sie zu verlieren, und lasse mir alles gefallen – Ohrfeigen in der Öffentlichkeit, Beschimpfungen, Erniedrigungen jeglicher Art. Aber ohne sie ist es, als hätte ich überhaupt kein Leben oder wäre ganz einfach lebensunfähig. Am liebsten würde ich sie umbringen.

Ich muss jetzt vielleicht noch etwas über meine Gefühle schreiben. Nicht über die von damals, die kann ich irgendwie nicht mehr wiederfinden. Wenn ich mich daran erinnere, dann ist das, als hätte ich alles in einem Buch gelesen oder in einem alten Super-8-Urlaubsfilm gesehen. Auch gerade ist es so, als würde ich über ein Buch oder einen Film schreiben und nicht über mich. Ich weiß nicht, wo die Gefühle, die ich früher hatte, geblieben sind. Trotzdem kann ich die Erinnerungen manchmal kaum aushalten. Ich verfalle dann in eine Lethargie und werde so müde, dass ich schlafen muss.

Wenn ich wieder aufwache, bin ich immer ziemlich zerschlagen. Alles, was ich in solchen Momenten noch fühle, sind Wut und Hass auf die ganze Welt, vor allem aber auf Frauen, und ich fange an zu fantasieren, überlege, was ich alles gern mit ihnen machen würde. Ich bin nämlich nicht so wie mein Vater; ich halte nicht die andere Wange hin. Von mir kriegen die Huren, was sie verdienen. Ich glaube manchmal, ich bin zwei Menschen: Der eine will töten und hat Spaß daran, und der andere will es nicht und verabscheut es. Das Geld hätte ich mir jedenfalls bestimmt auch anders beschaffen können.

Sie haben mir ja damals geraten, ich sollte Zeichnungen von meinen Gefühlen machen, also, Diagramme meiner Ziele und den Weg dorthin, in welchem Verhältnis die stehen. Was ich tue, um sie zu erreichen, und wie es mir dabei geht. Das mache ich seit einiger Zeit. Ich wollte sie Ihnen eigentlich beilegen, aber das tue ich jetzt lieber nicht, weil Sie erst mal so über alles nachdenken sollen. Danach können Sie mir vielleicht sagen, ob ich schon immer so war oder ob ich erst so geworden bin. Ach, übrigens, das mit den ermordeten Prostituierten – ich weiß, Sie haben gesagt, dass Sie der Schweigepflicht unterliegen, aber das ist gar nicht nötig. Ich habe das nämlich alles nur erfunden, um mich interessant zu machen. Ich dachte, Sie wollen das vielleicht hören. Nichts davon ist wirklich passiert.

Wenn wir uns treffen, kann ich Ihnen aber noch mehr von meiner Mutter erzählen und von einer Heiligen, auf die ich während meines

Studiums gestoßen bin, einer Märtyrerin im alten Rom. Vielleicht schauen Sie bis dahin schon einmal in der Bibel nach, diese Stelle: Und wenn ich meinen Leib hingebe zum Verbrennen, habe aber die Liebe nicht, so nutzt es mir nicht. Jedenfalls, deswegen habe ich das Studium abgebrochen, weil ich das alles nicht mehr hören konnte, das ganze Bibelzeug. Ich wollte meinen Leib nie hingeben – und die Seele auch nicht.

41

Erschöpft und gleichzeitig hellwach, wie aufgeputscht, klappte Robert die Kladde zu. Er stellte fest, dass er beim Schreiben fast eine ganze Flasche Wodka getrunken hatte. Er legte die Kladde in den Koffer zu den Diagrammen und dem Schwert, sperrte ihn wieder ab und versteckte den Schlüssel. Dann nahm er das Telefon mit ins Schlafzimmer und wählte die Nummer von Ramona. Sie kam auch schnell ans Telefon, wie sich das gehörte. Er nannte sich wieder Konrad. Sie sagte: »Willst du mit mir auf die dunkle Seite kommen?«

Da bin ich schon, dachte er, sagte aber, Jj, das wolle er. Sie sagte, er könnte sie sofort besuchen, sie warte schon auf ihn. Das gefiel ihm. Doch als sie ihm ihre Adresse nannte, zögerte er. Ihr Studio lag gefährlich nah an den Häusern, in denen er in den letzten Monaten schon einmal gewesen war. Er war groß, eine auffallende Erscheinung, vielleicht erinnerte sich jemand an ihn. Allerdings hatte die Dunkelheit schon eingesetzt, und wenn er schnell und etwas geduckt ging, fiel er bestimmt niemand auf.

Eine Dreiviertelstunde später stand er vor dem Haus, dessen Nummer Ramona ihm genannt hatte. Die Bürgersteige rechts und links der schmalen Straße waren leer. Es fuhren auch keine Autos langsam vorbei. Nichts erregte seinen Verdacht. Er war jetzt wieder nur ein Mensch, nicht mehr zwei. Er drückte den Klingelknopf neben dem tatsächlich neu aussehenden Schild STUDIO RAMONA. Nach wenigen Sekunden knackte die Sprechanlage. »Hallo?«

»Konrad.«

»Komm rauf. Dritter Stock links vom Fahrstuhl.«

Er drückte die Tür auf und schlug wie immer den Weg über die Treppe ein, ohne das Licht anzuschalten. Am ersten Absatz ging das Licht von selbst an. Er hielt einen Moment inne, überlegte, ob das etwas zu bedeuten hatte. Er hörte nichts: keine Musik, keine Stimmen, der Lift stand. Probeweise rief er: »Hallo?«

Keine Antwort. Keine Tür, die geöffnet wurde; keine Frau, die rief: Hier oben – dritter Stock, das hab ich doch gesagt!

Er merkte, wie sein Herz schneller schlug und sich die Haut auf seinem Rücken zusammenzog. Wäre er ein Tier gewesen, ein Fuchs vielleicht, hätte sich wahrscheinlich sein Fell gesträubt. Und genau wie so ein Scheißfuchs konnte er sich nicht sofort von der Aussicht auf die schon sicher geglaubte Beute verabschieden. Er sollte kehrtmachen und die Treppe hinunterfliehen, aber er harrte weiter aus, mit gespitzten Ohren, und lauschte. Die Stille war unnatürlich, als hielte das ganze Haus den Atem an.

Das Licht erlosch wieder, und diesmal blieb es auch aus. Stattdessen hörte er – oder glaubte er das nur? – weiter oben ein Flüstern, eine Männerstimme und eine andere Männerstimme, die ebenfalls flüsterte. Etwas raschelte, als riebe sich grober Stoff an grobem Stoff; ein leises Klirren folgte. Sein Herz raste inzwischen, es hämmerte in seinem ganzen Körper. Er legte den Kopf in den Nacken und spähte nach oben. Eine Tür ging auf, und eine Frauenstimme sagte laut: »Hallo? Konrad?«

Fast im selben Moment sprang die Treppenbeleuchtung wieder an. Im dritten Stock erschien ein Kopf über dem Geländer – eine junge Frau, stark geschminkt, kastanienbraunes Haar, straff zurückgebunden. Gerade wollte Robert ins Licht treten, damit sie ihn sehen konnte, als die Frau einen Blick hinter sich warf und mit den Schultern zuckte. Als wäre da noch jemand, mit dem sie die wortlose Verständigung suchte. Hastig presste er sich gegen die Fensterwand. Jetzt schlug sein Herz nicht mehr, es blieb einfach stehen, eine, zwei, drei, vier Sekunden lang.

Eine Falle.

Die Nutte hatte ihm eine Falle gestellt oder die Polizei oder alle zusammen. Er hielt den Atem an, bis auf einmal sein Herz wieder schlug, und dann lief er die Treppe hinunter, die paar Stufen bis zur Haustür, nicht einmal auf Zehenspitzen, nur weg! Er hörte, wie die Frau rief: »Im Treppenhaus! Er haut ab!« Dann schallten weitere Tritte auf den Stufen, mindestens zwei Männer, die ihn verfolgten. Jemand rief: »Halt, stehen bleiben! Polizei!«

Aber er blieb nicht stehen. Sabine hätte so was nicht getan, dachte er noch. Keuchend nahm er den letzten Absatz, dann riss er die Tür auf und stürzte ins Freie. Und rannte.

42

Larsen

Die Eltern von Sandra Küppers waren schon da, als Larsen am Morgen ins Präsidium kam. Sie saßen gleich neben der Tür zu seinem Büro auf der Holzbank im Flur, und bei seinem Anblick stand der Mann auf und fragte: »Sind Sie Hauptkommissar Larsen?«

Larsen nickte. »Ja.«

»Ich bin Heiner Küppers. Das ist meine Frau Doris. Sandra war unsere Tochter.« Die Frau stand ebenfalls auf und nickte. Niemand hatte Larsen gesagt, dass sie auf ihn warteten, und es war auch niemand da, der sie ihm abnehmen konnte. »Bitte, kommen Sie in mein Büro«, sagte er, öffnete die Tür und ging voran. »Setzen Sie sich. Möchten Sie einen Kaffee?«

»Nein, wir möchten nichts«, sagte der Mann. Er sah seine Frau an, die bestätigend nickte. Keiner von beiden setzte sich hin. Sie sahen blass und müde aus, als hätten sie in den letzten Tagen und Nächten kaum geschlafen, während sie im Zeitraffer gealtert waren. Die Kleider, die sie anhatten, waren allerdings schon lange vorher gealtert – der Hut des Mannes, der ebenso in die 50er-Jahre zu gehören schien wie sein gürtelloser grauer Tweedmantel und der beige Lamahaarmantel der Frau. Beide trugen eine Brille mit dickem schwarzem Rahmen. »Wir sind hier, um Ihnen zu sagen, dass wir Ihnen keine Schuld am Tod unserer Tochter geben«, sagte der Mann.

Larsen nickte wieder, weil er nicht wusste, was er darauf antworten sollte.

»Aber vielleicht können Sie uns sagen, ob es unsere Schuld ist«, fuhr die Frau fort. Auch ihre Stimmen waren blass und müde. Sie hatten beide gerötete Augen, doch nur die Frau zitterte. Sie zitterte so sehr, dass der Mann nach ihrem Arm griff und ihn festhielt. »Sie meint, dass Sandra tot ist«, ergänzte er.

»Das weiß ich nicht«, erklärte Larsen wahrheitsgemäß. »Ich kenne Sie nicht, und ich kannte auch Ihre Tochter nicht, als sie noch lebte. Aber erfahrungsgemäß gibt es immer mehrere Ursachen, aus denen ein Mensch wird, was er ist.« Und aus denen er umgebracht wird, ergänzte er in Gedanken.

Der Mann leckte sich über die Unterlippe und verzog das Gesicht, als hätte er Citrussäure geschmeckt. »Sie meinen, wenn sie keine – keine – wenn sie das nicht getan hätte, was sie getan hat, wäre sie nicht ermordet worden?«

»Vielleicht«, bestätigte Larsen. »Aber natürlich werden nicht alle Prostituierten ermordet. Ihre Tochter ist ein Zufallsopfer gewesen, inwieweit Sie eine Mitschuld daran tragen, dass sie diesen Beruf überhaupt ausgeübt hat, müssen Sie sich selbst fragen.«

»Wir haben ihr immer alles gegeben, was sie haben wollte«, sagte die Frau in einem Tonfall, als müsste sie sich verteidigen. »Und manchmal sogar mehr.«

»Vielleicht war das zu viel«, meinte Larsen.

»Ja, das habe ich auch immer gesagt.« Der Mann nickte und ließ die Hand seiner Frau los, denn sie hatte aufgehört zu zittern. Er zog ein zerknülltes Stofftaschentuch aus der Manteltasche und wischte sich die Nase ab. Den Hut behielt er weiter auf. »Es ist ihr bei uns immer zu gut gegangen.«

»Aber sie hat uns nicht die Wahrheit gesagt«, warf die Frau ein. »Sie hat uns oft belogen. Eltern sein ist nicht leicht. Können Sie uns sagen, was wir anstellen müssen, damit unsere Kinder aufhören, uns zu belügen?«

»Selbst die Wahrheit sagen«, schlug Larsen vor.

»Haben Sie den Mörder schon gefunden?«, fragte Sandras Vater. »Das ist doch derselbe, der auch die ganzen anderen Frauen umgebracht hat, oder?«

»Darüber darf ich Ihnen im Moment keine Auskunft geben«, antwortete Larsen. »Wir verfolgen einige vielversprechende Spuren, und natürlich werden Sie von uns benachrichtigt, sobald der Täter gefasst ist. In der Zwischenzeit …« Er ging zu seinem Schreibtisch, zog die zweite Schublade auf und holte ein schlichtes weißes Kärtchen heraus. »Das ist die Telefonnummer eines psychologischen Dienstes, der den Angehörigen der Opfer von Gewalttaten zur Seite steht. Vielleicht fühlen Sie sich weniger allein, wenn Sie –«

»Wir fühlen uns schon sehr lange allein«, sagte der Mann. »Wir sind daran gewöhnt.«

»Mehr kann ich leider im Augenblick nicht für Sie tun«, sagte Larsen und hoffte, dass seine Stimme nicht teilnahmslos klang.

»Trotzdem danke – danke, dass Sie sich die Zeit für uns genommen haben«, sagte Sandras Vater. »Man erlebt ja heutzutage kaum noch Anteilnahme, nur Unrast und Ungeduld. Und Zorn – so viel Zorn … Kein Wunder, dass die Menschen inzwischen sogar Liebe kaufen und verkaufen.«

»Komm, Heiner«, sagte die Frau. »Wir haben noch einen weiten Weg.« Sie hielt ihre Handtasche aus Kroko-Imitat mit beiden Händen umklammert, wie um hier nichts berühren zu müssen. »Wir kommen aus Buxtehude und haben die Nacht in einem Hotel verbracht. Wir dachten, wir könnten den Ort sehen, wo es – wo sie gearbeitet hat – aber die Tür war versiegelt. Man hat uns gesagt, wir würden Bescheid erhalten, sobald ihre Sachen freigegeben werden.«

»Ja, das ist die übliche Verfahrensweise«, sagte Larsen.

Das Schicksal von Sandra Küppers und ihren Eltern verlangte und verdiente Anteilnahme, wie es das von allen Opfern und allen Hinterbliebenen tat. Doch für Anteilnahme, die über Worte hinausging, hatte er jetzt schlichtweg keine Zeit. Seit Stunden beschäftigte er sich in Gedanken mit dem Anruf, den er in der vergangenen Nacht von Maria erhalten hatte: Er war da, hatte sie aufgeregt gesagt, der Serienmörder! Er muss es gewesen sein. Wir haben eine Stunde vorher telefoniert. Er hat gesagt, was er will, und es passte genau in das Profil, das Sie von ihm erstellt haben. Er hat sich Konrad genannt. Er hat unten geklingelt und seinen Namen gesagt, aber dann ist er nicht heraufgekommen. Bestimmt hat er die Falle gewittert.

Maria hatte zwar sofort eine Nahbereichsfahndung einleiten lassen, die allerdings ergebnislos verlaufen war. Damit standen sie vor einer neuen Situation: Der Gesuchte war jetzt gewarnt, und sie mussten damit rechnen, dass er nicht mehr zu den Prostituierten in die Apartments ging, sondern ihnen nach Hause folgte oder auf der Straße auflauerte. Oder er wich in die Vororte aus, vielleicht sogar in eine andere Stadt. In Amerika, das wusste Larsen vom FBI, waren Serienmörder manchmal durch das ganze Land gereist und hatten in mehreren Staaten die Leichen von getöteten Frauen, Kindern und Männern hinterlassen. Gott bewahre uns davor, dachte er.

Er blickte Sandras Eltern hinterher, wie sie mit ihrer unsichtbaren Bürde den Gang zum Fahrstuhl hinunterschritten, bis sie aus seinem Blickfeld verschwunden waren. Dann füllte er Wasser in die Kaffeemaschine und schaltete sie ein, bevor er die Theologische Fakultät der Uni Bremen anrief. »Der Mörder hinterlässt ein Bild der heiligen Symphorosa am Tatort?«, fragte der Dozent, mit dem er nach einigen Minuten verbunden wurde, und er wirkte noch immer erstaunt, als Larsen ihm anderthalb Stunden später in seinem Büro gegenübersaß. »Warum tut er das? Warum gerade die?«

»Ich hatte gehofft, das könnten Sie mir sagen.«

Professor Sander, ein schlanker Mann in einem gut sitzenden, aber etwas abgetragenen Flanellanzug, schüttelte den Kopf. »So etwas gehört eigentlich nicht zu den Religionswissenschaften, wie wir sie hier in Bremen verstehen und behandeln. Mir fiele kein Bereich ein, an den ich Sie in dieser Sache verweisen könnte.«

Larsen holte das laminierte Bild aus seiner Brieftasche und reichte es dem Professor. »Vielleicht könnten Sie trotzdem einen Blick darauf werfen. Wir haben schon mit einem Vertreter des Erzbistums gesprochen, aber dort hat man uns an Sie verwiesen. Wir denken, dass der Täter vielleicht ein Student oder ein ehemaliger Graduierter Ihrer Fakultät –«

Larsen hielt überrascht inne, denn er merkte, dass er einen Gedanken aussprach, der ihm eben erst gekommen war – nicht wir denken, ich denke gerade.

Der Dozent warf nur einen Blick auf das Bild, dann schüttelte er wieder den Kopf, etwas bedächtiger diesmal. »Wenn Ihnen bei uns überhaupt jemand helfen kann, dann ist es die Bibliothek. Unsere Frau Leiningen dort besitzt so etwas wie eine enzyklopädische Kenntnis aller Heiligendarstellungen und der Bücher, in denen sie wiedergegeben oder erörtert werden. Vielleicht haben Sie ja Glück, und Ihr Täter hat das entsprechende Buch einmal ausgeliehen und dabei seinen Ausweis vorgelegt. Allerdings«, er beugte sich vor, schlug einen Kalender auf und blätterte eine Seite um, »ist Frau Dr. Leiningen für einige Tage verreist und wird erst Mittwoch wieder an ihrem Arbeitsplatz sein.«

Drei Tage, dachte Larsen, das ist lang. Einen Moment war es, als könnte er sehen, wie die Distanz zwischen ihm und dem Täter erneut größer wurde. Fast konnte er die schnellen, hechelnden Atemstöße hören, seine und die des anderen, dessen gesichtslose Silhouette weit vor ihm am Horizont zu verschwinden drohte. »Könnten Sie mir bitte die Adresse von Frau Dr. Leiningen geben«, fragte er, »oder ihre Telefonnummer?«

»Bedaure, wir geben private Informationen über unseren Stab grundsätzlich nicht heraus. Außerdem würden sie Ihnen nichts nützen, weil Frau Dr. Leiningen sich irgendwo in Österreich aufhält. Und bevor Sie fragen – nein, sie hat kein Mobiltelefon.«

Larsen steckte das Bild wieder ein und stand auf. »Und wenn es einen Notfall gäbe? Sie müssen sie dann doch irgendwie erreichen können.«

Der Dozent schob seinen Stuhl zurück und erhob sich ebenfalls. »Was sollte das für ein Notfall sein? Frau Dr. Leiningen hat keine Familie und – soweit ich weiß – auch keine Haustiere.«

»Und Gott der Herr ernährt sie doch«, murmelte Larsen. »Danke für Ihre Zeit, Herr Professor.«

»Gerne.« Sie schüttelten sich die Hände. Als Larsen das Büro verließ, fiel sein Blick durch die Fenster des Korridors auf das graue Universitätsgelände, auf dessen Wegen junge Frauen und Männer ihren verschiedenen Zielen entgegenstrebten. Er fragte sich, ob der Mann, den er jagte, wohl tatsächlich einmal einer von ihnen gewesen war. Und dann fragte er sich, ob sich vielleicht jetzt gerade einer unter ihnen bewegte, der eines Tages einen ähnlichen Weg einschlagen würde, auf dem nichts zu Gott führte, sondern an einen düsteren, ausweglosen Ort, fernab von jeglichem Licht.

Sein Handy summte. Kristin. Er meldete sich. »Du fehlst mir«, sagte er; es rutschte ihm einfach so raus.

»Nicht sehr fair«, sagte Kristin. »Aber ja, du fehlst mir auch. Andererseits – wer sollte schon in den Puppenzimmern der Pension Splendid absteigen, wer, wenn nicht du?«

»Ja, wer, wenn nicht ich, wann, wenn nicht jetzt?«, stimmte er ein. »Was hast du auf dem Herzen?«

»Nichts besonders Schweres. Ich werde nur heute Abend nicht zu Hause sein, falls du mich anrufen solltest.«

Er verspürte einen winzigen Stich in der Herzgegend. »Ein junger, schwarz gelockter Schriftsteller aus Florenz, dem du bei einem Empfang als Übersetzerin dienen sollst, bevor du dir mit ihm die Nacht um die Ohren schlägst?«

»Eine junge Malerin, die ihre erste Ausstellung hat. Angeblich ein großes Talent mit einer strahlenden Zukunft, das hat mir jedenfalls der Galerist versichert. Na ja, mal sehen. Die Galerie heißt Artefacts, falls du später noch vorbeischauen willst.«

»Das werde ich wohl nicht schaffen, leider. Mein Mörder ist seit gestern wieder auf Opfersuche. Wir haben ihm eine Falle gestellt, die er aber gewittert hat. Ich glaube allerdings, dass wir langsam in die Zielgerade kommen.«

»Dann sei bitte vorsichtig, ja?«

»Er tötet nur Frauen.«

»Wer hat denn eben mit einem Zitat von Jeanne d'Arc geantwortet?«

Fast konnte er sie schmunzeln hören, als er sagte: »Ist trotzdem noch genug Testosteron übrig, um nicht ins Beuteschema eines Prostituiertenmörders zu fallen.«

»Und mit jeder Nacht, die du nicht zu Hause verbringst, wird es hoffentlich mehr.« Sie schmunzelte, ja, ganz eindeutig, er konnte sie schmunzeln hören. »Ciao, bello.«

»Ciao, bella.«

43

Robert

Das Haus, in dem Sabine wohnte, war anders. Es war neu und schön, nicht so schäbig wie die, in die Robert sonst eindrang. Der Eingang war gut gesichert, es war sogar ein Kameraauge über den Klingelknöpfen installiert. Auch in die Tiefgarage kam man nur schwer rein, weil nicht so viele Leute in dem Haus wohnten. Manche Wohnungen sahen sogar aus, als stünden sie noch leer. Nachts blieben viele Fenster die ganze Zeit dunkel.

Es gab hier keinen öffentlichen Park in der Nähe, in dem man auf einer Bank sitzen und das Gebäude unbemerkt beobachten konnte. Man musste ständig in Bewegung bleiben, wie das angeblich Haie taten. Anfangs ging Robert mit leeren Händen um das Haus herum. Später führte er dann stets eine große Supermarkttüte mit sich, in der sich eine Flasche Wodka befand und natürlich alles, was er sonst vielleicht noch benötigte: mehrere Messer, die Gasmaske, der Latexanzug, Handschellen, Fixierbänder, Watte, ein Fläschchen mit Poppers. Doch das war erst viel später, nach der Vernissage.

In der Zeit davor strich er immer wieder um die Wohnanlage herum, zu verschiedenen Zeiten, in wechselnden Entfernungen, um herauszufinden, wann die Bewohner kamen und gingen, wer zu welcher Wohnung gehörte, wer ein Auto besaß und auf welchem Platz in der Garage er es abstellte. Manchmal sah er Sabines gelben Mini Cooper die Rampe heraufkommen oder hinunterfahren, dann wandte er sich schnell ab oder duckte sich hinter einen Müllcontainer, damit sie ihn nicht bemerkte. Er wollte nicht, dass sie dachte, er spioniere ihr nach.

Sobald sie das Garagentor mit der Fernbedienung geöffnet hatte und in ihrem Wagen die Rampe hinuntergerollt war, wartete er so lange, bis in einem der Stockwerke die Fenster hell wurden, sodass er wusste, in welcher Wohnung sie lebte. Sie hatte noch keine Vorhänge, nur Rollos, die sie aber selten herunterließ. Unbefangen bewegte sie sich hinter den Fenstern, ging vorbei, blieb stehen, ging weiter. Es gab Abende, an denen nur ihre Fenster erleuchtet waren, während alle anderen dunkel blieben. Bald werde ich auch dort oben sein, bei ihr, dachte Robert und genoss das Gefühl, etwas über ihr Leben zu wissen, das sie sich noch gar nicht vorstellen konnte.

Es war nicht besonders schwer gewesen, Sabines Adresse herauszufinden. Sie stand noch nicht im Telefonbuch, aber die Auskunft hatte ihm bereitwillig ihre Nummer und die dazugehörige Straße genannt. Einmal, zwei oder drei Abende vor der Ausstellungseröffnung, kauerte er hinter einem der großen Müllcontainer und dachte daran, wie alles mit Mariona begonnen hatte. Wie schön es sich am Anfang angefühlt hatte, bevor es dann nach und nach den Bach runtergegangen war, und dass er die gleichen Fehler nicht noch einmal machen durfte. Das Ende stand fest, aber wie sollte der Anfang aussehen, und wie lange sollte er dauern?

Wir könnten ins Kino gehen, dachte er, so wie Robert De Niro und Jodie Foster in *Taxi Driver*. Bloß dass wir uns keinen Porno angucken, sondern einen richtigen Film, was für Frauen, mit Pferden oder so. Sabi ist ja keine Nutte wie das Mädchen im Film, sondern eine Künstlerin. Ich gehe zu ihrer Vernissage, und wir reden über ihre Bilder oder über was anderes, und dann lade ich sie ins Kino ein, am besten in eine Spätvorstellung.

Mit einem tiefen Summton öffnete sich das Tor der Tiefgarage, und Scheinwerferkegel fegten über den Beton der Auffahrt. Ein Röhren, dann erschien ein silbergrauer Porsche in Roberts Blickfeld und fuhr schnell auf der Uferstraße davon. Robert sprang auf und sprintete auf das geöffnete Tor zu. Er schaffte es, dort zu sein und unter dem massiven Eisenflügel durchzuschlüpfen, bevor es sich wieder schloss. Das Innere der Garage war feucht, aber nicht so kalt wie die nasse Luft draußen am Hafenbecken. Unterschiedlich helle Leuchtstoffröhren an der Decke spendeten ein milchiges Licht, das sich in vereinzelten Ölflecken auf dem Betonboden spiegelte. Die meisten der mit Ziffern und Zahlen gekennzeichneten Stellplätze standen leer; auch Sabines gelber Morris Mini Cooper war nirgendwo zu sehen.

Robert hielt sich dicht an den Wänden, weil es ja sein konnte, dass die Parkfläche von Kameras überwacht wurde. Hinter jedem

Pfeiler verharrte er einige Sekunden lang. Lauschte. Es roch nach Metall und Benzin und sogar ganz schwach nach Gummischläuchen. Die Versuchung, sich zwischen zwei Luxusschlitten zu kauern und zu warten, bis ihre Besitzerinnen auftauchten, ließ seinen Herzschlag rasen. Bei der Erinnerung daran, wie er in dem Hochhaus in Osterholz zwischen den Kellerabteilen überrascht worden war – halb nackt, gefesselt, mit der erstickend engen Gasmaske vor dem Gesicht –, wurde ihm schwindlig vor Lust.

An der Wand gegenüber vom Garagentor gab es drei graue Stahltüren, auf die mit weißer Farbe das Stufensymbol für Treppen gemalt war. Er löste sich von dem Pfeiler und lief geduckt zu der ihm nächstgelegenen Tür. Sie hatte nur einen runden Knopf, keine Klinke und ließ sich von dieser Seite nicht öffnen. Wieder lauschte er. Außer dem leisen Summen der Neonröhren an der Decke hörte er nichts. Er lief weiter, zur nächsten Tür, die ebenfalls keine Klinke besaß. Wenn er auf diese Weise ins Treppenhaus kommen wollte, musste er einen Schlüssel haben.

Das Licht erlosch, und erst ein paar Sekunden später gingen grünlich schimmernde Notleuchten an den Wänden an. Wenn sie jetzt kommt, dachte Robert, wenn jetzt das Tor aufgeht und der gelbe Mini die Rampe runterkommt und auf eine der Stellflächen rollt, die da vorn, links, und wenn dann die Scheinwerfer erlöschen und Sabine aussteigt und wenn einen Moment lang alles dunkel ist, während sie den Wagen abschließt und zum Lichtschalter geht, und wenn da nur ihre Schritte hallen, die Absätze auf dem Beton, und sie nicht weiß, dass ich hier bin, zwischen den anderen Autos, dann springe ich plötzlich auf und –

Er hielt den Atem an, bis die Dunkelheit vor seinen Augen zu flimmern begann. Er hörte den dumpfen Herzschlag in seinem Blut, und da dachte er plötzlich, ich will doch gar nicht so sein, nicht bei Sabine. Es sollte doch anders sein, wie bei den normalen Menschen. Auf keinen Fall durfte sie ihn hier entdecken, betrunken und schmierig zwischen den Autos wie ein Perverser, der Frauen in der Dunkelheit auflauert. In dieser anderen Welt, in der sie wehrlos waren.

44

Die Kunstgalerie Artefacts versteckte sich in einem Hinterhof, dessen Zugang so schmal war, dass Robert ihn erst beim dritten Versuch fand. Er stellte den R4 an der nächsten Ecke ab, mit zwei Rädern auf der Bordsteinkante, aber nicht im Halteverbot. Es hatte zu regnen begonnen, und ein scharfer Wind trieb den Regen in Schleiern über den Asphalt und die Bürgersteige. Die Straße lag da wie ausgestorben im schwankenden Licht der gelblichen Lampen, nur ein Notarztwagen raste mit Blaulicht über die Brücke zum Wallboulevard.

In der Mitte der Kreuzung war ein Bautrupp mit der Ausbesserung der Straßenbahnschienen beschäftigt. Von der Baustelle stob ein Funkenregen in die Regenschleier, die Luft roch nach frisch verschweißtem Eisen. Ihre Schutzmasken verliehen den Arbeitern das Aussehen von Robotern. Die Flammen der Schweißbrenner warfen ihre grotesk vergrößerten Schatten auf die umliegenden Hauswände. In einer Seitenstraße stand ein halbes Dutzend Bereitschaftspolizisten neben einem VW-Bus. Sie trugen Schlagstöcke, Pistolenholster und MPs an Schulterriemen. In einem zweiten Bus saßen noch mehr Polizeibeamte in Ledermontur, einige mit einem Helm auf dem Kopf.

Ein Gedanke schoss Robert durch den Kopf: Das ist mein Werk! Die ganze Stadt hat Angst, und ich bin es, der diese Angst ausgelöst hat. Niemand fühlt sich mehr sicher; niemand traut sich nachts noch auf die Straße. Jetzt seht ihr mal, wie es mir mein ganzes Leben lang ergangen ist. Es war ein kurzes Erscheinen des ersten Robert in seinem neuen Leben als zweiter Mensch. Er zog den Kopf ein und hastete weiter durch den Regenschauer auf die hell erleuchtete Galerie zu. Robert fühlte sich sicher; niemand kannte ihn.

Er stemmte sich gegen die Tür des Ausstellungsraums. Die Tür gab nach, und ein Keil aus Lachen, Gläserklirren und Musik spaltete die Nacht. Geblendet von den Scheinwerfern der Fernsehteams, bahnte Robert sich zögernd einen Weg durch das Gewimmel der Gäste, hielt Ausschau nach Sabi. Er entdeckte sie nirgendwo, und auch sonst kannte er niemanden hier. Gut, dass er schon etwas getrunken hatte. Er war später gekommen als auf der Einladung angegeben, und noch während er das erste Bild an den weißen Wänden betrachtete – *Dämmerung*, 2.800. – DM –, erloschen die Lampen der TV-Teams, und die ersten Fotografen und Gesellschaftskolumnisten verdrückten sich, ohne die Tür ins Schloss zu drücken.

Der Wind stieß sie ganz auf und fegte durch den Raum. Jemand stieß einen spitzen Schrei aus. Ein Bild rutschte vom Haken, und eine Geisterhand fegte die Zigarettenstummel aus einem Aschenbecher in Roberts Nähe. Der Schrei pflanzte sich fort, begleitet von schrillem Gelächter, dem Scheppern eines zu Boden gefallenen Tabletts, dem Splittern von Glas. Nur der Plattenspieler ließ weiterhin gleichmütig Respighis *Fontane di Roma* plätschern. Robert griff nach einem Glas Weißwein, das er hinunterschüttete. Endlich gelang es einem Stoßtrupp beherzter Männer, die Tür zuzudrücken und die Ordnung wiederherzustellen.

Robert erspähte Sabine im Gespräch mit einem großen Farbigen in einem bunten Stammesgewand. Sie lachte, etwas atemlos. Der Mann redete auf sie ein, sie hörte auf zu lachen, lauschte wie gebannt. Auf einmal fanden ihre Augen Robert, blickten ihn an, lang, nachdenklich und ruhig. Er arbeitete sich zu ihr vor und streckte ihr die Hand hin, die sie geistesabwesend mit einem angedeuteten Lächeln ergriff. Sie will nicht, dass es jeder weiß, dachte er. Es soll unser Geheimnis bleiben, bis wir beide wissen, welchen Weg wir gemeinsam gehen wollen.

Er wandte sich ab, ließ sie im Gespräch mit dem Farbigen, damit sie wusste, dass er nicht eifersüchtig war. Stattdessen begann er, die Bilder an den Wänden zu betrachten. Jetzt sah er etwas ganz anderes in ihnen, nur noch ein Zusammenspiel von Farben und Formen, keine Kirchenfenster mehr, auch keinen Jesus, der zwischen Kränen über das Wasser ging. Je länger er sie betrachtete, desto mehr hatte er das Gefühl, dass der Boden unter ihm leicht hin und her schwankte, als wäre er auf einem Schiff.

Auf einmal – er hatte sie gar nicht kommen sehen – stand Sabine neben ihm und berührte ihn sacht am Arm. Die Berührung war wie ein elektrischer Schlag. »Hallo, Robert, das ist aber schön, dass Sie kommen konnten. Oder waren wir beim Du?« Sie lächelte. »Darf man angehende Priester überhaupt duzen?«

»Ich … also … ich glaube schon.« Er stotterte wieder; sein Mund war trocken, die Zunge klebte ihm am Gaumen. »Ja.«

»Gefallen dir die Bilder?«

»Ja … aber … sie sind irgendwie anders als die Skizzen … also die Skizzen, die du mir im Café – im Café gezeigt hast.«

»Stimmt.« Sie nickte. »Ich habe die Bilder noch einmal komplett überarbeitet. Es war – also, das religiöse Element erschien mir auf einmal zu plakativ. Für Sie – entschuldige, für dich stellt sich das wahrscheinlich etwas anders dar.«

»Nein, nein, es gefällt mir schon, es ist nur anders. Ich bin gar nicht so –« Er fiel sich selbst ins Wort. Beinahe hätte er ihr erzählt, dass er sein Studium abgebrochen und erst jetzt erneut aufgenommen hatte, aber nicht, weil er wieder an Gott glaubte oder so. »Ich habe aber noch gar nicht alle Bilder angesehen.«

Sie drehte sich kurz um, weil jemand ihren Namen rief. »Dann schau sie dir doch einfach in Ruhe zu Ende an. Wir unterhalten uns später noch. Ich muss mich mal um die anderen Besucher kümmern.«

Im nächsten Moment war sie verschwunden, und noch einen Moment später fragte er sich, ob sie überhaupt je da gewesen war und sich mit ihm unterhalten hatte. Er blickte sich um. Da, sie war jetzt wieder umlagert, Frauen und Männer, bunt wie Paradiesvögel, redeten auf sie ein. Sie lachten und umarmten sich, und keiner kümmerte sich um ihn, wie es sein ganzes Leben gewesen war. Der Boden schwankte immer noch, und er stützte sich an der Wand ab. Ihm war übel, vielleicht musste er sich übergeben.

Er fragte eins der Mädchen, das die Getränke herumreichte, nach einer Toilette. Sie deutete auf einen Durchgang im hinteren Teil der Galerie. Dort stand eine Kleiderstange auf Rädern, die als Garderobe diente, und dahinter gab es eine Tür mit der Aufschrift OFFICE. Die Tür war nur angelehnt, etwas Licht fiel in das dunkle Zimmer dahinter. Als Robert daran vorbei zum WC ging, sah er, dass auch dieser Raum als Garderobe diente. Er öffnete die Tür ganz. Auf einem Stuhl lagen mehrere Handtaschen. Eine davon – grünes Wildleder, ein Kupferbügel mit Schnappverschluss – stach hervor, denn er hatte sie schon einmal gesehen, in dem Café, auf dem Stuhl neben Sabine, und bevor sie gegangen war, hatte sie ihr Skizzenbuch darin verstaut.

Außer ihm war niemand in diesem Teil der Galerie. Rasch ging er zu der Tasche, öffnete sie und tastete darin herum, bis er einen Schlüsselbund fand. Er nahm den Bund heraus, steckte ihn ein und ging weiter zur Toilette, wo er ihn betrachtete. Ein kleiner Schlüssel für den Briefkasten und zwei BKS-Schlüssel. Haustür und Wohnung, dachte er, und auf einmal fiel die ganze Spannung von ihm ab. Er kämpfte seine Übelkeit nieder und wusch sich das Gesicht. Danach verließ er die Toilette wieder. Auf dem Gang wartete eine blonde Frau in Jeans und einem dicken Wollpullover, die nicht so aufgetakelt war wie die meisten anderen hier. Sie lächelte ihn an, ein nettes Lächeln, aber er hatte keine Zeit zu verlieren.

Die Party kam gerade erst richtig in Schwung, Cool Jazz hatte Respighi abgelöst, und statt Wein wurde jetzt Kir Royal gereicht. Er hatte bestimmt zwei Stunden Zeit, um herauszufinden, ob es sich um die Schlüssel von Sabis Wohnung handelte, und sich dort umzusehen, die Fahrzeit nicht mitgerechnet. Er verabschiedete sich nicht einmal von ihr, war auch nicht nötig, weil sie sich ja schon bald wiedersehen würden.

Draußen regnete es noch immer. Die Bereitschaftspolizei in der Seitenstraße war allerdings inzwischen abgezogen. Robert lief an der Straßenmündung vorbei zu der Ecke, wo er den R4 geparkt hatte. In der Mitte der Kreuzung kauerten die Roboter mit den schimmernden Schutzmasken und verschweißten die Schienen, als wäre nichts geschehen. Aber der R4 stand nicht mehr an seinem Platz. Frische Nässe bedeckte den Asphalt dort, wo er gestanden hatte.

Erst als Robert begriff, dass der Wagen tatsächlich weg war, blieb er abrupt stehen. Was bedeutete das? War die Karre abgeschleppt worden, weil er sie nicht vorschriftsmäßig geparkt hatte? Konnte es etwas mit dem Verschwinden der Polizisten zu tun haben? War der Wagen gestohlen worden? Aber wer klaute schon einen Scheiß-R4?

Dann dachte er: Mariona! Sie ist wütend geworden, als sie nach der Arbeit mit dem Wagen irgendwohin fahren wollte. Nein, woher sollte sie wissen, dass er hier stand?

Wassertropfen prickelten auf seinen Wangen, in seinem Nacken. Wie sollte er jetzt zum Alten Hafen kommen? Für ein Taxi hatte er nicht genug Geld. Mit dem Bus oder der Straßenbahn dauerte es sehr lang, so lang vielleicht, dass Sabine nach Hause kam und feststellte, dass ihr Schlüssel fehlte. Und dann? Auf einmal spürte er wieder die vertraute Erregung: die Lust daran, überrascht und beschämt zu werden, hilflos zu sein.

Aber doch nicht bei Sabi, dachte er. Bei Sabi wollte er das doch nicht fühlen.

Wieder hatte er – reglos im Regen stehend – das Gefühl, zwei Menschen zu sein, die sich nicht miteinander vereinen ließen, ein alter Robert und ein neuer. Einer im anderen, und es war nicht klar, welcher heraus- und welcher hineinwollte. Als kämpften Gott und der Teufel um seine Seele – in seiner Seele.

45

Mariona

Ich glaub's nicht! Mariona knallte die Wohnungstür zu und trat noch mit dem Stiefel dagegen, weil sie gerade so gut in Fahrt war. Das ist echt der Gipfel, dieser Wichser! Wenn sie richtig wütend war, kam sie mit wenigen Worten aus, die sich wie von selbst ständig in ihrem Kopf wiederholten, während alles andere automatisch ablief. Dazwischen blitzten Gedanken auf, eigentlich eher Bilder, nimmt dieser Wichser doch einfach mein Auto, obwohl ich es brauche (sie sah sich auf den leeren Platz vor dem Haus starren, wo der R4 stehen musste, aber nicht stand). Wenn ich die Einladung nicht entdeckt hätte (sie sah ein aufgerissenes Kuvert, eine aufklappbare Karte – Einladung zur Ausstellungseröffnung, 19:00 Uhr – im Mülleimer), wäre ich nie draufgekommen, wo ich suchen muss. Was macht der Wichser in einer Galerie (sie sah sich vor der Galerie stehen, im strömenden Regen, ihre Haare wurden total nass, die Scheiben waren beschlagen, dahinter bewegten sich Menschen)?

Gibt's da was, wovon ich nichts weiß, versteckt der was vor mir, Kohle vielleicht? Echt jetzt, an mich drückt er mit Müh und Not mal eben die Miete ab und klaut mir das Auto, wenn ich es brauche. Sie schließt mit ihrem eigenen Schlüssel den Wagen auf, startet ihn und rast davon. Ha! Der wird schön blöd aus der Wäsche gucken, dieser –

Gerade mal der halbe Monat um, und sie waren schon pleite. Er arbeitete überhaupt nicht! Wovon lebte der eigentlich, der Heimlichtuer? Genau das war er nämlich, ein Heimlichtuer! Sie blickte sich in der gemeinsamen Wohnung um. Fuhr sich mit beiden Händen durchs feuchte Haar, Strähnen zwischen den Fingern. Überlegte. Wo würde er was vor ihr verstecken? Unter dem Bett? Der Matratze? Auf dem Geschirrschrank, ganz oben? In der grünen Kommode im Flur? Im Tiefkühlfach wie in den Gangsterfilmen? Sie blinzelte. Plötzlich fiel ihr auf, wie dreckig die Wohnung war, überall Flecken, Schmierstreifen, schmutziges Geschirr in der Spüle, eingeweicht in einer fettigen kalten Brühe. Eklig. Fast so eklig wie –

Der Koffer.

Da bewahrte der Wichser seinen ganzen Krempel auf, natürlich abgeschlossen. Als würde sich irgendjemand für seine kleinen billigen Geheimnisse interessieren! Sie ging ins Schlafzimmer, und auch hier fiel ihr zum ersten Mal auf, wie unordentlich es war, das ungemachte Bett, die Klamotten überall auf dem Boden, und was für ein Gestank! Sie setzte sich auf die Bettkante, die mit einem schwachen Knirschen leicht nachgab, und sah den Koffer an.

Wenn Robert Geld vor ihr versteckte, dann sicher da drin, überlegte sie, jetzt ganz ruhig. Sie hatte das Recht zu wissen, ob er sie hinterging. Eigentlich war er ihr egal, aber das hieß nicht, dass er tun und lassen konnte, was er wollte. Wenn er schon nicht arbeitete, sondern von Stütze lebte, was nur echte Assis taten, dann stand ihr schließlich was davon zu. Oder wenn er seine Eltern abkassierte. Alles in dem billigen Koffer da, sein ganzes Leben, hinter zwei Messingschnappschlössern.

Sie sprang auf, holte ein Messer mit einer starken Klinge aus der Küche und kniete sich vor den Koffer. Sie schob die Klinge unter die Klappe des rechten Schlosses und versuchte, es aufzubrechen. Sie drückte, zog und stemmte. Die Klinge des Messers verbog sich, aber das Schloss rührte sich nicht. Sie versuchte es bei dem anderen, auch ohne Erfolg. Sie strengte sich wirklich sehr an, so sehr, dass es plötzlich ein scharfes Klirren gab und die Klinge abbrach.

Sie warf die beiden Hälften des Messers in den Müll und holte den Werkzeugkasten. Sie nahm einen Hammer, eine Zange und den stärksten Schraubendreher heraus, kehrte ins Schlafzimmer zurück und setzte den Schraubendreher an der Stelle an, wo die Klinge eine Scharte hinterlassen hatte. Sie versetzte dem Griff einen heftigen Schlag mit dem Hammer. Der Schraubendreher rutschte ab, und der Hammerkopf traf ihren Daumen.

»Verdammte Scheiße!« Sie schrie auf und ließ den Hammer fallen. Tränen schossen ihr in die Augen, liefen die Wangen hinunter. Wütend versetzte sie dem Koffer einen Fußtritt. Sie hob den Hammer wieder auf, setzte den Schraubendreher erneut an und schlug noch einmal zu, mit aller Kraft. Diesmal rutschte die Metallspitze des Drehers nicht ab, sondern riss das ganze Schloss heraus.

Beim zweiten Schloss trieb Mariona den Schraubendreher gleich mitten rein in den Koffer, dessen Material wohl im Lauf der Jahre brüchig geworden war. Dann schob sie den Dreher wie einen Hebel hin und her, bis das Loch groß genug war, damit sie das Schloss von beiden Seiten mit der Zange packen und herausreißen konnte. Danach tat ihr der Arm weh. Aber der Koffer ging auf.

Sie setzte sich im Schneidersitz vor das Scheißding und klappte den Deckel hoch. Das blöde Schwert lag ganz unten, eingehüllt in ein weiches Tuch. Darauf lag etwas Seidiges, das sich in ihrer Hand öffnete wie eine perlmuttfarbene Blüte: ein Slip, ein Scheißhöschen, und keins von den ihren! Ich glaub's nicht, dachte sie, der Wichser macht's sich mit den Höschen anderer Frauen! Sie warf das Teil weg wie ein benutztes Taschentuch, und mehr war es ja irgendwie auch nicht.

Darunter kam eine simple Schulkladde zum Vorschein, auf die er mit seiner komischen Handschrift *Mein Leben* gekritzelt hatte. Und darunter tatsächlich seine Initialen: *R. M.* Sie schüttelte das Heft. Keine Geldscheine, die herausfielen. Sie schlug es auf, blätterte durch die Seiten. Noch mehr Gekritzel, das sie kaum entziffern konnte. Wen sollte das interessieren?

Sie legte die Kladde beiseite und griff nach einem Kuvert, das nicht zugeklebt war. Sie öffnete es, um hineinzuschauen. Lauter Bilder, die alle dasselbe zeigten, anscheinend Fotokopien – eine Frau mit langen dunklen Haaren, gelockt, die hinter ein paar Jungen stand, eine Mutter und ihre Kinder vielleicht. Es sah aus wie ein Heiligenbild oder so was, ein Kirchenfenster, eine Illustration aus einem Gebetbuch. Irgendwas war komisch an diesem Bild, und sie brauchte einige Minuten, bis sie erkannte, was: Die Frau sah fast ein bisschen aus wie Roberts Mutter, nur viel jünger.

Das ist ja ein richtiges Horrorkabinett, dachte sie. Jetzt fiel ihr Blick auf einen Schnellhefter, auch was Handgeschriebenes, sie las nur die Überschrift: *Die Bedeutung von Märtyrern für den Glauben,* und dann noch: *Semesterarbeit.* Ging der Heimlichtuer jetzt etwa wieder zur Uni? Hatte sie da irgendwas nicht mitgekriegt – Höschen, Heiligenbildchen, Unischeiß, aber kein Geld? Und was war das da, ein Etui mit Buntstiften und ein Karoblock wie für die Schule, oder was? Sie schlug das Deckblatt zurück. Komisch. Sah aus wie eine Skala mit Strichen und Zahlen, als hätte er ein Fieberthermometer abgezeichnet, nein, zwei, von denen eins lag und das andere stand. Oder Noten und Notenlinie, nur dass die Noten wie kleine Messer aussahen. Und merkwürdige Worte, irgendwie sinnlos und wirr: *Lust* und *Zeit*, dann *Kampf*, *Angst* oder *Würgen* und *Stiche ins Gesicht*. Was bedeutete das? Oben auf dem Blatt stand: *Monique*.

Das nächste Blatt sah fast genauso aus wie das davor, nur dass die Noten ein etwas anderes Lied zu spielen schienen und dass oben diesmal *Romy* stand. Wer hieß denn heute noch Romy? Und danach: *Gina*. Hatten die Zeichnungen etwas mit Filmschauspielern zu tun, mit Romy Schneider oder Gina Lollobrigida vielleicht? Dieser Spinner mit seinem Kinotick!

Ohne dass es ihr zunächst auffiel, hatte sich eine Gänsehaut auf ihrem Rücken gebildet. Sie schüttelte sie ab und stand auf. Kein Geld. Auch sonst nichts, das was wert war, nur blödes Zeug, außer dem Schwert von Roberts Opa. Den hatte er verehrt, obwohl er ihn kaum gekannt hatte und ihm fast nur in Briefen und auf Bildern begegnet war. Angeblich war er als Offizier der deutschen Marine in Japan gewesen (oder hatte Robert China gesagt?), wo er das Schwert von einem japanischen Offizier (oder einem Chinesen?) geschenkt bekommen hatte. Oder hatte er es ihm im Kampf abgenommen? War es eine Trophäe? Vielleicht hatte der Großvater es einfach nur gestohlen?

Angeblich waren mit diesem Schwert schon mehrere Menschen getötet worden, deswegen wollte sie es auch nirgendwo in der Wohnung haben, schon gar nicht in ihrem Wohnzimmer. Davon ließ sie jedenfalls lieber die Finger. Von dem Höschen auch. Aber mit der Kladde – *Mein Leben* –, den Zeichnungen mit den Frauennamen und der angefangenen Semesterarbeit konnte sie sich dafür rächen, dass sie mitten in der Nacht ihr Auto suchen musste, oder? Wenn er den Krempel wiederhaben wollte, musste er Lösegeld bezahlen, und zwar nicht zu knapp. Sie durfte die Sachen nur nicht hier in der Wohnung verstecken. Am besten nahm sie den Krempel mit zu

Richy, dort war er sicher. Sie packte alles in eine Edeka-Tüte, klappte den Koffer wieder zu und legte das kaputte Schloss obendrauf. Nur schade, dass sie Roberts Gesicht nicht sehen konnte, wenn er bemerkte, dass sein Allerheiligstes geschändet worden war.

Echt schade!

Der Wichser.

46

Robert

Der Schlüssel ließ sich so glatt in das BKS-Schloss einführen, wie ein Messer in ein Stück Butter schnitt. Der Bart klemmte nicht beim Reinschieben, ließ sich leicht drehen und hakte auch nicht beim Abziehen. Die große, sauber geputzte Glastür öffnete sich ohne Quietschen, das Foyer dahinter roch sauber, und das Licht der Deckenstrahler war sanft. Der dunkelgraue Marmorboden glänzte frisch geputzt, der Papierkorb neben den Briefkästen war geleert, und sogar die Palmwedel der Hydrokultur neben dem Schwarzen Brett wirkten wie poliert. Man hörte nichts – kein Geschrei, keine laute Musik, keinen dröhnenden Fernseher. Die Stille war so umfassend, als wäre sie speziell für diese Wohnanlage entworfen worden.

Von den zwölf Briefkästen hatten fünf keine Namensschilder. Die restlichen sieben waren geleert, nur aus einem ragte eine Ausgabe der *Frankfurter Allgemeinen Zeitung*. Der dritte in der obersten Reihe trug den Namen S. Denk. Robert lächelte. Er stellte sich vor, was dort bald stehen würde: S. Denk & R. Melzer. Oder R. Melzer/S. Denk. Er drückte den Knopf für den Fahrstuhl, der sich mit einem kaum vernehmlichen Summen näherte, ehe er leise seufzend hielt. Robert begutachtete die Edelstahlverkleidung der Liftwände und den Spiegel an der Rückwand der Kabine. Beim Anblick des Mannes, der ihm aus dem Spiegel entgegenblickte, gefror er.

Bin ich das?

Rasch wandte er sich ab und nahm die Treppe, deren breite graue Marmorstufen in den einzelnen Stockwerken von Teppichboden im selben Farbton abgelöst wurden. Mit jedem Schritt, jeder Stufe wuchs in ihm das Gefühl, dass die Zeit an Bedeutung verlor, nur die Lust war noch wichtig. Die Voraussetzungen konnten nicht besser sein: Fast die Hälfte der Wohnungen schien noch leer zu stehen, in den anderen herrschte Totenstille. Bei dem Gedanken, dass er gleich Sabines Loft betreten würde, blieb er ganz ruhig. Er hatte gedacht, er würde aufgeregt sein, aber das war er nicht. Es war alles so logisch, so zwangsläufig. Als hätte er seinen Körper schon verlassen und schwebte nur noch eine gewisse Zeit über sich und dem, was er zu tun hatte.

Es gab Dunkelheit. Es gab Licht. Und es gab einen Bereich, in dem das eine in das andere überging – eine Zwischenzone. In dieser Zone befand er sich gerade, bog von der Treppe ab in den obersten Flur, in dem sich nur eine Wohnung befand, an der wiederum nur S. D. stand. Als er sie erreichte, erlosch das Licht, und er blieb einen Moment im Dunkeln stehen, fühlte sich darin aber weder gefangen noch verloren. Er schob den zweiten Schlüssel an dem Bund aus Sabines Tasche ins Schloss der Wohnungstür. Er musste ihn zweimal umdrehen, dann ging die Tür auf.

Der Geruch, der ihn umfing, als er über die Schwelle trat, war berauschend. Es roch nach Farben, nach Lösungsmitteln, nach Holz. Es roch auch nach Blumen und Erde. Aber es roch vor allem nach etwas anderem, das er nicht einordnen konnte, und das musste der Geruch von Sabi sein. Robert schloss die Tür hinter sich und blieb einige Sekunden lang stehen, ohne das Licht einzuschalten. Durch die großen Fenster der hohen Räume fiel silberblauer Mondschein auf den Parkettboden. Robert zog seine Stiefel aus und ließ sie bei der Tür stehen. Dann drang er langsam weiter vor, lautlos in Strümpfen. Über den kurzen Korridor. Vorbei an offenen Türen bis zum Ende des Gangs, wo sich das große Atelier öffnete.

Er sah sich um. Eine der Türen führte zum Bad. Er ging nicht hinein, um sich zu erleichtern oder in ihrer getragenen Wäsche zu wühlen.

Eine weitere Tür führte zur Küche. Er ging nicht hinein. Er ließ den Kühlschrank ungeöffnet. Er wollte, dass sie ihn erst fragte, ob er Hunger oder Durst hatte.

Die letzte Tür führte zum Schlafzimmer. Auch das betrat er nicht. Er wollte sich nicht in ihr Bett legen, nicht auf ihr Kopfkissen onanieren.

Die Wohnung war nur unvollständig eingerichtet, sparsam, fast minimalistisch, wie eine japanische Tuschzeichnung, dachte er. Hohe Regale, schlanke Vasen, niedrige Tische, Umzugskartons überall, viele noch nicht einmal ausgepackt. Vor dem Panoramafenster des Ateliers wölbte sich der Nachthimmel, an dem jetzt, nachdem es zu regnen aufgehört hatte, die Mondsichel zu sehen war. Stillgelegte Kräne täuschten mit kleinen Lampen an den Auslegern eine Bedeutung vor, die sie nicht mehr besaßen. Auf der anderen Seite eines Wasserarms erhoben sich Hochhäuser, nur wenige Fenster waren noch erhellt. Niemand konnte hereinsehen, auch bei offenen Jalousien und ohne Vorhänge nicht.

Bedächtig zog Robert sich am Fenster aus, zuerst den Pullover und das Hemd, dann die Hose, schließlich Unterhemd, Unterhose und Strümpfe. Er hatte eine Erektion. Jetzt machte er Licht und sah sich im Atelier um, die Staffelei, die Arbeitsplatte, die mit der Rückseite zum Raum gegen die Wände gelehnten Gemälde. Nackt und erregt ging er umher, ziellos. Auf der Staffelei stand ein halb fertiges Bild, das an die Skizzen erinnerte, die Sabi ihm im Café gezeigt hatte, nur in Öl: dicke schwarze Balken, an den Rändern verwischt, dazwischen kräftige Farben – Blutrot, Orange, Petrolgrün, Tintenblau –, alles verschmolzen zu Figuren in Figuren, die nichts Erkennbares darstellten, nur drängende Gefühle.

Er schlenderte weiter zu der großen Arbeitsplatte. Betrachtete einen aufgeschlagenen Kunstband, wuchtig und schwer, ähnlich dem, in dem er das Bild der heiligen Symphorosa gefunden hatte. Er beugte sich über das Buch und betrachtete das Gemälde, das darin eine Doppelseite einnahm. Zuerst war er ratlos, bis er die Bildunterschrift las. Da stockte ihm der Atem, und auf einmal begriff er das Gemälde in seiner ganzen Schönheit.

Georges Rouault: *Jeu de massacre.*

Sein Schulfranzösisch reichte für die Übersetzung. *Jeu,* erinnerte er sich, hieß »Spiel«, und *massacre* bedeutete »Massaker«. Das Masaker-Spiel, dachte er, so heißt das. Und mit etwas Fantasie konnte man in der rot besudelten Frau im Vordergrund das massakrierte Opfer erkennen. Hinter ihr standen zwei Männer und drei Frauen, die mehr oder weniger in Blau gehalten waren, einer der Männer mit Melone, der andere mit Zylinder. Die Frauen trugen überladene Hüte und Kleider, wie sie um 1900 üblich gewesen waren. Alle sahen aus wie für einen Ball Musette in einem Pariser Arbeiterviertel gekleidet. Wahrscheinlich war die Frau gar nicht tot, niemand hatte sie gefoltert oder ermordet. Aber für Robert war sie blutüberströmt zusammengesunken, nachdem jemand immer wieder in rasender Wut mit einem Messer auf sie eingestochen hatte.

Eine Botschaft, dachte Robert. Es fand sich keine Erklärung für das Bild auf der vorhergehenden oder der nächsten Seite. Dort stand nur, dass Rouault bevorzugt religiöse Motive gewählt hatte, aber auch Prostituierte und Clowns. Robert las das und dachte: Mein Vater, der Clown. Meine Mutter, die Prostituierte. Und der geopferte Sohn von beiden, der ein letztes Massaker veranstalten muss, inszeniert als Spiel.

Der Kreis schloss sich. Mit einem Bild hatte es begonnen – die Heilige, die er Rosa nannte –, und mit einem anderen Bild endete es, das *Jeu de massacre*. Als er zum ersten Mal auf die Darstellung der Symphorosa gestoßen war, hatte er in dem Text neben dem Bild gelesen, dass sie als Märtyrerin gestorben war, nachdem sie in ihrem religiösen Wahn ihre Söhne ebenfalls zum Tode verurteilt hatte. So wie mich, hatte er gedacht. Bloß dass er nicht erstochen oder gepfählt worden war; sein Urteil hatte in einem Leben bestanden, das ihm freudloser als der Tod vorkam. Ach, natürlich, dachte er, wenn man wollte, konnte man in jedem Bild, jedem Wort, einen Hinweis oder eine Botschaft entdecken, sogar eine Rechtfertigung für alles Böse, das einem einfiel.

Er hatte das Bild der heiligen S aus dem Buch gerissen, mit einer Schere sorgfältig zurechtgeschnitten und sogar mit einer Folie überzogen, damit es sich nicht abnutzte, weil er es immer bei sich tragen wollte, wie einen Talisman. Es wird dich vor allem Übel bewahren, hatte er gedacht, weil es dich immer daran erinnern wird, dass Frauen vor nichts zurückschrecken, nicht einmal davor, ihre eigenen Kinder einem qualvollen Tod zu überlassen.

Sei auf der Hut. Nimm dich in Acht. Komm ihnen zuvor.

Das Bild war immer da, und wenn er es in seiner Tasche spürte, vernahm er die Warnung. Bis er es plötzlich verloren hatte, wahrscheinlich in der Wohnung von Monique. Auf dem Weg zu ihr war es noch da gewesen, danach hatte er es nicht mehr gefunden. Es musste ihm aus der Tasche gefallen sein, als er – kurz vor dem Verlassen des Studios – noch schnell mit einem Tempo die Stellen abwischen wollte, die er vielleicht berührt hatte.

Es war, als hätte er einen Teil von sich selbst dort verloren. So schnell er konnte, hatte er versucht, das Bild zu ersetzen. Bloß dass er nicht genug Geld gehabt hatte, um den teuren Kunstband zu kaufen. Deswegen hatte er ihn sich in der Uni-Bibliothek ausgeliehen, die Seite mit der Darstellung herausgerissen und Farbkopien von dem Bild gemacht. Und dann, vor seinem Besuch bei Gina, war ihm der Gedanke gekommen, es diesmal absichtlich neben der Leiche liegen zu lassen, wie ein Zeichen, eine Signatur.

Die Huren sollen zu Märtyrern werden, damit ihre Söhne nicht sterben müssen. Das musste er sich für seine Aufzeichnungen merken; es war eine Botschaft, die ihm gefiel. Er bestieg die Arbeitsplatte, legte sich auf das Buch und begann, seinen steifen Schwanz an der aufgeschlagenen Doppelseite zu reiben.

47

Sabine

Was für ein Abend, nein, was für eine Nacht! Sabine steuerte den Mini Cooper die Rampe zur Tiefgarage hinunter, die Stereoanlage lief auf vollen Touren, ein Mann sang einen wilden Countrysong, *The thunder rolls* oder so ähnlich. Sie fuhr auf ihren Stellplatz und wartete, bis das Lied zu Ende war, bevor sie die Scheinwerfer ausschaltete. Gut, dass sie wenigstens ihre Autoschlüssel nicht verloren hatte! Und gut, dass sie bei ihrem Vater Zweitschlüssel für Haus- und Wohnungstür deponiert hatte. Aber sie war sicher, dass der Schlüsselbund noch da gewesen war, als sie die Handtasche in Daniels Büro gelegt hatte. Vielleicht hätte sie etwas weniger trinken sollen, erst zu viel Prosecco, dann beim Essen mit Daniel und seinen Freunden den Pino Grigio und später bei ihrem Vater noch einen Whiskey. Vielleicht war ihr aber auch nur der Beifall, die Bewunderung zu Kopf gestiegen. *Let the thunder roll*, dachte sie fröhlich, als sie den Motor abschaltete und ausstieg.

Die plötzliche Stille legte sich ihr wie ein Druck auf die Ohren. Die Deckenlampen waren bereits wieder erloschen. Nur die grüne Notbeleuchtung an den Wänden verbreitete einen kaum sichtbaren Schimmer, nicht heller als Glühwürmchen im Sommer. Sie ging zur Rampe und zog an der Kette, die das Eisentor herunterfuhr. Das tiefe Brummen hallte durchs kalte Betongewölbe, und Sabine dachte wieder, hier hört dich keiner schreien. Aber wer sollte ihr schon etwas tun? Sie war ja eine Perle und wurde von den starken Schalen ihrer Muschel beschützt.

Die Pfennigabsätze ihrer schwarzen High Heels, die sie extra für die Vernissage angezogen hatte, klackten auf dem Betonboden. Als das Brummen des Garagentors aufhörte, waren sie das einzige Geräusch, das die Betonwände zurückwarfen. Es war zu laut, dachte sie; sie bewegte sich gern leise. Sie ging zwischen zwei matt schimmernden Luxuskarossen zu der Tür, die ihr am nächsten war, wo sie den Schlüssel ins Schloss schob, ohne das Licht anzuschalten. Seit sie als Kind Indianerbücher gelesen hatte, versuchte sie, möglichst leise zu gehen und möglichst viel im Dunkeln sehen zu können wie Winnetou oder Chingachgook aus dem *Lederstrumpf*. Es war besser zu sehen, als gesehen zu werden, und zu hören, als gehört zu werden. Erst im Treppenhaus schaltete sie das Licht an, zog dafür aber ihre hochhackigen Schuhe aus.

Barfuß nahm sie den Fahrstuhl ins oberste Stockwerk, wo sie über den weichen Teppichboden zu ihrer Wohnung ging. Sie schloss die Tür auf, trat ein und sperrte wieder hinter sich zu, ebenfalls ohne Licht zu machen. Die Schuhe ließ sie einfach fallen. Die Fußbodenheizung war zu hoch eingestellt; sie erfüllte die Wohnung mit einer Wärme, die dem Mai nicht mehr angemessen war. Sabine legte ihre Handtasche auf das Regency-Tischchen hinter der Tür, die einzige Antiquität in dem Loft, die einmal ihrer Mutter gehört hatte. Dann tastete sie nach dem Regler an der Wand links hinter der Tür und drehte die Temperatur etwas runter.

Der Alkohol summte in ihrem Kopf. Sie ging ins Atelier, vorbei an den im Dunkeln liegenden Räumen, deren Türen offen standen, der Küche, dem Bad, dem Schlafzimmer. Sie durchquerte das Atelier, das auch halb Wohnraum war, und trat an das große Fenster. Sie schaute hinaus, auf das Hafenbecken, die funkelnden Lichter an den Kränen, die schwarze Himmelskuppel.

Die Erinnerung an den Abend stürmte auf sie ein, an den Beifall, die Stimmung, die Menschen, die ihren Erfolg mit ihr geteilt hatten. An erster Stelle ihr Vater. Daniel, der an sie geglaubt hatte, von Anfang an. Paola, seine italienische Frau, die immer wieder Holz nachgelegt hatte in das Feuer seiner Begeisterung. Dann Ntumo Ntube, der Bildhauer aus Entebbe, der begeistert gewesen war von der Kraft ihrer Vision, wie er gesagt hatte. Und all die anderen, auch die Fremden, die gekommen waren, obwohl noch niemand sie kannte. Sogar dieser täppische, unbeholfene Theologiestudent, der kaum mehr als drei zusammenhängende Worte hervorbrachte.

Ich bin glücklich, dachte sie, jemand wacht über mich; ich habe einen guten Schutzengel.

Sie wandte der Aussicht den Rücken zu und dachte, vielleicht sollte ich dieses Gefühl nutzen. Sie wusste nicht, wie spät es war – in jedem Fall sehr spät –, aber die Zeit hatte sie noch nie interessiert. Zeit verging, sie hielt nicht inne, um sich malen zu lassen. Zum Malen brauchte man Licht, die Uhrzeit brauchte man nicht. Goya hatte mitten in der Nacht bei Kerzenlicht gemalt, Kerzen, die er auf dem Kopf trug wie eine Grubenlampe an einem Helm.

Sie zog das schwarze Kleid – ihr Audrey-Hepburn-Frühstück-bei-Tiffany-Kleid – aus und ließ es ebenso achtlos fallen wie vorher die Schuhe. Barfuß und nur im Höschen, sie trug keinen BH, ging sie zur Staffelei und danach zu der großen Arbeitsplatte am Fenster, wo ihre Entwürfe und der Bildband *Französische Maler der Jahrhundertwende* lagen. Der Bildband war bei Rouaults *Jeu de massacre* aufgeschlagen. Rot, dachte sie, ich bin in roter Stimmung.

Sie ging zu dem Regal mit den Malutensilien, um auf der Palette frische Farben zusammenzumischen. Jetzt erst schaltete sie das Licht ein. Sie legte die Tuben mit den verschiedenen Rottönen zurecht, sorgte dafür, dass alles griffbereit war: Farben, Verdünner, Pinsel verschiedener Stärke. Mit der Palette in der linken Hand kehrte sie zur Arbeitsplatte zurück. Wie um die Oberflächenstruktur von Rouaults Gemälde zu ertasten, fuhr sie mit dem Daumen über die Abbildung, alle Sinne auf die dargestellte Szene konzentriert.

Plötzlich geschah etwas Merkwürdiges: Es kam ihr vor, als fühlte sie auf dem glatten Papier eine kaum spürbare Unebenheit, wie man sie bei einem besonders pastosen Farbauftrag erwarten würde. Sie beugte sich vor, betrachtete die Seite von ganz nah, und da war tatsächlich etwas auf dem Papier, dicht am Falz in der Mitte, etwas wie Spritzer einer getrockneten durchsichtigen Flüssigkeit. Sie leckte ihre Fingerspitze an, rieb damit über die Flecken und führte sie dann an den Mund, um zu kosten. Es schmeckte nach nichts.

Was war das? Sabine wusste ganz sicher, dass sie nichts auf die Doppelseite verspritzt hatte, nicht, seitdem sie die Reproduktion vor zwei Wochen sorgfältig mit einer Lupe abgesucht hatte, um von dem Bild so viele Details wie möglich aufzunehmen. Wie waren die Flecken in das Buch gelangt – und wann?

Es war kein bewusster Gedanke, aber je länger er sich in ihre Wahrnehmung einschlich, desto klarer trat er zutage: Jemand war hier, dachte sie. Jemand war hier und hat das Buch berührt. Ein Schauer lief ihr über den Rücken, ein kühles Kribbeln, als löste sich ein großes Pflaster von der Haut zwischen ihren Schulterblättern. Auf einmal wurde ihr kalt, und sie lief ins Badezimmer, um in ihren Morgenrock zu schlüpfen; obwohl die Wohnung nicht einsehbar war, fühlte sie sich beobachtet.

Was, wenn ich den Schlüsselbund gar nicht verloren habe?, dachte sie plötzlich. Was, wenn er mir gestohlen wurde, während ich meine Tasche in Daniels Büro abgestellt hatte? Was, wenn der Dieb hier gewesen ist, in meiner Wohnung, vorhin, heute Nacht? Dann dachte sie, und was, wenn er immer noch hier ist? Sie stand da und starrte das Bild an, die Frau mit dem Rot wie vergossenes Blut auf dem Kleid und die Männer, die hinter ihr aufragten. Du bist überdreht, dachte sie, es war alles etwas viel für dich heute Abend. Deine Fantasie geht mit dir durch. Niemand ist hier; niemand war hier.

Du bist eine Perle in einer Muschel tief auf dem Meeresgrund, und die Schalen der Muschel beschützen dich, so wie sie es immer getan haben.

48

Robert

Er kam nach Hause, und alles war dunkel, wie fast immer in letzter Zeit. Trotzdem sah er zuerst im Schlafzimmer nach, ob Mariona nicht doch im Bett lag und schlief. Aber auch im Schlafzimmer war niemand, das Bett unberührt. Er kehrte in die Küche zurück und überlegte, ob er die Gelegenheit nutzen und Anja noch einen Besuch abstatten sollte. Vielleicht blieb sie wieder über Nacht bei ihrem Freund, sodass er die Wohnung für sich allein hatte. Er konnte nachsehen, was sie im Kühlschrank hatte, und sich in ihr Bett legen. Er rief sich den Geruch ihrer Bettwäsche ins Gedächtnis, die seidige Glätte ihrer Höschen.

Nichts geschah; der Zauber war verschwunden. Der Gedanke an Anja erregte ihn nicht mehr. Die Gefühle, die er in Sabines Wohnung verspürt hatte, waren so überwältigend, so berauschend gewesen, dass er die Vorstellung, bei einer anderen Frau zu sein, kaum noch ertrug. Plötzlich wurde er hungrig. Er öffnete den Kühlschrank und stellte fest, dass Marionas Hälfte ganz leer war, nichts mehr in den Fächern, auch nichts in der Schranktür. Da, wo ihre Joghurtbecher gestanden hatten, lag ein Zettel. Sofort erkannte er ihre klare, kräftige Handschrift.

Wenn du dein Dreckszeug wiederhaben willst, musst du es dir holen. Ich musste mir mein Auto ja auch wiederholen. Aber nichts im Leben ist umsonst, mein Lieber!

Er blinzelte. Der Zettel zitterte in seiner Hand. Was meinte sie mit *Dreckszeug?* Er verstand nicht, warum auf einmal alles wieder so profan war; eben hatte er sich doch noch im Paradies befunden. Von welchem Dreckszeug redet sie bloß?, fragte er sich. Plötzlich begriff er es, weil er ganz tief innen drin schon immer damit gerechnet hatte. Er stürzte zurück ins Schlafzimmer. Er musste nicht einmal Licht machen, um Gewissheit zu erlangen: Sein Koffer war offen, die Schlösser lagen herausgerissen darauf.

Mariona hatte ihn aufgebrochen.

Sie hatte seine Geheimnisse entdeckt.

Er kniete vor dem Koffer wie ein Messdiener vor dem Altar und klappte ihn auf. Das Schwert war noch da. Das Höschen – von wem stammte es, Monique, Romy, Gina? – war noch da. Die Fotokopien der heiligen Rosa – noch da. Seine angefangene Semesterarbeit – noch da. Aber die Diagramme fehlten, und *Mein Leben* fehlte auch. Hatte sie das alles gelesen? Und wenn, hatte sie es verstanden?

Wenn du dein Dreckszeug wiederhaben willst, musst du es dir holen.

Aber wo? In ihrem Rucksack hatte sie seine Sachen nicht versteckt, so dumm war sie nicht. Abgesehen davon war der Rucksack nicht mehr da. Der stand bestimmt längst bei Richy rum. Waren die Diagramme und die Kladde auch da, bei Richy? Er wusste nicht einmal, wo dieser Richy wohnte, und seine Telefonnummer hatte er auch nicht. Wenn er Mariona erreichen wollte, musste er bis zum Morgen warten, bis sie im Friseursalon war, dort konnte er sie anrufen.

Wie spät war es? Kurz nach eins. Sie fing um neun an. Noch acht Stunden mindestens. Und wenn sie sich freigenommen hatte, damit er sie nicht finden konnte? Wenn sie nicht ans Telefon ging, weil sie gerade eine Kundin hatte? Oder wenn sie gar nicht mehr dort arbeitete, weil Richy sie aushielt?

Robert spürte, wie seine Augen zu brennen begannen, weil der Verlust so groß war. Sie hatten sich doch einmal geliebt; es war ihm sehr innig vorgekommen. Das erste Mal in seinem Leben war jemand zärtlich zu ihm gewesen, mit der Haut, mit dem Mund. Es war doch noch nicht so lange her, und da war er auch noch kein Mörder gewesen. Wieder wurde es ihm jäh und ernüchternd klar: Ich bin ein Mörder. Die Toten werden nie wieder lebendig. Sie sind ab jetzt für alles verantwortlich, was mit mir geschieht. Und was ich anderen antue.

Er nahm das Schwert aus dem Koffer.

Noch acht Stunden.

49

Larsen

Es gab auch weiterhin keine Ergebnisse. Es gab kein Ergebnis bei den Prostituierten, die ihre Arbeit unter dem Schutz eigens dafür abgestellter Polizeibeamter ausübten. Es gab kein Ergebnis bei Maria von der Sitte, die unter dem Namen Ramona ihr Netz nach masochistisch oder sadistisch veranlagten Freiern auswarf. Es gab kein Ergebnis bei der Fliegenfalle am Hauptbahnhof, obwohl mehrere Männer fotografiert und in Akten erfasst wurden, die nach genauerer Prüfung von Alibis und Zeitabläufen wieder geschlossen werden mussten. Es gab kein Ergebnis bei der Befragung möglicher Zeugen in den Häusern der Toten und bei der Suche nach dem hellen Kleinwagen, den der Türsteher in der Silvesternacht gesehen hatte. Es gab kein Ergebnis bei der Überprüfung der Telefonverbindungen der Prostituierten, die bereits Opfer des Mörders geworden waren, außer dass die letzten Anrufe von öffentlich zugänglichen Telefonzellen aus getätigt worden waren. Auch die dort durchgeführte Suche nach Fingerabdrücken war ergebnislos geblieben. Und dass im Keller eines Hochhauses in Osterholz ein Mann in schwarzem Latex eine Frau fast zu Tode erschreckt hatte, erfuhr Hauptkommissar Kiefer Larsen nur durch Zufall.

Er befand sich gerade auf dem Weg zu Frau Dr. Leiningen, der aus dem Urlaub zurückgekehrten Leiterin der Uni-Bibliothek, um ihr das Heiligenbild zu zeigen. Bei der Gelegenheit wollte er ihr auch die neue Phantomzeichnung des weiterhin als Hauptverdächtiger gesuchten Unbekannten vorlegen. Die Zeichnung entsprach großenteils dem ersten Phantombild, enthielt aber mehr Details, die das Porträt nach den Angaben des Gefreiten Runge ergänzten, obwohl die Mütze immer noch Haar und Stirn verbarg.

Er hatte gerade das Ende des Universitäts-Boulevards erreicht, als sein Handy klingelte. Torsten Lenz. »Ich habe da eben was im Intranet gefunden«, sagte Lenz. »Im Keller eines Hochhauses in Osterholz ist ein Mann dabei entdeckt worden, wie er sich selbst befriedigt hat, halb nackt und halb in Latex. Er hatte eine Gasmaske auf.«

Larsen blieb stehen, plötzlich unempfindlich für den Frühlingswind, der übers Campusgelände fegte und die letzten Wolken vertrieb. »Wann war das? Wieso haben wir davon nichts erfahren?«

»Wahrscheinlich, weil es sich bei dem Vorfall nicht um Mord oder ein anderes Gewaltverbrechen gehandelt hat. Deswegen hat wohl niemand die Anzeige der betroffenen Frau an uns weitergeleitet.«

»Schick sofort jemand zu der angegebenen Adresse, Mareike oder Olaf oder beide. Sie sollen den Tatort anschauen, fotografieren und die Frau ins Präsidium schaffen. Ich will gleich nach meiner Rückkehr mit ihr reden.«

»Hast du Angst, unser Täter könnte seine Mordfantasien jetzt an Lieschen Müller ausleben?«, fragte Lenz.

»Du nicht? Ich finde allein den Gedanken Furcht einflößend. Wir konnten ihn nicht fassen, als er nur einen begrenzten Opferkreis hatte. Wie sollen wir es schaffen, wenn ihm plötzlich jede Frau als Projektionsfläche dienen kann?«

»Immerhin liefern wir so den Medien ausreichend Stoff«, sagte Lenz mit seiner üblichen Prise Zynismus. »Irgendwoher müssen Schlagzeilen wie ›Ist unsere Polizei unfähig?‹ oder ›Sind Bremens Frauen noch sicher?‹ schließlich kommen. ›Serienmörder weiter auf freiem Fuß‹ heben die sich wahrscheinlich für morgen auf.«

»Ja, wahrscheinlich, und sie haben auch noch recht.« Larsen beendete das Gespräch, und wenige Minuten später erreichte er die Universitätsbibliothek, wo die Leiterin ihn in Empfang nahm. Er hatte eine ältliche Frau in Strickjacke und knielangem Faltenrock erwartet, ungeschminkt, eine Nickelbrille im Gesicht und das Haar zu einem strengen Knoten gebunden. Doch an der Tür des mehrstöckigen Glas-und-Beton-Baus aus den 70er-Jahren stand eine schlanke Frau mit offenem Haar, dezent geschminkt, in Jeans, Turnschuhen und einem Shetland-Pullover, der nicht billig gewesen sein konnte. Nur die Brille erfüllte das Klischee, hing jedoch an einer dünnen Goldkette vor ihrer Brust. »Ich bin Janine Leiningen«, sagte sie, das Lächeln freundlich, aber angemessen dosiert.

»Ich habe von Professor Sander gehört, dass Sie nach einer Darstellung der heiligen Symphorosa suchen.«

Larsen nickte und ergriff die dargebotene Hand, bevor er das Bild hervorholte und es der Bibliothekarin zeigte. »Wir versuchen, den Kreis der Leute einzuengen, die Zugang zu einem Buch haben könnten, aus dem dieses Motiv stammt. Das Bild ist in Zusammenhang mit mehreren Morden aufgetaucht. Es könnte ja sein, dass sich jemand an einen Mann erinnert, der ihm –«

»Ich verstehe schon«, fiel sie ihm ins Wort, kaum dass sie einen kurzen Blick auf das Bild geworfen hatte. »Das stammt aus *Römische Heilige des frühen Christentums.* Das Buch wird nicht so oft ausgeliehen. Kommen Sie.« Sie ging schnellen Schritts vor Larsen her. »Wir haben hier einige Tausend Bücher, wie Sie sich denken können. Der Bereich Religionswissenschaften ist allerdings – halbwegs – überschaubar, obwohl wir in Bremen ja keine Konfession ausschließen.«

Sie folgten einem hellen Gang, der zu einem weiteren hellen Gang führte, und danach betraten sie einen ebenso hellen Raum von tennisplatzgroßen Ausmaßen. In dem lichtdurchfluteten Saal reihte sich Regal an Regal, in denen mehr gedruckte Bücher Platz gefunden hatten, als in den Bauch eines japanischen Containerschiffs gepasst hätten. Zwischen den Regalen standen hier und da junge Frauen oder Männer, zogen einzelne Bücher heraus und nahmen sie mit zu kleinen Tischen an der Fensterfront, um in Ruhe lesen zu können.

Janine Leiningen ging auch hier schnell und überquerte fast das gesamte Deck des Bücherschiffs, bevor sie an einem der letzten Regale anhielt. »R – hier müsste es stehen.« Den Blick auf die Bücherrücken gerichtet, nahm sie das Spalier ab, hielt abrupt bei einem breiten Folianten und zog ihn mit beiden Händen aus dem Regal, ohne zu ächzen, nicht einmal pro forma. »Da!«

Sie ging in die Hocke, legte den Wälzer auf den grauen Teppichboden, schlug ihn in der Mitte auf und blätterte weiter, bis sie wieder abrupt innehielt. »Hier …« Dann stutzte sie, blätterte vor und wieder zurück. »Nein, da fehlt eine Seite!« Sie beugte sich dicht über den Falz. »Die hat jemand rausgerissen! Das ist ja …«

»Die Seite mit dem Bild der Symphorosa ist herausgerissen worden?«, wiederholte Larsen, nur um ganz sicherzugehen. »Lässt sich feststellen, wann das geschehen ist oder wer es getan hat?«

»Mal schauen.« Dr. Leiningen stand auf, klappte das Buch zu und klemmte es sich unter den linken Arm, wo sie es mit der rechten Hand festhielt. »Kommen Sie mit.« Sie ging zu einem mit Computer, Scanner, Drucker und Telefon ausgestatteten Schreibtisch am Ende des Raums, wo sie das Buch ablegte und den PC anschaltete. Ohne sich hinzusetzen, klickte sie ein paarmal mit der Maus. »Kein Vermerk über Beschädigungen.« Eine steile Falte bildete sich auf ihrer Stirn. »So eine Schlamperei.« Sie klickte wieder. »Eigentlich sollen die Studenten es melden, wenn sie ein Buch beschädigen oder bei einem ausgeliehenen Buch Beschädigungen feststellen, sonst müssen sie damit rechnen, dass sie als letzter Ausleiher auch als Verursacher des Schadens gelten. Es kann natürlich sein, dass einigen Studenten der Schaden entgangen ist oder dass sie bei der Rückgabe vergessen haben, Meldung zu machen. Ich gehe mal auf die Datei mit den Ausleihern.«

»Sind Sie normalerweise immer hier?«, wollte Larsen wissen.

»Normalerweise, ja.« Sie schob die Maus hin und her.

»Kennen Sie die Studenten, die hierherkommen, persönlich?«

»Einige, die regelmäßig kommen, ja. Aber wir haben hier einige Tausend Studenten, und die Nutzung unserer Bestände ist nicht nur denen vorbehalten. Wir sind auch eine Stadtbibliothek, jeder kann sich einen Ausweis ausstellen lassen.«

Larsen holte die Phantomzeichnung aus der Tasche und zeigte sie der Bibliothekarin. »Erkennen Sie diesen jungen Mann vielleicht? Er ist angeblich sehr groß und stämmig.«

Sie setzte die Brille auf und betrachtete die Zeichnung. Larsen merkte, dass sie ihm wirklich helfen wollte, doch schließlich schüttelte sie den Kopf. »Nein, tut mir leid.«

»Könnten Sie mir denn eine Liste der Besucher, die dieses Buch ausgeliehen oder eingesehen haben, zur Verfügung stellen?«

Janine Leiningen nickte. »Die, die es nur eingesehen und nicht mitgenommen haben, werden nicht erfasst. Von den anderen kann ich Ihnen die Namen ausdrucken, die auf ihren Bibliotheksausweisen stehen. So viele werden es ja nicht sein.« Sie schob wieder die

Maus auf der Unterlage herum und klickte ein paarmal. »Siebzehn in den letzten zwölf Monaten.« Wenig später ratterte der Drucker und schob ein Blatt mit einer Liste von Namen aus, das sie auffing, bevor es zu Boden fiel. »Die Adressen datieren aus der Zeit, zu der die Ausweise erstellt wurden. In manchen Fällen ist es die der Eltern, falls ein Student da noch zu Hause gewohnt hat. Hier, bitte. Ich hoffe, das nützt Ihnen etwas.«

»Das hoffe ich auch.«

»Dieser Täter …« Die Bibliothekarin berührte ihr linkes Ohr mit dem Zeigefinger, fuhr in einer eigentümlich schutzlos wirkenden Geste zart mit der Spitze über den Muschelrand. »Bedroht er auch unsere Studentinnen?«

»Es wäre möglich. Aber ich hoffe, wir haben ihn bald, vielleicht mithilfe dieser Liste.« Larsen faltete das Blatt, das sie ihm gereicht hatte, auf Briefumschlaggröße zusammen und steckte es ein.

»Gibt es irgendetwas, wovor wir uns – sie sich in Acht nehmen müssen?«, fragte die Bibliothekarin.

Vor großen Männern in Latexanzügen mit Gasmasken, dachte Larsen. Draußen brach sich die Mittagssonne gleißend in der Nässe, die von dem in der Nacht gefallenen Regen übrig geblieben war. Schlanke Möwen segelten mit ausgebreiteten Flügeln durch den porzellanblauen Himmel, und die Luft roch so stark nach Frühling, dass Larsen spürte, wie nach dem langen kalten Winter auch seine Hoffnung zurückkehrte. Es war ein schöner Tag, der schönste in diesem Jahr bisher.

Sein Handy summte in der Innentasche des Dufflecoats. Schon wieder Torsten Lenz. Larsen meldete sich. »Kiefer, es gibt einen Zwischenfall in einem Friseursalon in Findorff«, sagte Lenz. »Ein Mann bedroht eine der Angestellten mit einem Schwert.«

»Mit was für einem Schwert?«

»Einem japanischen Kurzschwert, Wakizashi genannt. Er sagt, er will sie umbringen, wenn sie nicht zu ihm zurückkommt oder so was in der Art.«

»Woher wissen wir das?«

»Eine der Kundinnen hat uns mit einem Mobiltelefon aus dem Salon angerufen.«

»Ist schon jemand von uns da?«

»Das SEK ist unterwegs.«

»Warum rufst du mich dann an? Für uns hat der Mörder der Prostituierten Priorität. Ich habe gerade von der Leiterin der Uni-Bibliothek eine Liste der Studenten erhalten, die als letzte –«

»Ich setze dich in deiner Eigenschaft als Leiter des Dezernats für Gewaltdelikte ins Bild«, erklärte Lenz gleichmütig. »Damit sich so eine Informationspanne wie bei dem anonymen Gasmaskenwichser im Hochhauskeller in Osterholz nicht wiederholt. Falls sich der Samurai im Friseursalon am Ende als unser Serienkiller entpuppt –«

»Wie kommst du denn darauf?«, fragte Larsen. »Gibt es irgendeinen Hinweis, dass er es sein könnte?«

»Bis jetzt nicht. Bis jetzt ist es nur ein Mann, der eine Frau mit einem scharfen Gegenstand bedroht.«

»Ich fahre hin«, sagte Larsen.

50

Robert

Halt, stopp, wo wollen Sie hin?! Niemand verlässt den Laden!« Robert richtete die Klinge auf die Frau in dem Plastikumhang, die aus ihrem Stuhl unter der Trockenhaube aufgestanden war und sich langsam auf die Tür zubewegte, die Lockenwickler noch auf dem Kopf. Mit einem Rucken des Schwerts deutete er auf den Stuhl, den sie verlassen hatte. »Zurück auf Ihren Platz!«

Der Salon war voll: Mariona, ihre Chefin Heike, eine Kollegin, die Irene hieß, außerdem ein Mann um die fünfzig, dem Irene gerade einen Scherenschnitt verpasste, die Frau mit den Lockenwicklern und eine weitere Kundin, etwas jünger und eben erst gekommen. »Du bist doch irre!«, schrie Mariona. »Komplett verrückt!« Sie hielt einen Besen in der Hand und stand in ihrem grünen Kittel am Durchgang zum Hinterzimmer.

»Niemand passiert etwas«, sagte Robert und blieb ganz ruhig, Herr der Situation. »Ich will nur, dass die da«, er deutete mit der Klinge auf Mariona, »dass sie mir die Sachen zurückgibt, die sie aus meinem Koffer gestohlen hat!«

»Das ist alles?!« Mariona lachte schrill, angestrengt. »Sonst nichts?! Deswegen führst du dich hier auf wie ein durchgeknallter Alki?« Sie schüttelte den Kopf, als wäre sie eine Schauspielerin, die völliges Unverständnis ausdrücken, die Situation jedoch nicht auf die Spitze treiben wollte. »Die kannst du haben. Aber nicht umsonst, klar?«

»Wo sind sie?«

»An einem sicheren Ort, wo du nie draufkommst.«

»Ich will sie wiederhaben, und ich will, dass du versprichst, niemand davon zu erzählen.«

Die Kundin, die eben erst gekommen war, sah begriffsstutzig von einem zum anderen, während die Frau mit den Lockenwicklern anfing, sich hektisch den Plastikumhang von den Schultern zu zerren. Der Mann, dem Irene gerade die Haare schnitt, wischte sich mit dem Handballen die nassen Strähnen aus der Stirn. »Was ist denn hier eigentlich los?«, fragte Heike und massierte sich die Schläfen mit den Fingerspitzen, rauf, runter, ein winziger Halbkreis aus Falten kam und ging wie winzige Gezeiten aus Haut. »Warum fuchtelst du mit dem Schwert da rum, Robert?«

Ich bin das gar nicht, dachte Robert; das Schwert ist es. Wie von selbst schien es in seiner Hand hierhin und dorthin zu zucken wie eine Wünschelrute; die Klinge blitzte auf, wenn das Deckenlicht sich darin spiegelte. Aber er hielt es in der Hand, und eine Sekunde lang fragte er sich, wie es dahin gekommen war und was er hier überhaupt wollte, wie er hierhergekommen war.

Gestern hatte er sich das so vorgestellt: Er rief gleich am Morgen in dem Friseursalon an, und wenn Mariona an den Apparat kam, sagte er, du kommst jetzt sofort nach Hause und bringst meine Sachen mit, sonst passiert was. Er musste nicht weiter ausführen, was genau passieren würde, weil sie die Entschlossenheit in seiner Stimme spürte und kleinlaut versicherte, dass sie gleich nach der Arbeit da wäre. Er hatte sich ausgemalt, wie sie dann am Abend in die Wohnung kam und wie sie noch nach Haarspray und dem ganzen anderen Zeug im Salon roch, aber sie hatte die Kladde und seinen Karoblock dabei, ich habe nicht reingeguckt, ehrlich, sagte sie.

Er hatte ein paar Stunden geschlafen, einfach, weil er so müde war von allem, was in ihm vorging. Und als er aufwachte, stellte er fest, dass es schon fast Mittag war. Da war er erst mal runter zum Edeka an der Ecke, um eine Flasche Wodka und ein paar Flaschen Bier zu holen, weil er das Gefühl hatte, nicht zu wissen, wer er gerade war und was um ihn herum passierte. Nach zwei Flaschen Jever hatte er dann beim Friseursalon angerufen. Es hatte ein paar Minuten gedauert, bis Mariona an den Apparat gekommen war, weil sie gerade einer Kundin Locken drehen musste, aber als sie dann dran war, hatte sie nur geflüstert.

Hast du sie nicht mehr alle, mich hier anzurufen, du spinnst wohl total, nach allem, was ich in deinem Koffer gefunden habe. Es war so ein Bühnenflüstern, eher ein Zischen. Ich bin fertig mit dir, deine Eltern werden aus allen Wolken fallen, wenn ich ihnen das zeige, das kostet dich was –

Hast du das etwa gelesen?! Das geht dich nichts an, das ist meine Privatsphä–

Sie hatte einfach aufgelegt, mitten im Satz. Er hatte noch ein Bier getrunken, bevor er zum Wodka übergegangen war, und am frühen Nachmittag war er so weit, dass er wusste, was er tun musste, um sich Respekt zu verschaffen. Er hatte das Schwert seines Großvaters in ein Badetuch gewickelt und den Wodka in die Sporttasche gesteckt, in der sich schon das Messer, die Gasmaske, die Fesselbänder, der Latexanzug und alles, was er vielleicht sonst noch brauchte, befanden. Dann hatte er sich mit der Straßenbahn auf den Weg zu Heikes Haarparadies gemacht. Er nannte es noch immer so, obwohl es neuerdings Heikes Coiffeursalon hieß.

Es war nur ein kleiner Friseurladen, mit einem Schaufenster, durch das man praktisch nichts sehen konnte, weil auf dem niedrigen Fensterbrett mehrere immergrüne Topfpflanzen nebeneinanderstanden, und von oben baumelten große Werbeplakate für Shampoos, Haarkuren und Colorationen herab. Über der Tür hing als Relikt alter Zeiten ein verchromter Teller, der bei jedem Windstoß hin und her schlug.

Robert hatte die Tür aufgedrückt, aber obwohl eine Klingel ertönte, sah niemand zu ihm herüber. Erst als er das Schwert aus dem Handtuch gewickelt hatte; erst als Irene erschrocken aufgeschrien hatte; erst als Heike (blond, hochtoupiertes Haar, mehrere Schichten Schminke im Gesicht) hinter dem Plastikvorhang zum rückwärtigen Teil des Raums hervorgeschaut hatte; erst als er »Mariona!« gesagt hatte, leise, aber deutlich vernehmbar durch das Schnippen der Schere und das Summen der Trockenhaube; erst als all das passiert war, hatte auch Mariona zu ihm hergesehen und abfällig gesagt: Das glaub ich einfach nicht … das glaub ich echt nicht … ja, spinnst du jetzt total?

Du kommst sofort mit!, hatte er gesagt und war mit dem Schwert auf sie zugegangen, da hatte er es noch nicht erhoben, hielt es nur ganz locker in der Hand.

Ich denk ja gar nicht dran, hatte sie geantwortet, nicht in hundert Jahren, mit einem entschiedenen Kopfschütteln, und dabei die Unterlippe verächtlich vorgewölbt. Sie hielt einen Besen in der

Hand, mit dem sie die Haare auf dem Boden zusammenfegte, sie machte nämlich einfach weiter in ihrem blassgrünen Friseusenkittel, und das machte ihn jetzt wütend, sodass er doch das Schwert hob, und wieder hatte jemand geschrien, und aus den Augenwinkeln hatte er gesehen, wie die Frau mit den Lockenwicklern im Haar aufstand und sich auf die Tür zubewegte, und jetzt kam gerade eine neue Kundin rein, zu der er sagte: »Setzen Sie sich hin. Sie sind gleich dran. Sobald meine Freundin angezogen ist, können wir gehen.«

Und zu Mariona sagte er: »Wenn du nicht sofort mitkommst, schlage ich dir den Kopf ab.« Vielleicht meine ich das sogar ernst, dachte er, denn plötzlich geriet etwas in ihm außer Rand und Band. Er fing an zu zittern, sein Herz flatterte wie ein kleiner Vogel in einem Käfig aus Knochen gegen seine Rippen. »Jetzt komm schon, du Miststück!«

Mariona war blass geworden. »Ich gehe nicht mit dir!«, schrie sie genauso außer sich. »Du bist ein Mörder. Ich gehe nicht mit einem Mörder hier raus!« Dabei wich sie Schritt für Schritt zurück, bis sie mit dem Rücken gegen Heike stieß, die wie erstarrt am Vorhang zum Hinterraum stand. Auch alle anderen waren irgendwie erstarrt: die Frau mit den Lockenwicklern im Haar, Marionas Kollegin Irene mit der Schere in der Hand, der Mann mit der halb fertigen Frisur, die neue Kundin, die eben reingekommen war – keiner bewegte sich außer Mariona und Robert, der schnell auf sie zuging und dabei das Schwert schwenkte, und wieder Mariona, die weiter zurückweichen wollte, aber nicht an Heike vorbeikam, und dann Heike, die ihr plötzlich einen Stoß versetzte, sie wegschubste, als hätte Mariona eine ansteckende Krankheit.

Mariona stolperte auf Robert zu, mit ausgestreckten Armen. Sie schien das Gleichgewicht zu verlieren. Robert schlug zu, obwohl er es eigentlich gar nicht wollte, ziellos. Die Klinge des Wakizashi zischte durch die Luft wie eine Sichel, fast konnte man hören, wie sie die Luft zerteilte, bevor sie auf einen kaum spürbaren Widerstand stieß, und jetzt schrie niemand, als Marionas linke Hand von ihrem Arm wegflog, fast sah es aus, als würde sie davonsegeln, ein roter Vogel von einem blassgrünen Ast. Der Vogel landete auf dem

Boden, wo er noch etwas mit den Fingern zu schlagen schien, das sah aber wahrscheinlich nur so aus.

Robert war betrunken, jetzt merkte er, wie betrunken er war. Alles in seinem Blickfeld hatte helle, flimmernde Ränder. Fassungslos starrte Mariona ihren linken Arm an, aus dem das Blut in einem hohen Bogen schoss – den Arm und Robert und sein Schwert. Ihr Gesicht war vom Schock entstellt. Es schien gar keine Form und keinen Ausdruck mehr zu haben. Die anderen Leute schrien auf einmal alle durcheinander, schrien ihn an. Aber er fühlte nichts, keine Überraschung, keinen Schreck. Er spürte nicht einmal das Gewicht des Schwertes in seiner Faust. Er hatte mit alldem eigentlich gar nichts zu tun. Er ging zur Tür, als hätte er sich nur eben nach dem Preis für einen Haarschnitt erkundigt, öffnete sie, hob die Sporttasche auf und trat auf die Straße.

Es war dunkel geworden, und irgendwo in der Nähe tönte eine Polizeisirene. Ich geh mal dahinten lang, dachte er.

51

Larsen

Was ist passiert? Erst Sie, dann Sie, der Reihe nach«, sagte Larsen. Er stand neben der Tür von Heikes Coiffeursalon, flankiert von Torsten Lenz und Mareike Jung. »Jemand von Ihnen kennt also den Mann mit dem Schwert?«

»Ja, er ist ihr Freund«, sagte die Frau mit dem hochtoupierten blonden Haar, die sich als Heike Bergmann vorgestellt hatte. Das ist mein Name da über der Tür, die Heike, die bin ich. Ich bin die Besitzerin. Sie sah zu einer blassen jungen Frau in einem blutverspritzten Kittel hinüber, die in der Mitte des Raums reglos auf einer Trage lag, wo sie von einem Notarztteam versorgt wurde. »Mariona Andresen, meine Mitarbeiterin. Sie wohnen zusammen. Er ist hier reingestürmt, mit dem Schwert in der Hand, und hat geschrien: Du kommst sofort mit!«

»Es war also eine Beziehungstat?«, fragte Lenz.

»Ich weiß nicht. Es hörte sich so an. Ja, nach Gewalt in einer Beziehung.«

Die Augen der blassen jungen Frau waren geschlossen. Ihr Gesicht sah aus, als wäre es aus Wachs modelliert. Der linke Arm endete in Höhe des Handgelenks in einem Druckverband. Die abgetrennte Hand lag in einem Zellophanbeutel in einem mit Eis gefüllten Kunststoffbehälter neben der Trage. »Okay, ab mit ihr«, sagte der leitende Arzt. Sie hoben die Trage an und bugsierten sie zur Tür.

»Wo bringt ihr sie hin?«, fragte Mareike.

»Rolandklinik«, sagte der Arzt.

»Wann können wir mit ihr sprechen?«

»Sobald die Hand wieder angenäht ist und sie aus der Narkose aufwacht. Fragen Sie den behandelnden Arzt auf der Intensiv.«

Sie trugen die blasse Frau zu einem Rettungswagen, der mit offener Seitentür vor dem Friseurladen stand. Die restliche Straße war noch vom SEK abgesperrt, Blaulicht flackerte vor den Fenstern; Polizisten in Uniform und Zivil liefen zwischen den Einsatzfahrzeugen hin und her.

»Und wie heißt der Mann?«, fragte Lenz. »Wir brauchen seinen Namen und seine Adresse.«

»Er heißt Robert«, sagte die Besitzerin. »Die Adresse ist dieselbe wie die von Mariona. Von Frau Andresen. Sie wohnen zusammen.« Sie ging zu einer Art Stehpult neben dem Durchgang zum Hinterraum, holte ein kunststoffgebundenes Buch aus der untersten Schublade und schlug es auf. »Kirchstraße 46. Das ist die Adresse der beiden.«

»Als er reinkam, hatte er das Schwert noch nicht in der Hand«, meldete sich eine andere Frau zu Wort, offenbar eine Kundin, der eine dritte Frau gerade Lockenwickler aus dem Haar rollte. »Er trug es in dem Handtuch da«, sie deutete auf ein Frotteetuch auf dem Boden neben der Tür, »unter dem Arm. Er hat es erst rausgeholt, als die Tür hinter ihm zu war. Er hatte auch noch eine Tasche, so eine Sporttasche. Die hat er vorher da neben der Tür abgestellt. Da, wo das Handtuch liegt. Nachher hat er sie wieder mitgenommen, genau wie das Schwert.«

»Es war kein Schwert«, sagte der einzige Mann im Raum, der nicht zum SEK oder zu Larsens Leuten gehörte. Seit ihrem Eintreffen saß er in seinem Sessel vor dem Spiegel und erweckte jetzt den Eindruck, als spräche er zu seinem Spiegelbild. »Es war ein Messer. Ein langes Messer wie zum Fleischschneiden.«

»Es war eindeutig ein Schwert«, widersprach die blonde Frau, die in dem Salon offenbar das Sagen hatte. »Es hatte eine lange, geschwungene Klinge wie eine Machete oder so, wie man sie immer bei den Mexikanern im Kino sieht.«

»Ein japanisches Schwert«, ergänzte die Frau mit den Lockenwicklern.

»Haben Sie uns angerufen?«, fragte Lenz.

»Ja. Ich habe ein Handy. Er hat nicht gesehen, dass ich telefoniert habe, wegen der Trockenhaube.«

»Sie hat gesagt, ich gehe nicht mit dir mit, du bist ein Mörder«, meldete sich die junge Frau in dem Friseusenkittel zum ersten Mal zu Wort.

»Wer hat das gesagt?«, fragte Lenz.

»Mariona. Seine Freundin.«

»Und wie heißt Robert weiter?«

»Melzer. Robert Melzer.«

»Ich kümmere mich um die Fahndung«, sagte Mareike. »Seit wann ist er flüchtig?«

Die Besitzerin klappte das Buch wieder zu. »Ungefähr fünf Minuten, bevor Ihre Leute da waren, ist er abgehauen.«

»Hat einer der beiden sonst noch etwas gesagt?«, fragte Lenz.

»Ja, er wollte, dass Mariona ihm etwas wiedergibt«, erklärte die junge Frau im blassgrünen Friseusenkittel. »Sie hat gesagt, er könnte es haben, aber es würde ihn was kosten.«

»Als sie gesagt hat, er wäre ein Mörder – was könnte sie damit gemeint haben?«

»Dass er jemand umgebracht hat, vielleicht«, sagte der Mann vor dem Spiegel.

»Und da hat er ihr die Hand abgeschlagen«, fragte Larsen weiter, »in dem Moment?«

»Wie einem Dieb im Orient«, sagte der Mann.

»Ja, aber das war ein Unfall«, sagte die Friseuse. »Ich glaube, er wollte ihr nur einen Schreck einjagen, und wenn Heike – also Frau Bergmann – sie nicht in seine Richtung gestoßen hätte, wäre es bestimmt nicht passiert.«

»Ich habe Mariona nicht gestoßen!«, protestierte die Besitzerin empört. »Sie ist unglücklich gestolpert.«

»Es sah aber so aus, als hätte sie einen Stoß gekriegt«, sagte die Frau mit den Lockenwicklern.

»Können Sie uns sonst noch etwas über den flüchtigen Robert Melzer sagen?«, fragte Larsen. »Oder über das Verhältnis der beiden?«

»Nein«, sagte die Besitzerin.

Die junge Frau in dem Kittel hob die Hand, nur kurz und fast verlegen. »Ich heiße Irene Schulte – ich bin Marionas beste Freundin. Ich weiß nicht, ob das jetzt wichtig ist oder ob ich überhaupt davon reden darf, aber …«

»Ja?«, ermunterte Larsen sie.

»Sie hatte noch einen anderen. Die Mariona. Einen anderen Freund. Sie sagte, mit Robert liefe eigentlich nichts mehr. Abends ist sie auch meistens zu dem anderen gefahren. Oder er hat sie abgeholt. In einem silbernen Camaro. Er hatte wohl Geld …«

»Wissen Sie, wie der heißt? Können Sie uns seinen Namen nennen?«

»Richy.«

»Und wo wohnt dieser Richy?«, fragte Lenz.

»Hinterm Bürgerpark.« Irene schürzte kurz die Lippen. »Ich komm darauf, weil die Mariona zu Robert gesagt hat, das, was er haben wollte, wäre an einem sicheren Ort. Und da hab ich mir gedacht, dann ist es vielleicht bei Richy.«

»Das könnte hilfreich sein«, sagte Larsen. »Danke.«

Der Mann, der immer noch vor dem Spiegel saß, redete wieder mit seinem Ebenbild. »Ich habe mir auch was gedacht«, sagte er. »Ich habe mir gedacht, dass es mich nicht wundern würde, wenn der Kerl auch diese ganzen Prostituierten ermordet hat. Mit seinem Schwert.«

Später dachte Larsen: Das wäre der Augenblick gewesen, um die Liste der Bibliothekarin zurate zu ziehen und zu überprüfen, ob der Name Robert Melzer darauf steht. Ich hatte sie bei mir. Ich hätte sie nur herausholen müssen, und da wäre er gewesen, zusammen mit der Adresse seiner Eltern, in der zweiten Spalte der Theologie-Studenten. Aber das habe ich nicht getan.

»Schick mal einen Streifenwagen in die Kirchstraße, zum Haus von Frau Andresen«, sagte Larsen zu Mareike. »Oder nein – fahr selbst hin. Und nimm Olaf mit. Seht euch in der Wohnung um und ruft mich an, falls da irgendwas auf eine Verbindung zu unserem Serienmörder schließen lässt.«

Ich habe einem Mörder die Gelegenheit zu weiteren grausamen Verbrechen gegeben. Weil ich nicht davon überzeugt war, dass es diese Verbindung geben könnte, dachte er später. Ich habe einen Moment lang den Überblick verloren und so eine junge Frau entsetzlichen Qualen ausgesetzt, die ich ihr hätte ersparen können. Ich war müde und ausgelaugt und habe den Wald vor lauter Bäumen nicht mehr gesehen. So was passiert manchmal, wenn man lange an einem Fall arbeitet. Aber das ist keine Entschuldigung. Es ist nur eine Erklärung, sie befreit mich nicht von der Schuld, und mit dieser Schuld muss ich von nun an leben.

Doch das alles dachte er erst später.

52

Robert

Er blieb stehen, als er das Gefühl hatte, weit genug vom Friseursalon entfernt zu sein. Er wusste, dass die Polizei jetzt seinen Namen kannte. Bald würde jeder ihn kennen. Er hatte nichts mehr zu trinken und auch kein Geld. Das Schwert hatte er in die Sporttasche zu den anderen Sachen gelegt, und wenn er sich unauffällig verhielt, erregte er bestimmt kein Aufsehen. In seine Wohnung konnte er nicht, da waren sie sicher schon, und wenn sie seinen Koffer fanden und die Bilder darin sahen, wussten sie, dass er die ganzen Frauen getötet hatte. Seine Eltern waren die Nächsten, zu denen sie dann gehen würden. Er konnte seine Mutter schon hören, wie sie der Polizei alles über ihren missratenen Sohn erzählte, was für eine Enttäuschung er war, für sie und für seinen Vater.

Aber warum, Mama? Warum bin ich so geworden?

Am besten mache ich jetzt reinen Tisch, dachte er. Es hatte keinen Sinn, den wimmelnden Schlangen auf Medusas Haupt die Köpfe abzuschlagen, weil sie doch immer wieder nachwuchsen. Man musste Medusa selbst enthaupten, dann hatten die Bullen wenigstens einen echten Grund, zu Hause aufzutauchen. Und dann – danach – würde er sich auf den Weg zu Sabi machen. Wenn sie nicht da war, spielte das auch keine Rolle, weil er ja die Schlüssel hatte und niemand wusste, dass er sie kannte.

Aber vorher brauchte er noch was zu trinken, Wodka, Tequila, Rum, egal was. In der Gegend, in der er jetzt war, kannte er sich nicht besonders gut aus. Aber wenn er lang genug kreuz und quer lief, kam er bestimmt über kurz oder lang zu einem Supermarkt. Der Rest war dann nicht mehr so schwierig, er hatte schon öfter mal was geklaut. Der Trick dabei war, dass man es ganz selbstverständlich tat, als wäre es das Natürlichste von der Welt.

Es war immer noch kalt, allerdings nicht mehr so eisig wie noch vor einigen Wochen. Die Straße führte an einem kleinen Park vorbei, und unter einer Bank entdeckte er eine leere Jever-Flasche, in der sogar noch ein Rest Bier war. Er hob sie auf, wischte die Öffnung mit dem Ärmel ab und trank sie aus, bevor er sie in die rechte Parkatasche steckte. Er ging weiter, und am Ende der nächsten Straße leuchtete auch schon ein Supermarktschild. Er sah auf die Uhr – kurz vor Ladenschluss, umso besser, da war immer am meisten los, das Personal hatte keine Lust mehr, an den Kassen stauten sich die Kunden.

Er ging in den Laden, verschaffte sich schnell einen Überblick und marschierte schnurstracks in die Spirituosenabteilung. Wie er gedacht hatte, war weit und breit niemand von den Angestellten zu sehen, außer beim Gemüse und hinter der Fleischtheke. Er stellte die Sporttasche ab, nahm eine Flasche Absolut aus dem Regal, schraubte sie auf und holte die Bierflasche aus der Parkatasche. Er wandte dem Feierabendtreiben im Laden den Rücken zu, hielt beide Flaschen dicht am Bauch und füllte den Wodka in die Bierflasche um. Ein paar Zentimeter musste er übrig lassen, aber weil noch immer niemand guckte, setzte er die Wodkaflasche schnell an die Lippen und trank einen großen Schluck und dann noch einen, bevor er sie fast leer wieder ins Regal zurückstellte.

Er schob sich an der Warteschlange vor der Kasse vorbei. »'tschuldigung, 'tschuldigung.« Die anderen Kunden wichen ihm aus, vermieden die Berührung. Kein Ton, als er die Schranken passierte, nichts piepte oder jaulte, und eine Minute später stand er wieder auf der Straße und hatte eine Bierflasche voll Wodka in der Tasche. Damit kam er erst mal sicher durch die Nacht, bis er bei seinen Eltern gewesen war. Die ganze Zeit versuchte er, nicht an Mariona zu denken, nicht an ihr Gesicht, als die Hand durch die Luft geflogen war und das Blut aus dem Stumpf durch die Gegend spritzte. Bloß dass dieser Anblick zu den Bildern gehörte, die man nicht einfach vergessen konnte, trotz all der anderen Bilder, die er schon mit sich herumschleppte.

Ich wollte das nicht, ehrlich. Ich wollte das alles nicht.

An der nächsten Ecke wusste er plötzlich wieder, wo er sich befand und wie er von hier aus zu seinen Eltern kam. Er musste erst die Straßenbahn nehmen und dann den Bus. Zeit für eine Pause, in dem Hauseingang da. Er stellte die Tasche auf die Stufe vor der Tür, holte die Bierflasche aus dem Parka und trank einen großen Schluck Wodka, der in seinem Magen brannte wie Feuer.

Er hatte seiner Mutter nie das Bild der heiligen Rosa gezeigt. Oder seinem Vater, obwohl der ihm zuerst von ihr erzählt hatte, als er noch ein Kind gewesen war. Das hatte er völlig vergessen, die ganzen Jahre lang. Erst jetzt fiel es ihm wieder ein – Papa, der von der Märtyrerin erzählte. Aber ohne das Bild. Das Bild hatte er später selbst entdeckt. Danach muss ich ihn fragen, dachte er. Weißt du noch, wie du Mama zum ersten Mal gesehen hast, Papa? Erinnert dich das Bild nicht daran, an ihr Aussehen, ihr Gesicht? Erinnert es dich nicht daran, was für ein Mann du damals warst? Ein Lehrer, ja, aber was für einer! Du hast deinen Beruf geliebt, deine Schüler, das Leben! Problemkinder gab es für dich nicht. Du hast jeden mitgerissen, mit deiner Begeisterung angesteckt. Alle haben zu dir aufgeschaut, sogar die, die größer waren als du. Ich habe zu dir aufgeschaut!

Und jetzt, sieh dich heute an, was aus dir geworden ist. Wer trägt die Schuld daran? Und wer trägt die Schuld an dem, was aus mir geworden ist? Wir wollten doch nie Märtyrer sein, Menschen, die einfach geopfert werden. Und wofür? Für andere Männer! Sie hat uns geopfert, dich und mich, auf dem Altar ihrer Lust, und du hast nicht Halt! gesagt. Hast nicht gesagt, du gehst jetzt nicht weg, du bleibst heute hier! Hast nicht gesagt, dein Sohn braucht dich, ich brauche dich. Hast nicht gesagt, wir wollen dein Lachen nicht hören, kaum dass du aus der Tür bist!

So viele Frauen könnten noch leben, wenn du um dein Leben gekämpft hättest. Um mein Leben. Jetzt opfern wir sie, um uns von dem Fluch zu befreien; wir kehren zurück aus dem Reich der lebenden Toten. Ich tue es für dich, Papa, mit diesem Schwert hier. Guck sie dir an, wie unschuldig sie tut. Aber zuerst trinken wir was zusammen, alle drei. Keinen Eierlikör, nein, diesen schönen Wodka mit Biergeschmack hier. Ich weiß, du trinkst nicht, jedenfalls nicht offiziell, aber heute Abend – heute gibt's was zu feiern. Ich werde heiraten, Papa, habe ich dir das schon erzählt? Eine Frau, die nicht so ist wie die, die du geheiratet hast. Eine gute Frau, anständig, freundlich, eine Künstlerin.

Die wenigen Fußgänger, die Robert entgegenkamen, wichen ihm aus; manche wechselten die Straßenseite. Er schwankte ein wenig beim Gehen, und alle paar Meter blieb er stehen, um die Bierflasche an den Mund zu setzen. Er wusste nicht, wie viel Zeit er hatte, bevor die Bullen bei seinen Eltern aufkreuzten und fragten: Wann haben Sie das letzte Mal etwas von Ihrem Sohn gehört? Robert, genau. Weswegen wir ihn suchen? Er hat seiner Lebensgefährtin eine Hand abgehackt. Ja, mit einem Schwert. Dürften wir uns mal in seinem Zimmer umsehen? Haben Sie vielleicht ein neueres Foto von ihm, das Sie uns zu Fahndungszwecken zur Verfügung stellen könnten?

Vielleicht kamen sie schnell, dann brauchte er nur zu warten, bis sie wieder weg waren. Das kleine Haus seiner Eltern lag am Stadtrand, in einer schmalen, wenig befahrenen Straße, unweit der Justizvollzugsanstalt. Die Häuser hatten kleine Gärten, und bald würden die Apfelbäume hinter den Gartenmauern zu blühen beginnen; darauf freute er sich schon.

In der Straßenbahn wechselten zwei Leute den Platz, als er sich ganz hinten hinsetzte. Von mir aus, dachte er. Ich habe getrunken, na und? Ich bin nicht besoffen. Ich könnte die ganze Nacht weitertrinken und wäre immer noch nicht besoffen. Aber dann dachte er: Was, wenn Sabi auch vor ihm zurückwich? Wenn sie sich vielleicht sogar vor ihm ekelte? Er betrachtete sein Spiegelbild im Fenster. Er war unrasiert, das Haar hing ihm in fettigen Strähnen ins Gesicht, seine Augen glänzten fiebrig, die Lippen waren aufgesprungen, fast schartig, und er schwitzte. Vielleicht konnte er zu Hause noch duschen, bevor er Sabi besuchen fuhr.

Zwei Haltestellen vor der Endhaltestelle stieg er aus und ging noch sieben Minuten zu Fuß. Die Straße war menschenleer, nur wenige Laternen spendeten Licht. Kein Streifenwagen weit und breit. Als Robert das Haus auftauchen sah, blieb er stehen, kippte den Rest Wodka runter und stellte die Flasche auf einem Trafokasten neben sich ab. Bis zum Gartentor seiner Eltern, hinter dem das Haus bereits im Dunkeln lag, ging er etwas langsamer. Er trug die Sporttasche mit dem Schwert nicht mehr – er hielt sich an ihr fest. Er traf den Klingelknopf nicht gleich beim ersten Mal, doch dann

klappte es. Er konnte die Glocke in der Diele bis auf die Straße hören.

Es dauerte fast zwei Minuten, und er musste noch einmal klingeln, bevor das Licht in der Diele anging und der Summer ertönte.
Er stieß das Gartentor auf. Seine Mutter öffnete die Haustür. »Robert?«, fragte sie. Sie kniff die Augen zusammen. »Wie siehst du
denn wieder aus?!«

53

Larsen

Richard Michalski, genannt Richy, wohnte in einem Flachdach-Bungalow neben dem Gelände eines Gebrauchtwagenhändlers auf der einen Seite und einer Videothek auf der anderen Seite. Das Viertel hatte alles, was es brauchte, um regelmäßig vergessen oder absichtlich übersehen zu werden, wenn sich ein runder Tisch aus Stadtentwicklern und Architekten formierte, um Pläne für die Stadt der Zukunft zu entwerfen. Vor dem Bungalow parkte ein silbern lackierter Chevy Camaro, der offenbar frisch aus der Waschstraße kam. Gartenzaun, Regenrinnen, Dach oder Hausmauern hätten dagegen schon vor Jahren renoviert, gestrichen oder wenigstens gesäubert werden müssen. Die Jalousien vor den Fenstern waren heruntergelassen, doch zwischen den schmutzigen Lamellen schimmerte Licht.

Larsen parkte den schwarzen VW-Golf aus dem Fuhrpark hinter dem silbernen Camaro, stieg aus und klingelte. Die Hip-Hop-Musik, die aus dem Bungalow drang, brach ab. Er wartete einige Sekunden, bevor er noch einmal klingelte und den Finger auf dem Knopf ließ. Endlich rief eine Männerstimme: »Ja, ja!«

Der Mann, der die Tür öffnete, war um die dreißig, sehr schlank und groß. Sein Gesicht hätte in der Pubertät noch ein bisschen mehr Zeit gebraucht, um fertig zu werden; jetzt war es älter geworden, ohne das Kindliche gänzlich verloren zu haben. Er trug einen dunkelgrauen Jogginganzug mit schnellen roten Streifen an den Hosenbeinen und schwarze Adidas-Sneaker. Das blonde Haar begann schon, schütter zu werden, dafür wuchsen ihm die Koteletten fast bis zum Kinn hinunter. »Was ist denn? Was wollen Sie?«

Larsen zeigte seinen Ausweis vor. »Larsen, Kripo Bremen. Sind Sie Richard Michalski?«

»Ja. Und?«

»Kennen Sie eine Mariona Andresen?«

»Ja …« Die Stimme wechselte in eine höhere Tonlage. »Ist etwas mit ihr?«

»Darf ich reinkommen?«

Michalski warf einen Blick hinter sich, als wüsste er selbst nicht so genau, was man dort alles vorfinden könnte, zuckte mit der rechten Schulter und trat zur Seite. »Meinetwegen. Eigentlich müsste sie längst hier sein. Wie viel Uhr ist es denn?«

»Kurz vor 21 Uhr«, sagte Larsen. Er ging an einem gegen die Wand gelehnten Rennrad vorbei durch eine nach Pot riechende Diele in den einzigen Raum, dessen Tür offen stand. In einem anderen Haus, bei anderen Bewohnern und unter anderen Umständen hätte Larsen es für das Kinderzimmer gehalten, ein buntes, unaufgeräumtes Durcheinander, das einem Wimmelbild glich, komplett mit Bällen, einem Roller, einer Armbrust, Kleidungsstücken auf dem Boden und bunten Postern von Rockstars an den Wänden. Nur ein Flipperautomat, eine teure Hi-Fi-Anlage und ein chromglänzender Hometrainer passten nicht ins Bild.

Michalski folgte ihm in den Raum und drehte das gedimmte Licht einer Lampenleiste an der Decke noch etwas herunter, als könnte er damit auch den Geruch nach Pot reduzieren. »Wie gesagt, wenn Sie zu Mariona wollen – ich erwarte sie jede Minute.«

»Sie wird nicht kommen«, sagte Larsen.

»Woher wissen Sie das? Ist ihr etwas zugestoßen?«

»So kann man das sagen.« Larsen musterte Michalski. »Sie liegt im Krankenhaus, wo ihr gerade die linke Hand wieder angenäht wird.«

Michalski wurde blass, seine Lider flatterten ein paarmal wie die Flügel eines Schmetterlings, der gerade gelandet war. »Was?! Angenäht? Was ist denn – wie ist das denn passiert?«

»Jemand hat sie mit einem Schwert angegriffen, in dem Salon, in dem sie arbeitet.«

»Mit einem Schwert?«

»Einem japanischen Kurzschwert. Haben Sie sich nicht gefragt, wo sie bleibt? Ob ihr etwas zugestoßen sein könnte?«

Michalski fuhr sich mit beiden Händen durch das etwas zu lange Haar. »Ach«, sagte er leise, »wissen Sie, was Frauen angeht, bin ich wie ein Hund. Ich freue mich, wenn sie kommen, aber wenn sie weg sind, denke ich nicht an sie.«

»Ich nehme an, das Pot hilft Ihnen dabei«, meinte Larsen. »Kennen Sie den jungen Mann, mit dem sie zusammenwohnt?«

»Den Studenten?«

»Er studiert? Was denn?«

»Keine Ahnung. Die Mariona hat immer gesagt, sie wohnt mit einem Studenten zusammen. Ich habe ihn nur einmal kurz gesehen, Silvester, da war er sturzbesoffen und hat ihr eine Szene gemacht, weil wir so 'n bisschen rumgemacht haben. Aber sie hat ihn eiskalt abblitzen lassen, und da hat er 'nen Abflug gemacht.«

»Studieren Sie auch?«

»Ich? Nee, ich doch nicht! Ich bin Geschäftsmann.«

»Und was sind das für Geschäfte?«

»Touristik. Flugreisen und Kreuzfahrten. Aber wegen mir sind Sie doch jetzt nicht hier, oder?«

»Nein«, bestätigte Larsen. »Hat Frau Andresen in letzter Zeit vielleicht etwas bei Ihnen hinterlegt? Etwas, das Herrn Melzer gehört haben könnte?«

»Hinterlegt? Was meinen Sie mit *hinterlegt?* Sie hat doch nur ihren Rucksack, da ist alles drin, was ihr gehört. Mit dem ist sie irgendwann hier aufgekreuzt und hat gefragt, ob sie eine Weile bei mir bleiben kann. Sonst ist hier nichts von ihr.«

»Wo ist der Rucksack? Würden Sie ihn bitte holen?«

»Also, ich weiß nicht … Das ist doch privat, oder? Brauchen Sie dafür nicht einen Durchsuchungsbeschluss oder so was?«

»Normalerweise ja«, bestätigte Larsen. »Aber jetzt ist Gefahr im Verzug. Es kann sein, dass der Inhalt des Rucksacks von größter Bedeutung für unsere Ermittlungen ist.«

»Was für Ermittlungen?«

Larsen spürte, wie seine Geduld sich ihrem Ende zuneigte. »Holen Sie jetzt einfach den Rucksack, bitte!«

Michalski zögerte noch einen Moment, verließ dann aber den Raum, und erst nach einer halben Minute, als Michalski nicht sofort zurückkehrte, kam Larsen der Gedanke, was machst du, wenn er mit einer Waffe in der Hand zurückkommt? Oder wenn er gar nicht wiederkommt, weil er der Mörder ist, den du suchst? Warum bist du allein hier, ohne Unterstützung durch einen zweiten Mann? Warum bist du nicht mitgegangen, den Rucksack holen?

Er tastete nach der Dienstwaffe im Schulterhalfter, packte den Griff, um sie schnell ziehen zu können, und lief aus dem Raum. Hinter der Tür prallte er beinahe gegen Michalski, der ihn überrascht ansah. »Hier ist das Teil. Aber ich habe kein gutes Gefühl dabei, das muss ich Ihnen ganz ehrlich sagen. Was ihren Rucksack angeht, ist die Mariona nämlich total eigen. Da darf niemand dran, nur sie!«

»Danke.« Erleichtert ließ Larsen den Pistolengriff los und griff nach dem Rucksack. Es war ein großer Trekking-Rucksack aus rotem Kunststoff, gesichert mit Reißverschlüssen, Klettstreifen und einem Zahlenschloss, das sich allerdings öffnen ließ, ohne dass Larsen eine Kombination eingeben musste. »Sie waren den Rest der Silvesternacht mit Frau Andresen zusammen?«, fragte er. »Nach dem Zwischenfall mit Herrn Melzer?«

»Aber hallo«, sagte Michalski. »Da ging ja erst richtig die Post ab!«

Larsen öffnete den Rucksack, kehrte die Unterseite nach oben und kippte den Inhalt auf den Bastteppich. Er ging in die Hocke, um das Sammelsurium zu mustern, das sich vor seinen Füßen türmte: mehrere saubere Höschen, ein halbes Dutzend zusammengerollte Socken, eine zerknitterte Bluse, zwei T-Shirts, ein Damenrasierer, ein Maruman-Feuerzeug und einige Kosmetika, die nicht für den täglichen Gebrauch bestimmt waren.

»Da ist ja mein Feuerzeug!«, rief Michalski. »Das habe ich die ganze Zeit gesucht, und sie hat so getan, als wüsste sie nicht, wo es ist. So ein diebisches Miststück! Sind da noch mehr Sachen von mir?« Er beugte sich über den Stapel auf dem Boden, schob eine Trainingshose zur Seite, dann eine Baseballkappe. »Die Hall-&-Oates-CD gehört auch mir! Und das Navajo-Amulett – die kann sich auf was gefasst machen. Mal sehen, ob –«

»Das reicht jetzt«, sagte Larsen. »Wir haben es hier vielleicht mit Beweismaterial zu tun.« Er schob Michalski zur Seite und setzte die Sichtung selbst fort, erstaunt darüber, wie viele Gegenstände in so einen Rucksack hineinpassten. Er registrierte eine Damenuhr mit einem halb zerbrochenen Glas und einem vergoldeten Armband, ein Paar ungetragen wirkende Turnschuhe der Marke Nike, eine Kladde, einen Karoblock, ein rotes Tagebuch mit einem kleinen Messingschloss und mehrere Buntstifte. Auf der Kladde stand handgeschrieben *Mein Leben* und darunter, in Großbuchstaben: R. M.

Plötzlich geschahen zwei Dinge fast gleichzeitig: Larsen schlug die Kladde auf, und sein Handy klingelte. Er holte das Handy aus der Innentasche des Dufflecoats und las den ersten Satz auf der ersten Seite der Kladde. Mareike stand auf dem Display, und in der Kladde stand:

Ich fange an mit dem Atem, weil ich einmal, als ich noch jünger war, beinahe erstickt wäre. Und weil Gina gesagt hat, dass man Lust und Qual bereiten kann, wenn man den Atem eines Menschen beherrscht, ihn durch Knebeln und Würgen drosselt oder ganz stoppt, bis einen nur noch Millimeter vom Tod trennen.

Jählings, während das Handy weiterklingelte und es Larsen vorkam, als würden die Sätze in seinem Kopf explodieren, wurde ihm bewusst, dass Richy Michalski dicht neben ihm stand. *Mein Leben.* Auch diese beiden Worte hallten wie Explosionen in seinem Kopf.

R. M.

Robert Melzer.

Oder Richard Michalski.

Der große Mann hätte Larsen ohne die geringste Mühe eine Hand auf den Nacken legen können, um ihn unten in der Hocke zu halten, und dann wäre es keine große Mühe mehr gewesen, ihm mit einem Messer die Kehle durchzuschneiden. Larsen hatte keine Hand frei, die Pistole im Schulterhalfter war völlig nutzlos.

Aber er passt nicht ins Täterprofil, seine Art, sein Verhalten. Die Weise, wie die Wohnung eingerichtet ist, entspricht nicht der Person, die er dem Profil nach sein müsste.

»Ist das Ihre Kladde?«, hörte Larsen sich fragen, und er hörte das Handy weiterklingeln, und dann hörte er, wie Michalski über ihm fragte: »Wollen Sie nicht drangehen?«, und er las: *bis einen nur noch*

Millimeter vom Tod trennen – und fragte noch einmal: »Wem gehört diese Kladde hier?«

»Keine Ahnung«, sagte Michalski. »Mir nicht. Wahrscheinlich der Mariona.«

Larsen ließ die Kladde auf die Sachen aus dem Rucksack fallen und wechselte das Handy von der einen Hand in die andere. Hob es ans Ohr, während er nach seiner Pistole tastete. »Larsen«, meldete er sich gepresst.

»Chef, wir sind jetzt in der Wohnung von Robert Melzer«, sagte Mareike. »Er ist nicht da. Aber raten Sie mal, was wir hier –«

»Wie seid ihr in die Wohnung gekommen?«

»Was? Der Hausmeister hat uns aufgesperrt, und Sie glauben nicht, was wir im Schlaf–«

»Für Ratespiele habe ich keine Zeit«, sagte Larsen. Er spannte alle Muskeln an, ließ das Handy fallen und stieß sich mit der freien Hand und den Fußballen ab, während er im selben Atemzug seine SIG Sauer zog. Halb schwankend kam er auf die Beine und warf sich gegen Michalski, der überrascht rückwärtstaumelte. »Hey, was soll das denn!?« Sie landeten an der Wand, Gesicht an Gesicht, wo Larsen Michalski die Mündung der Waffe gegen den Hals presste. »Wem gehört die Kladde?!«, fragte er noch einmal.

»Ich weiß es doch nicht! Mir jedenfalls nicht!«

Das Handy auf dem Boden gab quäkende Laute von sich. »Hallo? Hallo?!«

»Nicht rühren!« Die Pistole weiter auf Michalski gerichtet, bückte Larsen sich zu dem Handy hinunter, hob es auf und fragte: »Was habt ihr gefunden?«

»Ich glaube, wir haben unseren Serienmörder«, sagte Mareike aufgeregt. »Olaf hat in dem Schlafzimmer –«

»Ihr habt ihn?«

»Sieht ganz danach aus, Chef. Im Schlafzimmer haben wir einen aufgebrochenen Reisekoffer entdeckt, in dem jemand allen möglichen Scheiß aufbewahrt, vollgewichste Höschen und so was, aber vor allem das: ein Dutzend Fotokopien von dem Bild dieser komischen Heiligen. Was sagen Sie jetzt?«

Larsen sagte nichts. Er betrachtete den Mann, der mit erhobenen

Händen an der Wand stand, gleich neben dem Flipper, dann sicherte er die SIG Sauer und schob sie ins Holster zurück. »Kann ich die Hände runternehmen?«, fragte Michalski.

Larsen nickte. Er holte die Liste der Bibliothekarin aus der Jackentasche, entfaltete sie und sah nach, ob der Name Robert Melzer darauf stand. Da war er, der Achte von oben in der zweiten Spalte: R. Melzer, Theologie, 3. Semester. Und eine Adresse, die nicht der Anschrift von Mariona Andresen entsprach. »Sind Sie noch da?«, fragte Mareike dicht an Larsens Ohr.

»Ja. Seht nach, was ihr sonst noch in der Wohnung findet – Messer, die für einen der Morde benutzt worden sein könnten, die Gasmaske, Poppers, du weißt schon, das ganze SM-Zeug. Gibt es ein Telefon?«

»Ja, hier in der Diele.«

»Überprüft die Nummer – ob uns die bei unseren Ermittlungen schon mal begegnet ist.«

»Na ja, wenn der Anschluss auf den Namen von Frau Andresen gelaufen ist, haben wir ihn erst mal aussortiert, weil wir vorrangig nach Männern suchen mussten.«

Larsen spürte, wie der Puls in den Adern an seinen Schläfen anschwoll. »Frauen haben auch Männer, die telefonieren. Wenn von dem Apparat aus mit einem unserer Opfer telefoniert wurde, muss dafür doch eine Akte angelegt worden sein – wem gehört der Anschluss, wer hat Zugang zu dem Apparat, warum fand das Telefonat statt?! Hast du die Nummern abgeglichen oder Olaf? War es Olaf?«

Mareike zögerte, dann antwortete sie: »Ja.«

Natürlich, dachte Larsen. »Na gut, die Spurensicherung soll da alles unter die Lupe nehmen, und ihr befragt die Nachbarn. Ist Lenz noch im Büro?« Er beugte sich über die Sachen aus dem Rucksack, griff nach dem Karoblock und schlug das Deckblatt zurück. Er betrachtete die Diagramme, las die Namen, die darüber standen: Monique auf dem ersten, Romy auf dem zweiten, Gina auf dem dritten Blatt und – noch ohne Skala – Sabine. Er las »Lust« und »Zeit« und überlegte, was die wie Noten angeordneten kleinen Messer bedeuten mochten. Als er es begriff, verschlug es ihm für einen Moment den Atem.

»Sonst noch was?«, fragte Mareike.

»Ja.« Larsen spürte, dass er einen Fehler gemacht hatte, und hoffte, dass es noch nicht zu spät war, ihn wieder auszubügeln. »Hör zu, findet heraus, wer unter dieser Adresse lebt« – er las die Anschrift vor, die auf dem Blatt stand, »ob das Melzers Eltern sind und ob er sonst noch Verwandte in der Stadt hat – Geschwister, Cousinen, Onkel, Tanten –, hier oder in der Nähe. Jemand, bei dem er sich verstecken kann, bis er mit der neuen Situation klarkommt. Sobald du etwas weißt, rufst du mich wieder an.«

»Heute Nacht noch?«

»Natürlich heute Nacht!«

»Glauben Sie, er wird weitermachen?«

»Ja.« Er unterbrach die Verbindung und wandte sich wieder Michalski zu, der noch immer mit verwirrter Miene an der Wand stand. »Ich bitte um Entschuldigung«, sagte er. »Es tut mir leid.«

»Na ja, ist wohl okay, unter den Umständen«, sagte Michalski und rieb sich die Handgelenke, als hätte er dort schon die Fixierbänder ins Fleisch schneiden gespürt.

»Nein«, sagte Larsen. »Es war nicht okay. Es ist passiert, aber es war nicht okay.« Er hatte einen schalen Geschmack im Mund. Ich habe einen Unschuldigen mit der Waffe bedroht, dachte er. Das war unnötig, ein Dienstvergehen, eine völlig falsche, der Situation nicht angemessene Vorgehensweise. Ich bin völlig überreizt, dachte er. Ich habe Angst, das Rennen doch noch zu verlieren, so kurz vor der Ziellinie erneut zu scheitern. Aber das ist keine Entschuldigung.

»Wann kann ich denn zu meiner – zu der Mariona?«, fragte Michalski. »In welches Krankenhaus ist sie gebracht worden?«

»Rolandklinik. Ich frage Sie noch einmal: Wie gut kennen Sie Robert Melzer?«

»Nicht richtig. Nur aus Marionas Geschichten, von Silvester mal abgesehen. Ach, doch, ja, einmal war ich abends bei den beiden eingeladen, aber da habe ich ihn nur kurz gesehen.«

»Sagt Ihnen der Name Sabine etwas? Vielleicht eine Freundin von Frau Andresen?«

»Sabine? Nein, nie gehört. Sagt mir nichts.«

Hoffentlich bleibt es so, dachte Larsen. Hoffentlich bleibt Sabine ein Name, der niemand etwas sagt. Hoffentlich sagt er mir auch bald nichts mehr. Aber im Moment war es so, dass Sabine wie ein roter Neonschriftzug hinter seiner Stirn an- und ausging und einen roten Schatten auf das weiße Blatt Papier warf, über dem er flackerte.

54

Um 23:37 Uhr lag das Einfamilienhaus, in dem Theodor und Gerlinde Melzer wohnten, hinter heruntergelassenen Jalousien abweisend in tiefster Dunkelheit. Nur eine runde Milchglaslampe brannte über der Haustür wie ein ewiges Licht am Altar einer Kirche. Es war keine sehr helle Lampe, und als die Scheinwerfer der anrückenden Fahrzeuge des Mobilen Einsatzkommandos auf die Fassade fielen, konnte man nicht mehr erkennen, ob sie brannte oder aus war. Das hüfthohe Gartentor ließ sich öffnen, indem man die Klinke auf der anderen Seite drückte. Larsen betrat das Grundstück, stieg drei Stufen zur Haustür hinauf und klingelte mehrmals. Zwei weitere Beamte gingen um das Haus herum zur Rückseite.

Larsen hatte das Gefühl, dass das Haus so abweisend wirkte, weil seine Bewohner wach im Dunkeln saßen und hofften, dass jeder Besucher sich bei seinem Anblick abwandte, wenn niemand öffnete. Er klingelte noch einmal, dann klopfte er zusätzlich und rief: »Aufmachen, Polizei!« Jetzt ging hinter der farbigen Butzenscheibe in der Haustür das Licht an. Ein Schlüssel wurde gedreht, ein Riegel zurückgeschoben, und eine Frau in einem seidenen Morgenrock öffnete. Sie spähte heraus, machte sich kleiner, als sie war. Ihre Brillengläser spiegelten das blitzende Blaulicht der Einsatzwagen, sodass ihre Augen in kurzen Intervallen blaues Feuer zu spucken schienen. Sie wirkte nicht im Mindesten so verschlafen, wie sie sich gab, als sie blinzelnd fragte: »Um diese Zeit? Es ist mitten in der Nacht. Was wollen Sie denn?«

Larsen hielt ihr seinen Ausweis entgegen, aber sie sah ihn nicht an. »Kripo Bremen«, sagte er. »Wir sind auf der Suche nach Ihrem Sohn Robert. Hält er sich gerade bei Ihnen auf?«

»Robert? Nein.«

»Darf ich kurz eintreten?«

Sie zögerte, schien dann aber einzusehen, dass es keinen Sinn hatte, Nein zu sagen. »Ja, aber seien Sie leise. Mein Mann schläft und –«

»Würden Sie ihn bitte wecken«, sagte Larsen.

»Nicht nötig«, meldete sich eine belegte Männerstimme, »ich bin wach.« Der Mann, dem die Stimme gehörte, trat aus einer Flügeltür am Ende des Gangs. Er trug einen dunkelblauen Frotteebademantel, unter dem man eine hellblaue Schlafanzughose und Filzhausschuhe erkennen konnte. Das graue Haar des Mannes war gekämmt, und genau wie die Frau sah auch er nicht aus, als hätte er bis vor einer Minute noch geschlafen.

Larsen trat in den von dunklen Möbeln flankierten Flur. Ein Bild an der Wand neben der Garderobe zeigte einen Leuchtturm vor den schwarzen Wogen eines stürmischen Meers. Eine Lampe mit einem Schirm aus dünn geschliffenen Muscheln hing so tief, dass Larsen unwillkürlich den Kopf einzog. Roberts Mutter wich ihm nicht sofort aus, und als er an ihr vorbeiging, nahm er einen Hauch Patschuli wahr. Er fragte: »War Robert heute Abend hier?«

»Was wollen Sie denn von ihm?«, fragte Roberts Mutter.

»Er hat seine Freundin mit einem Schwert angegriffen«, erklärte Larsen. »Und wir müssen ihm im Zusammenhang mit unseren Ermittlungen in anderen Fällen einige Fragen stellen.«

»Es stimmt also«, sagte die Mutter.

»Was stimmt?«, fragte Larsen.

»Er sagte, er hätte etwas Schlimmes angestellt und die Polizei würde bestimmt bald nach ihm fragen.«

»Dann war er hier?«

»Ja, er war hier«, bestätigte der Vater. »Aber nur kurz.«

»Wann war das?«

»Vor zwei Stunden etwa. Er brauchte Geld und wollte etwas aus seinem alten Zimmer holen. Ich habe ihm alles gegeben, was wir im Haus hatten, gleich danach ist er wieder verschwunden.«

»Kann ich das Zimmer sehen?«

Der Vater nickte, öffnete eine Tür neben der, aus der er gekommen war, und schaltete das Licht an. Larsen folgte ihm in eine kleine Kammer mit zugezogenen Vorhängen. Der Raum war leer bis auf ein schmales Einzelbett, einen Bauernschrank und einen schlichten Schreibtisch mit Metallbeinen. Das Bett war mit einer gebatikten Tagesdecke verhüllt. Die Türen des Schranks standen halb offen. »Was hat er hier gewollt?«, fragte Larsen.

»Ich weiß nicht, er hat uns nicht hineingelassen.«

»Das Plakat ist weg«, sagte die Frau, die neben ihren Mann getreten war. »Da, an der Wand über dem Bett, siehst du?« Sie deutete auf eine Stelle an der Wand über dem Bett, an der ein großes helles Viereck und vier schwarze Punkte verrieten, dass an dieser Stelle lange Zeit kein Sonnenschein auf die Tapete gefallen war.

»Was war das für ein Plakat?«, wollte Larsen wissen.

»Ein scheußliches Filmplakat von irgendeinem Horrorfilm«, erklärte die Mutter, »mit einer halb nackten Frau und einem Mann, der ihr ein Messer an die Kehle hält, als wollte er sie ihr durchschneiden. Der Titel war irgendwas Italienisches, mit *crudeli* und *assassino* oder so …«

»Der Mann hatte eine Maske auf wie Zorro«, ergänzte der Vater mit einem merkwürdigen Ton von Befriedigung in der Stimme, »und das Gesicht der Frau war vor Angst verzerrt. Man konnte das Blut sehen, das ihr den Hals hinunterrann –«

»Was für ein Junge hängt sich denn so was über sein Bett?«, fragte die Frau.

Und was für Eltern lassen es dort hängen?, dachte Larsen. »Wie alt war Robert da?«

»Zwölf vielleicht oder dreizehn«, sagte der Vater. »Er wusste gar nicht wirklich, was auf dem Plakat dargestellt war.«

Larsen ging zu dem halb offenen Schrank und sah hinein, fand dort aber nichts als Dunkelheit und Staub. »Hat er Ihnen gegenüber mal eine frühchristliche Heilige namens Symphorosa erwähnt?«

»Nein.« Die Frau schüttelte den Kopf. »Sympho-wie?«

Der Vater vergrub die Hände in den Taschen des Bademantels. »Symphorosa, herrje«, wiederholte er halblaut. »Ich dachte, das hätte er längst vergessen …«

»Was hätte er längst vergessen?«, fragte Larsen.

»Das ist so lange her«, meinte der Vater. »Davon habe ich ihm mal erzählt, als er noch ganz klein war. Die Frau eines Märtyrers, die den römischen Folterknechten ihre sieben Söhne opferte und selbst gemartert und hingerichtet wurde –«

»Hör doch mit deinen Heiligen auf«, fiel seine Frau ihm ins Wort, bevor sie sich an Larsen wandte: »Er hat uns mit seinen Geschichten an den Rand des Wahnsinns getrieben. So lange, bis Robbie gar nicht anders konnte, als sich schuldig zu fühlen. Manchmal hat er von sich aus gesagt, ich habe was Schlimmes getan! Können Sie sich das vorstellen? So wie heute Abend, da hat er das auch gesagt.«

Larsen fragte: »Hat er auch gesagt, was er Schlimmes getan hat? Warum die Polizei nach ihm fragen würde?«

»Nein«, antwortete der Mann.

»Er hat gesagt, es wäre unsere Schuld«, sagte die Frau.

»Nein, deine«, verbesserte er sie. »*Deine Schuld*, hat er gesagt.«

»Was ist denn überhaupt unsere Schuld?«, wollte die Frau wissen.

Larsen verließ das Zimmer, in dem Robert vielleicht über Jahre und Stück für Stück zu dem Mann geworden war, den er heute jagte. »Wir gehen davon aus, dass Ihr Sohn mehrere Frauen getötet hat.«

»Robert … ein Mörder?! Das ist unmöglich!«

»Glaub es ruhig«, sagte der Mann.

Die Mutter erstarrte zur Salzsäule. »Aber wen soll er – wen hat er denn – doch nicht diese armen Mädchen im Bahnhofsviertel!?«

Der Vater schaltete das Licht aus und folgte Larsen auf den Gang. »Er war in einer furchtbaren Verfassung, wirklich schrecklich – kaum wiederzuerkennen«, sagte er leise. »Völlig verstört und schmutzig – als hätte er seit Tagen nicht geschlafen und nur getrunken. Er stank nach Alkohol, seine Haare waren verfilzt.«

»Er sah aus wie ein vom Teufel Besessener!«, rief die Mutter aus dem Dunkel des Zimmers, in dem nur ihre Brillengläser glänzten.

»Das ist er auch«, sagte ihr Mann. »Er ist von dir besessen.«

»Es ist wichtig, dass Sie mir jetzt die Wahrheit sagen«, unterbrach Larsen die beiden. »Wenn Sie eine Vermutung haben, wo er von hier aus hingegangen sein könnte –«

»Nein.« Langsam verließ die Mutter das Zimmer und schloss die Tür vor dem Gespenst der Vergangenheit. »Nein, keine.«

»Vielleicht in die Hölle«, sagte ihr Mann. »Wir haben ihm ja den Weg gewiesen.«

»Sagt Ihnen der Name Sabine etwas? Kennt Robert eine Frau namens Sabine?«

Beide schüttelten den Kopf, sahen sich an und schüttelten den Kopf noch einmal. »Nein, den Namen hat er nie erwähnt«, sagte der Vater.

»Eine Kommilitonin vielleicht?«

»Nein. Warum?«

»Denken Sie genau nach«, sagte Larsen mit belegter Stimme. »Es kann sein, dass er jetzt zu einer Frau mit diesem Namen unterwegs ist, um sie auch zu töten.« Und wenn er das tut, bin auch ich an ihrem Tod schuldig, dachte er. »Hätten Sie wohl ein neueres Foto von Ihrem Sohn, das Sie mir mitgeben könnten? Sie bekommen es zurück, sobald wir mit ihm reden konnten.«

Die Frau nickte. »Ich geh eins holen. Es ist schon ein paar Jahre alt, aber man kann ihn darauf erkennen, als wäre es erst gestern … Er ist ja so ein gut aussehender Junge.«

Sie verschwand durch die Flügeltür. Erst jetzt schien der Vater die ganze Situation wirklich zu begreifen, als hätte die Anwesenheit seiner Frau die Sauerstoffzufuhr zu seinem Gehirn blockiert. »Er hatte eine Tasche dabei«, sagte er. »So eine Sporttasche, wie die jungen Leute, die zur Fitness gehen. Glauben Sie, darin – darin hatte er – das – das Werkzeug, mit dem er …«

»Ich kann Ihnen sagen, was in der Tasche ist.« Larsen sah ihm direkt in die Augen. »Darin befinden sich eine Gasmaske, vermutlich ein japanisches Schwert, Wakizashi genannt, eine Art Taucheranzug aus schwarzem Latex, Handschellen, ein Messer, ein paar Pillen –«

»Ein Kurzschwert?«, unterbrach ihn Roberts Vater. »Das hat er von seinem Großvater, der hat es ihm vermacht. Er sagte, es müsste eine Generation überspringen, weil sein Sohn – also ich – kein Mann des Schwertes wäre.« Er schwieg einen Moment, als müsse er über den Wahrheitsgehalt dieses Urteils noch einmal nachdenken. »Aber was will der Junge denn mit einer Gasmaske?«

»Vielleicht denkt er, dass Gott ihn nicht erkennt, wenn er sie aufhat«, sagte Larsen.

55

Robert

Er saß zwischen zwei Wagen in der Tiefgarage auf dem Boden und wartete – die ganze Nacht, wenn es sein musste. Auf dem Weg zu Sabis Haus hatte er beim Bahnhof Station gemacht und ein paar Flaschen Bier und Wodka gekauft, die gerade noch zu den Sachen in seiner Tasche passten. Die Tasche lag jetzt hinter ihm, und manchmal lehnte er sich dagegen und schloss die Augen. Er durfte nur nicht einschlafen, um Sabi nicht zu verpassen, wenn sie nach Hause kam. Ihr gelber Mini Cooper stand nicht auf seinem Stellplatz, und die Fenster ihrer Wohnung waren dunkel.

Mit den gestohlenen Schlüsseln war er ins Haus gekommen, aber nicht in ihre Wohnung. Der für die Eingangstür passte noch, der zur Wohnung nicht mehr. Zuerst hatte er nicht kapiert, warum das so war, und den Schlüsselbart beinahe abgebrochen. Dann war ihm klar geworden, dass sie das Schloss ausgewechselt haben musste. Er stand mit dem Schlüssel in der Hand vor ihrer verschlossenen Tür und dachte, sie ist in der Nacht nach der Vernissage nach Hause gekommen und hat festgestellt, dass jemand in ihrer Wohnung war. Sie konnte ja nicht wissen, dass ich es war, und deswegen hat sie gleich am nächsten Tag den Schlüsseldienst kommen lassen. Bestimmt hatte sie Angst gehabt, und das tat ihm leid.

Ich werde es wiedergutmachen, dachte er. Wir haben ja viel Zeit. Niemand weiß, dass ich bei ihr bin, und sie wird die Wohnung nicht verlassen können, um es jemand zu erzählen. Er merkte, dass er keine genaue Vorstellung davon hatte, wie ihre gemeinsame Zukunft aussah, nur dass sie sich nicht in einem kleinen Haus mit Garten abspielen würde wie bei Mama und Papa. Und natürlich liebten sie sich; keiner ging fremd oder blieb nachts weg, weil ja die Wohnungstür immer abgesperrt war, und er hatte den Schlüssel. Er brauchte ihr auch keine Schmerzen zuzufügen oder sie zu quälen, damit sie tat, was er wollte. Weil sie ihn ja liebte. Wenn man jemanden liebt, tut man alles, damit es ihm gut geht.

Er war wieder in den Fahrstuhl gestiegen und nach unten ins Parterre gefahren, um zu sehen, ob Post in Sabis Briefkasten lag. Nichts, nicht einmal Werbung. Danach hatte er die Treppe zum Untergeschoss genommen, um sich dort umzusehen, in der Waschküche, dem Fahrradraum, bei den Kellerabteilen. Dort war es warm, man konnte sich verstecken, aber wenn jemand aus der Tiefgarage kam, sah man ihn nicht, bevor er in den Fahrstuhl stieg.

Wir werden zusammen im Lift sein, zusammen nach oben fahren, dicht beieinander. Ich werde den Duft ihrer Haut riechen, den Geruch ihres Haars. Wenn er daran dachte, merkte er, wie ihm heiß wurde, so heiß, dass er die Kälte in der Tiefgarage gar nicht mehr spürte. Hoffentlich kommt sie bald, dachte er. Wo war sie überhaupt noch um diese Zeit, so lange nach Einbruch der Dunkelheit? Es war doch zu spät fürs Kino oder einen Abend mit Freunden mitten in der Woche. Hatte sie etwa einen anderen Mann? Einen, den sie auch liebte? Nein, vielleicht war deswegen ja das Schloss ausgewechselt worden, weil sie mit dem anderen Schluss gemacht hatte und sie nicht wollte, dass er mit seinem Schlüssel noch in die Wohnung konnte; die Wohnung, in der sie mit Robert glücklich war.

Sie ahnt, dass ich kommen werde, dachte er. Sie bereitet alles vor für uns. Vielleicht übernachtet sie noch einmal bei ihren Eltern, in der Nacht vor der Hochzeit, weil sie die danach nie mehr wiedersehen wird. Ihre Eltern könnten auch einen Schlüssel haben, noch ein Grund für ein neues Schloss. Wenn sie wüsste, dass ich hier bin und auf sie warte, dann wäre sie sicher schon da.

Robert! Ich habe so gehofft, dass du kommst!

Hauptsache, dass sie das Schloss nicht seinetwegen ausgewechselt hatte. Nein, sie weiß ja gar nicht mehr, dass es mich gibt. Der Gedanke kam aus dem Nichts, als er gerade wieder die Flasche ansetzte, um zu trinken. Es war wie ein elektrischer Schlag, erst heiß und dann eiskalt. Sie hat mich längst vergessen, hat vergessen, dass wir uns begegnet sind. Sie war wie alle anderen; sie sah ihn, aber sie bemerkte ihn nicht. Bald wird sie mich bemerken – wenn sie dahinten aus ihrem gelben Flitzer steigt und zur Tür ins Treppenhaus geht. Ich werde zwischen den Wagen hervortreten und plötzlich vor ihr stehen. Hallo, Sabi, wo warst du denn so lange?

Und wenn sie ihn gar nicht erkannte? Oder wenn sie ihn zwar erkannte, sich aber vor ihm ekelte? Er hätte gern geduscht, bevor sie ihn sah; geduscht und die Haare gewaschen. Und etwas anderes angezogen, eine frische Hose, ein sauberes Hemd. Ich setze einfach die Maske auf, dann achtet sie nicht auf meine Haare, und auf den ganzen Rest auch nicht. Irgendwie war das wie die Vorschau im Kino, wenn man Ausschnitte aus einem Film sah, der erst noch kommen sollte.

Nicht, Sabi, hier hört dich doch niemand schreien. Das war der nächste unerwartete Gedanke, der nicht zu seinen Absichten passte. Außer, wenn sie ihn nicht wollte. Was ist, wenn sie sagt, ich habe das Schloss deinetwegen ausgewechselt, damit du nicht in meine Wohnung kannst? Hast du wirklich gedacht, du könntest bei mir einziehen? Hast du dir eingebildet, ich könnte jemand wie dich lieben, nur weil ich freundlich zu dir war? Hast du gedacht, bei mir könntest du Erlösung finden von deinem Elend, von deinen quälenden Fantasien? Mit mir könntest du bis ganz zum Ende gehen, bis an den Punkt, wo Lust und Zeit eins werden – und danach nichts mehr?

Sieh dich doch an, du siehst aus wie ein Penner! Denkst du, ich weiß nicht, dass du die ganzen Frauen umgebracht hast – Monique, Romy und Gina?

Er trank die Wodkaflasche aus und warf sie weg. Schleuderte sie einfach gegen den nächsten Stützpfeiler, an dem sie zerschellte. Er musste dringend pinkeln. Er griff in die Tasche, holte die Gasmaske heraus, um sie aufzusetzen, nur mal zur Probe. Es war dunkel in der Garage, durch die runden Sichtlöcher nahm er die Notbeleuchtung über den Türen jetzt nur noch als grünliche, schemenhafte Flecken wahr. Er hielt den Atem an, kontrollierte seine Luftzufuhr. Ihm wurde etwas schwindlig, und er dachte: Jetzt – jetzt müsste sie kommen! Bevor ihm schwarz vor Augen wurde und seine Erregung sich entlud.

Er tastete nach dem Schwert, das in der Tasche ganz oben lag, so scharf wie eine Rasierklinge. Marionas Blut an der Klinge musste längst getrocknet sein, und doch fühlte es sich an, als wäre sie noch nass. Warum hatte er das getan? Wie war das passiert? Er sah die

Hand durch die Luft fliegen und über den Boden des Friseursalons rutschen, das Erschrecken in Marionas Gesicht. Seine Augen begannen zu brennen; er hatte sie doch einmal geliebt.

Er legte die Maske zurück und holte die nächste Flasche aus der Tasche. Er schraubte sie auf, setzte sie an den Mund und trank. Er musste echt dringend pinkeln. Er versuchte aufzustehen, stützte sich mit einer Hand auf dem kalten Betonboden ab und kam schwankend auf die Beine. Er stieß gegen den BMW, neben dem er gesessen hatte, nur mit der Hüfte und vielleicht noch mit dem Ellbogen, da schrillte schon die Alarmanlage los, ein grelles An- und Abschwellen, das ihm das Trommelfell zu zerreißen drohte. Die Rücklichter des Wagens und zwei kleine Lampen unter den Scheinwerfern leuchteten auf, gingen an und aus, an und aus.

An und aus. An und aus.

»Verdammte Scheiße!«

An und aus. An und –

Er packte seinen Rucksack und das Schwert und torkelte zur nächstgelegenen Tür ins Kellergeschoss. Der Schlüssel, wo ist das verdammte Schloss, ich kann nichts sehen, Scheißdunkelheit, passt auch nicht, doch, jetzt, nicht so heftig, du brichst ihn noch ab, verdammte Tür, geh schon auf, jetzt geh endlich auf –

An. Aus. An. Aus.

Mit einem letzten Heulen erstarb die Alarmanlage, gerade als er die Tür aufgekriegt hatte und über die Betonstufe dahinter stolperte.

56

Larsen

Ich übernachte im Büro«, sagte Larsen am Telefon. »Morgen komme ich wieder nach Hause.« Er saß an seinem Schreibtisch, auf dem die Fotos der toten Frauen lagen, und wartete darauf, dass Kristin etwas sagte, doch sie schwieg. Er spürte, dass sie hellwach war, obwohl er sie mit seinem Anruf aus dem Schlaf gerissen haben musste. »Glaubst du, dass wir gute Eltern wären?«, fragte er.

Ein neues Schweigen war die Antwort, ein anderes diesmal. »Ich weiß es nicht«, sagte sie schließlich. »Ich habe mir diese Frage in letzter Zeit auch oft gestellt, aber wenn ich ehrlich bin, kann ich nur sagen: Ich hoffe es. Rufst du mich um drei Uhr in der Früh an, um mir diese Frage zu stellen?«

»Nicht nur.« Er schloss einen Moment die Augen, um sich Kristin am anderen Ende der Leitung vorzustellen. »Ich war vorhin bei den Eltern unseres Hauptverdächtigen, und da ist mir wieder klar geworden, wie sehr unser Schicksal von unserer Familie bestimmt wird – wo wir hineingeboren werden, wie wir aufwachsen. Was unsere Eltern an uns weitergeben, bewusst oder unbewusst. Was sie von ihren Eltern geerbt haben. Verbrechen sind nicht wie Wunder, sie kommen nicht einfach so aus dem Nichts. Sie haben eine Vorgeschichte, die manchmal mit den Opfern zu tun hat und manchmal mit den Tätern. Und manchmal mit beiden. Es ist ein Glück, gute Eltern zu haben.«

»Ich hatte gute Eltern«, sagte Kristin. »Du auch, soweit ich weiß. Und der Tod deiner Tochter bedeutet nicht, dass du ein schlechter Vater warst, das weißt du. Dass deine Frau dir das vorgeworfen hat, heißt nicht, dass es stimmt. Immer wenn eine junge Frau ermordet wird, siehst du gleichzeitig auch Ellie vor dir, das kleine Mädchen, das all diese Frauen auch einmal waren.«

»Ich sehe in allen das Gleiche, wenn sie tot sind.«

»Bist du gerade allein?«

»Bis auf die Gesellschaft von einem Herrn namens Jameson«, erklärte Larsen und betrachtete das halb volle Glas Irish Whiskey im Licht seiner Schreibtischlampe voller Zuneigung. John Jameson, außerdem Monika Wilhelms – Monique –, Romy Jäger und Gina Berthold, aber vor allem ein Monster namens Robert Melzer, dessen Bild ebenfalls auf seinem Schreibtisch lag. Er war allein mit den Gespenstern, den alten und den neuen. »Und einer Frau namens Sabine«, ergänzte er.

»Wer ist das?«

»Vielleicht das nächste Opfer. Und ich weiß nicht, was ich tun kann, um das zu verhindern. Es gibt vielleicht Hunderte Frauen mit dem Namen Sabine allein in Bremen.«

»Du betrinkst dich jetzt aber nicht, oder?«

»Ich will nur schlafen können, das ist alles.«

Kristin schwieg wieder einen Moment, bevor sie erklärte: »Weißt du, ich habe das noch nie zu irgendjemand gesagt, aber jetzt sage ich es zu dir – alles wird gut! Und wenn du mein Gesicht sehen könntest, wüsstest du, dass ich gerade lächle. Etwas verwirrt, aber ich lächle.«

»Ich sehe es«, sagte Larsen. Er legte auf, trank einen Schluck Whiskey und schloss die Augen, aber er schlief nicht. Er dachte nach. Er sammelte seine Informationen, alles, was er wusste und zu einem Bild zusammensetzen konnte, zu einem Film davon, was gerade irgendwo in der Stadt geschah oder bald geschehen würde.

Eine Frau mit dem Vornamen Sabine.

Ein Mann mit dem Namen Robert, innerlich ein Junge, wie der Bursche auf dem Foto, das Larsen vorhin von seinen Eltern erhalten hatte.

Derselbe Mann mit einer Gasmaske, der in einem Keller von einer Frau dabei überrascht worden war, wie er halb nackt und mit Fesseln masturbierte.

Robert, der seiner Lebensgefährtin mit einem japanischen Kurzschwert eine Hand abgehackt hat, weil sie ihm etwas gestohlen hatte. Ein Lebensbericht, in dem Robert von seinen Obsessionen erzählte, einem unsichtbaren Leser, der das Buch erst nach seinem letzten Verbrechen erhalten sollte.

Mehrere Diagramme, die, wenn man sie richtig las, jedes für sich ein Bild des Grauens abgaben und die am Ende nur einen Schluss zuließen.

Ein leeres Blatt Papier in demselben Karoblock, auf dem oben der Name Sabine stand.

Den Sinn und die Bedeutung der Diagramme hatte Larsen erst nach einiger Zeit erkannt, nachdem er *Mein Leben* gelesen hatte, stichwortartig zuerst, dann von Anfang bis Ende. Er blickte auf ein leeres Blatt Karopapier, an dessen oberem Rand der Name Sabine stand. Von ihr wusste er lediglich, dass es sie gab, sonst nichts, nicht einmal, ob sie auch eine Prostituierte war. Aber wenn, dann suchte Robert sie wahrscheinlich nicht in ihrem Studio auf, weil er damit rechnen musste, dass sie dort bewacht wurde.

Er folgte ihr nach Hause. Oder er war ihr schon vorher gefolgt, um herauszufinden, wo sie wohnte. Dann wartete er auf sie, wenn sie nach Hause kam. Um sein Vorhaben angemessen zu Ende zu bringen, brauchte er Zeit, deswegen würde er sie nicht unterwegs überfallen. Und es musste bald passieren, weil er wusste, dass man ihm auf den Fersen war; dass er nicht mehr viel Zeit hatte.

Bald oder gerade jetzt.

Wenn er ihr schon in ihre Wohnung gefolgt ist, komme ich zu spät, dachte Larsen, selbst wenn er sich dort Zeit lassen sollte, weil er weiß, dass wir die Adresse nicht kennen. Wo ist diese Wohnung, wo ist das Haus, wo bin ich, wenn ich Robert Melzer bin?

Ich bin in dem Haus.

Ich folge Sabine nicht, weil es dunkel ist und weil alle Frauen, die jetzt noch allein unterwegs sind, Augen im Hinterkopf haben. Sie achten auf jedes Geräusch, gehen schneller, wenn sie Schritte hinter sich hören. Greifen in ihre Tasche, bereit, etwas zur Verteidigung hervorzuholen. Tränengas, Pfefferspray, eine Trillerpfeife. Ich bin vor ihr da, in ihrem Haus. Ich bin im Treppenhaus. Ich bin in einem Keller. Ich bin auf einem Parkdeck, vielleicht in einer Tiefgarage. Ich bin vor ihr da und warte, dass sie mir in die Arme läuft.

Ich bin verwirrt, verstört, vielleicht betrunken. Ich kämpfe immer wieder gegen die Wut an, die mich begleitet, seit ich denken kann. Weil mir alles misslingt. Weil mich niemand liebt. Weil alle gegen mich sind oder mich übersehen. Weil die Welt mich nicht spürt und ich mich selbst nur spüre, wenn ich die anderen quäle, ihnen Schmerzen zufüge.

Ich stehe hinter einem Pfeiler. Ich kauere im Schatten zwischen zwei Fahrzeugen. Ich lausche. Ich achte auf jedes Motorengeräusch, jedes Türquietschen, den brummenden Lift, Schritte auf den Stufen des Treppenhauses. Neben mir steht meine Sporttasche, in der sich alles befindet, was ich brauche, um Sabine zu foltern und zu ermorden und dabei die Lust zu empfinden, auf die ich mich die ganze Zeit schon vorbereite: mit der bei Sandra gestohlenen Gasmaske, dem Latexanzug von Gina, dem Schwert, noch blutig von Marionas Hand, mit mehreren Messern, Fixierbändern, einigen Fläschchen mit Poppers, einem Knebel und dem Plakat von der Wand in meinem Kinderzimmer. Ach ja, und Alkohol, Bier oder Schnaps.

Ich warte, und während ich warte, male ich mir aus, was ich gleich mit Sabine machen werde. Es sind dieselben Sachen, die ich mit den anderen gemacht habe, nur dass ich mir diesmal mehr Zeit lassen werde. Diesmal werde ich die Kontrolle behalten, das vergossene Blut dosieren, die Zeit nicht verschwenden. Diesmal werde ich nicht in Raserei verfallen, sondern jeden Schnitt, jeden Stich, jeden Schlag genießen, als würde ich sie mir selbst zufügen, um mich Grad für Grad zu erhitzen, meine Lust bis ins Unerträgliche zu steigern.

Ich habe noch dieselben Sachen an, in denen ich zu Mariona in den Friseursalon gegangen bin und danach zu meinen Eltern. Ich schaue mich immer wieder um, muss mich vergewissern, dass ich alles bedacht habe und keine Überraschung gewärtigen muss. Ich bin der, der die Überraschung bereitet. Ja, ich bin in einer Tiefgarage, weil ich Sabine beobachtet habe und weiß, dass sie nachts mit dem Auto fährt. Ich bin nicht in einem Keller, zwischen den Gitterabteilen, weil es unwahrscheinlich ist, dass sie so spät noch in den Keller geht, selbst wenn sie zu Fuß unterwegs ist. Ich überlege, ob ich mich schon umziehen soll, bevor das Garagentor aufgeht, oder ob ich damit warte, bis wir in ihrer Wohnung sind.

Aber ich werde langsam ungeduldig, weil es so lange dauert. Was ist, wenn sie gar nicht nach Hause kommt, sondern woanders übernachtet, bei ihren Eltern, einer Freundin, einem Freund? Ich muss dringend Pipi machen, irgendwo hier zwischen den Autos oder hinter dem Pfeiler. Erst werde ich ungeduldig, doch nach und nach werde ich wütend. Sie lässt mich warten, dafür werde ich sie bestrafen. Ich werde sie büßen lassen, dass sie mich so demütigt. Ich werde sie quälen, bis sie schreit, dass ich aufhören soll: Bitte, bitte, hör auf! Aber ich höre nicht auf, ich mache immer weiter, bis sie nicht mehr schreien kann, bis der Boden von ihrem Blut schwimmt, bis sie vor meinen Augen langsam stirbt.

Ich warte.

Ich warte.

Ich warte. Dann höre ich ein Motorengeräusch, einen Wagen. Der Wagen kommt näher, wird langsamer. Hält. Das Garagentor hebt sich. Der Motor klingt jetzt lauter, als der Wagen langsam die Rampe hinunterfährt. Scheinwerfer erleuchten die Dunkelheit. Ich folge dem Wagen mit den Augen, bis er seinen Platz gefunden hat.

Die Scheinwerfer verlöschen, der Motor erstirbt.

Eine Frau steigt aus.

Sabine.

Ich greife in die Sporttasche, taste nach dem Schwert, das ganz oben liegt.

57

Robert

Als er hörte, dass sich das Garagentor in Bewegung setzte, lief Robert zu der Eisentür mit der Aufschrift TIEFGARAGE und öffnete sie einen Spaltbreit. Scheinwerferkegel strichen über die Wände mit den Nummern der Stellplätze, dann rollte ein Wagen die Rampe herunter. Der Motor klang nicht nach einem Porsche oder Mercedes; wie die sich anhörten, wusste er inzwischen. In den letzten Stunden waren mehrere Bewohner mit ihren Autos gekommen, und einer war weggefahren, aber Sabine war bisher nicht aufgetaucht. Musik erklang, ein abgehacktes Schlagzeug, ein dumpfer Bass und eine gebrochene, schwarze Stimme, gefangen im Inneren eines gelben Mini Coopers, der jetzt zu seinem Stellplatz fuhr.

Roberts Puls begann zu hämmern, auf einmal vibrierte sein ganzer Körper. Er hatte inzwischen das restliche Bier getrunken, aber er war nicht betrunken. Er hatte sich ausgezogen und in eine Ecke der Waschküche uriniert. Als er da gestanden hatte, breitbeinig und nackt, war ihm jählings klar geworden, dass Sabine ihn verabscheuen würde, wenn sie ihn jetzt sehen könnte. Aber nicht nur in diesem Moment: Sie würde ihn überhaupt verabscheuen, egal, was er tat. Sie liebte ihn nicht, und sie würde ihn auch nie lieben, so wenig, wie er sie liebte.

Es geht gar nicht um Liebe, dachte er. Es geht um die andere Seite, die Kehrseite der Liebe – den langsamen, qualvollen Tod, der alles auslöscht. Allein das hatte ihn schon wieder schwindeln lassen vor Erregung. Dann hatte er den schwarzen Latexanzug angezogen, die Maske aufgesetzt und gedacht: Darth Vader.

Wir werden uns lieben, indem wir sterben, wie noch nie ein Mann und eine Frau gemeinsam gestorben sind. Wir sind heilig. Wir sind Symphorosa. Nicht Mama. Wir sind es, die wirklich Zusammen-Weggerissenen.

Der Motor wurde abgestellt, aber die Musik ging weiter. Warum steigt sie nicht aus? Was macht sie denn noch so lange in ihrer

Scheißkarre? Endlich war das Lied zu Ende, und die Wagentür wurde geöffnet und wieder zugeschlagen. Das Klacken von harten Absätzen auf dem Garagenboden verriet, dass Sabine zur Rampe ging, um das Garagentor zu schließen. Danach wurde das Geräusch der Absätze lauter, kam näher.

Sacht zog er die Tür zu und bewegte sich rückwärts, durch die nächste Tür, die zur Waschküche führte. Dort stand seine Tasche mit allem, was er jetzt brauchte.

58

Sabine

When doves cry. Als das Lied zu Ende war, stieg sie aus und ging zur Rampe, um das Garagentor zu schließen. Der Klang ihrer Schritte hallte von den Garagenwänden wider, und sie dachte, dass es ein trauriges, einsames Geräusch war. Oder vielleicht kam ihr das auch nur so vor, weil sie sich auf einmal traurig und einsam fühlte, ohne dass sie sagen konnte, warum. Sie hatte doch schon mehr erreicht, als sie je zu hoffen gewagt hatte.

Sie zog an der Kette, die das Rolltor in Gang setzte, wartete aber nicht, bis es sich wieder schloss. Stattdessen wandte sie sich ab und ging zu der schweren Eisentür, die zum Treppenhaus führte. Als sie an einem der Stützpfeiler vorbeikam, bemerkte sie einen nassen Fleck über dem reflektierenden Leitstreifen und darunter zahlreiche glitzernde Scherben einer zerbrochenen Wodkaflasche.

Die Kellertür war unverschlossen. Sie zog sie auf, hielt sie mit der linken Schulter offen und tastete nach dem Lichtschalter an der Wand dahinter. Sie hörte ein Klicken, aber sonst geschah nichts. Bis zum Fahrstuhl waren es nur ein paar Schritte, die sie im Dunkeln zurücklegte. Sie drückte auf den Rufknopf. Der Knopf leuchtete auf, und mit einem fernen Ruck setzte sich die Liftkabine in Bewegung. Ein leises Surren ertönte, als der Lift langsam abwärtsglitt.

Sie lauschte. Hinter der Tür zu den Kellerräumen am anderen Ende des kahlen Gangs vernahm sie ein dumpfes Scheppern, leise und nur kurz. Als kippte etwas gegen eine Wand. Darauf folgte ein Scharren, näher und weniger gedämpft. Es war nicht mehr hinter der Tür, es war die Tür selbst. Sie öffnete sich einen Spalt und blieb so, fiel nicht wieder zu.

Sabine konnte nicht sehen, was sich hinter dem Spalt befand. Sie glaubte, jemand atmen zu hören, *rsch, rsch, rsch*. Aber dann dachte sie, dass es sich vielleicht um das Geräusch einer Waschmaschine handelte, deren Trommel sich langsam drehte. Obwohl es dafür eigentlich zu spät war, fast Viertel vor eins.

Die Tür bewegte sich einen Zentimeter, schwang weiter auf, noch weiter, dann wieder zurück, bevor Sabine dahinter etwas erkennen konnte. »Ist da jemand?«, fragte sie. Mit der Mappe unter dem linken Arm ging sie auf die Tür zu, gerade als der Lift im Kellergeschoss hielt. Durch das kleine Fenster in der Fahrstuhltür fiel ein Lichtkeil in den Gang. Das Surren erstarb. Sabine blieb stehen, kramte ihre Schlüssel aus der Tasche und kehrte um.

Plötzlich musste sie an die letzte Nacht denken, als sie nach Hause gekommen war und das Gefühl gehabt hatte, jemand sei in ihrer Wohnung gewesen. Es war nur ein Gefühl, bloß dass sie etwas auf Gefühle gab, nicht nur, wenn sie mit dem Pinsel in der Hand vor ihrer Staffelei stand. Aber sie hatte gleich heute Mittag – nein, es war ja schon ein neuer Tag, also gestern – den Schlüsseldienst kommen lassen, und jetzt sicherte ein funkelnagelneues Schloss ihre Wohnungstür.

Ein erstickter Laut drang aus der Waschküche, lang gezogen, wie ein mechanisch verzerrtes Stöhnen. Es kam ihr vor, als hörte sie ihren Namen irgendwo in diesem Röcheln.

Sie erstarrte. »Ist da jemand?«

Rsch, rsch, rsch. Nein, das war keine Waschmaschine, keine Wäsche, die sich in Seifenlauge drehte. Es waren Atemzüge, die nicht wie Atem klangen. Sabine starrte auf den schwarzen Spalt, der jetzt breiter wurde, nicht langsam wie bisher, sondern schnell, mit einem Ruck. Eine Gestalt tauchte auf, schien aus dem Spalt zu schnellen. Kein Mensch. Ein Wesen aus einem Science-Fiction-Film, schwarz, mit einem Insektenkopf.

Reglos starrte Sabine die Gestalt an. Ein Jux, dachte sie, jemand spielt dir einen Streich. Gleich fängt er an zu lachen, und dann musst du auch lachen. »Sabi …«, sagte die Gestalt. Es klang fast wie die Stimme eines Menschen, versetzt mit dem mechanischen Röcheln, und als sie näher kam und in das Licht des Fahrstuhls geriet, erkannte Sabine, dass es kein Science-Fiction-Wesen war, kein Alien mit einem Insektenkopf, sondern ein Mensch mit einer Maske und einer großen Ledertasche in der linken Hand.

»Sabine …«, sagte die Stimme noch einmal, ganz deutlich. Es war eine Männerstimme, und der Mann war jetzt so nah, dass sie ihn riechen konnte, Schweiß und Wodka und dazu Kunststoff, das Material der Gasmaske, die er trug, den schwarzen Gummianzug. Dicht vor ihr blieb er stehen, starrte sie nur an durch die Plexiglasaugen der Maske.

Rsch. Rsch. Rsch.

Renn, sagte eine Stimme in ihr, eine Stimme, die sie noch nie in ihrem Leben vernommen hatte. Renn weg, das ist kein Jux! Aber sie konnte sich nicht bewegen. Wie in einem Albtraum stand sie da, als wäre sie gelähmt. Sie presste die Mappe mit den Zeichnungen an den Oberkörper. »Wer sind Sie?« Sie merkte, dass ihre Stimme zitterte. Wie früher, fuhr es ihr durch den Kopf, als ich klein war, wenn ich etwas angestellt hatte. Papa kam und – »Woher wissen Sie meinen Namen?« Reden, dachte sie, einfach weiterreden, so wie du früher immer geredet hast, wenn Papa mit dir böse war. »Was wollen Sie von mir?«

»Halt den Mund.« *Rsch, rsch.* »Nicht reden. Wir gehen in deine Wohnung.« Der Mann griff hinter sich, seine rechte Hand verschwand, und als sie wieder zum Vorschein kam, schimmerte etwas darin, glitt durch das Licht aus dem Fahrstuhl. Ein Messer, mit einer langen, schimmernden Klinge. Sabine erstarrte. Das Blut schien aus ihrem Herz zu stürzen, mit einem kalten Ruck. »Ich wollte oben auf dich warten«, sagte die mechanische Stimme, »aber du hast ein neues Schloss – ich bin nicht reingekommen.«

Renn!

Sie ließ die Mappe fallen, versetzte dem Mann einen Stoß und rannte zur Stahltür hinter sich. Sie hatte sie fast erreicht, als er ihren Arm zu fassen kriegte und sie gegen die Wand schleuderte. Ihr Kopf prallte gegen den Beton. Sie verspürte einen heftigen Schmerz, hinter der Stirn und in den Zähnen.

»Das war dumm«, sagte der Mann mit seiner verzerrten Stimme. »Mach das nicht!« Er bückte sich zu seiner Sporttasche, die jetzt dicht beim Fahrstuhl auf dem Boden stand. Der Reißverschluss war offen. Aus dem Bauch der Tasche quoll etwas hervor, das aussah wie ein Trainingsanzug, darunter lag noch mehr Zeug – eine Zange, Handschellen, kleine Metallringe, noch ein Messer, fast so lang wie ein Schwert. »Das ist für oben, in deiner Wohnung«, sagte er.

Sabine stieß sich von der Wand ab, warf sich gegen den Mann. Er taumelte zurück. Sie stürzte zum Fahrstuhl, in die offene Kabine. Im Spiegel an der Kabinenwand sah sie ihr Gesicht, aber sie erkannte sich nicht, sah nur eine Frau mit angstverzerrten Zügen. Sah, wie die Frau hektisch einen Knopf drückte. Das bin ich. Dann wurde der Kopf der Frau zurückgerissen, an den Haaren, so heftig, dass ihr Genick knackte. Ein Blitz schoss ihr bis unter die Schädeldecke. Die Gasmaske mit dem stumpfen Rüssel tauchte über ihrer Schulter auf, *rsch, rsch, rsch* im Spiegel, jetzt schnell und keuchend, dicht an ihrem Ohr.

Sie versetzte dem Mann einen Tritt mit der Ferse, aber er schrie nicht einmal. Sie versuchte, sich loszureißen. Sie packte den Rüssel der Gasmaske und zerrte daran, zog und zerrte mit aller Kraft. Plötzlich gab es einen Ruck, und etwas riss an der Maske, und dann hielt sie den Rüssel in der Hand. Der Mann stieß einen Laut aus, ein Knurren. Jetzt sah sie sein Gesicht, gerötet und verschwitzt und irgendwie flach, ohne Konturen. Im nächsten Moment presste er ihr die Klinge gegen die Kehle, sie sah die Klinge im Spiegel, und sie sah ihren Hals, und sie spürte den scharfen Schnitt, bevor sie auch das Blut sah, alles in dem von ihrem Atem beschlagenen Spiegel: die Faust mit dem Messer, ihren Hals und sein Gesicht, das sie kannte.

»Du?«, rief sie. »Warum tust du das?!«

Er antwortete nicht, schüttelte nur den Kopf, unwillig.

»Warum?«

»Damit du«, er keuchte, »damit du mich spürst.« Er presste die Klinge noch fester gegen ihre Kehle. »Ich will – du sollst wissen, dass ich da bin.«

»Du tust mir weh!«

Seine Augen begegneten ihrem Blick im Spiegel, hielten ihn fest. »Muss es ja«, stieß er hervor, »muss ja wehtun.« Abrupt drückte er sein formloses Gesicht an ihren Nacken, als wollte er nicht, dass sie ihn weiter ansah, während er sie das erste Mal schnitt. Es war ja nur ein kleiner Schnitt. Sie dachte an die Möwen.

Die Fahrstuhltür schloss sich, und sie dachte weiter an die Möwen. Der Fahrstuhl setzte sich in Bewegung, flog aufwärts. Sie war wie gelähmt, auch ihr Gehirn. Sie konnte sich nicht bewegen, sie konnte nicht denken. Sie sah Robert, so hieß er doch?, den Priester, der noch keiner war, ihn und sich und die Kabinenwände, zwischen denen sie gefangen waren. Wir sind beide gefangen. Erst waren es nur unsichtbare Worte, dann erkannte sie, dass es ein Gedanke war; dass sie wieder dachte: Was will er, was soll ich tun, wie muss ich mich verhalten?

Ich blute.

Der Fahrstuhl hielt. Die Tür ging auf, und Robert schritt ganz selbstverständlich voran, die Tasche in der einen Hand, das Messer in der anderen. Die Gasmaske mit dem halb abgerissenen Rüssel hing an einem Riemen um seinen Hals. Der dicke Teppichboden verschluckte das Geräusch ihrer Schritte. Vor ihrer Wohnung blieb er stehen und befahl: »Mach die Tür auf, Sabi.«

Wieso nannte er sie Sabi? Was war sie für ihn?

»Ich hätte dich gern in deiner Wohnung überrascht«, sagte er. »Du machst die Tür auf, und ich komme dir entgegen, und du hast überhaupt nicht mit mir gerechnet. Ich nehme dir den Mantel ab und frage, wie war dein Tag oder so was. Aber das hast du alles kaputt gemacht, weil du ja das Schloss auswechseln musstest.«

»Nein«, sagte sie hastig, während sie den Schlüssel in das neue Schloss schob, ihre Hand zitterte wie wild, aber es klappte. »Das können wir ja immer noch machen. Du gehst rein, und ich bleibe hier draußen, und dann sperre ich die Tür noch einmal auf, und alles ist so, wie du gerade gesagt hast –« Sie sah an seinem Gesichtsausdruck, dass sie etwas falsch gemacht hatte, und plötzlich hielt er ihr wieder das Messer an den Hals; sie spürte die Klinge dicht unter dem linken Ohr, eiskalt und scharf.

»Du hältst mich für dumm«, stellte er fest. »Du fragst dich, ob du mich reinlegen kannst, weil ich diese komischen Klamotten trage. Oder denkst du, ich wäre betrunken? Ich bin nicht betrunken. Ich vertrage viel. Viel von allem. Sieh mich an, ich bin groß. Ich bin stark. Ich kann Menschen Angst machen. Du hast noch nie in deinem Leben Angst gehabt, oder.« Er hängte kein Fragezeichen an das »oder«, denn es war keine Frage. Er zog nur die Klinge sacht über ihre Haut, und erst als sie die kitzelnde Nässe ihren Hals hinablaufen spürte, begriff sie, dass er sie wieder geschnitten hatte. »Gleich erkläre ich dir alles, wenn wir drin sind. Versuch nicht, zu schreien, das Haus ist fast leer. Mach einfach auf und gib mir dann den Schlüssel.«

»Warum tust du das?«, fragte sie noch einmal und tat, als käme sie mit dem Schloss nicht zurecht. Nicht aufmachen. Nicht reingehen. Da drin bist du mit ihm allein. »Warum ich?«

»Ja, warum du«, sagte er. »Warum irgendjemand.« Er drückte das Messer tiefer in ihr Fleisch, und sie machte doch auf und ging hinein, und er folgte ihr, und als sie drin war, nahm er ihr den Schlüssel aus der Hand, versperrte die Tür und warf den Schlüssel in die offene Sporttasche. »Du kannst ruhig auf die Toilette gehen, ist vielleicht besser vorher«, sagte er.

Besser vorher? Vor was? Was soll ich machen? Soll ich ihn anschreien, schlagen, kratzen, beißen, treten? So was habe ich noch nie getan. Oder soll ich so tun, als würde ich ihn bewundern, ihn vielleicht sogar lieben? Er sah sie an, als wäre er gerade in ihrem Gehirn, eins mit ihren Gedanken, und die Antwort, die sie in seinen Augen las, überzog ihr Herz mit Eis. Es war ihm egal. Egal, was sie tat, weil er sie sowieso töten würde.

Er knipste das Licht an, ohne beim Griff nach dem Schalter zu zögern, als wüsste er genau, wo er sich befand. Mit dem Messer und der Tasche in den Händen ging er ins Atelier, wo er die Tasche auf den Tisch stellte, neben den Bildband, der bei Rouaults *Jeu de massacre* aufgeschlagen war. Das Messer legte er daneben. Danach trat er ans Fenster und sah hinaus, aber nur kurz, als wäre die Aussicht ihm vertraut. »Möchtest du, dass ich mich ausziehe?«, fragte er.

»Ja«, sagte sie. Wenn einer nackt war, konnte man ihn leichter verletzen. Sie hatte sich entschieden. »Soll ich mich auch ausziehen?«, fragte sie. Ihr Blick blieb an dem Messer hängen. Es waren ungefähr acht Meter bis zum Tisch.

»Nein. Ich ziehe den Anzug aus, damit du ihn mir wieder anziehen kannst. Um deine Kleidung kümmere ich mich dann.« Er griff hinter sich und zog einen Reißverschluss herunter, mit dem Gesicht zum Fenster. Dann schob er sich den schwarzen Latexanzug von den Schultern, zog ihn den Oberkörper hinunter. Unter dem schwarzen Gummi war er nackt. Es sah ein bisschen so aus, als schälte sich eine Frucht. Er entblößte seinen Rücken, dann die Hüften und schließlich den Hintern und die Beine. Seine Haut war blass, das Fleisch darunter etwas schwammig und behaart an Rücken und Schenkeln.

Mit einer Bewegung, als wollte er einen großen Hut abnehmen, griff er nach der Gasmaske und zog sie sich vom Kopf. Er wandte ihr immer noch den Rücken zu. Sein Gesicht, seine Brust, sein Bauch, sein Geschlecht und seine Schenkel spiegelten sich in der nachtschwarzen Panoramascheibe. Sein Geschlecht war angeschwollen, halb erigiert. Es bestand kaum Hoffnung, dass jemand ihn von draußen sah, und wenn – was war schon ein nackter Mann an einem Loftfenster.

Er betrachtete die Maske, deren Filter sie halb abgerissen hatte, dann ging er zu ihrem Arbeitstisch, wo unter den vielen Materialien auch eine Tube Sekundenkleber lag. Wie ein sorgfältiger Handwerker bestrich er die Naht zwischen dem Filterstück und dem Rest der Maske mit dem Klebstoff, presste beide kurz zusammen und legte sie neben seiner Tasche ab. Dann betrachtete er die Tasche, als wüsste er nicht mehr genau, warum er sie überhaupt mitgebracht hatte. »Weißt du …«, fing er an, brachte den Gedanken aber nicht zu Ende. Er schüttelte den Kopf, nur ganz schwach. Dann nahm er die Tasche und kam damit auf sie zu. Als er sie erreicht hatte, stellte er seine Last vor ihren Füßen ab. Nackt stand er vor ihr – zwischen ihr und dem Tisch mit dem Messer – und sagte: »Ich weiß nicht mehr, warum ich hier bin. Warum ich das tun muss.«

Warum sagt er das? Will er mich auf die Probe stellen? Sein Gesicht ist so leer – leer und starr.

»Dann mach es nicht«, sagte sie, bemüht, jedes Zittern in ihrer Stimme zu unterdrücken. »Du musst es ja nicht tun. Niemand befiehlt es dir. Niemand ist hier und sieht dir zu.«

Er runzelte die Stirn. »Du darfst nicht reden. Du darfst mich nicht so anschauen.« Dann neigte er den Kopf leicht zur Seite, als versuchte er, sich an etwas zu erinnern. »Hast du gerade Angst? Sabi? Hast du Angst?«

Was soll ich antworten?, dachte sie. Was passiert, wenn ich jetzt etwas sage? Sie spürte, wie ihr wieder der Schweiß ausbrach. Sein Gesicht war so reglos wie das einer Statue, nichts verriet, was er hören wollte oder ob er überhaupt darauf achtete, was sie sagte. Wie lautete die richtige Antwort? Sie hatte Angst, namenlose Angst, aber durfte sie das zugeben, oder sollte sie es abstreiten? Worüber entschied ihre Antwort? Du darfst nicht reden, hatte er gesagt, und dann hatte er ihr eine Frage gestellt.

Was gibt ihm das Recht, so mit mir umzuspringen? Das ist doch Scheiße! Ich will das nicht! Und wo sind denn alle? Warum hilft mir keiner?

»Ich werde dir helfen«, sagte er. Er bückte sich und öffnete die Tasche weiter. Vorsichtig holte er ein zusammengerolltes Plakat heraus. Damit ging er zur Staffelei in der Mitte des Raums, fegte das halb fertige Bild darauf mit einer knappen Bewegung zu Boden und entrollte das Plakat. Er knickte den oberen Rand um und hängte es über die Staffelei, wo es sich wieder ein wenig zusammenrollte. Mit einer weiteren knappen Bewegung, die Sabine wie die erste seltsam ungelenk vorkam, knickte er auch den unteren Rand nach hinten, und jetzt blieb es einigermaßen glatt hängen. »Komm her«, befahl er.

Sie gehorchte. Mit jedem Schritt berechnete sie die Entfernung zum Tisch mit dem Messer neu, ihre und seine, wie schnell sie dort sein konnte, wie schnell er. Sie fragte sich, warum er sich so seltsam bewegte, fast als wäre er kein Mensch aus Fleisch und Blut, sondern ein Roboter in einem alten Science-Fiction-Film. Er schwitzte, obwohl es nicht übermäßig warm in der Wohnung war. Der Geruch seines Schweißes war scharf, wie der eines alten, hungrigen Tiers.

»Weißt du, was ein Martyrium ist?«, fragte er.

Von Nahem wirkte das Plakat schäbig, abgenutzt, aber nicht so schäbig wie das, was es zeigte: eine Frau in Todesangst, den Mund zu einem verzweifelten Schrei verzerrt, während ein Mann mit einer Augenmaske ihr ein Messer an die Kehle hielt, tief in die Haut schnitt, aus der bereits Blut ihren Hals hinunterlief, rot wie die Haare der Frau, nein, etwas dunkler. Die Augen der Frau waren weit aufgerissen vor Entsetzen, der Mund des Mannes ein schmaler Strich. Die Brüste der Frau waren nackt.

Ich will das nicht ansehen, dachte sie. Die Angst der Frau war so lustvoll ausgemalt, sie wurde dem Betrachter dargeboten wie ein mit künstlichem Farbstoff behandeltes Stück Fleisch in der Vitrine eines Metzgers, lockend, als sollte ein Raubtier angezogen werden; der Instinkt des Raubtiers.

»Jetzt kannst du dich ausziehen«, sagte Robert neben ihr, so dicht an ihrem Ohr, dass seine Stimme zu zischen schien. »Aber nur obenrum, nur deine Titten.« Plötzlich erkannte sie, was so merkwürdig an seinen Bewegungen war; sie erkannte es an dem Zischen seiner Stimmbänder: Er konnte sich kaum noch kontrollieren. Die Ruhe, die Langsamkeit, mit der er sich bewegte, war nicht echt, sondern eine ungeheure Kraftanstrengung. Innerlich bebte er vor Zorn, er kochte. Er stand kurz davor – im Bruchteil einer Sekunde vielleicht –, in hemmungslose, alles zerstörende Raserei auszubrechen. »Los, mach schon.«

Sie zog sich den Pullover über den Kopf, umständlich, ließ ihn fallen. Sie zitterte, alles in ihr zitterte, als wäre nichts stabil in ihrem Körper, nichts fest mit etwas anderem verbunden. Ihre Blase brannte, sogar ihr Schließmuskel vibrierte.

Sie warf sich zur Seite, instinktiv, ohne zu überlegen. Rammte ihn mit der Schulter und stürzte auf den Tisch zu. Ihre Schuhe knallten auf das Parkett. Sie rutschte aus, fing sich wieder. Sie schrie, ohne es zu merken oder zu hören, oder er schrie, vielleicht schrien sie beide. Der Tisch kam näher, näher, sie war fast da, streckte die Hand nach dem Messer aus, packte den Griff, und da spürte sie unter ihren Fingern eine andere Hand, eine Hand, die vor ihr an den Griff gelangte und ihn fest umschloss. Im selben Moment packte etwas ihren Nacken und riss sie zurück, riss ihren Kopf zurück, so heftig, dass ihr Genick ein Knacken von sich gab. Sie verlor das Gleichgewicht und stürzte, und da stand er über ihr, ein nackter Riese mit einem Messer in der Faust, das gerötete Gesicht wie im

Blutrausch, einem lustvollen Blutrausch, fast eine Karikatur von Lust.

»Jetzt fängt es an«, sagte er. Er beugte sich zu ihr hinunter, kam mit dem Gesicht ganz dicht an sie heran und zerschnitt ihren BH genau zwischen den beiden Körbchen. Dann schnitt er in die Haut darunter.

59

Robert

Sie blutete. Robert richtete sich auf und sah nach, ob der Klebstoff an der Gasmaske schon getrocknet war und er sie wieder aufsetzen konnte, aber nein, es dauerte noch, und Sabine blutete. Ich muss mir Zeit lassen. Ich darf es diesmal nicht wieder so schnell machen. Er zwang sich, nicht auf sie einzuprügeln, ihr nicht das Messer wieder und wieder in die Brust zu rammen; sie nicht sofort zu töten. Sie sterben immer so schnell. Er wollte doch, dass sie ihn liebte, aber sie blutete.

Sie hatte ihn zurückgewiesen. Sie hatte sich nicht gefreut, ihn zu sehen. Sie war nur nett und freundlich, wenn andere dabei waren, in dem Café, bei der Ausstellung. Jetzt saß sie da, mit blutverschmiertem Gesicht und nacktem Oberkörper, und heulte Rotz und Wasser, nur weil er ihre Brüste ein bisschen geritzt hatte. Sie blutete aus den Schnitten an den Brüsten und denen im Gesicht und am Hals und an den Armen, aber es gab noch viele Stellen, wo sie nicht blutete.

»Wir haben doch gerade erst angefangen«, sagte er. Er musste sich räuspern, denn seine Stimme klang heiser, undeutlich. »Heul doch nicht. Guck mal, was ich hier noch alles habe.« Er hob die Tasche ein wenig an, hielt sie schräg, um ihr den Inhalt zu zeigen.

Er kauerte sich neben sie, mit angezogenen Beinen, und zog die Tasche heran. Seine Muskeln fühlten sich an, als jagten Stromstöße durch seinen Körper, seine Nerven. Er griff in die Tasche und holte das Schwert heraus. An der kurzen, schimmernden Klinge fanden sich Schmierstreifen von getrocknetem Blut. »Zuerst – das Schwert …«, sagte er, und seine Stimme hörte sich an, als gehörte sie jemand anderem. Als Nächstes holte er ein Fleischmesser heraus, ein Paar Handschellen, noch ein Messer und einen Gefrierbeutel, der groß genug war, dass ein Kopf hineinpasste. »Weißt du, warum dir das passiert?«

»Nein.« Sie flüsterte. »Nein.«

»Du bist eine Nutte«, sagte er. »Deswegen.«

»Nein«, stieß Sabi hervor, jetzt nicht mehr flüsternd, aber mit einem Schluchzen, das wie ein Schluckauf klang. »Ich bin doch keine – keine – ich habe erst mit zwei – zwei Jungen …«

»Ihr seid alle Nutten.« Er beugte sich zu ihr und schlug ihr ins Gesicht, nicht sehr heftig, nur so fest, dass sie es mit der Angst kriegte, obwohl sie wahrscheinlich schon genug Angst hatte. Aber er verspürte keine Erregung, keine Lust, oder jedenfalls nicht so viel, wie er gehofft hatte. Er versuchte, sich die Lust-Stadien in Erinnerung zu rufen, nach denen er früher – es war ja noch gar nicht so lang her – seine Diagramme aufgebaut hatte.

Überraschung kam zuerst, aber der Moment war schon vorbei, und bisher war er der schönste gewesen – das Erschrecken in ihrem Gesicht und dann die Angst. Das war das nächste Gefühl auf der Skala – *Angst.* Je größer die Angst auf dem Gesicht einer Frau, desto höher stieg seine Erregung. Überraschung, Angst und dann *Kampf*, wie unten im Fahrstuhl oder eben, als sie vor ihm das Messer packen wollte. Allerdings war er immer noch erst bei ungefähr 10 Grad und damit noch weit entfernt vom Maximum, den 100 Grad. Neben *Kampf* stand *Würgen,* das hatte er vergessen, einfach nicht daran gedacht, machte aber nichts, es kamen ja noch weitere Punkte – *Stiche in den Bauch*, *Stiche in die Brust* und *Stiche ins Gesicht.* Das Gesicht hatte er ihr schon zerschnitten, die Brüste auch.

»Ich habe dir noch nicht in den Bauch gestochen«, sagte er. »Das ist ein schöner Rock – zieh ihn lieber aus.«

»Bitte«, sagte sie, und dabei heulte sie noch immer.

»Bitte, was?«, fragte er.

»Bitte nicht. Ich tue, was du willst.«

»Dann zieh deinen Rock aus.« Sie wollte nicht, das gefiel ihm; sein Schwanz füllte sich mit Blut, schob sich seinen nackten Schenkel hinauf. »Mach schon.«

Sie zog die Nase hoch und nestelte mit den Händen hinten am Rock herum. »Lässt du mich dann gehen?«

»Was?«

»Darf ich dann gehen, bitte?«

»Vielleicht«, log er – Hoffnung, die sich zerschlug, das war die größte Qual. Sein ganzes Leben, schon seit er ein ganz kleiner Junge gewesen war, hatte er sie erdulden müssen, immer und immer wieder. »Das ist eine schöne Vorstellung, nicht? Möchtest du, dass ich mitgehe?«

Er sah, dass sie überlegte, die richtige Antwort suchte, sich fragte, was er meinte. In einem Film hätte sie sich auf die Unterlippe gebissen, bloß dass sie keine mehr hatte, fast jedenfalls. »Ja«, sagte sie dann kaum hörbar. Er nickte. »Gut. Wir gehen zusammen, aber erst später. Viel später.« Erst kommen noch Schläge auf Kopf und Gesicht, die waren eigentlich schon vorher dran gewesen. Er beugte sich zu ihr und versetzte ihr einen Faustschlag ins Gesicht, so heftig, dass ihre Oberlippe aufriss. Sein Schwanz kroch noch höher; allmählich spürte er die Erregung, die er bisher vermisst hatte. Ich werde dich opfern, so wie meine Mutter mich geopfert hat, ihren kleinen Robbie. Und hätte sie sieben Söhne gehabt, hätte sie auch die geopfert, ihrem Hurengott, ihrer Lust. »Hättest du gern Kinder?«, fragte er.

Diesmal antwortete sie nicht. Er schlug ihr mit der Faust auf das linke Auge und das linke Ohr gleichzeitig, denn seine Faust war sehr groß. »Ich habe dich gefragt, ob du gern Kinder hättest!«

»Ja … ja!«

»Wie jede Frau?«

»Ja … ja, wie jede Frau.«

Er nickte. Er stach ihr das Messer tief in den Bauch, durch den Rock, den sie immer noch nicht ausgezogen hatte. Sie schrie, aber als sie sein Gesicht sah, verwandelte sich der Schrei in ein Wimmern. Sie presste eine Hand gegen den roten Fleck, der sich an ihrem Rock bildete. »Ich werde deine Kinder vor dir beschützen«, sagte er und versuchte, sich zu erinnern, was als Nächstes kam, *Quälen mit Messer oder Gegenständen*, gefolgt von *Macht & Angst*, schließlich – aber bis dahin hatten sie noch viel Zeit – *Durchschneiden der Kehle*. Erst jetzt begriff er wirklich, was damit gemeint war, die Zusammen-Weggerissenen.

Er stand auf, ging zu Sabis Arbeitstisch und zog sich die Gasmaske über. Sie roch noch nach dem Klebstoff. Er betrachtete die Frau, die da halb nackt und zusammengekrümmt auf dem Boden ihres

Ateliers lag. Er dachte die Worte, erinnerte sich nach und nach an die Gefühle, und auf einmal brauchte er keinen Alkohol mehr – Quälen, Macht, Angst und Durchschneiden der Kehle, das war der Kick, das brachte den Rausch, das und die Schreie und das Blut.

60

Larsen

Wie wäre es damit?«, fragte Mareike. »›Wenn Sie mit Vornamen Sabine heißen oder eine Tochter, eine Mutter, eine Schwester oder Freundin haben, die Sabine heißt, dann hören Sie jetzt genau zu: Eine Frau mit diesem Namen schwebt gerade in Lebensgefahr. Wir kennen diese Frau nicht, sonst würden wir sie direkt ansprechen. Aber jemand, der sie umbringen will, kennt sie und ist auf dem Weg zu ihr. Bitte nehmen Sie sich in Acht und verriegeln Sie die Tür, falls Sie selbst Sabine heißen, oder warnen Sie die Frau dieses Namens, die Sie kennen –‹«

»*Verriegeln Sie die Tür*, also echt jetzt?«, fragte KOK Torsten Lenz. »Was wird das denn, wenn's fertig ist?«

»Das könnten wir an alle Radio- und Fernsehsender geben«, erklärte Mareike und hielt das Blatt Papier hoch, von dem sie den Text abgelesen hatte. »Sie sollen ihre laufenden Sendungen unterbrechen oder den Aufruf nach den Verkehrshinweisen verlesen, so lange, bis sich jemand mit einer brauchbaren Information meldet.«

»Wir könnten ihn auch von einem Doppeldecker mit roter Farbe an den Himmel schreiben lassen«, fiel Lenz ihr wieder ins Wort, »oder ein Zeppelin zieht ihn auf einem Banner über die Dächer. Hauptsache, der Täter ist gewarnt und sucht sich ein anderes Opfer.«

»Er ist schon da«, sagte Larsen. »Die Warnung kommt zu spät. Er ist schon bei ihr, und sie stirbt gerade.«

»Woher wissen Sie das?«, fragte Olaf Sundermann.

»Er weiß es, weil er schon da wäre, wenn er der Täter wäre«, erklärte Lenz.

Olaf runzelte die Stirn, dann hellte sich seine Miene auf. »Ich habe eine Idee. Wir organisieren einen Auftritt seiner Eltern vor den Medien. Sie könnten an den Täter appellieren, ihn auffordern, sich zu stellen. Wenn er das hört –«

»Hast du Larsen eben nicht zugehört?«, fragte Lenz. »Er war bereits gestern Abend bei seinen Eltern, und die haben ihm sogar noch Geld gegeben.«

Larsen trug die volle Tasse von der Kaffeemaschine zu seinem Schreibtisch, vor dem sich sein Team – teils sitzend, teils stehend – zur Morgenbesprechung versammelt hatte. Die gerade erst aufgegangene Sonne brach sich in der vom Tau beschlagenen Fensterscheibe und erfüllte das Büro mit einem unnatürlichen Rot. Die Plakate an den Wänden – *Johnny Guitar, Rio Grande, High Noon* – leuchteten, als wären sie eben erst gedruckt worden. Von der Straße unten drang der Lärm des beginnenden Berufsverkehrs herauf.

Was würde ich machen, wenn der Mörder hinter Kristin her wäre, dachte Larsen, oder hinter Hanna oder einer Ellie, die nicht als Kind sterben musste, sondern erwachsen werden durfte? Wenn ich nur den Namen hätte und von der Gefahr wüsste, in der sie schweben – was würde ich tun? Er hatte nur drei Stunden geschlafen und war mit demselben Knoten im Magen aufgewacht, mit dem er auf seiner Campingpritsche eingeschlafen war.

»Hat die Fahndung nach Robert Melzer schon irgendwelche Ergebnisse gebracht?«, fragte Lenz.

Sundermann schüttelte den Kopf. »Nein.«

»Blast sie ab«, sagte Larsen. »Er ist nicht mehr auf der Straße unterwegs. Er ist nirgendwo, wo ihn jemand sehen und erkennen könnte. Dort, wo er jetzt ist, wird er bleiben und seine Erlösung suchen.«

»Und die wäre?«, fragte Lenz.

»Jemand töten, dabei zum sexuellen Höhepunkt kommen und sich danach wahrscheinlich selbst umbringen.«

»Würde dem Steuerzahler jedenfalls eine Menge Geld sparen«, meinte Lenz.

An der nur halb geschlossenen Tür erklang ein Klopfen, und Larsen rief: »Ja!«

Die Tür wurde ganz geöffnet, und da stand Kristin, mit einem vorsichtigen Lächeln auf den Lippen. »Entschuldigt die Störung«, sagte sie, »nur ganz kurz, bin gleich wieder weg.« Sie wirkte frisch, wie aus dem Ei gepellt, aber Larsen bemerkte die winzigen Fältchen um ihre Augen, die verrieten, dass auch sie kaum geschlafen hatte.

Und sie war geschminkt, das kam so früh sonst selten vor. Olaf sprang auf, und auch Larsen erhob sich. »Du, wir sind gerade mitten in einer Besprechung.«

»Ich weiß, es ist völlig unprofessionell, dass ich hier einfach reinplatze und euch bei der Arbeit störe«, sagte Kristin, »aber ich bin schließlich keine Polizistin, also warum soll ich mich professionell verhalten? Ich habe gleich einen Termin beim Frauenarzt. Eben war ich schon in der Pension und habe deine Sachen abgeholt, und weil ich gerade in der Nähe war, dachte ich mir …« Sie verstummte abrupt, bevor sie etwas leiser fortfuhr: »Nach unserem Telefonat gestern konnte ich nicht wieder einschlafen. Ich musste die ganze Zeit daran denken, in welcher Gefahr diese Frau schwebt und womit du die ganze Zeit zu kämpfen hast, während ich zu Hause sitze und –«

Larsen blieb etwas hilflos hinter seinem Schreibtisch stehen. »Kristin, das ist jetzt kein guter Zeitpunkt.«

»Ich bin nur hier, weil ich an den Namen gedacht habe«, unterbrach Kristin ihn. »Diese Sabine … Ich konnte einfach nicht mehr bis heute Abend warten oder heute Nacht – oder wann immer du nach Hause kommst.« Ihr Blick fiel auf die Schreibtischplatte, auf der noch die Fotos der toten Frauen neben dem von Robert Melzer lagen, jetzt überglänzt von den ersten Sonnenstrahlen. »Wer ist das?«, fragte sie und deutete auf das Foto von Robert Melzer.

»Unser Hauptverdächtiger«, sagte Lenz.

Kristin betrachtete das Foto genauer. »Den habe ich schon mal gesehen.«

Plötzlich veränderte sich die Stimmung im Raum, jeder sah nur noch Kristin an. Larsen fragte: »Wann? Wo?«

»Bei der Vernissage vor einigen Tagen. Von der habe ich dir doch erzählt. Dieser Mann – er ist mir begegnet, auf dem Weg zur Toilette.«

»An dem Abend waren doch bestimmt Hunderte Leute da«, wandte Larsen ein. »Bist du dir ganz sicher?«

»Ja.« Kristins Stimme ließ keinen Zweifel erkennen. »Es gab einen Zwischenfall, gegen Ende, ich war gerade auf dem Weg zur Tür. Die Malerin wollte jemand ihre Visitenkarte geben, und als sie ihre

Tasche aus dem Büro des Galeristen holte, stellte sie fest, dass ihre Hausschlüssel verschwunden waren. Sie dachte, sie hätte sie verloren, aber jemand äußerte den Verdacht, sie könnten ihr auch gestohlen worden sein, vielleicht von einem der Gäste.«

Larsen glaubte, fast hören zu können, wie die Zahnräder, die sich seit gestern in seinem Gehirn drehten, plötzlich ineinandergriffen. »Wie hieß die Malerin?«

»Denk. Sabine Denk. Deswegen bin ich ja hier.«

»Sabine!«, rief Mareike.

»Die Adresse!«, verlangte Larsen. »Kennst du ihre Adresse?«

»Nein, aber die Galerie muss sie haben.«

Lenz war schon am Telefon, hielt den Hörer in der Hand, wählte eine Nummer. »Wie heißt die Galerie?«

»Artefacts.«

»Ich brauche die Telefonnummer der Galerie Artefacts«, sagte Lenz in den Hörer. »Nein, verbinden Sie mich gleich.« Er lauschte, schnitt eine Grimasse. »Anrufbeantworter. Noch niemand da um diese Zeit.« Er sah Kristin an. »Wie heißt der Inhaber?«

»Daniel irgendwas«, meinte Kristin. »Steht auf der Einladung. Ich weiß nur den Vornamen.«

»Ich fahre hin!«, rief Sundermann.

Mareike sagte: »Ich kenne jemand vom Feuilleton der *Welt*, der weiß bestimmt, wie der Galerist heißt. Artefacts ist ziemlich bekannt.«

»Na, dann los!« Larsen hätte beinahe die volle Kaffeetasse auf seinem Schreibtisch umgestoßen, als er die Schublade aufriss, in der seine Dienstwaffe lag. Er holte sie heraus, angelte das Schulterhalfter vom Garderobenhaken, schnallte es um und schob die SIG Sauer hinein. »Mein Gott, Kristin! Du hast vielleicht gerade einem Menschen das Leben gerettet.«

61

Robert

Ihr Blut war überall auf dem Boden. Sie stirbt, dachte Robert, das ist falsch. Sie muss doch wach sein; sie muss mir den Anzug anziehen und dabei wissen, dass sie ihren Tod anzieht. Er ging hin und her, keuchte in die Gasmaske, schwenkte das Schwert wie eine Sichel. Sein Herz raste, sein Gehirn schien zu brennen. Mit jedem Atemzug drangen ihm die Dämpfe von Amylnitrit und anderen Chemikalien in die Nase und von dort ins Gehirn und in die Lungenflügel. Das Blut schoss durch seine Adern, immer schneller, sein ganzer Körper war zu einem einzigen hämmernden Herzschlag geworden.

Jeu de massacre.

Sabi lag nackt vor ihrer Staffelei, und ihr Körper strahlte im Licht der Morgensonne wie der einer Heiligen auf einem Votivbild, ein einziges Leuchten der Qual. »Sie konnte nie zu Hause bleiben«, erklärte Robert murmelnd, während er zwischen den Sonnenstrahlen, die durch das Panoramafenster hereinfielen, wie ein Raubtier im Käfig auf und ab wanderte. »Dieses Opfer konnte sie nicht bringen. Wie es Papa ging, wie es mir ging, das kümmerte sie nicht. Sie hat sich schön gemacht, vor dem Spiegel. Und dann hat sie gelacht. Und dann hat sie gesungen, wenn sie wiederkam. Und dann hat sie gesagt, stell dich nicht so an, wenn sie mitkriegte, wie schlecht es Papa ging. Und ich dachte, man müsste ihr nur den Kopf abschneiden, dann könnte sie nicht mehr singen und lachen und reden, nichts mehr von all dem, was sie mit ihrem Nuttenkopf sonst noch machte. Ich wünschte, ich wäre damals schon groß gewesen und hätte das hier«, er fegte mit dem Schwert durch die Luft, »schon gehabt. Aber ich war noch ein Kind, ich war klein. Ich war hilflos. So wie du. Hörst du mir zu? Ich habe am Fenster gestanden und mir die Nase platt gedrückt, sogar im Winter. Sie war ganz kalt, und auf der Scheibe waren Eisblumen.«

62

Sabine

Mir ist kalt. Mir ist so kalt. Alles ist nass. Wo bin ich? Wer ist der Mann da? Warum ist er nackt? Das Nasse ist Blut. Ist das alles von mir? Es tut so weh. Eben war es dunkel, da hatte ich keine Schmerzen. Es wird wieder hell, und alles tut weh. Bin in Schmerz gehüllt. Bin selbst der Schmerz.

Meine Haut brennt. Das Fleisch darunter brennt auch. Die ganzen Schlitze und Löcher brennen, die er hineingemacht hat. Wie wenn man mit der Hand in eine Kerzenflamme gerät und sie schnell wieder wegzieht. Die Stelle, wo die Flamme die Haut berührt hat. Die Haut am ganzen Körper zerschnitten, zerstochen.

Ich sterbe.

Der Boden ist hart und nass. Das Licht blendet. Der Mann geht auf und ab, mit einem Schwert in der Hand. Er ist wahnsinnig. Er tötet mich. Warum? Ich habe ihm nichts getan. Nichts, nichts, nichts. Er darf das doch nicht. Ich werde wahnsinnig. Ich will aufstehen. Es geht nicht. Bitte. Es geht nicht.

Es tut so weh. So schrecklich weh.

Ich habe doch noch so viel zu tun. So viel. Malen. Leben. Ich möchte einen Freund haben. Liebe spüren, nicht Qual. Es ist so traurig. Ich muss weinen.

Warum bin ich bloß nach Hause gefahren? Warum wohne ich allein? Hier hört mich keiner schreien. Ich habe geschrien. Es klang schrecklich. Schreckliche, lange Schreie. Er hat gestöhnt.

Warum hat er mich ausgewählt? Es wird wieder dunkel. Die Schmerzen lassen nicht nach. Ich habe mir ins Höschen gemacht. Habe ich noch ein Höschen an? Egal. Alles egal. Ich fühle nichts mehr. Weil mir so kalt ist. Ich darf nicht einschlafen. Nicht einschlafen. Ich wache vielleicht nicht mehr auf. Ich will nicht mehr aufwachen.

Alles vorbei. Mein Herz, so langsam. *Poch* – und – *poch* – und – *poch,* keine Schläge mehr, keine Kraft, kein Blut, hohles Herz, leere

Adern, Schmerzen, ich will wieder schreien, es geht nicht mehr.
Nie –
Papa. Mama.
Er kommt wieder auf mich zu.
Bitte, töte mich. Nicht.
Doch, tu es. Tu's.

63

Larsen

Die Ampel war grün, aber während sie darauf zufuhren, wechselte sie auf Gelb, dann auf Rot, und Larsen sagte: »Mach das Martinshorn an!« Er saß nicht selbst am Steuer. Er saß neben Mareike, die er ans Steuer gelassen hatte, weil er seinen Reflexen nach der schlaflosen Nacht nicht traute, und bis zu der Adresse, die der Galerist ihnen am Telefon genannt hatte, war die ganze Strecke eine einzige Baustelle. Alle paar Meter staute sich der Berufsverkehr, und selbst das Blaulicht auf dem Dach verschaffte ihnen keine Gasse zwischen den Autos. Dem Sondereinsatzkommando, das er über Funk zu derselben Adresse am Alten Hafen geschickt hatte, ging es nicht anders. Er starrte immer wieder auf die Uhr im Armaturenbrett. Die Zeit schnitt im Sekundentakt Splitter um Splitter von dem schmelzenden Block seiner Hoffnung.

»Hallo, hier ist der Anrufbeantworter von Sabine Denk, bitte hinterlassen Sie Ihren Namen oder eine Nachricht, ich rufe so schnell wie möglich zurück.«

Sie hatten immer wieder bei ihr angerufen, und immer wieder dieselbe Ansage gehört, ohne zu wissen, ob die Frau, der die fröhliche Stimme gehörte, noch am Leben war.

»Was machen wir, wenn er gar nicht in ihrer Wohnung ist?«, fragte Mareike, während sie konzentriert schaltete, blinkte, bremste oder Gas gab. »Wenn er sie irgendwohin gebracht hat, an einen anderen Ort? Oder wenn es sich doch um eine andere Sabine handelt? Was machen wir dann?«

»Den anderen Ort suchen oder die andere Sabine«, sagte Larsen, eine Hand am Haltegriff rechts über seinem Kopf. Er verspürte eine ungeheure Distanz zu allem, was gerade um ihn herum geschah, den Straßen, den Autos und Gebäuden, die sich draußen bewegten, anhielten und wieder bewegten, und den Menschen, die in den stehenden oder laufenden Bildern vorkamen; dem strahlend blauen Himmel. Es ließ ihn fast staunen, wie das allgemeine Leben einem fremd wurde, wenn man ein spezielles zu retten versuchte.

Es war jedes Mal wieder wie gestern, als er durch eine andere Stadt gerast war, um das Leben seiner Tochter zu retten.

64

Robert

Es ist so weit, dachte er; gleich ist es so weit. Sabine bewegt sich nicht mehr, aber sie lebt noch. Wenn er sich über sie beugte, konnte er eine Ader an ihrem Hals pochen sehen, und manchmal zitterten ihre Lider. Sie atmete auch noch, obwohl sie schon aussah, als wäre sie tot. Sie lag in einer großen Pfütze von Blut, in der sich sein Insektenkopf mit der Gasmaske und seine Schultern spiegelten.

Das Telefon klingelte schon wieder, und diesmal ging er hin und riss das Kabel aus der Steckdose. Beim ersten Anruf hatte er sich nichts gedacht, beim zweiten auch nicht. Erst beim dritten Mal war er auf den Gedanken gekommen, den Anrufbeantworter laut zu stellen. Da hatte Sabine noch versucht, sich aufzurichten; es hatte ausgesehen wie die Karikatur einer Liegestütze, bevor ihre Arme wieder eingeknickt waren. Er hatte gehört, wie ihre Stimme auf dem Band sagte: Hallo, hier ist der Anrufbeantworter von Sabine Denk, bitte hinterlassen Sie Ihren Namen oder eine Nachricht, ich rufe so schnell wie möglich zurück.

Und dann hatte eine Männerstimme auf das Band gesprochen: Frau Denk, hier spricht Kiefer Larsen, Kriminalpolizei Bremen. Wenn Sie das hören, verlassen Sie sofort Ihre Wohnung, oder falls Sie diese Nachricht per Fernabfrage hören, bleiben Sie, wo Sie sind, und nehmen Sie umgehend Kontakt mit uns auf. Nach dem nächsten Anruf hatte er den AB ausgeschaltet, und jetzt riss er das ganze Telefon aus der Wand, weil er es wohl doch nicht mehr benötigte. Ich glaube nicht. Oder? Nein. Ich glaube nicht, dass ich noch eine Pizza kommen lasse.

Er fing wieder an, auf und ab zu gehen, mit dem Schwert in der Hand. Der Boden war glitschig unter seinen nackten Füßen. Vor dem Panoramafenster, warm vom frühen Sonnenschein, blieb er stehen. In der Scheibe konnte er sein Spiegelbild sehen, durch die bräunlich verschmierten Sichtlöcher der Gasmaske. Sein ganzer

Körper war mit Blut bedeckt wie der eines Märtyrers. Der Anblick erschütterte ihn; er erkannte sich nicht mehr. Es war alles ganz anders, als er es sich vorgestellt hatte, sein ganzes Leben. Sogar dieser Moment. Diese letzten Stunden. Es trieb ihm die Tränen in die Augen. Er weinte und spürte die Nässe auf seinen Wangen und wie ihm der Rotz die Kehle runterlief.

Das bin ich doch nicht.

Der will ich nicht sein.

Ich will da nicht hingucken.

Er nahm die Maske ab, und er war es noch immer nicht. Er sah jemand, den er nicht kannte. Jemand, dem die Begriffe Lust und Zeit nichts mehr bedeuteten. Seine Fantasien, die ihn erfüllt hatten, soweit er zurückdenken konnte, waren unerfüllbar, egal, wie viel Schmerz er bereitete, wie viel Qual er verursachte. Die Erlösung – die wahre Erlösung – bestand darin, dass er einfach aufhörte.

Es soll endlich aufhören. Ich soll aufhören. Hab keine Kraft mehr. Will, dass ich nicht mehr da bin. Wer bin ich? Wer bin ich überhaupt? Kein klarer Gedanke, alles weit weg. Will den ganzen Scheiß nicht mehr. Alles durcheinander. Ein Leben ohne Ausweg. Kann immer wieder so werden wie jetzt. Hab Angst davor, dass alles von vorn anfängt. Kann nicht frei sein. Ich will das nicht mehr, will kein Fesseln, Würgen bis zu schwarzer Bewusstlosigkeit, Zustechen oder Schlagen. Will nur noch das Nichts, das, was nach den 100 Grad kommt.

Setz die Maske wieder auf und tu es. Tu's.

Die Heilige und der Märtyrer.

Das letzte Diagramm, Robert und Sabine: Er packt ihre Haare, zieht sie am Kopf hoch, und dann ein einziger Hieb mit dem Schwert, und wenn die Polizei die Wohnung stürmt, steht er da in der Mitte des Raums und hält ihren Kopf hoch wie eine Fackel, ecce homo, ecce homo …

So ist er nämlich, der Mensch.

65

Larsen

Die Fenster der neuen Hochhäuser am Europahafen blendeten in der Sonne, und über dem brackigen Wasser stießen Möwen in Schwärmen auf und nieder wie weiße Gischt. Larsen und das SEK trafen fast zeitgleich vor dem Eingang der Wohnanlage ein, wo sie der Hausmeister bereits in der offenen Tür erwartete. Larsen schickte die vier SEK-Beamten – mit Schutzwesten, Helmen, Blendgranaten und Eisenrammen – die Treppe hinauf. Im Fahrstuhl – Mareike rechts von ihm, der Hausmeister links – lockerte er die SIG Sauer im Schulterhalfter. Er bekam kaum genug Luft zum Atmen. Mit einem leisen Summen fuhr der Lift nach oben, erster Stock, zweiter Stock, dritter Stock – im obersten Stock hielt er an. Der Hausmeister hatte einen Schlüssel zu Sabine Denks Wohnung, und es sah aus, als würden sie ohne Schwierigkeiten in ihren Loft gelangen, bis sie feststellten, dass der Schlüssel nicht mehr ins Schloss passte.

»Verdammte Scheiße!« Mareike rüttelte an dem Türknauf, dann hielt sie jäh inne, schien sogar den Atem anzuhalten. Sie lauschte. Im selben Moment fiel auch Larsen die Stille hinter der Tür auf; sie war so laut, dass sie jedes andere Geräusch verschluckte, sogar die hastigen Schritte der SEKler auf der Treppe.

Larsen klingelte. »Frau Denk?!«, rief er. »Herr Melzer?!« Er hämmerte mit der Faust gegen die Tür. Zog seine Pistole und benutzte ihren Griff, um noch mehr Lärm zu machen – Krach, um die bösen Geister zu vertreiben. »Machen Sie auf! Polizei!«

»Vielleicht ist niemand da«, sagte der Hausmeister.

Larsen schüttelte den Kopf. Sie sind da drin, das spüre ich. Mit einem Ruck zog Mareike ihre Dienstwaffe, den Daumen am Sicherungshebel. »Soll ich das Schloss aufschießen?«

»Nein.« Larsen wandte sich an den Hausmeister. »Gibt es einen anderen Zugang zur Wohnung? Kann man von außen durch die Fenster rein? Oder übers Dach?«

Bevor der Hausmeister antworten konnte, drang ein Geräusch

aus der Wohnung, so schwach, dass es fast noch leiser war als die Stille. Larsen gebot den Streifenbeamten mit einer Handbewegung, Abstand zu halten. »Haben Sie das gehört?«, fragte Mareike. »Es klang wie ein gedämpfter Schrei. Wie von einem Tier.«

Larsen zog seine SIG Sauer und entsicherte sie, hielt sie in beiden Händen. Dann nickte er den Männern vom SEK zu. Zwei von ihnen zogen ebenfalls ihre Waffen, die beiden anderen gingen mit der Eisenramme in Stellung. »Los!«, befahl Larsen. Sie holten aus und ließen die Ramme gegen das Türschloss sausen. Ein einziger Stoß reichte, und die Tür flog mit einem Krachen auf. Das Geräusch schien noch in der Luft zu hängen, als Larsen über die Schwelle stürmte, in den Korridor dahinter, leer, niemand zu sehen, weiter, er rannte auf den hellen Türbogen am Ende zu, Sonnenlicht, er hielt die Waffe jetzt vor sich, hocherhoben wie eine Monstranz, rannte in den Raum dahinter, das Atelier, alles voller Blut, Tümpel, Spritzer, Schlieren, der Boden, die Wände, sogar das große Fenster, und in der Mitte eine Skulptur, zwei Gestalten, beide nackt, so viel Blut, als hätten sie sich darin gebadet.

Er blieb stehen. Sein Herz geriet für einen Moment aus dem Takt, es stockte. Dann veränderte es seinen Rhythmus, während sich das Bild für immer in seine Netzhaut einbrannte.

Es war keine Skulptur. Es war eine Frau, die kniete, reglos, ihr Körper zerstochen, schwarzblau geschlagen. Und es war ein Mann, der neben ihr stand, groß und nackt in der Sonne, vor dem Gesicht eine Gasmaske. Der Mann hatte eine Hand in den Haaren der Frau vergraben, hielt ihren Kopf an den blutnassen Strähnen. Mit der anderen Faust umklammerte er das kurze Schwert, bereit, es auf den Hals der Frau schwingen zu lassen, ein einziger Hieb durch die Kehle und die Nackenwirbel. Die Augen der Frau waren geschlossen, der Mund dagegen stand ein wenig offen, einige Zähne fehlten. Die Augen des Mannes wirkten unnatürlich hell in dem von getrocknetem Blut wie von Rost bedeckten Gesicht.

Larsen nahm die linke Hand vom Griff der Waffe und streckte sie dem Mann entgegen. Hinter sich hörte er Schritte, die innehielten, bevor sie ihn erreichen konnten. Er blendete sie aus. Er blendete alles aus bis auf den Mann mit dem Schwert und die kniende Frau.

»Herr Melzer – Robert – bitte hören Sie mir zu«, sagte er leise. »Mein Name ist Kiefer Larsen. Ich bin von der Polizei. Ich weiß, warum Sie hier sind. Geben Sie mir ein paar Minuten, bitte.«

Er konnte nicht sehen, ob der Mann ihn verstand, konnte die Augen nicht sehen. Die verschmierten Sichtfenster der Maske schienen durch ihn hindurchzustarren. Und Melzer bewegte sich auch sonst nicht, zog den Kopf der Frau nicht weiter nach oben, holte nicht weiter aus mit dem Schwert.

»Ich habe die Mädchen gefunden«, fuhr Larsen fort. »Ich habe sie so gefunden, wie Sie wollten, dass sie gefunden werden. Ich weiß, was Sie getan haben, aber ich weiß nicht, warum Sie es getan haben. Ich möchte es gern verstehen. Ich möchte auch verstehen, warum Sie die Bilder der Märtyrerin dazugelegt haben. Wollen Sie mir helfen, das zu verstehen?«

Der Mann bewegte sich nicht, er schien nicht einmal zu atmen. Er hielt den Kopf und das Schwert und regte sich nicht.

»Aber vorher muss ich Ihnen etwas sagen«, redete Larsen schnell weiter. »Ich habe Ihren Bericht über Ihr Leben gelesen. Das wollten Sie doch, dass jemand liest, wie Robert Melzer wirklich ist. Warum Sie den Weg eingeschlagen haben, der Sie hierhergeführt hat. Die Beschreibung Ihres Martyriums. Wie Sie ein Täter geworden sind, der eigentlich ein Opfer ist. Aber da steht nicht alles, Sie haben noch viel mehr zu sagen, und Sie können gleich damit anfangen, hier und jetzt.«

Die Pistole wurde immer schwerer. Der Griff war glitschig. Er drohte ihm aus der Hand zu gleiten. Er ließ die Waffe sinken. Der Mann reagierte nicht. Sein Kopf sank ein wenig herab, und jetzt sah er mit der Maske aus wie ein erschöpfter Stier in der Arena, der nicht einmal mehr die Kraft besaß, mit dem Huf zu scharren. Der nur noch schwer atmend mit Blut auf dem Fell den Todesstoß erwartete.

»Die Frau, die neben Ihnen kniet, ist auch ein Opfer«, sagte Larsen. »Monique, Romy, Gina und Sandra waren Opfer. Das waren sie schon vorher, bevor Sie an ihnen zum Täter wurden. Sie hatten den Tod nicht verdient. Sie waren nicht böse. Glauben Sie, Monique, Romy, Gina sind Prostituierte geworden, weil sie das wollten? Weil sie schon als Kind gesagt haben, wenn ich groß bin, werde ich Nutte? Die haben ihre Kinder nicht ihrem Vergnügen geopfert; einige hatten nicht einmal Kinder, die sie opfern konnten. Und Sabine? Sie malt. Sie ist Künstlerin. Sie ist keine von den Frauen, die Männer für ihren Lebensunterhalt bezahlen lassen, die ihr Geld nehmen und sie kleinhalten. Sie verdient es nicht, geopfert zu werden. Sie hat sich nicht an den Männern schuldig gemacht. Oder an ihren Kindern. Sie hat ja gar keine.«

Es gibt kein Anzeichen dafür, dass er mich versteht, dachte Larsen. Oder dass er mich auch nur hört. Nichts verrät, ob meine Worte dazu führen, dass er seine Absicht aufgibt, oder ob sie ihn im Gegenteil bestärken. Vielleicht mache ich alles nur noch schlimmer. Ein Scharfschütze könnte ihn töten, er gibt ein gutes Ziel ab. Der finale Rettungsschuss könnte verhindern, dass er ihr den Kopf abschlägt. Aber ich bin nicht gut genug dafür.

Robert, ich weiß, Sie sind jetzt kein Opfer mehr. Sie haben es geschafft, ein anderer Mann zu werden, einer, der eine ganze Stadt in Angst und Schrecken versetzen kann. Aber ich muss Ihnen etwas über sich selbst sagen. Sie sind an eine Kreuzung geraten, an die Sie nie hätten geraten dürfen, weil Sie irgendwann abgedrängt worden sind, die falsche Straße genommen haben, und dort hat es dann einen Unfall gegeben. Sie sind mit anderen Menschen zusammengestoßen, die diese Kreuzung ebenfalls auf einem falschen Weg erreicht haben. Die vielleicht ebenfalls abgedrängt wurden – von anderen, von Müttern, Vätern, Erziehern. Was in Ihrer Kladde steht, ist richtig: Menschen, die zu Mördern werden, geraten meistens schon früh auf diesen Weg, genau wie Menschen auch den Weg, der sie zu Opfern macht, früh einschlagen. Und wenn die sich später – zufällig oder zwangsläufig – begegnen, an dieser Kreuzung, kommt es zu einem Gewaltverbrechen. Das Wichtigste aber ist das Ende, Robert: Am Ende ist auch der Täter ein Opfer. Die Welt besteht aus Opfern.

Er kam nicht mehr dazu, das alles laut auszusprechen, denn plötzlich geschahen wieder zwei Dinge gleichzeitig: Als wäre er aus einer Trance erwacht, streifte Robert Melzer sich langsam die Maske vom Gesicht, und Larsen hörte eine Stimme hinter sich, eine

Frauenstimme, die ihn ablenkte. Es war eine Stimme, die er erst gestern Abend kurz vor Mitternacht gehört hatte. Sie rief: »Robbie, mein Junge! Lass die Frau los!« Als er sich umdrehte, sah er Olaf und Robert Melzers Mutter im Korridor hinter Mareike und den Streifenpolizisten.

O Gott, das ist ja Irrsinn, dachte er, wie konnte er das tun? Wie konnte Olaf sie herbringen?

Er sah, wie die Mutter sich an den Polizisten und Mareike vorbeidrängte, die Augen hinter den Brillengläsern weit aufgerissen, verstört. Er sah, wie sie eine Hand hob und ihrem Sohn einen Zeigefinger entgegenstreckte. »Robert, leg das sofort weg!« Er sah, wie der Sohn seine Mutter erkannte und wie in diesem Augenblick ein Schauer durch seinen nackten, blutverkrusteten Körper lief, ein heftiges Zittern, und wie er den Kopf der knienden Frau losließ und ein Ausdruck auf sein Gesicht trat, der nichts glich, was Larsen je gesehen hatte. Erleuchtung, dachte Larsen, Erleuchtung und Ekstase.

Roberts Lippen formten zwei Worte, ein Flüstern, »hundert … Grad …« Und dann fuhr das Schwert in seiner Hand lautlos in einem engen Bogen durch die Luft, hinauf zu seinem Kinn, und Larsen sah, wie die blitzende Klinge Roberts Kehle und den halben Hals aufriss und dann das Spritzen der Halsschlagader, das nicht aufhören wollte, nicht einmal, als er schon tot auf den Knien kauerte, ohne umzufallen, wie ein Büßer. Tot, ohne umzufallen.

»Niemand fasst ihn an«, sagte Larsen. »Wir brauchen einen Notarzt, sofort!«

66

Es war kurz vor Mitternacht. Larsen fuhr ziellos durch die Stadt, langsam, vom einen Ende zum anderen. Er hatte Ellie nicht wieder sterben gesehen. Diesmal hatte er nicht gesehen, wie seine Tochter auf dem Fensterbrett stand und lichterloh brannte, bevor sie wie ein kleiner Komet mit einem Flammenschweif ins Wasser stürzte. Er wusste noch nicht, ob das ein gutes oder ein schlechtes Zeichen war, er registrierte nur die schlichte Tatsache. Er saß am Steuer des Mustangs und hielt gleichmäßig das Tempo, statt abrupt rechts an den Bürgersteig fahren und anhalten zu müssen. Im Radio kam *Raindrops Keep Fallin' on My Head*. Das war es wohl, was die Erinnerung ausgelöst hatte, der Song aus *Butch Cassidy and the Sundance Kid*, den Ellie noch tagelang vor sich hinsang, wenn sie wieder einmal zusammen den Film angeschaut hatten.

Er bog in die Straße, in der Melanie mit ihren Eltern wohnte. Die Straße war still wie die meisten Straßen in dieser Gegend nach Mitternacht, und Larsen fuhr langsam an ihrem Haus vorbei. Es war ein schmales Backsteinhaus mit einem kleinen Vorgarten in einer langen Zeile von anderen Backsteinhäusern, die alle gleich aussahen. Die Fenster waren dunkel. Melanies Ziehvater ging früh zur Arbeit in der Werft, und das Mädchen besuchte inzwischen die Schule, denn anders als ihre Mutter war Larsen der Ansicht gewesen, dass auch Feen zur Schule gehen sollten.

Er hatte das Kind ins Herz geschlossen, aber er unternahm dennoch nichts weiter, als in Abständen hier vorbeizufahren. Vielleicht lag es daran, dass Melanies leibliche Mutter verbrannt war, fast wie seine Tochter. Vielleicht lag es aber auch daran, dass er inzwischen ein Gespür dafür hatte, wann ein Kind gefährdet war. Wann wirklich eine reale Gefahr bestand, dass es irgendwann zum Opfer wurde, weil die, die es führen und leiten sollten, selbst von der Vielzahl der möglichen Wege verwirrt waren.

Aber vor allem lag es daran, dass nicht weit von hier der Mann in der Forensik saß, der Melanies Mutter ermordet hatte. Ein Mann, der irgendwann freikommen würde, obwohl er vorhatte, weitere Verbrechen zu begehen, das wusste Larsen. Dann, wenn es so weit war, würde das Mädchen über zwanzig sein und der Mann noch nicht zu alt, um sich an ihr zu vergehen. Trotzdem musst du keine Angst haben – ich werde aufpassen, selbst wenn ich dann nicht mehr im Dienst sein sollte. In meiner Stadt wird dir nichts passieren; nicht solange ich es verhindern kann.

Das ist alles, Melanie. Und schlaf schön.

Epilog

Sabine Denk wurde wenige Minuten nach Robert Melzers Tod von einem Notarzt erstversorgt und dann in die Notaufnahme des Klinikums Mitte eingeliefert. Dort wurden ihre Stichwunden, Prellungen und Knochenbrüche behandelt, sobald es den Ärzten gelungen war, ihren Zustand zu stabilisieren. Nach sechs Tagen konnte sie die Intensivstation verlassen, und nach weiteren anderthalb Wochen holte ihr Vater sie zu sich nach Hause. Ihre Genesung verlief problemlos. Entgegen dem Rat ihres Vaters und ihrer Freunde lebt und arbeitet sie weiter in ihrer Loftwohnung am Europahafen, weil sie sich von der Erinnerung an die Nacht des Grauens nicht unterkriegen lassen will. Die äußeren Wunden, die Robert Melzer ihr zugefügt hat, sind inzwischen zwar verheilt, doch die Narben auf ihrer Seele brauchen noch Zeit, werden vielleicht nie vollständig verschwinden. Geheiratet hat sie bislang nicht.

Mariona Andresen hatte Glück im Unglück. Den Spezialisten in der Rolandklinik gelang es, ihre Hand wieder anzunähen; in einem Teil der Finger blieb allerdings ein Taubheitsgefühl zurück. Sie arbeitet nicht mehr als Friseurin, sondern ließ sich zur Bankkauffrau umschulen. Auch sie wird nie den Abend vergessen, an dem sie zum Opfer wurde.

Olaf Sundermann erhielt wegen seines eigenmächtigen Vorgehens im Fall Robert Melzer eine Rüge von seinen Vorgesetzten und ließ sich daraufhin zunächst ins Dezernat für Eigentumsdelikte versetzen, später in die Abteilung für Computerkriminalität.

Die Prostituierten der Stadt konnten ihrem Beruf wieder angstfrei nachgehen, auf Jahre hinaus wurde keine von ihnen getötet.

Robert Melzer war einer der ersten Täter, der in Deutschland in die Kategorie Serienmörder einging. Kirchlich bestattet wurde er nicht. Nachdem sie seinen Lebensbericht gelesen hatte, weigerte seine Mutter sich, seine Urne entgegenzunehmen. Gerlinde Melzer lebt nun allein. Roberts Vater verließ den Schuldienst und zog in eine andere Stadt, wo er ebenfalls allein lebt.

Der Mörder von Dörthe Janowitz hält sich weiterhin unbehelligt unter uns auf; die Tat bleibt ungeklärt.

Die Welt ist voller Opfer.

ENDE

Ein packender True-Crime-Thriller
über die Abgründe des Bösen

Axel Petermann
Claus Cornelius Fischer

DIE ELEMENTE DES TODES

True-Crime-Thriller

Tod durch Erwürgen, Tod durch eine Kugel in den Nacken, Tod unter einer Hebebühne: Hauptkommissar Kiefer Larsen ahnt, wer für die Serie von außergewöhnlich brutalen Morden zwischen 1994 und 1996 in Norddeutschland verantwortlich ist. Doch nach welchem Muster gehen die Täter vor und warum? Zwar gibt es Hinweise auf die Verdächtigen, doch keine der Spuren ist eindeutig, kein Beweis stichhaltig.

Larsen bleibt nur eines: tief in die Seelen zweier eiskalter, absolut gewissenloser Mörder einzudringen.

Als er erkennt, dass sie einen vierten Mord planen, versteht Larsen die sadistischen Fantasien der Mörder. Nun beginnt ein atemloser Wettlauf mit der Zeit.

Der fesselnde erste Band um Hauptkommissar Kiefer Larsen.